Amanda Barratt

Geliebter Dietrich

Die Liebesgeschichte
von Dietrich Bonhoeffer
und Maria von Wedemeyer

Amanda Barratt

Geliebter Dietrich

Die Liebesgeschichte
von Dietrich Bonhoeffer
und Maria von Wedemeyer

Aus dem amerikanischen Englisch von Dr. Friedemann Lux

Roman

SCM
Hänssler

SCM

Stiftung Christliche Medien

SCM Hänssler ist ein Imprint der SCM Verlagsgruppe, die zur Stiftung Christliche Medien gehört, einer gemeinnützigen Stiftung, die sich für die Förderung und Verbreitung christlicher Bücher, Zeitschriften, Filme und Musik einsetzt.

FSC
www.fsc.org
MIX
Papier aus verantwortungsvollen Quellen
FSC® C014496

SCM Hänssler in der SCM Verlagsgruppe GmbH
Max-Eyth-Straße 41 · 71088 Holzgerlingen
Internet: www.scm-haenssler.de · E-Mail: info@scm-haenssler.de

Originally published in the U.S.A. under the title:
My Dearest Dietrich, by Amanda Barratt

Bibelzitate wurden folgender Ausgabe entnommen:
Lutherbibel, revidiert 2017, © 2016 Deutsche Bibelgesellschaft, Stuttgart

Übersetzung und fachliche Durchsicht: Dr. Friedemann Lux
Umschlaggestaltung: Stephan Schulze, Stuttgart
Titelbild: Nejron Photo, shutterstock
Autorenfoto: © Amanda Barratt
Satz: Satz & Medien Wieser, Aachen
Druck und Bindung: GGP Media GmbH, Pößneck
Gedruckt in Deutschland
ISBN 978-3-7751-6044-5
Bestell-Nr. 396.044

All jenen gewidmet, die ihre Stimme erhoben
für die, die keine Stimme hatten,
und dafür den höchsten Preis bezahlten.

»Gesegnet das Herz, das die Kraft hat,
mit dem Schlagen aufzuhören um der Ehre willen.
Gesegnet das Streichholz, das verzehrt wird
beim Anzünden der Flamme.«
HANNAH SZENES, 1921–1944

Zu Deiner Ehre, Herr!

Liste der wichtigen Personen

Die Familie Bonhoeffer

Dietrich Bonhoeffer – ein 36 Jahre alter Theologe; als Doppelagent in der Verschwörung gegen Adolf Hitler tätig.

Dr. Karl Bonhoeffer – Dietrichs Vater, ein berühmter Psychiater.

Paula Bonhoeffer – Dietrichs Mutter.

Klaus Bonhoeffer – Dietrichs älterer Bruder; Rechtsanwalt und Mitglied der Verschwörung gegen Hitler.

Emmi Bonhoeffer – Klaus' Ehefrau.
Kinder: Walter, Thomas und Cornelie.

Ursula Schleicher, geb. Bonhoeffer – ältere Schwester von Dietrich.

Rüdiger Schleicher – Ursulas Ehemann und einer der Verschwörer.
Kinder: Renate und Hans-Walter.

Christel von Dohnanyi, geb. Bonhoeffer – ältere Schwester von Dietrich.

Hans von Dohnanyi – Christels Ehemann; Jurist in der Abwehr (deutscher militärischer Geheimdienst) und Schlüsselmitglied der Verschwörergruppe.
Kinder: Klaus, Christoph und Bärbel.

Sabine Leibholz, geb. Bonhoeffer – Dietrichs Zwillingsschwester; musste wegen der jüdischen Abstammung ihres Ehemannes, **Gerhard Leibholz,** aus Deutschland flüchten.
Kinder: Marianne und Christiane.

Lotte – Dienstmädchen der Bonhoeffers.

Die Familie von Wedemeyer

Maria von Wedemeyer – die 18-jährige Tochter eines preußischen Landbesitzers, dessen Familie gegen die Nazis eingestellt ist; dennoch dienen ihr Vater und ihr Bruder beide in der Wehrmacht.

Major Hans von Wedemeyer – Marias Vater.

Ruth von Wedemeyer, geb. von Kleist – Marias Mutter, manchmal »Ruthchen« genannt.

Ruth-Alice von Bismarck, geb. von Wedemeyer – Marias ältere Schwester.

Klaus von Bismarck – Ehemann von Ruth-Alice.

Max von Wedemeyer – Marias älterer Bruder; Soldat in der Wehrmacht.

Hans-Werner von Wedemeyer – jüngerer Bruder von Maria.

Christine von Wedemeyer – jüngere Schwester von Maria.

Lala von Wedemeyer – jüngere Schwester von Maria.

Peter von Wedemeyer – jüngerer Bruder von Maria.

Ruth von Kleist-Retzow – Marias Großmutter mütterlicherseits.

Die Verschwörer

Admiral Wilhelm Canaris – Chef der Abwehr; arbeitet eng mit Hans von Dohnanyi zusammen, um das Naziregime zu stürzen.

General Hans Oster – Mitglied der Abwehr und führendes Mitglied im Widerstand gegen Hitler.

General Ludwig Beck – führendes Mitglied im Widerstand gegen Hitler.

Wilhelm Schmidhuber – Mitglied der Abwehr; an der »Operation 7« zur heimlichen Ausreise von 14 Juden in die Schweiz beteiligt.

Henning von Tresckow – Onkel Marias; tief in die Komplotte zur Ermordung Hitlers verwickelt.

Fabian von Schlabrendorff – Vetter Marias; ebenfalls an den Komplotten zur Ermordung Hitlers beteiligt.

General Paul von Hase – Stadtkommandant von Berlin; Onkel von Dietrich und einer der Mitverschwörer.

Sonstige

Eberhard Bethge – Dietrichs bester Freund.

Familie Vogel – die Familie, in der Maria von Wedemeyer im Rahmen ihres nationalen Pflichtjahres als Kindermädchen dient.

Manfred Roeder – Richter, der die Ermittlungen gegen Dietrich und andere verhaftete Verschwörer leitet.

Franz-Xaver Sonderegger – Gestapo-Kommissar.

Unteroffizier Knobloch – Wärter im Gefängnis Tegel.

Prolog

Februar 1945
Flossenbürg, Deutschland

Über ihr war kein Himmel.

Oder genauer gesagt: Es war ein Himmel, wie Maria ihn noch nie gesehen hatte. Ein stumpfes Grau, fast schon weiß. Wenn es die Sonne überhaupt je gegeben hatte, dann war sie schon vor langer Zeit geflohen und hatte Strahlen ohne jede Farbe, ohne jedes Leben zurückgelassen.

Vor ihr lag die Straße wie ein langes, gerades Band. An seinem Ende duckte sich ein großes, braunes Gebäude, dessen Ziegelwände und Dach die einzigen Farben der Szenerie lieferten. Alles andere … weiß. Endlos weiß. Schnee auf dem Boden. Rauchschwaden, aus denen wirbelnde Flocken regneten. Wofür standen diese krümeligen Flocken? Woher stammten sie?

Lieber nicht dran denken, Maria!

Nein, sie durfte ihr Ziel nicht aus den Augen verlieren. Jede Ablenkung wäre fatal für ihre trägen Gedanken und ihre bleiernen Füße.

»Dietrich«, flüsterte es aus ihren halb erfrorenen Lippen. »Dietrich.«

Denk weiter an ihn, das hält dich warm …

Es hatte als kindliches Spiel angefangen, dass sie sich seinen Namen immer wieder im Kopf vorsagte, während sie ihren täglichen Beschäftigungen nachging, jede Silbe drehte und wendete, mit den Buchstaben jonglierte. Jetzt war es das Band, das ihren Körper aufrecht hielt, ihre Beine in Bewegung bleiben ließ und ihre tauben Finger um den Tragegriff des schweren Koffers presste, der mit jedem Schritt gegen ihr Schienbein stieß.

»Dietrich …«

Nur noch ein paar Schritte.

»Dietrich …«

Endlich hatte sie den mondsichelförmigen Eingang erreicht. Ein Wärter mit strengem, wettergegerbtem Gesicht und schwarzer SS-Mütze auf dem kurz geschorenen Haar musterte sie, als sei sie ein Gespenst. Für ihn war sie das wahrscheinlich auch. Ein Fräulein von zwanzig Jahren, das zu Fuß vor den Toren eines KZs erschien. Nur dass sie sich eher wie sechzig statt wie zwanzig fühlte. Die Zentnerlast der letzten Monate und Jahre hatte ihren Geist wie im Zeitraffer altern lassen.

»Guten Morgen, Fräulein.« Er nickte steif, die Schultern unnatürlich nach hinten gezogen.

Fräulein! Sie waren hier doch nicht in einem Ballsaal! Es war kalt genug, um Wasser auf der Stelle zu Eiszapfen gefrieren zu lassen. Ihre Finger waren am Griff des Koffers zu Klauen geworden. Ihr Haar war zerzaust und ihre Nase röter als das Band, das der Wärter um seinen rechten Oberarm trug. Aber sie brauchte etwas von diesem Mann. Also besser lächeln, als sich Feinde zu machen; hatten die Monate in Tegel ihr das nicht gezeigt?

»Guten Morgen, Herr Offizier. Ich komme wegen eines Ihrer Gefangenen.«

Die Falten auf seinem Gesicht wurden noch strenger. Ohne Zweifel war auch dieses Musterexemplar eines harten SS-Mannes einmal der kleine Junge einer Mutter gewesen. Der Spielkamerad einer Schwester. Ein Junge wie Marias Bruder Max, der ihr den letzten Nerv rauben konnte und der dem Wort »Lausbub« eine ganz neue Bedeutung gegeben hatte – aber auf eine so charmante Weise, dass sie nur die Hände über dem Kopf zusammenschlagen, lachen und ihm den nächsten Bissen Kuchen in den Mund schieben konnte.

Sie musste versuchen, zu ihm durchzudringen, zu dem kleinen Jungen, der sich hinter dem Totenkopfemblem der SS versteckte.

»Sie müssen mir helfen.« Nur zu leicht schob die nackte Verzweiflung sich in ihre Worte. Verzweiflung – ein Gefühl, das in dem großen Deutschland mit seinem großen Führer eigentlich nicht geduldet wurde, das den Menschen aber nur zu gut vertraut war. »Ich bin sieben Kilometer zu Fuß hierhergekommen und muss die ganze Strecke wieder zurücklaufen. Bitte, Herr Offizier, ich brauche eine Auskunft. Der Mann, den ich suche … Er ist mein Verlobter.«

Sein Gesicht wurde eine Spur weicher. Dachte er vielleicht an seine eigene Liebste? An glücklichere Tage, an denen Liebe und Lachen den Alltag erhellten?

»Ach, so ist das also. Können Sie mir seinen Namen sagen?«

Sie nickte. »Bonhoeffer. Dietrich Bonhoeffer.«

»Warten Sie hier.« Er wandte sich um, blickte dann aber über die Schulter zurück und korrigierte sich. »Kommen Sie rein.« Mit einer steifen Geste seiner schwarz behandschuhten Hand bedeutete er ihr, ihm zu folgen. »Sie sehen verfroren aus.«

Mit schierer Willenskraft zwang sie ihre Füße, sich zu bewegen. Sie traten in einen großen, dunklen Raum. In einem wuchtigen gemauerten Kamin brannte ein Feuer. Wärme. Licht. Endlich.

»Sie … können sich da aufwärmen. Ich würde Ihnen gern einen Kaffee anbieten, aber wir sind gerade ein bisschen knapp.«

Von der Wärme angezogen, ging sie zum Feuer hinüber. Ihre Stiefel hinterließen eine nasse Spur auf dem Fußboden. Sie hockte sich vor die Flammen, so ähnlich wie der Hund der Familie in den langen Winternächten in Pätzig. Eine Stunde, so schien es ihr, saß sie da. Endlich, endlich wurden ihre Finger wieder warm und sie löste sie vom Tragegriff des Koffers. Das Kribbeln und Brennen, das sie bei der Bewegung verspürte, trieb ihr die Tränen in die Augen, aber wenigstens waren ihre Finger nicht erfroren.

Die Wärme brachte ihr ein anderes Problem zurück ins Bewusstsein. Wann hatte sie eigentlich das letzte Mal etwas gegessen? Ihr leerer Magen knurrte protestierend. Wo war es geblieben, das Mädchen mit den rosigen Wangen, das ein Stück Apfelkuchen nach dem anderen verputzte?

Aber dieses Bedürfnis – so menschlich es in ihrem geschwächten Zustand war – musste warten. In diesem Augenblick ging es nur um

Dietrich – nein, nicht um den Theologen Dietrich oder den genialen Dietrich, ja noch nicht einmal den Dietrich von Tegel, sondern um den Dietrich, den sie so innig liebte, dass es sie selbst überraschte.

Sie spürte einen Blick auf sich ruhen und wandte sich um. Der Wärter stand neben dem überladenen Schreibtisch, die eine Hand auf der Tischplatte, und schaute sie an – aber nicht distanziert, sondern irgendwie anders. War es Mitleid? Bestimmt nicht. Nein, nicht von jemandem aus Hitlers Elitetruppe. Nicht von einem Mann, der den Tod so oft sah wie eine Küchenmagd schmutziges Geschirr. Oder doch? Ja … ja, es lag Mitleid in diesen zurückhaltenden Augen.

Sie befahl ihren Beinen, aufzustehen. »Nun?«

»Es tut mir leid, Fräulein. Wir haben hier keinen Dietrich Bonhoeffer.«

»Sind Sie sich sicher?« Wohin sonst konnten sie ihn gebracht haben? Keine Auskunft in Berlin, und hier wusste auch niemand Bescheid. Wie konnte ein Mann einfach verschwinden, und sei es in dem Kriegschaos in Deutschland?

»Ich habe alles geprüft. Unsere Aktenführung ist lückenlos.« Er richtete sich noch höher auf, als wolle er diese mitgenommen aussehende junge Dame mit der verfrorenen Nase fragen, wie sie es wagen konnte, ihm zu widersprechen. Dann, wieder weicher, fuhr er fort: »Tut mir leid, dass Sie umsonst gekommen sind. Heutzutage … vertut man sich leicht, wenn man jemanden sucht.«

Der stundenlange Fußmarsch, die Kälte, die an Verzweiflung grenzende Enttäuschung kochten unvermittelt in ihr hoch wie Wasser in einem Kessel, wenn es den Siedepunkt überschritten hat. »Ich habe mich nicht vertan!« Mit diesen Worten, die sie förmlich ausspuckte, brach ihr Zorn aus ihr heraus, bis er mehr und mehr einem tiefen Schmerz wich. »Ihre Leute haben ihn verhaftet. Einen Unschuldigen, den besten Mann, der je über diese Welt gegangen ist!« Sie nahm ihren Koffer, drehte sich auf dem Absatz um und marschierte zurück auf die Straße, bevor der Mann noch auf die Idee kommen würde, ihr zu folgen und sie wegen volksverhetzender Reden zu verhaften. Sie schienen gerade alle möglichen Leute zu verhaften, aus dem geringsten Anlass. Hans, Rüdiger, Klaus. Dietrich.

Die Straße vor ihr schien sie zu verspotten, jeder Schritt ein Hindernis, das sie überwinden musste, bevor sie wieder im Warmen war. Die eisige Luft drang beißend durch ihren abgewetzten Mantel und ihre dünnen Strümpfe. Tränen, jene verräterischen Zeichen von Schwäche, füllten ihre Augen und flossen ihr über die Wangen. Sie wischte sie mit ungeduldiger Hand ab. Man weinte nicht mehr in diesen Tagen, dafür gab es zu viel Elend und zu wenig Zeit.

Ihre halb tauben Finger glitten in ihre Manteltasche und berührten das zusammengefaltete Blatt Papier, das darin lag. Einer von Dietrichs Briefen an sie. Seine Worte hallten in ihr nach:

Der Gedanke, dass Du Kummer hast, wäre mein einziger Kummer. Der Gedanke, dass Du in Liebe mitwartest und Geduld hast, ist mein täglicher Trost. Alles wird schön und gut werden zu der Stunde, die Gott dafür ersehen hat. Freue Dich mit mir darauf, Maria![1]

»Das versuche ich ja, Dietrich«, flüsterte sie. »Ich versuche zu glauben, dass wir eines Tages wieder in Großmutters Salon sitzen werden. Du spielst Klavier und wir sind glücklich. Nicht weil es etwas Besonderes zu feiern gäbe, sondern weil wir zusammen sind. Das ist alles, was zählt. Wir werden wieder zusammen sein.«

So. Das durfte sie nicht vergessen, trotz des Misserfolgs gerade eben. Bald war der Krieg vorbei – dieser furchtbare, gottverlassene Krieg, der viel zu vielen guten Männern das Leben gekostet hatte. Und wieder musste sie an etwas denken, das Dietrich gesagt hatte: »Nein, Maria, nichts ist je gottverlassen. Er ist in allem, auch dort, wo Leben gegeben oder genommen wird. Gegenwärtig in jedem Augenblick, auch in diesem.«

Sie redete weiter laut vor sich hin, um gegen die Müdigkeit anzukämpfen. »Ja, Dietrich, du hast ja recht. Du hast immer recht. Ich kann's immer noch nicht fassen, dass du ausgerechnet mich gewählt hast, ein dummes Mädchen, das keine Ahnung von Theologie hatte und dich bat, etwas Amerikanisches zu spielen. Dieses Mädchen bin ich heute nicht mehr, und wie sollte ich auch? Diese Jahre haben mich verändert. Sie haben auch dich verändert. Aber das sollst du wissen: Wo immer du gerade bist …«

Die Anstrengung des Laufens und die Kälte, die in ihren Bronchien kratzte, stahlen ihre letzten Worte. Aber als sie weiter die endlose Straße entlangtrottete, der Koffer schwerer denn je und der Himmel über ihr grau und tot und leer, dachte sie wieder nur daran, wie kostbar ihre Liebe zu Dietrich war. Jede Anstrengung würde sich lohnen, um ihn zu finden.

Eins

31. Mai 1942
Sigtuna, Schweden

Eine Diktatur ist wie eine Schlange. Wenn du ihr auf den Schwanz trittst, beißt sie dich.

Diese Worte schwirrten Dietrich Bonhoeffer im Kopf herum, während sein Taxi durch die Straßen der alten schwedischen Königsstadt rollte. Er schaute durch das sonnenbeschienene Fenster hinaus, durch sein Spiegelbild hindurch. Ihm war flau im Magen. Nein, nicht mehr von den Turbulenzen, die ihn tags zuvor auf dem Flug von Berlin nach Stockholm geplagt hatten; davon hatte er sich schnell erholt. Aber das Gefühl, dass man ihn womöglich beobachtete und ihm folgte, verursachte eine Flauheit von ganz anderer Art, die sich nicht so leicht abschütteln ließ.

In dem engen Wagen lag kalter Zigarrenrauch und Beklemmung in der Luft. Der Rauch kam vom Fahrer, der zudem stark schwitzte; die Beklemmung kam von Bonhoeffer selbst, aber das wusste nur er. Er hatte sich zu sehr ins Zeug gelegt in den letzten paar Tagen, als dass irgendetwas Unvorhergesehenes dieses Treffen in letzter Minute platzen lassen durfte.

Mit einem Ruck hielt das Taxi vor dem Nordischen Ökumenischen Institut. Dietrich bezahlte den Fahrer, der knapp nickte, dann packte er mit der einen Hand seinen Koffer und öffnete mit der anderen die Tür. Die Nachmittagssonne wärmte sein Gesicht und die Luft war rein und frisch.

Ruhig und besonnen wie immer prüfte er die Umgebung. Vor ihm das mehrstöckige Steingebäude, vor dem Haus der gepflegte Rasen, dann die breite Eingangstreppe, die zur Tür hochführte. War ihm jemand gefolgt? Woher kam dieses Gefühl, dass ihm eine Spinne den Nacken hochkroch? Spielten ihm seine Nerven einen Streich? Jetzt kam um die hintere Ecke des Gebäudes ein Mann, auf dem Kopf eine verschlissene Mütze, in der Hand einen Werkzeugkasten.

Bestimmt irgendein Hilfsarbeiter.

Nicht die Gestapo.

Auf dem Weg zum Hauseingang knirschte der Kies unter den Sohlen von Dietrichs schwarzen Halbschuhen. Er stieg die Stufen hoch und betätigte energisch den Türklopfer aus angelaufenem Messing.

War Bischof Bell noch da? Oder waren die sechzig Minuten Taxifahrt von Stockholm nach Sigtuna, um den Bischof von Chichester zu besuchen, vergebens gewesen?

Ein Dienstmädchen mit jugendlichem Gesicht öffnete. »Ja, bitte?«

»Ich möchte gerne zu Bischof Bell und Harry Johansson, wenn das möglich ist.« Dietrich richtete sich kerzengerade auf und packte seinen Koffer fester. Es war ihm nur zu bewusst, dass sein abgehackter deutscher Akzent seine Herkunft aus dem Land des Führers verriet. Es gab nur wenige Gründe für einen Deutschen, der keine Uniform trug, das neutrale Schweden zu besuchen. Zu viel Aufmerksamkeit war das Letzte, was er jetzt brauchte.

»Kommen Sie bitte mit.« Das Mädchen öffnete die Tür vollends und bedeutete ihm, ihr in den schmalen, schwach erleuchteten Flur zu folgen. Sie fragte ihn nicht, wer er war. Gut. Die Papiere in dem Koffer wogen nicht viel mehr als ein Laib Brot, aber für Dietrich fühlten sie sich wie Blei an.

Das Dienstmädchen öffnete die Tür zu einem Zimmer mit holzgetäfelten Wänden, diversen Bücherregalen und einem abgewetzten Schreibtisch aus Eichenholz. Dietrichs Blick fiel sofort auf den grauhaarigen Mann, der in dem Ohrensessel am Fenster saß, die großen Hände lose auf die Knie gelegt. Das Gespräch zwischen ihm und dem jüngeren, schlaksigen blonden Mann, der auf der Schreibtischkante saß, verstummte abrupt. Zwei Augenpaare richteten sich auf Dietrich. Bells Augen weiteten sich.

»Guten Tag, George.« Dietrich lächelte. Er hatte seinen Freund seit dem Frühjahr 1939 nicht mehr gesehen. Wie viel hatte sich seither verändert – in seinem Leben und in Deutschland.

»Dietrich!« Bischof Bell erhob sich. Er öffnete den Mund, um seiner Überraschung über diesen unerwarteten Besuch Ausdruck zu geben, aber Dietrich kam ihm zuvor.

»Du hast dich kein bisschen verändert.« Bell ging auf die sechzig zu, sah aber kerngesund aus. Die Jahre hatten ein paar Fältchen mehr um seine Augen gezeichnet und er war eine Spur fülliger geworden, aber das war schon alles. Dietrich fuhr fort: »Und dies ist sicher Mr Johansson? – Dietrich Bonhoeffer, zu Ihren Diensten.« Er hielt dem Schweden seine Rechte hin, die dieser kräftig schüttelte.

»Es freut mich, Sie kennenzulernen.« Johanssons Lächeln war halb freundlich, halb neugierig.

Nach ein paar Minuten weiterer Höflichkeiten verließ Johansson den Raum und Dietrich und Bell blieben allein zurück. Kaum hatte die Tür sich hinter Johansson geschlossen, ließ Bell seiner Überraschung freien Lauf. »Was machst du denn hier? Ich hatte gehört, du seist in Norwegen, auf dem Weg an die Front.« Er ließ sich zurück in seinen Sessel fallen.

»Du meinst, was für andere Gründe könnte ich dafür haben, ausgerechnet jetzt nach Schweden zu kommen?« Dietrich setzte sich in einen leeren Sessel; seinen Koffer stellte er daneben. Normalerweise hätte er es sich jetzt bequem gemacht und seine langen Beine ausgestreckt. Aber nicht heute. Die Nachricht, die er gleich überbringen würde, ließ ihn steif und aufrecht dasitzen. »Das ist eine lange Geschichte. Die Kurzversion ist, dass ich jetzt offiziell für die Abwehr arbeite.«

»Du arbeitest für den deutschen militärischen Geheimdienst?« Bell beugte sich vor, sein Blick schoss unruhig hin und her; er schien kaum fassen zu können, was Dietrich da sagte.

»Mit einem Wort: ja.« Dietrich hatte nicht viel Zeit. Irgendwann nach dem Krieg, wenn er und Bell sich wieder treffen konnten, würde er ihm alles genau erklären. Jetzt musste er sich auf das Wesentliche konzentrieren. »Mein Schwager, Hans von Dohnanyi, steht im Zentrum meines Engagements. Und der Verschwörung.«

Verschwörung. Nur ein Wort. Aber wie viel war damit verbunden! Wie viele Menschenleben hingen daran! Seine Augen schweiften instinktiv durch das Zimmer, auf der Suche nach Telefonen, die womöglich angezapft waren, oder offenen Fenstern, durch die jemand mithören konnte. Nach dem Gesetz gegen heimtückische Angriffe auf Staat und Partei war jede Kommunikation mit England oder einem anderen Feindstaat nicht nur gefährlich, sondern galt als Verrat, auf den die Todesstrafe stand. Ein Verrat, den Dietrich ganz bewusst und ohne Kompromisse beging. Mit klopfendem Herzen beugte er sich nach vorne, seine Stimme nur noch ein Flüstern. »Es ist mehr als eine Verschwörung. Es gibt Pläne … für den Sturz der deutschen Regierung und die Ermordung von Adolf Hitler.«

Bell holte so tief Luft, dass es klang wie das Pfeifen einer Kugel. »Dann ist es also wahr«, flüsterte er.

»Wahrer denn je«, erwiderte Dietrich. »Und wir brauchen dich, George. Ich bin extra von Berlin hierhergekommen, um dich zu besuchen. Im Namen meiner Freunde in Deutschland möchte ich dich bitten, uns zu helfen, die britische Regierung von unseren Plänen zu informieren. Wenn – falls – der Coup gelingt, wollen die Beteiligten davon ausgehen können, dass Großbritannien zu Friedensverhandlungen bereit ist. Du hast Kontakte zum *House of Lords*, du kannst mit Anthony Eden reden. Als Außenminister in der Churchill-Regierung kann Eden uns sehr helfen, wenn man ihn nur überzeugen kann.« Dietrich redete immer schneller, seine Worte überschlugen sich förmlich. »Hans und General Oster glauben, dass noch viel mehr Offiziere bereit wären, mit uns zusammenzuarbeiten, wenn sie sich nur sicher sein könnten, dass die britische Regierung hinter uns steht. Du könntest entscheidend dazu beitragen, dass wir ihre Unterstützung bekommen.«

Bell presste eine Hand an seine zerfurchte Stirn. »Sicher, sicher. Ich werde mein Bestes tun. Aber das geheime Memorandum, das du mir letztes Jahr geschickt hast – leider hat es keiner in der Regierung besonders ernst genommen. Sie glauben nicht, dass irgendwelche antinationalsozialistischen Kräfte in Deutschland etwas bewirken können, jedenfalls nicht vor der totalen militärischen Niederlage Deutschlands.«

»Das sehen die Feldmarschälle von Bock und von Kluge aber anders. Sie, wie auch General Beck und General Oster, sind fest entschlossen, nach einer Ermordung Hitlers die Regierung zu stürzen. Bis dahin können wir nicht viel ausrichten.«

»Feldmarschall von Bock und Feldmarschall von Kluge«, murmelte Bell, als wolle er sich die Namen einprägen. Er nickte. »Gut, gib mir so viele Namen und Informationen, wie du kannst, Dietrich. Ich werde sie nach bestem Vermögen einsetzen. Du weißt natürlich so gut wie ich, dass Churchill fanatisch gegen jegliche Friedensfühler ist; er will diesen Krieg gewinnen, koste es, was es wolle. Nach diesen langen Kriegsjahren ist es für die Engländer schwierig, wenn nicht unmöglich geworden, zwischen Deutschen und Nazis zu unterscheiden. Und können wir ihnen böse sein? Die rücksichtslosen Bombardierungen Londons, die vielen getöteten Zivilisten ... Die Engländer haben viel erlitten durch Hitler und seine Generäle. Wir dürfen uns nicht wundern, dass diese angeblichen Widerstandszellen sie nicht überzeugen.«

Dietrich stand auf und trat ans Fenster. Er schaute hinaus, aber er sah nicht den blauen Himmel und das helle Sonnenlicht, sondern die Gesichter all der Gejagten und Schutzlosen, eine endlose Schlange von Gespenstern, die ihn bis in seine Träume verfolgte. Die Menschen in Deutschland, die auf Befehl des Staates den Euthanasietod erlitten, weil ihr Leben angeblich nicht lebenswert war.

Und die Juden. Gottes erwähltes Volk. Auch hier, in diesem Zimmer im neutralen Schweden, war es nicht zu leugnen, dass auf Befehl des Führers Millionen von ihnen systematisch zusammengetrieben und ermordet wurden. In überfüllten Eisenbahnwaggons wurden sie in die Lager gefahren wie Vieh zum Schlachthaus. Frauen. Kinder. Menschenseelen.

Dietrich drehte sich wieder um und sah Bell an. Ein paar Staubflocken tanzten im Licht der Sonnenstrahlen, die auf das dünner werdende graue Haar des Bischofs fielen. Er würde ihnen helfen; würde die Wahrheit vor die bringen, die in England das Sagen hatten. Aber würde er sie überzeugen können?

»Nur wenige wissen von meinem Engagement«, fuhr Dietrich leise fort. »Viele glauben, dass ich die Bekennende Kirche verraten und verlassen habe, weil ich in der Abwehr arbeite.« Er schluckte. »Deutschland hat schwer gesündigt, George. Wir alle müssen den Preis zahlen, den es kostet, die Nation zur Buße zu führen. Christus hat uns dazu berufen, für andere zu leiden. Zu meinem Leiden gehört es, dass ich Gewissensskrupel hintanstelle. Ich lüge. Ich fälsche Mitteilungen und Vermerke, um die wahren Zwecke meiner Reisen zu vertuschen.«

»Und gehört es auch zu deinem Leiden, dass du an Mordplänen beteiligt bist?« Bell erwiderte Dietrichs Blick. Es lag keine Verurteilung in den Augen des Bischofs, nur die Aufforderung, ehrlich zu sein.

Dietrich nickte. Ihm war nicht wohl zumute bei diesem Gespräch, aber er würde auch nicht im Boden versinken. »Vielleicht gehört auch das zur Strafe Deutschlands dazu, dass wir gezwungen sind, zu solchen Mitteln zu greifen.« Er setzte sich wieder und öffnete seinen Koffer, um die Dokumente herauszuholen, die er für Bell mitgebracht hatte. »Wir haben uns schon zu weit vorgewagt, um noch umzuschwenken. Jetzt müssen wir es durchziehen.«

Und er begann, Bell in Details der Verschwörung einzuweihen und ihm Dinge anzuvertrauen, die, sollten sie auffliegen, schnell tödlich enden konnten. Denn die Gestapo hatte ständig den Finger am Abzug, um mit Landesverrätern kurzen Prozess zu machen. Wieder musste er an die Worte seines Bruders Klaus denken, die ihm wie ein gespenstischer Refrain in den Ohren klangen: *Wenn du ihr auf den Schwanz trittst, beißt sie dich.*

Zwei

8. Juni 1942
Landgut Klein-Krössin
Pommern

Was für schöne Erinnerungen hatte er an diesen Ort!

Dietrich ging auf das Haus zu, die Nachmittagssonne warm im Gesicht, das Zwitschern der Vögel im Ohr. Klein-Krössin, das war ein sicherer Hafen, eine kleine Insel der Ruhe und des Glücks. Ein Ort, an dem man schreiben und denken konnte. Und bei einer Tasse Kaffee vor dem Kamin sitzen und sich ausgiebig unterhalten. Nach der anstrengenden Reise nach Schweden brauchte er diese Oase mehr denn je.

Noch bevor er anklopfen konnte, öffnete Ruth von Kleist-Retzow die Tür. »Dietrich! Das ist aber schön!« Ruths Haar war schon lange so weiß wie die Gipfel der Alpen und ihr Gesicht hatte sein Quantum an Fältchen, aber ihr Lächeln war strahlend wie ein Sommertag.

»Ruth.« Er umarmte die Frau, dann hielt er ihr die Tür auf, damit sie zurück ins Haus treten konnte. Drinnen roch es heimelig. Sauber, nach Seife und Politur. Und einladend, nach Apfelstrudel und Sauerbraten.

»Du siehst müde aus, Dietrich.« Ruths scharfen Augen entging nichts.

»Die Abwehr hält mich halt beschäftigt.« Ruth machte sich ihre Gedanken, was Dietrich wirklich beschäftigt hielt, aber über diese Dinge sprach man nicht am helllichten Tag, auch nicht im relativ geschützten Klein-Krössin. »Und wer ist heutzutage nicht müde?«

»Du darfst so oft und so lange zu uns kommen, wie du willst, das weißt du ja.« Ruths Schuhe klapperten über den glänzenden Holzfußboden, als sie Dietrich ins Wohnzimmer führte. Es war ein Zimmer von der benutzten und geliebten Sorte, halb gepflegt, halb unaufgeräumt. Alles war blitzsauber, aber der Kaminsims quoll über von Fotografien von Ruths zahlreichen Kindern und Enkeln, und auf den beiden geblümten Sofas lagen allerlei Kissen und Decken. Durch das einen Spalt offen stehende Fenster kamen die Düfte des Sommers und das gedämpfte Schnattern von Ruths geliebten Gänsen.

Hätte er nicht genau gewusst, warum er so ein Ausnahmeleben führte – denn wie viele Männer seines Alters und mit seinen Fähigkeiten mussten *nicht* hinaus an die Front, für Ehre und Vaterland? –, dann hätte der Luxus dieses Besuches ihm heftige Gewissensbisse bereitet. Aber er wusste: Er war ein Werkzeug Gottes, auf einer Mission, die tausendmal wichtiger war als jeder Befehl des Führers. Er war Pastor, Autor und Verschwörer, und das alles für Gott.

Verschwörer – diese Tatsache konnte er nie vergessen, noch nicht einmal in Klein-Krössin.

»Diesmal werde ich höchstens eine Woche bleiben können«, sagte er. »Aber ich hoffe, ich kann in dieser Zeit einiges schaffen.«

»Schreibst du noch an deiner *Ethik*?« Ruth bedeutete ihm, sich auf dem Sofa ihr gegenüber niederzulassen.

»Ja.« Wenn die Zeit es zuließ und Gott ihm die richtigen Gedanken gab, brachte Dietrich viel zu Papier in dem kleinen Büro, das Ruth ihm in der Mansarde eingerichtet hatte. Dort hatte er sein Buch *Nachfolge* fertig geschrieben, das wider Erwarten viel Resonanz gefunden hatte, sogar im fernen Amerika. In Deutschland erschien zurzeit natürlich nichts im Druck, was den Namen Dietrich Bonhoeffer trug.

»Und wie geht's dir so, Ruth?«

Die alte Dame öffnete den Mund, um zu antworten, doch rasch herbeieilende Fußschritte unterbrachen sie.

Ein junges Mädchen stürmte herein. Ja, *stürmte*, anders konnte man es nicht ausdrücken. An Rock, Bluse und Nase hatte sie Lehmspritzer. Sie war weder besonders hochgewachsen noch besonders zierlich. Aber was ihr an Körpergröße fehlte, machte sie mit Empörung mehr als wett.

»Du glaubst es nicht, was der Schillers Friedrich, dieser Blödmann, sich heute geleistet hat! Du weißt doch, dass ich Greta heute Morgen Erdbeeren gegeben hab? Vor der Metzgerei hab ich ihn erwischt, wie er sie ihr wegnehmen wollte. Ich wollte ihm den Korb wieder aus der Hand reißen, aber er hat gezogen wie verrückt. ›Lieber Junge‹ hast du ihn mal genannt. Lieber Junge? Ha! Wenn der mit neun Jahren so ein Aas ist, was wird er dann mit fünfzehn sein?« Sie stemmte entrüstet die Fäuste in die Hüften.

Dietrich saß still da und versuchte sich ein amüsiertes Schmunzeln zu verbeißen. Es war natürlich überhaupt nichts Komisches daran – ein Junge, der einem Mädchen das Obst wegnimmt, das es geschenkt bekommen hat. Aber die Empörung dieser jungen Dame – wer auch immer sie war –, sie war köstlich.

»Ich verstehe.« Ruths Lächeln war eine Spur zu geduldig, so, als erlebte sie solche Szenen öfters. »Du hast ihm bestimmt gehörig die Leviten gelesen. Armer Friedrich, fast hab ich Mitleid mit ihm. Der wird so schnell nicht wiederkommen.«

Das Mädchen nickte. Eine Strähne ihres honigfarbenen Haars hing ihr über die Wange.

Ruth fuhr fort: »Aber Maria, es gehört sich nicht, so in ein Zimmer hineinzuplatzen, das weißt du doch. Vor allem, wenn wir gerade Besuch haben.«

Erst jetzt schien die junge Dame Dietrichs Gegenwart zu bemerken. Sie schlug beide Hände vor den Mund, blickte schockiert, kurz darauf verlegen. Einen Augenblick lang sagte niemand ein Wort. Maria starrte Dietrich entgeistert an. Er erwiderte ihren Blick ruhig. Ruth schaute das Mädchen und ihn abwechselnd an, die Hände im Schoß gefaltet, gelassen wie immer.

Endlich lösten Marias Hände sich von ihrem Mund. »Großmutter, wer ist das?« Sie zeigte auf Dietrich wie auf eine Spinne an der Wand.

Ruth lachte – ihr vertrautes, glockenhelles Lachen. Bevor sie sie beide einander vorstellen konnte, stand Dietrich auf und trat zu dem Mädchen.

»Erlauben Sie mir, dass ich mich vorstelle. Ich bin Dietrich Bonhoeffer. Und Sie sind …?« Er lächelte und versuchte, ihr ein wenig ihr Unbehagen zu nehmen. Es war schließlich nicht ihre Schuld, dass sie in den Matsch gefallen war oder nicht gemerkt hatte, dass er im Zimmer war.

Ihr Kinn ging eine Spur nach oben. Sie hatte ein einnehmendes Gesicht, fast mädchenhaft rund und gleichzeitig stolz und überaus lieblich. »Maria von Wedemeyer.«

Jetzt war die Überraschung auf seiner Seite. Fort waren die langen Zöpfe und das kindliche Trägerkleid des Mädchens, das er in seine Konfirmandenklasse hatte aufnehmen wollen. Die Maria, die hier vor ihm stand, mit ihren ausdrucksstarken blauen Augen und dem zurückgebürsteten, wenn auch gerade zerzausten Haar, war keine Zwölfjährige mehr. Sicher wartete sie darauf, dass er irgendetwas in Richtung höflicher Konversation sagte. Er räusperte sich. »Es ist … äh … schön, Sie zu sehen – wiederzusehen.«

Sie hielt ihm ihre Hand hin, die ebenfalls nicht ganz sauber war. Dietrich nahm sie, schmutzig oder nicht. Er konnte seinen Blick nicht von ihrem Gesicht losreißen. Sie schien sich beruhigt zu haben und erwiderte seinen Blick nun fest. Ihre Finger schlossen sich um seine, nicht zögerlich oder schlaff, sondern warm und kräftig, und vielleicht hielt er ihre Hand ein wenig länger als unbedingt nötig, bis er sich besann und sie losließ.

Maria sah ihre Großmutter an. »Warum hast du mir nicht gesagt, dass Pastor Bonhoeffer heute Nachmittag kommt?«

Ruth lachte wieder, als sei dies eine Szene aus einer komischen Oper. »Warum hätte ich das tun sollen? Hättest du dann mehr auf dein Äußeres geachtet?«

Maria zuckte die Achseln, ein kurzes Lachen in den Augen. »Vielleicht schon. Gut, dass ich den Schiller nicht an den Ohren hergezerrt habe. Er sieht gerade noch viel dreckiger aus als ich.« Sie grinste, als sei sie es gewöhnt, sich mit ihrer Großmutter zu necken.

»Wie wär's, wenn du dich eben umziehst, Maria?« Ruth nickte zur Tür hin.

»Ja, sicher.« Maria wandte ihre Aufmerksamkeit wieder Dietrich zu, die Wangen plötzlich rot. »Entschuldigen Sie mein Hereinplatzen, Pastor Bonhoeffer. Das passiert mir öfter, wenn ich hier in Klein-Krössin bin.«

Er konnte sich ein Lächeln – nein, Grinsen – nicht verkneifen. Es setzte etwas in ihm frei, dass seine Mundwinkel sich hoben. »Das ist schon in Ordnung, Fräulein von Wedemeyer. Es war völlig richtig, dass Sie Greta helfen wollten.«

»Auch wenn es nicht ganz so geklappt hat, wie ich wollte. Aber, um frei nach Goethe zu sprechen: ›Wer nicht vorwärtsgeht, der geht rückwärts‹.« Mit einem angedeuteten Winken drehte sie sich um und verließ das Zimmer.

Dietrich sah ihr nach, dieser mit Schlamm beschmierten jungen Dame, die Goethe zitieren konnte und dieses Zimmer – und vor allem ihn – binnen Sekunden in Unordnung gebracht hatte.

Als er sich wieder gesetzt hatte, begann Ruth: »Du musst meine Enkelin entschuldigen. Ich hätte es ihr vorher sagen sollen, dass du heute Nachmittag kommst. Sie ist so temperamentvoll. Gut, dass sie morgen wieder fährt, sonst wären deine Tage hier alles andere als ruhig.«

Dietrich hob die Hand. Wenn er Ruths Ausführungen über ihre Enkeltochter noch länger zuhörte, würde er womöglich zugeben, wie unterhaltsam er das Gespräch gerade gefunden hatte. Er formulierte eine typisch pastorenhafte Antwort, die gleichzeitig der Wahrheit entsprach: »Ich bewundere jeden, der versucht, den Hilflosen zu Hilfe zu kommen. Auch wenn sie das auf eine Art und Weise gemacht hat, die ziemlich … originell war.«

Ruth lachte. »Ja, das ist sie, unsere Maria. Originell. Sie ist gerade mit der Schule fertig – Elisabeth von Thaddens Landeserziehungsheim für Mädchen in Wieblingen. Sie dürften sie dort ein bisschen gebremst haben. Aber heute Abend wird sie uns beiden Gesellschaft leisten. Möchtest du jetzt dein Gepäck aus dem Auto holen, dass ich dich auf dein Zimmer bringen kann?«

»Lass nur.« Dietrich stand auf. »Ich hoffe, ich bin oft genug hier gewesen, dass wir die Formalitäten nicht mehr brauchen. Bleib hier, ich mach das schon selber.«

Ruth ließ ihn gewähren, und Dietrich ging nach draußen. Als er seine Koffer die Treppe hinauftrug, musste er unwillkürlich lächeln bei dem Gedanken, dass er den Abend in Gesellschaft einer jungen Dame verbringen würde, die sich in den Dreck schmiss, um kleinen Mädchen beizustehen, und ihrer Großmutter mit einem Lachen in den Augen so kesse Antworten gab.

* * *

Na, da war sie ja gerade ganz die wohlerzogene, erwachsene Dame gewesen! Elegante Kleidung und die richtigen höflichen Floskeln …

Marias Wangen glühten immer noch vor Verlegenheit. Sie hatte sich vor Pastor Bonhoeffer wie ein Kind benommen. Nur nicht den gleichen Fehler noch einmal machen, wenn sie jetzt wieder hinunterging!

Sie musterte kritisch ihr Bild im Spiegel des Gästezimmers. Kein Schlamm mehr an der Nase. Gut. Aber ihr Gesicht war immer noch rund und ihr dunkelblondes Haar schlicht und uninteressant. Wenigstens war das lavendelfarbene Kleid mit dem weißen Spitzenkragen halbwegs vorzeigbar. Und es war ihr gelungen, ihr Haar zu einem Knoten zu flechten, so wie ihre Freundin Doris das immer mit ihrem eigenen Haar machte. Nun ja, die stets extravagante Doris hatte sich inzwischen ihre schönen Locken zu einem Bubikopf schneiden lassen.

Jetzt mach's halblang, Maria! Dies sind deine Großmutter und ihr Freund, der Theologe. Pastor Bonhoeffer ist kein amerikanischer Filmstar.

Gut, aber es war etwas … Interessantes an dem Mann. Er war irgendwie anders. Schon als Mädchen war ihr das aufgefallen. Und wie er sie eben begrüßt hatte, mit diesem halben Lächeln um seine Lippen …

Mach dich nicht lächerlich, Maria! Der Mann muss über fünfunddreißig sein.

Und ein Studierter, wie er im Buche stand. Sie musste daran denken, was ihre Großmutter ihr einmal über ihn erzählt hatte. Mit gerade einmal 21 Jahren war er Doktor der Theologie geworden. Dann war er als Pastor nach Spanien gegangen, hatte sich nach der Rückkehr habilitiert, in Amerika studiert, an der Universität Berlin gelehrt und war im ökumenischen Austausch mit Kirchen aus dem Ausland aktiv gewesen.

Als der »Führer« versucht hatte, die Kirchen, die nicht der nationalsozialistischen Ideologie folgten, aufzulösen, war Pastor Bonhoeffer einer der führenden Köpfe in der Bekennenden Kirche geworden. Diese Gruppierung stemmte sich gegen die Irrlehren der sogenannten Reichskirche und trat für eine Kirche ein, die auf den Lehren der Bibel und nicht denen Hitlers gegründet war. In einem abgelegenen Winkel von Pommern hatte Bonhoeffer junge Pastoren in der Wahrheit der Bibel unterwiesen – eine illegale Tätigkeit, die die Gestapo jederzeit unterbinden konnte, was dann schließlich auch geschah.

Ja, der Mann war viel beschäftigt. Und, wie gesagt, bestimmt schon über fünfunddreißig.

Ihre Großmutter hatte den Pastor kennengelernt, als er mit seinem Seminar aus jungen Pastoren der Bekennenden Kirche nach Finkenwalde gezogen war, ein altes Herrenhaus in der Nähe von Großmutters zweiter Wohnung in Stettin. Die beiden hatten sich auf Anhieb als Gleichgesinnte erkannt und Großmutter hatte angefangen, regelmäßig zu den Gottesdiensten in Finkenwalde zu gehen. Sie hatte jede Gelegenheit genutzt, ihre zahlreichen Enkel mitzunehmen, was schließlich zu dem Vorfall im Konfirmandenunterricht geführt hatte, der Maria jetzt noch peinlich war. Nur nicht daran denken …

Mit einem letzten prüfenden Blick strich sie ihr Kleid glatt und ging nach unten. Jawohl, *ging* – nicht sprang, wie es eine ihrer schlechten Angewohnheiten war.

Pastor Bonhoeffer stand im Salon, die Hände hinter dem Rücken gefaltet, und schaute zum Fenster hinaus. Als sie eintrat, drehte er sich um. Was er als Nächstes tat, hätte Doris wahrscheinlich »zweimal hingucken« genannt. Hatte Maria ihr Aussehen so drastisch verändert, dass er sie nicht wiedererkannte? *So* viel Lehm hatte doch auch nicht an ihren Kleidern geklebt. Denn es konnte ja wohl nicht sein, dass er sie so ansah, wie die Männer Doris anschauten. Sie starrten ihre Freundin immer mit unverhüllter Bewunderung an, während sie Maria meist gerade einmal drei Sekunden ihrer Aufmerksamkeit gönnten.

Nun gut, wenn er sie so anstarrte, konnte sie ihn ruhig auch ein bisschen mustern. Hellblondes Haar. Dunkelgrauer Anzug und blaue Nadelstreifenkrawatte. Das Jackett an seinem langen, kräftigen Oberkörper saß perfekt. Er sah eigentlich überhaupt nicht wie ein trockener Theologe aus, sondern eher wie jemand, der auf dem Fußballplatz bestimmt schwer zu schlagen war. Nun ja, bis auf die Brille mit Goldrand, die ihm doch ein eher professorales Aussehen gab. Alles in allem ein Mann, der in dem einen Moment tiefschürfenden Gedanken nachging, um im nächsten laut loszulachen.

»Guten Abend.« Sein Lächeln war eine Spur schief.

Sie nickte knapp. »Gleichfalls. Wo ist Großmutter?«

»Die spricht gerade mit der Köchin. Es scheint, dass das, was wir zum Abendessen kriegen sollen, nicht ganz rechtzeitig in die Röhre geschoben worden ist.« Er lächelte, als ob solche kleineren Unannehmlichkeiten ihn nicht weiter berührten.

»Und was machen wir dann solange?« Womit vertrieben Theologen sich die Zeit? Sie war sich nicht sicher, ob sie einer Unterhaltung über irgendeinen gelehrten theologischen Wälzer gewachsen wäre.

Sein Blick wanderte zurück zum Fenster. Was für intensive, fast schon aufregende blaue Augen er hatte! »Draußen ist es ganz angenehm. Wie wär's mit einem … Spaziergang?«

»O, ich weiß nicht, wie viel Großmutter noch schafft.« Obwohl es draußen ja wirklich schön war. Die sinkende Sonne färbte die Landschaft golden und honigbraun, und die Luft, die durch das angelehnte Fenster kam, roch angenehm frisch.

»Sie hat mir gesagt, dass sie andere Dinge erledigen muss. Für einen langen Abend hat sie keine Zeit, aber in vielleicht einer Stunde sollen wir zum Essen kommen und uns bis dahin die Zeit vertreiben.«

»Hat sie gesagt, wir beide sollen alleine spazieren gehen?« Maria musste lachen. Typisch Großmutter, dass sie ihrer Enkelin einen Theologieprofessor als Gesellschafter gab. Nun ja, sie war eine waschechte preußische Aristokratin, die ihre Gästezimmer »Hoffnung«, »Freude« und »Zufriedenheit« getauft hatte.

»Wenn Sie nicht wollen …«

»Das hab ich nicht gesagt«, sagte sie, vielleicht eine Spur zu schnell. »Ich meine …« Sie lächelte. »Ein Spaziergang wäre echt gut.« So. Doris wäre stolz auf sie, oder?

Er bedeutete ihr mit einer Geste, voranzugehen, und sie traten in den Garten mit seinen sauber gekiesten Wegen, Sträuchern und Blumen. Auch der Krieg konnte Großmutter ihre Leidenschaft für Blumen nicht nehmen. Sie hatte versucht, diese Vorliebe an ihre Enkeltochter weiterzugeben, aber Maria konnte die verschiedenen Blumenarten immer noch nicht unterscheiden, außer dass manche hellrot und andere dunkelrot waren, dass einige besser rochen als andere und dass sie sich jedes Mal, wenn sie eine Rose pflückte – ihre Lieblingsblume –, in den Finger stach.

Pastor Bonhoeffer ging jetzt neben ihr, die Hände an den Rücken gelegt. »Und? Haben Sie Ihren Konfirmandenunterricht bekommen?«

Sie nickte. »Ein Jahr später. Natürlich nicht bei einem so bekannten Pastor wie Ihnen. Ich hab den Eindruck, Großmutter wird es immer noch anders zumute, wenn sie an die Sache zurückdenkt. Ihre zwölfjährige Enkelin, die sich vor dem berühmten Pastor Bonhoeffer unmöglich gemacht hat.« Sie lächelte verlegen. »Ich bin froh, dass ich mich nicht mehr an all den Unsinn erinnern kann, den ich damals gesagt habe.«

»Ich kann mich an niemanden erinnern, der sich unmöglich gemacht hätte. Außer vielleicht ich selber.« Dietrichs Lächeln war ernst. »Wenn ich mich recht erinnere, waren einige der Antworten, die Sie auf meine Fragen gaben, ganz interessant.«

»Ich kann Ihnen versichern, dass ich seitdem einiges dazugelernt habe. Auch wenn Sie das nach meinem Auftritt vorhin vielleicht nicht vermuten würden.« Sie pflückte eine kleine dunkelrote Blume und drehte sie zwischen den Fingern.

»Also, Fräulein von Wedemeyer, machen Sie sich nicht schlechter, als Sie sind. Ich finde, was Sie heute getan haben, war … sehr gut.« Er erwiderte erneut ihren Blick und sie staunte wieder über die Tiefe in seinen Augen, so entschlossen, klar und hoffnungsvoll. Hoffnung schien heutzutage noch strikter rationiert zu sein als Kaffee und Zucker, trotz all der flammenden Reden im Radio und der glitzernden Siegesparaden.

Pastor Bonhoeffer war schon immer anders gewesen. Sie erinnerte sich noch gut an seine ernsten Sonntagspredigten in Finkenwalde. Einmal, als ihr die Predigt gar zu lang wurde, hatte sie heimlich gezählt, wie oft er das Wort *Gott* benutzte. 68-mal. Und an demselben Sonntag, als das Mittagessen vorbei war, hatte derselbe ernste Pastor beim Tischtennis fröhlich lachend alle in Grund und Boden gespielt. Sie selbst hatte sich nie getraut, gegen ihn zu spielen.

Sie drehte den Kopf zur Seite, um ihn verstohlen zu mustern. Wie anders er jetzt war – nicht der große Pastor auf der Kanzel, sondern ein normaler Mann, der neben ihr spazieren ging. Und sie war nicht mehr das kleine Mädchen, das mit seinen Geschwistern spielen musste, sondern konnte sich auf Augenhöhe mit ihm unterhalten.

Es lag Hoffnung in der Luft an diesem Abend, vielleicht wegen dieses Mannes, der sie ausstrahlte. Gerade so, als ob der Duft der Luft und die Farben des Himmels einen all das, was in der großen weiten Welt außerhalb von Klein-Krössin vorging, für den Augenblick vergessen ließen … und es vielleicht sogar einem Theologen erlaubten, ein bisschen Spaß zu haben.

»Ich bin noch nie jemandem begegnet, der in Amerika war. Wie war das da so?«

»Wer hat Ihnen denn gesagt, dass ich in Amerika war?«

»Großmutter. Sie redet dauernd von Ihnen.«

»Dauernd?« Der Schalk blitzte in Pastor Bonhoeffers Augen auf. »Ist das nicht ziemlich langweilig?«

Maria grinste. »Ja, doch.«

Er schmunzelte. »Es tut mir leid, dass ich kein sehr interessanter Mensch bin.«

»Doch, doch, das sind Sie«, erwiderte sie rasch. »Ihre Amerikareise interessiert mich sehr. Was haben Sie da so gemacht?« Ihre Neugierde war einfach zu stark. Für die meisten Deutschen galt es als unpatriotisch, sich für ein Land zu interessieren, mit dem man sich im Krieg befand, aber sie war jedes Mal fasziniert, wenn sie das Wort »Amerika« hörte.

»Nun, ich habe dort studiert.« Ihre Schritte verlangsamten sich, bis sie nicht mehr liefen, sondern nur noch schlenderten. »Am *Union Theological Seminary*.«

»Und hat es Ihnen Spaß gemacht?«

Er zögerte, schien nach den richtigen Worten zu suchen. »Es war – anders. Was natürlich zu erwarten ist in einem Land, das einen ganzen Ozean entfernt liegt, eine andere Sprache spricht und einen ganz anderen Lebensstil hat. Aber im Laufe der Zeit entdeckte ich immer mehr Dinge, die ich bewunderte.«

»Haben Sie auch die Musik dort gehört? Den Swing oder wie man das nennt?«

Im nächsten Augenblick bemerkte sie, dass Theologen nicht nur höflich lächeln können. Dietrich grinste über beide Ohren, wie einer von Doris' Freunden, so, als habe sie gerade etwas ganz Wunderbares gesagt. »Ja, oft sogar. Es war … echt toll. Aber wissen Sie, wo ich die Musik hörte, die mir am allerbesten gefiel?«

»Nein. Sagen Sie's mir.« Sie kamen an eine kleine Steinbank und setzten sich, wie auf ein geheimes Kommando.

»In der Kirche, in die ich ging. Die *Abyssinian Baptist Church*. Die Gottesdienste in Amerika sind ganz anders als die in Deutschland. Jedenfalls in dieser Kirche. Was ich in den übrigen Kirchen so hörte, konnte man meistens kaum eine Predigt nennen. Aber dort …« Er unterbrach sich und zuckte halb verlegen die Achseln. »Ach, das finden Sie sicher langweilig.«

»Nein, überhaupt nicht! Reden Sie weiter.« Es hatte etwas, sich mit jemandem zu unterhalten, der in Ländern gewesen war, die sie nur vom Hörensagen kannte. Mit jemandem, der so viel *wusste*.

»Ich glaube, es hatte viel damit zu tun, dass die Gemeinde so mitging. Die Leute kamen gerne in die Gottesdienste und nicht nur, weil das so üblich war. Und dann diese Predigten. Ich habe dort vielleicht zum allerersten Mal in meinem Leben gesehen, was es heißt, nicht nur Theologe zu sein, sondern Christ. Jemand, der das Evangelium aus staubigen Büchern und altehrwürdigen Domen herausholt und auf den Alltag ganz normaler Menschen anwendet – und das so, dass er die Wahrheit dieses Evangeliums beibehält und nicht versucht, es durch Verwässerung den Leuten schmackhafter zu machen.« Das Feuer der Begeisterung kam in seine Augen, er beugte sich näher zu ihr.

»Ich glaube, das machen wir in Pätzig ähnlich«, erwiderte sie. »Wenn einer unserer Pächter krank ist, beten wir nicht nur in der Morgenandacht für ihn, sondern bringen ihm am Nachmittag eine Suppe.« Sie sprach leise, den Blick nach unten auf ihre gefalteten Hände gerichtet, die noch die jetzt halb welke Blume hielten. Sie ließ die Blume zu Boden fallen. Auf einmal kam sie sich dumm vor. Bestimmt fand er ihr Beispiel albern.

Aber nein. »Genau! Das ist genau das, was ich meine. Es geht darum, die Bergpredigt nicht bloß zu lesen, als sei sie ein Roman oder irgendein anderes Buch, sondern sie in allen Situationen des Lebens und mit den Menschen, denen wir begegnen, in die Tat umzusetzen. Aus eigener Kraft können wir das natürlich nicht schaffen.«

Was er da sagte – nein, das war mehr als Theologie. Sie fand, dass sie ihm öfter zuhören sollte; vielleicht konnte sie dann etwas lernen.

Die Sonne war zu einem roten Ball geworden, die Abendluft begann kühl zu werden. Maria musste sich wohl die Arme gerieben haben, um sich zu wärmen, denn Dietrich stand unvermittelt auf. »Es ist Ihnen bestimmt kalt in Ihrem Sommerkleid.« Er musterte sie, dann lächelte er – etwas verlegen, als habe er gerade etwas Ungehöriges gesagt. War es das Kleid? Fand er sie schön darin?

Sie musste sich ein Lachen verkneifen. »Sie klingen wie mein Bruder Max. Immer wenn wir etwas unternehmen, was ein bisschen anstrengend ist, besteht er darauf, dass ich ›vernünftige Kleider‹ trage, wie er das nennt.«

Er hielt ihr seine Hand hin. Sie nahm sie und stand auf. Einen flüchtigen Augenblick lang waren ihre Finger von Wärme und Kraft umschlungen; sie spürte es noch lange, nachdem er ihre Hand wieder losgelassen hatte.

»Sie vermissen Ihren Bruder bestimmt sehr, nicht wahr?«

Ein dicker Kloß schien auf ihre Kehle zu drücken. Sie presste die Lippen zusammen und blickte gedankenverloren auf die sanften grünen Hügel. Die Wirklichkeit ließ sich wohl nie ganz ausradieren. Da draußen tobte ein Krieg, und es war lächerlich, auch nur einen Augenblick lang so zu tun, als ob das nicht so wäre. »Doch, ja. Aber geht es nicht gerade allen Frauen so, dass sie die Männer in ihrem Leben vermissen; ständig auf den Postboten warten, nachts in die Kissen weinen und Gott bitten, dass er sie ihnen wiedergibt?«

Er nickte langsam und sie stellte sich unwillkürlich die leise Frage, warum er hier war, wenn doch die meisten anderen seines Alters und mit seinen Fähigkeiten draußen im Dienst für Führer und Vaterland gebraucht wurden.

»Ich weiß, es ist nicht leicht, Fräulein von Wedemeyer. Es ist immer schwer, von denen, die man am meisten lieb hat, getrennt zu sein.«

Sie schluckte den Kloß im Hals hinunter und lächelte matt. Es gäbe genug Gelegenheit zum Trauern und Vermissen in dem Leben draußen, jenseits von Klein-Krössin; für den Augenblick wollte sie hier in dieser abgeschotteten Welt bleiben, und wenn es nur noch für ein paar Stunden wäre. »Ich erinnere mich noch, dass Sie ein guter Musiker sind. Könnten Sie … ich meine, ich würde so gerne mal ein paar amerikanische Lieder hören. Ich meine, wenn Sie welche spielen können.« Kaum waren die Worte heraus, wurden ihre Wangen heiß vor Verlegenheit. Was würde er jetzt von ihr denken?

Aber er lachte nur und bedeutete ihr, vor ihm ins Haus zu gehen. »Ich werde für Sie spielen, ein Lied mindestens.«

Ihre Großmutter saß im Salon, die Brille auf der Nase, und las im matten Licht der Lampe. Maria zögerte. Würde er auch jetzt noch für sie spielen, wenn Großmutter mithörte? Doch Pastor Bonhoeffer trat resolut zum Klavier und öffnete den Deckel. »Du magst doch Musik, Ruth, oder nicht?«, rief er durchs Zimmer.

Ihre Großmutter sah sie fragend an, aber Maria lächelte nur und ging beschwingt mit zum Klavier hinüber. Dietrich setzte sich und seine Finger legten sich auf die Tasten. Sie wartete, fast mit angehaltenem Atem, während er sachte eine Taste drückte und ein leiser Ton die Stille füllte.

Dann fing er an zu spielen, offenbar auswendig. Die Klänge lösten sich aus seinen Fingern und flogen wie Vögel hoch in die Luft. Maria sog sie ein und genoss diesen Ohrenschmaus, wie jemand, der das letzte Stück Kuchen oder den letzten Schluck Kaffee auf der Zunge zergehen lässt. Es war die Art Lied, zu dem ein Mädchen tanzen konnte, und um ein Haar tat sie das. Ja, sie hätte es bestimmt getan, wäre das hier eine Schallplatte gewesen und ihre Großmutter nicht mit im Raum. Sie wiegte den Oberkörper im Takt der Musik, die Augen geschlossen, und summte leise mit. In dieser Musik war kein Krieg, keine Trauer. Ein Stückchen Unglücklichsein vielleicht. Und Sehnsucht. Sehnsucht nach Freude und Liebe und anderen verbotenen Dingen.

Hörte Pastor Bonhoeffer, dieser brillante Theologe, das Lied genauso wie sie? Wissen konnte sie es nicht, aber sie glaubte, es zu spüren.

Die Melodie verklang. Er wandte sich zu ihr um und ihre Augen trafen sich. Dann lächelte er – ein wunderbares Lächeln. Das Lied war ein Geschenk an sie gewesen, aber konnte es sein, dass er es genauso gerne ausgepackt hatte wie sie?

Aber natürlich. Er hatte es genauso genossen. Sein Lächeln war der beste Beweis.

Als Maria spät in der Nacht noch wach lag und durchs Fenster in den schwarzen Himmel hochsah, dachte sie an diesen Augenblick zurück. Wieder und wieder hörte sie das Lied und sah dieses Lächeln, bis ihr beides gerade so vertraut war wie ihre eigenen Atemzüge.

Drei

9. Juli 1942
Rom

Alles umsonst. Sie waren vergeblich nach Italien gereist. Genauer gesagt: Die Antworten, die sie sich davon erhofft hatten, waren ausgeblieben.

Hans wurde immer frustrierter. Dietrich merkte es an der Art, wie sein Schwager auf dem abgewetzten Teppich in ihrer Hotelsuite wie ein Tiger im Käfig auf und ab lief. Sie waren alle frustriert. Zunächst hatten sie sich nach Venedig zu einem Treffen mit Wilhelm Schmidhuber begeben, der offiziell der Abwehrstelle München und inoffiziell dem Kreis der Verschwörer angehörte. Danach waren sie zu dritt nach Rom gefahren, wo sie jetzt schon seit Tagen auf Nachrichten aus London und von Bischof Bell warteten. Bis jetzt war nichts gekommen.

Es war zum Verrücktwerden, dieses Schweigen. Nach all der Arbeit, die sie in die Sache gesteckt, und all den Namenslisten, die sie zusammengestellt hatten. Warum konnte Bell den Oberen in England nicht klarmachen, dass es in Deutschland Menschen gab, die das, was in ihrem Land geschah, verabscheuten? Menschen, die sich nach Frieden und Versöhnung sehnten, auch wenn sie dazu gegen das Reich agieren mussten. Menschen wie ihn und Hans.

»Ich versteh das nicht.« Hans fingerte nervös an seiner Zigarette herum. Sein gewöhnlich sorgfältig gekämmtes hellbraunes Haar war ganz zerzaust, so oft war er sich schon mit den Fingern durchgefahren. »Bell hat uns doch versichert, dass er Fortschritte sieht. Er war optimistisch. Wo ist er geblieben, sein Optimismus? Das würde ich gern mal wissen.«

Dietrich ging zum Fenster, um es zu öffnen. So wie sein Schwager sich durch seine Zigarettenpackung hindurchrauchte, würden sie bald keine Luft mehr zum Atmen haben. »Bell hat keine Versprechungen gemacht, die er nicht halten kann. Er hat nur gesagt, dass er sein Bestes tun wird.« In der Morgenfrühe waren die Straßen halb leer gewesen, jetzt wimmelten sie nur so von Autos und Fußgängern und der Verkehrslärm drang durch das offene Fenster herauf.

»Sein Bestes?« Hans warf die Zigarette in den Aschenbecher und schob die Hände in die Taschen seines blauen Anzugs. »Dann ist sein Bestes eben nicht gut genug. Nicht, wenn Onkel Rudi« – selbst für Hitler hatten sie einen Decknamen – »*sein* Bestes tut, um die Lage in Deutschland mit jedem Tag gefährlicher zu machen. Bald wird es zu spät sein. Keiner wird uns helfen wollen, weil sie alle glauben werden – und die meisten glauben es schon jetzt –, dass alle Deutschen es mit ihm und seinen Verbrechen halten. Die Welt wird nicht mehr wissen, dass es auch gute Deutsche gibt. Es ist fünf Minuten vor zwölf.«

Wahre Worte, ohne Zweifel, aber sie hatten sich schon monatelang darüber ausgetauscht.

»Nur Mut, Hans!« Dietrich legte seinem Schwager die Hand auf die Schulter.

Wie dünn Hans geworden war! Nun ja, er hatte immer schon kantige Gesichtszüge und eine helle Haut gehabt, aber selbst die Strapazen des Juraexamens hatten ihn nicht so mitgenommen wie die Jahre als Verschwörer gegen Hitler. »Es ist noch nicht zu spät. Bell engagiert sich genauso wie wir in dieser Sache mit der britischen Regierung. Wir reisen nach Deutschland zurück, und du wirst Christel und die Kinder wiedersehen. Bell wird uns schon auf dem Laufenden halten.«

»Ja, Dietrich, du hast ja recht.« Hans seufzte schwer. »Fliegen wir nach Hause.«

»Und ganz vergeblich war unsere Reise ja nicht. Immerhin haben wir Freunde kontaktiert.« Sie hatten lebhafte und motivierende Gespräche darüber geführt, welche Rolle die Kirche Deutschlands nach dem Krieg in der Welt spielen sollte. »Das war doch was Gutes, oder?«

»Das sagst du über jede Reise. Vielleicht sollte man dich umbenennen in ›Dietrich Schönredner‹.« Hans grinste, ein Zeichen, dass doch noch Jugend und Leben war unter seinen müden Gesichtszügen. »Hast du Sabine geschrieben?«

Dietrich musste lächeln bei dem Namen seiner geliebten Zwillingsschwester, die zusammen mit ihrem jüdischen Ehemann und den Töchtern in England lebte. Die Bonhoeffers hatten sie Anfang 1938 aus Deutschland hinausgeschmuggelt, nur wenige Monate vor der Reichskristallnacht. Hätten sie länger gewartet, wären Sabine und die Ihren jetzt wahrscheinlich unter den Tausenden, die das Regime in die KZs verfrachtet hatte, weil Gerhard Leibholz, ein getaufter Christ, das Blut von Gottes erwähltem Volk in den Adern hatte. Sabine und Gerhard hätten sich irgendwo in Polen in einem Lager zu Tode geschuftet, und die Mädchen – Marianne und Christiane – hätte man vielleicht gleich vergast …

Dietrich schob die trüben Gedanken beiseite. Sabine war in Sicherheit und Marianne und Christiane gingen in England zur Schule, wo sie neue Freundinnen gefunden hatten.

Hans nahm seine Brille ab und wischte die Gläser mit einem Taschentuch sauber. »Schön, hier gibt's für uns nichts mehr zu tun. Ich geh eben noch zum Telegrafenamt und schaue nach unserer Post, ob es was Neues gibt. Wenn nicht, nehmen wir den nächsten Flug, den wir kriegen können, zurück nach Berlin.«

»Du denkst immer an den nächsten Schritt. Vielleicht sollte man dich in ›Hans Planemann‹ umbenennen.« Dietrich nahm den übervollen Aschenbecher und leerte ihn in den Papierkorb aus, während sein Schwager seinen Hut aufsetzte und sich auf den Weg machte.

Dietrich ließ sich auf dem Sofa nieder und wartete auf Hans. Ihr Gepäck stand schon bereit. Sie nahmen wenig mit auf diese Reisen, jeder nur einen Koffer. Wenig Gepäck – wenig Mühe. Sie würden mit der Abendmaschine nach Hause fliegen.

Seit Dietrichs Rückkehr aus Amerika 1939 war sein Leben ein Paradox. Studieren, Schreiben, Alleinsein, dann plötzlich Hektik und die nächste Reise. Beides hatte ihn an Orte geführt, von denen er nichts geahnt hatte. Als Autor beleuchtete er neue Themen und ließ neue Materialien drucken; Letzteres hatte die Gestapo im vorigen Jahr unterbunden. Jetzt befand er sich in der pikanten Position eines Pastors mit Predigtverbot, der als Doppelagent gegen die Seite arbeitete, die ihn angestellt hatte.

Er musste an die Worte denken, die er erst vor ein paar Wochen geschrieben hatte: *Schlimmer ist es, wenn ein Lügner die Wahrheit sagt, als wenn ein Liebhaber der Wahrheit lügt.*[2] Hätte er diesen Satz vor ein paar Jahren geschrieben, wäre er einfach nur ein Satz gewesen. Doch heute waren dieselben Worte nicht bloße Buchstaben, sondern eine lebendige Realität, die nach Anerkennung verlangte, ja fast schon schrie. Eine Realität, die von ihnen allen, auch von ihm, den höchsten, den endgültigen Preis fordern konnte.

Irgendwo in dem Hotel schickte ein Pianist seine Klänge in die Luft, und mit der Musik kamen die Erinnerungen. Wie er, Dietrich, in Klein-Krössin am Klavier gesessen hatte, während Fräulein von Wedemeyer mit einer unbeschreiblichen Freude in den Augen zuhörte. Wie er danach, beim Abendessen, ihr zugehört hatte, als sie erklärte, dass sie Mathematik studieren wolle. Obwohl sie sich beide nicht groß mit dem Thema auskannten, hatten sie sich über eine Stunde darüber ausgetauscht, wahrscheinlich recht dilettantisch.

Sie ging ihm nicht aus dem Kopf, die junge Dame. Lag es an den langen Stunden in Zug und Flugzeug, wo man nichts anderes machen konnte als denken? Aber so einfach war das nicht, das wusste er genau. In einem Brief an seinen Freund Eberhard hatte er mehr verraten, als vielleicht gut war:

> *An Maria habe ich nicht geschrieben. So geht es wirklich noch nicht. Wenn kein weiteres Zusammentreffen möglich ist, wird der schöne Gedanke einiger hochgespannter Minuten sich wohl wieder einmal im Reich der unerfüllten Fantasien auflösen, das sowieso schon ausreichend bevölkert ist …*[3]

Es hatte auch Nachteile, einen Freund zu haben, dem man alles sagen konnte. Manchmal verriet man zu viel. Nun gut, Dietrich hatte diesen Brief in einem Eisenbahnwaggon geschrieben, der alles andere als gleichmäßig über die Gleise rollte; vielleicht hatten die ständigen Stöße sein Gehirn durcheinandergebracht.

»Unerfüllte Fantasien« – was für ein Ausdruck …

Nun, Worte eines Mannes, der mehr vom Leben wollte als platonische Freundschaften und liebe Verwandte. Er war lange zufrieden gewesen mit diesen Beziehungen. Wie war es möglich, dass ein einziger Abend, ein paar Stunden eine Sehnsucht in ihm wecken konnten, die ihn nicht mehr losließ?

Er hatte darüber gebetet, vor Gott nach Antworten gesucht. War es nicht besser, Maria wieder zu vergessen? Es war einfach nicht die richtige Zeit für so etwas. Und das war nur ein Argument.

Aber er würde nach seiner Rückkehr auf jeden Fall wieder nach Klein-Krössin fahren. Die Gestapo hatte ihm zwar verboten, weitere Bücher drucken zu lassen; vom Schreiben aber hatte sie nichts gesagt. Und er hatte bereits ein paar Ideen, in die er sich vertiefen musste. Natürlich war es töricht, zu hoffen, dass Fräulein von Wedemeyer wieder bei ihrer Großmutter zu Besuch sein würde. Wahrscheinlich hatte sie inzwischen ihr Pflichtjahr für Volk und Vaterland begonnen. Es wäre ein bisschen dreist, zu versuchen, ein zweites Treffen zu arrangieren. Nein, nicht vorschnell sein!

Ein Schlüssel drehte sich in der Zimmertür. Sie ging auf und Hans kam herein – mit leeren Händen. »Das ist die Antwort. Das Schweigen im Walde.« Er warf seinen Hut auf den Couchtisch und ging ins Schlafzimmer.

»Für diesmal vielleicht.« Dietrich folgte ihm und nahm den Koffer, der schon neben der Tür stand. Er verstand Hans' Enttäuschung nur zu gut. Sie und ihre Mitstreiter waren an allen Fronten aktiv, sie versuchten, Positionen zu besetzen, und machten Pläne. Selbst Mordpläne. Bis jetzt aber war aus diesen Plänen rein gar nichts geworden. »Es ist noch nicht zu spät.«

»Meinst du?« Hans trug seinen Koffer zur Tür, mit einer Anstrengung, als klebten England, Bischoff Bell und Premierminister Churchill daran. Er warf einen Schulterblick in Dietrichs Richtung. Aus seinen stählernen Augen schauten die Ängste so vieler anderer. »Aber die Zeit läuft uns davon! Wie ein versehentlich losgelassener Drachen, der vom Wind fortgerissen wird. Der Tag kommt, an dem es zu spät sein wird, die Schnur zu packen und das Ding wieder runterzuholen. Denk an meine Worte, Dietrich! Der Tag wird kommen.«

Vier

20. Juli 1942
Pommern

Obwohl man es von Klein-Krössin aus gut in einem Tag erreichen konnte, schien das Haus der Familie Vogel in einer anderen Welt zu liegen. Oder war vielleicht Klein-Krössin die andere Welt und die Welt, in der Maria jetzt lebte, die der normalen Menschen?

Maria tat der Rücken weh, nachdem sie die sechs Monate alte Frieda stundenlang herumgetragen hatte. Mit den kleineren Vogel-Kindern hatte sie sich schnell angefreundet; sie waren nett und liebenswert, aber durchaus gewieft. Doch Gottfried war bereits mit seinen acht Jahren auf dem besten Weg, wie sein Vater, der große SS-Standartenführer, zu werden.

Maria schloss leise die Tür des Zimmers, wo sie Frieda, die vierjährige Lisa und die sechsjährige Helga ins Bett gelegt hatte, und machte sich auf die Suche nach Gottfried, der vor Kurzem erklärt hatte, dass er »zu wichtig« sei, um einen Mittagsschlaf zu machen.

Das nationale Pflichtjahr, das alle deutschen jungen Mädchen nach ihrem Schulabschluss zu absolvieren hatten, war Maria nach den schwierigen Prüfungen im Mädcheninternat auf Schloss Wieblingen bei Heidelberg wie eine nette Abwechslung erschienen. Aber das war *vor* der Familie Vogel gewesen.

Sie schob ihr Heimweh tapfer beiseite und befühlte die Tasche an ihrem dunkelroten Kleid. Als sie sich versichert hatte, dass der Brief ihrer Großmutter noch drinsteckte, ging sie zur Haustür hinaus in den Vorgarten. Wenn alles klappte, konnte sie Gottfried mit einem Buch beschäftigt halten und so ein paar Augenblicke gewinnen, um Großmutters Worte zu lesen.

Standartenführer Vogel war nicht nur ein ranghoher SS-Offizier, er nannte auch ein großes Gutshaus und einen Bauernhof sein Eigen. Auf Letzterem arbeiteten, wie das in diesen Tagen üblich war, russische Kriegsgefangene. Maria schauderte es bei ihrem Anblick. In ihren umränderten Augen lag eine Mischung aus Trotz und Resignation. Vor allem aber schienen sie zu hungern.

Sie strich mit den Fingern über die andere Rocktasche, in der eine halbe Scheibe Brot steckte. Einer der jungen Russen – er war noch dünner als die anderen – hatte Augen wie ihr Bruder Max. Ihm hatte Maria schon öfter etwas zu essen zugesteckt, selbst auf die Gefahr hin, den Zorn der Vogels auf sich zu ziehen und von dem Soldaten, der die Gefangenen bewachte, entdeckt zu werden. Der junge Mann – Boris – war entschlossen, nicht zu fliehen, solange er nicht sicher zu den Seinen nach Russland zurückkehren konnte.

Maria hielt die Hand gegen die Sonne und ließ ihren Blick über den Vorgarten schweifen. Die Luft war klar und roch nach Sommer; der Himmel war strahlend blau. Sie öffnete gerade den Mund, um nach Gottfried zu rufen, als er hinter einem Strauch hervorkam. Er trug einen Stock wie ein Gewehr, marschierte im Stechschritt mit vorgestreckter Brust den Weg entlang und sang aus voller Kehle:

Ja, wenn das Judenblut vom Messer spritzt,
dann geht's noch mal so gut.
Soldaten, Kameraden,
hängt die Juden, stellt die Bonzen an die Wand![4]

Maria bekam eine Gänsehaut. So etwas Widerliches aus dem Mund eines flachsblonden pummeligen Achtjährigen! Hass. Ein verführerisch schöner Dolch für die, die leicht beeinflussbar und im richtigen Alter waren. »Gottfried!«, rief sie. »Komm her! Sofort!«

Er drehte sich um und kam zu ihr geschlendert, den Stock weiter in der Hand. Sie kreuzte die Arme über der Brust, atemlos von dem Schock. Natürlich, Gottfried spielte für sein Leben gern Soldat. Aber das hier … Nein!

»Fräulein Maria?« Er lächelte zu ihr hoch und entblößte dabei die Lücke zwischen seinen Schneidezähnen. Sein Lächeln steigerte ihren Zorn nur noch.

Sie beugte sich zu ihm hinunter und packte ihn mit beiden Händen an den Schultern. »Dieses Lied will ich nie, *nie* wieder hören! Hast du verstanden?« Ihre Augen bohrten sich in ihn.

Hätte sie dies zu einem ihrer eigenen Geschwister gesagt, sie hätten betreten den Kopf hängen lassen und sich geschämt. Doch davon war bei Gottfried keine Spur. Er hob den Kopf und blickte sie trotzig-herausfordernd an. »Warum? Warum soll ich das nicht singen?«

Sie packte seine fülligen Schultern noch fester. »Weil es hässlich, gemein und böse ist! Solange ich hier bin, will ich das nicht mehr hören.«

»Die Juden sind unsere Feinde.« Er sagte es langsam, als sei sie ein Schwachkopf, der die einfachsten Dinge nicht wusste. »Hat Papa gesagt. Was meinen Sie wohl, wer mir das Lied beigebracht hat?«

Eine neue Gänsehaut. Sie hatte Standartenführer Vogel noch nicht persönlich kennengelernt; er war gerade an der Front in Russland. Aber sie hatte ein Bild von ihm gesehen, das einen Ehrenplatz auf dem Kaminsims einnahm: ein muskulöser Mann in Uniform, mit strengen Augen und einem Führer-Schnurrbart. War es möglich, dass er seinem Sohn solch einen Hass eingeimpft hatte?

Ja, ganz bestimmt. »Dein Papa ist nicht da«, sagte Maria. »Wenn ich dich noch mal erwische, wie du dieses Lied singst, wasch ich dir den Mund mit Seife aus!« Ihre Hände taten langsam weh, der Schweiß trat ihr auf die Stirn.

Der Junge grinste. »Nee, Fräulein, das werden Sie nicht tun! Weil ich nämlich sonst Mama erzähl, dass ich Sie mit Boris gesehen hab! Ich werd ihr sagen, dass ich euch beide *zusammen* gesehen hab, und selbst so doofe Fräuleins wie Sie wissen, was die Strafe für so was ist! Ich kann das so oft singen, wie ich will!«

Sie trat schnell einen Schritt zurück, als habe jemand sie gerade geohrfeigt. Gottfried drehte sich mit einem triumphierenden Grinsen um, marschierte mit seinem Stock weiter und sang jetzt noch lauter.

Maria ging mit zitternden Gliedern zurück zum Haus, wo sie sich auf die warmen Stufen vor der Haustür sinken ließ, die Finger gegen die Augen gepresst. Sie saß in der Falle. Gottfrieds Worte schrillten ihr in den Ohren. Sie hatte keinen Zweifel, dass der Junge imstande war, sie mit dem größten Vergnügen der Welt zu verpetzen.

Die Verordnungen des Staates, unter denen sie lebten, hatten viele Dinge beschädigt, vor allem aber den Zusammenhalt unter den Menschen. Kinder wurden angehalten, es zu melden, wenn ihre Eltern verbotene Radiosender hörten, sich abfällig über die Regierung äußerten und, und, und … Wer seine Mitmenschen denunzierte, wurde als guter Bürger des Vaterlandes gelobt. Nachbarn zeigten Nachbarn an, Freundschaften zählten nicht mehr. Es galt nur noch die Pflicht des deutschen Volksgenossen. Deutschland wurde zerstört, aber nicht nur durch Bomben und Geschütze, sondern durch die Loyalität der Menschen zu einem Regime, das Gift in die Adern des Landes spritzte. Tödliches Gift.

Mit alldem wollte sie nichts zu tun haben. Sie musste ihr Pflichtjahr bei den Vogels ableisten, aber sie würde sich nicht von dieser Familie beherrschen lassen. Sie würde Boris weiter Brot zustecken und den Mädchen vor dem Schlafengehen Geschichten über einen anderen Herrn und Führer als Adolf Hitler erzählen. Sie würde Widerstand leisten, wo es ihr möglich war, in den kleinen Dingen des Alltags.

Maria betastete den Brief ihrer Großmutter. Bei dem Gedanken an den nächsten Abend mit Frau Vogel schauderte sie. Wie so oft würde diese mit ihrer schnarrenden Stimme den Heldenmut dieses oder jenes jungen Offiziers loben. Die Frau schien Maria tatsächlich zu mögen, aber nur soweit es darum ging, sie mit einem Nazi wie ihrem Mann zu verkuppeln. Der Platz einer rechten deutschen Frau war am heimischen deutschen Herd. Sie hatte sich für ihren Mann schön zu machen und gute, starke arische Kinder für das Vaterland zur Welt zu bringen. Das hatte Frau Vogel gesagt, als Maria beiläufig erwähnte, dass sie daran dachte, Mathematik zu studieren.

Gottfried war entweder müde geworden oder hatte gemerkt, dass keiner ihm zuhörte. Er setzte sich neben einen Busch, die Beine ausgestreckt, und begann, irgendein Insekt zu quälen. Maria ließ ihn gewähren, obwohl ihr Gewissen sich meldete, und vertiefte sich in den Brief.

Liebe Maria,
ich hoffe, es geht Dir gut und Deine Arbeit in der Familie Vogel macht Dir Spaß. Ich denke oft an Dich und stelle mir vor, was Du alles so machst und denkst, jetzt, wo Du mit der Schule fertig bist.

Ich hatte gestern ein gutes, langes Telefongespräch mit Deiner Mutter. Sie hat gesagt, dass sie Dir bald schreiben wird, aber du sollst wissen, dass sie schon jetzt an Dich denkt und für Dich betet.

Maria war immer mehr Vaters als Mutters Mädchen gewesen. Sie und ihre Mutter hatten sich immer aneinander gerieben – vielleicht mehr wegen ihrer Ähnlichkeiten als wegen ihrer Unterschiede. Aber in der letzten Zeit war sie froh über jede Nachricht von ihren Verwandten. Ihre Augen flogen über den nächsten Abschnitt.

Ich weiß, dass du mich wohl in der nächsten Zeit nicht besuchen kannst, aber ich denke immer noch gerne an Deinen letzten Aufenthalt in Klein-Krössin zurück. Und ich habe den Eindruck, dass es noch jemanden gibt, der Deine Gesellschaft sehr genossen hat. Nach Deiner Abreise kam Dein Name in einer meiner Abendplaudereien mit Pastor Bonhoeffer zur Sprache. Es war deutlich zu spüren, wie sehr Deine Gesellschaft ihn bezaubert hat und wie viel Freude es ihm bereiten würde, erneut mit Dir zusammentreffen zu können. Er ist ein viel beschäftigter Mann, aber wenn einer von Euch nur ein Wort sagen würde, könnte ich ganz bestimmt ein Treffen arrangieren. Wenn Ihr beiden zusammenfinden würdet, wäre dies die Erfüllung eines meiner größten Herzenswünsche – es erleben zu dürfen, wie zwei Men-

schen, die ich liebe, vereint werden in jenem heiligen Band der Herzen und des Lebens. Bitte sage mir, wie Du darüber denkst.

Ich muss jetzt Schluss machen, aber so der Herr will, werde ich Dir bald wieder schreiben und bestimmt auch bald eine Antwort von meiner kleinen Maria bekommen. Bis dahin bin ich

Deine Dich liebende Großmutter

Maria stand der Mund offen. Sie hatte einen Plauderbrief mit den neuesten Nachrichten aus der Familie erwartet – und jetzt das! Verrückt. Großmutter musste nicht recht bei Trost sein, dass sie so etwas schrieb. Pastor Bonhoeffer und sie? Er war der Freund Ihrer Großmutter, der große Theologe und Autor von *Nachfolge*, der Mann, für dessen Konfirmandenklasse man sie für zu kindisch befunden hatte …

Gut, es war ein schöner Abend gewesen mit ihm. Draußen der malerische Abend-, dann Nachthimmel, drinnen die bezaubernde Musik, die ihr den Atem genommen und noch lange in ihr nachgeklungen hatte. Aber das war auch schon alles gewesen. Ein Abend in Großmutters Haus mit einem ihrer hochgebildeten Gäste. Weiter nichts Besonderes, auch wenn es kein ganz gewöhnlicher Gast gewesen war.

Heiraten – nein, das interessierte sie nicht. Ihre Arbeit und ihre Familie ließen ihr kaum Zeit für solche Gedanken. Und dann wollte sie doch ein Studium anfangen, vielleicht sogar eines Tages selbst Studenten unterrichten. Wo war da Raum für einen Ehemann?

Wenn sie überhaupt je jemanden heiraten würde, dann die Art Mann, von der sie und Doris geträumt hatten, wenn sie im Internat wach in ihren Betten lagen und flüsternd und kichernd ihre Jungmädchenfantasien austauschten. Es musste ein Mann sein, der eine Liebe weckte, die stark genug war, alle Hindernisse zu überwinden und alle Schwierigkeiten zu besiegen. Einer, der es wert war, dass man ein Brautkleid für ihn anzog, und der das Kochen und Geschirrspülen zu einer hohen Kunst erhob. Denn sie würde den Haushalt für *ihn* führen, für *ihn*, dessen Kinder sie zur Welt brachte und aufzog.

Trotz all der Freunde, die sie bewunderten, hatte Doris einen solchen Mann noch nicht gefunden. Und Maria auch nicht.

Sie stand auf, schob den Brief zurück in die Tasche und ging zu Gottfried hinüber. Der ließ lachend das sich windende Insekt von seinem Finger herunterbaumeln. Sie holte tief Luft. Zurück an die Arbeit.

Jene Tage bei Großmutter, jener Abend mit Pastor Bonhoeffer, am besten vergaß sie das alles so schnell wie möglich.

* * *

21. Juli 1942
Berlin

Dietrich konnte sich Schöneres vorstellen, als alleine vor dem Radio zu sitzen. Meistens hatte er Wichtigeres zu tun. Doch seine Eltern waren auf Einladung eines alten Freundes der Familie hin auf ein paar Tage verreist, und seiner Mutter war es ein Anliegen, keine der Sendungen der BBC zu verpassen, der einzigen vertrauenswürdigen Nachrichtenquelle, die es zurzeit noch gab. Was Propagandachef Goebbels den deutschen Hörern in ihre Volksempfänger schickte, konnte man vergessen. Doch es galt, vorsichtig zu sein; die Strafe für das Hören von »Feindsendern« war zehn Jahre Gefängnis – mindestens.

Und so hatte Dietrich die Vorhänge an den Fenstern zugezogen, die Wohnzimmertür geschlossen und seinen Lehnstuhl so dicht neben das Radio gestellt, wie es ging. Er ließ den Drehknopf immer bis zur letzten Minute auf den deutschen Musiksender eingestellt, und ein paar Minuten waren es noch. Gerade kamen die leicht verzerrten Klänge des neuesten Lili-Marlene-Hits aus dem Lautsprecher. Er lehnte sich in dem bequemen Stuhl zurück; die Sommerschwüle hatte ihn seine Jacke ausziehen und die Hemdsärmel hochkrempeln lassen.

Verbotene Sender hören, das ließ sein Herz schon lange nicht mehr schneller schlagen. Es waren die wirklichen Risiken, die der Verschwörung, die ihm manchmal den Atem nehmen wollten.

Er erinnerte sich noch gut an den Tag, an dem Hans ihm eröffnet hatte, dass es Pläne zum Sturz Hitlers und zum Einsetzen einer neuen Regierung gebe.

Hans war noch nie ein Geheimniskrämer gewesen. Ganz im Gegenteil. Er hatte mit seiner Frau Christel und seinen Schwagern stets freimütig über die mörderischen Machenschaften gesprochen, über die das Reichsjustizministerium, für das er als Jurist arbeitete, lieber den Mantel des Schweigens breitete.

Aber erst als Hans ihm das Dossier gezeigt hatte, war Dietrich aufgegangen, wie wenig er gewusst hatte. Er würde diesen Abend nie vergessen. Der Nachthimmel war pechschwarz gewesen, das Haus der Dohnanyis still, die Kinder im Bett, Christel in einem anderen Zimmer. Hans hatte Dietrich in sein Arbeitszimmer geführt und mit einem metallischen Klirren den Schlüssel herumgedreht. Dann hatte er eine Lampe angeknipst – nur eine.

Dietrich hatte sich in den alten, rissig gewordenen Ledersessel gesetzt (sie waren sparsam, die Dohnanyis) und zugesehen, wie Hans eine der Schubladen seines Schreibtisches umständlich öffnete. Eine Strähne seines sonst immer wie angeklebt sitzenden hellbraunen Haars rutschte in seine hohe Stirn, als er vier schwarze Aktenordner auf die leere Schreibtischplatte legte. Er fuhr mit der Hand über einen davon, sein Gesicht ernst. »Schau dir's an. Es ist alles hier drin.«

Ein einziges Blatt Papier konnte gefährlicher sein als eine geladene Pistole. Als Dietrich die Dokumente durchging, merkte er, wie dieser Satz lebendig wurde. Was auf diesen Seiten stand, in allen Einzelheiten, waren grausame Enthüllungen, die eine schlimmer als die andere. Korruption und Dieberei von Nazibeamten … Befehle, polnische Synagogen anzuzünden, während die Juden des Ortes drinnen eingesperrt waren … Massenmorde in Polen, bei denen Tausende erschossen wurden und anschließend die »Sieger« auf den Leichen herumtrampelten … die Konzentrationslager …

Es gab auch Fotos. Von nackten Männern, die vor einem Graben standen, Gewehrläufe auf ihre Körper gerichtet. Dann dieselben Männer tot in dem Graben, nachdem man sie kaltblütig erschossen hatte, die Leichen einer makabren, von Kugeln zersiebten Menschenkette. Andere Leichen, rußgeschwärzt. Der ausgemergelte Körper eines Kindes …

Dietrich merkte, wie ihm der Schweiß auf die Stirn trat. Er schloss den Ordner und erwiderte den Blick seines Schwagers. »Die Dokumente, die du hier hast …«

»… können mich Kopf und Kragen kosten«, führte Hans den Satz zu Ende. Sein Gesicht sah grimmig aus im Schein der Lampe.

»Wo … hast du das alles her?«

Hans sank in einen der Sessel, die Arme auf die Lehnen gestützt. »Admiral Canaris, der Chef der Abwehr, hat mich gebeten, das zusammenzustellen.«

»Aber das ist doch …«

»Gefährlich?« Hans hob eine Augenbraue. »Nur wenn wir es gegen Hitler benutzen.«

Dietrich fühlte sich, als ob eine schwere, feuchte Hand sich auf ihn legte. »Warum hast du mir das gezeigt?«

»Weil ich den Eindruck habe, dass du das allmählich wissen musst.«

Dietrich saß schweigend da, die Augen auf die Licht- und Schattenreflexe geheftet, die über die Ordner auf der glänzenden Platte von Hans' schwerem Eichenschreibtisch zuckten. Wer das hier wusste, der musste handeln. Aber wie?

Deutschland hatte schon lange kein Recht mehr, sich ein christliches Land zu nennen. Aber dies hier – es war schlimmer als die grässlichsten Albträume.

»Um es kurz zu machen: Canaris, ich und noch ein paar andere bereiten den Sturz der Regierung vor. Das geht natürlich nicht von heute auf morgen. Wir brauchen die Unterstützung etlicher hoher Offiziere, und viele von ihnen lassen sich immer noch weismachen, dass Hitler der Messias Deutschlands ist. Doch das wird sich ändern.

In dem Maße, wie die Lage sich verschlechtert, werden die Loyalitäten sich ändern.«

»Verschlechtert?« Was konnte denn noch schlechter werden? Doch halt! War dieser Einwand nicht die reine Naivität?

Hans nickte nur.

Ein leises Klopfen an der Tür. Hans sprang auf. Mit einer einzigen gekonnten Bewegung nahm er die Ordner, schob sie zurück in die Schublade und verschloss diese. Dann ging er gemessenen Schrittes zur Tür und öffnete sie vorsichtig. »Ach, du bist's, Christel. Komm doch rein.« Er ließ seine Frau herein und bedeutete ihr, in dem Sessel Platz zu nehmen, den er gerade geräumt hatte. Christel trug einen leichten Sommerpullover über ihrem schlichten blauen Kleid. Ihr langes dunkles Haar fiel ihr in einem Zopf auf den Rücken, wie damals, als sie noch ein Kind gewesen war.

»Hast du's ihm gesagt?« Sie sah ihren Mann an. Die beiden waren ein einzigartiges Paar. Und ein ideales. Trotz der Spannung des Augenblicks musste Dietrich lächeln, als er sie so vor sich sah – Hans hinter Christels Stuhl, seine Hand auf ihrer Schulter. Sie hatten keine Geheimnisse voreinander. Hans vertraute Christel ohne jeden Vorbehalt. Und sie bewies, dass sie dieses Vertrauens würdig war. Jedes Mal.

Hans nickte.

»Und? Was wird er machen?« Die Worte waren an Hans gerichtet, aber Christels Blick erwiderte den von Dietrich. Sie waren beide Bonhoeffers, aufgewachsen in einer Familie, in der leeres Geschwätz verpönt war und eine Idee nur dann etwas taugte, wenn man bereit war, sie in die Tat umzusetzen.

In die Tat umzusetzen …

Dietrich öffnete die Augen – er hatte gar nicht gemerkt, dass er sie geschlossen hatte – und kam mit seinen Gedanken in die Gegenwart zurück. Er saß wieder in dem gepolsterten Lehnstuhl im Salon seiner Eltern und nicht mehr in dem kühlen Ledersessel in Hans' Arbeitszimmer. Sein Blick fiel auf seine Armbanduhr.

Zeit für die BBC. Er drehte den Senderknopf, die Lautstärke nicht mehr als ein Flüstern. Leise, aber vielleicht umso deutlicher, erklang das Dong-Dong des *Big Ben* in London, das den Beginn der Sendung markierte. Dietrich presste ein Ohr an den Apparat.

Ja, was hatte er gemacht? Er hörte wieder Christels Frage, die sie mit ihrer festen Stimme gestellt hatte.

Er hatte sich Hans, Admiral Canaris und den anderen angeschlossen. Er hatte seine kirchlichen Beziehungen zu England, Schweden und der Schweiz spielen lassen, um den Kontakt zur britischen Regierung zu suchen. Er hatte sogar geholfen, die Chronik der Verbrechen zu vervollständigen. Seit jenem schicksalsschweren Abend waren die Pläne der Verschwörer konkreter geworden und ihr Kreis hatte sich vergrößert.

Dietrichs Stirn legte sich in Falten, als er seine volle Aufmerksamkeit der Stimme im Lautsprecher zuwandte. Sein ruhiger Atem und das leise Deutsch mit dem englischen Akzent waren die einzigen Geräusche in dem leeren Haus.

»Sie hören die BBC …«

Fünf

22. August 1942
Pommern

Maria schob sich eine Haarsträhne hinters Ohr und schrubbte noch einmal über die Kartoffel. Zwischen den Schulterblättern rann ihr der Schweiß herunter; ihr Gesicht fühlte sich heiß an und war bestimmt unattraktiv rot. Sie ließ die Kartoffel in die Schüssel mit den sauberen Exemplaren fallen, die darauf warteten, geschnitten zu werden. Neben ihr waren die Küchenmägde der Vogels – seit Beginn des Krieges waren es nur noch zwei – dabei, das Abendessen zu richten.

Sie begann, die Kartoffeln mit dem Messer in kleine Würfel zu schneiden. Heute gab es wieder einmal Eintopf. Das Gemüse, die Kartoffeln und die mit Mehl angedickte Fleischbrühe würden heute Abend alle satt machen. Einfache Kost, verglichen mit den Schnitzeln und Bratwürsten vor dem Krieg, die einem das Wasser im Mund zusammenlaufen ließen. Danach hatte es Kaffee gegeben – *richtigen* Kaffee, stark und mit Milch. Und Kuchen, mit richtigem Zucker und Rosinen. Vater hatte diese Mahlzeiten immer »einen Vorgeschmack auf den Himmel« genannt, und Maria hatte das, wenn sie sich zufrieden die letzten Kuchenreste von den Fingern leckte, nur bestätigen können. Oder hatte das Essen deswegen so gut geschmeckt, weil ihre Lieben – vor allem ihr Vater – dabei gewesen waren?

»Fräulein Maria.«

Sie fuhr zusammen. Das Messer rutschte ihr ab, als sie sich abrupt zum Sohn der Vogels herumdrehte; plötzlich ein stechender Schmerz im Finger. Seit der Szene mit dem Judenlied waren Gottfried und sie auf Abstand zueinander geblieben. Er befolgte – nun ja, meistens – ihre Anweisungen, aber in seinem Blick lag immer noch eine verhaltene Abneigung.

»Ja?«, flüsterte sie fast.

»Sie sollen mal eben raufkommen.« Er hatte den Mund zu einem Grinsen verzogen. »Mama hat gesagt, ich soll Sie holen.« Er befingerte die Spielzeugpistole in dem Halfter, das er sich um seinen pummeligen Bauch geschnallt hatte.

Ihr Herz hämmerte. Hatte er sie verpetzt, weil sie Boris wieder Brot zugesteckt hatte? Was sollte sie antworten? Was würden sie mit ihr machen?

»Es ist ein Telefonanruf«, fuhr Gottfried fort, als fiele ihm dies jetzt erst ein.

Erleichterung. »Danke, Gottfried.« Maria betrachtete die Kartoffeln, die noch auf ihre Zubereitung warteten, dann ihre Hand. Aus dem Schnitt an ihrem Daumen sickerte Blut. Einen Augenblick wollte ihr übel werden. Aber warum eigentlich? Als Mädchen vom Lande kannte sie sich doch aus mit Schrammen und Schnitten – nicht nur bei sich selbst, sondern auch bei ihren Geschwistern. Sie unterdrückte die aufkommende Übelkeit, zog ein sauberes Taschentuch aus ihrer Schürzentasche und band es fest um den Daumen. Gottfried schaute fasziniert zu, wie gebannt von dem roten Fleck, der immer größer durch das schneeweiße Tuch sickerte.

Maria schob sich an ihm vorbei und verließ die Küche. Als sie zu der Tür kam, die in die Bibliothek führte, spürte sie ihr Herzklopfen sogar in den Ohren. Komisch – in Pätzig war sie stundenlang draußen herumgerannt, ohne außer Atem zu geraten. Warum fühlte sie sich auf einmal so schwach? Hatte Gottfried sie so aus der Fassung gebracht?

Mit der unverletzten Hand drückte sie die Klinke. Durch das angelehnte Fenster kam eine leichte Sommerbrise, die die Gardinen spielen ließ und nach Gras und Sonne duftete. Maria sog den Geruch ein und merkte, wie ihr Herz ruhiger wurde. Sie trat zum Schreibtisch von Standartenführer Vogel. Ein erneuter Windstoß ließ mehrere Zettel über die polierte Eichenplatte flattern, bevor sie, wie die Flügel einer abgestürzten Taube, auf den Teppich segelten.

Maria schluckte die nächste Übelkeitswelle hinunter und nahm den Hörer in die Hand.

Warum zittern meine Hände auf einmal? Das ist doch verrückt!

»Hallo?«

Knistern am anderen Ende der Leitung, dann: »Maria?« Die Stimme ihrer Mutter schien aus unendlicher Ferne zu kommen.

»Ja, Mama, hier bin ich.« Sie nickte unwillkürlich und musste darüber schmunzeln. Durch die Telefonleitung konnte man doch nicht durchgucken …

»Meine liebe Tochter.«

Was sollte das? Ihre Mutter nannte sie selten »liebe Tochter«. Wenn jemand ihr Kosenamen gab, dann ihr Vater. Sein Lieblingswort war »Miesenmaus«. Im Mund eines jeden anderen wäre dies mehr als komisch gewesen, aber wenn ihr Vater sie so nannte und dabei lächelte, wie nur er es konnte, war ihr tagelang richtig warm ums Herz. »Ja?«

Schweigen. War die Verbindung noch da? Ihre Finger pressten sich fester um den Hörer. Draußen lockte der Garten in seiner Sommerpracht. Wie gerne hätte sie jetzt ihre Schuhe und Strümpfe an der Tür abgelegt, um barfuß durchs Gras zu rennen und das Kitzeln der Halme an den Zehen zu spüren, die Erde eins mit ihren Füßen.

»Mama, bist du noch da?« Ihre Stimme hallte wie ein Echo in diesem Raum mit den vielen in Leder gebundenen Büchern und den Bildern an der Wand.

»Ja, Maria, ich bin da. Ich … muss dir etwas sagen.«

»Ja?« Marias Stimme wurde unsicher, ihre Kehle trocken. Es musste etwas Schlimmes sein. Etwas anderes war gar nicht denkbar, wenn ihre Mutter so still und komisch war. Aber was war das Schlimme? Und wem war es passiert? War es ein Freund der Familie? Ein Cousin oder Onkel? Es waren schon mehrere umgekommen. So viele waren ja auf Befehl des Führers in alle Welt zerstreut, wie Treibgut auf dem Meer.

Und manchmal … ging auch jemand unter.

Ihre Mutter räusperte sich. »Gestern haben die Russen Vaters Regiment angegriffen. Er war schon durch mehrere Granatsplitter verwundet, aber er ließ sich nicht verarzten und blieb bei seinen Männern. Er konnte noch Alarm schlagen, bevor … bevor …«

Maria schloss die Augen. Draußen jubilierte ein Vogel. In ihren Ohren begann es zu dröhnen, wie von einem Wasserfall.

»Er … ist gefallen. Durch die nächsten Granatsplitter. Sie haben noch versucht, ihn ins Lazarett zu bringen, aber es war zu spät. Er hat dich so gemocht, Liebling. Du warst sein ganzer Stolz.«

Nein!

Es war nicht wahr. Es konnte nicht wahr sein! Nicht Vater, ihr großer, starker Papa mit seinem gewinnenden Lächeln und der ständig auf der Nasenspitze balancierenden Brille. Nicht Papa, ihr Vertrauter, ihr Held. Für die anderen war sie das lebhafte, kluge Ebenbild ihrer Großmutter. Für ihn war sie die »Miesenmaus«, die seine Augen leuchten und seine Lippen lächeln ließ.

Vater. Es ist nicht wahr, Papa. Deine Miesenmaus weigert sich, das zu glauben.

»Maria?«

»Ja, ich bin noch da.« War es die Erinnerung daran, wie stolz ihr Vater immer auf sie gewesen war, die ihr die Kraft gab, die nächsten Worte einigermaßen fest auszusprechen? »Ich komme nach Hause, Mama. Ich werde so bald wie möglich in Pätzig sein.«

»Ja, mach das nur. Die Vogels werden dir helfen. Jetzt muss ich die nächsten Anrufe machen. Bis bald.« Die Stimme ihrer Mutter war den Tränen nahe. Die Herrin von Pätzig, die Ehefrau von Hans von Wedemeyer, weinte nicht oft, und schon gar nicht in Gegenwart ihrer Kinder. Aber jetzt, am anderen Ende der Leitung, weinte sie.

Maria fühlte sich gedrängt, etwas zu sagen. Worte, wie ihr Vater sie gesagt hätte, Worte, die alles wiedergutgemacht und die Welt wieder auf die Füße gestellt hätten.

Aber sie konnte es nicht.

»Bis bald, Mutter«, brachte sie nur flüsternd heraus. Hatte ihre Mutter sie überhaupt gehört?

Es klickte in der Leitung.

Maria legte den Hörer auf. Wie reagieren – auf einen solchen Verlust? Wie sollte sie damit fertigwerden, wie auch nur versuchen, diese brutale Wahrheit zu begreifen? Diese Endgültigkeit. All das, was hätte sein können und nun nie mehr sein würde.

Wie mochten die letzten Momente seines Lebens gewesen sein? Sie starrte auf ihren Daumen hinunter, auf das an dem Taschentuch klebende getrocknete Blut, auf die verschmierten Blutstropfen an ihrer Hand. Dieses hässliche Rot … das gequälte Gesicht ihres Vaters … explodierende Geschosse. Ob er an sie gedacht hatte, als das Leben aus seinen Adern floss?

Ihre Brust schnürte sich zusammen. Sie rang nach Luft.

Nein, nicht daran denken! Nicht jetzt, oder sie würde zerbrechen.

Sie zwang sich, zum Fenster hinüberzuschauen, und verlor sich an einem anderen Ort, in einer anderen Zeit.

Der Wartenberger Teich in der Nähe von Pätzig. Die frische, reine Luft. Das Sonnenlicht, das auf dem Wasser tanzte. Das Kreischen und Lachen ihrer Geschwister, die im Badeanzug durchs Wasser sprangen und spritzten. Vater, der zu ihr hochsah, als sie auf dem Sprungbett stand. Keiner war so stark wie Vater, keiner konnte so gut schwimmen.

Ruth-Alice, ihre ältere Schwester, hielt sich im Hintergrund. Sie war wasserscheu wie immer. Maria hielt das für blöd. Was war denn gefährlich an so einem Teich?

Sie trat an den Rand des Sprungbretts, den Blick fest auf ihren Vater gerichtet. Er sprach ihr Mut zu und forderte sie auf, die Arme über den Kopf zu heben. So. Schön.

»Guck, Papa!« Im nächsten Augenblick schoss sie durch die Luft, dann mit einem Aufspritzen ins Wasser, wo es tief war, zu tief zum Stehen. Das Wasser schlug über ihrem Kopf zusammen, aber nur für einen Moment.

Es gab überhaupt nichts, wovor sie Angst haben musste.

Papa fing sie auf. Immer.

Die Erinnerung verblasste, aus dem Wind über dem Teich wurde die Brise, die durch das Fenster in die Vogel'sche Bibliothek wehte. Maria fuhr sich mit der Hand über die Wangen. Nanu, Tränen? Sie hatte gar nicht gemerkt, dass sie angefangen hatte zu weinen.

Aber es gab allen Grund zu weinen.

Wer würde sie von nun an auffangen?

Sechs

23. August 1942
Berlin

Dies war Berlin, eine Stadt, die die Briten vor weniger als einem Jahr bombardiert hatten. Die Abwehr kam ihrem Ziel immer näher, wie ein Jäger, der sich an seine Beute anschleicht; immer ambitiöser wurden ihre Pläne. Und die Rationierungswut hatte längst Kaffee durch Imitate und starken Tee durch schwachen, mit wiederverwerteten Blättern ersetzt. Trotz alledem nahm Dietrichs Mutter, Paula Bonhoeffer, weiter jeden Tag ihren Nachmittagstee im Garten hinter dem Haus ein.

Dietrich war dankbar, dass er bei ihr sein und aus erster Hand miterleben konnte, dass sie sich nicht unterkriegen ließ »in diesen Zeiten«.

Und seiner Mutter gegenüber, ebenfalls in einem Korbsessel, saß sein Vater, der bekannte Professor und Psychiater Dr. Karl Bonhoeffer, Tasse und Untertasse auf dem Knie balancierend, in seinen Händen ein Buch.

»Noch Tee, Dietrich?« Die Bonhoeffers ließen sich nicht groß von Titeln und gekrönten Häuptern beeindrucken, aber mit ihrem im Nacken zu einem kronenähnlichen Dutt geflochtenen Haar, ihrer kerzengeraden Haltung und ihrem schlichten, aber eleganten marineblauen Hauskleid mit dem weißen Spitzenkragen konnte Paula Bonhoeffer es mit einer Königin aufnehmen.

»Nein, danke.« Dietrich stellte seine leere Tasse samt Untertasse auf dem Korbtisch ab. »Aber ich staune immer wieder, wie du es schaffst, jeden Nachmittag so viel auf den Tisch zu bringen, und das in Berlin.«

Sie lächelte nur. Es waren ihre harte Arbeit und ihr Erfindungsgeist, die diesen Überfluss möglich machten, aber sie war zu bescheiden, um das zuzugeben.

Sie stellte die leeren Tassen und Teller aufeinander. Die restlichen Anisplätzchen legte sie auf den Teller mit den übrig gebliebenen Brotscheiben. »Ich bring die Reste nachher zu Frau Weber, zwei Straßen weiter. Du erinnerst dich sicher an sie, Dietrich? In Grunewald war sie unsere Nachbarin.«

Er streckte die Beine aus und legte einen Arm auf die Rückenlehne seines Sessels. Aus der Ferne kam das Geräusch eines Autos, etwas näher war fröhliches Kinderlachen zu hören – bestimmt die Jungen der Grubers gegenüber beim Reifenspiel, bei dem man einen Reifen mit einem Stock vor sich hertrieb. Die Luft roch nach Sommer – nach frisch gemähtem Rasen, blühenden Sträuchern und dem in der Großstadt unterschwellig stets präsenten Gemisch aus Motorradabgasen und kaltem Zigarettenrauch.

»Ach, Frau Weber, ja. Der hab ich doch die Einkäufe auf dem Wochenmarkt erledigt, als sie ihr erstes Kind erwartete. Ich wollte nie was dafür haben, aber sie gab mir immer Schokolade oder ein Stück Kuchen. Eine echt nette Frau. Siehst du sie öfters?«

Seine Mutter seufzte auf. »Sogar öfter als früher. Ihr Mann ist letzten Monat an der Ostfront gefallen. Ihr ältester Sohn, Rudi, ist dieses Jahr eingezogen worden, und jetzt muss sie alleine für seine drei kleinen Schwestern sorgen.«

Früher fing man Gespräche mit dem Satz »Heute sieht es nach Regen aus« an. Seit der Krieg begonnen hatte, hieß es eher: »Hast du schon gehört, dass der X gefallen oder verwundet worden ist?«

»O, das wusste ich nicht«, erwiderte Dietrich. Es verging kaum eine Woche, in der er nicht ehemaligen Konfirmanden oder Brüdern aus Finkenwalde schrieb, ihnen Mut machte, weil jemand an die Front beordert worden war, oder zum Tod eines Verwandten kondolierte. Er tat sein Bestes, um sich über alle informiert zu halten. Und über die neuesten Nachrichten von der Front. Sein »Das wusste ich nicht« kam ihm wie das Eingeständnis eines Versagens vor, obwohl er keinen Grund hatte, sich Vorwürfe zu machen. »Ich geh mit zu Frau Weber. Weißt du, ob wir noch diese Holztiere von Sabines Arche Noah haben? Die könnten wir den Mädchen mitbringen. Was hältst du davon?«

»Das ist eine gute Idee.« Sein Vater legte sein Buch beiseite. »Ich glaube, die sind in dem großen Schrank im Gästezimmer. Ich schau eben mal nach.« Er stand auf und ging über den Rasen zur Hintertür des Hauses.

Der Himmel, an dem gerade noch die Sonne gestrahlt hatte, überzog sich plötzlich mit dunklen Wolken, als ob gleich Regen kommen wollte.

Die Nachrichten, die Dietrich seit seinem Besuch in Rom und Venedig von Bischof Bell erhalten hatte, waren enttäuschend. Die britische Regierung war nicht bereit, die Verschwörer gegen Hitler zu unterstützen. Die Antwort, die Anthony Eden Bell übermittelt hatte, lautete, in dem üblichen Diplomatenchinesisch formuliert, wie folgt: »Ohne die Vertrauenswürdigkeit Ihrer Informanten in Zweifel ziehen zu wollen, muss ich Ihnen mitteilen, dass es nicht im nationalen Interesse liegt, ihnen einen positiven Bescheid zukommen zu lassen.«

Ein höfliches, aber knallhartes Nein. Churchill und sein Regime hielten es für ausgeschlossen, dass es in Deutschland Menschen geben könnte, die bereit waren, gegen ihre eigene Regierung aufzustehen. Die Vorstellung, dass Bell es schaffen könnte, Eden umzustimmen, hatte sich als ungefähr so realistisch erwiesen wie der Versuch, mit auf dem Rücken zusammengebundenen Händen beim Armdrücken zu gewinnen.

Wenn die Briten nur die Wahrheit begreifen würden! Gelänge es den Verschwörern, die Unterstützung des Königreichs zu gewinnen, könnte Deutschland – wenn der Krieg endlich vorbei war – zur Buße geführt werden. Es war wichtig, dass die Christen in Deutschland aus ehrlichem Herzen auf die zugingen, denen das NS-Regime so viel Leid zugefügt hatte. Aber wie lange konnten sie die Dynamik dieser Ideen lebendig halten, wenn Eden jegliche Verhandlungen kategorisch ablehnte?

Die Reaktion der Briten war ein schwerer Schlag. Aber es gab bereits andere Pläne. Sie betrafen zwar nur relativ wenige Menschen – genauer gesagt: vierzehn. Aber in Gottes Augen waren vierzehn nicht weniger wert als tausend.

»Operation 7« war Hans' Projekt. Im Kopf von Dietrichs Schwager war für größere Dinge Platz als für die juristische Schulweisheit, die an der Universität gelehrt wurde. Zum Beispiel dafür, als Agenten der Abwehr getarnte Juden – vierzehn Männer aus Gottes Volk – aus Berlin hinauszuschmuggeln. Die Männer würden in die Schweiz reisen, um – so die offizielle Version – den dortigen Behörden zu berichten, wie gut die Juden in Deutschland behandelt wurden. In Wirklichkeit würden sie den Schweizern die Wahrheit sagen und anschließend bis zum Ende des Krieges in der Schweiz bleiben und sich dort ihr Brot verdienen. Sie brauchten nur die richtigen Papiere. Ja, Papiere, Formulare und Dokumente ohne Ende.

Wie viele Stunden Arbeit hatte es gekostet, die vierzehn Juden von den Deportationslisten zu streichen und sie offiziell als Abwehragenten anzuwerben! Dietrich hatte die Visa für sie besorgt und Geldgeber gefunden, die ihnen nach ihrer Ankunft in der Schweiz weiterhelfen würden.

Kein Wunder, dass Hans und Admiral Canaris chronisch erschöpft aussahen.

Obwohl Dietrich der am wenigsten Überarbeitete von den dreien war, hatte er gerade eine Verschnaufpause bekommen, die morgen beginnen würde. Ruth hatte ihm geschrieben und ihn gebeten, ihr einen Arzt zu empfehlen, der sich ihren grauen Star im Blick auf eine mögliche Operation anschauen würde. Er hatte vor, wieder nach Klein-Krössin zu fahren, um Ruth behilflich zu sein und an seinem Buch weiterzuarbeiten. Berlin wurde immer mehr von der Kriegsnervosität beherrscht; früher waren die Familien in den Zoologischen Garten gegangen, jetzt versammelten sie sich in den Luftschutzkellern. Klein-Krössin, das bedeutete Ruhe und Aufatmen, wenn auch nur für kurze Zeit.

»Dietrich.«

Er wandte sich um. Sein Vater stand in der offenen Tür, mit leeren Händen.

»Ach so, ja, jetzt erinnere ich mich. Eberhard brauchte Platz, um ein paar Sachen unterzubringen, und die habe ich im Gästezimmerschrank verstaut.« Dietrich stand mit einem entschuldigenden Lächeln auf. »Vielleicht bittest du ihn in deinem nächsten Brief durch die Blume, sich einen anderen Platz für seine alte Skiausrüstung zu suchen, dann hat er was zu lachen. Ich komme und helfe dir suchen.«

Sein Vater schüttelte den Kopf. »Die Tiere habe ich gefunden. Aber als ich wieder runterkam, hat das Telefon geklingelt. Es ist Frau von Kleist.«

»Wahrscheinlich soll ich ihr was aus Berlin mitbringen. Entschuldige mich einen Augenblick, Mutter, ich bin gleich wieder da.« Er lief über den Rasen zur Hintertür, die er hinter sich schloss. Von oben waren Schritte zu hören – wahrscheinlich Lotte, das Dienstmädchen, bei ihrem täglichen Staubwischen.

Vom Flur aus ging er ins Arbeitszimmer seines Vaters, das ihm fast genauso vertraut war wie sein eigenes Zimmer im Obergeschoss. Die Büchersammlung der Familie, dazwischen Fotografien und Andenken. Durch das Fenster sah man in den Garten hinunter, wo seine Eltern sich weiter unterhielten. Dietrich nahm den Hörer in die Hand.

»Guten Tag, Dietrich.« Ruths vertraute Stimme klang gedämpft.

»Wie geht's dir, Ruth? Möchtest du, dass ich dir ein Glas von Mutters Erdbeermarmelade mitbringe? Oder ein Buch zum Vorlesen?« Die sehr belesene Ruth vermisste es zweifellos, stundenlang Bücher lesen zu können wie in der guten alten Zeit, bevor ihre Augen schlechter wurden.

»Nein, es ist was anderes.« Ihre Stimme zitterte merkwürdig. An der Telefonleitung konnte es nicht liegen; so schlecht waren die Leitungen in Berlin nicht.

Sein Herz schlug schneller. »Was ist denn?«

»Es ist mein Schwiegersohn – Marias Vater. Er … ist bei einem Artillerieangriff der Russen getroffen worden. Gerade haben wir die

Nachricht erhalten. Er konnte sein Regiment noch warnen, bevor er starb. Ich habe eben mit Ruthchen telefoniert.« Ruths Stimme wollte brechen.

Aber geht es nicht gerade allen Frauen so, dass sie die Männer in ihrem Leben vermissen; ständig auf den Postboten warten, nachts in die Kissen weinen und Gott bitten, dass er sie ihnen wiedergibt?

Marias Worte, die sie keine drei Monate zuvor gesprochen hatte, die Augen hell und klar. Mit etwas Angst in der Stimme vielleicht, aber noch hatte der See still dagelegen, noch hatten keine Steine das Wasser in Unruhe versetzt. Er erinnerte sich noch gut, wie er ihrem Bruder Konfirmandenunterricht gegeben hatte und wie ihm damals das enge Verhältnis zwischen Tochter und Vater aufgefallen war. Und wie ihm Herr von Wedemeyer mit ernster Miene erklärt hatte, was für ein großes Anliegen es ihm sei, dass alle seine Kinder eine solide geistliche Unterweisung erhielten.

Zweifellos hatte die Familie viele eigene Erinnerungen an ihren Vater, die ihr lieb und wert waren. Denn etwas anderes hatte sie jetzt nicht mehr, bis auf ein paar Kleider in den Schränken, das eine oder andere Lieblingsbuch oder den Lieblingssessel. Erinnerungen.

Und die Ewigkeitshoffnung.

»Ich … weiß nicht, was ich sagen soll.« Als Pastor, der schon so viele Trost- und Kondolenzbriefe geschrieben hatte, hätte er es eigentlich wissen sollen. Aber der Gedanke, dass die jugendlich frische Maria mit den lachenden Augen jetzt den Tod ihres Vaters beweinte, presste sein Herz zu einem Klumpen des Kummers und des Schmerzes zusammen.

»Der Herr hat's gegeben, der Herr hat's genommen. Der Name des Herrn sei gelobt.« Dietrich hörte die Kraft in Ruths Worten. Aber auch die Tränen.

Er räusperte sich. »Es war ein Vorrecht für die Kinder von Herrn Wedemeyer, solch einen Vater zu haben. Er hat ihnen ein kostbares geistliches Erbe hinterlassen. Gott wird es benutzen, um ihnen jetzt Kraft zu geben – Maria, Max und den anderen.«

Ein Gebet stieg in seinem Herzen hoch, während er die Worte

sprach. *Allmächtiger Gott, lass deine Gnade und Kraft ihr Trost sein! Lass sie ruhen in der Gewissheit, deine Kinder zu sein, die nichts von dir trennen kann.*

»Schreib das an Max«, fuhr Ruth fort. »Ein Brief von dir wird ihm Mut machen und ihm neue Kraft geben. Und schreib doch bitte auch an Ruthchen. Meine Tochter ist eine starke Frau, aber das ist ein furchtbarer Schlag für sie gewesen, wie für uns alle.«

»Das werde ich machen.« Dietrich schluckte den Kloß in seiner Kehle hinunter. »Sobald ich in Klein-Krössin bin. Dann kannst du die Briefe lesen, bevor ich sie abschicke.«

»Bis bald dann.« Ruths Stimme wurde ruhiger. Sie würde nicht untergehen in diesem Sturm. Es war nicht der erste Verlust, den sie in ihren fünfundsiebzig Jahren erlitten hatte.

»Bis bald, so der Herr will.«

Er legte auf und stand da, die Hände auf die Schreibtischplatte seines Vaters gestützt. Mehrere Minuten blieb er so stehen, den Kopf gesenkt, und schrie in seinem Herzen zu Gott. Der Tod. Allgegenwärtig, in jeder Straße, auf jedem Gesicht. Der schlimmste aller Diebe, der Krieg, stahl ohne jedes Ansehen der Person. Die von Wedemeyers waren nicht seine ersten Opfer und sie würden nicht die letzten sein. Aber dass dies so normal war, machte es nicht leichter, es zu ertragen. Trauer war Trauer, ob in Kriegs- oder Friedenszeiten.

Obwohl viele Kilometer zwischen ihnen lagen und sie seit jenem Abend bei ihrer Großmutter kein Wort miteinander gesprochen hatten – die Last von Marias Trauer lag so schwer auf ihm, als läge sie in seinen Armen und weinte sich bei ihm aus.

Sieben

24. August 1942
Gutshaus Pätzig, Pommern

Der Tod ihres Vaters hatte eine klaffende Lücke in ihr Leben gerissen.

Maria stand auf dem breiten Kiesweg, der zu dem großen Steinhaus ihrer Familie führte. Hier hatte sie als vierzehnjähriges Mädchen gestanden, den kleinen Koffer in der Hand, das Herz erwartungsvoll klopfend, wenn sie vom Internat nach Hause in die Ferien kam. Dann flog sie fast durchs Haus, dass ihre Füße den blank gewienerten Fußboden kaum berührten. Bis sie endlich vor ihnen stand, ihre Mutter überrascht aufblickte und ihr Nähzeug beiseitelegte, während ihre kleinen Geschwister mit Freudenschreien herbeiliefen, um zu sehen, ob sie ihnen etwas mitgebracht hatte.

Am Fenster stand Max, die eine Hand auf der Fensterbank, und begrüßte sie mit seinem vertrauten schrägen Schelmenlächeln, als wollte er sagen: »Was wollen wir diesmal zusammen anstellen, Schwesterchen?« Und sie rollte vielsagend die Augen, wohl wissend, dass er sie, noch bevor der Abend zu Ende war, schon zu den ersten Streichen angestiftet hätte.

Darauf nahm sie schnell die Parade der übrigen Geschwister ab, drückte jedes kurz und versprach ihm sein Geschenk, bevor sie in die Arme ihres Vaters sprang. Er umarmte sie fest, eine Schutzburg, die nach Zigarren roch, und flüsterte ihr ins Haar, wie froh er war, dass seine kleine Miesenmaus wieder da war.

Und dann – und erst dann – wusste sie, dass sie wieder zu Hause war.

Maria straffte die Schultern und schluckte den Schmerz in ihrer Kehle hinunter. Sie musste stark sein. Für Mutter und für die anderen. Sie war kein wohlbehütetes kleines Mädchen mehr, sondern eine achtzehnjährige junge Dame mitten in einem Krieg. Ein Krieg, der nicht nur an der Front tobte, sondern das Leben aller Menschen berührte. Das prächtige Haus vor ihr, mit seinen grauen Steinmauern und üppigen Gärten, war einst wie eine Oase aus einer anderen Welt gewesen; jetzt war es eines von vielen anderen Häusern – die einen bescheiden, die anderen prächtig – in Deutschland und in der Welt.

Ein Heim, in das die Trauer eingezogen war.

Sie wandte ihr Gesicht der warmen Sonne zu und sog die lehmige Landluft ein. Ihre Halbschuhe knirschten über den Kies, als sie die letzten Meter zu den Stufen ging, die zu der zweiflügeligen Verandatür führten. Sie drehte den Türknopf, das Metall kühl und glatt unter ihrer Hand, und trat ins Haus.

Die Stille hallte von der hohen Decke und dem blitzblanken Parkettfußboden, brach sich an den Rahmen der Gemälde, die ordentlich an ihren Plätzen an den lachsfarbenen Wänden hingen.

Selbst wenn ihre Mutter nicht angerufen hätte – sie hätte gewusst, dass etwas nicht stimmte, als sie ihren Fuß in den Hausflur setzte. Ein Haus, das die Geburt von sieben Kindern gesehen hatte, war nie lange still.

Maria nahm ihren Hut mit dem dunkelroten Rand ab, den sie beim Kauf vor zwei Jahren so modisch gefunden hatte. Endlich ein Geräusch – Schritte auf der Treppe.

Ihre Mutter, die eine Hand lose auf dem Geländer, kam am Arm des fünfzehnjährigen Hans-Werner herunter. Dahinter die dreizehnjährige Christine und die zehnjährige Lala und zuletzt der sechsjährige Peter an der Hand seiner ältesten Schwester, der 22-jährigen Ruth-Alice. Die Augen der Kinder leuchteten auf, als sie Maria sahen, aber nicht so wie sonst. Niemand rannte, kreischte oder plapperte. Es war eine unheimliche, klebrige Stille, wie eine schwere Hand, von der sie sich frei machen wollten und nicht konnten.

»Wie gut, dass du wieder da bist, Maria.« Ihre Mutter nahm sie an beiden Händen und küsste sie sanft auf die Wange. Maria roch das vertraute Rosenparfüm. Mit ihrem dunkelblauen Kleid und dem zu einem strengen Knoten zusammengebundenen grau melierten Haar war ihre Mutter nach wie vor ganz die Ehefrau eines hoch angesehenen Gutsbesitzers. Die einzigen Spuren der Katastrophe der letzten Tage waren die nicht wie sonst tadellos geraden, sondern etwas hängenden Schultern und die Ringe um ihre hellen braunen Augen.

»Ja.« Maria zwang ihre Lippen, zu lächeln. »Du siehst gut aus.« Sie kniete sich neben ihre jüngeren Geschwister und nahm sie der Reihe nach in den Arm. Hans-Werner, der mit jedem Tag größer wurde. Christine, die aus dem Internat gekommen war. Lala mit den dünnen braunen Zöpfen, die nach Wind und Pferden rochen. Den kleinen Peter, der Max so ähnlich sah und sie jetzt so fest umarmte, als könne er damit den Vater mit dem nächsten Zug nach Hause holen.

Als Letzte umarmte sie Ruth-Alice, die sich nicht nur um ihren Bruder Sorgen machte, sondern auch um ihren Ehemann Klaus, der Offizier in der Wehrmacht war. Marias älteste Schwester wirkte immer so tapfer und stark, und als die beiden sich umarmten, spürte Maria, wie Ruth-Alices Kraft sich auf sie übertrug. Aber es war eine begrenzte Kraft; die robustere von den beiden war eigentlich immer Maria gewesen.

Sie lösten sich wieder voneinander. »Hast du was von Klaus gehört?«

Ruth-Alice schüttelte den Kopf, die Lippen zusammengepresst. Unter ihren hochgekämmten dunklen Locken baumelten ihre kleinen silbernen Ohrringe. »Er kann meinen Brief noch nicht so bald bekommen haben. Da sitzt er da draußen an der Front, ganz allein, und muss solche Nachrichten per Brief bekommen. Wir hier haben wenigstens einander trösten können.«

»So ist das nur zu oft heute.« Marias seufzte auf. »Aber erfahren muss er es ja.« Sie schaute zu dem kleinen Peter hinunter, der sich an sie drückte.

»Ich hab dich vermisst, Maria.« Er lächelte, dass man seine Zahnlücke sah.

»Und ich dich.« Sie bückte sich zu ihm hinunter und verwuschelte ihm die Haare. »Du bist viel lieber als die Kinder, die ich gerade hüten muss. Der kleine Junge der Familie spielt dauernd mit Würmern.«

»Ich mag Würmer auch«, sagte Peter. Die anderen lachten, bis auf die Mutter, die sich nur ein müdes Lächeln abrang.

»Geh doch rauf und mach dich ein wenig frisch«, schlug Ruth-Alice vor. »In fünf Minuten gibt's Mittagessen im Esszimmer.«

»Ja, gut.« Wäre dies ein normaler Besuch gewesen, sie wäre zwei Stufen auf einmal die Treppe hinaufgestürmt, nicht ohne Peter über die Schulter zuzurufen, dass er ja nicht den ganzen Kuchen aufessen sollte, bevor sie wieder unten war. Doch das war heute fehl am Platz. Und was den Kuchen betraf – er war eine Seltenheit geworden, selbst auf dem Land, wo der Tisch reicher gedeckt war als in den großen Städten wie München oder Berlin.

Maria ging hinauf ins Obergeschoss und öffnete die Tür zu ihrem Zimmer. Ah, ein lieber Mensch hatte ihr eine Schüssel Wasser und etwas Seife bereitgestellt. Sie zog ihre Schuhe aus und ließ ihre Füße in den dicken Teppich sinken, dann wusch sie sich Gesicht und Hände. Ihre zerknitterten und staubigen Reisekleider legte sie fürs Erste auf den Fußboden und zog stattdessen eine schlichte Baumwollbluse und einen grauen Rock an.

Haarnadeln im Mund und eine Bürste in der einen Hand, versuchte sie, ihr windzerzaustes Haar zu einem präsentablen Knoten zu bändigen. Da erspähte sie auf ihrem Schreibtisch ein in braunes Papier gewickeltes Päckchen. Als sie die letzte Haarnadel fixiert hatte, trat sie näher und nahm es in die Hand. Darunter lag ein Briefumschlag, auf dem in der großen, etwas unregelmäßigen Handschrift ihrer Großmutter ihr Name geschrieben stand. Sie öffnete zuerst den Brief.

Meine liebe Enkeltochter,
Worte können ihn nicht ausdrücken, den Schmerz, den ich für Dich und die Deinen angesichts des Todes Deines lieben Vaters empfinde. Für Dich, mit Deinem leidenschaftlichen Temperament und Deiner großen Feinfühligkeit, wird er vielleicht noch schwerer zu tragen sein als für die anderen.

Aber Du hast von Kind auf gelernt, dass Gott gibt und wieder nimmt. Wir dürfen seine Allmacht nicht infrage stellen, sondern müssen mit einem vertrauenden Herzen seinen Willen annehmen.

Ich habe schon Deine Mutter gefragt, ob Du nicht vielleicht Anfang Oktober zu mir nach Berlin kommen kannst. Meine alten Augen lassen mir endgültig keine andere Wahl mehr, als mich der gefürchteten Star-Operation zu unterziehen, und es wäre sehr schön, wenn Du mich im Krankenhaus besuchen und mir vorlesen könntest. Ich glaube, es täte uns beiden sehr gut, wenn wir für ein paar Wochen zusammen sein könnten.

Ich lege ein Exemplar eines Buches bei, das mir eine große Quelle der Weisheit und Ermutigung ist, seit ich es vor ein paar Jahren entdeckte. Ich glaube, Du hast es noch nicht gelesen, und hoffe, dass Du es in dieser schweren Prüfungszeit hilfreich finden wirst. Wenn Dir beim Lesen Fragen kommen, kannst Du sie jederzeit mit mir besprechen, wie Du das immer gemacht hast.

Du bist in meinen Gebeten und in meinem Herzen, Maria.

Deine Dich liebende Großmutter

Maria ließ den Brief seufzend auf den Schreibtisch fallen. Dass ein Buch alles besser machen sollte – typisch Großmutter!

Was hatte sie von einem Buch? Alles, was sie wollte, war, dass ihr Vater wieder nach Hause käme, gesund und wohlbehalten. Und wenn es nur für eine Minute wäre, für eine letzte Umarmung. Für die letzte Gelegenheit, ihm zu sagen, wie leid es ihr tat, wenn sie manchmal egoistisch und ungehorsam gewesen war. Und ihm zuzuflüstern, wie sehr sie ihn liebte …

Ein Schluchzer stieg ihr in die Kehle, brennend wie eine glühende Kohle.

Nein, es war zu spät. Vater würde nicht mehr zurückkommen. Noch nicht einmal sein Leichnam; der würde irgendwo auf einem Soldatenfriedhof landen, wenn nicht noch schlimmer …

Nie mehr würde seine Stimme durch das Treppenhaus dröhnen, dass Maria sich für einen Galopp über die Felder fertig machen solle. Nie mehr würde sie sein schallendes Gelächter hören. Oder seine starken Hände mit ihren umklammern, wenn er sie durch einen Walzer führte. Er war ihr großer Held gewesen, in allem. Er hatte sie zum Denken gebracht, er hatte ihr die schwierigen Fragen beantwortet, mit der sie ihre Mutter zur Verzweiflung trieb.

Durch einen Tränenschleier starrte sie das Päckchen an. Großmutter würde hören wollen, dass sie es zu schätzen wusste, und sie müsste es in einem Dankesbrief erwähnen, obwohl sie sich im Augenblick nicht vorstellen konnte, dass ihr benommener Kopf mehr würde fassen können als die allereinfachsten Sätze.

Sie fuhr sich über die Augen, hob das Päckchen auf und wickelte das Buch aus. Es war ein schlichter, schwarz eingebundener Band, der Deckel kühl und glatt unter ihren Fingern.

Nachfolge, von Dietrich Bonhoeffer.

Hatte es diesen Abend in Klein-Krössin tatsächlich gegeben oder war es alles nur ein Traum? Wie vorlaut und unbekümmert sie gewesen war; sie hatte fast getanzt zu der amerikanischen Musik. An diesem Abend hatte der Krieg noch nicht seine grausame Faust um ihre Lieben geschlossen, noch nicht ihr Leben auseinandergerissen.

Er hatte sie noch nicht in eine Welt hineingeschleudert, die mit jedem Tag zerbrechlicher wurde.

Acht

2. Oktober 1942
Berlin

Die deutsche Hauptstadt war eine Stätte der Niedertracht geworden.

Der Gedanke überraschte Dietrich schon lange nicht mehr; fast zehn Jahre lang hielt das Elend jetzt schon an. Aber die Wahrheit brachte sich mit schmerzlicher Klarheit in Erinnerung, als er die Straße entlanglief, die zum Franziskus-Krankenhaus führte. Eine Abteilung Offiziere in Uniform marschierte im Stechschritt über das Kopfsteinpflaster; die wenigen Autos, die vorbeifuhren, machten einen großen Bogen um sie.

Je weiter die Monate sich voranschleppten, umso farbloser sah alles in der Stadt aus, von dem ausgebleichten Kleid der Frau, die ein paar Meter vor Dietrich ihren Kinderwagen schob, über die Hakenkreuzfahnen, die schlaff an ihren Stangen hingen wie die vergessene Dekoration eines längst vergangenen Geburtstags, bis hin zu den Gesichtern der Passanten – Männer, Frauen und Kinder. In ihren vorzeitig alt gewordenen Augen spiegelten sich Mühsale, die ihre Lippen nicht auszusprechen wagten. Liebe Menschen, die sie verloren hatten. Hunger. Der Traum vom siegreichen Vaterland, der ihnen wie Sand durch die Finger rann.

Nun hatte Dietrich die breite Steintreppe vor dem Eingang des Spitals erreicht. Er ließ einer jungen Mutter mit zwei Kindern durch eine Handgeste den Vortritt, dann ging er die Stufen hinauf und trat durch die Tür ins Innere des Gebäudes. In der Eingangshalle herrschte geschäftiges Treiben – ein Ärztetrio, in der Hand die obligatorischen Klemmbretter mit Patientenblättern; Frauen, die mit ernsten Mienen Schlange standen. Eine Viertelstunde Schlangestehen später gelang es Dietrich, der strengen Dame an der Rezeption die Zimmernummer von Ruth von Kleist-Retzow zu entlocken, worauf er sich in das Labyrinth der Gänge begab und eine Treppe hochstieg.

Mit jedem Schritt wurde das komische Gefühl in seinem Hinterkopf stärker. Als Pastor war er es gewohnt, Krankenbesuche zu machen. Ruth von Kleist-Retzow war keine Ausnahme. Er hatte schließlich selbst dafür gesorgt, dass sie in diese Klinik kam, nachdem er seinen Vater gefragt hatte, welcher Augenarzt in Berlin der beste für Star-Operationen sei. Eigentlich hätte er Ruth gern so oft wie möglich besucht. Aber seine bevorstehende Reise nach München, um seine Abwehr-Mission auf dem Balkan und in der Schweiz vorzubereiten, würde ihm wahrscheinlich nur diesen einen Besuch erlauben.

Nein, dieses Gefühl der Erwartung und, ja, wenn man das so nennen konnte, der Nervosität, hatte nichts mit Ruth zu tun.

Maria.

Er hätte nie gedacht, dass eine Frau seine Gedanken so vollständig und mit solch einer Kraft in Beschlag nehmen konnte. Ihr Bild hatte ihm vor Augen gestanden, als er zuerst ihrer Mutter und dann ihrem Bruder Max schriftlich zum Tod von Hans von Wedemeyer kondoliert hatte. Zu gerne hätte er auch ihr einen Brief geschrieben, sich aber nicht getraut. Es wäre zu vermessen gewesen, zu …

Und so hatte er es nicht getan und stattdessen versucht, jede Hoffnung auf ein Wiedersehen mit ihr zu begraben.

Aber jetzt – war sie in diesem Krankenhaus, und mit jedem Schritt kam er ihr ein wenig näher. Es war wie ein Traum. Nein, kein Traum, das bewiesen das leise Quietschen seiner Schuhsohlen auf dem Linoleumboden und der allgegenwärtige Geruch nach Desinfektionsmitteln.

Jetzt hätte er dringend einen seiner besonnenen Freunde gebraucht, jemanden wie Eberhard, der etwas Ordnung und Verstand in seinen dicken Schädel gebracht hätte, denn der Gedanke, Maria gleich wiederzusehen, wollte ihm fast die Luft wegnehmen.

In der Mitte des Ganges blieb er stehen. Eine Schwester, die ihm entgegenkam, warf einen krankenhausmäßigen, skeptischen Blick in seine Richtung, bevor sie entschlossenen Schrittes weitereilte.

Nach der Schwester begegneten ihm noch ein Sanitäter, der einen Wagen schob, und zwei Ärzte, die die Köpfe zusammensteckten. Dietrich prüfte die Nummern an den Zimmertüren. Da war das Zimmer. Er schielte auf den Strauß mit den dunkelroten Blumen in seiner Hand. Leider würde Ruth nicht viel davon haben, denn sobald sie ihre Augenbinde trug, würde sie ihn nicht mehr sehen können. Was er gekostet hatte, daran durfte er sowieso nicht denken.

Aber Ruth liebte Blumen, und es würde sie freuen, dass er daran gedacht hatte, ihr etwas mitzubringen. Sie hatte ja nun wirklich mehr als genug für ihn getan in all den Jahren.

Und die Farbe der Blumen erinnerte ihn an das Kleid, das ihre Enkelin an jenem Abend im Garten getragen hatte.

Dietrich holte tief Luft und klopfte an die Tür.

Schritte.

Er straffte die Schultern, strich seinen grauen Maßanzug glatt und versuchte zu lächeln. Die Tür öffnete sich.

Er blinzelte.

Die Maria von jenem Abend im Juni und die junge Frau, die in der Tür stand, waren vielleicht miteinander verwandt, aber nicht dieselbe Person. Anstelle des schulmädchenhaft schlichten Kleides trug sie ein elegantes dunkelrotes Kostüm und ihr goldbraunes Haar war diesmal nicht zu einem Knoten geflochten, wie es für die Generation seiner Mutter typisch war, sondern hing frei fast bis auf die Schultern herab.

Damals hatten ihre ausdrucksstarken ovalen Augen wie seltene Edelsteine geglitzert. Heute lag nur ein verhaltenes Leuchten darin – mehr nicht. Doch ihre Lippen formten sich zu einem zögernden Lächeln, fast etwas überrascht, als sie ruhig seinen Blick erwiderte. »Guten Tag, Pastor Bonhoeffer.«

»Guten Tag, Fräulein von Wedemeyer«, sagte er leise.

»Sie wollen sicher … meine Großmutter besuchen?« Ihr Blick fiel auf die Blumen in seiner Hand.

»Wenn sie wach ist und es ihr so geht, dass sie Besuch empfangen kann.«

Maria warf einen kurzen Blick zurück in das Zimmer. »Sie schläft gerade. Ich kann sie natürlich wecken, aber …«

»Nein, nein.« Er hob seine freie Hand. »Machen Sie sich bitte keine Umstände. Warum warten wir nicht etwas? Ich habe gehört, dass es nicht leicht ist, in diesem hektischen Haus mal ein Schläfchen zu machen. Kommen Sie doch raus auf den Flur. Ich weiß eine Bank, wo wir uns setzen können.«

Sie sah ihn zögernd an, schloss leise hinter sich die Tür und folgte ihm. Dietrich bereute es, die Blumen gekauft zu haben. Er kam sich etwas dumm vor, den Strauß die ganze Zeit mit sich herumzutragen. Aber was hätte er sonst damit tun sollen?

Sie gingen den Flur hinunter, die beiden einzigen schweigenden Menschen unter geschäftig eilenden Krankenschwestern, Rollstühle schiebenden Sanitätern und einem älteren, offenbar schwerhörigen Ehepaar, das lautstark mit einer Stationsschwester diskutierte.

Die einfache Holzbank ohne Rückenlehne war immer noch frei. Dietrich bedeutete Maria, sich zu setzen. Sie tat es, die Beine gekreuzt, wie eine Konfirmandin in der Prüfung. Er ließ sich am anderen Ende nieder, beide Hände um den Strauß, dessen Duft sich mit dem Geruch von Desinfektionsmitteln und Karbolseife zu einer wilden Mischung verband.

Normalerweise hätte er jetzt an Ruths Bett gesessen, sich mit ihr über dies und das unterhalten und zum Abschluss ein Gebet gesprochen. Stattdessen lag Ruth mehrere Türen entfernt in ihrem Bett und schlief, und er befand sich in einer Lage, die mit jeder Minute peinlicher wurde. Unterhaltungen mit jungen Theologen, mit Professoren, mit lieben Verwandten und mit den Armen – es war alles kein Problem für ihn. Aber die Gelegenheiten, als er mehr oder weniger allein mit einer attraktiven Frau gewesen war, konnte er an fünf Fingern abzählen. Und dann noch mit einer, die ihm in den letzten Monaten unzählige Male in den Sinn gekommen war, ohne dass er es wollte.

Er musste seine Gedanken im Zaum halten und Maria als eine Person wie alle anderen betrachten, als Menschen, der seine Hilfe als Pastor und Seelsorger brauchte. Denn sie und ihre Familie trugen schwer am Verlust ihres Vaters. Darüber konnte auch ihr gefasster Gesichtsausdruck nicht hinwegtäuschen.

»Wie geht es Ruth so?« Er drehte sich etwas, um sie besser ansehen zu können, und sie erwiderte die Geste.

»Na, Sie kennen Großmutter ja. Sie hat alles im Griff, abgesehen davon, dass sie lieber zu Hause wäre. Die Ärzte sagen, dass ihr Zustand gut ist und dass sie sie in spätestens vierzehn Tagen operieren werden. Sie hält mich auf Trab mit dem Vorlesen.«

»Und was lesen Sie ihr vor?« Bücher waren immer ein gutes Gesprächsthema, außer natürlich, es handelte sich um eines der Werke, die Hitler »zum Besten des Volks« auf den Index hatte setzen lassen.

»Meist die Psalmen.« Sie beugte sich zu ihm herüber und plötzlich füllte ein Hauch eines typisch weiblichen Dufts seine Sinne. »Und« – sie sprach gedämpft – »Ihr *Nachfolge*. Aber nur leise und nur, wenn keine Schwestern im Zimmer sind. Ich hab's ganz gut gelernt, das Buch dezent verschwinden zu lassen, sobald eine reinkommt.« Sie verzog die Lippen zu einem angedeuteten Schmunzeln.

»Eine nützliche Fähigkeit heutzutage«, entgegnete er genauso leise. »Und wie finden Sie das Buch?«

Sie überlegte, den Kopf zur Seite gelegt. War seine Frage gerade nicht etwas vermessen gewesen, so, als ob er ihren Beifall suchte? Obwohl er sie ihr auch bei jedem anderen Titel gestellt hätte. Er wollte *wirklich* wissen, was sie dachte. Oder ob sie Fragen hatte.

»Also, manche Stellen finde ich schon schwierig zu verstehen. Großmutter versucht dann, sie mir zu erklären, aber eigentlich möchte ich das lieber alleine schaffen. Was Sie da geschrieben haben – glauben Sie das eigentlich tatsächlich? Alles?« Sie musterte ihn, als sei sie es gewohnt, Antworten auf alle ihre Fragen zu fordern.

Dietrich lächelte. »Eine solche Frage hört ein Autor nicht alle Tage.« Er legte den Blumenstrauß auf das äußerste Ende der Bank und beide Hände auf die Knie. »Aber meine Antwort ist: Ja – im Großen und Ganzen. Obwohl ich mittlerweile wahrscheinlich erkannt habe, dass die Dinge nicht ganz so einfach sind, wie ich dachte, als ich das Buch schrieb. Ich stehe nach wie vor zu den Wahrheiten, die ich dort formuliert habe, aber ich finde vor allen Dingen, dass ein Christ die Bibel so lesen sollte, als spräche Gott selbst durch sie direkt in sein Leben und in seine Situation hinein. Die Zehn Gebote und die Bergpredigt werden in jeder Lebenslage unsere Richtschnur bleiben. Nur ist das nicht immer so leicht, wie es klingt.«

Dabei hätte er es belassen können, aber das intensiv Fragende in ihrem Blick, gerade so, als sei sie auf der Suche nach etwas, ließ alles andere immer verschwommener werden, bis nur noch sie beide da waren. Und er fuhr fort: »Nehmen Sie einen Schüler, dessen Lehrer ihn vor der gesamten Klasse fragt, ob sein Vater am Vorabend stockbetrunken nach Hause gekommen sei. Was ist für den Jungen besser – die Wahrheit sagen und mit Ja antworten oder lügen, aber mit dieser Lüge die Ehre seines Vaters schützen?«

Sie runzelte die Stirn. Schweigen. Er hätte es brechen können, indem er seine Frage selbst beantwortet hätte, doch stattdessen wartete er und ließ sie nachdenken.

Endlich lächelte sie schwach. »Das ist ein interessanter Gedanke. Vor allem jetzt. Ich frage mich, ob mein Vater je …« Sie verstummte und schaute auf ihre im Schoß gefalteten Hände hinunter, die so klein und zerbrechlich aussahen.

Er musste es einfach tun. Er ließ seinen Arm zu ihr hinüberwandern und legte seine Hand auf ihre. Sie schaute zu ihm hoch, die Augen voller ungeweinter Tränen. Sie sah so verwundbar und hilflos aus, dass ihm das Herz wehtat.

»Sie vermissen ihn sehr, nicht wahr?« Er ließ seinen Daumen langsam über ihre Fingerknöchel kreisen.

Sie nickte; durch ihre Wortlosigkeit wurde ihre Trauer noch ergreifender.

Er räusperte sich, staunend, welche Gefühle plötzlich in ihm hochstiegen. »Ein paar Tage, nachdem ich die Nachricht erhalten hatte, habe ich … Max einen Brief geschrieben. Eigentlich wollte ich auch Ihnen einen schreiben, aber …«

»Und was hätte dringestanden, wenn Sie ihn geschrieben hätten?« Sie sah aus wie eine Dame von Welt, aber ihre Stimme klang so dünn und verletzlich wie die eines Kindes. Das Mädchen in dieser jungen Frau brauchte eigentlich immer noch die Liebe und den Schutz eines Vaters. Als die Granate explodiert war, die Hans von Wedemeyers irdischen Leib zerriss, war viel mehr umgekommen als nur ein Menschenleben.

Dietrich hatte zahllose Briefe an die trauernden Witwen und Kinder seiner Mitseminaristen und Freunde geschrieben. In jedem hatte er zum Ausdruck gebracht, was der Verstorbene ihm bedeutet hatte, und die Hoffnung, dass das, was er an Lebensbilanz hinterlassen hatte, den Hinterbliebenen zum Trost gereichen würde. Keiner dieser Briefe, und wenn es noch so viele waren, war ihm leichtgefallen.

Aber Maria brauchte seine Antwort. Er würde versuchen, sie ihr nach bestem Vermögen zu geben. »Ich hätte Ihnen geschrieben, wie sehr Ihr Vater Sie liebte. Als er damals zu mir nach Finkenwalde kam, um sich mit mir über Max' Konfirmandenunterricht zu unterhalten, erwähnte er alle seine Kinder, aber ganz besonders Sie. Sie seien diejenige, die das Leben aktiv gestalten und nicht bloßer Zuschauer sein wolle. Unter all seinen Kindern seien Sie ihm am ähnlichsten. Und Sie hätten die Eingangsprüfung für meinen Konfirmandenunterricht nur deswegen nicht bestanden, weil *Sie* zu intelligent für *mich* seien, und nicht umgekehrt, meinte er lachend. Er hatte so ein schönes Lachen, Ihr Vater.« Dietrich lächelte versonnen.

Maria lachte kurz, aber es klang eher wie ein Schluchzen.

»Er war ein echter Christ, der glaubte, dass das Leben mit Gott nicht bloß etwas Geistliches ist, sondern etwas, was tief in unseren Alltag hineinwirkt. Er würde Ihre Trauer gut verstehen, Fräulein von Wedemeyer. Aber er würde auch wollen, dass Sie entschlossen weiterleben.«

Sie presste ihre Lippen zusammen, während ihre Finger seine drückten. Wie ihre Hände sich gegenseitig fassten – es fühlte sich irgendwie richtig an; Dietrich spürte es mit derselben Gewissheit, mit der er vor vielen Jahren gewusst hatte, dass er Theologie studieren sollte, oder mit der er sich nach seinem zweiten Amerika-Besuch 1939 dazu entschlossen hatte, nach Deutschland zurückzukehren. Es war ihm klar gewesen, dass er seine Landsleute, die dem Krieg entgegengingen, nicht im Stich lassen konnte.

Schlüsselentscheidungen seines Lebens. Sie hatten seinen Kurs verändert und seine Taten bestimmt, aber sie waren richtig gewesen. Und jetzt? Es war noch offen, wie seine Zukunft mit Maria von Wedemeyer aussehen würde, aber es würde eine Zukunft geben. Viele würden nicht begreifen, woher er diese innere Gewissheit nahm, aber jeder Blick in ihre Augen steigerte sie nur noch. Vor Jahren hatte es in seiner Beziehung mit der so intelligenten und gebildeten Elisabeth Zinn nicht geklappt. Als er endlich gemerkt hatte, dass sie mehr von ihm wollte als gelehrte theologische Diskussionen, hatte er ihr gestanden, wie blind er doch gewesen war. Aber diese Gewissheit, dass sie die Richtigen füreinander waren, hatte sich damals nicht eingestellt, egal, was für ein ideales Paar sie nach außen hin abzugeben schienen.

Nein, *das hier* war anders als damals ...

»Danke, Herr Pastor.« Marias Finger lösten sich von seinen, um eine Träne wegzuwischen, die wie ein kleiner Diamant an ihren Augenwimpern hing.

Und Dietrich schickte ein stummes Gebet zum Himmel, dass Gott und sein vollkommener Wille sie beide leiten möge – in ihrer Zukunft und in allem.

Neun

13. Oktober 1942
Franziskus-Krankenhaus, Berlin

»Jetzt ist es bald so weit.« Die Stimme ihrer Großmutter klang zuversichtlich, aber auf ihrem blassen Gesicht lag eine wächserne Ängstlichkeit.

Maria saß am Krankenbett und tat ihr Bestes, um ihre Großmutter von der bevorstehenden Operation abzulenken. Sie hatte gerade nach einer Stunde Vorlesen Bonhoeffers *Nachfolge* wieder beiseitegelegt; mehrere Male hatte sie das Buch hastig versteckt, wenn die nächste Krankenschwester oder der diensthabende Arzt hereinkamen.

»Das wird schon gut. Und wenn es vorbei ist, bin ich hier und warte auf dich.« Maria drückte die Hand ihrer Großmutter. Wie kalt sie sich anfühlte! Die alte Dame legte sich zurück in ihre Kissen, eine kleine Insel in einem Meer aus weißen Betttüchern. Ihr graues Haar war zu einem losen Knoten zurückgebunden; das Gesicht, das es umrahmte, zeigte Maria, wie ihr eigenes in fünfzig Jahren aussehen würde.

Die Nervosität brannte Maria im Magen. Das Krankenhaus hatte einen guten Ruf, aber Großmutter war nicht mehr so robust wie früher. Was wäre, wenn es Komplikationen gäbe?

»Das weiß ich doch, mein Schatz.« Ihre Großmutter erwiderte ihren Händedruck mit einem Lächeln auf den Lippen. »Aber jetzt lass uns über was anderes reden. Ich muss gestehen, mir wäre um einiges wohler, wenn ich wüsste, dass Dietrich auch hier wäre. Sag mal, Maria, wie denkst du so über ihn?« Sie drehte den Kopf zu ihrer Enkelin hin und schaute sie an. Für jemanden, der kurz vor einer Star-Operation stand, waren ihre Augen klar, ja durchdringend.

Die unvermittelte Frage brachte Maria ganz durcheinander. Ihre Großmutter wartete geduldig, die Hände auf der Bettdecke gefaltet, um die Lippen ein wissendes Lächeln.

»Ich … ich mag ihn«, stotterte Maria.

»Und?«

Maria hatte keine Lust, eine scharfe Antwort zu geben. Nicht jetzt, nur noch Minuten, bevor ihre Großmutter zur Operation abgeholt werden würde. Sie holte tief Luft, sog den penetranten Seifen- und Sterilgeruch ein. »Und … er scheint schon ein besonderer Mensch zu sein. Ich finde ihn … faszinierend.«

Eine Schwester öffnete die Tür und schob eine Krankenliege herein. Ihre Schuhsohlen quietschen über den Fußboden. Das Gespräch verstummte. »Es geht los, Frau von Kleist-Retzow.«

Ruths Augen wurden ängstlich. Maria tätschelte ihre Schulter. »Ich bete für dich«, flüsterte sie. »Denk an was Schönes.«

Die Schwester half ihrer Großmutter auf die Liege, dann packte sie die Schiebegriffe. Maria blieb auf ihrem Stuhl sitzen und lächelte aufmunternd.

»Dann denke ich am besten an dich und Dietrich«, sagte ihre Großmutter. »Das ist das Allerschönste.«

Die Schwester schob die Liege hinaus auf den Flur und schloss die Tür.

Maria biss sich auf die Lippe. Was hatte ihre Großmutter da gerade gemeint mit »an dich und Dietrich«? Nun ja, sie mochte sie eben beide; vielleicht war das alles.

Sie stand auf, trat zum Fenster und schob den schweren Vorhang zur Seite, dass die Strahlen der Nachmittagssonne auf den abgenutzten Fußboden fielen. Wenn die Schwestern ihre Großmutter zurückbrachten, würde sie den Vorhang wieder schließen müssen. Aber nachdem sie über eine Woche lang in diesem kleinen, stickigen Zimmer gesessen hatte, das auf Bitten der Patientin verdunkelt war, genoss sie die Sonne. Mit zugezogenen Vorhängen kam ihr dieser Raum mit seinen sterilen Möbeln wie ein Gefängnis vor.

Sie setzte sich wieder. Vor ihr lagen Stunden, in denen sie nichts tun konnte, als zu warten. Plötzlich kam ihr Boris in den Sinn. Wie es ihm wohl gehen mochte, jetzt, wo sie ihm nichts mehr zu essen zustecken konnte? Bevor sie die Vogels verließ, hatte sie ihm kurz erklärt, dass ihr Vater gefallen war und dass sie jetzt eine Weile nicht da sein könne. Er hatte genickt und ihr in seinem gebrochenen Deutsch sein Beileid ausgedrückt. Bald, wenn ihre Großmutter sie nicht mehr brauchte, würde sie zu den Vogels zurückkehren. Aber für den Augenblick genoss sie die kurze Freiheit von der Naziatmosphäre und ihr Zusammensein mit Großmutter und mit ihren Freunden. Freunden wie Pastor Bonhoeffer.

»Wie denkst du so über ihn?«

Auf einmal war sie wieder da, die Frage.

Sie spürte noch immer die Kraft seiner Hand auf ihrer. Wenn sie nachts auf der durchgelegenen Matratze von Tante Spes lag und nicht schlafen konnte, hatte sie diesen Augenblick schon unzählige Male im Geist Revue passieren lassen. Seine Hand zu halten, hatte sie innerlich richtig ruhig gemacht – und gleichzeitig auf eine fast schon berauschende Art durcheinandergebracht.

Es war nichts, was sie mit dem Verstand begreifen konnte. Oder analysieren, wie ein kompliziertes mathematisches Problem. Zwei mal zwei ergab immer vier, aber jedes Mal wenn sie an Dietrich Bonhoeffer dachte, entdeckte sie eine neue Dimension und neue Fragen.

Als er sich bei seinem Besuch im Krankenhaus mit ihrer Großmutter unterhalten hatte, nachdem diese aufgewacht war, hatte Maria sich bewusst im Hintergrund gehalten. Sie hatte auf ihrem Stuhl gesessen und dem Gespräch der beiden gelauscht; hatte gestaunt, wie er es fertigbrachte, mit ihr so zu reden, dass sie jedes Wort verstand, um sich dann mit ihrer Großmutter wie ein hochgelehrter Professor zu unterhalten. Manchmal sprach einer der beiden so leise, dass Maria die Worte nicht mehr mitbekam. Nach einem abschließenden Gebet hatte Pastor Bonhoeffer sich verabschiedet, nicht ohne durchblicken zu lassen, dass er die nächste Zeit nicht in Berlin sein werde. Warum er auf Reisen ging, das schien selbst ihre Großmutter nicht zu wissen, und falls sie es doch wusste, ließ sie sich nichts anmerken.

Was immer er tat, es musste etwas Gefährliches sein. Äußerlich machte er zwar den Eindruck eines loyalen Bürgers des Deutschen Reiches, aber sie wusste zu viel über die antinationalsozialistische Einstellung ihrer eigenen Familie, um zu glauben, dass er tatsächlich für das Regime sein konnte. Ihr eigener Vetter und ihr Onkel waren hochaktiv im Widerstand gegen Hitler. Wie gefährlich mochte das sein, was Pastor Bonhoeffer da tat?

Es klopfte an die Tür und eine Schwester steckte ihren Kopf herein.

Maria erhob sich. War die Operation etwa schon vorbei?

»Ein Anruf für Sie, Fräulein von Wedemeyer. Wenn Sie bitte mitkommen wollen.« Die Schwester drehte sich mit solch militärischer Präzision um, dass Maria sich fast wunderte, dass sie nicht auch noch die Hacken zusammenschlug.

Sie gingen an der langen Reihe von Türen vorbei ans Ende des Ganges, wo auf einem kleinen Tisch ein Telefon für die Angehörigen von Patienten stand. Fast hätte man solchen Luxus nicht erwartet in einer Klinik, die wie so viele Gebäude in Berlin die Narben des Krieges trug – kaputte Fenster, die man notdürftig repariert hatte; Schilder, die den Besuchern den Weg in den Luftschutzkeller wiesen.

Die Schwester eilte davon. Maria setzte sich auf den Holzstuhl vor dem Tisch und nahm den Hörer in die Hand. Wer mochte das sein? Wahrscheinlich ihre Mutter, die sich nach Großmutters Befinden erkundigen wollte.

»Ja, hallo.« Sie stützte den Ellbogen auf den Tisch. Der letzte Benutzer des Telefons hatte Zigarettenasche auf der Tischplatte hinterlassen. Maria schnippte sie auf den Fußboden.

»Fräulein von Wedemeyer?« Es knisterte in der Leitung, die Stimme klang wie von weit her.

»Pastor Bonhoeffer! Wo sind Sie?« Sie richtete sich höher auf. Einen dummen Mädchenaugenblick lang wünschte sie sich, ein anderes Kleid anzuhaben und sich eine Lockenfrisur gemacht zu haben.

Aber – ihre Wangen wurden heiß –, er konnte sie doch gar nicht sehen!

»Ach, das ist nicht so wichtig, aber morgen werde ich in Berlin sein. Ich hoffe, das ist Ihnen recht?« Seine Stimme klang halb zögernd, halb erwartungsvoll.

»Ja, sehr sogar.« Ihre Wangen wurden noch heißer. Halt! Sie durfte nicht zu begeistert klingen. Doris hätte eine charmante, aber ausweichende Antwort gegeben.

»Wie geht's Frau von Kleist? Sie wird doch heute operiert, nicht wahr?«

»Ja, sie ist gerade im OP. Ich schätze, sie sind bald fertig.«

»Richten Sie ihr aus, dass ich für sie gebetet habe.«

»Ja, gerne.«

Geräusche aus dem Hintergrund, es klang wie in einem großen Bahnhof. Dann eine zweite Stimme, kurz und drängend. Pastor Bonhoeffer antwortete irgendetwas, was sie nicht verstehen konnte, dann war er wieder da. »Ich muss jetzt weiter. Bis morgen dann.«

»Ja, bis morgen«, antwortete sie hastig. Dann klickte es in der Leitung und seine Stimme war weg.

Maria legte auf und stützte das Kinn auf beide Hände. Sie konnte sich ein Schmunzeln nicht verbeißen. Es war doch seltsam, dass so ein banaler Satz wie »Bis morgen dann« einen mit solch einer Vorfreude erfüllen konnte …

* * *

14. Oktober 1942
Berlin

In der Abwehr war Gefahr im Verzug. Ein hungriger Jäger verfolgte seine Beute. Die Beute, das waren in diesem Fall General Oster, Admiral Canaris, Hans von Dohnanyi, um nur einige zu nennen.

Dietrichs geplante Abwehr-Dienstreise in den Balkan und die Schweiz war ganz plötzlich gestoppt worden, was jedoch nur den überraschen konnte, der nicht wusste, wozu diese Reise dienen sollte. Die Juden der »Operation 7« hatten es zwar ohne Zwischenfälle über die Grenze und in die Freiheit geschafft, aber die erhebliche Summe an ausländischen Devisen, die die Operation erfordert hatte, war beim Zoll in Prag nicht unentdeckt geblieben. Das Schmuggeln von Devisen aus einem Land in ein anderes war ein schweres Vergehen, selbst wenn es durch die Abwehr geschah. Hans hatte Dietrich in einer verschlüsselten Botschaft mitgeteilt, dass es am besten sei, wenn er sich zurück nach Berlin begeben und eine Zeit lang ruhig verhalten würde. Jeder Versuch, jetzt ins Ausland zu reisen, konnte zur Verhaftung an der Grenze führen.

Den Kopf gesenkt gegen den kalten Oktoberwind, lief Dietrich zum Krankenhaus. Er mochte es nicht, auf Tauchstation zu sein. Wenn er nur mehr tun könnte! Es kam ihm fast schon verbrecherisch vor, untätig die Hände in den Schoß zu legen, wenn so viele seiner Kollegen aus der Bekennenden Kirche im KZ saßen, nicht zuletzt Martin Niemöller, ein Mann, der anfangs noch für Hitler gewesen war und gezögert hatte, seine Stimme für die Juden zu erheben.

Ein Schauer, der nichts mit dem kalten Wetter zu tun hatte, kroch Dietrich den Rücken hinab. Anders als die große Mehrheit der Deutschen, wusste er, was in den KZs alles vorging. Folterungen, Vergasungen, Massenerschießungen, bei denen die Opfer reihenweise in die vorbereiteten Gräben fielen. Niemöller schlug sich im Augenblick noch tapfer, aber wer konnte in dieser Hölle auf Dauer standhalten?

Dietrich bog um die Ecke, in die Straße, die zur Klinik führte. Das triste Grau und Braun der Straße und der Passanten wurde nur durch die in regelmäßigen Abständen aufgehängten Naziflaggen etwas aufgehellt. Luftangriffe, Rationierungen und der Mangel an Straßenfegern hatten der eleganten Dame namens Berlin viel von ihrem Schmuck genommen. Und der Trostpreis dafür … waren diese elenden Flaggen, diese Symbole der Diktatur und Tyrannei.

Da war das Krankenhaus. Er schaute kurz an der Fassade hoch.

Gleich würde er Maria wiedersehen. Die Aussicht darauf ließ sein

Herz schneller schlagen. Zu schnell. War es möglich, dass er … Zuneigung empfand zu Ruths Enkeltochter, die noch keine zwanzig war? Mit seinen 36 Jahren war er fast schon ein Mann mittleren Alters. Welche Frau wollte so einen Mann? Er wohnte immer noch bei seinen Eltern, bezog nur ein kleines Gehalt vom Pfarrernotbund und hatte das letzte Mal, als er in den Spiegel geschaut hatte, nicht gerade wie ein flotter Herzensbrecher ausgesehen. Bis jetzt waren ihm diese Dinge eigentlich egal gewesen.

Bis Maria gekommen war. Maria, mit ihrem Lächeln, das so lieblich und ohne Falsch war. Mit ihren von Trauer verdunkelten Augen, die er so gerne wieder hell machen würde.

Dietrich ging durch die große Doppeltür ins Gebäude und die Treppe hinauf zu den Stationen. Vorbei an den üblichen Schwestern, Ärzten und Besuchern bahnte er sich seinen Weg zu Ruths Zimmer.

Er klopfte an und wartete.

Maria öffnete und trat auf den Flur, so schnell, dass sie beide fast stolperten. Er nahm ihren Arm und musste schmunzeln, als er das Staunen in ihrem Gesicht sah. »Langsam, langsam. Sind Sie auf der Flucht?«

»Großmutter ist gerade eingeschlafen.« Sie schaute auf seine Hand hinunter, die sich um den Ärmel ihres dunkelgrünen Kleides gelegt hatte. Ihr Lavendelparfüm mischte sich mit dem antiseptischen Krankenhausgeruch. Wenn sie je getrennte Wege gehen müssten, würde er diese Szene aus den Fächern seines Gedächtnisses hervorholen und lächelnd bei jeder kleinen Einzelheit verweilen – bei ihrem Haar, das ihr in goldbraunen Wellen auf die Schultern fiel; bei der Nähe ihres Körpers, bei ihrem Fuß, der seinen berührte; bei ihren Augen, die unsicher aufsahen, bevor sie den Blick wieder senkte.

Dietrich trat hastig einen Schritt zurück und rief seine Gedanken zur Ordnung.

Er räusperte sich. »Wie geht es Frau von Kleist?«

Sie nahm die Schultern zurück und strich sich übers Kleid. »Sie hat etwas Schmerzen von der Operation. Ihre Augen sind verbunden und sie darf den Kopf erst wieder bewegen, wenn es sicher ist, dass die Nähte halten. Sie hat nicht viel geschlafen in der Nacht; ich hoffe, sie kriegt jetzt ein paar Stunden Schlaf. Vielleicht ist es besser, wenn Sie später noch mal kommen.«

»Und Sie? Gehen Sie für den Nachmittag zurück zu Ihrer Tante Stahlberg?« Er musterte ihr Gesicht. Sie sah etwas blass aus. Das Wachen am Krankenbett ihrer Großmutter war nicht spurlos an ihr vorbeigegangen.

Maria schüttelte den Kopf. »Ich bleibe besser hier, falls sie etwas braucht.«

Er fand ihre Fürsorge für ihre Großmutter bewundernswert. Aber sie brauchte frische Luft. Und wenn er, der Berlin kannte wie seine Westentasche, sie nicht ausführen konnte, wer dann? »Und wie sieht's mit Ihrem Mittagessen aus? Kriegen Sie hier was?«

Sie zuckte die Achseln. »Meistens bringen sie ein Tablett rein. Und wenn nicht, werde ich irgendwo was auftreiben. Ich bin eine gute Schnorrerin«, bemerkte sie mit einem angedeuteten Grinsen.

»Warum gehen Sie nicht mit mir richtig essen? Die frische Luft wird Ihnen guttun, und ich werde mit Sicherheit etwas Besseres für uns finden als das, was Sie hier kriegen.« Es gelang ihm, unbekümmert zu klingen. Dies hier war ja nicht das, was die Amerikaner ein »Date« nannten. Hier war einfach ein Freund der Familie, der einer fürsorglichen jungen Frau, die sich in der Stadt nicht auskannte, ein Mittagessen anbot.

Maria erwiderte seinen Blick. »Gut, Pastor Bonhoeffer. Da Großmutter ja schläft, kann ich mich vielleicht für ein, zwei Stunden freimachen. Lassen Sie mich eben meinen Mantel und meinen Hut holen.« Sie verschwand im Zimmer, während er wie ein Schuljunge, die Hände in den Hosentaschen, draußen auf dem Gang wartete.

Wohin sollte er sie ausführen? Zu weit durfte es nicht sein. Aber die immer strengeren Rationierungen hatten viele Restaurants schließen lassen. Und in der Nähe der Klinik gab es sowieso nicht viele.

Nun ja, eines gab es.

Eine Minute später kam sie wieder aus dem Zimmer, in einem

hellgrauen Mantel mit Gürtel; auf ihrem Kopf saß ein kleiner schwarzer Samthut. »Ist das schick genug für Berlin?«

»Das ist schick genug für jeden Ort der Welt.« Er bedeutete ihr, voranzugehen durch das geschäftige Treiben auf dem Flur. Hätte er ihr seinen Arm anbieten sollen? Wie hatten sich seine Schwester Sabine und ihr Mann, Gerhard, verhalten, wenn sie als Liebespaar miteinander ausgingen? Eine sinnlose Frage, denn er und Maria waren ja kein Liebespaar …

Sie traten hinaus in die kühle Luft von Berlin. Die Sonne ließ die grauen Straßen farbenfroher erscheinen. Drei junge Leute auf Fahrrädern huschten vorbei. Die Juden der Stadt hatten ihre Fahrräder alle abgeben müssen. Das Regime ließ ihnen keine Ruhe. Es war eine regelrechte Diskriminierung – wie die Behandlung der Schwarzen, die er in New York erlebt hatte, nur noch schlimmer. Ein deutsches Schulmädchen durfte mit dem Rad zur Schule fahren, ein jüdisches nicht. Nun ja, viele Juden gab es in Berlin nicht mehr, und die, die geblieben waren, lebten in der täglichen Angst vor der Gestapo.

Sein Gesicht musste seine Gedanken verraten haben, denn Maria sah ihn verwundert an.

»Entschuldigung«, murmelte er. »Haben Sie was gesagt?«

»Ja, mehrere Dinge sogar. Aber Sie haben nicht geantwortet.« Ihr Lächeln war halb verunsichert, halb amüsiert. »Sie waren gerade ganz weit weg, Pastor Bonhoeffer. Haben Sie an was Trauriges gedacht?« Ihre blauen Augen fixierten seine.

»Ich glaube fast, Sie können Gedanken lesen, Fräulein von Wedemeyer.« Eine schwarze Limousine schoss vorbei. Wahrscheinlich jemand, der für die Regierung unterwegs war, denn seit der Benzinrationierung fuhren nur noch wenige mit dem Auto, wenn sie auch zu Fuß gehen konnten.

»Lassen Sie uns heute über nichts Trauriges reden.« Ihr bittender Blick war alles, was er brauchte, um für einen Augenblick den Krieg und seine Rolle als Doppelagent zu vergessen. »Wo gehen wir hin?«

Er zeigte über die Straße auf die Neonlichter, die über dem Eingang eines Restaurants das Wort *Alois* buchstabierten.

Maria schlug die Hände vor den Mund und riss die Augen auf. Beinahe entsetzt sah sie ihn an. »Aber das ist doch … gehört das nicht dem Bruder des Führers?«, flüsterte sie fast.

»Ja.« Wenn er zusammen mit einem attraktiven Fräulein dieses Restaurant betrat, konnte das für die Tarnung der Verschwörer nur gut sein. Jeder wusste, wem dieses Restaurant gehörte; einen sichereren Ort für einen Plausch mit Maria gab es nicht. »Alois nutzt den Werbeeffekt seines Halbbruders schamlos aus, aber die beiden verkehren kaum miteinander. Hier sind wir so sicher wie in Abrahams Schoß.«

Ihr Gesicht entspannte sich etwas. Er nahm sie am Arm. Auf dem Bürgersteig standen kleine Cafétische. An den meisten saßen Bier trinkende Offiziere. Mehrere Köpfe drehten sich anerkennend in Marias Richtung. Dietrich hörte, wie sie hastig Luft holte.

Plötzliche Verunsicherung. Wie war er auf die Idee gekommen, die Tochter von Hans von Wedemeyer in dieses Restaurant zu führen? Besser umdrehen und woanders hingehen, auch wenn es weiter war. Und unterwegs sich bei der jungen Dame an seiner Seite entschuldigen.

Doch es war zu spät. Einer der Gäste stand von seinem Stuhl auf und nahm mit hämmernden Stiefelabsätzen Kurs auf sie beide. Otto von Hartmann, einer der SS-Offiziere in der Zentrale der Abwehr in Berlin. Hans hatte ihn den »hungrigen Hund« getauft. »Heil Hitler!« Hartmann salutierte gekonnt. Aber seine Augen waren auf Maria gerichtet.

Diese sah ihn verunsichert an. Dietrich lief es kalt den Rücken hinunter. Nein, nicht schon wieder! Er würde nie vergessen, wie es das erste Mal gewesen war. Die Zeit blieb stehen, nahm ihn mit, zurück in die Vergangenheit.

Am 19. Juni 1949 hatten Eberhard und er zusammen auf der Terrasse eines Cafés in Memel die Sonne genossen und Kaffee getrunken. Er ließ den Apfelstrudel, den er für sie beide bestellt hatte, genüsslich auf der Zunge zergehen. Eberhard hatte gerade irgendein Buch erwähnt und Dietrich streckte seine Beine aus, die Kuchengabel in der Hand.

Plötzlich Fanfarenklänge aus dem Radio. Eine Sondermeldung: Frankreich hatte kapituliert! Die Menge auf der Terrasse begann zu jubeln. Mehrere junge Männer sprangen auf Stühle, ein begeistertes Paar stieg gar auf einen leeren Tisch. Dann kam die Nationalhymne aus dem Lautsprecher. »Deutschland, Deutschland über alles …«

Eberhard saß still da, als habe er sich in eine der Statuen im Tiergarten verwandelt.

Die Menschen sangen die Nationalhymne nicht, sie brüllten sie mit zum Hitlergruß erhobenen Armen, die Frauen zu Tränen gerührt, die Männer mit geschwellter Brust und Feuer in den Augen. Dietrich wusste selbst nicht, wann genau seine eigenen Füße sich bewegt hatten, aber auch er stand auf einmal aufrecht da, den einen Arm hochgereckt, und sein Mund formte die Worte der Nationalhymne.

Er sah zu Eberhard hinunter, der sich nicht gerührt hatte. »Bist du wahnsinnig? Steh auf! Wir werden noch so viel riskieren müssen, da kommt's auf einen Hitlergruß nicht an.«

Zögernd erhob sich Eberhard. Die anderen Gäste, die inzwischen zum Horst-Wessel-Lied übergegangen waren, schienen seine verspätete Reaktion nicht bemerkt zu haben. Und dann stand auch Dietrichs bester Freund mit erhobenem Arm da, das Gesicht zum Lautsprecher gedreht. Keiner merkte, dass die beiden nur so taten, als ob sie mitsangen.

An jenem Tag waren sie niemandem aufgefallen, die beiden Männer, die sich als gute Patrioten gaben, während sie in Wirklichkeit den Widerstand einübten.

Jetzt, zwei Jahre danach, hatte ihr Engagement einen Grad erreicht, den selbst Dietrich nicht vorhergesehen hatte.

Und heute, draußen vor dem *Alois*, hob Dietrich seinen Arm erneut zum Hitlergruß. Im Gewissen frei. Und voller Abscheu.

Zehn

14. Oktober 1942
Berlin

Er hätte ein Offizier der SS – der »Schutzstaffel« – sein können mit seinem strammen »Heil Hitler«. War dies tatsächlich Dietrich Bonhoeffer, ein Mann, der ein illegales Pastorenseminar der Bekennenden Kirche geleitet und es von einem Ort an den nächsten verlegt hatte, um die Gestapo auszutricksen? Wie passte das zusammen?

Während die frische Herbstbrise ihr Haar von ihren Schultern wegblies, nickte Maria dem Musterexemplar arischer Männlichkeit, das da vor ihnen stand, höflich zu. Kurz geschnittenes blondes Haar, breite Schultern und grauschwarze Uniform, deren Abzeichen den Mann als »Sturmbannführer« (also etwa von Majorsrang) auswiesen.

»Schön, Sie zu sehen, Herr Bonhoeffer.« Die dicken Lippen verzogen sich zu einem Lächeln, das andere vielleicht attraktiv gefunden hätten. Maria erinnerte es an zwei Würste, die sich nach oben bogen.

»Gleichfalls, Sturmbannführer Hartmann.« Bonhoeffer erwiderte das Lächeln, freundlich und scheinbar ungezwungen.

»Und wer ist dieses hübsche Fräulein?« Die beiden Würste lächelten weiter, während die zinngrauen Augen des Sturmbannführers Maria von Kopf bis Fuß musterten, so ähnlich, als befinde er sich auf einer Auktion und Maria wäre das nächste Stück, das zur Versteigerung stand.

Maria war wohlbehütet gewesen in dem Mädcheninternat und dem idyllischen Pätzig, aber sie war nicht weltfremd. Ein echter Gentleman schaute eine Dame nicht mit solch unverfrorener Bewunderung an.

»Fräulein Maria von Wedemeyer.« Pastor Bonhoeffer legte wieder seine Finger um ihren Ellbogen. Die Berührung linderte den kalten

Schauer, der wie mit Spinnenbeinen ihren Rücken hinunterkroch; ganz wegnehmen konnte sie ihn nicht. »Ihr Vater, Major von Wedemeyer, ist Ende August vor Stalingrad gefallen.«

Maria schaute auf ihre abgetragenen Schuhe und das holprige Kopfsteinpflaster hinunter. Sie hatte mit Pastor Bonhoeffer in Ruhe und Frieden zu Mittag essen wollen. Und nicht mit diesem Hitler-Günstling mit Bratwurstlippen über den noch so frischen Verlust ihres Vaters sprechen.

»Ach, so.« Maria schaute gerade rechtzeitig wieder auf, um zu sehen, wie das Lächeln des Sturmbannführers höflichem Mitgefühl Platz machte. »Dann, mein wertes Fräulein, ist Ihrem Vater eine hohe Ehre widerfahren. Sein Leben für die Ehre von Führer und Vaterland hinzugeben, ist das größte Vorrecht, das es gibt. Sie haben allen Grund, stolz zu sein.«

Die Worte, die falsch väterliche Miene – sie wirkten wie eine Ohrfeige. Wo waren die Tage geblieben, als es reichte, wenn ein Fremder auf einen Trauerfall mit einem einfachen »O, das tut mir leid« reagierte? Warum musste man in diesem Land bei allem und jedem Ehre und Vaterland beschwören?

Maria hob das Kinn. »Ich wäre lieber nicht stolz, aber dafür glücklich – weil mein Vater noch lebt.«

Dem Sturmbannführer blieb einen Augenblick der Mund offen stehen. Volltreffer!

Sie merkte, wie Pastor Bonhoeffer neben ihr nervös wurde. War sie da gerade vorlaut gewesen? Sie sagte gerne, was sie dachte – immer schon. Aber war das nicht gefährlich? Spielten ihr Vetter und ihr Onkel – Fabian von Schlabrendorff und Henning von Tresckow – nicht brav die Rolle der vaterlandstreuen Bürger, während sie in Wirklichkeit dieses Schauspiel gründlich verabscheuten und heimlich auf den Sturz des Regimes hinarbeiteten?

Sie zwang sich zu einem sittsamen Lächeln und ließ ihr Kinn wieder sinken. »Entschuldigen Sie, Sturmbannführer Hartmann, aber meine Trauer als Tochter meines Vaters will manchmal größer werden als mein Wissen darum, welche Dienste er seinem Land erwiesen hat.«

Der Sturmbannführer sah sie an wie ein Herr seinen ungezogenen jungen Hund, der gerade eine Bestrafung mit leisem Jaulen und gehorsamem Schwanzwedeln akzeptiert hat. Würde er ihr als Nächstes den Kopf tätscheln?

»Ist schon gut, Fräulein von Wedemeyer. Das war nur Ihre Zunge, aber nicht Ihr Herz, ist doch klar.«

Maria presste die Lippen zusammen.

Dietrich räusperte sich. »Wir sind nur schnell zum Mittagessen hier, bevor ich Fräulein von Wedemeyer wieder ans Krankenbett ihrer Großmutter zurückbringe. Sie ist drüben im Franziskus-Krankenhaus und erholt sich von einer Operation. Sie werden uns sicher entschuldigen.«

Wo hatte Pastor Bonhoeffer dieses diplomatische Geschick her? Es kam ihr fast so vor, als sei er ein Landgraf und der Sturmbannführer der Gärtner.

»Na, dann will ich Sie nicht länger aufhalten.« Der Sturmbannführer lächelte knapp. »Einen schönen Tag noch.« Und mit einem strammen »Heil Hitler!«, das Pastor Bonhoeffer prompt erwiderte, schlug der SS-Mann die Hacken zusammen und ging zurück zu dem Tisch, an dem seine Kameraden saßen.

Ein schweigender Pastor Bonhoeffer führte Maria zwischen den Tischen auf dem Bürgersteig durch, wo Offiziere, Geschäftsleute und ein Damentrio mittleren Alters ihre erstaunlich guten Mittagsgerichte aßen. Der Duft von Schnitzeln und Bartwurst ließ Maria das Wasser im Mund zusammenlaufen. Das hier war etwas Besseres als die Küche von Tante Spes und die fade Krankenhauskost.

Die Glocke über der Tür bimmelte, als sie in das Restaurant traten. Ein kleines Meer aus weiß gedeckten runden Tischen empfing sie. Die Decke war niedrig. Metalllampen warfen ihren gedämpften Schein auf die holzverkleideten Wände mit den Fotografien und Gemälden, die sämtlich den Führer zeigten.

Ein elegant gekleideter rotwangiger Kellner blieb abrupt stehen, sein einer Arm schoss nach oben, seine andere Hand balancierte einen Stapel Servietten. »Heil Hitler, womit kann ich Ihnen dienen?«, rief er in einem Atemzug.

»Heil Hitler! Einen Tisch für zwei, bitte«, entgegnete Pastor Bonhoeffer.

Maria unterdrückte ein undamenhaftes Lachen. Dieses Begrüßungsritual war so lächerlich. Warum konnten die Leute nicht einfach »Guten Tag« sagen, wie früher? Im Internat hatte ihre Lehrerin, Elisabeth von Thadden, den Hitlergruß nach Möglichkeit vermieden – wohl, weil sie selbst kein Freund von Hitler war. Und im Hause der Wedemeyers und Kleists war es nicht anders. Bei den Vogels hatte Maria sich immer noch nicht ganz an das dauernde »Heil Hitler« gewöhnt, aber den meisten Berlinern – einschließlich Pastor Bonhoeffer – schien es eine Selbstverständlichkeit geworden zu sein. Was für eine verrückte Welt, in der man die Verhaftung riskierte, wenn man nicht seinen Arm wie einen Ast vorstreckte und den Namen des Mannes aussprach, der sein Land immer tiefer in Elend und Tyrannei führte! Eigentlich war es zum Lachen, wenn es nicht so ernst gewesen wäre.

»Sehr gerne. Folgen Sie mir, bitte.« Sie liefen hinter dem Kellner her, vorbei an mehreren Tischen, bis er an einem Tisch fast ganz hinten haltmachte. Er legte seinen Serviettenstapel auf einem Nachbartisch ab und zog einen der Stühle für Maria heraus. Sie setzte sich und strich ihr Kleid glatt.

»Ich bringe Ihnen gleich die Speisekarte.« Der Kellner eilte davon.

Es war ein Tisch für vier Personen, und Pastor Bonhoeffer hätte sich auf jeden der übrigen drei Stühle setzen können. Als er den direkt neben ihr wählte, merkte Maria, wie ihr das Blut in die Wangen schoss. Das Gefühl war nicht unangenehm.

Machte er das immer so oder wollte er ihr möglichst nahe sein? Es war so recht eine Frage für eine kichernde Analyse während eines langen Plausches mit Doris. Aber dieses Essen zu zweit war irgendwie zu intim, um ihrer alten Schulfreundin davon zu berichten.

Pastor Bonhoeffer lächelte knapp. »Ich hoffe, das Essen wird Sie für die Unannehmlichkeiten eben etwas entschädigen. Es tut mir aufrichtig leid. Ich hatte nicht erwartet, hier jemanden Bekanntes zu treffen.«

»Das ist schon gut, danke.« Und es *war* gut. Hitlergruß hin, Hitlerporträts an jeder Wand her – hier saßen sie und waren zusammen, ungestört in einem ruhigen Eckchen eines Berliner Restaurants, wo es nach Braten und Gewürzen roch. Ein Mann und eine Frau, die gemeinsam aßen und sich unterhielten.

Der Kellner kam mit den Speisekarten, die er mit dem nächsten Hitlergruß präsentierte, bevor er zu einem anderen Tisch eilte. Genügend Soldaten in der Armee waren dem Staat offensichtlich wichtiger als genügend Personal in den Restaurants. Maria sollte es recht sein. Je ungestörter sie waren, desto besser.

Sie studierten still ihre Speisekarten. O, die Preise ... Sollte sie vorsichtshalber das billigste Gericht bestellen? Konnte Pastor Bonhoeffer sich so ein Restaurant überhaupt leisten? Er schien ja keine feste Anstellung zu haben. Wo hatte der Mann sein Geld her?

Doris hätte ihr Riechfläschchen gebraucht bei dem bloßen Gedanken, eine solche Frage laut zu stellen. Aber Maria wollte nicht einen Freund ihrer Großmutter in finanzielle Schwierigkeiten bringen, nur weil er so nett zu ihr war. Deshalb fragte sie so beiläufig wie möglich: »Sind Sie ganz sicher, dass Sie sich die Gerichte hier leisten können?«

Er schaute von seiner Speisekarte hoch. Seine Brille rutschte etwas nach vorne. Einen Augenblick lang sah er erstaunt aus, dann trat ein halb neckendes Lächeln auf seine Lippen. »Hat Ihnen schon mal jemand gesagt, dass Sie keine gewöhnliche junge Dame sind, Fräulein von Wedemeyer?«

»Ja. Meine Mutter sagt das ständig, seit ich Laufen gelernt habe«, erwiderte Maria trocken.

Sein Lächeln wurde breiter, die Brille rutschte noch mehr. Die goldumrandeten Gläser gaben ihm etwas Professorenhaftes, das zu seiner Persönlichkeit passte. Sie widerstand dem Impuls, die Brille kurzerhand zurück nach oben zu schieben und dabei ihre Hand an seinem Kinn entlanggleiten zu lassen. Entschlossen schaute sie zurück auf die Speisekarte. Was für Gedanken hatte sie da?

»Meine Antwort auf Ihre Frage ist: Ja, ich kann mir das leisten. Ich bin ganz gut im Rechnungenbezahlen. Sagen die meisten meiner Freunde jedenfalls. Ich weiß noch, wie ich einmal in meinem Predigerseminar vor meinen Studenten stand. Am folgenden Tag wollte ich nach Berlin, und ich fragte die jungen Männer, was ich ihnen mitbringen sollte – Schokolade oder Käse. Fast im Chor antworteten sie: ›Beides, bitte!‹« Er lehnte sich zurück, die Hände auf der Speisekarte, ein Zwinkern in den Augen.

»Und was haben Sie gemacht?«

»Na, jede Menge Käse und Schokolade mitgebracht, mit einer extragroßen Portion für Herrn Bethge, weil ich aus zuverlässiger Quelle wusste, dass er die Seminaristen zu der Sache angestiftet hatte.«

Der Kellner kam wieder und sie gaben ihre Bestellungen auf – Schnitzel für Pastor Bonhoeffer, Kartoffelpuffer und Salat für Maria, dazu für jeden Ersatzkaffee mit Sahne. Als der Kellner mit ihren Speisekarten verschwunden war, stellte Maria ihre nächste Frage. »Ist Herr Bethge ein Freund von Ihnen?«

Pastor Bonhoeffers Augen wurden warm. Es war die gleiche Wärme, die in ihre eigenen Augen kam, wenn sie über Max oder ihre Schwestern redete. »Der allerbeste sogar. Obwohl wir uns noch keine zehn Jahre kennen, ist es manchmal so, als ob wir zusammen aufgewachsen wären. Wie Brüder sozusagen. Meine Eltern würden mir recht geben, denn sie haben ihn praktisch adoptiert. Unser Standardspruch ist: Wir kennen einander so gut, dass wir die perfekten Biografen füreinander wären. Obwohl wir uns einigen müssten, was wir lieber auslassen. Könnte sein, dass er zur Bestechung greift, damit ich der Welt nicht verrate, wie hoffnungslos er im Putzen und Abspülen ist.«

Sie lachten beide. Wann hatte das letzte Mal jemand sie so zum Lachen gebracht? Vor ein paar Monaten? Vor hundert Jahren? Als

Kind hatte sie nicht genug kriegen können von Spielen und Spaß. Der Krieg hatte ihr beides geraubt.

Und über dem Lachen vergaß sie fast die Trauer um ihren Vater.

Er hätte gewollt, dass sie lachte. Dass sie weiterlebte.

Als der Kellner mit dem Essen kam, verstummten sie und richteten sich auf, wie zwei ertappte Schüler. Sie unterdrückten ein Grinsen und murmelten ein hastiges Dankeschön.

Anstatt seine Aufmerksamkeit seinem Schnitzel zuzuwenden, beugte Pastor Bonhoeffer sich zu ihr. Sein Geruch – eine Mischung aus Seife, Schreibmaschinenfarbband und einer persönlichen Note, die sie nur als *Er* beschreiben konnte – strömte zu ihr herüber wie ein sanfter Trost. Fast war sie versucht, sein Taschentuch zu stibitzen, damit sie seinen Duft einatmen konnte, wann immer sie wollte.

»Morgen Abend gibt meine Schwester ein Abschiedsfest für ihren Sohn Hans-Walter, der demnächst zum Militär gehen wird. Herr Bethge wird auch dort sein, dazu die meisten von meinen Verwandten. Ich habe gedacht, dass Sie vielleicht … ich meine … möchten Sie auch dazukommen?« Sein Lächeln wurde unsicher, fast schon ernst. »Ich würde mich sehr freuen.«

Freuen? Sie war außer sich vor Freude, dass er sie einlud. Diese halb ängstliche, halb freudige Erwartung in seinen Augen, als er auf ihre Antwort wartete. War das so, wenn man sich verliebte?

Aber halt! – durfte sie das so nennen? War das nicht ein bisschen kühn?

Doch egal, welches das richtige Wort war, egal, was für Zweifel sich in ihr regten, sie genoss dieses Gefühl, wenn sie mit ihm zusammen war. Diese Geborgenheit und Freude und ein Dutzend anderer Dinge, für die sie keine Worte hatte. Sie wollte ihn besser kennenlernen, ihn und seine Verwandten und Freunde. Plötzlich verspürte sie den verrückten Wunsch, sie zu *ihren* Verwandten und Freunden zu machen.

»Ja, gerne, Pastor Bonhoeffer. Ich komme gerne zu diesem Fest.« Fast musste sie lachen über die Erleichterung in seinen Augen. Hatte er im Ernst gedacht, dass sie ihm einen Korb geben würde?

»Gut, ich freue mich schon.« Sie begannen zu essen. Messer und Gabel klapperten gegen das Porzellan. Auf einem Klavier, das ein paar Tische weiter stand, klimperte eine junge Dame ein Volkslied.

Maria hob die warme Tasse mit dem Kaffeeersatz genüsslich an ihre Lippen. Dann setzte sie sie abrupt wieder ab. Plötzlich wurde ihr kalt, trotz des heißen Getränks. Ihre Brust wollte sich zusammenziehen.

An der Wand gegenüber prangte ein großes Gemälde des Führers in seiner braunen Uniform, an seinem rechten Arm die Hakenkreuzbinde.

Und seine Augen …

Täuschte sie sich oder schauten, ja starrten sie direkt zu Dietrich hin?

Sie schauderte.

Elf

15. Oktober 1942
Berlin

Komm zurück auf den Boden der Tatsachen, Bonhoeffer! Schluss mit den unerfüllten Fantasien!

Zum Beispiel, mit einer Frau an der Seite zu einem Familienfest zu erscheinen. Einer Frau, die ihm ein Lächeln entlockte, wo es eigentlich nichts zum Lächeln gab. Und die, als sie ihre Hand in seine Armbeuge schob, verrückte Bilder durch seinen Kopf gehen ließ …

Eine Kirche. Sie schritten durch den langen Mittelgang, er im schwarzen Anzug, sie ganz in Weiß.

Dann Spaziergänge durch den Tiergarten; abwechselnd schoben sie den Kinderwagen.

Was für verrückte Bilder! Besonders im Krieg. Ganz besonders in Deutschland.

Der blaue Nachmittagshimmel war dem Grau der Abenddämmerung gewichen, als er und Maria die Straße zu den Schleichers hinuntergingen. Das Abschiedsfest für Hans-Walter, den ältesten Sohn der Familie, würde nicht bis in die Nacht hinein dauern. Wie alle Festlichkeiten in diesen Tagen, mit ihren Verdunkelungsvorhängen und der ständigen Angst vor dem nächsten Luftangriff, würde es früh enden. Aber es war ein Fest.

Maria trug das dunkelrote Kostüm, das so gut zu ihren rosigen Wangen passte. Sie hatte ein paar Locken in ihr honigbraunes Haar gezaubert, die beim Gehen wie Fäden aus reinstem Gold auf ihren Schultern spielten.

Genug. Schluss …

»Es wird langsam kalt.« Dietrich trug einen Mantel über seinem Anzug mit Weste, der viel mehr Schutz gegen den Wind bot als ihr knielanger Rock und die leichte Jacke. Sollte er ihr seinen Mantel anbieten?

»Das finde ich nicht.« Ihre strahlend blauen Augen sahen ihn an. »Ich mag Abendspaziergänge. In Pätzig habe ich es genossen, zusammen mit Max noch draußen zu sein, als es längst dunkel war. Und wenn es regnete, sind wir wie der Blitz raus in den Garten und haben uns nass regnen lassen und wie die Verrückten dabei gekreischt. Es war ein Riesenspaß.«

Gut, sie hatte seine Frage beantwortet. Sie beantwortete viele Fragen auf die ihr eigene frische, unkomplizierte Art. Was sie ihm da aus ihrer Kindheit erzählt hatte … Es war ein Wunder, dass ihre Mutter nur graue und keine weißen Haare bekommen hatte von all den Eskapaden ihrer Kinder.

»So richtig spaßig stelle ich mir das aber nicht vor«, erwiderte er. Er griff, wenn es regnete, zu seinem Regenschirm oder blieb gleich ganz drinnen, wie jeder normale Mensch.

Sie drehte sich abrupt zu ihm um, dass sie buchstäblich rückwärtsging. Der Wind zauste an ihren Locken, das Dämmerlicht beleuchtete das Lachen in ihren Augen. »Sie können das ja gar nicht wissen, weil Sie es nie versucht haben«, sagte sie in neckendem Ton. »Man kann erst wissen, ob man etwas nicht mag, wenn man es ausprobiert hat. Wenn Sie je nach Pätzig kommen und es fängt an zu regnen, *müssen* Sie rausgehen!«

Ihre leuchtenden Augen hatten die Liste der Orte, die er nicht für sie besuchen würde, auf null reduziert. »Gut, wenn Sie meinen.« Er schmunzelte.

Das Haus der Schleichers stand gleich neben dem der Bonhoeffers. Beide waren 1935 erbaut worden, als Dietrichs Vater ein kleineres Haus für seinen Lebensabend haben wollte, mit einem Sprechzimmer im Erdgeschoss für seine Privatpatienten. Die Schleichers – Dietrichs Schwester Ursula und ihr Mann Rüdiger – hatten ihr Haus nebenan errichtet, sodass die Bonhoeffers wie selbstverständlich in beiden Häusern aus und ein gingen.

Dietrich öffnete das Tor und bedeutete Maria, ihm über den

schmalen Kiesweg voranzugehen. Als sie die Haustür erreichten, ließ sie ihm den Vortritt und strich sich noch einmal ihren Rock glatt.

Er drehte den Türknopf und trat in den Eingangsflur, Maria hinter ihm. Dietrich zog seinen Mantel aus und hängte ihn an die Garderobe. Aus dem Wohnzimmer kamen gedämpfte Stimmen, dazu ein Stück von Schubert, das jemand gerade auf dem Klavier spielte. Wahrscheinlich war es Renate, die genau dieses Stück geübt hatte, als er das letzte Mal im Haus gewesen war.

Dann Schritte, und Eberhard erschien, in der einen Hand ein Glas, in der anderen einen Teller. Ein jungenhaftes Lächeln trat auf sein Gesicht. Obwohl nur zwei Jahre jünger als Dietrich, hätte man Eberhard, mit seinem dunklen Haar und seiner athletischen Figur, glatt für einen Endzwanziger halten können. »Ich dachte doch, ich höre Schritte.« Eberhard stellte seinen leeren Teller und das Glas auf den Flurtisch. »Hab mich schon gefragt, ob du wohl kommst oder nicht.«

»Du wusstest doch, dass ich mir das nicht entgehen lassen würde.« Die beiden Männer schüttelten einander die Hand. Erst jetzt merkte Dietrich, dass die Aufmerksamkeit seines Freundes gar nicht auf ihn gerichtet war, sondern auf die junge Dame, die noch bei der Tür stand, die Hände im Schoß verschränkt, ihre ganze Haltung so unsicher, wie er es noch nie an ihr erlebt hatte.

Eberhard hob eine Augenbraue.

»Kommen Sie, Fräulein von Wedemeyer! Ich möchte Ihnen jemand vorstellen.« Dietrich machte eine einladende Geste.

Maria trat an seine Seite, ein schüchternes Lächeln auf den Lippen.

»Fräulein von Wedemeyer, dies ist Eberhard Bethge. – Eberhard, dies ist Fräulein von Wedemeyer«, sagte Dietrich lächelnd. Er hatte Eberhard von Maria geschrieben, aber die beiden waren sich noch nie begegnet. Was würde sein Freund über sie denken? So wie er ihn kannte, hatte Eberhard immer eine Meinung.

Und es war Dietrich wichtig, dass diese beiden Menschen eine gute Meinung voneinander hatten. Auch wenn er die Gründe dafür – die es zweifellos gab – nicht wirklich in Worte fassen konnte.

»Es freut mich, Sie kennenzulernen, Herr Bethge. Pastor Bonhoeffer hat mir viel über Sie erzählt.«

»Das klingt ja gar nicht gut. War es sehr schlimm?« Eberhard grinste über beide Ohren.

»Es ging gerade noch, glaube ich.« Marias Lächeln war wieder das alte, ungezwungene.

»Wir beide sprechen uns nachher noch.« Eberhard warf Dietrich einen gespielt strengen Blick zu. »Aber jetzt gehen wir erst mal zu den anderen.«

Sie betraten den Salon, als gerade alle am Ende von Renates Stück applaudierten. Eberhard nahm Kurs auf das Klavier. Die Blicke der Anwesenden drehten sich in Dietrichs und Marias Richtung. Maria stand neben ihm, ihre Schultern fast auf Tuchfühlung, auf den Lippen ein vorsichtiges Lächeln.

Dietrich schaute in die Runde. »Darf ich euch allen Fräulein von Wedemeyer vorstellen, die Enkeltochter von Frau von Kleist? Ich habe sie heute Abend hierher eingeladen, da sie gerade bei ihrer Großmutter in Berlin ist.«

Lächeln, neugierige Blicke. Dietrichs älterer Bruder Klaus war da, zusammen mit seiner Frau Emmi und den Kindern Walter, Thomas und Cornelie. Dann seine Schwester Christel mit ihrem Mann Hans von Dohnanyi und ihren Kindern: dem 14-jährigen Klaus, dem ein Jahr jüngeren Christoph und der 12-jährigen Bärbel. Weiter Rüdiger und Ursula Schleicher mit ihrem Sohn Hans-Walter, der in seiner Uniform neben ihnen saß; zu seiner anderen Seite eine hübsche junge Dame. Rüdigers und Ursulas Tochter Renate war auf der Klavierbank sitzen geblieben; neben ihr stand jetzt Eberhard.

»Herzlich willkommen.« Ursula kam herbei und begrüßte Maria mit einem warmen Lächeln. »Das ist aber schön, dass Sie kommen konnten. Dietrichs Freunde sind auch unsere Freunde.«

»Danke. Schön, Sie kennenzulernen.«

»Wo sind Mutter und Vater?«, fragte Dietrich.

»Die sind heute Abend etwas angeschlagen. Vater glaubt, dass sich bei ihm eine Erkältung anbahnt, da sind sie lieber zu Hause geblieben. Ich habe ihnen vor einer halben Stunde ihr Abendessen gebracht.« Ursula schob sich eine grau melierte Haarsträhne, die sich aus ihrem altmodischen Dutt gelöst hatte, hinters Ohr zurück.

»O, das tut mir leid, das wusste ich nicht.« Dietrich bemühte sich, seine Enttäuschung zu verbergen. Er hätte ihnen, vor allem seiner Mutter, so gerne Maria vorgestellt. Wenn die Familie das nächste Mal zusammenkam, war sie sehr wahrscheinlich nicht mehr da.

Der hochgewachsene, schlaksige Hans erhob sich von dem Sofa, auf dem er neben seiner Frau gesessen hatte, und trat zu Ursula. »Es freut mich sehr, dass Sie kommen konnten, Fräulein von Wedemeyer.« Sein Lächeln war freundlich, aber er sah müde aus. Bei den vielen Überstunden, die er in der Abwehr leisten musste, wunderte sich Dietrich, dass sein Schwager überhaupt bei diesem Fest dabei sein konnte.

Wie gerne hätte auch Dietrich sich mehr eingebracht! Wenn nur diese Devisensache im Zusammenhang mit den Pässen für »Operation 7« nicht einen Schatten auf seinen Namen geworfen hätte. Gab es vielleicht Neuigkeiten? Er musste sehen, ob er im Laufe des Abends in Ruhe ein paar Worte mit Hans wechseln konnte.

»Setzt euch doch, ihr beiden!« Ursula zeigte auf zwei leere Stühle in der Nähe des Klaviers. »Eberhard und Renate wollen uns gleich ein Stück spielen. Wir nutzen jede Gelegenheit, um zusammen zu musizieren, Fräulein von Wedemeyer. Dietrich spielt ganz besonders gut Klavier.«

Maria neigte den Kopf in seine Richtung. »Ich hatte das Vergnügen, ihn in Klein-Krössin spielen zu hören. Es hat meiner Großmutter und mir sehr gefallen.«

Ein plötzlicher Schatten huschte über ihr Gesicht. Als sie in Klein-Krössin zusammen gewesen waren, hatte ihr Vater noch gelebt.

Der Schatten war so schnell wieder weg, wie er gekommen war. Maria hörte Ursula interessiert weiter zu. Es war gerade so, als ob sie sich mit schierer Willenskraft dazu zwang, gut gelaunt zu sein. Erstaunlich. Dietrich bewunderte sie immer mehr.

Sie setzten sich und Christel gebot Ruhe, als Eberhard und Renate zu spielen begannen – Eberhard Flöte, Renate Klavier. Die Musik füllte den Raum mit Freudenklängen; jede Note war eine Einladung, jetzt nur an dieses Stück zu denken, an seine Motive und Harmonien. Selbst Hans entspannte sich; er legte seinen Arm um Christel. Der junge Hans-Walter, groß und ernst in seiner neuen Uniform, tauschte ein Lächeln mit dem Mädchen an seiner Seite.

Der Bonhoeffer-Clan. An diesem Abend nicht vollzählig, aber eine Familie war eine Familie, auch wenn einige Glieder fehlten. Jedes Paar war in sich selbst eine Einheit, eine Zelle, aber wie viel mehr war es, wenn sie alle zusammenkamen, Männer, Frauen und Kinder, vereint durch die Bande des Blutes, ja durch noch etwas Stärkeres.

Liebe.

Dietrich schaute zu seinem Freund hinüber, der gerade mit seiner Nichte musizierte. Wie die Zeit dahinflog! War Renate nicht erst gestern noch ein kleines Mädchen mit Zöpfen gewesen, das mit seinem Bruder um die Wette lief? Und heute – saß eine graziöse junge Dame mit elegant aufgestecktem Haar vor dem Piano. Gerade lächelte sie kurz zu Eberhard hoch, der neben ihr die Flöte spielte. Die beiden tauschten einen Blick aus, den Dietrich noch nie bei ihnen gesehen hatte.

Hm. Was haben wir hier?

Er wandte sich Maria zu, die neben ihm saß und mit hingerissener Miene der Musik lauschte. Jahrelang war er der Außenseiter auf den Familienfesten gewesen. Alle seine Geschwister waren verheiratet, und auch wenn sie sich gut in den Rest der Familie einfügten – ein Paar war ein Paar, eine Einheit für sich. Man wusste immer im Voraus, neben wem sie bei Tisch sitzen, mit wem sie bei Gesellschaftsspielen ein Team bilden oder mit wem sie musizieren würden. Dietrich hatte es nie an Freunden gemangelt, aber zu den Familientreffen kam er immer allein und ging allein.

Heute Abend war er nicht allein.

Er hatte plötzlich Lust, Marias Hand zu nehmen, bremste sich aber gerade noch.

Eberhard und Renate beendeten das Stück. Lauter Applaus. Eberhard nahm Renate an der Hand und zog sie hoch. Hand in Hand verbeugten sie sich theatralisch und lachten.

Als niemand mehr klatschte, kommentierte Ursula: »Ihr habt wunderbar gespielt, ihr beiden.«

Renate nahm ihre Noten. »Eberhard ist ein vorzüglicher Lehrer.«

Eberhard? Dietrich warf seiner Nichte einen erstaunten Blick zu. Bisher hatte sie seinen Freund immer »Onkel Eberhard« genannt, wie die anderen Kinder.

»Sie waren ganz ausgezeichnet, Fräulein Schleicher«, sagte Maria.

»O, nennen Sie mich doch bitte Renate.« Die Noten in der Hand, kam Renate zu Maria herüber.

»Dann müssen Sie mich Maria nennen. Wie lange spielen Sie schon Klavier? Ich selber bin leider ziemlich unmusikalisch, aber ich bewundere die Leute, die so gut spielen können.«

»Während ihr eure ganze Lebensgeschichte austauscht, bin ich am Verhungern.« Hans-Walter, das Musterbild eines kräftigen jungen Mannes, streckte seine langen Beine aus und zwinkerte der jungen Dame neben sich zu. »Du hast doch hoffentlich Apfelkuchen gebacken, Mama, oder?«, fragte er mit einem erwartungsvollen Blick in Ursulas Richtung.

»Im Esszimmer steht ein ganzer Teller. Ich habe wochenlang die Lebensmittelkarten dafür gesammelt.« Ursula erhob sich. »Geht nur gleich rüber zum Kaffee, danach gibt's noch mal Musik.«

Dietrich stand auf und ging kurz zu den Kindern der Dohnanyis hinüber, während Maria mit Renate plauderte. Nachdem die Kinder hinausgestürmt waren, um ein Stück Kuchen zu ergattern, widmete Dietrich sich wieder Maria. Sie war nun allein im Salon. Mit gekreuzten Beinen saß sie auf ihrem Stuhl, als hätte sie auf ihn gewartet.

»Haben Sie keinen Appetit?« Er lächelte sie an.

»Nicht sehr. Ich bleibe lieber hier sitzen und unterhalte mich mit Ihnen.« Ihre Wangen wurden plötzlich rot.

»Da haben Sie Glück, Fräulein von Wedemeyer, denn ich bleibe auch lieber bei Ihnen.« Was war das auf einmal? Dieses Lächeln, diese fast schon schelmische Stimme. Dies war ein Dietrich Bonhoeffer, von dem nicht einmal er selbst gewusst hatte, der tief verschüttet gewesen war unter dem gelehrten Theologen und dem überarbeiteten Doppelagenten.

»Wird Ursula uns nicht für unhöflich halten?« Ihre Brauen kräuselten sich.

»Bei so viel Konkurrenz nebenan?« Er lachte. »Sie wird gar nicht merken, dass wir nicht da sind.«

Einen Augenblick lang saßen sie zufrieden schweigend da. Aus dem Esszimmer kamen Lachen und Gesprächsfetzen. Auf den beiden Sofas lagen Kissen verstreut, auf den Beistelltischen prangte die Parade der Familienfotos. Nein, dieser Salon war kein Museumsstück, sondern ein Zimmer, in dem Menschen lebten. Ein Raum, der viele gemütliche Familienabende gesehen hatte. Möbel, auf die Kinder gekleckert hatten. Eine lädierte Lampe, deren Schirm jemand mit gemischtem Erfolg wieder zusammenzukleben versucht hatte.

Würde er je auch so ein Wohnzimmer sein Eigen nennen können, eine eigene Familie haben, komplett mit einer kleinen Kinder-Rasselbande? Und einer Ehefrau?

»Hans-Walter sieht gut aus in seiner Uniform«, sagte Maria schließlich.

»Ja, das stimmt.« Was war da in ihrer Stimme? Sie machte nicht nur höfliche Konversation.

»Wenn ich ihn so sehe, muss ich an Max denken.« Ihre Augen wurden wehmütig, als sähe sie gerade nicht Dietrich, sondern ihren lieben Bruder, der in der Fremde für das Vaterland kämpfte. »Was meinen Sie? Warum geht er an die Front? Weil er muss oder weil er wirklich an das glaubt, für das er da kämpfen wird?«

Wer stellte solche Fragen nicht? Vielleicht die Naiven. Die, die von Sieg und Ehre schrien und Soldaten wurden, weil ein guter Deutscher das eben machte. Aber die Weisen, die Nachdenklichen, sie waren es, die sich Fragen stellten: Was sollte ein Christ machen, wenn die Loyalität zum Evangelium und die Ansprüche eines gottlosen Regimes aufeinanderprallten und ein Nein zu diesem Regime ihn auf den Weg der Selbstaufopferung führen konnte? Ihm, wenn es sein musste, sogar das größte aller denkbaren Opfer abverlangte?

Dietrich hatte sich für einen Weg entschieden, Marias Vater und ihr Bruder für einen anderen. Beide versuchten sie, zu tun, was gut und richtig war.

Dietrich wählte seine Worte sorgsam. »In unserem Land ist es eine alte Tradition, dass junge Männer sich für den Militärdienst melden, ja ihr Leben opfern für eine Sache, von der sie persönlich möglicherweise ganz und gar nicht überzeugt sind.« Er hatte den Ersten Weltkrieg selbst miterlebt; sein älterer Bruder Walter war dort für sein Vaterland gefallen. Er kannte sie aus erster Hand, die Schrecken, die kamen, wenn das eigene Land in einen großen Krieg gestürzt wurde. Hunger. Angst. Trauer. Der Schock, einen seiner Lieben zu verlieren; es war, als würde ein Stück von einem selbst abgeschnitten.

»Mein Vater war nie für den Führer und seinen Krieg«, sagte Maria. »Auch nicht Max. Sie sind beide in den Krieg gezogen, weil sie mussten. Und weil sie hofften, so vielleicht ihrem Land dienen zu können, irgendwie. Tja, haben sie recht gehabt?« Ihre Stimme war die einer reifen Frau, die Augen die eines kleinen Mädchens, das – wie auch er so oft – mit Fragen kämpfte, die in ungeahnte Untiefen führten.

Er holte vorsichtig Luft. »Ich glaube, das mit dem ›Rechthaben‹ kann nur von dem Einzelnen beantwortet werden, der sich ganz auf die Gnade Gottes wirft. Keine Institution oder Organisation kann einem Menschen seine Gewissensentscheidungen abnehmen.« Der Führer hatte in seiner Verirrung und Vermessenheit vielen etwas aufgezwungen, was nur wenige, wenn sie ehrlich ihr Gewissen befragten, wirklich wollten.

»Und was sagt *Ihr* Gewissen Ihnen?« Ihre Augen schienen die Tiefen seiner Seele ausloten zu wollen.

Was für eine Frage! *Mein Gott, was soll ich ihr antworten?*

Er war zu sehr Experte im Versteckspielen geworden, selbst gegenüber vielen seiner engsten Freunde. Es war besser, sie rätseln zu lassen, als sie (oder sich selbst) mit der Wahrheit in Gefahr zu bringen. Er hatte deswegen Beziehungen einschlafen lassen. Treue Mitglieder der Bekennenden Kirche hielten ihn für einen Verräter, weil er ja jetzt für die Abwehr arbeitete. Er akzeptierte den Verlust dieser Freunde als Teil des Opfers, zu dem Gott ihn berufen hatte. Aber es tat trotzdem weh.

Wusste Maria schon von der Verschwörung? Immerhin steckten zwei ihrer Verwandten – Henning von Tresckow und Fabian von Schlabrendorff – bis über die Ohren darin, noch tiefer als er. Aber ihr Vater hatte nicht mitgemacht, und Max – obwohl Soldat wider Willen, der nur deswegen diente, um der Strafe für Kriegsdienstverweigerung zu entgehen – war weiter an der Front und kämpfte für Deutschland.

Aber auch Dietrich kämpfte für Deutschland. Für das Deutschland der Zukunft, in dem nicht mehr die Tyrannei regierte, wo kein Diktator mehr die Zügel in der Hand hatte. Ein Deutschland, das Buße getan hatte. Ohne Buße keine Zukunft.

Gut, er würde Maria einweihen, aber nur so weit, wie es unbedingt nötig war. Es war ein schmaler Grat, aber sie hatte eine Antwort verdient. »Wir brauchen auch Menschen, die bereit sind, allein aus ihrem Gewissen heraus zu kämpfen. Wenn sie den Krieg als gerechtfertigt ansehen – schön und gut. Wenn nicht, können sie dem Land am besten dienen, wenn sie an einer anderen Front und auf eine andere Art kämpfen. Vielleicht …« – er schluckte – »vielleicht sogar, wenn sie gegen das Regime arbeiten.«

Da. Jetzt war es heraus. Er hatte ihr etwas gegeben, das absoluten Seltenheitswert hatte in diesen Tagen. Die Wahrheit.

Maria nickte. Sie schien seine Worte förmlich aufzusaugen. Er hatte recht daran getan, ihr zu vertrauen. Er sah es in ihren Augen, in deren blauer Tiefe das Begreifen aufging.

Sie sagte langsam: »Dann hätten diese Menschen doch die Aufgabe, den Dienst in der Wehrmacht so lange wie möglich hinauszuschieben?«

Erstaunlich, dass die Tochter eines an der Front gefallenen preußischen Offiziers solche Worte fand. Kein Zweifel: Dies war durch und durch die Enkelin von Ruth von Kleist-Retzow. Und eine junge Frau, die ihren eigenen Kopf hatte.

»Und vielleicht sogar den Dienst in den Streitkräften ganz zu verweigern.« Dietrich war dieser Schritt erspart geblieben, weil er aufgrund seines Dienstes in der Abwehr als »unabkömmlich« galt. Denn Kriegsdienstverweigerer erwarteten harte Strafen – das KZ, wenn nicht sogar gleich die Hinrichtung.

Sie holte Luft, den Blick auf ihre gefalteten Hände gerichtet. »Wenn Sie so reden, ist das alles so klar und logisch. Aber wenn ich an Vater denke …«

Fast hätte er seine Hand auf ihre gelegt. Als ob all die Fragen und all das Chaos sich auflösen würden, wenn sie sich an den Händen hielten.

Aus dem Flur waren rasche Schritte zu hören. Das konnte nur eine seiner Schwestern sein. Maria blickte auf und zwang sich zu lächeln.

Christel kam herein, die Arme verschränkt; ein paar Strähnen hatten sich aus ihrem Knoten gelöst. »Hier versteckt ihr euch also, ihr beiden!«

Dietrich stand auf, halb lächelnd. Er hatte gewusst, dass früher oder später ein neugieriges Familienmitglied sie suchen würde. »Du kennst mich doch. Ich verstecke mich dauernd.«

»Und Fräulein von Wedemeyer hast du gleich mit in dein Exil genommen. Du solltest dich was schämen! Kommt mit ins Esszimmer, ihr beiden.« Sie klatschte in die Hände. »Du bist lange genug mit dieser jungen Dame hier allein gewesen.« Christel verzog keine Miene, doch Dietrich entging der leise Schalk in ihren Augen nicht.

»Entschuldigen Sie, bitte, aber wir haben uns unterhalten und …« Maria verhaspelte sich fast.

»Das ist nicht Ihre Schuld, schon klar. Ich weiß, wie es ist, wenn man sich mit Dietrich unterhält.« Christel und Dietrich lächelten sich verstohlen an; sie waren nicht umsonst zusammen aufgewachsen.

»Also, kommen Sie mit, Fräulein von Wedemeyer. Falls Hans-

Walter nicht den ganzen Kuchen aufgegessen hat, dürfte noch was für uns übrig sein.«

Dietrich reichte Maria seine Hand. Sie nahm sie und er half ihr beim Aufstehen. Ihr Gespräch war noch nicht zu Ende, aber der Rest konnte warten.

Gemeinsam folgten sie Christel ins Esszimmer zu Hans-Walters Verabschiedung in einen Krieg, den Deutschland wohl besser verlor als gewann.

* * *

Das Haus der Schleichers lag hinter ihnen, das letzte »Gute Nacht« war verklungen. Seite an Seite machten Maria und Dietrich sich auf den Heimweg. Die letzte Stunde hatte dem Apfelkuchen, dem Lachen und der Musik gehört. Ein Abschiedsfest für einen Jungen, der bald ein Mann werden würde.

Die Straßen waren leer um diese Zeit; die meisten Berliner blieben lieber zu Hause, als durch die aus Angst vor Luftangriffen verdunkelten Straßen zu laufen. Am Himmel standen ein paar verlorene Sterne, kleine Lichterstecknadeln in der rasch zunehmenden Dunkelheit. Stille umhüllte sie, unterbrochen nur durch ihre Schritte und das ferne Geräusch eines vorbeifahrenden Autos.

Maria legte den Kopf schräg, um Pastor Bonhoeffer anzusehen, nur um zu merken, dass *er* bereits *sie* anschaute. Sie lächelte sanft, dankbar, dass er in der Dunkelheit nicht sehen konnte, wie sie wieder rot wurde. Mehrere Male an diesem Abend hatte er sie angeschaut, als sähe er sie zum ersten Mal. Sie staunte darüber, wie dieser Mann sich für sie interessierte. So vieles an ihm war erstaunlich.

»Das war ein schöner Abend«, sagte er leise. Seine Hände steckten in seinen Manteltaschen, seine Schulter berührte ihre fast.

»Ja.« Sie nickte. »Danke für die Einladung.«

»Es war mir ein Vergnügen.« Sein Lächeln legte Falten um seine Augenwinkel.

Ihr Gespräch, das Christel unterbrochen hatte, ging ihr durch den

Kopf. Sie musste schlucken. Da war eine Frage, die sie einfach stellen musste. Seine Worte über die Option, nicht in der Wehrmacht zu dienen, hatten ihr zu denken gegeben. Aber da war so viel, was er *nicht* gesagt hatte.

Sie bogen um eine Straßenecke. Er legte stützend seine Hand auf ihren Arm. Die totale Kriegsverdunkelung hatte es gefährlich gemacht, nachts durch die Stadt zu gehen, trotz der weißen Markierungen an Bordsteinen, Fußgängerüberwegen und Kreuzungen. Wie dankbar sie war, nicht allein zu sein!

»Darf ich Sie was fragen?« Der Wind zerrte an ihrem Haar. Sie schob sich ein paar Strähnen hinters Ohr und sah zu ihm auf.

»Natürlich«, antwortete er, ohne zu zögern.

Sie holte Luft. Schnell raus mit den Worten, bevor sie sich nicht mehr traute! »Wie gefährlich ist das alles … für Sie?«

Täuschte sie sich oder zuckte er zusammen? Sie gingen weiter; mit jedem Schritt kam Tante Spes' Haus näher. Die Stille hing wie eine Wolke zwischen ihnen. Wie eine Gewitterwolke kurz vor dem Wolkenbruch.

Schon bereute sie ihre Frage. Sie hatte keinen Anspruch auf eine Antwort. Schließlich kannten sie einander kaum. Aber die Stunden, die hinter ihnen lagen, sie kamen ihr wie Jahre vor. Es war gerade so, als ob sie immer schon zusammengehört hätten.

Mehrere Minuten gingen sie schweigend nebeneinander her. Sie versuchte, in seinem Gesicht zu lesen, aber er schaute geradeaus, den Kopf etwas zur Seite gelegt, als wollte er ihn von ihr abwenden. Sollte sie sich vielleicht entschuldigen?

Dann sagte er plötzlich: »Der Krieg bringt uns alle in Gefahr. Mich genauso wie die anderen.« Er schaute sie an, zum ersten Mal, seit sie ihre Frage gestellt hatte.

Sie hatten die Straße erreicht, in der Tante Spes wohnte. Neben einer Hauswand blieb er stehen. Sie spürte plötzlich, wie etwas Kühles, Nasses ihr Haar traf, dann wieder. Und wieder. Regen. Ohne Vorwarnung hatte der Himmel über ihnen seine Schleusen geöffnet. Aber sie suchten keinen Unterstand, sondern blieben stehen. Sie mit dem Rücken zu dem Haus, dass sie fast die Ziegel spürte. Er legte seine Hände um ihre Schultern. Nicht fest, aber doch wie eine Liebkosung. Sie hob das Kinn, in den strömenden Regen hinein. »Aber bei Ihnen ist die Gefahr anders, nicht wahr?« Sie spürte die Kälte kaum, so warm waren seine Hände.

Er nickte seufzend. »Und ernster, ja.«

Es war also wahr. Dietrich Bonhoeffer gehörte zum Widerstand gegen Hitler. Zu einer Verschwörung. Seine Worte bestätigten, was sie bereits geahnt hatte.

»Was sind das für Zeiten, in denen wir leben!«, sagte sie leise. Der Regen wollte ihre Worte verschlucken. »Es steht so viel auf dem Spiel, man muss so vieles bedenken. Wenn es nur alles deutlicher wäre, sicherer. Als ich ein Kind war, war alles so … einfach. Aber heute ist nichts mehr sicher.«

Er löste die Hände von ihren Schultern, aber trat nicht von ihr weg. »Es war nie so gedacht, dass alles sicher ist. Außer Gott.«

»Wie soll man dann in die Zukunft gehen?« Der Regen reinigte die Luft, wusch die Gerüche der kriegsmüden Stadt ab.

»Mit Gottvertrauen. Schritt für Schritt.«

»So leben Sie, nicht wahr, Dietrich Bonhoeffer?« Ihr Haar fiel ihr in nassen Strähnen auf die Schultern, die Ziegel in ihrem Rücken fühlten sich rau an. Berlin in einem Wolkenbruch. Noch nie war ihr die Stadt so leer erschienen.

Und ihr Herz so voll.

»So gut ich kann eben.« Sein ernster Blick begegnete ihrem. Seine Nähe und das Einfache und gleichzeitig Komplizierte dieses Augenblicks ließen einen Schwall von Emotionen über sie kommen.

Sie lächelte plötzlich. »Aber Sie sind noch nie durch den Regen gerannt.« Fast flüsterte sie die Worte nur. »Und es gibt noch mehr Dinge, die Sie noch nie gemacht, die Sie noch nie erlebt haben. Das sehe ich Ihnen an. Aber warum?«

»Vielleicht war es nie der richtige Zeitpunkt. Oder vielleicht …« Er ließ den Satz unvollendet.

Sein Zögern gab ihr Auftrieb. »Der richtige Zeitpunkt, Pastor

Bonhoeffer, ist immer *jetzt*. Für das Leben.« Sie fasste seine Hand, dass ihre Finger sich ineinanderschlangen. »Und dafür, dass man durch den Regen rennt. Kommen Sie.«

Sie liefen los und ihr Gelächter vermischte sich mit dem Prasseln des Regens und dem Geräusch ihrer Schritte. Und ein atemloser, bittersüßer Gedanke flüsterte Maria ins Ohr: *So eine Nacht wie diese wirst du nie mehr erleben.*

⋆ ⋆ ⋆

25. Oktober 1942
Franziskus-Krankenhaus, Berlin

Die Gestapo hatte ihm das Predigen untersagt; von Sonntagmorgenandachten am Krankenhausbett von Ruth von Kleist-Retzow hatte sie nichts gesagt. Dietrich genoss es, wieder eine Predigt halten zu können, auch wenn seine »Gemeinde« nur aus zwei Personen bestand – einer älteren Frau mit verbundenen Augen und ihrer Enkeltochter, die neben dem Bett auf einem Holzstuhl saß, Bibel im Schoß, die Augen fest auf ihn gerichtet.

Diese himmelblauen Augen! Sie brachten ihn ganz durcheinander. Es war erstaunlich, dass er seine Gedanken trotzdem genügend sammeln konnte, um den Bibeltext – Epheser 5,15–21 – auszulegen. Er zwang sich schließlich, nicht Maria anzuschauen, sondern Ruth und seine Aufzeichnungen, um die Predigt zu Ende bringen zu können. Zweimal war er schon durch Schwestern unterbrochen worden, die nach ihrer Patientin schauten.

»Wir müssen immer darauf bedacht sein, für alles zu danken. Wofür wir Gott nicht danken, das werfen wir ihm vor. Es ist das Kennzeichen des wahren Jüngers Christi, dass wir aus ganzem Herzen sagen können: ›Nicht mein, sondern dein Wille geschehe.‹ Wenn wir uns auf unsere eigene Kraft verlassen, machen wir uns nur etwas vor; dann reden wir uns ein, dass wir doch danken, während wir innerlich über unser Los klagen und es uns anders wünschen. Wenn wir nach dem Willen Gottes fragen, ohne jedes Misstrauen und Zweifeln, dann werden wir ihn finden und inmitten dieses Findens entdecken, wie schwach und erbärmlich unsere eigenen Bedürfnisse und Wünsche sind im Vergleich zu dem, was Gott will.« Er sah Ruth an. »Wie wäre es zum Schluss mit einem Lied? Kennst du was auswendig?«

»Ich glaube, ›Ein feste Burg‹ kriege ich zusammen.« Ruths Stimme klang kräftiger, als die weißen Bandagen um ihre Augen und der Großteil ihres Gesichtes vermuten ließen.

»Gut, dann fangen wir an.«

Ein feste Burg ist unser Gott,
ein gute Wehr und Waffen.
Er hilft uns frei aus aller Not,
die uns jetzt hat betroffen …[5]

Ruth sang kräftig und laut mit. Aber es war die Altstimme von Maria, die Dietrich immer mehr faszinierte, als sie zur zweiten Strophe kamen. Kein Zuhörer hätte ihre Stimme perfekt genannt, aber das Lächeln in ihren Mundwinkeln und die pure Hingabe, mit der sie sang, verliehen dem Choral eine Kraft und Vitalität, die manchem geschulteren Sänger abging. Sie sang nicht so, als ob sie Eindruck schinden wollte, sondern als ob sie die Worte, die sie sang, wirklich zutiefst meinte. Ihre Stimmen vereinigten sich zu einem Ganzen, das mehr war als Melodie und Harmonie. Sie erwiderte seinen Blick, auf jene direkte Art, die ihr eigen war.

Die Musik hatte an vielen Punkten seines Lebens eine große Rolle gespielt. Da war das Lied gewesen, das er für seinen Bruder Walter gespielt hatte, an dem Abend, bevor dieser – ach, so jung – im Ersten Weltkrieg als Soldat an die Front ging. Da waren die Spirituals, die während seines ersten USA-Aufenthalts seine Christusnachfolge neu belebt hatten. Oder die Musikabende in der Familie, wo zu den Klängen von Beethovensonaten die Verschwörer gegen Hitler ihre Köpfe zusammensteckten.

Von diesem Tag an bis zu dem Tag, an dem der Herr ihn nach Hause rufen würde, würde dieser alte Luther-Choral einen ganz besonderen Platz in Dietrichs Herz einnehmen, denn er hatte ihn zusammen mit Maria gesungen.

O, dass sie mehr zusammen tun könnten als singen …

Als die letzte Strophe verklungen war, schloss Dietrich den kleinen Gottesdienst mit einem Gebet ab. Er bat für die Wedemeyers, Kleists und Bonhoeffers, für all diejenigen, die jetzt im Gefängnis saßen, weil sie sich zur Bekennenden Kirche hielten, und endete mit der Fürbitte für die, die inmitten all dieses Wahnsinns Gottes Willen für ihr Leben suchten. Ruth und Maria schlossen sich seinem *Amen* an.

Täuschte er sich, oder wischte die junge Dame sich eine Träne ab, als sie ihren Kopf wieder hob? Wenn er nur mehr tun könnte, um ihr zu helfen. Wenn nur ihr Vater diese Erde nicht hätte verlassen müssen. Wenn nur …

Aber Gott erlaubte kein »Wenn nur«.

»Maria, könntest du eben die Schwester fragen, ob sie mir einen Tee bringen kann? Das Singen hat mich durstig gemacht.« Ruth drehte den Kopf vorsichtig in Richtung ihrer Enkelin.

»Ja, klar.« Maria stand auf und ging aus dem Zimmer. Es roch nach Lavendel, als sie an Dietrich vorbeiging, und auch noch, als sie die Tür hinter sich geschlossen hatte.

Er schob seinen Stuhl näher an Ruths Bett.

»Das war eine wunderbare Predigt, Dietrich«, sagte sie. »Wie immer.«

Hätte sie etwas sehen können, er hätte ihr mit einem Achselzucken geantwortet. Komplimente machten ihn immer verlegen. »Es freut mich, dass es dir gefallen hat«, entgegnete er.

»Ich glaube, Maria hat es auch gefallen.« Ruths blasse Hand schob ihre Bettdecke zurecht. »Du bist ja viel mit Maria zusammen gewesen die letzte Zeit. Ich glaube, das hat ihr gutgetan.«

Er lächelte. »Gern geschehen.«

»Sie ist eine richtige junge Dame geworden, nicht wahr? Nicht mehr der kleine Kobold, der immer durch meinen Garten gestürmt ist.« Ein versonnenes Lächeln spielte um ihre Mundwinkel und erhellte ihre faltigen Wangen.

»Ich glaube, ein bisschen von dem Kobold ist noch da. Sie hat nach wie vor den gleichen Lebensdrang und diese totale Offenheit, ohne jedes höfliche Getue.« Dietrich fixierte die nackte Wand ihm gegenüber und vermied es, Ruth anzuschauen, während seine Gedanken zurückwanderten zu dem Abend, als sie durch den strömenden Regen um die Wette zum Haus ihrer Tante gerannt waren, wie zwei Kinder. Es war ein einzigartiger Augenblick gewesen, eine wahre Seltenheit für einen Mann, der in seinen 36 Jahren ein halbes Dutzend Länder bereist hatte. Ein Augenblick der Freiheit, wo er einfach … gelebt hatte.

»Ja, das sind löbliche Eigenschaften. Meistens.« Ruth lachte. »Du bewunderst sicher viel an ihr, nicht wahr?« Ihre Stimme veränderte sich, wurde fast eine Spur bohrend. »Sie wäre eine gute Ehefrau, Dietrich. Trotz eures Altersunterschieds. Ihr passt gut zueinander.«

Ehefrau. Das Wort traf ihn wie ein Pfeil. Abwehrend hob er die Hand. »Das kann doch nicht dein Ernst sein.« Aber doch, ganz tief in seinem Hinterkopf hatte er sie sich schon als seine Frau vorgestellt. Heimlich, mit schlechtem Gewissen, wie ein kleiner Junge, der etwas Schönes gefunden hat, aber genau weiß, dass seine Mutter es ihm wegnehmen wird. Natürlich wäre er nie auf die Idee gekommen, Maria etwas davon zu verraten.

»Das ist sogar mein voller Ernst.« Ruths Ton war unmissverständlich. »Was meinst du, warum ich so viele Mittagsschläfchen gehalten habe, wenn ich deinen Besuch erwartete? *So* alt und klapprig bin ich noch nicht!«

Dietrich atmete tief ein. Nur ruhig bleiben! Er kannte Ruth schon lange und wusste, dass sie eine eigensinnige Frau war, aber so – nein, so hatte sie das noch nie gezeigt.

»Bitte, Frau von Kleist, sprechen Sie dieses Thema nicht mehr an.« Er versuchte, bestimmt zu klingen. »Ich schätze deine Enkelin sehr, Ruth, das stimmt. Aber was du da sagst, das ist … unrealistisch.«

Total unmöglich. Seine Träume von Maria mussten Träume bleiben. Sie war zu jung und seine Tätigkeit in der Abwehr viel zu gefährlich. Er konnte nicht im Ernst von ihr erwarten, dass sie sein Los teilte, wenn es zum Schlimmsten kam – Verhaftung oder gar Hinrichtung. Sie lag ihm zu sehr am Herzen, als dass er ihr so etwas zumuten konnte. Er liebte sie, und darum musste er sie vergessen.

Die Tür öffnete sich. Maria kam herein, ein kleines Tablett in den Händen. Dietrich stand so schnell auf, dass er fast seinen Stuhl umwarf.

»Hier ist der Tee.« Sie strahlte. Er zwang sich, nicht in ihre Augen zu schauen, in diese Sonne, die ihm Brandwunden beibringen konnte, für die es keine Salbe gab.

»Danke, Maria.«

»Ich … muss jetzt leider gehen.« Dietrich wandte sich zur Tür um. Nach dem, was Ruth ihm eben gesagt hatte, konnte er nicht länger hierbleiben.

»Bring ihn nach draußen, Maria«, sagte Ruth ruhig. Auch wenn sie nichts sehen konnte, schien sie den Sturm zu spüren, den ihr Gespräch eben in ihm entfesselt hatte.

Maria folgte Dietrich zur Tür; er hörte das Klacken ihrer Absätze auf dem harten Fußboden, aber er brachte es nicht fertig, sie anzusehen. Sie war äußerlich nicht das, was man eine hinreißende Schönheit nennen würde. Aber für ihn war sie wie in einer plötzlichen Offenbarung schön geworden. Unbeschreiblich schön, auf hundertfache Weise …

Und aus hundert Gründen unerreichbar für ihn.

»Auf Wiedersehen, Fräulein von Wedemeyer.« Sein Kopf befahl ihm, die Worte auszusprechen, höflich, gemessen, ganz der Pastor. Aber in seinem Herzen, jenem störrischen Organ der Fantasie und des Gefühls, klopfte es unaufhörlich: *Wann werde ich sie wiedersehen?*

Im Krieg war nichts mehr sicher. Nichts.

»Auf Wiedersehen, Pastor Bonhoeffer.« Plötzliche Verwirrung in ihren Augen, als fragte sie sich, was so plötzlich über ihn gekommen war. Einen Augenblick lang wünschte er sich fast, dass sie ihn in ihrer

Offenheit fragen würde, was los sei. Aber sie sagte kein Wort, und er traute sich nicht, den Mund aufzumachen.

Er zwang sich zu einem Lächeln, nickte knapp und ging. Entschlossen ließ er Ruths Zimmer hinter sich und lief zum Hauptausgang. Verschwommene Gesichter von Krankenschwestern und Besuchern. Seine Schuhe quietschten auf dem Linoleumboden. Gleich war er draußen, weg von der Klinik und der alten Dame mit ihren Verkupplungsplänen und der jungen Frau, deren Gegenwart Gefühle in ihm weckten, die letztlich nur Schmerz bringen konnten.

Dietrich blieb abrupt stehen. Er hatte sein Notizbuch vergessen. Und seine Bibel. Wäre es etwas anderes gewesen, er hätte es einfach dagelassen, bis zu seinem nächsten Besuch. Aber diese beiden Bücher gehörten zu seinen größten Schätzen; er würde sie bald wieder brauchen, heute noch. Es ging nicht anders, er musste sie holen.

Er machte kehrt und ging den gleichen Weg zurück. Da war die Tür wieder. Er starrte sie an. Es war der letzte Ort, den er jetzt betreten wollte. Oder war es der erste? Der Ort, an den er sich am meisten sehnte?

Natürlich. Aber gerade deshalb war es der letzte, an dem er jetzt sein sollte. Halb widerstrebend klopfte er an die Tür.

Ein paar Sekunden Stille, dann öffnete Maria. Sie sah ihn stumm an, aber ihre Augen schienen zu sprechen. *Warum kommen Sie zurück? Eben konnten Sie es doch nicht erwarten, uns los zu sein!*

»Meine Bücher«, stotterte er beinahe. »Ich hab sie vergessen.«

Sie drehte sich ohne ein Wort um und ging ins Zimmer zurück. Bei jedem Schritt raschelte ihr Rock ein klein wenig. Ihre Schritte waren gemessen, die Schultern gerade. Ihr Haar leuchtete wie Honig im Vormittagslicht.

Seine Kehle wurde trocken. Er lenkte seine Augen auf seine sauber geputzten Schuhe auf dem Linoleumboden. Mit gesenktem Kopf stand er da, wie ein Schuljunge, der etwas ausgefressen hat. So weit war es gekommen.

»Hier, bitte.«

Er sah wieder auf. Sie reichte ihm die Bücher. Ihre Finger berührten sich flüchtig. Ihre Haut war so weich und warm wie das Licht an einem Sommerabend. Dietrich machte einen Schritt zurück, als habe er sich die Finger versengt. »Danke, Fräulein von Wedemeyer«, sagte er leise.

Sie nickte, ohne zu lächeln.

Die Tür schloss sich wieder und nahm sie seinen Augen weg.

Eine Tür. Holz und Metall. Ein unbelebter Gegenstand.

Aber da war noch so viel mehr, was zwischen ihnen stand.

Zwölf

26. Oktober 1942
Berlin

Die Kühle drang durch das Bettzeug, dass Maria wach wurde. Sie drehte sich auf die Seite und zog sich die Decke bis zum Kinn hoch. Der frühe Morgen war von jeher ihre Lieblingstageszeit. Irgendwie hatte es etwas Friedvolles, fast schon Heiliges, wenn die Natur erwachte, aber die Menschen noch nicht aufgestanden waren. Es war so recht die Zeit zum Nachdenken und zum Bibellesen, die Zeit, in der sie mit sich und Gott allein war.

An diesem Morgen hatte sie jede Menge, worüber sie nachdenken konnte.

Als sie im Krankenhaus mit dem Tee in das Zimmer zurückgekommen war, war Pastor Bonhoeffer plötzlich ganz anders gewesen. Oder hatte sie sich das nur eingebildet? Sie hätte so gerne mit ihm geredet, ihm gesagt, wie tief seine Predigt sie berührt hatte. Aber als sie ihn zur Tür brachte, hatte sie kein Wort herausgebracht, und er hatte so ausgesehen, als ob er es nicht erwarten könne, endlich zu gehen. Es war alles so seltsam gewesen, und wahrscheinlich hatte sie sich ganz falsch verhalten.

An diesem Morgen würde sie einen letzten Besuch bei ihrer Großmutter machen, die noch vor Ende der Woche aus der Klinik entlassen werden würde, und nach diesem Besuch lag die lange Reise zurück zu den Vogels vor ihr. Berlin hatte ihr viel besser gefallen als erwartet. All die Stunden, die sie bei ihrer Großmutter verbracht hatte … und mit Pastor Bonhoeffer.

Sie presste die Hände auf die Wangen, als wollte sie die Wärme stoppen, die ihr plötzlich ins Gesicht schoss.

Dieser Mann machte etwas mit ihr. Etwas, das sie nicht beiseiteschieben konnte, egal wie sehr sie es versuchte. Es war gerade so, als ob er und sie, all ihren äußeren Unterschieden zum Trotz, zwei Hälften eines Ganzen wären. Wenn er sie so ansah, als habe er für nichts und niemanden auf der Welt Augen als nur für sie, dann konnte sie nicht leugnen …

Im Erdgeschoss klingelte das Telefon.

Maria fuhr vor Schreck hoch. Es war höchstens sieben Uhr. Ihre Füße landeten auf dem kalten Fußboden. Wer rief um diese Uhrzeit an? Sie schnappte sich ihren abgetragenen Morgenmantel und schlüpfte in die Ärmel. War Großmutter etwas passiert?

Schnell hinaus auf den Flur, dann zur Treppe. Bei jedem Schritt spürte sie die Gänsehaut an ihren nackten Beinen. Das Telefon klingelte und klingelte, jeder Ton zerriss aufs Neue die Morgenstille.

Tante Spes und ihre Cousins waren bestimmt noch nicht wach. Wenn der Anruf für sie war, müsste Maria sie aufwecken. Zu dumm!

Das Telefon stand auf einem Tischchen im Esszimmer, umgeben von allerlei Nippes. Direkt daneben, in einer Vitrine, war Tante Spes' umfangreiche Porzellansammlung aufbewahrt. Maria wickelte den Morgenmantel fester um sich und nahm den Hörer ab, vorsichtig, um ja nichts umzuwerfen. »Hallo.«

»Spes?« Die Stimme ihrer Mutter. Die Verbindung war so schlecht, dass es klang, als ob sie vom anderen Ende der Welt anrief.

»Nein, Mama, hier ist Maria. Tante Spes schläft noch.« Wie konnte ihre Mutter sie mit Tante Spes verwechseln? Die klang doch ganz anders.

Der Fußboden fühlte sich eisig an unter ihren nackten Zehen.

»Ich habe gerade einen Brief erhalten.« Es knackste in der Leitung und die Stimme ihrer Mutter klang seltsam gedämpft. Oder sprach sie nur einfach so leise?

»Ich kann dich nicht hören, Mama. Kannst du nicht etwas lauter reden?«

Jetzt kamen hinter ihr Schritte; so schwerfällig, wie sie klangen, konnte das nur ihre Tante sein. Maria drehte sich um. Ja, Tante Spes, mit Lockenwicklerpapier im Haar und einem Pullover, den sie hastig über ihr dünnes Nachthemd gezogen haben musste; sie rieb sich den Schlaf aus den Augen. »Wer ist das?«, murmelte sie.

»Mutter«, flüsterte Maria. Sie wandte sich wieder dem Telefon zu. »Entschuldigung. Tante Spes ist gerade runtergekommen.«

Stille im Telefonhörer. Nicht eine Stille von der »Alles ist gut«-Sorte, sondern eine, die zu schreien und zu zerschmettern schien.

Max.

Ihr Herz hämmerte, als wollte es aus ihrer Brust ausbrechen. Luft, wo war Luft? Sie zwang ihre Stimme, Worte zu bilden. »Ist es was mit Max?« Natürlich, es konnte gar nicht anders sein. Bestimmt war er verwundet worden. Nur verwundet. Vielleicht hatte er einen Arm oder ein Bein verloren, aber er würde zu ihnen zurückkommen. Sie würde Tag und Nacht an seiner Seite bleiben, würde alles tun, damit …

»Er ist tot, Maria. Unser Max ist tot.«

Sie schloss die Augen. Das Zimmer war auf einmal weg, alles war weg. Nur noch ein schwarzer Abgrund, der sie verschluckte. Wenn er sie nur komplett verschlingen würde, im schwarzen Nichts ertränken. Vergessen können, nicht mehr da sein …

»Ich … kann's nicht glauben.« Ihre Hände umklammerten den Hörer, dass es fast wehtat. »Ich will's nicht glauben.« Es musste ein Irrtum sein. Ihr tapferer Max mit dem Lachen in den Augen und mit seiner Unternehmungslust, er konnte nicht tot sein, das war doch unmöglich! Erst gestern hatte sie zu der Zeit, die sie mit ihm verabredet hatte, die Augen geschlossen und ihr Gesicht zum Himmel emporgehoben. Wie er. So hatten sie es vereinbart: Sie hoben ihre Gesichter zu den Wolken und dachten aneinander. Und lächelten, weil sie wussten, dass sie in diesem Augenblick, obwohl durch viele Kilometer getrennt, zusammen waren.

Es konnte schon sein, dass Max vermisst war. Oder sogar verwundet. Aber er würde nach Hause kommen. Er musste. Sie brauchte ihn. Ohne Vater brauchte sie ihn mehr denn je.

»Es tut mir so leid.« Ihre Mutter weinte; ihr herzzerreißendes Schluchzen war selbst über die Entfernung deutlich zu hören. »Es heißt, dass er tapfer starb und bis zum letzten Augenblick seiner Einheit ein Vorbild war.«

Natürlich. Weniger würde Max nicht tun. Von ihm hatte sie gelernt, nie Angst zu haben, egal, ob sie als Fünfjährige zum ersten Mal auf einem Pferd ritt oder zum Arzt musste oder schließlich, ganz allein, ins Internat.

Kopf hoch und lächeln, Schwesterchen!

Leere Worte ohne Max' Gegenwart.

»Ich komme heim, sobald ich kann. Möchtest du mit Tante Spes reden?« Maria konnte nichts mehr sagen. Sie reichte ihrer bestürzten Tante den Hörer und floh förmlich aus dem Zimmer. Der kalte Fußboden störte sie nicht mehr. Auch nicht der Schmerz in ihrem großen Zeh, als er gegen die Kante einer Treppenstufe stieß. Ihr ganzer Körper war wie taub.

Mit heftig zitternden Händen knallte sie die Tür ihres Zimmers hinter sich zu und drehte den Schlüssel herum. Dann versagten ihre Füße ihr den Dienst. Sie brach zusammen. Verzweifelt presste sie ihr Gesicht auf den Fußboden.

Die Wirklichkeit sollte nie schlimmer werden als ein Albtraum. Aber jetzt war sie es. Brutal und unerbittlich. Der Tod war doch etwas für die anderen, für Menschen, die nicht schon vom Leid gebeutelt waren. Er war nichts für Max, den jungen, starken und tapferen Max.

Warum hatte der Tod nicht *sie* geholt? Sie hätte gerne ihr Leben geopfert, um Max' Leben zu retten.

»Wofür wir Gott nicht danken, das werfen wir ihm vor.«

»Nein!«, brach es aus ihr heraus. »Nein! Nein! Nein!« Sie schlug mit den Fäusten auf die Holzdielen, bis ihr die Haut an den Fingerknöcheln aufriss. Das Schluchzen schüttelte ihren Körper. Wenn der Tod so unersättlich war, warum konnte er sie nicht einfach alle verschlingen? Warum ließ er einige am Leben, gerade die, die am schwächsten und schutzlosesten waren? Es war die größte aller Grausamkeiten, noch schlimmer als der Tod selbst.

Der Ausbruch war vorbei, ihr Körper erschlaffte. Das letzte Mal, als sie sich gesehen hatten, hatte Max sie fest umarmt und ihr versprochen: »Ich komm bald wieder nach Hause.«

Sie hatte ihm geglaubt, und jetzt hasste sie ihn fast, weil er sein Versprechen nicht gehalten hatte. Es war ein egoistischer Gedanke, aber sie nahm ihn nicht zurück. Ihr Bruder war jetzt im Himmel, und sie? Immer noch auf der Erde, wo Bomben fielen, Soldaten starben und Telefonanrufe Herzen zerrissen.

Von draußen kamen die Geräusche des beginnenden Morgenverkehrs. Berlin erwachte zum Leben, zum Alltag. Stimmen. Ein Motor, der angelassen wurde. Dann ein leises Klopfen an ihrer Tür und die besorgte Stimme von Tante Spes.

Maria musste sich aufrappeln und ihre Sachen packen, irgendwie musste sie es schaffen. Sie war ja nicht allein mit ihrem Schmerz. Ihre Mutter und ihre Geschwister trauerten jetzt auch. Sie musste zurück nach Pätzig. In ein Haus, das zum zweiten Mal innerhalb so kurzer Zeit von der Trauer heimgesucht worden war.

»O, Max«, flüsterte sie. Die Worte kratzten in ihrer rauen Kehle. »Hab ich dir jemals gesagt, wie ich dich liebe? Ich kann mich nicht erinnern. Warum kann ich mich nicht erinnern?«

Sie erhob sich mit schierer Willenskraft, die Beine wie Blei. Sie hatte keine Lust aufzustehen, wollte am liebsten zurück auf den Boden sinken und dort liegen bleiben. Die Luft strömte weiter in ihre Lunge und wieder heraus, aber tief drinnen schien sie genauso tot zu sein wie Max. Nur der Gedanke an ihre Lieben zu Hause zwang ihren erschöpften Körper, ihr zu gehorchen.

Sie ignorierte das Klopfen an der Tür, trat an die Waschschüssel und spritzte sich kaltes Wasser auf ihre brennenden Wangen. Die Tropfen rieselten hinunter auf ihre lädierten Fingerknöchel, vermischten sich mit ihren Tränen, die – jetzt lautlos – weiterliefen. Tausend ungesagte Worte lagen in diesen Tropfen aus Salz und Wasser. Worte, die sie so gerne Max gesagt oder auch geschrieben hätte. Oder Vater.

Aber es war zu spät. Immer zu spät.

* * *

31. Oktober 1942
Berlin

Regentropfen trommelten auf die Fensterscheibe von Dietrichs Zimmer. Fast den ganzen Morgen schon regnete es – der Himmel oben ein Schiefergrau, die Tropfen wie unzählige winzige, nasse Bomben. Es war kein »schöner« Regen, wie Maria ihn mochte, sondern ein zornig prasselnder. Gerade so, als ob die Natur ihre Empörung über all das Böse in Deutschland entlud.

Dietrichs Blick fiel auf die zerknüllten Blätter, die auf seinem Schreibtisch lagen. Es waren fünf an der Zahl – fünf Versuche, um auf Papier das zu formulieren, was im persönlichen Gespräch noch viel schwieriger gewesen wäre.

Max von Wedemeyer war tot. Max, der keine fünf Jahre zuvor ein aufgeweckter Konfirmand in Dietrichs kirchlichem Unterricht gewesen war. Max, die Freude seiner Eltern und ein exzellenter Schüler. Max – Marias innig geliebter Bruder.

Maria.

Sie war es, an die er diesen Brief schrieb. Ruth hatte angerufen und ihm berichtet, dass Maria sofort zurück nach Pätzig gefahren sei, als sie die Nachricht erhalten hatte.

Wie konnte er die richtigen Worte finden? Er nahm seine Brille ab und legte sie neben seine verworfenen Versuche. Seufzend rieb er sich über die Augen. Wann war das sinnlose Gemetzel endlich vorbei? Wie viele würden noch auf den Schlachtfeldern sterben müssen?

Er sah Marias Lächeln wieder vor sich – ihr Lächeln, als sie von ihrem Bruder gesprochen hatte. Das Band zwischen ihnen muss ein ganz besonderes gewesen sein. Und jetzt war es zerrissen, jedenfalls in diesem Leben.

Dietrich schaute zu dem regennassen Fenster. Den Vater zu verlieren, war schlimm genug gewesen, und jetzt auch noch den Bruder … Er merkte, wie eine Sehnsucht in ihm hochstieg, der Wunsch, sie zu sehen, sie an sich zu drücken, ihr beizustehen, irgendwie. Er konnte ihr ihren Bruder nicht zurückbringen, aber er hätte sie gerne getröstet in ihrem Schmerz.

Doch einfach nach Pommern zu fahren, war nicht möglich. Nicht jetzt, wo Hans ihn angewiesen hatte, in Berlin zu bleiben und sich bereitzuhalten für den Tag, an dem er seine Reisepläne wiederaufnehmen konnte. Und so musste er zufrieden sein mit dem, was er vor sich auf dem Schreibtisch hatte – einem leeren Briefbogen und seinem Füllhalter. Tote Werkzeuge, die er nach bestem Vermögen einsetzen musste, um das weiterzugeben, was in seinem Herzen war.

Er schickte ein stummes Gebet um Weisheit zum Himmel, dann setzte er seine Brille wieder auf und nahm den Füllhalter in die Hand.

Liebes Fräulein von Wedemeyer!
Darf ich Ihnen nur dies sagen: Ich glaube zu ahnen, was der Tod von Max für Sie bedeutet. Es kann Ihnen wenig helfen, wenn ich Ihnen sage, dass auch ich an diesem Schmerz teilnehme. In solchen Zeiten kann uns nur geholfen werden, wenn wir uns – Gott ans Herz werfen, nicht mit Worten, sondern wirklich und ganz. Das kostet schwere Stunden, bei Tag und bei Nacht, aber dann, wenn wir uns Ihm ganz ausgeliefert haben, vielmehr, wenn er uns angenommen hat – dann ist uns geholfen. »Den Abend lang währt das Weinen, aber des Morgens ist Freude« (Psalm 3,6). Bei Gott, bei Christus ist wirklich Freude! Glauben Sie es.

Er schrieb noch ein paar Zeilen und endete mit den Worten:

Gott tue an Ihnen, an den Ihren, an uns allen in diesen Tagen seine Wunder und stärke uns für das Leben und die Arbeit, in die wir dann zurückkehren zu seiner Ehre.

Bitte grüßen Sie noch einmal Ihre Großmutter besonders.
In herzlicher Gemeinschaft grüßt Sie Ihr aufrichtig ergebener
Dietrich Bonhoeffer[6]

Er starrte an, was er da geschrieben hatte. Von all den Versuchen war dies der beste. Ja, diesen Brief würde er abschicken, er war der beste. Wenn ihre Mutter oder Geschwister ihn lasen, würden sie nichts anderes sehen als einen Kondolenzbrief eines freundlichen Pastors an eine Freundin der Familie.

Maria war in der jetzigen Situation nicht in der Lage, über das nachzudenken, was zwischen ihnen gewesen war – aber was war da überhaupt gewesen?

Dietrich faltete den Brief zusammen und schob ihn in einen Umschlag. Als er ihn zuklebte, kam ihm das wie eine Geste der Endgültigkeit vor. Aber auch des Unvermögens. Er war nicht genug, dieser Brief. Aber konnte ein Brief das überhaupt sein, in einem Fall wie diesem?

Er schrieb die Anschrift auf den Umschlag, klebte eine Briefmarke drauf und beförderte seine zusammengeknüllten anderen Versionen in den Papierkorb. Hoffentlich würde Lotte nicht auf die Idee kommen, sie heimlich zu lesen.

Dietrich schob den Brief in seine Jackentasche und ging die Treppe hinunter. Er war gerade auf der letzten Stufe, als die Haustür aufsprang und Hans hereinstürmte, von Kopf bis Fuß durchnässt, mit ihm ein kalter Windstoß. Auf den ersten Blick sah sein Schwager so aus wie immer – derselbe dunkelblaue Mantel, derselbe graue Filzhut. Aber seine Augen … Dietrich blieb abrupt stehen, sein Herz begann heftig zu schlagen. Der Mann schien außer sich zu sein.

Mit einem hastigen Blick nach links und rechts riss Hans sich den tropfenden Hut vom Kopf. »Sie haben Schmidhuber verhaftet.«

Wilhelm Schmidhuber. Den Mann, der auf der Liste der Verdächtigen ganz oben gestanden hatte. Grund war der Devisenschmuggel in die Schweiz, der den Lebensunterhalt der Juden von »Operation 7« sicherstellen sollte. Wahrscheinlich hielt die Gestapo Schmidhuber für einen Geldwäscher. Noch wusste sie nicht, dass der Devisentransfer nichts mit privater Geldgier zu tun gehabt, sondern dazu gedient hatte, die betroffenen Personen buchstäblich vor der sicheren Ermordung zu retten. Aber das würde nicht lange so bleiben. Die

Gestapo würde tiefer graben, würde Schmidhuber verhören. Keine Verhaftung wichtiger Personen ohne Verhöre. Würde Schmidhuber es schaffen, die Namen von Dietrich und Hans nicht zu erwähnen? Unwahrscheinlich. Wenn die Gestapo irgendetwas war, dann gründlich. Sie würden ihren Gefangenen auspressen wie eine Zitrone. Wenn nötig, würden sie ihn zu Brei schlagen.

Die Frage war nicht so sehr, *ob* die anderen auch an die Reihe kämen, sondern *wann*. Sie würden nicht ewig ihre Informationen sammeln und die Regierungen von Feindstaaten kontaktieren können. Schon jetzt konnte die Operation jeden Tag auffliegen.

Es sei denn, dass sie das Dritte Reich noch rechtzeitig stürzen konnten.

»Wo haben sie ihn hingebracht?«

»In die Zentrale der Gestapo in der Prinz-Albrecht-Straße«, murmelte Hans.

Der Satz war wie ein Schlag in die Magengrube. Die Gestapo-Zentrale. Es hieß, dass manchmal schauerliche Schreie aus diesem Gebäude kamen, wenn drinnen der Nächste mit Foltermethoden bearbeitet wurde, die man zu einer Wissenschaft vervollkommnet hatte. »Verschärftes Verhör«, wie die Gestapo das nannte.

»Du bist ja ganz nass«, sagte Dietrich leise. »Komm, ich helfe dir beim Ausziehen und dann kannst du dich hinsetzen. Du siehst so aus, als ob du eine Pause brauchst.«

Hans lächelte trocken, als habe Dietrich gerade den Witz der Woche erzählt. »Hinsetzen? Wann hab ich das letzte Mal Zeit gehabt für so was? Nein, ich muss zurück ins Büro. Ich wollte dich nur vorwarnen.« Seine Augen blitzten. »Du weißt ja, dass es immer schlimmer wird. Ich merke doch, wie die meine Post prüfen und das Telefon abhören …« Er schluckte heftig. »Ich hab Angst um Christel. Um die Kinder. Und um dich.«

»Mach dir mal keine Sorgen um mich.« Dietrich legte seinem Schwager eine Hand auf die Schulter. »Das ist ja wohl die kleinste Sorge.«

Plötzlich hörte man oben Schritte. Sie schauten beide kurz in die

Richtung. Aber nein, es war nur Dietrichs Mutter, die in ihrem Zimmer umherging. Dieses Haus war sicher vor den Gestapo-Schnüfflern. Noch.

»Aber ich mach mir Sorgen. Obwohl, wenn unsere … anderen Pläne gelingen, könnte noch alles gut gehen.« Bei dem Wort »andere Pläne« schien ein Schauer durch Hans' Körper zu gehen.

»Gott kennt die Zukunft schon, auch wenn wir nicht immer wissen, was sie bringen wird.« Die Vergangenheit und die Zukunft, sie lagen nicht in ihrer Hand, sondern in der Hand Gottes.

Ob Maria Trost schöpfte aus diesem Wissen? Oder wanderte sie jetzt allein durch einen finsteren Wald der Fragen und Ängste?

»Auf Wiedersehen, Dietrich.« Hans lächelte matt. »Wir reden bald wieder miteinander.« Er öffnete die Haustür und verschwand, zurück in die Welt des Regens und des zornigen Himmels und der Stadt, die unter den Schaftstiefeln des Dritten Reiches zertreten wurde.

Dietrich blieb alleine im Flur stehen, den Blick auf die Haustür geheftet. Draußen zuckte ein Blitz am Himmel, der das dunkle Haus für einen Augenblick hell erleuchtete. Gleich würde der Donner kommen. Und dann der Sturm.

War Schmidhubers Verhaftung der Blitz, der ihren eigenen Gewittersturm einleitete? Oder hatte dieser Sturm schon mit der Machtergreifung Adolf Hitlers begonnen? Oder an dem Tag, als die Übertragung von Dietrichs Radioansprache vorzeitig abgebrochen worden war – der Ansprache, in der er mit Staatsführern, die sich über Gott stellten, hart ins Gericht gegangen war –, und dies ganze zwei Tage nach Hitlers Ernennung zum Reichskanzler? Oder an dem Tag, als Dietrich in die Abwehr eingetreten war und mit den Planungen für »Operation 7« begonnen hatte?

Wann immer es gewesen war, Schmidhubers Verhaftung durch die Gestapo war ein schwerer Schlag, auch wenn sie selbst noch in Sicherheit waren. Dem Anschein nach jedenfalls.

Dietrich schaute zur Decke hoch. Draußen grollte der Donner und ließ das Haus erzittern.

Dreizehn

6. November 1942
Pätzig, Pommern

Nur mit Arbeit konnte sie ihre Gedanken auf Abstand halten. So stürzte Maria sich mit voller Energie in ihre Aufgaben. Sie versorgte die Menschen im Dorf, die Söhne und Väter an der Front hatten, mit Lebensmitteln. Sie überwachte die Schulaufgaben ihrer Geschwister und reinigte die Gästezimmer im Obergeschoss, die seit Urzeiten keinen Besen mehr gesehen hatten. Und jeden Morgen stand sie beim ersten Hahnenschrei auf, sattelte ihr Pferd, Sternenlicht, und ritt los.

Nur beim Reiten ließ sie ihre Gedanken in Richtung Vater und Max schweifen. Von ihnen hatte sie gelernt, richtig auf einem Pferd zu sitzen, es mit den Zügeln zu führen und es springen zu lassen, ohne dabei aus dem Sattel zu fliegen. Sie hatten ihr so viel beigebracht, diese beiden Männer in ihrem Leben. Sie hatten sie geprägt, etwas aus ihr gemacht, und sie hatte sie gerne gelassen.

Der Wind peitschte ihr gegen die Wangen. Das Pferd flog über Felder und Hügel und wurde erst langsamer, als sie in den Wald kamen und Tiere und Vögel erschrocken davonstoben. Die höher steigende Sonne färbte den Himmel pfirsichfarben.

Sie erreichten die Kuppe eines Hügels, der zu den Ländereien des Gutes gehörte. Maria zog die Zügel an und ließ in einem gekonnten Schwung ihre Beine in den Reithosen über den Rücken von Sternenlicht nach unten gleiten, wo ihre Reitstiefel in den moosigen Untergrund sanken.

Stille. Überall. Kein Mensch war zu sehen, selbst die Vögel hatten aufgehört zu singen.

Nur in ihrem Herzen tobte das Chaos.

Die ganze Woche seit ihrer Rückkehr hatte sie diesen Ort bewusst gemieden, obwohl es einer ihrer Lieblingsplätze war. Und einer von Max' Lieblingsplätzen.

An dem Abend, bevor Max zu seiner Einheit aufgebrochen war, waren sie hierhergekommen. Die Dämmerung war schon hereingebrochen; sie hätten längst zurück nach Hause reiten sollen. Aber sie blieben noch. Der Wind wehte ihnen seinen süßen Duft durchs Haar und strich über die Hügel.

»Morgen musst du also fort.« Ihre Pferde taten sich an dem Pflanzenteppich gütlich, während die beiden Geschwister nebeneinander dastanden, ihre Hand um seinen Arm, und in die untergehende Sonne schauten.

Max wandte sich ihr zu und zwei blaue Augenpaare trafen sich. In seinem Blick lag eine verhaltene Melancholie, die so gar nicht zu ihrem sonst so lebhaften Bruder passen wollte. »Und ich komme wieder.« Sein Gesicht sah wild entschlossen aus, als er das sagte. »Es kann etwas dauern, aber wenn's so weit ist, kommen wir wieder hierher. Vielleicht fällst du dann nicht mehr so oft vom Pferd.« Sein Lächeln entblößte die kleine Lücke zwischen seinen Schneidezähnen, wegen der seine Mitschüler ihn immer aufgezogen hatten. Wenn er das Maria erzählte, hatte sie immer Lust gehabt, zu seiner Schule zu marschieren und die Übeltäter zu verdreschen; sie hatte es nur deshalb nicht getan, weil sie wusste, dass ihr Vater dann traurig den Kopf geschüttelt hätte.

Maria ignorierte Max' Bemerkung über ihr Reittalent – sie hatte es tatsächlich geschafft, an einem einzigen Tag elfmal vom Pferd zu fallen – und fasste seinen Arm fester. »Ich komme erst wieder hierher, wenn du zurück bist. Ohne dich, Max, komme ich hier nicht mehr her.«

»Ohne dich, Max, komme ich hier nicht mehr her«, flüsterte sie jetzt, die Arme fest um die Brust geschlungen, während die Erinnerungen der Gegenwart Platz machten. Alleine hier stehen zu müssen, kam ihr vor wie Verrat. Wie ein gebrochenes Versprechen – das letzte Versprechen, das sie einander gegeben hatten. Aber sie hatte hierhergewollt, um sich ihm nahe zu fühlen. Um sich daran zu erinnern, wie er sie vor ihrem Heimritt auf ihr Pferd gehoben, dann ihren Hut geschnappt und sich lachend geweigert hatte, ihn ihr zurückzugeben. Es war ihr Lieblingshut gewesen. Hatte er ihn mit an die Front genommen?

Wenn sie ihn nur noch ein einziges Mal sehen und ihm sagen könnte, dass es nicht so schlimm war, dass er ihren Hut stibitzt und sie dauernd aufgezogen hatte. Wenn sie es ihm nur sagen könnte …

Sie ließ ihr Gesicht in ihre Hände fallen. Die Tränen liefen zwischen ihren Fingern hindurch, ihre Schultern zitterten. Ihre Mutter und ihre Geschwister hatten schon öfters geweint, wenn sie an irgendetwas dachten, was ihnen Vater oder Max in Erinnerung rief. Maria hatte sich dann immer beherrscht und war unter irgendeinem Vorwand aus dem Zimmer gegangen. Aber hier, wo sie ganz allein war, konnte nur Gott ihre Tränen sehen.

Nach einer Weile schaute sie wieder auf und rieb sich mit dem Ärmel über die Augen – mit dem Ärmel von Max' alter Jagdjacke, die sie jetzt auf ihren morgendlichen Ausritten trug; das Gefühl des abgetragenen Stoffes an den Schultern gab ihr fast die Illusion, dass Max noch da war.

»Führe mich durch die Dunkelheit, Herr.« Sie hob ihr Gesicht zum Himmel, wo die höher steigende Sonne einen neuen Tag verkündete. »In dir ist Licht, trotz allem.«

Die drückende Last auf ihrer Brust wurde ein wenig leichter, als sie zurück zum Haus ritt. Sie war noch da, war noch schwer genug, aber immerhin konnte Maria wieder atmen und die Frische des Taus und des Herbstwindes in sich hineinlassen. Die Hufe des Pferdes knirschten auf dem Kies des Weges, der zum Gutshaus führte. Aber wer war das, da vor der Eingangstreppe? Ihre Mutter. Warum war sie um diese Zeit schon auf?

Maria stieg ab, die Zügel des Pferdes locker in einer Hand. Mit ihren zu weiten Reitkleidern und dem zerzausten Haar würde sie ihre Mutter nur in ihrer Meinung bestätigen, dass sie ein größerer Wildfang war, als ihr guttat. Aber vielleicht waren diese Dinge jetzt, wo Vater und Max tot waren, nicht mehr so wichtig wie früher.

»Guten Morgen.« Maria schob sich eine Haarsträhne hinters Ohr. »Warum bist du denn schon so früh auf?«

Ihre Mutter hatte nur einen Pullover übergezogen und schlang fröstelnd die Arme um ihre Taille. Im fahlen Morgenlicht sah ihr Gesicht plötzlich älter aus, als ob Falten, die vorher nicht da gewesen waren, sich über Nacht in ihr Gesicht gegraben hätten.

»Ich hab auf dich gewartet.« Ein Lächeln flog über ihre Lippen. »Du bist ja in letzter Zeit so beschäftigt; wir haben uns noch gar nicht über deinen Besuch in Berlin unterhalten.«

Die ruhigen Tage in der Klinik, die Gespräche mit Pastor Bonhoeffer, der Fußweg zu den Schleichers in der Abenddämmerung, als sie ihn aufgezogen hatte, weil er noch nie durch den Regen gerannt war … Sollte das wirklich erst ein paar Tage her sein? Es fühlte sich eher wie Jahre an.

»Großmutter hat sich tapfer geschlagen. Die Operation war anstrengend, aber sie ist gut wieder auf die Beine gekommen, wie immer. Ich habe ihr vorgelesen und wir haben uns unterhalten. Alles in allem nichts Besonderes.« Maria musterte die Steinmauern und die spätherbstlich kahlen Gärten. Jetzt, wo Vater nicht mehr da war, müsste sie dem Gärtner helfen, alles für den Frühling vorzubereiten …

»Das war sicher langweilig, nicht?«

»Manchmal hatten wir Besuch. Ein paar von Großmutters Berliner Freunden sind gekommen.« Maria warf einen kritischen Blick auf die Sträucher.

Ihre Mutter sagte: »Als ich mit ihr telefoniert hab, erwähnte sie, dass ihr Freund, Pastor Bonhoeffer, sie öfters besucht hat. Und dass er dich zum Essen ausgeführt und auf einen Verwandtenbesuch mitgenommen hat.« Der Blick ihrer Mutter wurde forschend, gerade so, als versuche sie Marias Gedanken zu lesen. Aber Maria sah keinen Grund, warum es sie interessieren sollte, was sie und ein Freund der Familie zusammen gemacht hatten.

»Ja, das stimmt. Er fand, dass ich mal an die frische Luft müsste. Das war echt nett von ihm.« Die Erinnerung daran ließ es ihr noch jetzt wärmer werden, wie von einem gemütlichen Kaminfeuer an einem Wintertag.

»Da hast du sicher recht«, erwiderte ihre Mutter. »Ich hab mir Sorgen gemacht um dich, so allein in Berlin. Aber es ist merkwürdig, dass er so viel freie Zeit hat.« Den Rest ließ sie ungesagt: … *wo doch die meisten gesunden Männer seines Alters draußen an der Front kämpfen und fallen.*

»Er ist kein Müßiggänger.« Warum hatte sie plötzlich das Bedürfnis, ihn zu verteidigen? Sie wusste es selbst nicht, aber es war urplötzlich da, ohne dass sie etwas dafürkonnte. »Er arbeitet für die Abwehr und kann nicht viel über seine Tätigkeit verraten.« Wahrscheinlich hatte er ihr schon zu viel gesagt. Aber er hatte es gesagt, weil er ihr vertraute, und bei diesem Gedanken wurde ihr gleich noch wärmer. »Er schreibt ziemlich viel. Im Moment arbeitet er an einem Buch über christliche Ethik.«

»An einem Buch? Warum schreibt er, wenn er doch gar nichts veröffentlichen darf?«

Maria unterdrückte einen Seufzer. So war das immer, wenn sie mit ihrer Mutter sprach. Warum, um alles in der Welt, mussten sie ständig unterschiedlicher Meinung sein? Mit Vater hatte sie sich fast nie gestritten. Aber es wäre töricht, jetzt in das alte Muster zu verfallen, ja es wäre geradezu ein Affront auf das Andenken an Vater und Max.

»Da musst du ihn selber fragen.« Sie zwang sich, nicht laut zu werden. »Aber vor dem Frühstück muss ich mich jetzt erst mal waschen und anziehen. Ich hab viel zu tun heute.« Die Zügel weiter in der Hand, führte sie Sternenlicht zum Stall.

Ihre Mutter hätte sich diese Fragen über Pastor Bonhoeffer sparen können. Sie würde ihn so schnell nicht wiedersehen, es gab keinerlei Grund für erneute Treffen. Jetzt musste sie sich ganz auf ihre Pflichten konzentrieren und so in die Zukunft gehen, dass die beiden Männer, um die sie trauerte, Grund hätten, stolz auf sie zu sein.

9. November 1942
Berlin

»Warum?« Das geflüsterte Wort zerriss die Stille im Salon der Bonhoeffers.

Dietrich schaute zu seiner Mutter hin, deren Gesicht in schmerzliche Falten gelegt war. Es war kein naives »Warum?«, sondern die Frage eines Menschen, der ungläubig vor etwas Schrecklichem steht, das vor seinen eigenen Augen geschieht.

»Können wir wirklich nichts machen?« Dietrichs Vater trat vom Fenster zurück und sank in einen Sessel. Die Mutter setzte sich neben ihn.

»Ihr wisst doch, dass wir es uns gerade nicht leisten können, Verdacht zu erregen.« Dietrich stand immer noch am Fenster und betrachtete unter der Gardine hindurch die Szene, die sich zwei Häuser weiter auf der anderen Straßenseite abspielte.

Herr und Frau Gerstein, die in der beginnenden Abenddämmerung aus ihrem Haus abgeführt wurden. Zwei Gestapo-Männer mit ausdruckslosen Gesichtern trieben sie mit ihren Gewehrkolben an. Mühsam stieg das ältere Ehepaar die Eingangstreppe hinab, jeder einen Koffer in der Hand. Als sie den Gehweg erreichten, stolperte Frau Gerstein. Die zierliche Endsiebzigerin sah gebrechlich aus. Ihr Mann machte Anstalten, ihr zu helfen. Die Gestapo-Leute jedoch stießen ihn zur Seite, den stets korrekt gekleideten alten Herrn, der auf der Straße für jeden Passanten seinen Hut zog, für jede Dame ein höfliches Lächeln übrighatte.

Die Männer schoben sie auf die Rücksitzbank eines Autos, zuerst Frau Gerstein, dann ihren Mann. Einen Augenblick starrte Herr Gerstein geradewegs zum Haus der Bonhoeffers herüber, das blanke Entsetzen in den Augen. Bildete Dietrich sich das nur ein, oder lag in diesem Blick eine Bitte? Ein Hilfeschrei? Einen Augenblick später war er im Inneren des Wagens verschwunden; die Tür knallte zu.

Dietrich ließ die Gardine fallen.

»Warum haben wir bei »Operation 7« nicht auch an die beiden gedacht?« Die dünnen Finger seiner Mutter nestelten an ihrer Schürze.

»Weil wir nicht mehr als vierzehn rausschmuggeln konnten, und selbst das war gewagt.« Dietrich rieb sich das Kinn. Auf seiner Brust lag eine unsichtbare Last. Die Gersteins waren keine praktizierenden Juden; Dietrich wusste nicht, wo sie religiös standen. Er kannte das Paar kaum. Sie waren nach Charlottenburg gezogen, als er in Amerika war. Aber gut, sein Schwager Gerhard und sein Freund Franz Hildebrandt waren auch keine praktizierenden Juden, und wenn sie nicht rechtzeitig geflohen wären, hätte sie zweifellos das gleiche Schicksal ereilt wie die Gersteins.

Es ging um das Blut. Blut und Rasse. Darum drehte sich bei den Nazis alles. Die Herrenmenschen durften leben, die Minderwertigen nicht.

Sein Vater nickte. Die Bonhoeffers kannten die Logik der Nazis. Doch solche Szenen wühlten sie jedes Mal aufs Neue im Innersten auf.

Wenn die Welt eines Tages kein Mitgefühl mehr kennen würde – es wäre unerträglich.

»Ich geh nach oben.« Dietrich ging aus dem Zimmer und die Treppe hinauf. Seine Eltern blieben regungslos sitzen, wie festgenagelt von dem, was sie da gerade miterlebt hatten.

Es gab in Berlin ein paar Leute, die Juden Unterschlupf gewährten und dafür alles riskierten – Glieder der Bekennenden Kirche, aber auch unreligiöse Menschen, die ihrem Gewissen folgten oder Freunde oder Verwandte retten wollten. Gerne hätten auch die Bonhoeffers ihr Haus für Juden geöffnet.

Aber schon jetzt standen sie unter intensiverer Beobachtung als die meisten anderen Bürger. Hans hatte den Verdacht, dass er beschattet wurde. Nein, so tief, wie sie in die Verschwörung verwickelt waren, konnten sie nicht Leib und Leben jüdischer Familien riskieren, wenn die Gestapo die Verschwörung entdeckte und mit den Verhaftungen begann.

Auch das war logisch.

Aber die Gesichter der Gersteins! Dietrich konnte ihren Anblick nicht vergessen. Vor allem, weil er wusste, was auf das Ehepaar wartete.

Er setzte sich an seinen Schreibtisch und nahm ein neues Blatt Papier zur Hand. Den Blick auf die leere weiße Fläche geheftet, dachte er an die Ereignisse der letzten Zeit. Hans und er hatten mit der Herstellung gefälschter Dokumente begonnen, für den Fall, dass es zum Schlimmsten kam. Die Gestapo tat nichts lieber, als Fährten aus Papier zu folgen, also würden Hans und er ihr eine legen.

Und dann natürlich das Kriegsgeschehen. Die Alliierten waren in Nordafrika gelandet und hatten die deutsche Armee zum Rückzug gezwungen. »Rückzug« war kein Lieblingswort der Deutschen, und die Menschen begannen, über Einschränkungen zu murren, die sie bisher als Beiträge zu der großen, ruhmreichen Sache gesehen hatten. Keine Neuigkeiten über die Soldaten in Stalingrad, außer endlosen Listen von Verwundeten und Gefallenen, Zeile um Zeile Namen, viele mit einem schwarzen Kreuz markiert. Und auf einer dieser Listen Max von Wedemeyer.

So viel Tod. Vor ein paar Tagen hatte Hugo Distler, einer von Dietrichs Lieblingskomponisten und Lieblingskirchenmusikern, sich in seiner Wohnung eingeschlossen und, Bibel und Kruzifix in der Hand, vor den Gasherd gelegt – eine Verzweiflungstat, nachdem wieder zahlreiche Juden deportiert worden waren. Sein Tod wurde in der Zeitung nur unter »ferner liefen« erwähnt; die Schlagzeilen waren für den üblichen Propagandakitsch reserviert.

Warum hoben nur so wenige den Kopf und sahen sich um? Warum waren es nur so wenige, die Widerstand leisteten? Warum hatte das Regime der »Reichskirche« freie Hand gegen die Bekennende Kirche gegeben? Warum hatte sie den Willen schwacher Seelen brechen und umfunktionieren können? Warum, warum, warum?

Dietrich ließ seinen Füllhalter fallen. Er konnte sich jetzt nicht konzentrieren. Heute konnte er nicht an seiner *Ethik* weiterschreiben.

Welch furchtbare innere Qualen musste Distler ausgestanden haben – ein Mann, in dessen Musik Gottes Wahrheit widerklang. Wie groß musste die Verzweiflung seiner Seele gewesen sein, die ihn dazu getrieben hatte, seinem Leben ein Ende zu setzen! Wenn nur mehr Menschen, die diese pulsierende Verzweiflung in sich spürten, aufschreien und aufstehen würden, dann wäre es vielleicht möglich, Adolf Hitler und seine Machenschaften ein für alle Mal zu stoppen. In der Bekennenden Kirche gab es immer noch ein paar Kämpfer, aber viele waren ins KZ verbracht worden und der Rest hatte sich mehrheitlich den Forderungen der »Reichskirche« gebeugt, das Evangelium Deutschlands über das Evangelium Christi zu stellen.

»Stumme Zeugen böser Taten«, flüsterte er in die Stille des Raumes hinein, das verzweifelte Gesicht von Herrn Gerstein vor seinem inneren Auge. »Das sind wir gewesen.« Er drehte das Blatt um und notierte den Satz.

»Telefon, Dietrich!«, rief Lotte die Treppe herauf. »Es ist diese Dame aus Pommern.«

Ruth? Wenigstens würde dieser Anruf nicht die nächste Schreckensbotschaft bringen. Oder vielleicht doch? Wer konnte das wissen in diesen Tagen?

Dietrich ließ seinen Schreibtisch so unaufgeräumt zurück, wie er es seinen Finkenwalde-Seminaristen nie erlaubt hätte, und ging die Treppe hinunter. Er trat ins Arbeitszimmer und nahm den Hörer in die Hand. »Guten Abend, Ruth.«

»Hallo, Dietrich.«

»Wie geht's dir, jetzt, wo du wieder zu Hause bist?«

»Viel besser. Körperlich jedenfalls.« Ruths Stimme klang müde. »Und wie geht's dir?«

»Ganz gut. Hast du das mit Herrn Distler gehört?«

»Ja.« Ruth seufzte auf. »Ich wurde immer so ruhig, wenn ich seine Musik hörte. Ein großer Mann.«

Dietrich, den Hörer am Ohr, nickte.

Ruth fuhr fort: »Weswegen ich dich anrufe, ist der Gedenkgottesdienst für Max. Er ist am fünfzehnten. Meinst du, du kannst kommen?«

Von Berlin zum Haus der Wedemeyers in Pommern waren es sieben Stunden mit dem Zug. Aber was brachte es, wenn Dietrich hier in Berlin herumsaß? Und die Chance, die Bekanntschaft der Wedemeyers zu machen – und Maria wiederzusehen …

»Ich glaube, Maria würde es sehr schätzen, wenn du kommst.« Ruth schien seine Gedanken zu lesen. »Max hat immer große Stücke auf dich gehalten. Es wäre ihr eine große Hilfe, wenn sie sich mit dir über ihren Bruder unterhalten könnte. Die beiden waren wie Pech und Schwefel. Sie braucht jetzt mehr denn je die Hilfe und Wegweisung eines Mannes, aber sie hat niemanden.«

Dietrich sah es förmlich vor sich, Ruths ernstes Gesicht, als sie das sagte. Gleichzeitig bittend und entschlossen, so wie seine eigene, verstorbene Großmutter, Julie Bonhoeffer. Er brachte es nicht über sich, ihr ihre Bitte abzuschlagen. Bestimmt würde Hans ihn für ein, zwei Tage freigeben. »Gut, ich komme.«

»Hervorragend!« Jetzt lächelte sie, das hörte er aus ihrer Stimme heraus. »Ich werde meine Tochter anrufen, damit sie dir ein Zimmer richten.«

»Also, bis bald dann.«

»Gute Reise.«

Sie legten auf. Dietrich stützte sich mit beiden Händen auf der Kante des Schreibtischs ab und schaute gedankenverloren zum Fenster hinaus. Diese Einladung hatte er nicht erwartet. Die ganzen letzten Jahre hatte er, Maria ausgenommen, keinen der Wedemeyers gesehen. Jetzt gab Ruth ihm eine Gelegenheit, die Bekanntschaft zu erneuern. Die Möglichkeit, Maria dort in ihrer Trauer zu helfen, wäre die Mühen der Reise mehr als wert. Ruth hatte gesagt, dass Maria jemanden brauche. Er konnte sich die Einsamkeit der jungen Dame und den Schmerz ihrer Trauer gut vorstellen.

Also würde er das Beste machen aus ihrer Zeit zusammen, auch wenn er nur als pastoraler Freund kam. Obwohl mit jedem Tag sein

Wunsch größer wurde, dass aus dem, was da zwischen ihnen war, mehr werden möge. Täglich sagte er sich, dass dieses »Mehr« unmöglich war, doch das Gefühl wollte einfach nicht weichen.

Aber jetzt würde er erst einmal zurück nach oben gehen und prüfen, ob er dieses »stumme Zeugen böser Taten« weiter ausführen konnte.

Irgendwann würde der Nebel sich lichten. Dann würde die Welt wissen wollen, ob sich wirklich alle Deutschen an den Gräueltaten ihres Landes beteiligt hatten. Sicher würde manch einer sich beharrlich weigern, zu glauben, dass es auch gute Deutsche gegeben hatte. Einige aber würden tiefer schürfen und Antworten suchen – Antworten auf das große »Warum?«.

Und für diese Menschen würde Dietrich die Wahrheit aufschreiben.

Vierzehn

11. November 1942
Berlin

Der Dampf aus der weißblau gemusterten Porzellantasse stieg in Kräuselfäden nach oben. Wenn man in die Tasse schaute, sah es fast aus wie Kaffee, jenes dekadente, starke Getränk aus Friedenszeiten. Der aus Zichorie oder Gerste hergestellte Kaffee-Ersatz war gar nicht so schlecht, nur eben anders. Dietrich nahm einen Schluck. Nein, das Zeug schmeckte furchtbar. Aber wenigstens hatten sie noch *diesen* Kaffee.

Eigentlich konnte er nur dankbar sein, wenn er sich den Frühstückstisch anschaute. Sie hatten noch mehr als genug Brot, hin und wieder ein Ei, eine Art Müsli, in dem sogar ein kleines bisschen Zucker war, und Milch. Lauter Reichtümer, von denen andere – wie Martin Niemöller im KZ Dachau – nur träumen konnten.

Es konnten Zeiten kommen, in denen auch Dietrich nur noch Hungerrationen bekommen würde, und als er seinen Blick über den Tisch und die Gesichter seiner Eltern schweifen ließ, speicherte er alles in seinem Gedächtnis, wie ein Kunstsammler, der seine Lieblingsstücke wegschließt, bevor die Diebe kommen. Das saubere weiße Tischtuch. Den Silberschimmer des Bestecks im schrägen Morgensonnenlicht. Seinen Vater im grauen Anzug, der am Kopfende des Tisches saß, aus seiner großen Kaffeetasse trank und die Zeitung las. Links seine Mutter, das ergrauende Haar zu dem üblichen Knoten gebändigt, mit einem lächelnden Blick zu Renate hinüber, die von nebenan zum Frühstück gekommen war.

Lotte kam mit der Post herein, auf ihrem braunen Lockenkopf schräg die Dienstmädchenmütze. Dietrich legte seine Gabel erwartungsvoll hin. Er hatte immer den größten Poststapel, zum ständigen Vergnügen seiner jungen Nichten und Neffen.

Renate erhob sich plötzlich. Man konnte fast zuschauen, wie sie erwachsen wurde. Vor Kurzem hatte sie ihr Abitur abgeschlossen und erledigte mittlerweile im Haus vieles von dem, was früher das Revier ihrer Mutter gewesen war. »Ich geh eben nach Hause und schau nach, ob Post für mich gekommen ist. Danke für das Frühstück, Großmutter.« Sie ging um den Tisch herum und drückte kurz die Schultern erst ihrer Großmutter, dann ihres Großvaters, bevor sie in einem Tempo das Zimmer verließ, das nicht recht zu ihrem neuen, »erwachsenen« Outfit in Kleidung und Frisur passen wollte.

»Von wem erwartet sie denn so sehnsüchtig einen Brief?«, fragte Dietrich, als die Haustür sich hinter ihr geschlossen hatte.

»Wie soll ich das wissen?« Ihre Mutter hob achselzuckend die Hände. »Du kennst doch die jungen Leute und ihre Romanzen.« Sie stand auf, um die Tasse ihres Mannes wieder aufzufüllen.

Nein, er kannte die jungen Leute nicht wirklich. Es war Jahre her, dass er so jung gewesen war wie Renate jetzt, und schon damals war er ganz in der Theologie aufgegangen. Er hatte ein paar Freundschaften gehabt, aber das einzige Mädchen, an das er je als Frau gedacht hatte, war Elisabeth gewesen, und wie diese Geschichte geendet hatte, nein, darauf konnte er nicht stolz sein.

Er begann, den Briefstapel durchzusehen, den Lotte neben seinen Teller gelegt hatte. Eine Antwort auf den Geburtstagsbrief, den er seinem Freund und Bruder in der ökumenischen Bewegung, Max Diestel, geschickt hatte. Der arme Mann war vor Kurzem von der Gestapo verhört worden und seitdem ganz verstört. Ein Brief von einem ehemaligen Finkenwalde-Studenten, der vor ein paar Monaten in die Armee eingezogen worden war. Er würde ihm heute noch zurückschreiben. Was diese Soldaten zu leiden hatten, die jungen Männer, die seine Studenten gewesen waren, das Herzblut seines illegalen Seminars …

Aber was war dies? Dietrich nahm den untersten Umschlag in die Hand und schob seine Brille höher.

Von Frau von Wedemeyer, Marias Mutter. Was für einen Grund konnte sie haben, ihm zu schreiben? Außer natürlich, sie wusste, dass er zu der Gedenkfeier kam, und wollte, dass er ihr etwas aus Berlin mitbrachte. Da er ein offizielles Predigtverbot hatte, konnte sie ihn wohl kaum um seine Dienste als Prediger bitten.

Meist wartete er mit dem Lesen seiner Korrespondenz, bis er alleine in seinem Zimmer war, diesen Umschlag aber öffnete er sofort und zog das eine Blatt heraus.

Sehr geehrter Herr Pastor Bonhoeffer,
Sie wundern sich sicher, warum ich Ihnen schreibe. Ich möchte Ihre Neugier stillen und ohne Umschweife zur Sache kommen. Meine Mutter hat mir gegenüber erwähnt, dass sie Sie im Namen von Maria zu Max' Gedenkfeier eingeladen hat. Sie werden sicher verstehen, dass diese Nachricht mich sehr erstaunt hat. Dass zwischen meiner Tochter und Ihnen ein so enges Band entstanden ist, dass es – wie meine Mutter durchblicken ließ – ernst genug ist, um an das Thema »Ehe« zu denken, bereitet mir große Probleme. Meine Tochter ist einfach zu jung und nicht in der seelischen Verfassung, um solch eine Möglichkeit auch nur in Betracht zu ziehen. Angesichts dieser Tatsache sehe ich mich leider gezwungen, diese Einladung, die ohne mein Wissen und ohne meine Zustimmung erfolgt ist, zurückzuziehen.

Ich hoffe, Sie werden die Unverblümtheit dieser Zeilen entschuldigen, aber ich musste sie Ihnen schreiben. Ich bin sicher, Sie werden mich verstehen.

Dietrich legte den Brief auf den Tisch. Seine Hände zitterten. Vor Empörung, vor Bestürzung, vor einer Mischung aus beidem? Er wusste es nicht. Frau von Wedemeyers Worte kreisten wild in seinem Kopf, und mit jedem Wort wuchs sein Erstaunen. Wie war das hier möglich? Glaubte die Frau allen Ernstes, er hätte ihrer Tochter einen Heiratsantrag gemacht? Das wäre doch der reine Wahnsinn …

»Stimmt etwas nicht, Dietrich?« Er sah auf. Seine Mutter musterte ihn mit zusammengezogenen Augenbrauen.

Er holte tief Luft. Wenn er seinen Eltern die Sache erzählte, würde er sehr wahrscheinlich Worte sagen, die er später bedauern würde. Worte, die, was Ruth von Kleist-Retzow betraf, nicht zu hundert Prozent schmeichelhaft wären. Eberhard fand, dass er zu leicht wütend wurde, und er hatte recht damit. Ja, Dietrich konnte aufbrausen, und dieser Brief war wie ein Streichholz neben einem Pulverfass. »Nein, es ist alles in Ordnung.« Nun ja, sobald er mit Ruth geredet hätte. Er schob seinen Stuhl zurück und griff nach dem Briefstapel. »Danke für das Frühstück.« Er lächelte seine Eltern an. »Ich geh mal kurz telefonieren.«

Seine Mutter sah weiter skeptisch aus.

Dietrich zwang sich, langsam zu atmen, als er ins Arbeitszimmer ging und Ruths Nummer wählte. Schön ruhig bleiben! Sein Herz hämmerte trotzdem. Dass Ruth ihrer Tochter so unerhörte Dinge gesagt hatte …

»Hallo, Ruth.«

»Dietrich!« Ihre Stimme klang fast fröhlich. »Wie geht dir's?«

Bleib gelassen! Das hier lässt sich regeln, wenn du nur gelassen bleibst.

»Nicht sehr gut gerade.« Er räusperte sich. »Ich habe eben einen Brief von deiner Tochter erhalten und kann nur sagen: Ich bin fassungslos. Wie habe ich das zu verstehen: Du hast ihr mitgeteilt, dass du mich in Marias Namen zu dem Gedenkgottesdienst eingeladen hast? Ich war natürlich davon ausgegangen, dass Frau von Wedemeyer von der Einladung wusste und damit einverstanden war.« Er wählte seine Worte mit Bedacht und zwang sich, nicht laut zu werden.

»Ich finde es vollkommen richtig und in Ordnung, dass du kommst.« Ruths Stimme klang gereizt. Wahrscheinlich hatte sie schon eine Auseinandersetzung mit ihrer Tochter hinter sich. »Warum solltest du nicht kommen und Maria zur Seite stehen?«

»Es wäre alles vollkommen in Ordnung gewesen, wenn du es nicht so dargestellt hättest, als ob Maria und ich … Maria und ich mehr seien als gute Freunde.« Er schluckte heftig. Wie war es möglich, dass er diesen Anruf überhaupt machen musste? Nichts zwischen Maria und ihm hatte die Grenzen des Anstands und der

Schicklichkeit überschritten. Nichts. Nur in seinen Gedanken hatte er von mehr geträumt. Für später. Und jetzt hatte Frau von Wedemeyer, seine potenzielle Schwiegermutter, gute Gründe, verstimmt zu sein.

»Es war nicht meine Absicht, Unruhe zu stiften«, sagte Ruth mit deutlich erhobener Stimme. Durch das Fenster sah Dietrich, wie Lotte mit zwei Einkaufskörben Kurs auf den Wochenmarkt nahm. »Ich habe ihr lediglich gesagt, dass ihr beiden gut zusammenpasst und dass es gut wäre, wenn du mit einer Zukunft mit Maria nicht zu lange warten würdest.«

»Aber das ist … das ist ja …« Er suchte verzweifelt nach Worten.

»Unsinn?« Ruth sprach nun leiser. »Ist das *wirklich* Unsinn, Dietrich?«

Ja, was sollte er darauf antworten? Er seufzte schwer. Ein plötzlicher Kopfschmerz pochte in seinen Schläfen. »Entschuldige bitte, wenn ich gerade zu heftig war, Ruth. Wir reden bald noch einmal miteinander, nicht wahr?«

»Ja, natürlich.« Ruth klang pikiert, als sei sie eine Schülerin, der der Schuldirektor zu Unrecht Vorhaltungen gemacht hatte. Aber er wusste, dass er recht hatte. »Auf Wiederhören, Dietrich.«

»Auf Wiederhören, Ruth.«

Er nahm seine Brille ab und rieb sich über die Augen. Die ganze Situation erinnerte ihn daran, wie er als Kind mit Sabine Ball gespielt hatte. Einmal flog der Ball in die Fensterscheibe des Nachbarn, der gerade Hundewelpen hatte – und Dietrich hatte darauf spekuliert, einen der Welpen zu bekommen. Am liebsten hätte er sich damals in sein Baumhaus verkrochen und wäre nie mehr herausgekommen. Die Eltern hatten dem Nachbarn natürlich die Scheibe ersetzt, aber er hatte sich nicht mehr getraut, um einen Welpen zu bitten. Und das alles wegen eines blöden Balls.

Die Worte, die er an jenem Tag im Krankenhaus zu Ruth gesagt hatte, waren wie ein solcher Ball gewesen. Irgendwie musste er seine Gefühle verraten haben. Oder war das Maria passiert? Aber es war zu spät. Geschehen war geschehen. Frau von Wedemeyer war empört, fast schon, als sei dies der Weltuntergang. Es musste Klatsch und Gerüchte gegeben haben. Reichten sie wirklich aus, um ihm den Besuch des Trauergottesdienstes für einen seiner Konfirmanden zu untersagen? Anscheinend schon. Wie viel wusste Maria? Wahrscheinlich war sie genauso überrascht wie er. Vermutlich hatte sie in ihm zu keinem Zeitpunkt mehr als einen Freund der Familie gesehen. Was musste sie jetzt von ihm denken? Dietrich seufzte wieder.

Er konnte nichts weiter tun, als Frau von Wedemeyer um Entschuldigung zu bitten.

Und irgendwann wäre vielleicht der richtige Zeitpunkt dafür, um mehr zu bitten.

* * *

11. November 1942
Pätzig, Pommern

Kaum klickte es in der Leitung, warf Maria den Hörer auf die Gabel. Das Feuer war zu klein, um Vaters Bibliothek warm zu bekommen, aber sie spürte die Kälte kaum. Die Glut in ihren Wangen hätte ein Dutzend Zimmer dieser Größe aufheizen können.

»Deine Mutter hat Pastor Bonhoeffer geschrieben, dass er nicht zu Max' Gedenkfeier willkommen ist.« Großmutter hatte schockiert und sehr irritiert geklungen. Maria drückte eine Hand auf ihre Brust. *Beruhige dich …*

Mutter musste bei ihrem Gespräch vor der Haustür irgendetwas bemerkt und Großmutter deswegen ausgefragt haben. Auf was für Ideen war ihre Großmutter da gekommen, was ihren Aufenthalt in Berlin und ihren Kontakt zu Pastor Bonhoeffer betraf? Ideen, die maßlos übertrieben, ja verrückt waren. Ideen, in denen sie und Pastor Bonhoeffer schon als – ja als Paar gesehen wurden.

Maria ging um den Schreibtisch herum und machte es sich in dem Sessel bequem, in dem ihr Vater immer seine Briefe geschrieben und Verwaltungsarbeiten für das Gut erledigt hatte. Das verschlissene Leder zeigte noch die Kuhlen von seinem Körper; es roch noch eine Spur nach seinen Lieblingszigarren. Sie streifte ihre Schuhe ab und zog die Knie an die Brust. Mutter war gerade im Dorf, um einer kranken Familie einen Korb mit Lebensmitteln zu bringen. Es war ein Segen, dass sie gerade nicht zu Hause war. Was hätte Maria ihr wohl gesagt, wenn sie da gewesen wäre?

Ja, sie musste zu sich kommen, ihre Gedanken sammeln, bevor sie mit ihrer Mutter sprach.

Wie war Großmutter an diese Informationen gelangt? Hatte Dietrich ihr etwas gesagt? Und wenn ja, was? Was dachte er jetzt über sie, ja über sie alle? Oder hatte er das sogar eingefädelt?

Unglaublich, dass er sie in Gedanken als seine Ehefrau sah. Unmöglich! Es konnte nur unmöglich sein.

Sie presste ihr Gesicht in das Leder und atmete tief ein. Wenn jetzt nur ihr Vater hier säße! Dann könnte sie ihn um Rat fragen. Er hatte sie immer verstanden, auf eine Art, die ihrer Mutter unmöglich zu sein schien.

Jetzt war er nicht mehr da, auch Max nicht, und sie war ganz auf sich gestellt. Allein in einem kleinen Ruderboot auf diesem Ozean des Chaos und der Verwirrung. Ruth-Alice wüsste vielleicht, was jetzt das Richtige war, aber ihre ältere Schwester war ja so beschäftigt. Und neigte dazu, es mit Mutter zu halten.

Aber halt! – sie konnte doch einen Brief an Pastor Bonhoeffer schreiben. Gemeinsam könnten sie etwas Klarheit in die Sache bekommen.

Maria zog Papier und Füllhalter aus der mustergültig aufgeräumten Schublade und versuchte, Ordnung in ihre Gedanken zu bringen. Sie musste den richtigen Ton treffen, durfte nicht so empört klingen, wie ihre Mutter das offenbar war (wenn das stimmte, was ihre Großmutter sagte).

Erst nach mehreren Anläufen und einem halb vollen Papierkorb war sie fertig. Sie massierte ihre vom Schreiben wunden Finger und las den Brief noch einmal durch. Doch, das musste reichen. Würde er antworten? Sie hatte seinen freundlichen Kondolenzbrief wegen

Max erhalten. Er steckte zwischen den Seiten ihres Tagebuches und sie las ihn nach dem Eintrag des Tages jedes Mal erneut. Jedes Wort passte zu ihm, gerade so, als ob in jeder Seite und jeder Zeile seine Stimme ertönte. Und dass er ihr überhaupt geschrieben hatte, wo er doch bestimmt so beschäftigt war …

Jede Widrigkeit hatte auch eine gute Seite, hatte Max immer gesagt. Die war nicht immer auf den ersten Blick erkennbar, aber in diesem Durcheinander hatte Maria sie prompt gefunden.

Sie würde einen neuen Brief von ihm erhalten.

Fünfzehn

12. November 1942
Berlin

Der Abend war so, wie man es von einer Zusammenkunft alter Freunde erwartete, die den Geburtstag von jemandem aus ihrem Kreis feierten. Es hatte Kuchen und Kaffee-Ersatz gegeben, serviert auf dem Familienporzellan von Frau Zimmermann. Man hatte gelacht und dem Jubilar ein paar Geschenke überreicht. Dietrich hatte seinem ehemaligen Finkenwalde-Studenten ein Buch von Kierkegaard mitgebracht.

Als Frau Zimmermann den Raum verließ, um noch eine Kanne Kaffee zu kochen, verblasste das Lächeln der Männer, die um den Esstisch saßen, umgeben von halb leeren Tassen und einer Zigarrenrauchwolke. Dietrich musterte sie der Reihe nach. Wolf-Dieter Zimmermann, ein paar Jahre jünger als er selbst, mit eckigem Kinn, in einem gut ausgebesserten Anzug; als Pastor der Bekennenden Kirche war er arm wie eine Kirchenmaus.

Dann Eberhard Bethge; mit einem Ellbogen auf den Tisch gestützt, probierte er gerade eine von Wolf-Dieters Geburtstagszigarren.

Und schließlich Werner von Haeften. Er sah jünger aus als seine 34 Jahre und war seit seiner Verwundung Leutnant im Oberkommando des Heeres. Blond, schlank und immer gut für ein Lächeln, sagte Werner an diesem Abend wenig, aber schien, seiner gerunzelten Stirn nach zu urteilen, umso mehr nachzudenken.

Frau Zimmermann kam zurück, in der einen Hand die Kaffeekanne, und schloss die Tür des Esszimmers leise hinter sich. Sie beugte sich über die Schultern der Männer, um ihre Tassen aufzufüllen. Wolf-Dieter drehte sich lächelnd zu seiner rothaarigen jungen Frau hin.

»Sie hätten sich wirklich nicht so viel Mühe für uns machen sollen, Frau Zimmermann«, sagte Eberhard.

»Das war doch für Wolf-Dieters Geburtstag. Es war mir ein Vergnügen.« Frau Zimmermann goss das dampfende Getränk in Eberhards Tasse. »Es ist ja so lange her, dass wir uns das letzte Mal getroffen haben.«

»Ja.« Wolf-Dieter legte die Hände um seine Tasse. Das dicke Verdunkelungspapier am Fenster gab dem engen Raum das Ambiente eines unterirdischen Verlieses; eine einsame Lampe in der Mitte des Tisches bot etwas Licht.

Dietrich drehte sich zu Werner hin, der rechts von ihm saß. Der starrte angestrengt in seine volle Tasse, als wollte er aus ihren dunklen Tiefen die Zukunft ablesen. Frau Zimmermann setzte sich mit einem leisen Seufzer neben ihren Mann.

Das Gespräch wandte sich dem Tod Hugo Distlers zu. Eberhard und Wolf-Dieter sinnierten über den Grund für den Selbstmord. Wie verzweifelt musste Distler gewesen sein, dass er diesen Schritt getan hatte! Dietrich schaltete sich nicht in das Gespräch ein. Er musterte Werner. Sollte er ihn ansprechen, ihn fragen, warum er so still war? Während Eberhard und Wolf-Dieter weiterdiskutierten, wurde Werners Gesicht immer bedrückter. Draußen fuhr ein Auto vorbei. Frau Zimmermann hob ihre Tasse an die Lippen.

Werner schaute unvermittelt auf. In seinen blauen Augen blitzte es. »Soll ich ihn erschießen?«

Frau Zimmermann keuchte auf, dass ihre Tasse fast kippte. Ein kleiner Schwall Kaffee ergoss sich über den Tisch.

»Ich kann mit meinem Revolver ins Führerhauptquartier!«, stieß Werner hervor. »Ich weiß, wo und wann die nächste Besprechung ist. Ich habe Zutritt. *Ich kann etwas tun!«* Er verstummte abrupt; seine Brust hob und senkte sich heftig, als ob die Anstrengung, diese lange zurückgehaltenen Gefühle zu äußern, ihn völlig erschöpft habe.

Wolf-Dieter, Eberhard und Frau Zimmermann sahen erst einander, dann Dietrich fassungslos an. Die mehr als deutlichen Worte hatten sie mit der Wucht einer Explosion getroffen. Dietrich holte tief Luft. Werners Blick war erwartungsvoll, beinahe flehentlich. Dies waren keine unbedachten Worte aus einer Augenblickslaune heraus, hier hatte jemand lange nachgedacht und mit sich gekämpft.

Gott, du bist die Autorität für alle Situationen. Auch für eine wie diese. Gib mir Weisheit!

Und Dietrich fing an. Er musste an die vielen Gespräche mit Hans denken. Und war aufs Neue dankbar, dass das Haus der Zimmermanns am Rande von Berlin lag und absolut unauffällig war. Und dass er allen, die hier im Raum saßen, vertrauen konnte. »Was du sagst, haben wir alle schon gedacht. Und du, der du den ganzen Tag unter den Mächtigen ein und aus gehst, hast diese Versuchung schon öfter erlebt als die meisten anderen.« Die anderen am Tisch hatten Kaffee und Zigarren vergessen und hefteten ihre Augen auf Dietrich, so wie er seine auf Werner geheftet hielt. »Auch ich habe mir diese Frage schon gestellt – ob ich bereit wäre, den Wahnsinnigen, der unser Land führt, umzubringen. Aber es ist eine Sache, zu reden und zu denken und geheime Treffen abzuhalten, und eine ganz andere, tatsächlich zu handeln. Und zu töten. Dazu braucht es eine Entscheidung, die wesentlich tiefer geht.«

Werner erwiderte seinen Blick fest. »Ich habe keine Angst vor dem Tod. Und ich bin einer der wenigen Privilegierten, die jederzeit Zugang haben. Es wäre das Einfachste auf der Welt. Ein Schuss, und alles wäre vorbei.«

Alles vorbei? So einfach war das nicht. Fast zehn Jahre Hitlerherrschaft über Deutschland waren nicht mit einer Pistolenkugel ungeschehen zu machen. Aber wer konnte Werner seine Gedanken verübeln? Der Mann bekam die Gräuel der Gegenwart und die geplanten Gräuel der Zukunft aus erster Hand mit.

Dietrich wählte seine Worte sorgsam. »Gut, aber was wäre gewonnen? Der Führer wäre tot – das wäre alles. Wenn man ein Attentat plant, muss man wissen, was dieses Attentat bringen soll. Eine neue Regierung zum Beispiel. Eine grundlegende Veränderung der

Situation. Hitlers Beseitigung an sich würde gar nichts bringen. Ehe der Tag vorbei wäre, hätte ein anderer seine Stelle eingenommen. Es könnte sogar noch schlimmer werden als zuvor. Das ist eine der großen Schwierigkeiten des Widerstandes – das ›Danach‹ zu planen.«

Werner schlug mit der Faust auf den Tisch, dass das Geschirr klirrte. »Zum Teufel mit diesem ganzen ›Wenn‹ und ›Aber‹! Wie kann ich danebenstehen und diese Chance *nicht* ergreifen, während täglich Tausende in den Tod geschickt werden? Wenn Männer wie Distler sich vor lauter Verzweiflung das Leben nehmen? Sag mir das, Pastor Bonhoeffer. Sag mir, wie ich danebenstehen und ohne Schuld bleiben kann!«

Dietrichs und Eberhards Blicke trafen sich. Sein Freund nickte; er wartete genauso wie die anderen auf seine Antwort.

Aber was war die Antwort? Standen sie alle hier auch daneben und gaben sich mit Plänen auf dem Papier zufrieden, während das Unrecht täglich immer noch größer wurde? Machten sie sich damit schuldig, gerade so, als ob es ihre Hände wären, die Deportationsbefehle unterschrieben und Unschuldige hinrichteten?

»Ich bitte dich lediglich, vorsichtig zu sein und gut zu planen. Ein Plan, der nicht durchdacht ist, ist kein Plan. Bei einer Sache wie dieser darf man nichts dem Zufall überlassen.« Dietrich beugte sich nach vorne.

»Wenn ihr nur wüsstet, wie mich das quält.« Werner presste eine Hand auf die Stirn, seine Stimme klang gedämpft. »Niemöller, der Mann, der mich konfirmiert hat, sitzt jetzt seit fünf Jahren in Sachsenhausen und Dachau! Den Pastor, der mir geradeso ein Vater war wie mein eigener Vater, haben sie auf Befehl des Führers eingekerkert. Und jeden Tag ziehe ich meine Uniform an und diene in der Armee für eine Sache, die ich zutiefst verabscheue. Es klebt Blut an meinen Händen!« Werner starrte auf seine Hände, die zu Fäusten geballt auf dem Tisch lagen. »Weil ich nichts getan habe.«

»Aber du *wirst* etwas tun, mein Freund«, unterbrach Wolf-Dieter ihn. »Wenn der richtige Zeitpunkt da ist, wird deine Bereitschaft zu handeln sich auszahlen und du wirst der guten Sache dienen.«

Dietrich nickte. »Ich kann dir deine Entscheidung nicht abnehmen.« Er sah in die Runde der ernsten, vom gedämpften Licht der Lampe beschienenen Gesichter. »Und euch anderen auch nicht. Es ist allein *dein* Risiko, Werner. In der Situation, in der du dich befindest, ist es unmöglich, ohne Schuld zu bleiben. Aber« – Dietrich räusperte sich kurz – »es ist eine Schuld, die du leidend trägst.« Einen langen Moment schwebten diese Worte im Raum.

»Danke, Pastor Bonhoeffer. Das werde ich mir merken.« Werners Stimme war leise und so ehrlich, dass es wehtat.

Wie dringend diese Männer nach Wegweisung verlangten! Nicht nur bei der Frage, ob man Hitler durch eine Kugel oder durch eine Sprengladung umbringen und was für eine Regierung man danach einsetzen sollte. Sie brauchten solide geistliche Führung und Seelsorge. Es ging hier nicht um Religion oder Frömmigkeit. Sie mussten sich an Christus selbst festhalten, jetzt mehr denn je.

Dietrich fuhr leise fort: »Aber das Allerwichtigste ist, dass wir diese Dinge vor Gott bringen. Er ist die einzige Autorität, die wirklich Rechenschaft von uns fordern kann. Suche ihn; er wird dich nicht enttäuschen.«

Werners Blick begegnete seinem. Noch immer lagen Verwirrung und Verunsicherung in seinen Augen, aber nicht mehr so drängend. »Und du? Wenn du handeln müsstest, wenn die Gelegenheit da wäre, würdest du, ein Mann Gottes, das Leben eines anderen auslöschen um eines höheren Wohles willen?«

Eberhard zerdrückte seinen Zigarrenstumpen im Aschenbecher. Frau Zimmermann faltete ihre Hände auf dem Tisch. Dietrichs Schultern spannten sich.

Dies war keine theoretische Frage. Wenn Dietrich in seinem Elternhaus eines gelernt hatte, dann, dass man zu dem, was man sagte, stehen musste. Auf Worte mussten Taten folgen. Es gab kein Pardon für den, der nur viele schöne Worte machte.

Wenige Fragen hatten sich je mit dieser Deutlichkeit gestellt. Wenige Taten würden eine solche Endgültigkeit entfalten.

»Ich glaube nicht daran, einen anderen das tun zu lassen, was ich selber nicht tun mag, nur damit ich nicht schuldig werde. Du hast mich gefragt, ob ich bereit wäre, eine Waffe zu nehmen und Hitler zu ermorden.« Dietrich schluckte, die Kehle plötzlich trocken. »Mir ist klar, dass ich dann jegliche Ämter, die ich in der Kirche innehabe, abgeben müsste. Aber doch, ja, ich würde das machen. Man darf Schuld nicht auf andere abwälzen, sondern muss sie selber auf sich nehmen.«

Werner schien die Worte aufzusaugen, Kraft aus ihnen zu ziehen. An der gegenüberliegenden Wand maß eine Uhr mit rhythmischem Pendelschlag die Zeit. Dietrich beobachtete das Pendel, während die anderen sich leise unterhielten.

Er hatte seine Worte an Werner nicht leichtfertig dahingesagt. Obwohl – angesichts seiner rudimentären Schießfertigkeiten war es sehr zweifelhaft, dass er je in diese Lage kommen würde. Es ging mehr um die grundsätzliche Bereitschaft, zu handeln und Verantwortung zu übernehmen.

Und vor allem: sich den Folgen dieses Handelns zu stellen. Wann und wie immer sie kamen.

* * *

13. November 1942
Berlin

Leider hat diese mangelhafte Kommunikation uns beide in eine peinliche Lage gebracht.

Uns beide – zwei Worte aus ihrem Brief ließen alles andere in den Hintergrund treten.

Was hatte sie damit gemeint? Dietrich saß an seinem Schreibtisch, starrte auf den leeren Briefbogen, der vor ihm lag, und wünschte sich, dass er stattdessen in Marias Gesicht sehen könnte. Worte – wie leer sie doch manchmal waren! Wenn er sie nur sehen könnte, er wüsste sofort, ob dies nur eine bloße Redewendung war oder ob mehr dahintersteckte.

Er starrte zum Fenster seines Zimmers hinaus, Sand in den Augen von dem zu kurzen Schlaf nach dem langen Abend bei den Zimmermanns. Draußen tanzten die Schneeflocken und puderten die Fensterscheiben. Das trübe Licht der Schreibtischlampe beleuchtete die Einbauregale mit ihren sauber aufgereihten Büchern.

Warum? Warum fühlte er sich zu dieser Frau so hingezogen – ausgerechnet jetzt? Vor zehn, ja noch vor fünf Jahren wäre es leichter, sicherer, vernünftiger gewesen, dass er … sich verliebte.

Aber halt! Hatte er sich wirklich verliebt? Sein Atem stockte, als habe der Wind ihn weggenommen. War er tatsächlich verliebt in Maria von Wedemeyer? War er, ein 36-jähriger Junggeselle, der schon einmal mehr Haare gehabt hatte, verliebt in eine bildhübsche Achtzehnjährige, die die Wahl unter x jungen aristokratischen Männern hatte, wenn sie wollte? Was konnte er ihr denn bieten? Er hatte kein geregeltes Einkommen, wohnte bei seinen Eltern in Berlin und, wenn er in München war, bei seiner Tante. Er hatte ein paar Bücher geschrieben, jede Menge Predigten gehalten und war jetzt täglich in einer Verschwörergruppe aktiv – eine Tätigkeit, die ihn Kopf und Kragen kosten konnte.

Aber trotzdem: Die Antwort war *Ja*. Sein Herz, das er so lange gehütet und mit Arbeit verzehrt hatte, gehörte seit jenem Sommerabend im Juni und dann jenen Tagen im Oktober nicht mehr allein ihm. Ein Teil gehörte jetzt Maria, und dieser Teil wurde mit jedem Tag größer.

Er hatte darüber gebetet, darüber nachgedacht, aber es hatte sich nichts geändert. Nur einmal hatte es bisher eine Frau in seinem Leben gegeben, und das war schon viele Jahre her. Elisabeth hatte mit ihm an der Universität Berlin studiert. Er war damals 21, sie 20 gewesen. Acht Jahre lang hatten sie mit ihren Gefühlen Verstecken gespielt, bis eines Tages Elisabeths Bruder sie beide unverblümt fragte, wie lange sie dieses Spiel noch weitertreiben wollten.

Dietrich seufzte auf. Er sah wieder Elisabeths Gesicht vor sich, ihre ausdrucksstarken Augen, in denen ständig neue Ideen aufleuchteten, hörte wieder ihren leicht singenden Tonfall. Es war damals zu spät gewesen für sie. Sie hatten einander zu lange auf Abstand gehalten und missverstanden, und Elisabeth hatte schließlich einen anderen geheiratet. Die Trennungswunde war längst verheilt. Sie hatte ihn älter gemacht. Und weiser. Und entschlossen, die alten Fehler nicht zu wiederholen.

Er musste Marias Brief beantworten. Es war deutlich, dass sie ihn in einem Zustand großer Bewegung geschrieben hatte. Vielleicht konnte er ihr helfen, klarer zu sehen, vielleicht sogar einen Weg in die Zukunft skizzieren.

Wäre der Krieg nicht gewesen, er hätte vielleicht noch gezögert, sich mehr Zeit genommen und auf einen günstigeren Augenblick gewartet. Aber überall wütete er, der Krieg. Gerade hatten deutsche Streitkräfte auch den Süden Frankreichs besetzt – ein schwerer Schlag für die bereits darniederliegenden Franzosen und eine Antwort der deutschen Armee auf die Rückschläge in Nordafrika. Das Wort *warten* konnte sich leicht in *nie* verwandeln.

Und *nie*, das war etwas, das er nicht ertragen konnte.

Dieser Brief würde die Dinge für sie beide klären. Bestimmt.

Er schob ein paar theologische Bücher zur Seite, um mehr Platz auf dem Schreibtisch zu schaffen. Dann flossen die Worte aus seiner Feder. Ein Dankeschön für ihre Versuche, die Dinge klarzustellen, eine Entschuldigung für das Verhalten ihrer Großmutter, eine wenn auch dürftige Erklärung dieses Verhaltens. Und er fuhr fort …

… aber nur aus einem ruhigen, freien, geheilten Herzen kann etwas Gutes und Richtiges geschehen; das habe ich immer im Leben erfahren, und ich bitte Gott darum – verzeihen Sie, dass ich das so sage – dass er uns das bald, recht bald schenken möchte, und dass er uns so wieder zusammenführt, bald, recht bald. ——

Ob Sie das alles verstehen können? Ob Sie es nicht ganz ebenso empfinden – ich hoffe es, ja ich kann es mir gar nicht mehr anders denken.

Aber wie schwer ist das auch für Sie! Ich glaube das ganz zu wissen und zu verstehen; es ist ja schon sonst so schwer, wenn man innerlich beunruhigt ist, zu schweigen und auf Gott zu warten; und doch ist das die einzige Heilung. Es muss Ihnen jetzt oft sehr einsam zumute sein; wenn ich darf, möchte ich Ihnen von Zeit zu Zeit schreiben. Und wenn Sie mich wissen lassen könnten, wie es mit Ihrer Großmutter steht, ich meine innerlich, so bin ich Ihnen sehr dankbar.

Bitte verzeihen Sie mir diesen Brief, der nur so unbeholfen sagt, was ich empfinde; ich weiß es, Worte, die etwas Persönliches sagen sollen, fallen mir furchtbar schwer, das ist für meine Mitmenschen eine große Last …[7]

Dietrich fügte noch ein paar Sätze über den Brief hinzu, den er ihrer Großmutter schreiben wollte, und endete mit der Bitte, dass sie ihm doch wieder schreiben möge, nachdem sie über seine Worte nachgedacht hatte.

Er überflog die Seiten. Wieder einmal brachten sie die Tiefe dessen, was er fühlte, nur unzureichend zum Ausdruck. Aber er musste den Brief abschicken, jetzt. Wer wusste, wann er das nächste Mal Zeit zum Schreiben hätte? Er war bereits spät dran mit dem Aufbruch zu seinem Termin mit Hans und General Oster in Osters Haus. Hans hatte versprochen, ihn mit dem Auto abzuholen.

Als er aus der Haustür nach draußen trat, trieb ihm der Wind den Schnee wie Nadeln ins Gesicht. Wie schnell die sanfte Umarmung des Sommers den Knochenhänden des Winters gewichen war. Es drohte ein bitterer Winter zu werden, mit Lebensmittelknappheit und ausgezehrten Gesichtern. Sie alle hatten mehr als genug gelitten in diesem Krieg, aber Deutschland machte immer weiter – der Führer und seine Stiefellecker wild entschlossen, das Volk in hier stumpfem, dort rebellischem Gehorsam.

Dietrich schaute aufmerksam in beide Richtungen, bevor er zu Hans' schlichtem schwarzen Auto trat, das vor dem Bonhoeffer'schen Haus geparkt stand. In den letzten Tagen hatte er immer dieses dumpfe Gefühl, dass er beschattet wurde – von wem, konnte er nicht sagen. Aber er sah niemanden und stieg in den wartenden Wagen.

Sein Schwager saß auf dem Fahrersitz und zog nervös an seiner Zigarette. Er begrüßte Dietrich wortkarg und lenkte den Wagen in Richtung des Oster'schen Hauses.

Eine halbe Stunde später waren sie in Osters Bibliothek mit der massiven Wandvertäfelung, die eher der Geheimhaltung als der Ästhetik diente. In dem marmornen Kamin brannte ein Feuer. Oster saß an seinem Schreibtisch, die eine Hand an der Schläfe unter dem schütterer werdenden Haar. Dem Stress der letzten Wochen zum Trotz sah Oster proper wie immer aus in seiner Hausjacke mit Samtkragen, die er anstatt der sonst üblichen Uniform trug. Auf einem Teppich zu seinen Füßen schlief ein großer, gut gepflegter Schäferhund; sein Schwanz zuckte dann und wann im Traum. Dietrich stand mit dem Rücken zu dem knisternden Feuer und genoss die Wärme. Die Luft in dem Zimmer roch nach Holzkohle und Zigarrenrauch.

»Ich habe euch hierherbestellt, um über die nötigen weiteren Vorbereitungen von Dietrichs Auslandsreisen zu sprechen.« Oster trommelte mit den Fingern auf einen Stapel Papiere. Ein Silberring an seiner linken Hand funkelte in dem schwachen Licht. »Am besten stellen wir es so dar, dass es um Projekte von größter Dringlichkeit geht. Je dringlicher für das Vaterland, desto besser. Wir dürfen nicht den Eindruck erwecken, als ob Schmidhubers Verhaftung uns in irgendeiner Form beunruhigt.«

»Also vorwärts mit Gebrüll?«, warf Dietrich ein.

»Genau.« Oster sah Hans hinüber und bedeutete ihm fortzufahren.

»Wir müssen anfangen, uns auf den schlimmstmöglichen Fall vorzubereiten«, ergriff Hans das Wort. »Das beginnt damit, dass wir klar und deutlich dokumentieren, dass du schon bei der Abwehr warst, bevor die Einberufungen deiner Altersgruppe anfingen. Dazu müsste ein Brief ausreichen. Wir werden ihn auf Papier schreiben, das heute nicht mehr benutzt wird, sodass es glaubhaft ist. Und unsere Verwandten, soweit sie eingeweiht sind, müssen sich auf einen Geheimcode einigen, aber das Thema lassen wir jetzt erst einmal.«

Dietrich war immer wieder dankbar für diese Männer, die die staubige Luft der Militärpolitik schon viel länger eingeatmet hatten als er. Trotzdem fühlten sich die Worte wie Blei in seinem Magen an. Der schlimmstmögliche Fall. Der Weg ins Gefängnis, falls die Verschwörung aufgedeckt wurde. Verhöre. Hinrichtung. Und all das war nicht nur möglich, sondern sogar wahrscheinlich.

Es sei denn natürlich, dass sie Hitlers Regierung noch rechtzeitig stürzen konnten. Es war ein Wettlauf mit der Zeit. Schon morgen konnte das Blatt sich gegen sie wenden.

Gott, hilf uns!

»Das klingt vernünftig«, sagte Dietrich. Der Hund wachte auf, trottete zu seinem Herrn und schob seine Nase in dessen Hand.

»Habt ihr von Helmuth gehört?« Oster strich mit den Fingern durch das dicke Fell des Hundes. »Morgen trifft er sich mit dem Oberkommando der Wehrmacht, um zu versuchen, weitere Deportationen zu verhindern. Ich bezweifle stark, dass er Erfolg haben wird, aber er ist entschlossen, sein Bestes zu tun.«

Helmuth von Moltke, ein Mitglied der Abwehr und des Widerstandes, hatte den sogenannten Kreisauer Kreis gegründet, der für den gewaltlosen Widerstand eintrat und Pläne für eine deutsche Regierung nach dem Krieg machte. Als Adliger und engagierter Christ war Moltke überzeugt, dass die Deutschen Hitler nach seiner Ermordung nur zum Märtyrer erheben würden und das Land weiter den Weg in den Abgrund ginge. Früher wäre Dietrich geneigt gewesen, von Moltke recht zu geben. Jetzt nicht mehr. Hitler war ein Wahnsinniger, der um jeden Preis gestoppt werden musste, egal wie.

»Graf von Moltke scheint zu glauben – im Gegensatz zu uns oder zumindest mehr als wir –, dass man mit diesen Leuten immer noch vernünftig reden kann.« Dietrich ging zu dem Fenster mit der undurchdringlichen schwarzen Verdunkelung. »Ich wünschte, er hätte recht.«

»Von Wünschen haben wir nichts, Pastor Bonhoeffer.« Oster versuchte, nicht herablassend zu klingen, aber der Satz erinnerte Dietrich daran, dass er nur deshalb zu den Verschwörern gehörte, weil Oster Hans vertraute und Hans Dietrich vertraute.

Eine Viertelstunde später waren Hans und Dietrich auf dem Rückweg zum Haus der Bonhoeffers. Dietrich rieb sich die Hände gegen die Kälte. Hans schaute wiederholt in den Rückspiegel. Der Griff seiner Hände um das Lenkrad wurde fester, dass die Haut seiner Finger sich spannte. Dietrich folgte dem Blick seines Schwagers. Hinter ihnen, in gebührendem Abstand, fuhr ein zweites Auto, die Karosserie schwarz vor dem Weiß des Schnees. Wenn sie abbogen, bog es ebenfalls ab, wie ein Schatten.

Man folgte ihnen.

»Schau bloß nicht nach hinten«, murmelte Hans durch seine zusammengebissenen Zähne. Seine Stirn lag in Falten, die Spannung stand ihm ins Gesicht geschrieben. »Sollen sie uns folgen, so viel sie wollen.«

»Willst du nicht versuchen, sie abzuschütteln?« In New York hatte Dietrich diverse Kriminalfilme gesehen, in denen es zu Verfolgungsjagden mit dem Auto kam. Auch wenn das hier nicht ganz dasselbe war, hatte Dietrich auf einmal wieder den Eindruck, in einem abgedunkelten Kino zu sitzen und atemlos zuzuschauen, wie die Bösen die Guten verfolgten. Nur dass dies hier kein Kino war, sondern bittere Realität. Das Auto dort hinten war echt, und es bewies, dass sie tatsächlich beschattet wurden.

Hans schüttelte knapp den Kopf. »Das werde ich nicht tun. Weil wir jetzt nicht zur Abwehr fahren, sondern zum langweiligsten Restaurant der Welt, um uns über die langweiligsten Themen zu unterhalten. Lass die nur.« Er drehte den Kopf zu Dietrich und sah ihn an, plötzlicher Zorn in den Augen. »Sollen die Teufel es ruhig versuchen, uns kriegen die nicht. So leicht nicht!«

* * *

15. November 1942
Berlin

Der gelbe Kreis, den die Lampe auf das polierte Holz des Esstisches warf, war die einzige Beleuchtung, die sie sich für dieses spätabendliche Treffen gönnten. Das Dämmerlicht passte gut zur Stimmung im Raum. Obwohl man nie sicher sein konnte, was sich in den Schatten verbarg.

Hans, der Chef der Gruppe, saß am Kopfende. Die dunklen Ringe unter seinen Augen zeugten von mehr als einer zu kurzen Nacht. Er trank bedächtig eine Tasse Kaffee-Ersatz. Dann und wann legte er seine Hand auf Christels, die neben ihm saß. Auf der anderen Seite von ihm saß Dietrich. Die restliche Gruppe – Rüdiger und Ursula, Renate, Klaus und Emmi, Mutter und Vater – drängte sich um den übrigen Tisch, die Gesichter ernst in dem trüben Licht. Sie hatten mehrere Kissen auf das Telefon gelegt, obwohl es sich in einem anderen Zimmer befand, und in regelmäßigen Abständen stahl Renate sich hinaus, um nachzuschauen, ob auch niemand heimlich mithörte.

Das Thema des Abends war brisant. Wenn einer von ihnen ins Gefängnis kam und verhört wurde, musste er einen Kommunikationskanal nach draußen haben. Es konnte andere Mitglieder der Gruppe Kopf und Kragen kosten, wenn neue Entwicklungen bei dem Inhaftierten nicht die richtigen Leute erreichten.

»Marmeladengläser sind im Gefängnis erlaubt.« Hans zog ein leeres Glas aus seiner halb geöffneten Aktenmappe und hielt es ans Licht. »Seht ihr den doppelten Deckel?« Er schraubte den Verschlussdeckel ab und zog ein kleines, rundes Pappstück hervor. »Auf so ein Stück Pappe passt ein ganzer Text, wenn's sein muss, und die Wärter merken nichts. Man liest den Text und zerreißt die Pappe – fertig. Aber wir brauchen noch eine andere Methode. Wenn jemand ständig Marmelade kriegt, riechen die Wärter Lunte.«

»Wer hat schon genug Zucker, um Marmelade zu kochen?«, warf Christel ein.

Dietrich stand auf, schnappte sich mehrere leere Tassen und brachte sie in die Küche. Ja, was gab es noch für Methoden zum Schmuggeln einer Geheimbotschaft? Unsichtbare Tinte? Irgendein Signal?

Er stellte die Tassen auf die Anrichte. Auf dem Weg zurück ins Esszimmer kam er an der Garderobe vorbei, wo die Wintermäntel der Gäste auf die Rückkehr ihrer Besitzer warteten. Auf dem Tischchen neben der Tür lag Renates Handtasche und daneben zwei Bücher. Was las seine Nichte so, seit sie mit der Schule fertig war? Er nahm eines der Bücher zur Hand und schaute kurz auf den Rücken. Rilke? Er müsste mal ein paar Worte über gute Literatur mit ihr wechseln. Es gab Dichter, mit denen sie ihre Zeit wesentlich sinnvoller verbringen konnte.

Er schlug aufs Geratewohl eine Seite auf. Die Schrift war winzig, die Abstände zwischen den Zeilen so klein, dass er fast die Augen zusammenkneifen musste, um die Worte auszumachen.

Worte. Zeilen.

Plötzlich hatte er eine Idee. Eilig kehrte er zu den anderen zurück. Sieben Augenpaare sahen in seine Richtung. Er hielt das Buch hoch.

»Was willst du mit meinem Rilke?« Renate sah ihn neugierig an.

»Ich hab eine Idee, wie wir Botschaften für die Gefangenen an den Wärtern vorbeischmuggeln können.« Dietrich setzte sich an seinen Platz, schlug das Buch auf und zeigte es Hans.

Hans presste die Lippen zusammen, sein Blick wurde skeptisch. Er vertraute Dietrich natürlich, aber ein Pastor kannte sich ja wohl nicht so gut mit Verschwörungen aus wie ein gewiefter Jurist. Aber vielleicht war seine Idee ja doch brauchbar.

Dietrich klopfte mit dem Finger auf die offene Buchseite. »Wir haben hier jede Menge Material für Botschaften. Wie wäre es, wenn wir unter einen der Buchstaben auf dieser Seite einen kleinen Punkt malen, auf der nächsten Seite das Gleiche und so weiter. Auf diese Art können wir Mitteilungen buchstabieren. Wenn die Punkte nur klein genug sind, hält man sie für kleine Unregelmäßigkeiten im Druck.«

Hans legte den Kopf schief und schaute auf die Buchseite.

»Könnte funktionieren.« Christel legte die Hände auf den Tisch.

»Wir müssten das systematischer machen.« Hans sagte es, als spreche er mit sich selber. »Und nicht auf jeder Seite, das finden die zu leicht raus. Nein, wir zeichnen einen Punkt auf jede fünfte – nein, besser jede zehnte Seite, fangen dabei von hinten an und gehen nach vorne. Die Punkte müssten mit Bleistift gezeichnet und so winzig sein wie möglich.«

»Aber woher soll der Empfänger wissen, dass da diese Punkte drin sind?« Klaus hatte mit gespannter Aufmerksamkeit zugehört.

Hans fuhr mit einem Finger über die geöffnete Seite. »Vorne, auf das Vorsatzblatt, schreiben wir immer den Namen der Person, die das Buch bekommen soll, und unterstreichen ihn. Wenn er nicht unterstrichen ist, gibt's keine geheime Mitteilung.«

Allgemeines Nicken und zustimmendes Gemurmel.

»Das Entziffern der Botschaften muss natürlich absolut heimlich geschehen.« Hans schloss das Buch mit einem leisen Knall. »Ihr wisst alle, mit was für einem Feuer wir spielen, wenn je einer von uns diesen Code benutzen muss. Die Gestapo prahlt damit, dass ihr nichts entgeht.« Er holte eine Zigarette hervor und zündete sie an.

»Dann werden wir ihr das Gegenteil beweisen.« Dietrich warf seiner Mutter einen aufmunternden Blick zu. Sie nickte lächelnd, als sei dies das normalste Gespräch der Welt.

Aber da war nichts Normales. Sie unterhielten sich darüber, wie sie der sehr realen Gefahr, die ihnen drohte, begegnen würden.

»Ja.« Eine dünne Rauchsäule stieg zwischen Hans' Fingern hoch. »Wir werden ihr das Gegenteil beweisen.«

* * *

15. November 1942
Pätzig, Pommern

Die tief hängenden Wolken hüllten den Himmel in ein undurchdringliches Grau, als die kleine Gemeinde, die sich zur Trauerfeier für Max versammelt hatte, langsam von der Kirche zurück zum Gutshaus zog.

Maria folgte ihrer Mutter und ihren Geschwistern. Der Wind fand seinen Weg durch ihren schwarzen Rock und die schwarze Jacke. Maria presste die Lippen aufeinander; jetzt nur ruhig bleiben! Max hätte der Gottesdienst nicht gefallen. Er hatte helle Farben und Lachen gemocht, nicht Trauerkleider und trübselige Gesichter. Die Lieder wären nicht nach seinem Geschmack gewesen. Er hatte lieber von Gott auf der Erde als vom Himmel gesungen. Vor seiner Einberufung hatten sie sich nie darüber unterhalten, wie er sich seine Trauerfeier wünschte. Und warum auch? Im Traum hätten sie nicht gedacht, dass …

Der Führer hatte versprochen, Deutschland zum Sieg zu führen. Vom Tod auf dem Schlachtfeld von jungen Männern, die noch keine 22 waren, hatte er nichts gesagt.

Maria schlang die Arme um ihre Taille, um die Kälte abzuhalten. Unter ihren Schuhen knirschte das frosttrockene Gras. Wer von den Freunden und Verwandten konnte, war gekommen. Ruth-Alice hielt Großmutter, die von Alter und Krankheit gebeugt ging, am Arm. Und Marias Mutter war umgeben von Tanten und Cousinen, die selbst schon ähnliche Trauerfeiern für ihre eigenen Lieben erlebt hatten und jetzt ihren Trost anboten.

Besonders bemerkenswert fand Maria zwei der Gäste: Henning von Tresckow und Fabian von Schlabrendorff, die mit ihren Ehefrauen Erika und Luitgarde gekommen waren. In den Tagen, bevor Vater an die Front gegangen war, waren beide Männer häufige Gäste in Pätzig gewesen. Spätabends, wenn die Bediensteten alle ins Bett gegangen waren, versammelten sie sich in Vaters Bibliothek, um mit gedämpften Stimmen ihre Pläne zum Sturz von Hitlers Regime zu besprechen. Einmal, als Maria nach unten gegangen war, weil sie ein Buch suchte, hatte sie sich vor die Tür gehockt und heimlich gelauscht. Schon damals nahmen sie kein Blatt vor den Mund. Waren sie jetzt noch entschlossener? Sie wusste es nicht. Gab es konkrete Pläne für einen Putsch?

O, wie sie es hoffte! Wie konnte sie dem Mann, der diesen furchtbaren Krieg losgetreten und den Tod von Vater, Max und so vielen anderen verschuldet hatte, nicht den Tod wünschen? Über die unvorstellbaren Gräuel, die er an Juden, Polen und anderen »unerwünschten Elementen« begangen hatte, unterhielt man sich nur im Flüsterton.

Onkel Henning und Vetter Fabian taten das Richtige. Wie Pastor Bonhoeffer, was immer seine genaue Rolle im Widerstand war.

Wenn sie nur selbst etwas tun könnte! Aber wie sollte das gehen? Gebraucht wurden Männer in hohen Positionen – Generäle und dergleichen. Leute, die an Hitler herankamen.

Sie erreichten Pätzig. Maria sah verstohlen zu Henning und Fabian hinüber. Selbst für eine Trauerfeier sahen sie feierlich aus, das Schwarz ihrer Anzüge noch überboten von der Schwere in ihren Gesichtern. Sie beteiligten sich nicht an dem leisen Gespräch ihrer Frauen, sondern gingen stumm, militärisch stramm, den Blick geradeaus gerichtet. Als ob sie auf etwas zugingen, vor dem selbst sie Angst hatten.

* * *

Mit wehen Füßen stieg Maria die Treppe hoch, immer noch in dem zu kurzen schwarzen Kostüm, das irgendeine Verwandte ausrangiert hatte. Der Stoff zwängte ihre Schultern ein. Gerade waren die letzten Gäste wieder gegangen, um den Zug nach Berlin zu erreichen. Gut, dass sie weg waren.

Warum mussten die Leute nach einer Trauerfeier pausenlos ihre Erinnerungen an den Verstorbenen austauschen? Irgendwann wäre auch Maria fähig, mit anderen über Max zu sprechen, aber jetzt war der Schmerz noch zu frisch, und jedes Reden war, wie wenn man einen frischen Wundverband wieder öffnete. Sie brauchte diesen Verband noch, musste die Erinnerungen an Max noch eine Weile still in ihrem Herzen behalten.

Es wäre eine Erleichterung, Pastor Bonhoeffers Brief zu beantworten. Sie würde nicht viel über die Trauerfeier schreiben. Ohne Zweifel nagte es noch an ihm, dass ihre Mutter die Einladung rückgängig gemacht hatte. Er hatte sie nach ihrer Arbeit gefragt, und sie würde ihm mitteilen, dass sie morgen zurück zu den Vogels fahren würde. Die Arbeit dort würde sie ablenken, sodass sie nicht zu viel grübeln musste.

Was hatte er sich wohl gedacht bei diesem Satz: *»Nur aus einem friedevollen, freien, geheilten Herzen kann etwas kommen, das gut und richtig ist«?* Es war ein schöner Satz, und sie wollte sich ihn gerne zu eigen machen, wollte friedevoll, frei und geheilt sein, wenn um sie herum Krieg, Zwang und Zerbruch herrschten. Und er hatte angedeutet, dass er sie gerne wiedersehen würde; sie würde ihm schreiben, dass es ihr genauso ging.

Durch den Spalt unter ihrer Zimmertür drang Licht. Nanu, wer war da in ihrem Zimmer? Die jüngeren Geschwister waren alle seit einer Stunde auf ihren eigenen Zimmern.

Sie drückte die Klinke und trat ein. Das Licht kam von ihrer Schreibtischlampe und am Schreibtisch saß ihre Mutter, nicht mehr in dem strengen schwarzen Kostüm, sondern im Morgenmantel; in ihrem grauen Haar steckten noch Kamm und Nadeln.

Maria trat näher; der Teppich verschluckte ihre Schritte. Was wollte ihre Mutter in ihrem Zimmer, an ihrem Schreibtisch? Das Licht der Lampe fiel auf ihre Hand, und Maria sah, was sie da las. Den Brief von Pastor Bonhoeffer.

Maria biss sich auf die Lippe. Sie hatte nicht den Wunsch, irgendetwas zu verbergen, aber dass ihre Mutter hier in ihrem Zimmer saß und einen Brief las, der nicht an sie adressiert war, das war ein plumper Einbruch in ihre Intimsphäre.

Ihre Mutter legte den Brief zurück auf den Schreibtisch. In ihren Augen war nicht die Spur eines schlechten Gewissens.

Einen Augenblick lang sahen sie einander stumm an. Maria versuchte gar nicht erst, eine Miene aufzusetzen, die ihre Gefühle verbarg. Sie war kein Kind mehr, sie hatte jedes Recht, Briefe zu bekommen, ohne dass jemand anderes sie las.

»Ich nehme an, dies ist nicht der erste Brief, den ihr beiden ausgetauscht habt.« Ihre Mutter sprach leise und langsam, als wollte sie jedem Wort sein volles Gewicht geben.

Maria schüttelte den Kopf. Die Worte ihrer Mutter gaben einem Briefwechsel mit einem Freund der Familie, der Pastor war, die Aura des Unanständigen.

Die Brust ihrer Mutter hob sich mit einem Seufzer, der in der Stille doppelt laut klang. »Lass mich ganz offen sein, meine Tochter. Ich weiß, was du fühlst und denkst. Seine Briefe und das Zusammensein mit ihm sind dir ein Trost. Und das ist ja nichts Schlimmes oder Verdammungswürdiges.« Sie nahm Marias Hand.

Die ließ es geschehen, aber sie erwiderte den Druck der großen, knochigen Hand ihrer Mutter nicht. »Warum verurteilst du mich dann?«, sagte sie. »Großmutter hat nichts dagegen gehabt. Sie war ganz dafür, dass wir in Berlin zusammen ausgegangen sind.« Ihre Worte klangen wie die eines dummen Mädchens, das sich rechtfertigen will. Sie zuckte unwillkürlich zusammen.

Ein trockenes Lächeln ging über die dünnen Lippen ihrer Mutter. »Das kann ich mir gut vorstellen. Sie ist immer *dafür*, das kann sie gut. Aber dies ist nicht die Zeit für solche Dinge. Du bist noch zu jung, um an eine Beziehung zu einem Mann zu denken. Und so bald, nachdem dein Vater und Max …«

Gefallen sind. Die Worte hingen in der Luft wie ein übler Geruch, unausgesprochen, aber stark.

»Ich weiß nicht, warum du und Großmutter aus einer Mücke einen Elefanten macht.« Maria zog ihre Hand weg und trat zum Fenster, dessen Vorhänge zugezogen waren. Sie hatte Lust, sie aufzuziehen und frische Luft ins Zimmer zu lassen. »Ich schreibe doch keine Liebesbriefe an irgendeinen flotten Soldaten. Meine Güte, der Mann ist Pastor in der Bekennenden Kirche. Und er ist alt genug, um …« Ihr Vater zu sein. Das konnte ja sein. Aber nichts an seinen Briefen oder an ihrem Zusammensein in Berlin war »väterlich« gewesen. Freundlich – ja. Pastoral – ja. Aber nicht so, als ob ein Vater zu seinem Kind sprach.

»Ja, das ist er«, erwiderte ihre Mutter. »Und das ist einer der Gründe dafür, dass ich ihn ersuchen werde, für die absehbare Zukunft von weiteren Briefen an dich abzusehen.«

Maria wirbelte herum, die Fäuste in die Hüften gestemmt. Sie öffnete den Mund. Alles in ihr wollte protestieren. Die beiden Menschen, die ihr in ihrem Leben am liebsten gewesen waren, hatte der Tod ihr schon weggerissen. Und jetzt sollte sie auch noch die Briefe verlieren, die ihr als Einziges Trost und Erleichterung brachten? Gönnte ihre Mutter ihr nicht das kleinste bisschen Glücklichsein?

Bitte versuche, Frieden zu halten mit deiner Mutter. Es wäre schrecklich für mich, wenn ich den Eindruck haben müsste, dass ihr etwas gegeneinander habt.

Die Worte ihres Vaters, die er ihr zugeflüstert hatte an dem Morgen, als er an die Front fuhr. Sie hatte es ihm versprochen, hatte ehrlich versucht, in ihrem Ton gegenüber ihrer Mutter nicht scharf zu werden, auch wenn ihr das nicht immer gelungen war. Und bei einer Sache, die so wichtig war und die ihre Mutter so beschäftigte, hätte er bestimmt nicht gewollt, dass Maria sich gegen ihren Wunsch auflehnte.

Auch wenn ihr Vater nun nicht mehr da war – es blieb ihr wohl nichts anderes übrig, als sich zu fügen. »Also gut, wenn du es ausdrücklich so willst.« Sie musste sich diese Worte förmlich abringen.

Ihre Mutter erhob sich und legte mit einem müden Lächeln eine Hand auf Marias Wange. »Es ist zu deinem Besten, Liebling.« Sie küsste sie sanft auf die andere Wange, dann ging sie leise aus dem Zimmer.

Maria trat an ihren Schreibtisch. Ihre Finger glitten über den Brief. Sie stellte sich vor, wie Pastor Bonhoeffer in Berlin an seinem Schreibtisch gesessen und sich die Zeit genommen hatte, diese Zeilen zu schreiben. Jede einzelne Zeile nur für sie.

Aber das war jetzt vorbei. Wenn ihre Mutter ihn aufforderte, jeglichen Briefverkehr mit ihr zu unterlassen, wäre er bestimmt traurig, aber nicht sehr lange. Er würde sich bald anderen Dingen zuwenden.

Der Krieg ließ keinen Raum für Liebeskummer. Schon bald würde er sie vergessen haben.

Sie fuhr mit dem Finger über den Rand des Briefbogens. Das Licht der Lampe beleuchtete jedes Wort seiner festen Handschrift.

Wenn sie das nur auch könnte – vergessen …

Sechzehn

19. November 1942
Berlin

»Guten Tag, Dr. Sauerbruch.« Dietrich begrüßte den alten Kollegen seines Vaters, der im Flur stand, im Begriff, seine Handschuhe anzuziehen und den Hut aufzusetzen. »Ich wusste gar nicht, dass Sie hier waren.«

»Ich bin schon wieder im Aufbruch.« Der alte Arzt schlang sich seinen Schal um den Hals. »Ihr Vater hat mir freundlicherweise eine kleine Stärkung angeboten, aber ich muss zu einem Termin. Auf Wiedersehen, Herr Bonhoeffer.« Dr. Sauerbruch nickte höflich; die übergroße Brille rutschte ihm auf seine große Nase. Er öffnete die Tür und trat nach draußen. Ein bitterkalter Luftzug kam herein, dass es Dietrich in seinen Hemdsärmeln fröstelte.

Er ging ins Wohnzimmer. Seine Eltern saßen beide auf dem Sofa. Seine Mutter hatte ihr Stopfzeug neben sich, ihr Vater sagte gerade etwas, mit leiser Stimme, aber die Augen voller Leben.

Seine Mutter sah auf. »Dietrich, wo bist du den ganzen Morgen gewesen?«

»Bei Hans.« Dietrich machte es sich in einem Lehnstuhl am Fenster bequem. »Vor einer halben Stunde bin ich zurückgekommen. Ich war oben und habe einen Brief geschrieben.« An Ruth von Kleist, um sie so freundlich wie möglich zu bitten, sich nicht in Dinge einzumischen, die sie nichts angingen. Bis jetzt hatte er nichts Vernünftiges zustande gebracht. Das Gespräch mit seinem Schwager drückte auf sein Gemüt wie die schlimmste Migräne.

Sein Vater atmete hörbar aus. Er trug einen weißen Arztkittel über seinem Anzug, als habe er den Morgen in seinem Sprechzimmer verbracht. »Mein früherer Kollege, Dr. Sauerbruch, ist gerade hier gewesen.«

»Ja, ich hab ihn gesehen, als er ging. Warum war er hier?«

Der Vater beugte sich vor, die Ellbogen auf die Knie gestützt, die Finger unter dem Kinn zusammengelegt. »Sauerbruch ist überzeugt, dass Hitler geistesgestört ist. Vor Kurzem wurde er zu ihm gerufen. Er sagt, dass er definitiv krank aussieht und viel älter, als seine Jahre es vermuten lassen. Dauernd murmelt er irgendetwas, zum Beispiel: ›Für jeden gefallenen Deutschen müssen zehn vom Feind sterben.‹ Für alles und jedes gibt er anderen die Schuld, keiner der Generäle findet Gnade vor ihm. Er muss so getobt haben, dass Sauerbruch Angst hatte, er würde gleich Schaum vor den Mund bekommen.«

Und dies ist der Mann, der unser Land führt? Manche würden das eine gerechte Strafe für Deutschlands Sünden im Ersten Weltkrieg nennen, aber das glaube ich nicht.

»Warum hat er dir das gesagt, Karl?« Seine Mutter stopfte weiter, als sei dies ein Familienplausch vor dem Kamin und nicht ein Gespräch, das lebensgefährlich werden konnte, wenn die Falschen es mitbekamen. Wer etwas gegen den Führer sagte oder schrieb, galt als Volksverräter.

»Er wollte meine Meinung als Psychiater wissen. Ich habe ihn in seiner Einschätzung bestätigt. Mir ist schon länger klar, dass Hitler die Symptome diverser Geistesstörungen zeigt. Sauerbruch hat die Szene zutiefst erschüttert. Fast hatte ich den Eindruck, er möchte am liebsten etwas tun. Aber als Mitglied der Verschwörung kann ich ihn mir nicht vorstellen.«

Die Kälte zog durch die Fensterscheiben an Dietrichs Rücken. Er hätte etwas darum gegeben, wieder in Spanien sein zu können, in der wärmenden Hitze und der hellen Sonne.

»Wie ist es Hans ergangen? Er wollte doch mit einem Kriegsgerichtsrat sprechen, wegen Schmidhuber, oder? Wie hieß der Mann noch? Ritter?« Dietrichs Mutter beugte sich tiefer über die Socke.

»Roeder. Oberkriegsgerichtsrat Manfred Roeder.« Hans mochte

den Mann nicht. Er hatte ihm auch keine zufriedenstellenden Informationen über Schmidhubers Schicksal entlocken können. Roeder war sehr höflich gewesen, aber seine Höflichkeit war wie ein dünnes Furnier auf durch und durch verfaultem Holz. »Ich habe Hans geraten, nach Hause zu gehen und sich auszuruhen, aber das wollte er nicht. Er arbeitet wie verrückt und ist in ständiger Verbindung mit Tresckow und Schlabrendorff, während Canaris nach Kräften versucht, den großen Beschwichtiger zu spielen und alles, was Schmidhuber möglicherweise bei den Verhören gesagt hat, in Zweifel zu ziehen. Auf ihn hören die Oberen noch am ehesten. Bevor Heydrich ermordet wurde, hat Canaris ihn fast jeden Morgen bei seinen Ausritten durch den Tiergarten begleitet.«

Dietrichs Mutter ließ ihr Stopfzeug sinken. »Der arme Mann.«

»Und was hat Hans noch gesagt?« Sein Vater rieb sich über seinen Schnurrbart.

»Dass die Gestapo fast schadenfroh ist; sie glauben, eine Schwachstelle bei ihren Konkurrenten in der Abwehr entdeckt zu haben. Es gibt ja seit Langem einen Machtkampf zwischen Abwehr und Gestapo.« Dietrich stand auf und trat zur Vitrine. Eine der Figuren, die er seiner Mutter aus Spanien mitgebracht hatte, stand nicht richtig. Er schob sie zurecht, bis sie eine Linie mit der Keramikvase bildete, die Hans' Tochter zum letzten Weihnachtsfest für seine Großeltern bemalt hatte.

Wenn man nur die Unordnung in der Welt draußen genauso einfach beheben könnte.

Das Telefon klingelte.

»Ich geh dran.« Dietrich ging zu dem Tischchen im Flur, direkt vor dem Wohnzimmer, wo das zweite Telefon stand. »Bonhoeffer, guten Tag.«

»Könnte ich bitte Pastor Bonhoeffer sprechen? Hier Ruth von Wedemeyer.« Ihre Stimme klang laut und klar. Es war ganz die Stimme einer Frau, die mit einem preußischen Offizier verheiratet war und einem Landgut vorstand.

»Am Apparat. Wie geht es Ihnen, Frau von Wedemeyer?« Was

wollte die Frau von ihm? Wollte sie Friedensfühler ausstrecken? Oder war es das Gegenteil?

»Gut. Und Ihnen?«

»Danke, auch gut.«

Dietrich schaute kurz zurück. Seine Mutter stand in der Wohnzimmertür, die Arme verschränkt, die Brauen skeptisch zusammengezogen. Es hatte eine Zeit gegeben, in der man am Telefon angenehme Gespräche führte. Heute bedeutete sein Läuten selten etwas Gutes.

»Ich habe gestern Abend mit Maria gesprochen. Wir haben beide den Wunsch, die Korrespondenz zwischen ihr und Ihnen zu beenden. Sie führt zu nichts Gutem.«

Sollte Maria das gesagt haben? Ihm wurde ganz anders zumute. Warum hatte sie es ihm dann nicht selbst gesagt? Das passte gar nicht zu ihr. Sie sagte doch sonst immer, was sie dachte, ohne falsche Hemmungen. Nein, dies hier musste von Frau von Wedemeyer kommen. »Aha«, sagte er leise.

Vielleicht hatte Frau von Wedemeyer ja recht. Sie hatte ihn seit Jahren nicht mehr gesehen, und nach dem Tod ihres Mannes war es nur natürlich, wenn ihre Mutterinstinkte stärker wurden. Doch diese Sache war – für Maria und ihn – zu wichtig, um sie so enden zu lassen.

Vielleicht könnten sie sich persönlich treffen? Das Telefon war ein schlechter Ersatz für ein persönliches Gespräch. Bestimmt ließ sich ein Kompromiss finden. »Ich werde Ihre Bitte natürlich respektieren. Aber meine Beziehung zu Maria ist von größter Wichtigkeit. Ich wäre Ihnen sehr verbunden, wenn ich Sie in dieser Sache persönlich sprechen könnte. Dass Sie nach Berlin kommen, kann ich natürlich nicht erwarten, aber wie wäre es, wenn ich zu Ihnen nach Pätzig käme? Ginge das?«

Schweigen am anderen Ende der Leitung. Dietrich klopfte mit dem Fuß auf den Fußboden. Dann, endlich, wieder Frau von Wedemeyers Stimme. »Also gut. Kommen Sie am vierundzwanzigsten. Sie können gerne übernachten.«

»Danke. Ich freue mich darauf.«

Er hängte auf und drehte sich zu seiner Mutter um. Sie stand an den Türrahmen gelehnt da und musterte ihn mit ihren durchdringend blauen Augen, als warte sie auf eine Erklärung.

Er gab ihr keine. Was hätte er ihr sagen sollen? Dass Maria und er in einer Sackgasse steckten in einer Beziehung, von der er nichts geahnt hatte, bis ihre Großmutter sie ans Licht gebracht hatte?

»Das Wedemeyer-Mädchen, nicht wahr?« Es war keine Frage.

»Nein, Mutter.« Dietrich schüttelte den Kopf, die Wahrheit voll und schwer in seinem Herzen. »Sie ist für mich viel mehr.«

* * *

24. November 1942
Pätzig

Hier war Maria aufgewachsen.

Dietrich konnte gut verstehen, dass sie ihre Heimat liebte. Es hieß, dass der Lieblingsort eines Menschen einiges über seine Person aussagte, und die sanften Hügel und dichten Wälder und mittendrin das idyllische Gutshaus, all dies strahlte Freiheit und Licht aus, geradeso wie Maria selber.

Die Kutsche – eine richtige altmodische Kutsche –, die ihn am Bahnhof abgeholt hatte, hielt vor dem großen, prächtigen Herrenhaus an, das mit seinen symmetrisch angelegten Gärten und der kreisförmigen, jetzt schneebedeckten Einfahrt wie aus einem englischen Roman entsprungen aussah. Er hatte Pätzig schon einmal besucht, konnte sich aber nur noch schemenhaft daran erinnern; jetzt sog er neugierig jede kleine Einzelheit in sich auf.

Er stieg aus der Kutsche, seinen Koffer in der Hand. Luft. Echte, frische Luft, wie es sie nur auf dem Land gab. Er atmete ihn tief ein, diesen Duft reiner Luft ohne den Gestank der Großstadt. Sie roch nach seinen Tagen als Dozent in Finkenwalde, dem weitläufigen Haus, wo er zwischen den Seminaren mit seinen Theologiestudenten

Wanderungen und Ballspiele gemacht hatte. Und nach jenem Abend in Klein-Krössin – ja, dort hatte es genauso gerochen –, als er im Abendlicht mit einem Mädchen mit himmelblauen Augen spazieren gegangen war und ein Stück seines Herzens an es verloren hatte.

Auf dem Weg zum Hauseingang merkte er, wie seine Finger am Griff des Koffers klamm wurden. Was für Leute waren diese von Wedemeyers? Eigentlich war er kein menschenscheuer Typ. Seine Eltern hatten ihn dazu erzogen, den Mund aufzumachen, wenn er etwas Wichtiges zu sagen hatte, und dies hatte ihm noch nie Probleme bereitet.

Warum spürte er dann jetzt, als er die Stufen zur Haustür hochstieg, auf einmal diese innere Beklemmung, als sei er ein 18-jähriger Jüngling, der bei den Eltern des Mädchens von nebenan klingelte, um zu fragen, ob er es zum Tanzen ausführen durfte?

Dietrich wusste die Antwort. Er war hier, um eine Frage zu stellen, bei der es um viel, viel mehr ging als um einen Tanzabend. Es ging darum, den von Wedemeyers seine Absichten bezüglich Maria zu eröffnen. Wenn er Vater wäre und es um seine eigene Tochter ginge, würde er von dem potenziellen Schwiegersohn nicht weniger erwarten.

Er klopfte an die Tür.

Dietrich wusste, dass die von Wedemeyers es mit der Berneuchener Bewegung hielten, einer christlichen Erneuerungsbewegung, die versuchte, neues Leben in das Luthertum zu bringen, und auf Gut Berneuchen ihren Anfang genommen hatte. Er selbst hatte nie sehr viel von den Berneuchenern gehalten, die ihm eine gewisse übertriebene Frömmigkeit zu praktizieren schienen. Waren die von Wedemeyers auch so?

Die Tür ging auf. Vor ihm stand Frau von Wedemeyer, in einem gepflegten taubengrauen Kleid. »Willkommen, Pastor Bonhoeffer.« Ihre Lippen formten sich zu einem leisen Lächeln, aber ihre Augen sprachen von anstrengenden Tagen und schlaflosen Nächten.

»Danke, Frau von Wedemeyer. Ich freue mich sehr, dass ich zu Ihnen kommen darf.«

Sie hielt ihm die Tür auf und bedeutete ihm einzutreten. Drinnen sah das Haus nicht weniger vornehm aus als von außen. Echte Gemälde an den Wänden. Ein auf Hochglanz polierter Tisch im Eingangsflur. Ein makellos gepflegter Fußboden und eine repräsentative Treppe, von einem Teppich bedeckt, elegant wie die Schleppe eines Abendkleides.

Es hätte ihn nicht gewundert, wenn gleich Maria die Treppe herabgestürmt wäre und ihn lächelnd zu einer »Schlossführung« durch das Gut eingeladen hätte. Aber sie war wieder bei der Familie, bei der sie ihr nationales Pflichtjahr ableistete. Und Hans von Wedemeyer, Marias Vater, würde ihm natürlich nie mehr die Hand schütteln können wie damals, als er sich mit Dietrich getroffen hatte, um Max' Konfirmation zu besprechen.

Nein, er musste mit der Hausherrin vorliebnehmen, die hoch aufgerichtet vor ihm stand und nun beide Elternteile vertreten musste.

»Sie haben ein sehr schönes Haus.« Er lächelte und versuchte, das Eis zu brechen. »Als ich das letzte Mal hier war, ist mir das gar nicht so aufgefallen.«

»Es hat sich seitdem viel verändert, Herr Pastor.« Frau von Wedemeyer stand mit locker gefalteten Händen vor ihm, ruhig und beherrscht. Nach dem Gespräch am Telefon hatte er einen eisigeren Empfang erwartet. »Wenn Sie bitte mitkommen, damit ich Ihnen Ihr Zimmer zeigen kann.«

Er zögerte und schluckte, um die Kehle freizubekommen. »Wenn Sie nichts dagegen haben, würde ich lieber gleich jetzt mit Ihnen reden. Ich werde morgen sehr früh aufbrechen müssen, und es geht jetzt schon auf den Abend zu.« Er hatte ein schlechtes Gewissen, wenn er daran dachte, wie knapp Lebensmittel geworden waren. Nicht nur hatte er sich selbst eingeladen, er würde auch ein Abendessen und ein Frühstück brauchen. Falls Frau von Wedemeyer oder ihre Kinder je nach Berlin kämen, so wie Maria, würde er auf jeden Fall selber für ihre Verpflegung sorgen.

»Wie Sie wünschen«, entgegnete Marias Mutter. »Wir können in mein Wohnzimmer gehen. Ihren Koffer und Hut und Mantel können Sie gerne hierlassen; eines der Dienstmädchen wird sie auf Ihr Zimmer bringen.« Sie wandte sich um und ging mit klackernden Absätzen voraus, ohne sich umzusehen, ob er ihr folgte.

Dietrich achtete kaum darauf, wohin sie gingen, dafür klopfte sein Herz zu heftig. Die Worte, die er sich für das Gespräch zurechtgelegt hatte, verschwommen zu einem Silbensalat, der plötzlich keinen Sinn mehr ergab.

Sie traten in ein Wohnzimmer. Er wartete, bis Frau von Wedemeyer in einem Sessel neben dem Kamin Platz genommen hatte, in dem ein knisterndes Feuer brannte. Dann setzte er sich in den Sessel auf der anderen Seite des Kamins.

Saß Maria hier manchmal abends, um zu lesen oder mit ihrer Mutter zu plaudern? Der Gedanke ließ ihn innerlich ruhiger werden, fast so, als säße sie wirklich hier neben ihm und nicht nur in seiner Vorstellung.

Kerzengerade, beide Hände auf den Sessellehnen, saß Frau von Wedemeyer da und sah ihn an. »Was sind Ihre Gründe für Ihren Briefwechsel mit meiner Tochter? Was erhoffen Sie sich davon?« Sie sprach, als sei sie es gewohnt, dass man ihr zuhörte und gehorchte.

Dietrich holte tief Luft. Alles, was er tun musste, war, seinen Mund zu öffnen und die Worte zu sagen. Eigentlich das Einfachste der Welt. Doch der Inhalt dieser Worte und das, was Frau von Wedemeyers Reaktion darauf für seine Zukunft bedeuten würde, ließ seinen Magen zu einem Klumpen werden. »Obwohl ich sie erst seit Kurzem kenne, liegt Maria mir sehr am Herzen. Ich möchte um sie werben und dann, wenn der rechte Zeitpunkt gekommen ist, um ihre Hand als meine Ehefrau anhalten«, sagte er mit fester Stimme. So, jetzt war es heraus. Die Erleichterung darüber entspannte seinen Magen. Nun ja, zumindest ein wenig.

Er hörte, wie Marias Mutter leise Luft holte. Über dem Kamin tickte laut eine Wanduhr. Eine Minute verging, dann zwei. Frau von Wedemeyers Hände waren um die Armlehnen gepresst. An ihren blassen Fingern glänzten geschmackvoll gearbeitete Ringe. Sie schluckte, als wollte sie ihre Kräfte sammeln. »Ich danke Ihnen für

Ihre Offenheit, Herr Pastor. Und bitte verstehen Sie das, was ich jetzt sagen werde, nicht als Angriff gegen Sie, sondern als Ausdruck meiner Gefühle als Mutter. Sie sind mir nicht unsympathisch, und der Tag kann durchaus kommen, an dem Sie erneut um meine Tochter werben können. Aber nicht jetzt. Maria trauert zutiefst um ihren Vater und ihren Bruder. Sie braucht Zeit, um zu sich zu kommen. Und die Welt, in der Sie leben, ist offenbar keine friedliche.«

»Gibt es das überhaupt – eine friedliche Welt?«

»Das habe ich nicht gemeint.« Sie schaute ins Kaminfeuer, dann wieder zu ihm. Ihre Stimme wurde leiser. »Meine Mutter hat mir ein wenig über Ihre … gefährlichere Tätigkeit erzählt.«

»Ach so.« Es war der einzige Kommentar, der ihm einfiel. Draußen begann ein Hund, ohrenbetäubend zu kläffen.

Sie beugte sich vor, der Rücken weiter gerade. »Ich weiß das, was Sie tun, zu schätzen. Mein Ehemann hat sehr mit sich gekämpft, als er überlegte, ob er sich nicht denen anschließen sollte, die Ihre Art Arbeit tun. Unsere Verwandten Henning von Tresckow und Fabian von Schlabrendorff haben viele lange Gespräche mit ihm über dieses Thema geführt. Er hat nie einen Hehl aus seiner Abneigung gegen die Nazis gemacht – so sehr, dass sie immer wieder versucht haben, seinen guten Namen zu beschmutzen und ihm sein Landgut wegzunehmen. Schon vor bald zehn Jahren hat er sich geweigert, Hakenkreuzflaggen aufzuhängen, und musste deswegen Schlammschlachten vor Gericht erdulden. Aber schließlich fand er es seine Pflicht, für sein Vaterland zu kämpfen, egal wer an seiner Spitze stand. Jetzt, wo er nicht mehr ist, frage ich mich manchmal, ob wir nicht einen anderen Weg hätten gehen sollen …« In ihren Augen stand der Schmerz geschrieben.

»Ich habe Maria gegenüber einiges über meine Rolle im Widerstand erwähnt.« Er hielt seinen Blick auf den abgewetzten Teppich gerichtet. Dies war nicht der Augenblick, um darüber zu diskutieren, wer es richtig gemacht hatte – Hans von Wedemeyer oder er. Es war nur normal, dass Frau von Wedemeyer sich Gedanken machte über seine Tätigkeit und ihre Risiken. Er öffnete den Mund, um sie zu beruhigen, aber sie kam ihm zuvor.

»Wie ich vorhin schon sagte, gibt es viele Gründe. Sie mag eine Frau sein, aber sie ist erst achtzehn. Jetzt ist nicht der richtige Zeitpunkt, sie vor solch eine folgenschwere Entscheidung zu stellen. Und so muss ich meinen Wunsch wiederholen, dass Sie und Maria keinen Kontakt mehr zueinander haben, weder durch Briefe noch persönlich, ein Jahr lang.«

Ein Jahr.

365 Tage und Nächte – eine halbe Ewigkeit. Nur Gott wusste, wo sie alle wären nach diesem Jahr. Er hatte so gehofft, sie an seiner Seite zu haben, sodass sie einander helfen könnten, die Lasten zu tragen und die Kämpfe durchzustehen. Eine Welle der Enttäuschung wollte über ihm zusammenschlagen. »Erlauben Sie mir festzustellen, dass ein ganzes Jahr mir extrem erscheint. In den Zeiten, in denen wir uns befinden, können aus einem Jahr leicht fünf werden. Oder zehn. Entschuldigen Sie bitte, Frau von Wedemeyer, aber der Gedanke an einen so langen Aufschub …«

»Ein Jahr. Nicht mehr und nicht weniger.« Ihre Stimme war leise, aber unerbittlich. Jegliches Diskutieren, so signalisierte sie, war zwecklos. Hätte ihm Hans von Wedemeyer gegenübergesessen, Dietrich hätte weitergesprochen, hätte versucht, zu argumentieren und sein Gegenüber mit Vernunftgründen umzustimmen. Aber das wollte er dieser Frau lieber nicht zumuten. Dicht unter der harten, starken Schale lag die Hilflosigkeit, und diese Hilflosigkeit würde er nicht eiskalt ausnutzen. Nein, er musste ihre Bedingung akzeptieren. Obwohl er ihr nicht recht geben konnte.

»Ich verstehe Sie. Aus Respekt vor Ihnen als Marias Mutter werde ich mich Ihrer Bitte fügen.« Die Silben klangen hohl, wie sein Herz. Zwei Worte besetzten sein Bewusstsein.

Ein Jahr.

War dies wirklich Gottes Wille für ihn? Die Trennung von Maria zu ertragen, wo sie doch im Zusammensein Hoffnung und Kraft gefunden hätten?

»Ich danke Ihnen. Und es tut mir leid, wenn Ihre Reise umsonst gewesen ist.« Frau von Wedemeyer erhob sich. »Darf ich Ihnen jetzt Ihr Zimmer zeigen?«

Er nickte. Sobald er oben war, würde er versuchen, in einem Brief an Eberhard Ordnung in seine Gefühle zu bringen. Der befand sich kurioserweise in einer ganz ähnlichen Situation. Er hatte Renate einen Heiratsantrag gemacht, aber die Schleichers hatten Bedenken, weil Renate noch so jung war. Doch sie kannten Eberhard gut und würden ohne Zweifel bald einlenken. Eberhard würde seinen Wunsch erfüllt bekommen und Renate würde seine Verlobte werden. Dietrich war noch nie eifersüchtig auf seinen besten Freund gewesen, aber jetzt war der Neid plötzlich da. Zutiefst beschämend, aber wahr.

Sie stiegen in den ersten Stock hoch. Nur ihre Schritte waren zu hören. Sie schwiegen, hatten beide kein Bedürfnis, weiterzureden.

Plötzlich ein Geräusch. Jemand weinte. Frau von Wedemeyer musste es auch gehört haben, denn sie rief leise in den Flur: »Marta! Bist du das?«

Aus einer Tür trat eine junge Frau in Dienstmädchenkleidung. Tränen liefen ihr übers Gesicht, ihre Augen waren rot verschwollen, ihre schmalen Schultern zitterten vom Schluchzen.

»Was ist los?« Frau von Wedemeyer trat zu dem Mädchen. Dietrich blieb an der Treppe stehen, während Marias Mutter sanft ihre Hand auf die Schulter der jungen Frau legte.

»Es ist … Wolfgang.« Marta hielt ihr mit zitternden Fingern einen halb zerknüllten Zettel hin. »Sie haben es gerade gemeldet. Unsere Armee ist in Stalingrad von russischen Truppen eingeschlossen.«

Das Wort ließ Dietrich erschaudern.

Stalingrad.

Siebzehn

27. November 1942
Pommern

Der Sonnenuntergang tauchte den Himmel in Rosa- und Brauntöne. Ein plötzlicher Ostwindstoß blähte Marias aufgeknöpften Mantel wie ein Segel.

Sie hatte die Kinder der Vogels zeitig zu Bett gebracht, um endlich allein sein zu können. Seit dem Anruf ihrer Mutter vor ein paar Stunden hatte sie versucht, ihre Gedanken, die sich wie aufdringliche Schoßhunde an ihre Fersen heften wollten, auf Abstand zu halten. Sie lehnte sich an einen Baum. Die Einsamkeit des schneebedeckten Pfades durch den Wald hinter dem Haus kroch in ihre Seele. Die raue Rinde des Baumstamms kratzte an der Wolle ihres Mantels. Sie schob ihre frierenden Finger tiefer in die Taschen.

Dietrich war in Pätzig gewesen. Der Gedanke, dass er an dem Ort gewesen war, den sie von allen Orten der Welt am meisten liebte, ließ es ihr warm ums Herz werden. Er war in Pätzig gewesen, hatte dort übernachtet und mit Mutter gesprochen.

»Er will mich heiraten«, flüsterte sie und ihre Worte verloren sich im nächsten Windstoß. »Er hat Mutter um meine Hand gebeten.«

Mit einem Mal trat sein Gesicht vor ihre Sinne, fast so real und lebendig, als stünde er leibhaftig vor ihr. Dieses Lächeln, das nur sie meinte, die schiere Kraft seiner Gegenwart. Wie er ihren Arm genommen hatte, als sie durch Berlin gingen, so sanft und beschützend zugleich. Der verrückte Wunsch, der jedes Mal wenn sie seine Briefe erneut las, in ihr hochkam – ihn wiederzusehen, ihr Gesicht an seine starke Brust zu drücken und ihre Arme um ihn zu schlingen. Sein brillanter Geist. Die vielen Bücher, die er geschrieben hatte. Die vielen Dinge, bei denen sie einer Meinung waren.

O, er war zu gut für sie, und wie konnte das anders sein? Sie war doch nur die kleine Miesenmaus, das vorlaute Mädchen, das wie zehn Jungen durch den Wald stürmte. Gut vielleicht in Mathematik und im Hüten der Kinder anderer Leute, aber absolut unbegabt, was die Fertigkeiten einer guten Hausfrau anging, wie Kochen und Nähen. Was für eine Ehefrau wäre sie für diesen Mann? Was würden seine hochtheologischen Freunde denken, wenn sie hörten, dass die Braut von Pastor Bonhoeffer lieber zu amerikanischer Musik tanzte, als über die neuesten Artikel von Karl Barth zu diskutieren, und lieber auf einem Pferd über die Wiesen galoppierte, als sich den Kopf zu zerbrechen, ob man das Alte Testament besser auf Griechisch oder Hebräisch las?

Aber diese Sehnsucht in ihrer Brust konnte sie nicht leugnen. Von ihm geliebt zu werden, auf eine Art, wie weder Vater noch Max es vermocht hatten. Und diese Liebe erwidern zu dürfen.

Sie ging immer tiefer in den Wald. Zerfallendes Laub und gefrorene Zweige knirschten unter ihren festen Schuhen.

Aber noch nicht jetzt. Ein ganzes Jahr lang noch nicht. So hatte ihre Mutter es bestimmt. Ein Jahr lang keine Begegnungen, keine Briefe, keine Anrufe. In einem Jahr wäre sie fast zwanzig und besser in der Lage, sich richtig zu entscheiden. In gewisser Hinsicht war es eine Erleichterung, dass sie die große Entscheidung aufschieben und zu all ihrem Grübeln und Überlegen und Sichsorgen »Später!« sagen konnte.

Ein Jahr. Was würde es bei Dietrich und ihr verändern? Und was bei dem Krieg und in der Welt? Die Tage lagen wie eine lange Allee vor ihr, 365 Bäume, die einer nach dem anderen gefällt werden wollten. Lange, mühselige Tage, und an jedem einzelnen müsste sie alleine durch ihre Welt gehen, während er durch seine ging, bis das Jahr vorbei war und sie wieder zueinanderfinden konnten.

Weit oben zog ein Raubvogel seine Kreise. Ein Frösteln kroch ihr den Rücken hoch. Sie konnte nichts weiter tun, als ihre Sehnsucht entschlossen beiseitezulegen und die Tage verstreichen zu lassen. Wie alle Menschen hatte sie ihre Pflicht zu tun, und im Augenblick bestand diese Pflicht darin, ihrer Mutter zu gehorchen.

Aber sie hatte noch eine Pflicht. Boris. Sie hatte den Eindruck, dass sich sein Leben, wie das so vieler anderer, seinem Ende zuneigte. Seit der Trauerfeier für Max ging es ihm deutlich schlechter.

Sie holte ein Kopftuch aus ihrer Manteltasche, zog es über und verknotete es unter dem Kinn. Mit raschen Schritten näherte sie sich dem verabredeten Treffpunkt. Der Wald um sie herum schwieg. War Boris noch kräftig genug, um zu kommen? Wenn sie ihn erwischten, würden sie ihn ohne Umstände erschießen. Sie versuchte, sich so gut es ging, um ihn zu kümmern, aber er war krank. Eigentlich hätte er einen Arzt gebraucht, aber für Zwangsarbeiter holte man keinen Arzt. Sie mussten schuften, bis sie nicht mehr konnten. Den deutschen Bewachern war es egal, wie lange so einer lebte. Oder zwanzig oder tausend.

Die Russen sind keine Menschen wie wir. Frau Vogels dröhnende Stimme klang ihr im Ohr. *Es sind Untermenschen.*

Das sind sie nicht!, hätte Maria am liebsten zurückgeschrien. Es waren Menschen aus Fleisch und Blut, sie hatten Herzen, die liebten, und Arme, die sich danach sehnten, Kinder, Ehefrauen und alte Eltern an sich zu drücken. Sie waren genauso menschlich und hatten genauso eine Zukunft verdient wie all die anderen, die das Hitlerregime ermordete – Polen, Juden, geistig Behinderte. Maria konnte sie nicht alle retten, aber sie konnte ihr Bestes für Boris tun.

Da war der Baum. Die Hände in den Manteltaschen vergraben, lief sie auf und ab und wartete. Endlich – das Krachen eines Zweiges. Sie wandte sich um und sah ihn näher kommen. Seine halb zerlumpten Kleider hingen an seinem dünnen Leib wie an einer Vogelscheuche. Seine Augen waren tief eingesunken, aber sie leuchteten noch in dem gleichen Blau wie die von Max, und in Boris' schwachem Begrüßungslächeln lag noch ein Funke Leben.

Maria zog schweigend das braune Fläschchen mit den Vitamintropfen aus ihrer Manteltasche, dazu ein in Papier gewickeltes Stück

Brot mit etwas Schweinefett. Er nahm alles entgegen und seine schmutzigen Finger schlossen sich in stummem Dank um ihre. Unter seinem dünnen Hemd konnte man die Rippen zählen, seine Brust hob sich krampfartig bei jedem Atemzug. Von seinem Körper war nur noch eine ausgemergelte Hülle übrig, und dabei war er doch noch so jung …

»Danke, Fräulein von Wedemeyer.« Er schob die Geschenke in seine Hosentaschen, fast andächtig, als seien es wertvolle Ikonen.

»Es ist nicht viel. Frau Vogel hat Augen wie ein Habicht. Sie merkt es, wenn etwas fehlt.«

»Es ist etwas.« Er holte keuchend Luft. »Es ist mehr, als ich von allen anderen kriege. Aber Sie dürfen nicht mehr hierherkommen. Ich bin zu schwach, um das weiterzumachen, ohne dass sie mich kriegen. Sie sind immer gut zu mir gewesen, Fräulein von Wedemeyer, sehr gut, und ich danke Ihnen. Ihr Bruder wäre stolz auf Sie gewesen.«

Maria schluckte. Sie wollte ihn am liebsten überreden, doch weiterhin zu kommen, aber das hätte nichts gebracht. Boris wurde zusehends magerer, selbst sie konnte das sehen. Bald wäre er zu schwach zum Arbeiten, und dann würden sie ihn achtlos liegen lassen, wie eine verschimmelte Kartoffel. »Ich werde für Sie beten«, flüsterte sie. Was konnte sie sonst sagen? Mit der Wahrheit ließ sich nicht diskutieren. Und Boris hatte ja recht. Er war tatsächlich zu schwach.

»Gott und die Heiligen werden mich aufnehmen, wenn meine Zeit kommt. Dann werde ich Ihren Bruder sehen, ja.« Seine aufgesprungenen Lippen lächelten traurig. »Und ihm sagen, was für eine wunderbare Schwester er hat.«

Sie nickte. Tränen stachen ihr in die Augen. Sie lächelte durch sie hindurch. »Auf Wiedersehen, Boris.«

»Auf Wiedersehen, Fräulein von Wedemeyer.« Er drehte sich um. Einen Augenblick später war er in dem dichten Unterholz verschwunden. Maria ging zurück zum Haus der Vogels.

Ihr Brot und ihre Medizin hatten nicht ausgereicht, um Boris am Leben zu erhalten. So wie ihre Liebe nicht gereicht hatte, um Vater und Max am Leben zu erhalten. Würde jemals etwas, was sie tat, ausreichen?

Max' Gesicht flackerte vor ihrem inneren Auge, wie die Flamme einer bald erloschenen Kerze. Was würde er sagen, wenn er wüsste, dass der Pastor, der ihn konfirmiert hatte, seine Schwester heiraten wollte? Sie lächelte versonnen. Als Erstes würde er sich wohl halb kaputtlachen bei dem Gedanken, dass da einer war, der aus der halbwilden Begleiterin auf seinen Ausritten eine Ehefrau machen wollte. Aber dann würde er ernst werden und ihr sagen, wie sehr er sich für sie beide freute und dass er hoffte, dass sie dann und wann noch die Zeit für einen Galopp über die Felder hätte. *Aber nur du*, würde er grinsen. *Über die Reitkünste deines Zukünftigen schweigen wir lieber.* Worauf sie ihn lachend in die Rippen stoßen und glücklich sein würde.

Glücklich. Sie hob ihren Kopf zum Himmel hoch, der einen dunklen Mantel anlegte, nachdem die Sonne unter den Horizont gesunken war. Glück, das gab es nur in der Erinnerung, als etwas, das gewesen und nun vorbei war. Es war nicht ewig. Wie hatten sie alle es für so selbstverständlich halten können.

Wenn ihre Trennung von Dietrich tatsächlich ein ganzes Jahr dauern sollte, musste sie sich bemühen, trotz allem zufrieden zu bleiben. Dann würde sie im Rückblick vielleicht erkennen, dass es zu ihrem Besten gewesen war und das Warten sie zu einem besseren, würdigeren Menschen gemacht hatte.

Die Zukunft öffnete weit ihre Tür. Meinte sie es gut mit ihr oder wollte sie sie zu Fall bringen? Maria wusste es nicht. Die Straße war unbekannt, die Reise lag noch vor ihr.

* * *

18. Dezember 1942
Klein-Krössin

Maria stellte die Porzellanteller auf das Teetischchen. Auf jedem lag ein kleines Stück Apfelstrudel. Es waren keine dicken, reichlich mit echtem Zucker bestreuten Stücke wie in Friedenszeiten; dieser Kuchen war dünn und lediglich mit Honig gesüßt. Aber er war immer noch etwas Besonderes, ja etwas ganz Besonderes, denn sie hatte ihn selbst gebacken.

»Das sieht ja wunderbar aus, Maria.« Eine Decke über den Knien, saß ihre Großmutter vor dem Kaminfeuer im Wohnzimmer. »Ich bin richtig überrascht.«

»Dass der Strudel nicht angebrannt ist? Da bin ich selber überrascht.« Maria streifte ihre Pantoffeln ab und machte es sich mit untergeschlagenen Beinen auf dem Sofa bequem. In die eine Hand nahm sie einen der Teller und musterte genüsslich ihren Lieblingskuchen. Außer den Tellern mit dem Strudel gab es noch zwei Tassen, in denen – welch Köstlichkeit – echter, wenn auch ein wenig schwacher Tee war; der heiße Dampf stieg langsam nach oben.

Großmutter nahm den ersten Bissen. Maria wartete gespannt darauf, was sie sagen würde. Jeder wusste, dass die meisten ihrer früheren Versuche gründlich misslungen waren, mal angebrannt, mal halb versalzen. Nur Vater hatte den Mut gehabt, sie zu essen. »Sehr gut.« Großmutter wischte sich mit der Serviette über den Mund. »Den hätte glatt ich gebacken haben können, wenn ich das mal so sagen darf.«

Maria probierte ihr eigenes Stück. Tatsächlich, man konnte den Strudel essen. Es wäre auch schade gewesen, wenn er missraten wäre; was hatte sie sich nicht für Mühe gegeben, das Backrezept buchstabengetreu zu befolgen …

Sie genossen ihren Nachmittagstee. Aus dem Radio kam leise Weihnachtsinstrumentalmusik. Draußen warf der Schnee seinen eisigen Puderzucker an die Fensterscheiben.

»Freust du dich auf zu Hause?« Die knotigen Hände ihrer Großmutter lagen um ihre Teetasse. Die kleinen Gebrechen des Alters wurden immer deutlicher. Dieses Zittern in ihren Gliedern, die schlaflosen Nächte …

»Ja.« Maria genoss das Aroma des Tees in ihrem Mund. »Und wie!« Die letzten Wochen bei den Vogels waren ihr lang und leer vorgekommen. Das Kinderhüten, während sie gleichzeitig ihre eigenen Geschwister so vermisste. Das ständige Schwadronieren von Frau Vogel über ihren Mann und was für ein tüchtiger Diener des Führers er doch sei. Einmal hatte sie wie nebenbei mitbekommen, dass mehrere der Kriegsgefangenen in der Winterkälte ihren Krankheiten erlegen waren; sie hatte sofort gewusst, dass einer davon Boris sein musste. Es gab kein Grab, auf das sie hätte Blumen legen können, keine Verwandten, denen sie einen Kondolenzbrief schicken konnte. Aber sie hatte ein Gebet geflüstert für die Lieben von Boris, diesem jungen Russen, um den außer ihr niemand in ganz Deutschland trauerte.

Der Besuch bei ihrer Großmutter war ein willkommener Urlaub von den Vogels, besonders von Gottfried. Und morgen würde sie nach Pätzig fahren, um mit ihren Lieben Weihnachten zu feiern. Das erste Weihnachten ohne Vater und Max. Aber Maria war entschlossen, das Fest so fröhlich zu machen wie möglich. Max und Vater hätten es nicht anders gewollt. Natürlich, so wie gewohnt würde in Deutschland niemand Weihnachten feiern. Eine Schulfreundin, die in Berlin wohnte, hatte ihr geschrieben, dass in den Schaufenstern der Geschäfte und Kaufhäuser statt der üblichen Auslagen Schilder mit der Aufschrift prangten: »Denkt zuerst an den Sieg und danach an die Geschenke!«

Sieg? Für Deutschland? Was für eine Lüge!

»Hast du weiter nachgedacht über Pastor Bonhoeffer und wie die Dinge stehen zwischen euch beiden?« Die Großmutter sah Maria über ihre Tasse hinweg an.

Der Kuchenbissen in Marias Mund fühlte sich plötzlich wie ein Klumpen Paketpapier an, den sie kaum hinunterbrachte. Sie hatte so gehofft, dieses Thema vermeiden zu können, aber seit sie in Klein-

Krössin angekommen war, hatte ihre Großmutter es unbeirrt angesteuert. »Ein bisschen.« Ein bisschen? Ganz viel! Sie nahm den nächsten Schluck Tee.

»Und? Findest du nicht auch, dass es Zeit ist, mal ein paar Worte mit deiner Mutter zu reden? Ein Jahr warten, das ist doch viel zu lang! Ich habe mit Engelszungen auf sie eingeredet, aber sie bleibt hart. Ich glaube wirklich, *du* musst mal mit ihr reden.«

Maria schwieg. Was sie jetzt auch sagen könnte, es würde nichts bringen. Unabhängig von Großmutters überzogenen Wünschen und Fantasien hatte sich im Kern nichts verändert. Marias eigene Gedanken dazu, ihre Gefühle und Sorgen hatten sich über die letzten Wochen nicht etwa verflüchtigt, sondern meldeten sich immer deutlicher zu Wort.

Es gab so viele kluge Argumente gegen diese Verbindung. Der enorme Altersunterschied. Er ein Büchermensch, sie eine Frau, bei der immer etwas los sein musste. Der Krieg. Seine illegalen Aktivitäten. Eines aber blieb: Obwohl sie ihn noch nicht so liebte wie eine Frau ihren Bräutigam am Hochzeitstag, wusste sie tief in ihrem Herzen, dass diese Liebe kommen würde.

Und sie hatte sich tatsächlich vorgenommen, an den Feiertagen mit ihrer Mutter zu reden. »Ich werde meine Entscheidung dann treffen, wenn ich den Eindruck habe, dass es die richtige ist.« Sie hielt ihre Stimme ruhig. »Ich bin eine erwachsene Frau. Und wenn ich dazu bestimmt bin, die Frau von Dietrich Bonhoeffer zu werden, muss ich lernen, mir meine eigene Meinung zu bilden und meine eigenen Entscheidungen zu treffen.«

Der Blick ihrer Großmutter wurde entsetzt. »*Was* sagst du da? Was für Meinungen du hast und wie du dich entscheiden musst, das wird *er* dir sagen.«

Maria stand auf und schüttelte die Krumen aus den Falten ihres Rocks. Wenn sie nur ihren Frust auch so abschütteln könnte! Großmutter mit ihren altmodischen Vorstellungen. Für eine Frau, die selbst so willensstark war, erwartete sie von den anderen erstaunlich viel Bereitschaft, sich unterzuordnen. »Ich bring das eben in die Küche.« Maria nahm die Teller und ging zur Küchenspüle, wo sie warmes Wasser darüberlaufen ließ, während sie nach draußen auf die sanft tanzenden Schneeflocken schaute.

Irgendwo im Osten, weit weg, kämpften Männer und Jungen gegen die Russen. Noch nicht einmal zu Weihnachten machte der Krieg eine Pause. Viele deutsche Soldaten versuchten verzweifelt, die in Stalingrad gefangenen Truppen zu befreien, und erst vor ein paar Wochen hatten schwere Kämpfe in Nordafrika getobt, wo die deutschen Armeen immer weiter zurückgedrängt wurden.

Wie die Wärme einer Umarmung, die noch lange, nachdem der Umarmende gegangen ist, bleibt, wollten die Erinnerungen an vergangene Weihnachtsfeste ihr Herz nicht loslassen. Wie sie zusammen mit Vater und Max den Baum geschmückt hatte. Der große Esstisch, übervoll mit den schönsten Leckereien. Der Gottesdienst in der kleinen Kirche, im sanften Kerzenschein.

Auch im Krieg wurden noch Festtage begangen. Aber es war nicht mehr so wie zuvor. Wie hätte es das auch sein können angesichts der leer gewordenen Plätze am Tisch der Familie, der Lieben, die nur noch in der Erinnerung da waren?

»Maria!«, ertönte plötzlich Großmutters Stimme. Ungewöhnlich laut, fast erschrocken.

Maria stürzte aus der Küche. Fast wäre sie ohne Pantoffeln auf dem Holzfußboden ausgerutscht. Eine Hand an die Brust gepresst, blieb sie in der Tür stehen. Sie befürchtete schon fast, ihre Großmutter auf dem Teppich liegen zu sehen. Aber sie saß weiter an ihrem Platz, es schien ihr nichts passiert zu sein. Aus dem Radio kam eine vertraute Melodie.

»Was hast du mich erschreckt gerade! Warum hast du denn so geschrien?«

Ihre Großmutter legte einen Finger auf die Lippen und wandte sich zurück zum Radio.

Maria lehnte sich gegen den Türrahmen. Die liebe alte Melodie von »Stille Nacht« erfüllte die Luft. Aber was war das für ein unbekannter Text?

Stille Nacht, heilige Nacht!
Alles schläft, einsam wacht
Adolf Hitler für Deutschlands Geschick,
führt uns zur Größe, zum Ruhm und zum Glück,
gibt uns Deutschen die Macht, gibt uns Deutschen die Macht.[8]

Die letzten Noten verklangen. Maria stand wie angewurzelt da. Ihre Großmutter drehte sich zu ihr, das blasse Gesicht flackernd vom Kaminfeuer beleuchtet. Die beiden tauschten einen Blick aus, der alles sagte.

Nur ein Lied. Und doch viel, viel mehr.

Achtzehn

20. Dezember 1942
Berlin

Wie konnte man die letzten Tage des zurückliegenden Jahres besser verbringen als damit, nach vorne in die Zukunft zu schauen? Eberhard und Renate, wie sie am Büfetttisch im Esszimmer der Bonhoeffers standen, verkörperten diese Zukunft. Renate, der Mittelpunkt der Aufmerksamkeit aller im Raum, sah bezaubernd aus in dem umgearbeiteten mauvefarbenen Kleid. Eberhard, der ihr gerade mit der Hand über den Rücken strich, strahlte über beide Ohren.

Dietrich lächelte, während er mit einem Ohr der zwölfjährigen Bärbel zuhörte, die ihm erzählte, was für Weihnachtsbasteleien die Kinder machten.

Heute Abend feierten sie die Verlobung seines besten Freundes mit seiner Nichte. Womit Dietrich einsamer war denn je zuvor. Nun ja, viel verändern würde sich nicht. Die theologischen Diskussionen und der Gedankenaustausch mit seinem Freund, das würde weitergehen. Aber in Zukunft würde Eberhard nicht mehr am Wochenende Ski fahren gehen können, wenn ihm gerade danach zumute war. Jetzt hatte er Renate, und eines Tages würde er eine Familie haben.

Dietrichs Finger ballten sich unwillkürlich zur Faust. Wie er Maria vermisste! Wenn sie jetzt neben ihm gestanden hätte, hätte er diesen Abend besser ertragen können. Er hätte sich einfach darüber gefreut, dass Eberhard das große Los gezogen hatte, und nicht diese Eifersucht gespürt, dass *er* es nicht gezogen hatte. Dass er die Frau, die er liebte, jetzt nicht an seiner Seite hatte.

Gott, vergib mir. Es ist billig, zu predigen: »Alles, wofür wir dir nicht danken, das halten wir dir vor.« Wie oft gelingt es mir nicht, diese Dankbar-

keit zu praktizieren! Dabei weiß ich doch, dass du alles in meinem Leben lenkst und führst. Hilf mir, dir ganz zu vertrauen, selbst in dieser Trennung, die mir so unerträglich vorkommt.

Er sah Bärbel an, mit einem schlechten Gewissen, dass er ihr die letzten fünf Minuten nur halb zugehört hatte. »Na, da werdet ihr ja dieses Jahr eure Eltern mit Weihnachtsgeschenken verwöhnen. Und was habt ihr euch für euch selber gewünscht? Irgendwas Besonderes?«

Bärbel schüttelte den Kopf, dass ihr die Zöpfe mit den bunten Spangen ums Gesicht flogen. »Mama hat gesagt, dass das Christkind dieses Jahr nicht so viel bringen kann wie früher. Weil Krieg ist.« Sie seufzte resigniert.

»Da wäre ich mir nicht so sicher.« Dietrich kniff in einen der Zöpfe. Das Mädchen grinste ihn an. »Das Christkind ist immer für eine Überraschung gut.« Zumindest solange Onkel Dietrich da war. Er tat sein Bestes, Geschenke für die Kleineren zu kaufen, sogar jetzt, wo Krieg war. In seinem Kleiderschrank lag ein in buntes Geschenkpapier gewickeltes Buch mit Gedichten für Kinder, auf dem Bärbels Name stand.

»Meinst du das wirklich?« Die allzu ernsten Augen der Zwölfjährigen begannen, aufgeregt zu leuchten.

Dietrich stand auf. »Jawohl, das meine ich.«

An Verwandten und Freunden vorbei bahnte er sich einen Weg hinüber zu dem glücklichen Paar, dessen Augen aufeinandergerichtet waren. »Ahem.« Dietrich räusperte sich.

Sie zuckten beide zusammen und lösten ihre Hände, an denen sie sich hielten, als habe er sie bei etwas Verbotenem erwischt. »Onkel Dietrich.« Renate umarmte ihn kurz. »Wo hast du dich denn die ganze Zeit versteckt?«

In einer Ecke, allein mit Bärbel und meinen trübseligen Gedanken. Er zuckte die Achseln.

Eberhard drückte fest seine Hand, sein Blick ernst. »Wenn einer heute Abend einen Grund hat, mit uns fröhlich zu sein, dann du, denn ohne unsere Freundschaft hätten Renate und ich uns nie kennengelernt.« Der warme Blick, mit dem er zu seiner Verlobten hinsah, sagte alles.

»Ich glaube, das ist nicht mein Verdienst.« Dietrich lächelte. »Aber ich kann sagen: Ihr beiden steht auf einem so festen Fundament und eure Liebe ist so stabil, dass mit Sicherheit viele glückliche Tage vor euch liegen.«

Eberhard legte seine Hand um Renates Taille und zog sie noch näher. »Ich wünsche nur, dass auch du so glücklich wirst, mein Freund.«

»Nun ja, da kennen wir beide ja den Stand der Dinge.« Die große Pause. Noch elf Monate.

»Ich finde es sehr hart von Frau von Wedemeyer, dass sie dir und ihrer Tochter solche Beschränkungen auferlegt.« Renate sah plötzlich empört aus. Eberhard musste sie wohl aufgeklärt haben. Dietrich erwartete ja nicht, dass die beiden Verlobten Geheimnisse voreinander hatten, aber ging das hier nicht ein bisschen zu weit? »Wenn es nur für kurze Zeit wäre«, fuhr Renate fort, »das ginge ja noch, aber ein ganzes Jahr getrennt, das finde ich heftig. Besonders in diesen Zeiten.«

»Ich bin sicher, Frau von Wedemeyer meint es gut«, sagte Dietrich ruhig. »Aber lassen wir das, dies ist *euer* Abend. Ich muss sagen, ich freue mich auf eure Hochzeit. Ich bin noch nie Trauzeuge gewesen und hoffe nur, ich blamiere mich nicht.«

»Einen anderen als dich hätte ich nicht genommen.« Eberhards Lächeln wurde noch breiter. »Ach, übrigens, Dietrich: Ich habe mir Gedanken über diesen Abschnitt aus deiner *Ethik* gemacht, den du mir gezeigt hast, und hätte ein paar kleine Änderungsvorschläge.«

»Dies ist mein Stichwort, dass ich zu Mutter in die Küche gehen soll.« Mit einem Grinsen ließ Renate die Hand ihres Verlobten los. »Ich merke es, wenn ich nicht gebraucht werde.« Sie trippelte weg, um alsbald bei Eberhards Eltern stehen zu bleiben und ein paar Worte mit ihnen zu wechseln. Sie waren extra von ihrem Hof in Sachsen gekommen, um an dem Fest teilzunehmen.

Eberhard ließ sich gerade über seine Änderungsvorschläge aus, als jemand Dietrich auf die Schulter tippte. Der wandte sich um.

Schmelzende Schneeflocken klebten an Hans' Mantelkragen, sein Gesicht war rot von der Kälte. »Kann ich dich einen Augenblick sprechen? – Und dich, Eberhard.«

Sie verließen den Salon und gingen ins Arbeitszimmer von Dietrichs Vater. Die Feststimmung schmolz so schnell dahin wie die Schneeflocken auf Hans' Mantel. Dietrich schaltete die Schreibtischlampe ein. Das trübe Licht vertrieb die Dunkelheit nur zum Teil. Eberhard nahm mehrere Kissen, die zu diesem Zweck bereitlagen, und legte sie auf das Telefon. Hans setzte sich auf den Stuhl direkt neben dem Schreibtisch und streckte seine langen Beine aus. Eberhard und Dietrich blieben vor den Bücherregalen stehen.

»Um es kurz zu machen«, begann Hans, »Himmler macht gerade Überstunden, um die Genehmigung für unsere Verhaftung zu bekommen. Er hat die Gestapo angewiesen, umfangreiche Ermittlungen gegen die Abwehr aufzunehmen. Die Gestapo hat natürlich nichts dagegen. Dieser Bluthund Roeder auch nicht.«

Dietrich blinzelte in den Staub, der in dem Licht der Lampe tanzte. Dies war nicht der rechte Zeitpunkt für eine Diskussion über die Bedeutung des Wortes *Verhaftung*. Stattdessen sagte er: »Dann ist das Beste, was wir hoffen können, ein erfolgreicher Putsch, bevor diese Ermittlungen beendet sind.«

Hans nickte. »Tresckow bastelt gerade an einem Plan. ›Operation Funke‹.[9] Das Hauptproblem bei der ganzen Sache ist, wie man an Hitler herankommt. Wusstet ihr schon, dass er einen Stahlhelm hat, der so schwer ist wie eine Kanonenkugel? Er gibt sich wie ein eitler Pfau, aber er hat eine Heidenangst vor Attentätern.«

»Wenn einer eine Lösung finden kann, dann Tresckow«, meinte Eberhard. »Wenn es ihm gelänge, in das Führerhauptquartier in Smolensk zu kommen, würden unsere Chancen um einiges steigen.«

Hans legte seine Fingerspitzen aneinander. »Genau in diese Richtung denkt er auch. Ich berate ihn und die anderen, so gut ich kann. Aber, Dietrich, nach den Feiertagen möchte ich, dass du nach München fährst, um diese Visa zu besorgen. Wir dürfen uns nicht so verhalten, als wären wir verdächtig; das käme einem Schuldeingeständnis gleich.«

Dietrich nickte. »Wenn der schlimmste Fall eintritt, haben wir wenigstens alle nötigen Papiere bereit.« Er hatte in stundenlanger Arbeit ein »Tagebuch« geschrieben, das die Gestapo auf seinem Schreibtisch vorfinden würde und das aus lauter Einträgen eines unbedarften, absolut unpolitischen Geistlichen bestand. Dazu hatte er einen auf 1940 datierten Brief getippt, in dem er Hans darum ersuchte, ihn bei der Abwehr unterzubringen. Der Sinn: Die Behörden sollten nicht glauben, dass Dietrich sich nur deshalb der Abwehr angeschlossen habe, um nicht eingezogen zu werden. Über jedem gesunden Mann, der nicht aktiv in der Wehrmacht diente, hing ein Nebel des Misstrauens, ob seine Papiere ihn als »unabkömmlich« darstellten oder nicht.

»Ja, die Papiere.« Hans musterte die Bücherregale, als hoffte er, dass sie ihm die Zukunft verraten konnten.

Dietrich schaute auf seine Armbanduhr. Es ging auf neun Uhr abends zu. Die Gäste würden bald gehen; es galt, rechtzeitig vor den nächsten möglichen Fliegeralarmen wieder zu Hause zu sein. Er wandte sich wieder Hans zu. »Wir sind auf das Schlimmste vorbereitet. Aber wir könnten auch erfolgreich sein.« Wenn genügend Männer guten Willens in hohen Positionen hinter ihnen standen, konnte der Putsch noch gelingen.

Hans erhob sich. »Ja, das sagt Christel auch, und ich glaube ihr. Ich habe eine kluge Frau geheiratet.«

Die drei Männer legten die Kissen zurück an ihren Ort, schalteten die Lampe aus und kehrten in den Salon zurück, wo die Gäste gerade dabei waren, sich zu verabschieden. Hans ging zu seiner Frau Christel, Eberhard zu Renate. Dietrich stand abseits, noch ganz frisch unter dem Eindruck des Gesprächs mit Hans.

Ja, es gab Hoffnung. Aber auch die Wirklichkeit. Bei aller Hoffnung, dass Tresckows Pläne gelingen würden und das Regime, das so viel Leid über die Welt gebracht hatte, gestürzt würde – sie mussten sich der Wirklichkeit stellen. Das Jahr 1943 konnte vieles bringen, darunter auch die Verhaftung der Verschwörer. Jeder neue Tag, den sie noch in Freiheit waren, wurde kostbarer angesichts des Wissens, dass es einer der letzten sein konnte. *Carpe diem.* »Ergreife den Tag.« Es war nicht nur ein schöner Spruch, es war ein Lebensstil. Wie heute Abend, als ein frisch verlobtes Paar seinen Anspruch auf Zukunft und Familie verkündet hatte.

Hans half Christel in den Mantel. Klaus und Emmi riefen ihre Kinder zusammen, Klaus' Stimme dröhnend wie immer. Eberhard und Renate hielten sich wieder an den Händen und schauten einander in die Augen. Dietrichs Vater machte lachend eine witzige Bemerkung über das Paar, die seine Mutter prompt konterte.

Du bist mehr in meinen Gedanken, als deiner Mutter recht sein kann, Maria von Wedemeyer. Ich kann ihn nicht vergessen, den Blick in deinen Augen, als ich in das Krankenhauszimmer deiner Großmutter trat. Ich wünschte, diese Augen würden mich wieder anblicken, und wenn es nur für einen Moment wäre …

Gott allein wusste, was das Jahr 1943 bringen würde. Dietrich konnte nur darum beten, dass Maria für ihn auf irgendeine Weise in diesem Jahr einen Platz haben würde.

⋆ ⋆ ⋆

24. Dezember 1942
Berlin

Es war ein dürftiger Christbaum, mit wenigen Kerzen und Kugeln. Aber das spielte keine Rolle. Dietrich war dankbar, ja an diesem Fest ganz besonders dankbar, dass sie als Familie zusammen waren, als die Familie Bonhoeffer, die Gesichter beschienen vom milden Licht der Kerzen. Seine Eltern, Seite an Seite auf den Stühlen neben dem Klavier; Hans und Christel; Klaus und Emmi; Ursula und Rüdiger; Eberhard – sein Bruder, wenn auch nicht Blutsverwandter – und Renate. Dann die Kinder, die Gesichter Spiegel kindlicher Unschuld. Und dazwischen, unsichtbar, die Gesichter derer, die fortgegangen waren – ob nach England, wie Sabine und Gerhard, oder in den Himmel, wie Walter. Vermisst, aber gegenwärtig in den Herzen. Gemeinsam feierten sie Heiligabend, so wie sie es immer getan hatten.

Dietrichs Finger glitten über die Klaviertasten, jeder Ton rein und wahr, und sie sangen gemeinsam »Stille Nacht«, die Worte voll Innigkeit. *»Stille Nacht! Heilige Nacht …«*

Christus war in eine Welt der Not hineingeboren worden, die ihrer ganz ähnlich gewesen war. Voller Chaos, Trauer und Verderbtheit. Eine erlösungsbedürftige Welt aus Menschen, die Gnade brauchten. Nicht billige Gnade zum Schleuderpreis, sondern teure Gnade, echt und bleibend. Dieses Jahr gab es keine Berge von Geschenken, keine pompösen Feiern, keine hoch beladenen Teller, aber trotzdem, ja vielleicht gerade deswegen war diese schlichte Feier echter als sonst.

Als das Lied zu Ende war, stand Dietrich von der Klavierbank auf. Der Raum duftete nach Tannengrün. Draußen fiel in dicken Flocken der Schnee, wenn auch unsichtbar hinter den Verdunkelungsgardinen. Eberhard legte seinen Arm um Renates Taille. Hans und Christel standen still nebeneinander, ihre Liebe gestärkt durch die Stürme des Lebens.

»Nun hast du das Wort, Dietrich«, sagte Hans. Selbst sein Schwager schien Frieden zu haben an diesem Abend – vielleicht mehr für seine Lieben als für sich selbst. Auch die Feiertage hatten die Gestapo nicht davon abgehalten, vor zwei Tagen mehrere Mitglieder der kommunistischen Widerstandsgruppe »Rote Kapelle« hinzurichten, wie so oft unter der Regie von Roeder. Unter den Hingerichteten waren auch junge Frauen. Die Reichsjustiz machte keinen Unterschied zwischen den Geschlechtern.

Weihnachten und der Tod. Es war eine Kombination, die im Ersten Weltkrieg nicht ungewöhnlich gewesen war. Und jetzt wieder. Aber war der Tod nicht genauso ein Teil von Weihnachten wie das Leben? Für den, der Christus nachfolgte, war das Verlassen dieses

Lebens ja nur die Endstation einer Reise, die ihn zu Gott führte. Zu dem Erlöser, der in Menschengestalt auf die Erde gekommen war, wo sein Leben an einem denkbar unwürdigen Ort begonnen hatte – in einer kleinen Krippe.

»Wollt ihr das wirklich hören?« Dietrich nahm sein kleines Manuskript zur Hand. Als Weihnachtsgeschenk an Hans, Eberhard und Oster, aber auch als Versuch, sich selbst innerlich Rechenschaft abzulegen, hatte er eine Schrift mit dem Titel »Nach zehn Jahren« verfasst, eine Art moralische Bilanz dessen, was sie alle seit Hitlers Machtergreifung gelernt und erfahren hatten. Es war nicht leicht gewesen, aber notwendig – vielleicht weniger für sie, die sie hier versammelt waren, als für die, die diese Worte lesen würden, wenn der Kriegslärm aufgehört hatte und die Menschen außerhalb Deutschlands Antworten suchten.

Hans und Eberhard nickten.

Dietrich räusperte sich. Dieser Artikel wollte nicht recht zu Weihnachten passen, erst recht nicht zu diesem Haus mit den Kerzen und dem Christbaum und diesen Menschen in ihren Festtagskleidern. Oder doch? Er begann, den Text vorzulesen. Alle, selbst die Kinder, hörten aufmerksam zu.

Während er las, verspürte er neu, wie unerhört das war, was er da geschrieben hatte. Die anderen schienen es auch zu spüren, ihre Blicke schwer von dem, was sie erlebt hatten. Auch sie hatten dies alles durchlebt, hatten vor Entscheidungen gestanden, mit Überzeugungen gekämpft, nach der Wahrheit gesucht in einer Welt, in der es schwer war, zu sehen, was weiß und was schwarz war. Und es war noch nicht vorbei: Sie standen vor neuen Entscheidungen und die Tage wurden immer noch dunkler.

Er kam zum letzten Absatz.

Wir sind stumme Zeugen böser Taten gewesen, wir sind mit vielen Wassern gewaschen, wir haben die Künste der Verstellung und der mehrdeutigen Rede gelernt, wir sind durch Erfahrung misstrauisch gegen die Menschen geworden und mussten ihnen die Wahrheit und das freie Wort oft schuldig bleiben, wir sind durch unerträgliche Konflikte mürbe oder vielleicht sogar zynisch geworden – sind wir noch brauchbar? Nicht Genies, nicht Zyniker, nicht Menschenverächter, nicht raffinierte Taktiker, sondern schlichte, einfache, gerade Menschen werden wir brauchen …[10]

Als er fertig war, saßen alle schweigend da. Schließlich stand Hans auf und ging durch den Raum zu Dietrich. »Danke, Dietrich, dass du das geschrieben hast.« Sein Mund zuckte, aber um seine Augen lag die Spur eines Lächelns. Er drehte sich zu den anderen um. »Und wenn ich euch allen dies sagen darf, meine Lieben: 1943 liegt vor uns, aber noch ist es nicht da. Die Zukunft wartet, aber heute Abend lasst uns gemeinsam frohe Weihnachten feiern.«

Neunzehn

13. Januar 1943
Pätzig

Du schaffst das! Maria holte tief Luft und klopfte an die Tür des Zimmers ihrer Mutter. Ihre Finger zitterten, als sie die Hand wieder senkte. Vor Erwartung? Vor Angst? Vor einer Mischung aus beidem? Sie hatte dieses Gespräch vor sich hergeschoben, hatte Weihnachten und Neujahr in Ruhe verstreichen lassen. Aber jetzt konnte sie nicht mehr warten. Wenn der Tod von Vater und Max sie etwas gelehrt hatte, dann dies: Zu viel Zögern und Zaudern war falsch. *Jetzt* musste sie ihre Zeit nutzen, das meiste aus jedem Augenblick machen. Jetzt, und nicht in sechs Monaten oder einem Jahr.

Und zu diesem *Jetzt* gehörte auch Dietrich Bonhoeffer, gerade so, als seien sie bereits durch das Ehegelöbnis vor Gott zu einem Paar geworden.

»Herein.« Die Stimme ihrer Mutter.

Maria trat in das Zimmer. Ihre Mutter saß an ihrem stets aufgeräumten Sekretär, im Licht des Fensters, ihr Rücken kerzengerade; nur ihr Kopf war leicht über das Schreibpapier gebeugt, über das ihr Federhalter huschte.

»Was gibt es, Maria?« Ihre Mutter schrieb weiter.

Marias Entschlossenheit schwankte. Sie störte nur. Ihre Mutter hatte so viele Sorgen und Aufgaben, für das hier hatte sie keine Zeit. Sollte sie nicht besser wieder gehen und es später noch einmal versuchen? Aber wäre später besser? Nein, dann wäre ihre Mutter immer noch beschäftigt, nur eben mit etwas anderem. Sie hob das Kinn. Ihre Mutter musste ihr etwas von ihrer Zeit gönnen. Nicht zum Reden oder Befehlen, sondern zum Zuhören. Vorher würde sie nicht wieder gehen. »Könnte ich einen Augenblick mit dir reden?«

Die Mutter sah auf, den Füllhalter weiter in der Hand. »Ja, Maria. Worum geht's?«

Maria holte Luft, als könnte sie zusammen mit der Luft Mut einatmen. *Tu es! Das ist richtig so.* Sie spürte es, sie wusste es, so, wie sie noch nie etwas gespürt und gewusst hatte. »Es geht um Pastor Bonhoeffer.«

»Ich dachte, darüber wollten wir nicht mehr reden.« Es gab Leute, die ihre Gefühle dadurch ausdrückten, dass sie lauter oder leiser wurden. Marias Mutter gehörte nicht dazu; ihr Tonfall war immer ruhig und beherrscht. Bei ihr zählte nur der Inhalt der Worte.

»Ich möchte es aber gerne.« Eine Haarsträhne streifte Marias Ohr; sie schob sie zurück. »Ich habe viel darüber nachgedacht in der letzten Zeit, und ich habe beschlossen … beschlossen …« Nein, jetzt kein Zögern! Wenn es in ihrem Herzen keines gab, durfte es auch in ihren Worten keines geben. »Mein Entschluss steht fest. Ich werde ihn heiraten, Mutter.«

Fünf Worte. Und in diesen Worten eine Zukunft. Nicht die Zukunft ihrer Mutter oder Großmutter, sondern ihre eigene. Und niemand würde ihr ihre Entscheidung ausreden. Sie konnte es immer noch schier nicht glauben, dass er sie heiraten wollte, aber wenn er es immer noch wollte, dann würde sie ohne Zögern Ja sagen. Ja zu ihm sagen – es war das Einfachste und gleichzeitig das Tapferste, was sie je getan hatte.

Ihre Mutter wurde blass. Mehrere lange Sekunden musterte sie ihre Tochter, als wollte sie sie prüfen. Maria straffte die Schultern. »Sei vernünftig, Maria. Du kannst doch nicht im Ernst einen Mann heiraten wollen, den du so wenig kennst.« Sie sagte es in dem Ton einer Mutter, die ein quengelndes Kind vor sich hat.

Maria trat einen Schritt näher. »Das stimmt überhaupt nicht. Ich glaube nicht, dass Tiefe nur mit der Zeit kommt. Die einen brauchen vielleicht Jahre, um zusammenzuwachsen, bei den anderen reichen schon ein paar Stunden. Da ist etwas in mir … jedes Mal wenn ich an ihn denke. Ich kann das nicht wegschieben. Und ich will es auch nicht.« Plötzliche Tränen stiegen ihr in die Augen.

»Dann liebst du ihn also?« Die Augen ihrer Mutter schienen sie durchbohren zu wollen.

Maria schluckte die Trockenheit in ihrer Kehle hinunter. Wenn sie Gefühle vortäuschte, würde ihre Mutter dies sofort durchschauen. Nur mit der Wahrheit käme sie weiter. »Ich weiß, dass ich ihn lieben werde. Und das ist mir wichtiger als irgend so eine Verknalltheit, die andere ›Liebe‹ nennen. Ich will nicht von ihm getrennt sein. Zumindest möchte ich ihm schreiben können.«

Draußen heulte ein kalter Wind. Das Feuer im Kamin knisterte und knackte. Die Mutter starrte schweigend in die lodernden Flammen. Maria hielt den Atem an. Die Augenblicke des Glücks hatten Kolibriflügel. Die Augenblicke der Entscheidung hatten Blei in den Füßen.

Wie verrückt das alles war! Bei ihrer Schwester Ruth-Alice hatte ihr Zukünftiger ihren Vater um ein Gespräch in seiner Bibliothek gebeten. Es hatte nicht lange gedauert; alle, alle waren glücklich gewesen, und danach hatte es ein improvisiertes Fest gegeben. Und hier? … war es die Frau, die um die Erlaubnis zur Heirat anhielt. Irgendwann würden sie herzlich darüber lachen, Dietrich und sie. Während ihre Kinder um sie herumtollten, würden sie sich lächelnd daran erinnern, auf was für eine ungewöhnliche Art es zu ihrer Verlobung gekommen war. Wahrscheinlich würde Maria dann, als im Leben gereifte Frau, über sich selbst lachen können.

Wenn er nur schon da wäre, dieser Tag!

Ihre Mutter seufzte auf. »Also gut. Ich glaube zwar nicht, dass du bei deiner Entscheidung bleiben wirst, aber du bist kein Kind mehr. Du darfst ihm schreiben, aber mehr nicht. Mit persönlichen Treffen müsst ihr nach wie vor warten. Ist das für dich in Ordnung?«

Plötzliche Freude. Bittersüß, aber Freude. Als sie von Max' Tod erfuhr, hatte sie geglaubt, dass sie sich nie mehr freuen könnte. Aber jetzt war sie wieder da. Freude. In ihr. In ein paar Monaten würde ihre Mutter das Besuchsverbot sicher aufheben. Wenn sie Dietrich erst einmal besser kennengelernt hatte, würde sie nicht mehr von ihnen verlangen, dass sie ein ganzes Jahr warteten. Und fürs Erste war es mehr als genug, dass sie ihm schreiben durfte. »Danke«, flüsterte Maria und legte die Arme um ihre Mutter.

Ein Augenblick, und ihre Mutter löste sich aus der Umarmung. »Gut.« Sie lächelte müde. »Dann geh und schreib deinen Brief. Er wird sich darüber freuen.«

Sie brauchte keine weitere Aufforderung. Halb lief, halb rannte sie aus dem Zimmer. Als sie wieder ihr eigenes erreicht hatte, schloss sie die Tür hinter sich, lehnte sich gegen den Türrahmen und versuchte, ihr hämmerndes Herz zu beruhigen. Sie durfte ihm wieder schreiben! Aber was? Was würde er denken, wenn sie eine Frage beantwortete, die er ihr nie gestellt hatte?

Sie würde sie trotzdem beantworten. Der nächste Punkt auf ihrer »Eines Tages werden wir darüber lachen«-Liste. Sie ging hinüber zu ihrem Schreibtisch. Draußen brach die Sonne durch den grauen Himmel und ließ die polierte Tischplatte leuchten. Sonne. Schönheit. Selbst in dieser grauen Welt. Maria holte einen Briefbogen aus ihrer Schublade und zog die Kappe von ihrem Füllhalter. Das Kinn in die Hand gestützt, betrachtete sie das leere Blatt; stellte sich vor, wie es von ihrer Handschrift bedeckt war und wie er es in seinen Händen hielt. In den Händen, die eines Tages *sie* halten würden.

»Heute«, flüsterte sie in die Stille hinein. »Heute, Dietrich Bonhoeffer, kann ich Ja zu dir sagen.«

* * *

17. Januar 1943
Berlin

Das neue Jahr begann und die Verschwörer warteten auf – ja auf was eigentlich? Manchmal wussten sie es selbst nicht. Dietrich aktualisierte vorsichtshalber sein Testament. Niemand wusste, was als

Nächstes kommen würde. Die Parole hieß: Warten und sich möglichst normal verhalten. Leichter gesagt als getan.

Die Entmutigung erhob ihr hässliches Haupt. Vergeblich versuchte Dietrich, sie zu verscheuchen. Wenn er Eberhard sah, sang der lächelnd sein nächstes Loblied auf seine Renate. Dietrich hörte dann geduldig zu, ehrlich bemüht, sich mitzufreuen. Aber was er auch tat, die Eifersucht verfolgte ihn auf Schritt und Tritt. Eberhard hatte alles, und Dietrich? … war alles, was er gewollt hatte, versagt geblieben.

Er stürzte sich in sein Schreiben und versuchte, Hans zu helfen, wo er konnte. Alles, um dem Grübeln zu entfliehen. Grübeln machte nur unzufrieden, und die Unzufriedenheit machte einen elend, und Elend gab es schon genug.

Aber es blieb eine tiefe Leere. Ein hohler Schmerz, der nicht vergehen wollte. Sein Herz fühlte sich an wie ein zerbombtes Gebäude mit bröckelnden Wänden.

Der Schnee knirschte unter seinen Schuhen, als er mit gesenktem Blick zum Haus seiner Eltern ging. Eine Tasse schwacher Kaffee-Ersatz war genau das, was er jetzt brauchte, um seine klammen Finger zu wärmen. Und vielleicht eine Scheibe Roggenbrot.

Dietrich trat sich den Schnee von den Füßen und öffnete die Haustür. Ein Windstoß ließ sie hinter ihm ins Schloss fallen. Er zog Handschuhe, Mantel und Schal aus, hängte sie an die Garderobe und wischte den Schneematsch, den seine Schuhe auf dem Flurboden hinterlassen hatten, mit einem Handtuch auf. Dann trat er an den kleinen Tisch, auf dem ein Stapel Post lag. Mit von der Kälte noch steifen Fingern ging er ihn durch. Zwei Briefe für Vater. Eine offenbar verspätete Urlaubspostkarte für Mutter.

Und ganz unten ein schlichter weißer Briefumschlag mit dem Stempel von Pommern. Die grazil geschriebene Adresse lautete: *Dietrich Bonhoeffer, Marienburger Allee 43, Charlottenburg.*

Ein Brief von Maria.

Sein Herz schlug schneller. Ganz vorsichtig, als könne er sonst zerbröckeln, nahm er den Brief in die Hand und betrachtete ihn.

War das hier eine Fata Morgana, ein Produkt seiner überreizten Fantasie, das im nächsten Augenblick wieder verschwunden wäre?

Nein. Er ließ seine Fingerspitzen über die glatten Ränder des Umschlags gleiten. Nein, es war keine Einbildung. Was er kaum noch zu erhoffen gewagt hatte, war wirklich wahr.

Er sprang die Treppe hinauf, zwei Stufen auf einmal wie ein Schuljunge. In seinem Zimmer angekommen, betrachtete er erneut den Umschlag, sein Atem kurz und schnell. Was mochte in dem Brief stehen?

Seine Finger zitterten so, dass er den Umschlag fast fallen ließ. Endlich hatte er ihn geöffnet. Er zog zwei Blätter heraus und faltete sie auseinander. Einen langen Augenblick starrte er auf seinen Namen, der in ihrer Handschrift ganz oben auf der ersten Seite stand: »Lieber Herr Pastor Bonhoeffer!«

Was war da mit ihm? Hatte er Angst, weiterzulesen? Wo war sie geblieben, seine kühle, ruhige Logik? Ein Blick auf ihre Handschrift, und sie war wie weggeblasen.

Er las die Zeilen mit klopfendem Herzen. Marias Mutter hatte ihr erlaubt, ihm zu schreiben. Und dann kam es.

Auf Ihre Frage, die Sie sich nicht zu stellen trauten, ist meine Antwort: Ja. Ein freudiges und ganzes Ja.

Wieder und wieder ließ er seine Augen über die Worte gleiten.

Maria hatte Ja gesagt. Sie war bereit, seine Frau zu werden. Eigentlich hätte *er* mit einem Knie auf dem Fußboden in den uralten Worten um ihre Hand anhalten müssen. Und nun war mit einem einzigen Brief von ihr schon alles geklärt. Nicht zu glauben. Ein Wunder.

»O, meine Liebste«, flüsterte er.

Was für ein Recht hatte er auf dieses *Ja*? Wie konnte er dieses Geschenkes, ja dieser Frau würdig sein?

Er würde sich als würdig erweisen. Für sie.

Im Rest des Briefes erklärte Maria, dass ihre Mutter nach wie vor auf dem Wartejahr bestand, aber erlaubt hatte, dass sie sich von Zeit zu Zeit schrieben. Und sie stellte die schüchterne Frage, ob sie gut genug für ihn sei, und bat ihn, es ihr mitzuteilen, falls er dies nicht mehr finden sollte.

Nicht gut genug für ihn? Was für eine Frage! Sie war *zu* gut für ihn.

Er musste ihren Brief sofort beantworten. Vier Tage war er unterwegs gewesen, und bestimmt wartete sie schon ganz sehnsüchtig auf seine Antwort. Er setzte sich an seinen Schreibtisch, vor sich Papier und Federhalter, auf dem Gesicht ein seliges Lächeln.

In den vergangenen Wochen hatte er sich nicht im Traum vorstellen können, dass Gott ihm solch ein Geschenk machen würde. So hatte er sich bemüht, mit dem zufrieden zu sein, was er bekommen hatte, und nicht nach mehr zu schielen. Er hatte versucht, seine tiefe Sehnsucht nach Maria zu überwinden und seine Situation aus Gottes Hand zu nehmen, anstatt sich innerlich dagegen aufzulehnen. Es war nur natürlich, dass er, der seit vielen Jahren von einer Stunde zur nächsten lebte, den Wunsch hatte, sich eine Zukunft zu bauen. Doch nach all den Jahren war dieser Wunsch ihm schon so fantastisch erschienen, dass er sich fast mit seiner Unmöglichkeit abgefunden hatte. Denn eines wusste er ohne jeden Zweifel: Was er für Maria von Wedemeyer empfand, das würde er nie für eine andere Frau empfinden.

Und jetzt dieser Brief, der alles veränderte. Diese Worte der jungen Frau, die ihm so viel bedeutete. Seiner künftigen Ehefrau.

Liebe Maria!

Er erklärte ihr, dass ihr Brief vier Tage unterwegs gewesen war. Und dann:

Darf ich nun einfach so reden, wie es mir ums Herz ist? Ich spüre und bin überwältigt von dem Bewusstsein, dass mir ein Geschenk ohnegleichen zugefallen ist – ich habe es nach all dem Verwirrenden der letzten Wochen nicht mehr zu hoffen gewagt – und nun ist das unvorstellbar Große und Beglückende einfach da, und das Herz tut sich auf und wird ganz weit und übervoll von Dankbarkeit und Beschämung und kann es noch gar nicht fassen – dieses »Ja«, das über unser ganzes Leben entscheiden soll. Wenn wir nun doch persönlich miteinander reden könnten, es wäre doch so unendlich viel – und im Grunde doch nur immer wieder ein und dasselbe – zu sagen! Wird das möglich sein, dass wir uns bald sehen? Ohne dass wir wieder die Worte anderer Menschen zu fürchten hätten? Oder soll das doch aus irgendeinem Grunde noch nicht sein? Ich glaube, nun müsste es sein.

Und ich kann nicht mehr anders sprechen, als ich es in meinem Herzen in den vergangenen Wochen oft getan habe – ich möchte Dich so nennen, wie ein Mann das Mädchen nennt, mit dem er durchs Leben gehen will und darf und das ihm sein Ja gesagt hat – liebe Maria, ich danke Dir für Dein Wort, für alles, was Du für mich durchgestanden hast und was Du für mich bist und sein willst.[11]

Er unterbrach sich, weil ihm plötzlich die Tränen in den Augen brannten. So viel von ihren Gefühlen zeigten die Männer der Bonhoeffers sonst nicht. Aber er konnte diese Tränen nicht verhindern. Dieses Geschenk, diese Zukunftsverheißung überwältigte ihn, wie ihn noch nie etwas überwältigt hatte. Und so war es richtig. Maria und er, sie würden einander das sein, was niemand anderes ihnen sein konnte. Freunde. Geliebte. Mann und Frau.

»Für all das, was du mir bist«, flüsterte er, während seine Finger über die Seiten ihres Briefes glitten, als sei es ihre Hand, die er fasste. »Und für all das, was wir zusammen sein werden.«

* * *

20. Januar 1943
Pätzig

Sag mir nichts über das »falsche Bild«, das ich von Dir haben könnte. Ich will kein »Bild«, ich will Dich, so wie ich Dich von ganzem Herzen bitte, nicht ein Bild von mir, sondern mich zu wollen …[12]

War das wirklich wahr? Schrieb Dietrich solche Worte? An sie, Maria, die sich in einem Zustand halber Verwirrung befand?

Sie schob den Brief zwischen die Seiten ihres Tagebuchs und klappte den mit Stoff bespannten Deckel zu. Das Kinn auf ihre Hand gestützt, schaute sie zum Himmel hinaus, der in das Graurosa der Abenddämmerung übergegangen war.

Sie hatte den Tag mit Lala und Peter verbracht und ihnen bei den Hausaufgaben geholfen, während draußen die dicken Flocken fielen. Nach den Hausaufgaben hatten sie Mützen und Handschuhe angezogen und waren nach draußen gerannt, um eine Schneeburg zu bauen und sich eine zünftige Schneeballschlacht zu liefern. Was würde Dietrich von ihr denken, wenn er sie so sehen könnte, mit zerzausten Haaren und roter Frostnase? Würde er mitmachen wollen? Oder wäre das nicht schicklich für einen Theologen? Wenn er mitmachte, würde sie ihn mit Schneebällen eindecken, einfach um sich an seinem Gesicht zu weiden. Und vielleicht würde ein Schneeball ihn aus der Balance bringen, er würde in den tiefen Schnee fallen und sie mit sich ziehen; sie würden daliegen, Nase an Nase, um sich herum Schnee und das Gelächter der Kinder. Und sie würde ihm in die Augen sehen und … und …

Ein Blick in den Spiegel über ihrem Schreibtisch zeigte ihr, dass ihr Gesicht so rot geworden war wie ihre Nase gerade in ihrer Fantasie.

Je schneller sie ihre Krankenschwesternausbildung im Clementinenhaus in Hannover beginnen könnte, desto besser. Die Arbeit wäre hart, aber sie würde ihr Gehirn durchpusten, sodass sie dann, wenn die erzwungene Trennung endlich vorbei war, ein reiferer, würdigerer Mensch wäre. Und besser Krankenschwester als der Reichsarbeitsdienst. Sie hatte bei den Vogels schon mehr als genug von der Naziideologie ertragen müssen und konnte auf eine neue Portion gerne verzichten.

Es klopfte an der Tür. Maria drehte sich um. Eine noch halb feuchte Haarsträhne rutschte ihr hinter dem Ohr hervor. »Herein.« Sie schob die Strähne zurück und das Tagebuch in die Schublade.

Die Tür öffnete sich und ihre Mutter trat ein, noch im Mantel und mit ihrem blauen Wollschal um den Hals.

»Wo warst du denn so lange?«, fragte Maria. »Ich hab dich schon seit dem Frühstück nicht mehr gesehen.«

Die Falten um Mutters Augen zeugten von Müdigkeit. »Ich war im Dorf.« Sie ließ sich langsam auf die Bettkante sinken.

»Bei wem?« Ihre Mutter hatte ihre Pflichten als Gutsherrin immer ernst genommen, aber so lange blieb sie sonst nicht fort.

»Fräulein Kurtz«, entgegnete sie seufzend. Maria trat an ihre Seite, kniete sich neben sie und nahm ihr vorsichtig den Schal ab. Die Hände ihrer Mutter ruhten schlaff in ihrem Schoß.

»Kann ich dir was bringen? Was zu essen? Einen Tee?«

Die Mutter schüttelte den Kopf. Ihr braunes, langsam ergrauendes Haar kräuselte sich, als habe sie gerade ihren Hut abgenommen. Maria legte den Schal zusammengefaltet zu ihren Füßen auf den Teppich.

»Nein. Ich bin direkt zu dir raufgekommen, um dir das mit Fräulein Kurtz zu sagen. Ich esse nachher noch was.«

»Und was ist mit ihr?« Maria kannte die Frau aus der Kirche und von Festlichkeiten im Dorf. Mutters Fürsorge für die Menschen von und um Pätzig war legendär und hatte auch nach Vaters Tod nicht aufgehört. Aber obwohl sie – vor allem, seit der Krieg begonnen hatte – viel Elend mitbekam, war es höchst selten, dass sie ihre geradezu soldatische Selbstbeherrschung verlor.

Die Mutter schluckte und presste ihre von der Kälte aufgerissenen Lippen aufeinander. »Fräulein Kurtz geht es gut, und sie braucht eigentlich keine Hilfe von mir.«

»Was ist es dann?«

»Nun, sie ist ja ledig, und ihr ganzes Leben lang hat sie sich darauf verlassen, dass ihr Bruder ihr hilft.« Mutter sprach zu langsam. Was unterschlug sie ihr?

Maria unterbrach sie. »Ja, ich weiß. Er schreibt ihr jede Woche aus München und sie liest die Briefe jedem vor, der es hören will. Und wenn er Urlaub macht, besucht er sie immer.«

Die Mutter nickte. »Er repariert Radios, seit über fünfundzwanzig Jahren schon. Aber vor zwei Tagen ist die Gestapo in seine Werkstatt gekommen. Sie haben ihn verhaftet, wegen verdächtiger Aktivitäten im Zusammenhang mit seinen Radios. Er ist jetzt im Gefängnis – wo, das weiß Fräulein Kurtz nicht. Die Frau ist außer sich vor Angst.« Mutters Stimme wurde lauter. »Sie hat Angst, die Nächste zu sein. Ich habe versucht, sie zu beruhigen und ihr zu versichern, dass sie deswegen nichts zu befürchten hat, Bruder hin, Verwandtschaft her. Aber noch während ich das sagte, schämte ich mich innerlich, denn meine Ruhe und meine Versicherungen, das waren doch alles Lügen. Ich konnte ihr doch gar nichts versprechen. Hilde ist die Schwester von Jan Kurtz, und damit ist sie in unmittelbarer Gefahr.«

Maria legte ihre Hände auf die zitternden Hände ihrer Mutter. »Die werden doch nicht Fräulein Kurtz verhaften, bloß weil sie in München einen Bruder hat; das ist doch absurd.«

»Meinst du?« Ihre Mutter fixierte das Fenster, als rede sie mit sich selber. »Das war einmal, aber nicht mehr heute. Ich werde Hilde helfen, herauszufinden, wo ihr Bruder jetzt ist. Aber das ist nicht der Grund, warum ich gerade zu dir komme. Was immer genau seine Rolle in irgendwelchen Verschwörungen ist, Dietrich Bonhoeffer ist auch in Gefahr. Und damit auch du, durch deine Verbindung zu ihm, falls … falls es zum Schlimmsten kommen sollte.«

Sie drückte Marias Hände mit ihren knochigen Fingern, als ob diese Berührung sie beide in Sicherheit bringen könnte. »Du musst wissen, mein Mädchen, dass ich nicht gegen deine Gefühle für ihn bin oder gegen seine für dich. Er hat mich sehr positiv beeindruckt, als er mich hier besucht hat. Aber … ich hab Angst um dich. Wenn ihm etwas zustößt und sie entdecken seine Verbindung zu dir …« Jetzt rannen Tränen über die blassen Wangen ihrer Mutter. »Erst dein Vater, dann Max … Ich könnte es nicht ertragen, noch mehr von meinen Lieben zu verlieren durch diesen elenden Krieg.«

Maria hockte sich auf den Boden, hilflos vor dem Schmerz ihrer Mutter. Was sie über den Altersunterschied zwischen Dietrich und ihr gesagt hatte, konnte man widerlegen. Das hier – nicht. Wie konnte sie noch in den Spiegel schauen, wenn sie ihrer Mutter solchen Schmerz bereitete?

Doch wie konnte sie noch in den Spiegel schauen, wenn sie das Versprechen brach, das sie Dietrich gegeben hatte?

Beide bedeuteten ihr so viel. Aber Dietrich hatte seine eigene Familie, er hatte Freunde. Mutter hatte schon ihren ältesten Sohn und ihren Mann verloren. Wer war wichtiger – Dietrich oder Mutter?

Das Gesicht ihres Vaters trat vor ihr inneres Auge, wie er ihr gesagt hatte, was sie tun sollte; Erinnerungen an seine Ratschläge, die so richtig gewesen waren, und plötzlich hatte sie ihre Antwort.

Sie schluckte den Schmerz in ihrer Kehle hinunter, zog ein Taschentuch aus ihrer Rocktasche und drückte es ihrer Mutter in die Hand. »Ich werde ihn bitten, mir sechs Monate nicht mehr zu schreiben. Wenn das, was er mir in Berlin gesagt hat, stimmt, wird dieser Wahnsinn bald vorbei sein, und danach können wir weitermachen. Außerhalb des engsten Kreises seiner und meiner Familie weiß ja niemand etwas von unserer Verlobung.«

Die Mutter wischte sich die Augen trocken. »Das wäre das Beste, ja.« Sie erhob sich, das Taschentuch zusammengeballt. »Schreib ihm, dass du etwas Zeit zum Nachdenken brauchst. Erwähne lieber nichts von deinen wirklichen Gründen.«

Maria nickte, ihr Kopf plötzlich schwer wie Blei.

»Und jetzt muss ich nach den Kindern sehen und etwas essen. Fräulein Kurtz wollte mich zum Tee einladen, aber ihre Speisekammer ist schon halb leer. Und wenn das mit ihrem Bruder sich im Dorf rumspricht, wird ihre Lage nur noch schlimmer werden.«

Maria schaute ihrer Mutter schweigend nach, bis sich die Tür hinter ihr mit einem leisen Klicken schloss. Vor ein paar Minuten noch war ihr halb schwindlig gewesen bei dem Gedanken, Dietrich bald wieder zu schreiben. Jetzt, wo sie wusste, was sie ihm mitteilen würde, graute es ihr vor diesem Brief.

Wie könnte sie den Schmerz der Trennung verkraften, wenn er mit so beredten Worten ihre Nähe gesucht hatte? Sie, die bereits die beiden wichtigsten Männer in ihrem Leben verloren hatte.

Trennung. Verlust. Wenn etwas, was einem wert war, nicht mehr da war.

Eine Träne rollte ihr über die Wange. Sie zwang sich zu schlucken, sie wegzuwischen und den Füllhalter in die Hand zu nehmen.

Ein Krieg war nicht der richtige Augenblick für Gefühlsausbrüche. Sie musste stark und tapfer sein.

»Stark und tapfer«, flüsterte sie. »Stark und tapfer.«

* * *

24. Januar 1943
Berlin

Dietrich starrte den Brief an, der auf seinem Schreibtisch lag. Was er gerade gelesen hatte, war nicht zu glauben. Dieselbe Maria, die ihm so freudig ihr Ja gegeben hatte, bat jetzt um eine Pause. Sie brauche »Zeit zum Nachdenken«. Wie gestelzt sie sich ausdrückte! Sie endete mit einer Bekräftigung ihres Wunsches, eines Tages seine Frau zu werden, als wollte sie damit versuchen, den Schlag abzufedern.

Wenn er gekonnt hätte, wäre er sofort nach Pommern gefahren, um die Sache zu klären. In einem persönlichen Gespräch würde alles klar werden. Klar und einfach und wieder so, dass er wusste, wo er dran war.

Aber jeden Tag rechnete er mit seiner Abreise in die Schweiz. Er konnte Hans und die anderen nicht im Stich lassen. Nicht jetzt. Er hatte Termine einzuhalten, darunter einen im kommenden Monat mit einem Münchener Mitglied des Widerstands gegen Hitler – einem jungen Studenten namens Hans Scholl.

Deutschland war dabei, den Krieg zu verlieren. Stalingrad war so gut wie verloren, obwohl Hitler General Paulus befohlen hatte, bis zur letzten Patrone weiterzukämpfen. Keine Woche verging, ohne dass Offiziere der Wehrmacht, die von Hitler und seinen Methoden nur noch angewidert waren, zu Hans, Oster oder Canaris kamen. Hin und wieder gab es ein neues Gesicht in dem Kreis der Verschwörer, einem Kreis, der irgendwann seinen Zenit erreichen würde.

Dietrich schaute erneut auf den Brief. Er wünschte sich, das Gesicht der Schreiberin vor sich sehen zu können, ihre Gedanken und Absichten geradeso klar vor seinen Augen wie die Buchstaben ihres Briefes. Er wollte sie kennenlernen, wirklich kennenlernen. Was sie dachte, was sie wünschte, was sie mochte und was nicht. Sie brauchten das Beisammensein, um diese Dinge herauszufinden. Um sich verlieben zu können, so, wie es richtig war. Und jetzt mussten selbst ihre Briefe aufhören. Ein fast greifbarer Schmerz erfüllte sein Herz.

Es wäre falsch, zu versuchen, sie umzustimmen. Wenn sie eine Weile Abstand brauchte, sollte sie ihn bekommen, egal, wie weh ihm das tat. Es wäre ja nicht für immer. Wenigstens das hatte sie bestätigt.

Die Tür seines Zimmers öffnete sich; Eberhard steckte den Kopf herein. »Stör ich?«

»Wann hat dich das je gehindert?« Dietrich wandte sich zu ihm um. Er versuchte gar nicht erst, die Papiere auf seinem Schreibtisch zu verdecken. Seit Finkenwalde hatte er vor seinem Freund keine Geheimnisse. Eberhard war ein würdiger Vertrauter. Er schnüffelte nie herum, wollte nicht alles wissen, hörte einfach zu, wenn Dietrich etwas zu sagen hatte. Es war ein gegenseitiger Austausch von Ideen und Eindrücken, Fragen und Antworten. Die perfekte Freundschaft.

»Noch nie«, grinste Eberhard. »Ich wollte dir nur eben die gute Nachricht überbringen. Hans hat mich offiziell zu einem Mitglied der Abwehr gemacht.«

»Na, da wird Renate sich ja freuen.« Als Mitglied des militärischen Nachrichtendienstes galt Eberhard als »kriegswichtig«, ohne deswegen als Soldat mit der Waffe dienen zu müssen. Obwohl – bedachte er die Art der Arbeit in der Abwehr, wünschte Dietrich sich fast, dass sein Freund sich stattdessen als Soldat hätte einziehen lassen. Man wusste nicht, was gefährlicher war. Dass Dietrich diese Gedanken hatte, war ein Zeichen der Zeit. Es hatte eine Zeit gegeben, da war er ein überzeugter Pazifist gewesen. Aber jede seiner Entscheidungen war damals mehr durch die Umstände als durch Prinzipien diktiert. Und Prinzipien konnten einen auf Verhaltensweisen festlegen, die nicht immer in die richtige Richtung führten.

»Das hoffe ich.« Eberhard zog einen Stuhl heran und setzte sich rücklings darauf, die Arme auf der Rückenlehne. »Jetzt gehöre ich endlich offiziell zu euch. Jetzt habe ich ein Amt sozusagen.«

»Du hast schon immer ein Pastorenamt gehabt. Und du kannst nach wie vor ganz legal predigen; mir hat die Gestapo einen Maulkorb verpasst.«

»Weiß ich doch. Aber endlich bin ich offiziell zu was nutze. Nun ja … Aber was hast du da gerade so kritisch geguckt, als ich reingekommen bin?«

Dietrich nahm den Brief und reichte ihn Eberhard. Dann setzte er sich wieder und verfolgte Eberhards Mienenspiel, während der las. Eberhard ließ den Brief wieder sinken. Seine Brauen zogen sich zusammen.

»Nun?«, sagte Dietrich.

»Ich weiß nicht, wie ich das verstehen soll. Warum möchte sie eine Pause in eurem Briefwechsel, wenn ihr ihn gerade erst wieder aufgenommen hattet? Und was meint sie mit dieser ›Zeit zum Nachdenken‹? Es ist doch nicht so, dass du Tag und Nacht an ihre Tür hämmerst.«

»Ich weiß. Das ergibt keinen Sinn. Verlobt sein und dann seiner Verlobten noch nicht mal einen Geburtstagsbrief schicken können.« Marias Geburtstag war am 23. April, also noch innerhalb der sechs Monate.

Eberhard stand auf und legte den Brief auf den vollen Schreibtisch; mit der anderen Hand stützte er sich auf die Tischkante. »Ich würde sagen, dass hier mehr dahintersteckt. Wahrscheinlich ihre Mutter, warum auch immer. Auf der Feier für Hans-Walter hab ich Maria ja gesehen; sie schien mir nicht der Typ zu sein, der von einem Extrem ins andere fällt. Aber gut, man weiß nie bei manchen Menschen. Ich versteh Renate auch nicht immer.«

»Renate hat auf jeden Fall die volle Unterstützung ihrer Eltern für ihre Verlobung, was ich auch ganz richtig finde.« Dietrich lächelte. »Es ist höchste Zeit, dass du ein offizielles Mitglied dieser Familie wirst.«

Eberhard grinste. »Das kannst du zweimal sagen.«

Ein paar Augenblicke Stille. Dietrichs Blick glitt über die anderen Briefe auf seinem Schreibtisch und blieb an einem von ihnen hängen. Dann sah er wieder Eberhard an. »Unsere Soldaten in Stalingrad gehen mir nicht aus dem Kopf. Gestern habe ich von Hubert Illing gehört. Ich glaube, du hast ihn nicht weiter gekannt, als er in Finkenwalde war. Seine Hände sind halb erfroren, er konnte kaum seinen Stift halten. Er schreibt, er hat nie groß über seinen kleinen Finger nachgedacht, aber jetzt hat er ihn nicht mehr.« Was bedeutete, dass Huberts Tage als Musiker gezählt waren. Unzählige Male hatten sie abends gemeinsam mit Klavier und Gitarre neue Melodien erarbeitet. Hubert war hoch motiviert gewesen, die Spirituals zu lernen, von denen sie alle so begeistert waren. Aber weiter als bis »Steal Away« war er nicht gekommen, dann war er eingezogen worden.

»Viel länger kann Hitler die nicht mehr in Stalingrad kämpfen lassen.«

»Hans sagt, er hat ihnen die Kapitulation verboten, obwohl alle Generäle sie beantragt haben. Kämpfen bis zur letzten Patrone, ist seine Devise. Bald wird es wortwörtlich so weit sein.« Dietrich schaute zur Decke hoch. Unter einem der Balken hatte er sein Exemplar von »Nach zehn Jahren« versteckt. Er hoffte, dass mindestens ein Exemplar die Luftangriffe überstehen würde.

»Und Tresckow? Was machen seine Pläne?« Eberhard senkte seine

Stimme, auch wenn es in Dietrichs spartanischem Zimmer keine Abhörmöglichkeiten gab.

Dietrich beugte sich zu ihm. Von der Treppe zog der Duft von gebackenem Brot und gekochtem Gemüse herauf. »Es gibt Fortschritte. Er versucht, Hitlers Adjutanten zu bereden, den Führer davon zu überzeugen, dass ein Besuch beim Heeresgruppenkommando in Smolensk genau das ist, was jetzt nötig ist, um die Moral zu heben. Nicht zu direkt, natürlich. Ich bin mir sicher, er schafft das. Tresckow versteht es, die Leute rumzukriegen. Schließlich ist er Marias Onkel.«

Eberhard trat an Dietrichs Bücherregal. Er fuhr mit der Hand an einem der Bretter entlang. »Das Entscheidende ist, dass ihr einen Plan für danach habt. Und auf diesem Gebiet haben du und Hans viel geschafft. Wenn es so weit ist, werden dir deine ökumenischen Kontakte zugutekommen. Solche Männer wie dich brauchen wir bald mehr denn je.«

»Und ich möchte nicht auf dich verzichten. Du bist immer der Charmeur gewesen.«

Sie lachten beide. Dietrich wandte sich wieder seinem Schreibtisch zu, um das Chaos der Papiere zu ordnen, während Eberhard ein Buch durchblätterte.

Augenblicke der Ruhe vor dem Sturm.

* * *

Neun Tage später kam die Nachricht. Jetzt war es amtlich, so real wie der Schnee auf den Bürgersteigen und die Bomben, die vom Himmel fielen.

Stalingrad war gefallen.

Zwanzig

16. Februar 1943
Pätzig

Besteck klapperte. Die Kinder unterhielten sich beim Frühstück. Maria wischte sich eine Haarsträhne von der Wange, die Hände noch klebrig von Peters verschütteter Milch. Gut, dass sie es sich angewöhnt hatte, sein Glas nur halb voll zu machen. »Hier. Trink schnell, bevor du es wieder umwirfst.« Maria reichte Peter ein frisches Glas.

Peter trank die Milch gehorsam. Als er fertig war, war seine Oberlippe ganz weiß. Lala lachte. »Du hast einen Schnurrbart, Peter. Du siehst aus wie der alte Wildhüter.«

Maria ging zurück an ihren Platz und nahm wieder den Brief von Großmutter zur Hand, den sie angefangen hatte zu lesen, während ihr Frühstück auf dem Teller abkühlte. Sie musste sich jetzt hauptsächlich um ihre kleinen Geschwister kümmern und ihnen bei den Hausaufgaben helfen. Ihre Zukunft war mehr als ungewiss. Mutter versuchte gerade, ihre Beziehungen spielen zu lassen und eine vorläufige Freistellung vom Arbeitsdienst für Maria zu erwirken, damit sie ihre Schwesternausbildung aufnehmen konnte. Aber solche Dinge brauchten Zeit. Die Aussicht, zum Reichsarbeitsdienst verpflichtet zu werden, mit seinen strammen Naziparolen und der Plackerei in den Fabriken …

Sie zwang ihre Gedanken zurück zu dem Brief.

Wann gehst Du in die Schwesternschule? Ich glaube, die Tätigkeit dort wird Dir gefallen. Es ist echte Arbeit, aber arbeitsscheu warst Du ja nie. Auf jeden Fall ist es viel besser als der Arbeitsdienst; ich hoffe aufrichtig, dass Dir der erspart bleibt. Was gibt es Neues?

Ich habe mich ja so gefreut über Dietrichs Brief. An seinem Geburtstag hat er mir geschrieben und mir Eure Verlobung mitgeteilt. Ich weiß, dass ich Dir zu diesem Thema schon geschrieben habe, aber es liegt mir so am Herzen, dass ich es einfach noch einmal aufgreifen muss. Deine Mutter besteht also immer noch auf dieser Zeit der Trennung. Ich vermag nicht zu sehen, was daran gut sein soll, vor allem, wenn man bedenkt, in was für einer Gefahr Dietrich schwebt. Man weiß doch nie, was kommen wird, und wäre es nicht das Beste für Euch, dem gemeinsam entgegenzutreten? Seine geplanten Reisen haben sie ja schon gestrichen. Offenbar hat es Warnungen von ganz oben gegeben. Wer weiß, was als Nächstes kommen wird?

Maria nahm die hellen Stimmen der Kinder kaum noch wahr; die Worte in dem Brief beschworen Bilder herauf, die ihren Magen zu einem Knäuel der Angst und Ungewissheit machten. Dietrich in Gefahr? Wie groß war diese Gefahr? Maria hörte auf zu lesen und ließ den Brief auf den Tisch fallen. Sie starrte in ihre halb leere Tasse, mit Tränen in den Augen. Aus Worten wurden Bilder. Spätabendliche Treffs, die Ohren der Gestapo, die Telefone abhörten …

Wie sie sich danach sehnte, seine Stimme zu hören, und sei es nur für ein paar Augenblicke! Um sich zu versichern, dass Großmutter falschlag. Oder zu erfahren, wie schlimm es wirklich war. Was war da los? Sie wusste so wenig – er hatte ihr ja fast nichts gesagt – und fühlte sich so machtlos. Die Wahrheit konnte sie vertragen, auch wenn sie hart war. Aber dieses Schweigen, und diese Ungewissheit, die einen schier verrückt machte …

Warum ging sie nicht einfach zum Telefon und rief in Berlin an? Eine Minute und die Sache wäre erledigt.

Aber sie hatte ihrer Mutter ihr Versprechen gegeben. Mutter, die schon genug Sorgen hatte mit dem Landgut, den Finanzen, den Rationierungen und die jeden Tag müder aussah. Wie konnte sie ihr auch noch das zumuten? Unmöglich. Jetzt, wo Vater und Max tot waren und Ruth-Alice verheiratet, war sie die älteste Stütze, die

Mutter hatte. Nein, sie konnte ihr nicht mutwillig wehtun, noch nicht einmal für Dietrich.

Sie presste eine Hand auf den Mund und schloss die Augen.

Gott, beschütze du ihn. Ich kann's nicht.

* * *

23. Februar 1943
Berlin

Die Ereignisse der letzten Tage verschwammen zu einem blutigen Nebel. Zuerst die Rede von Joseph Goebbels am 18. Februar im Berliner Sportpalast:

> *Der totale Krieg also ist das Gebot der Stunde … Die Gefahr, vor der wir stehen, ist riesengroß. Riesengroß müssen deshalb auch die Anstrengungen sein, mit denen wir ihr entgegentreten. Es ist also jetzt die Stunde gekommen, die Glacéhandschuhe auszuziehen und die Faust zu bandagieren … Glaubt ihr mit dem Führer und mit uns an den endgültigen totalen Sieg des deutschen Volkes? … Wollt ihr den totalen Krieg? Wollt ihr ihn, wenn nötig, totaler und radikaler, als wir ihn uns heute überhaupt noch vorstellen können?*[13]

Dann Hans und Sophie Scholl, beide junge Studenten. Sie hatten mutig Flugschriften verteilt, in denen sie die Wahrheit proklamierten und zum Handeln aufriefen. Während der Propagandaminister im Sportpalast seine Parolen brüllte und die Menge frenetisch applaudierte, hatten sie die Schriften auf dem Gelände der Universität München verteilt und waren prompt verhaftet worden.

Fünf Tage danach hatte sich ihr Vater Robert im Saal des berüchtigten Volksgerichtshofes durch die Reihen der uniformierten Nazis nach vorne gekämpft und hatte gerufen, so laut, dass alle es hören konnten: »Es gibt noch eine andere Gerechtigkeit!« Seinen Kindern hatte er kurz vor der Hinrichtung weinend gesagt: »Ihr werdet in die Geschichte eingehen!«[14]

Betroffen setzte Dietrich seine Brille ab und starrte auf die Zeitung. Die erste Seite brachte den vollen Wortlaut von Goebbels' Rede. Dietrich hatte vorgehabt, sich am 25. Februar heimlich mit Hans Scholl zu treffen. Er war gespannt gewesen auf diesen hochintelligenten jungen Mann, der mit seinen ganzen 24 Jahren so ein tapferer Kämpfer war. Jetzt hatten die Nazis seine Leiche in ein Grab geworfen und es würde kein Treffen geben.

Dietrich starrte auf Goebbels' Schlussworte, die Fratze des Bösen auf einer Zeitungsseite. *»Das ist das Gebot der Stunde. Und darum lautet die Parole: Nun, Volk, steh' auf und Sturm, brich los!«*[15]

Hans und Sophie Scholl waren vor dem Volksgerichtshof ihren Anklägern mit großer Tapferkeit entgegengetreten. Die nur 21-jährige Sophie hatte mit ruhiger Überzeugung erklärt, dass irgendjemand ja den Anfang hatte machen müssen. Die beiden waren ruhig und gefasst in den Tod gegangen. Auf Befehl des Präsidenten des Volksgerichtshofes, Roland Freisler, waren zwei junge Menschenleben ausgelöscht worden – im Namen der »Gerechtigkeit« des Führers.

Christel war ins Haus der Eltern gekommen, um der Familie die Nachricht zu überbringen. Dietrichs sonst immer so gefassten älteren Schwester waren die Tränen über die Wangen geflossen. Tränen für Menschen, die das Reich für Verräter hielt.

Aber konnte es eine größere Auszeichnung geben?

Robert Scholls Worte hallten in Dietrichs Kopf wider. *Eine andere Gerechtigkeit.* Die Gerechtigkeit, die Tresckow und die anderen Verschwörer wollten. Auch Dietrich.

Denn wer das Schwert nimmt, der wird durchs Schwert umkommen.[16]

Gottes Wort. Wort und Wahrheit. Dietrich hatte sich längst damit abgefunden. Heute lagen die Köpfe von Hans und Sophie Scholl unter der Guillotine, und morgen …

Sie mussten das Schuldhafte ihres Handelns akzeptieren, sonst konnten sie nicht weitermachen mit den Plänen, mit dem Organisieren von Bomben, mit den mitternächtlichen Treffen, den Kissen auf dem Telefon.

Goebbels hatte sich Berlin mit patriotischen Parolen gefügig gemacht. Stalingrad war nur ein Missgeschick auf der Straße zum totalen Sieg, die Geschwister Scholl Verräter. Und so weiter.

Dietrich holte tief Luft, die Stirn in die Hand gestützt.

Gott, du allein kennst die Zukunft. Gib uns deinen Frieden.

* * *

9. März 1943
Pätzig

Maria hielt das blaue Sommerkleid hoch, dass die Falten schön nach unten fielen, bevor sie es zusammenfaltete und zu den übrigen Kleidern in den Koffer legte. Bald wäre sie in Hannover und würde ihre Schwesterntracht tragen, aber für ihre freien Tage brauchte sie ein paar eigene Kleider.

Sie trat an den Kleiderschrank und holte das nächste Kleid heraus. Das lavendelfarbene Sommerkleid, das sie bei ihrer Großmutter getragen hatte, an dem Abend, an dem Dietrich Bonhoeffer in ihr Leben getreten war. Sie hielt es an ihren Körper, der dünne Stoff wie eine Wolke. Es würde ihr heute nicht so gut stehen wie damals, denn sie hatte ein paar Pfund abgenommen seitdem.

Sie hatte so viel verloren.

Maria presste die Lippen zusammen und hängte das Kleid zurück in den Schrank. Wozu mitnehmen, wenn sie es nicht tragen konnte?

Sie nahm zwei Paar Schuhe in die Hand – das eine für den Alltag, das andere, elegantere, zum Ausgehen. Ihr Fuß verfing sich an der Teppichkante. Sie stolperte und ließ die Schuhe fallen. Mit einem Seufzer bückte sie sich, um sie wieder aufzuheben. Einer war bis unters Bett geflogen. Sie ging auf alle viere, legte sich auf den Bauch und griff unter der herabhängenden Tagesdecke hindurch. Wo war der Schuh bloß?

Da stieß sie mit den Fingern auf etwas Hartes. Es fühlte sich an wie eine Holzkiste. Mit beiden Händen zog sie, bis sie die Kiste vor sich hatte.

Ach ja …

Ein Kloß kroch ihr in den Hals. Die Sachen ihres Bruders. Es war jetzt Monate her, dass sie sie von der Front zurückbekommen hatten, aber trotzdem … Sie hatte die Kiste mit Erlaubnis ihrer Mutter unters Bett geschoben, aber bisher nur einmal hineingeschaut.

Mit einer Handbewegung wischte sie den Staub vom Deckel. Der ließ sich leicht lösen. Sie legte ihn auf den Fußboden. Zuoberst in der Kiste lag Max' Paradeuniform, in der er immer so »fesch« ausgesehen hatte. Sie zog sie heraus und hielt sie sich an den Leib. Auf dem Teppich und um sie herum spielten die Sonnenstrahlen. Da saß sie, eine junge Frau, die die Uniform ihres toten Bruders umklammerte, als sei er es selbst. »O, Max«, flüsterte sie, ihre Nase in die Wolle gedrückt, als könne sie ihn darin riechen – ihn und das Holz und einen Hauch Zigarrenrauch. Nein, es war nicht der Körper ihres starken, gut aussehenden Bruders, es war nur ein unbelebter Gegenstand, und doch stillte die Berührung den Aufruhr in ihrer Seele etwas.

Was segelte da heraus aus den Falten? Die Uniform auf dem Schoß, hob sie das Blatt auf. Sie hatte es bisher noch nicht gesehen. Vorsichtig faltete sie es auseinander.

Lieber Max!
Du sollst wissen, dass ich in meinen Gedanken und Gebeten bei Dir bin in diesen schweren Tagen …

Tränen stiegen ihr in die Augen. Dietrichs Brief an Max, von dem er ihr in Berlin erzählt hatte. Sie hatte nicht erwartet, dass Max ihn aufbewahren würde, obwohl ihm das ähnlich sah. Die vertraute Handschrift machte das Loch in ihrer Seele nur noch größer – das Loch von Max' Tod und ihrer Beziehung zu Dietrich.

Seit dem Brief von ihrer Großmutter hatte sie tapfer versucht, ihre Ängste auf Abstand zu halten.

Dietrich. Ihr künftiger Mann. Und obwohl sie um die Gefahr wusste, in der er stand, hatte sie nichts unternommen. Ihr Tagebucheintrag von gestern – einer der vielen, die sie so formuliert hatte, als ob sie mit ihm sprach – bat ihn, ihr zu sagen, was los sei.

Nur Schweigen. Ein Schweigen, das sie selbst zu verantworten hatte und das aus Menschenfurcht kam.

Wenn sie Dietrich verließ und es zum Schlimmsten kam, würde man ihr keine Kiste mit seinen Sachen schicken. Sie hätte kein Recht darauf – sie, die schemenhafte Halbverlobte, die sich selbst aus seinem Leben herausgeschnitten hatte. Es gäbe keine Jacke, die sie an sich drücken könnte, keine letzten Briefe, die sie immer wieder lesen könnte. Was sie gemeinsam gehabt hatten, würde schlicht verschwinden, wie ein romantischer, aber vergänglicher Nebel. Es wäre nicht mehr da.

Mit gesenktem Kopf drückte Maria die Uniformjacke ihres Bruders an sich, presste ihre Lippen auf den kratzigen Stoff, schaukelte hin und her.

Die Angst hatte sie gefangen genommen, und sie wollte nichts lieber, als die Ketten abschütteln. Ob sie die Kinder unterrichtet oder sich um das Haus gekümmert hatte, ständig hatte sie innerlich gekämpft und fühlte sich nun völlig erschöpft.

Sie würde alles in ihrer Macht Stehende für die Sicherheit ihrer Mutter und der Kinder tun. Aber sie würde sich nicht länger zwingen, ihren Verlobten nicht zu kontaktieren. Wenn auch sie selbst in Gefahr geriet, dann sollte es so sein; sie wäre bereit. Sie alle waren täglich in Gefahr. War es nicht recht und billig, dieser Gefahr zusammen mit denen entgegenzutreten, die einem am nächsten standen?

Genug des Wartens! Diesmal gab es kein Zurück mehr. Als sie Max' Uniform zurück in die Kiste legte, sah sie ihren Bruder fast vor sich, wie er seiner entschlossenen Schwester zulächelte: »Recht so!«

Ihre Füße flogen förmlich die Treppe hinunter, durch den sonnendurchfluteten Flur und hinein in Vaters Bibliothek. Sie schloss die

Tür fest hinter sich. Auf dem Schreibtisch wartete das Telefon. Die einzigen Zeugen ihres Gesprächs mit Dietrich wären die staubigen Bücherregale, die dichten Vorhänge und der schwere Schreibtisch.

Mit klopfendem Herzen nahm sie den Hörer in die Hand, rief die Vermittlung an und nannte Dietrichs Nummer.

Knistern am anderen Ende der Leitung, dann ein fernes Klingeln. Sie spitzte die Ohren.

»Bonhoeffer, guten Tag.« Seine Stimme. So ruhig und fest. Der bloße Klang ließ eine Welle der Erleichterung durch ihren Körper rollen.

»Dietrich! Ich … ich …« Die Tränen rollten ihr die Wangen hinab. Zu blöd. Warum weinte sie?

»Maria?« Er klang überrascht. So ungläubig wie sie selber. Und sie brachte kein Wort hervor, stand einfach da, den Hörer in der Hand, und schluchzte.

»Du.« Seine Stimme wurde sanft. »Was ist?«

Sie wischte sich über die Wangen. »Ich … musste dich einfach anrufen. Ich wollte das seit Wochen schon, seit Großmutter mir geschrieben hat. Geht es dir gut? Ich hab solche Angst die ganze Zeit.«

»Warum hast du Angst?«

»Großmutter schreibt, dass du in Gefahr bist.« Sie schluckte den Kloß in ihrer Kehle hinunter.

Er lachte leise. »Mir geht's gut. Mach dir mal keine Sorgen um mich.«

»Sicher?«

»Ganz sicher. Jedenfalls im Augenblick. Was sie dir da geschrieben hat, ist nicht gut, das hätte sie besser sein lassen. Sie hat sich viel zu sehr eingemischt in diese ganze Sache. Aber mir geht's wirklich gut; du brauchst keine Angst zu haben.«

Sie setzte sich auf die Kante des Schreibtischs, genoss die plötzliche Erleichterung. »Ich habe dich vermisst.« Nein, sie würde ihm nicht sagen, wie sehr, wie sehnsüchtig. Ihre Tränen waren ihr schon peinlich genug.

»Ich dich auch.« Es klang, als ob er lächelte. Wenn sie die Augen schloss, konnte sie es sich fast vorstellen, dieses verhaltene Lächeln, das um seine Lippen spielte. Und sein ganzes Gesicht und seine ausdrucksstarken Augen.

»Das tut mir alles leid. Ich habe mich danebenbenommen. Gewöhnlich bin ich nicht so.« Sie musste das Thema ansprechen. »Wenn du mich auf einmal leid wärst, ich könnte dir nicht böse sein.«

»Ich könnte dich nie leid sein, meine Liebste.« Das Wort ließ es ihr warm den Rücken herunterrieseln. »Ich habe jeden Tag an dich denken müssen.«

Sie nickte, wollte anfangen, dasselbe über ihn zu sagen, aber er fuhr bereits fort. »Und was machst du so? Fängst du bald als Krankenschwester an?«

»Das ist alles noch ungewiss. Ich hoffe es. Heute hab ich ein paar Sachen gepackt. Aber es kann immer noch sein, dass ich stattdessen zum Arbeitsdienst muss.« Sie stützte eine Hand auf den Schreibtisch, den Hörer ans Kinn geklemmt, und sog diesen Augenblick ein, der wie frisches Wasser auf den trockenen Boden ihrer Seele war.

»Das mit dem Arbeitsdienst gefällt mir gar nicht. Brauchst du meine Hilfe?«

»Nein, das macht Mutter schon. Du hast genug am Hals.«

»Zum Beispiel, dass ich an meine liebe Verlobte denke und mir wünsche, ich könnte jetzt bei ihr sein?«

Sie musste lachen. Wie charmant er klang, fast wie ein Schuljunge. Und als Kind hatte sie ihn langweilig gefunden! Und gedacht, dass er einen guten Pastor für ihre Hochzeit abgeben würde … Schade, dass dies jetzt nicht mehr möglich war.

Er fuhr fort: »Ich mache vielleicht bald die nächste Reise. Wann, weiß ich noch nicht genau. Aber wenn du mir schreibst, schicken sie mir die Briefe nach. Du schreibst mir doch? Das würde mich so glücklich machen … obwohl ich natürlich deine Wünsche und die deiner Familie respektiere.«

»Ich schreibe dir! Mutter wird weiter darauf bestehen, dass wir uns nicht persönlich treffen, aber auf irgendeine Art müssen wir einfach zusammen sein.« Wenn sie die Frau dieses Mannes werden wollte, musste sie schon als Verlobte mit ihm durch dick und dünn gehen. Auch und vor allem durch die Gefahren, in denen er jetzt war.

»Danke.« Die Erleichterung in seiner Stimme war selbst auf die Entfernung nicht zu überhören. Fast war sie zu stark, diese Dankbarkeit. Was für einen Platz sie in seinem Herzen zu haben schien, und dabei kannten sie einander noch so furchtbar wenig!

»Du brauchst mir nicht zu danken, Dietrich.«

Jetzt hörte man Stimmen im Hintergrund. Er sprach mit jemand anderem. Es dauerte ein paar Sekunden, bis er sich wieder meldete. »Ich muss jetzt Schluss machen.«

»Gut.« Sie hoffte, dass er es nicht hörte, wie ungern sie das Gespräch beendete.

»Ich … Ja, Hans, ich komme gleich.« Er räusperte sich. Und dann kam es, wie ein Flüsterwind, der gleich wieder weg war. »Ich liebe dich.«

Bevor sie antworten konnte, klickte es in der Leitung.

Sie legte auf. Ihr Herz klopfte heftig.

»Ich liebe dich.«

Sie holte tief Luft, die Finger um den Telefonhörer gepresst, den Blick auf die Wand geheftet. Worte, von denen sie ihr ganzes Leben lang geträumt hatte, seit sie alt genug war, um Geschichten über Prinzessinnen und edle Ritter zu lesen. Und er hatte sie in einem Augenblick gesagt. Worte, die man langsam auf der Zunge zergehen lassen musste, sie waren ganz schnell gekommen. Eine Erklärung, auf die eigentlich mehr folgen müsste. Ein Kuss.

Und das Schlimmste war, dass sie diese Erklärung nicht hatte erwidern können. Obwohl sie sich immer noch nicht sicher war, was für Gefühle sie ihm gegenüber hatte, wurden sie mit jedem Tag stärker, verwandelten sich, vertieften sich.

»Ich liebe dich«, flüsterte sie in die Leere hinein, ihr Herz weh und übervoll.

* * *

11. März 1943
Berlin

Das Ding sah wie die Federmäppchen aus, die die Kinder in ihren Schulranzen hatten. Merkwürdig, dass etwas so Kleines, Unspektakuläres dazu benutzt werden konnte, einen Tyrannen zu beseitigen.

Dietrich starrte auf die Bombe, die da auf dem Schreibtisch seines Vaters lag. Die Tür des Arbeitszimmers war fest verschlossen. Neben ihm stand Hans. »Das ist eine englische Erfindung. Die Bombe kommt ohne Zeitzünder aus und tickt garantiert nicht.« Hans betastete die Plastikverkleidung. Neben der Bombe wartete ein Koffer.

Dietrich konnte den Blick nicht davon losreißen. »Und wie explodiert die?«

»Wenn Schlabrendorff bereit ist, drückt er diesen Knopf hier.« Hans zeigte auf den Knopf. »Dadurch wird ein Fläschchen zerbrochen, in dem eine ätzende Flüssigkeit ist. Die Flüssigkeit zerfrisst einen Draht, der einen Schlagbolzen mit Feder hält. Darauf schnellt der Bolzen nach oben und aktiviert das Zündhütchen und – rumms!« Hans sagte es in dem gemessenen Ton eines Professors, der eine Vorlesung hält, so recht passend zu seinem frisch gebügelten grauen Anzug und der Krawatte. Nur der Muskel, der unter seinem rechten Auge zuckte, verriet seine ungeheure Anspannung.

»Wann will er das machen?«

»Wenn möglich während der Besprechung. Sollte das nicht praktikabel sein, wird er versuchen, das Ding vor dem Start in die Maschine zu schmuggeln.« Hans schob die Bombe vorsichtig in den gut ausgepolsterten Koffer. Dietrich schloss den Deckel. Das Schloss schnappte mit einem Klick zu.

Es war unmöglich, sich die Szene nicht vor sein inneres Auge zu holen. Hitler und seine Generäle an einem großen Tisch sitzend, vielleicht beim Essen. Tresckow und Schlabrendorff, äußerlich locker, innerlich bis aufs Äußerste gespannt. Dann letzte gute Wünsche, ein allgemeines »Auf Wiedersehen«, und der Führer würde in sein Flugzeug steigen, in das die Verschwörer zuvor die Bombe geschmuggelt hatten, als Spirituosenpaket getarnt. Die Türen würden geschlossen, die Motoren angelassen. Tresckow und Schlabrendorff würden der startenden Maschine hinterherschauen und zusehen, wie sie an Höhe gewann. Es wäre ihre letzte Begegnung mit Adolf Hitler gewesen, bevor es wenig später die Maschine und ihn in tausend Stücke sprengen würde.

»Aber jetzt müssen wir los, wenn ich dich zum Bahnhof bringen soll.« Dietrich schaute auf seine Armbanduhr. Bald würde der Nachtzug gehen. Sie müssten schnell fahren, um Hans pünktlich zu seinem Zug zu bringen.

»Du bleibst hier.« Hans nahm den Koffer in die Hand und sah Dietrich streng an. »Sie dürfen uns nicht zusammen sehen, falls sie uns beschatten.«

»Es ist Vaters Auto, aber du kannst nicht erwarten, dass er fährt.« Karl Bonhoeffers Arzt-Mercedes für eine solche Fahrt zu benutzen, war schon riskant genug, obwohl er eine gute Tarnung wäre, falls sie in eine Kontrolle gerieten. Aber Dietrichs Vater ans Steuer zu lassen, wenn sich im Auto eine Bombe zur Ermordung des Führers befand, nein, das kam nicht infrage.

»Und wer soll dann fahren?« Hans hob eine Augenbraue.

»Vielleicht Eberhard? Er ist noch nicht so lange in der Abwehr, dass er Verdacht erregen würde.«

»Gut. Ich geh eben zu den Schleichers rüber und sehe, ob er kann.« Hans wandte sich zum Gehen.

»Warte!«

Hans drehte sich um.

»Wirst du ihm sagen, was in dem Koffer drin ist?«

»Natürlich nicht.« Hans fasste den Koffergriff fester und prüfte das Gewicht. »Er weiß nicht viel, und es ist besser, wenn das so bleibt. Falls sie uns unterwegs anhalten.«

Falls dies wirklich geschah und die Gestapo das Auto durchsuchte und einen Koffer mit einer britischen Bombe fand, wären die Konsequenzen natürlich, gelinde gesagt, heftig.

Als sei ihm plötzlich etwas eingefallen, kehrte Hans noch einmal um. Im Licht der Lampe sah Dietrich die Entschlossenheit in seinem Gesicht. Hans war ein Mann der Tat; er würde sein Allerbestes geben für diese Operation. »Also, dann auf Wiedersehen.« Die beiden Männer schüttelten einander die Hand.

»Wiedersehen, Hans.«

An der Tür blieb Hans noch einmal stehen und schaute kurz über die Schulter zurück. Alles, wofür die Verschwörer arbeiteten und was sie erhofften, war in diesem Blick gesammelt und konzentriert. Was hing nicht alles davon ab, dass es gelang, diese Bombe sicher zum Bahnhof und anschließend in die unmittelbare Nähe Hitlers zu bringen! Menschenleben – Millionen. Das Schicksal der noch lebenden Juden. Die Zukunft Deutschlands. Und ihre eigene Zukunft. Vielleicht der kleinste Punkt auf der Liste, aber ständig in ihren Gedanken.

»Bete für uns, Dietrich«, flüsterte Hans.

Dietrich nickte. Er wusste nicht, wie Gott seine Bitte erhören würde; aber er würde beten. Er musste beten.

* * *

13. März 1943
Berlin

Alles war vorbereitet. Hans war aus Smolensk zurückgekehrt. Die Bombe war sicher abgeliefert worden und Hitler würde am Samstag eintreffen – also heute. Die Schlüsselpersonen der Verschwörung waren benachrichtigt worden, dazu politische Kontaktpersonen in Köln, München und Wien. Hans und Tresckow hatten einen Geheimcode vereinbart, damit in Berlin gleich nach dem Ende des Führers mit der Bildung einer neuen Regierung begonnen werden konnte.

Die Sekunden und Minuten tickten dahin. »Operation Funke« konnte jeden Augenblick über die Bühne gehen.

Dietrich lehnte sein Fahrrad an die Hauswand der Dohnanyis und klingelte. Besser hier bei Christel und den Kindern warten als zu Hause bei seinen Eltern. Durch die tief hängenden Wolken über Berlin bahnten die Frühlingssonnenstrahlen sich ihren Weg, noch schwach, aber hell.

Auf der anderen Straßenseite spielten drei Kinder – zwei Jungen und ein Mädchen mit langen blonden Zöpfen – in den Uniformen der Hitlerjugend und ihres weiblichen Zweiges, des Bundes Deutscher Mädel. Die Jungen versuchten, im Stechschritt zu marschieren, das Mädchen schob einen Puppenwagen. Kinder, wie das Dritte Reich sie formte. Die Welt würde sich bald gewaltig ändern für diese Kinder, ja für alle Menschen in Deutschland, wenn die Nachricht vom Tod des Führers durch das Land eilte.

Christel öffnete die Haustür einen Spalt weit, ihre Augen eine stumme Bitte um Neuigkeiten.

Dietrich schüttelte den Kopf, während sie ihm bedeutete, einzutreten. Sie schloss die Tür. Durch das Fenster unter der Decke fiel das Sonnenlicht auf den Parkettfußboden. In den Strahlen tanzte der Staub. Dietrich hängte seinen Hut an den leeren Garderobenständer und streifte den Schneematsch an seinen Schuhen auf der Türmatte ab.

Christel, die Arme um ihre in einen Pullover gehüllte Brust geschlagen, atmete tief aus. »Gut, dass du kommst. Ich dachte, ich wäre heute die Ruhe selbst, aber ich schaff das nicht. Kann keine fünf Minuten still sitzen. Dauernd geh ich ans Radio, schalte es ein, dann aus, dann wieder ein.« Sie rieb sich die Augen. »Die Kinder werden denken, ich bin verrückt geworden. Den ganzen Tag schon versuche ich, sie abzulenken, und weiß selber nicht, warum. Sie wissen nichts.«

»Wie wär's, wenn ich dir einen Tee mache?« Dietrich legte seine Hand auf den Arm seiner älteren Schwester und führte sie durch den schmalen Korridor ins Esszimmer. In dem länglichen, fensterlosen Raum stand ein blank polierter hölzerner Tisch. An den beige tapezierten Wänden hingen drei Gemälde und eine Wanduhr aus Eichenholz.

»Das wäre echt nett, aber der Tee ist gerade ausgegangen.« Christel ließ sich auf einen der Stühle mit den hohen Rückenlehnen fallen.

Dietrich zog eine Packung Tee aus seiner Jackentasche. »Macht nichts, ich hab was mitgebracht. Möchtest du was dazu essen?«

Christel schüttelte matt lächelnd den Kopf, den Ellbogen auf den Tisch gestützt, die Hand an der Wange. »Obwohl ich lieber deine Gerichte esse als die von Hans. Was du auf den Tisch bringst, schmeckt nach was.«

»So bescheiden würde ich das nicht ausdrücken; ich glaube, ich bin ziemlich gut.« Dietrich ging in die Küche nebenan, die nach Spülmittel roch und geradeso blitzsauber war wie der Rest des Hauses. Er füllte Wasser in einen Kessel, stellte ihn auf den Herd und holte zwei Tassen aus dem Schrank. Von draußen kamen die Stimmen von Christoph und Bärbel.

Jetzt kam Bärbel in die Küche. »Guten Tag, Onkel Dietrich.«

»Guten Tag. Was hast du denn so gemacht den ganzen Tag?«

»Bilder gemalt, mit Christophs Wasserfarben.« Sie hielt ihm ihre Hände hin, um ihm die roten und blauen Flecken an den Fingern zu zeigen. »Mama hat gesagt, ich soll mich waschen.« Sie trat an die Spüle, drehte den Wasserhahn auf und gab eine winzige Menge Seife auf ihre Hände; nur nicht verschwenderisch sein mit dem kostbaren Zeug! »Und was hast *du* den ganzen Tag gemacht?« Bärbel rieb eifrig ihre Finger.

Dietrich hielt inne. Ja, was hatte er gemacht? Darauf hingefiebert, dass die Monate des Wartens sich in einer Tat entluden, die die ganze Welt veränderte? »Heute Morgen hab ich ein paar Briefe geschrieben. Und jetzt bin ich rübergekommen, um euch zu besuchen.«

»Dir muss doch schon die Hand wehtun vom vielen Briefeschreiben.« Bärbel hängte das Handtuch zurück an seinen Platz und verließ die Küche.

Ein paar Minuten später trug Dietrich das Tablett mit dem Teegeschirr ins Esszimmer. Christels Stuhl war leer. Er fand sie im Wohnzimmer, wo sie durch einen Spalt in den Gardinen nach draußen auf die Straße spähte. »Der Tee ist fertig.«

Sie wirbelte herum wie ein aufgeschrecktes Reh, die Hand an der Brust. »Danke schön, Dietrich.«

Er legte ihr eine Hand auf die Schulter. »Du darfst dir nicht so viele Sorgen machen.«

Sie nickte. Eine Strähne ihres dunklen Haars fiel ihr über die Wange. Sie hatte studiert, hatte drei Kinder zur Welt gebracht und war drei Jahre älter als er, aber plötzlich sah sie aus wie ein verängstigtes Kind, blass, die Augen aufgerissen. »Es ist nur ... wenn das Schlimmste passiert und sie Hans ...«

»Wenn das Schlimmste passiert und sie Hans verhaften, wirst du nicht allein sein, Christel. Gott gibt uns seine Kraft dann, wenn wir sie brauchen, und keine Minute vorher.« Er sah ihr fest in die Augen.

Wenn sie Hans verhafteten, wäre er der Nächste. Die Verschwörer würden wie Dominosteine fallen, einer nach dem anderen, trotz ihres nächtelangen Planens, trotz ihrer Entschlossenheit, keine Namen zu nennen.

Und dann würde er die Kraft, von der er da sprach, mehr brauchen als je zuvor.

»Das weiß ich doch«, sagte Christel. »Wenn ich das tragen muss, dann werde ich es auch schaffen. Das Schlimmste ist das Warten.« Sie straffte ihre schmalen Schultern, die Kraft kehrte in ihre Augen zurück.

»Komm.« Er zeigte in Richtung Esszimmer. »Oder willst du, dass der Tee kalt wird?«

Sie saßen zwei Stunden zusammen. Gefühlt waren es zwei Jahre. Dann und wann stand Christel auf und schaltete das Radio ein. Aus den Lautsprechern kamen nur die üblichen Meldungen, dazwischen Marschmusik. Die beiden versuchten, Christoph das Schachspiel beizubringen. Christels Lächeln wirkte mit jeder Stunde gezwungener. Christoph, der merken mochte, dass die beiden Erwachsenen nicht wirklich bei der Sache waren, verlor schließlich das Interesse an dem Spiel und ging nach oben zu Bärbel, um zu lesen.

Eine weitere Viertelstunde saßen sie da und schwiegen. Das Ticken der Wanduhr schien immer lauter zu werden. Christel trommelte mit den Fingernägeln gegen den Rand ihrer Tasse. Dietrich, die Hände auf den Knien, verschränkte die Finger und löste sie wieder.

Plötzlich ein Geräusch aus dem Flur, wie von der Haustür. Christel sprang auf.

Hans trat ins Zimmer; er trug noch Mantel und Stiefel. Mit klopfendem Herzen musterte Dietrich das Gesicht seines Schwagers. Christel schien den Atem anzuhalten. Ohne ein Wort ließ Hans sich auf einen leeren Stuhl fallen. Seine ganze Körpersprache sagte: *Gescheitert.*

Christel kniete sich neben ihn, ihre Hände pressten sich um seine. »Was ist passiert?«

Hans sah sie mit einem halb abwesenden Blick an. »Das weiß ich nicht. Wir haben gewartet und gewartet. Am Vormittag sagte Schlabrendorff am Telefon, es sei alles im grünen Bereich. Um zwei Uhr mittags rief er wieder an. Jetzt sei der Apparat aktiviert. Der letzte Anruf kam gegen vier Uhr. Das Ding sei einfach nicht losgegangen.« Er rieb sich müde die Augen. »Warum, das konnte er mir natürlich nicht sagen.«

Das »Federmäppchen« war nicht explodiert. Wie war das möglich? Es hatte alles so einfach geklungen, als Hans Dietrich im Büro seines Vaters den Mechanismus erklärte. Das Drücken des Knopfes würde das Fläschchen zerbrechen, darauf würde die Flüssigkeit den Draht zerfressen und der Bolzen nach oben schnellen …

Aber was brachte das Grübeln über das »Warum«? Viel wichtiger war es, zu entscheiden, wie es jetzt weitergehen sollte. Und herauszufinden, ob dieser gescheiterte Attentatsversuch für einen von ihnen Folgen haben würde. War das Päckchen mit der Bombe entdeckt worden?

Dominosteine. Wie viele würden fallen wegen dieser Panne?

»Kannst du uns noch mehr sagen?«, fragte Dietrich.

Das konnte Hans ausnahmsweise nicht. Stattdessen nahm er Dietrichs noch halb volle Tasse mit dem mittlerweile kalten Tee und kippte ihn hinunter, als sei es ein Glas Schnaps. Unsanft stellte er die Tasse zurück auf den Tisch, dass das Porzellan schepperte. »Wir müssen warten, bis wir von Schlabrendorff Genaueres hören. Wenn er die Bombe tatsächlich als Weinbrandflasche getarnt hat, ist es das Wichtigste, dass wir sie zurückkriegen. Wie ich Schlabrendorff kenne, ist er schon unterwegs, um genau dafür zu sorgen. Er hat einen kühlen Kopf. Wenn es möglich ist, sie unentdeckt wieder in unsere Hand zu bekommen, dann schafft er das.«

Dietrich nickte. »Wir werden es wieder versuchen.« Es war keine Frage, sondern eine Feststellung. Unentschlossenheit war ein Luxus, den sie sich nicht mehr leisten konnten.

»So bald wie möglich«, sagte Hans. »Ich weiß noch nicht, wie oder wann, aber auf jeden Fall.« Er rieb mit dem Finger über den Rand der Tasse, als merke er erst jetzt, dass er daraus getrunken hatte. »Ach ja, es gibt noch mehr schlechte Nachrichten. Die Musterungsstelle München hat dir befohlen, dich in einer Woche mit allen deinen Papieren zu melden. ›Befohlen‹ ist das entscheidende Wort.« Er reichte Dietrich einen Umschlag. »Ich hab gerade noch bei deinen Eltern vorbeigeschaut, sie haben mir die Vorladung mitgegeben. Seit Stalingrad durchforsten die Behörden ihre Karteien, um militärdiensttaugliche Männer zu finden, die noch nicht an der Front sind.«

Dietrich holte tief Luft. Dass er von der Abwehr als »unabkömmlich« klassifiziert war, hatte ihn bis jetzt vor der Einberufung ins Militär geschützt. Jetzt war es so weit; man zog ihn offiziell in die Wehrmacht ein. Würde es wirklich so weit kommen? Er musste sich jedenfalls vorbereiten. Und sich bei der Musterungsbehörde melden. Ob er dann tatsächlich eine Uniform anziehen, ein Gewehr in die Hand nehmen und in die Schlacht ziehen würde … Hans würde ihn auf jeden Fall anweisen, der Ladung Folge zu leisten. Sich auffällig zu verhalten, wäre das Letzte, was sie sich jetzt leisten konnten. Nein, Dietrich würde sich melden müssen. Wer den Kriegsdienst verweigerte, wurde an die Wand gestellt und erschossen.

Hans fuhr fort: »Ich werde mit Oster sprechen, ob er eine Rücknahme des Musterungsbefehls erwirken kann. Er weiß genauso gut wie ich, dass wir dich sofort für die Verhandlungen mit den Alliierten brauchen, wenn unser nächster Versuch gelingt. Wir müssen dich so schnell wie möglich in die Schweiz und nach Rom kriegen; es muss so aussehen, als ob du unaufschiebbare Dinge erledigen musst. Gleich morgen werden wir mit ihm sprechen.« Hans' Stimme war fest, die Benommenheit von gerade eben schon wieder weg.

Er sah seine Frau an und drückte ihre Hand. Dann – als habe er Dietrichs Gegenwart vergessen – fuhr er ihr über die Wange. Ihre Blicke trafen sich. »Das tut mir leid, Schätzchen. Ich war mir so sicher, dass Deutschland heute Abend nicht mehr von einem Tyrannen regiert wird.«

Christel beugte sich lächelnd näher zu ihrem Mann. »Wir werden einen neuen Versuch machen, Hans. Aber jetzt musst du dich erst mal richtig ausruhen.«

Dietrich stand auf und nahm Kurs auf die Tür. »Also, ich geh dann.«

»Danke, Dietrich.« Sie warf ihm ihr warmes Lächeln zu. Was für eine Schwester er hatte!

»Keine Ursache. Bis morgen dann, Hans«, verabschiedete er sich, ging in den Flur und nahm seinen Hut von der Garderobe.

Er schob sein Fahrrad auf die Straße. Der Wind frischte auf.

Einen neuen Versuch machen. Das war alles, was sie tun konnten. Aber mit jedem Tag schien die Zeit, dieses kostbare Gut, schneller voranzuschreiten, wie ein Läufer, der die Zielgerade erreicht. Wie lange würde es dauern, bis sie keine Zeit mehr hatten?

Einundzwanzig

19. März 1943
Berlin

Warum auch immer er kommen sollte, es hatte mit Sicherheit nichts mit Musik zu tun. Hans' Anruf am Morgen hatte aufgesetzt locker geklungen. »Kannst du kurz rüberkommen? Es geht um das Ständchen zu Vaters Geburtstag.«

Dietrich kannte seinen Schwager (und die Telefonabhörmaßnahmen der Gestapo) zu gut, um das mit dem »Ständchen« auch nur einen Augenblick lang zu glauben. Was wollte Hans wirklich von ihm? Nun, er würde es bald herausfinden.

Der Frühling kam zögerlich nach Berlin. Die Bäume an der Straße der Dohnanyis waren vom Winterfrost gezeichnet; erfrorene Zweige und Äste ragten starr in den Himmel. Es war gerade so, als ob auch die Natur nicht mehr leben mochte und zurückwollte zu ihrem Schöpfer.

Dietrich legte die kurze Strecke rasch mit dem Fahrrad zurück, stellte es am Gartentor ab und ging zur Haustür. Er suchte in seiner Manteltasche nach dem Schlüssel, den Hans ihm vor Kurzem gegeben hatte, und schloss auf. Die Stille in dem Eingangsflur mit seinem blank gewienerten Fußboden und dem sauber aufgeräumten Tisch schlug ihm entgegen. Heute kam keine Sonne durch das Oberlicht, die Atmosphäre war düster und leblos. Dietrich ging durch das leere Wohnzimmer, das leise Quietschen seiner Schuhsohlen das einzige Geräusch. Ein zweiter, kaum beleuchteter Flur führte zu Hans' Arbeitszimmer, dessen Mahagonitür verschlossen war.

Er klopfte an, mit dem vereinbarten Signal: einmal kräftig, eine kurze Pause, zweimal weniger kräftig. Die Klinke quietschte leise, die Tür ging auf. Hans trat zur Seite, um Dietrich vorbeizulassen. Das Zimmer war fast so dunkel wie der Flur, die Vorhänge an den Fenstern zugezogen. Eine Schreibtischlampe verbreitete ein trübes Licht.

In einem Ohrensessel neben dem Schreibtisch saß ein Mann, den Dietrich noch nie gesehen hatte. Er mochte genauso alt sein wie er, sah aber besser aus. Seine Haltung war militärisch, obwohl er einen zivilen schwarzen Anzug trug. Er hatte eine aristokratische Stirn und dunkles, leicht gelocktes Haar. Der Mann erhob sich, die Hände hinter dem Rücken. In seinen Augen lag ein merkwürdiger Glanz und sein Oberkörper war straffer, als es für einen Soldaten nötig war.

Dietrich sah Hans an, dann wieder den Unbekannten.

»Dietrich, dies ist Generalmajor Rudolf von Gersdorff. – Rudolf, dies ist mein Schwager, Pastor Dietrich Bonhoeffer.«

Dietrich trat zu dem Mann und streckte ihm seine Hand hin. Von Gersdorff schüttelte sie höflich. Als Dietrich sie wieder zurückzog, war sie halb klebrig von der feuchten Hand des Generalmajors.

Eine lange Minute lang sagte keiner der drei etwas. Wer war dieser von Gersdorff? Was war der Sinn dieses geheimen Treffens?

»Bitte setzt euch doch.« Hans zeigte auf die beiden Ohrensessel, die einen knappen Meter entfernt voneinander standen. Von Gersdorff nahm Platz. Dietrich folgte seinem Beispiel. Hans blieb stehen und sah die beiden an. »Du fragst dich sicher, warum ich dich hierherbestellt habe, Dietrich.«

Dietrich zuckte die Achseln.

»Der Grund ist, dass Generalmajor von Gersdorff …«

»›Rudolf‹, bitte«, warf der Generalmajor ein.

»Dass Rudolf um dieses Treffen gebeten hat«, fuhr Hans fort. »›Operation Funke‹ ist gescheitert, weil die Bombe nicht hochging. Aber Schlabrendorff konnte sie wieder an sich bringen, ohne Verdacht zu erregen. Nun, in zwei Tagen werden wir einen zweiten Versuch machen können. Hitler wird zusammen mit Himmler und Göring in Berlin erwartet, zum Heldengedenktag im Zeughaus.

Nach der Feier wollen sie eine Ausstellung erbeuteter sowjetischer Waffen besichtigen, und Rudolf wird sie durch diese Ausstellung führen.«

Dietrich spürte es in der Magengrube, dass das noch nicht alles war. Jetzt, wo Hans sprach, schien Rudolf ruhiger geworden zu sein, auch wenn sein Oberkörper nach wie vor steif war.

»In seinen Manteltaschen werden zwei kleine Bomben stecken, eine links, eine rechts. Wenn der richtige Zeitpunkt da ist, wird er sie aktivieren und seinen Rundgang mit Hitler und den anderen beginnen.«

Was sagte Hans da? Hatte Dietrich sich da nicht verhört? »Augenblick, da komme ich gerade nicht ganz mit. In den Manteltaschen? Aber das ist doch …«

Rudolf drehte sich halb um in seinem Sessel, seine blauen Augen ernst. Dietrich erwiderte seinen Blick. Ein Augenblick Stille, dann sagte der Generalmajor: »Mit Hitlers Leben wird auch meines enden. Es ist ein Opfer, und ich bin dazu bereit. Besser ich als jemand anders, obwohl es auch andere Freiwillige geben würde. Aber …« Rudolf schaute auf seine ineinander verschränkten Hände hinunter. Die Haut um die weißen Fingerknöchel war fest gespannt. Er seufzte kurz auf. »Ich hätte gerne … ich meine, es wäre mir ein Trost, zu wissen … wird Gott sich meiner Seele erbarmen?«

Dietrich holte tief Luft. *Gott, was soll ich ihm sagen?*

In den Augen Gottes war Selbstmord eine schwere Sünde – ohne Wenn und Aber. Das war eindeutig, und für manche war damit alles gesagt.

Sündige kräftig, aber glaube noch kräftiger. So hatte Luther es gesagt. Christus duldete keine Sünde, aber er vergab dem bußfertigen Sünder. Und der allmächtige Gott sah die Welt in all ihrer blutroten Grausamkeit. Er sah diejenigen, die durch Verfolger umgekommen waren, und er sah die, die bereit waren, ihr Leben für die Verfolgten zu opfern.

Herr, wenn das, was ich vorhabe, falsch ist, dann vergib du auch mir.

Dietrich rutschte mit seinem Sessel näher zu von Gersdorff. Hans stellte sich hinter ihn, als wollte er so besser hören, was Dietrich jetzt sagen würde.

Dietrich räusperte sich und sah Rudolf fest in die Augen. Der antwortete mit einem Blick, der eine stumme Bitte um Hoffnung war. Dietrich sprach langsam und bedächtig. »Christus sagt uns, dass er die Auferstehung und das Leben ist und dass der, der an ihn glaubt, das Leben haben wird, selbst wenn er stirbt. Wenn Sie Ihr Vertrauen ganz auf Gott setzen, Rudolf, dann werden Sie einst mit ihm im Paradies sein; da habe ich keinen Zweifel.« Er rutschte auf seinem Sessel. Wie sollte er fortfahren? »Christus hat sein Leben dahingegeben, damit wir leben können. Und vielleicht ist die Zeit, in der wir leben, nicht eine Zeit für eine säuberliche Schwarz-Weiß-Moral, sondern eine Zeit, in der wir Christus fragen sollten, was er an unserer Stelle tun würde.«

Rudolf nickte. »Könnten Sie …« Er räusperte sich. »… bitte mit mir beten?«

»Gerne.« Dietrich legte eine Hand auf von Gersdorffs Schulter. Der neigte den Kopf. An dem Tag X, in den letzten Stunden und Minuten, wäre kein Pastor in der Nähe. Rudolf würde dem Tod alleine gegenübertreten. Die Worte, die Dietrich Bonhoeffer jetzt über ihm aussprach, würden ihn tragen in seinem letzten Augenblick auf der Erde.

Dietrich begann, langsam. »Allmächtiger Gott, du kennst unsere Herzen, du hast uns alles gegeben, was wir haben. Führe du Rudolf in allem, was er tut und entscheidet. Du kennst ihn und du liebst ihn. Wenn der Moment gekommen ist, in dem er seinen letzten Atemzug tut, nimm du ihn auf in deine Gegenwart. Wir sind dein, Gott. Sei du unser Herr und unser Beschützer, auch in diesen dunklen Tagen. Führe uns, wie du willst. Amen.«

»Amen«, flüsterte Rudolf.

Dietrich hob den Kopf. Auf Rudolfs Wange glänzte eine einsame Träne.

»Danke, Herr Pastor«, flüsterte er, ein Kloß in seiner Stimme. »Jetzt habe ich Frieden. Bis jetzt hatte ich keinen, aber jetzt weiß ich ganz gewiss, was ich tun muss und was mein Ende sein wird. Ich glaube nicht, dass wir uns auf dieser Erde noch einmal sehen werden, aber dann eben im Himmel, nicht wahr?« Er lächelte schwach.

War das so, wenn ein Mensch sich mit seinem Tod abfand? Nicht mit halbem, sondern mit ganzem Herzen. Als Dietrich durch die von Hakenkreuzen verunstalteten Straßen Berlins zurück nach Hause radelte, kreiste ein Gedanke in seinem Kopf. War dies vielleicht das, wozu Rudolf von Gersdorff geboren worden war? Sein Leben für andere zu opfern? Den Tod zu wählen, damit andere leben konnten? Ein Opfer im größten Sinne des Wortes. Wenn alles so lief wie geplant, wäre seine irdische Existenz in ein paar Tagen vorbei.

Dietrich starrte zum Himmel hoch, diesem endlosen, verwaschen blauen Gewölbe.

Für Rudolf wäre es ein Ende. Und doch mehr. Auch ein Anfang.

* * *

20. März 1943
Pätzig

Das Morgensonnenlicht ergoss seine Wärme über die letzten Wintertage, die Luft roch nach Frühling. Der Henkel des schweren Korbes schnitt schmerzhaft in Marias Hand. Etwas atemlos von ihrem raschen Tempo blieb sie ein paar Meter vor dem Häuschen von Fräulein Kurtz stehen. Ihr hastig umgebundenes Kopftuch war ihr halb auf die Schulter gefallen. Sie zog es wieder fest, bevor sie weiterlief, die Stiefel platschend auf dem feuchten Untergrund.

In ein paar Tagen würde sie nach Hannover fahren, in die Schwesternschule. Heute war ihre letzte Gelegenheit, Hilde Kurtz zu besuchen und ihr die Vorräte zu bringen, die sie so dringend brauchte.

Um das Haus herum wucherte das Unkraut. Die Fenster waren blind vom Dreck, das Dach hing halb durch. Es sah müde aus, dieses Haus, so, als sei es für seine Besitzerin nicht Freude, sondern Last.

Seit der Nachricht von der Verhaftung ihres Bruders hatten Hilde Kurtz' Augen ihren Glanz verloren. Ein trockener, aus der Tiefe kommender Husten hatte sie aufs Bett geworfen. Sie hatte buchstäblich nicht mehr die Kraft, zu dem Lebensmittelladen zu gehen, wo sie in Teilzeit als Verkäuferin gearbeitet hatte, was bedeutete, dass sie auch ihren Wochenlohn nicht mehr bekam.

Maria schob den Korb, in dem ein Laib Brot und mehrere Gemüsekonserven lagen, in die andere Hand und klopfte sachte an die hölzerne Tür.

Die Tür öffnete sich einen Spalt und es erschien Hildes bleiches, von ergrauendem, geflochtenen Haar eingerahmtes Gesicht. »Ach, du bist's, Maria.« Ein leises Lächeln trat auf ihre Lippen. »Möchtest du reinkommen?«

Maria schüttelte den Kopf. »Es tut mir leid, aber das geht heute leider nicht. Ich wollte Ihnen nur eben was bringen.« Sie hielt Hilde den Korb hin. »Ich fahre jetzt bald in diese Schwesternschule und wollte mich verabschieden.«

Hildes dünne Hände griffen nach dem Korb. Dankbare Tränen traten ihr in die Augen. »Danke, meine Liebe. Wie kann ich euch das je vergelten?«

»Mutter wird Sie bald besuchen.« Maria lächelte sanft.

Ein Hustenanfall schnitt Hildes Antwort ab. Als sie wieder Luft bekam, sagte sie: »Ich räum die Sachen eben weg, damit ich dir den Korb wiedergeben kann.« Sie verschwand in das Innere des Hauses, weiter hustend.

Maria drehte sich um und ließ ihren Blick über die schlichten Häuser gleiten, die die Dorfstraße säumten. Der Morgennebel streichelte die alten Steinmauern. Die Stille der Nacht war vorbei; Kinder brachen zur Schule auf, Frauen klopften Teppiche aus und fütterten die Hühner. Ein Morgen wie viele andere. Scheinbare Normalität.

»Hier, bitte.« Hildes leise Stimme ließ Maria sich umdrehen.

Sie nahm den leeren Korb entgegen. »Wenn Sie irgendwas brauchen, sagen Sie's uns. Ihr Bruder findet es bestimmt richtig, dass wir Ihnen helfen.«

Hilde nickte; in ihrer Kehle arbeitete es. »Gott sei mit dir, Maria.« Sie drückte Marias Hände; ihre fühlten sich an wie Seidenpapier.

»Und mit Ihnen, Fräulein Kurtz.«

Die Frau schloss die Haustür und Maria kehrte um, zurück nach Pätzig.

Hildes glanzloses, eingefallenes Gesicht ging ihr noch lange nach. War es nicht ein Sinnbild dafür, was dieser Krieg mit Menschen machte? Schon als fünf- oder sechsjähriges Mädchen hatte Maria Hilde Kurtz gekannt. Damals trug sie einen flotten Bubikopf, hatte immer ein Lächeln auf den Lippen und roch nach Flieder. Zwar hatte sie nie geheiratet, aber auf keinem Tanzabend gefehlt.

Der Krieg hatte ihr Tanzen beendet, wie so vieles andere auch. Er hatte ihr die Freude aus den Augen gestohlen, die Hoffnung erstickt und eine hohle Leere zurückgelassen.

Wie sinnlos dieser Krieg doch war!

Zweiundzwanzig

21. März 1943
Berlin

Sie waren an zwei Fronten aktiv. Als Musiker übten sie für das Ständchen zu Vater Bonhoeffers Geburtstag. Aber für Dietrich, für Hans, Rüdiger und deren Frauen war der heutige Tag alles andere als nur die Vorbereitung auf die Feier zum 75. Geburtstag des Familienpatriarchen.

»Noch mal von vorne, bitte.« Eberhard war zum Dirigenten der kleinen Kantate auserkoren worden. Eine weise Entscheidung, denn er wusste nicht, was heute auf dem Spiel stand. Dietrichs Finger griffen wie von selbst in die Tasten des Klaviers. Rüdiger war der Violinist, Hans hatte das Blatt mit den Noten für den Chor in der Hand. Der Rest der Familie sang im Chor und Klaus spielte Cello. Das Wohnzimmer war halb voll von Bonhoeffers und Notenständern.

Noch nie hatte eine solch merkwürdige Spannung in der Luft gelegen, wenn die Familie musizierte. Bärbel, die im Chor mitsang, schien nicht zu begreifen, warum ihr Vater immer wieder falsch sang; mehrmals sah sie mit gerunzelter Stirn zu ihm hoch.

Plötzlich ging nichts mehr und die Musik verstummte abrupt.

»Du hast aber nicht viel geübt, Papa!« Bärbel warf ihrem Vater einen vorwurfsvollen Blick zu.

Der tätschelte ihr mit einem abwesenden Lächeln den Kopf. »Ja, da hast du recht. Du musst mir halt helfen.«

»Versuchen wir es noch mal?« Eberhard blätterte in den Noten zurück.

»Ja, gut«, sagte Hans. Aber sein Blick war weder auf Eberhard noch auf seine Noten gerichtet. Er schaute durch das Fenster nach draußen, wo sein Auto bereitstand, um ihn, sobald die Nachricht kam, zu den ersten Beratungen der Übergangsregierung zu fahren.

Dietrich starrte auf die Tasten des Klaviers und wünschte sich, er könnte genauso einfach das sehen, was jetzt im Zeughaus geschah. Die Wanduhr zeigte, dass die kleine Zeremonie dort sehr wahrscheinlich zu Ende war. Hatte Rudolf von Gersdorff seine Führung durch die Ausstellung der Beutewaffen bereits begonnen? Waren die Bomben vielleicht schon explodiert?

Dietrich stellte sich die Szene vor. Rudolf, der dem Führer in sachlichem Ton die Waffen erklärte, in dem Wissen, dass in ein paar Minuten Hitler und er selbst tot wären. Sicher schlug ihm das Herz unter seiner Uniform bis zum Hals. Er musste aufpassen, dass seine Stimme ihn nicht verriet, und dem Drang widerstehen, ständig auf seine Armbanduhr zu schauen. Aber Rudolf wusste genau, dass er vor Hitler und dessen Generälen, die ihm konzentriert zuhörten und nur hin und wieder eine Frage einwarfen, seine Rolle bis zum Schluss spielen musste.

Wie viele Minuten waren es jetzt noch?

Rudolfs Leben mochte zu Ende gehen, aber Hans, Tresckow und die anderen Verschwörer würden ihn als Helden im Gedächtnis behalten. Sein irdisches Dasein wäre vorbei, aber in der Erinnerung würde er weiterleben.

Dietrichs Finger glitten über die Tasten. Er zwang sich zur Konzentration. Hinter ihm die Stimmen seiner Verwandten, die den Raum mit den melodischen Klängen von Helmut Walchas Kantate »Lobe den Herren« füllten.

»Das Ding muss jeden Augenblick losgehen«, flüsterte Christel, die direkt hinter ihm stand, Ursula zu, ihre Stimme überlagert von dem Chorgesang.

»Nur ruhig«, murmelte Ursula. »Bald ist alles vorbei.«

Vorbei. Was für ein inhaltsschweres Wort. Wie konnten sie auch nur ansatzweise begreifen, was es bedeutete. Der Albtraum des Dritten Reiches wäre vorbei. Die Juden, die anderen Inhaftierten, auch die vielen Pastoren der Bekennenden Kirche, all diejenigen, die wegen »Verbrechen gegen das Volk« angeklagt waren, würden freikommen. Und eine neue, bessere Regierung würde in Friedensverhandlungen mit den Alliierten eintreten. Deutschland könnte endlich anfangen, Buße zu tun für seine vielen Sünden. Dietrich würde so bald wie möglich mit Predigten zu diesem Thema beginnen. Das Predigtverbot gegen ihn würde nicht mehr gelten.

Endlich, endlich könnte das Licht der Wahrheit wieder leuchten.

Chor und Orchester bemühten sich nach Kräften, keine Fehler mehr zu machen. Sie waren schließlich Bonhoeffers! Zu Vaters Geburtstag musste alles funktionieren. Und man hatte alles getan, damit das Ständchen eine echte Überraschung werden würde. Viele der Anwesenden waren besser im Geheimhalten geworden, als sie je gedacht hatten.

Lobe den Herren, den mächtigen König der Ehren!
Meine geliebete Seele, das ist mein Begehren.
Kommet zuhauf ...

Dass es ausgerechnet dieser Choral war, passte irgendwie. Jetzt mehr denn je musste Deutschland wiederentdecken, dass der mächtige König Jesus Christus war – und nicht Adolf Hitler. Was für eine Mammutaufgabe lag vor ihnen – das Denken einer ganzen Generation zu verändern. Aber es war möglich. Mit Gottes Hilfe. Und der Hilfe anderer Glieder der Bekennenden Kirche, auch wenn es so wenige waren, die standgehalten hatten.

Jetzt sah Dietrich aus dem Augenwinkel heraus, wie hinten jemand in den Salon trat. Während er weiterspielte, wandte er sich halb um. Das Dienstmädchen der Schleichers, Gisela, schlüpfte an Hans' Seite. Der drehte den Kopf in ihre Richtung, während sie ihm irgendetwas zuflüsterte.

... Psalter und Harfe wacht auf!
Lasset den Lobgesang hören.[17]

Eberhard dirigierte weiter. Christels Hände, die das Notenblatt hielten, zitterten und die Röte stieg ihr ins Gesicht, als Hans schnellen Schrittes den Raum verließ.

Dietrichs Herz hämmerte in seinen Ohren. Seine Finger landeten auf den falschen Tasten und ein unharmonischer Akkord zerriss die Luft. Wenn er musizierte, flog die Zeit gewöhnlich vorbei, und er war ganz bei der Sache. Doch heute krochen die Minuten zäh dahin. Dietrich spürte, wie sich ihm die Nackenhaare aufstellten.

Hans hatte gerade *den* Anruf erhalten. Wie konnte es anders sein? Gleich würde er hereingestürmt kommen.

Der Führer ist tot.

Ruhe in Frieden, Rudolf von Gersdorff.

Jetzt hörte man Schritte. Dietrich drehte sich um. Hans war wieder da. Er tippte Eberhard auf die Schulter. Die beiden wechselten leise ein paar Worte.

»Das war's dann für heute.« Eberhard strich mit der Hand an seiner Krawatte entlang. »Ihr habt euch wacker geschlagen.«

Dietrich stand von der Klavierbank auf. Wo blieb die Bekanntmachung? Warum hatte Hans nichts gesagt? Der Blick seines Schwagers war merkwürdig. Jetzt deutete er kurz mit dem Kopf in Richtung Arbeitszimmer.

Die Kinder schwätzten miteinander. Ursula versuchte, sie in die Küche zu lotsen. »Da gibt's leckere Plätzchen.«

Christel folgte ihrem Mann hinaus aus dem Salon. Die drei traten ins Arbeitszimmer, Hans voran, dann Christel, dann Dietrich. Ihre Schatten glitten über den Teppich. Draußen fuhr ein Auto vorbei.

Hans seufzte tief auf. »Nichts ist passiert.« Seine Finger ballten sich zur Faust. Er drehte sich zu den Bücherregalen und wandte den anderen den Rücken zu. »So eine Sch…!« Ein Wort, das Dietrich noch nie aus dem Mund seines Schwagers gehört hatte, zischte durch die Luft.

Christel presste die Lippen zusammen. Sie trat an die Seite ihres Mannes, legte einen Arm um ihn und schmiegte ihre Wange an seine Anzugjacke.

Ein Augenblick, dann drehte Hans sich zu Dietrich um, Christel weiter an seiner Seite. »Tut mir leid«, sagte er leise. »Ich … es ist so … Ich weiß nicht, was passiert ist, außer dass nichts explodiert ist. Ich geh der Sache morgen nach, heute ist es zu riskant. Als Schlabrendorff anrief, hat er den Code für *Gescheitert* benutzt.«

Gescheitert. In weniger als zehn Tagen zweimal. Es war, als sei Hitler von einem undurchdringlichen Schutzwall umgeben, den niemand durchbrechen konnte, egal, wie heftig er dagegen anrannte.

Hans und Christel unterhielten sich leise, spekulierten, wo der Fehler gelegen haben mochte. Dietrich nahm seine Brille ab und rieb sich mit der Hand über die Augen.

Rudolf von Gersdorff lebte noch.

Aber das Monster, das das Lenkrad Deutschlands umklammerte, lebte ebenfalls. Und fuhr das Land immer schneller auf die Pforten der Hölle zu.

* * *

26. März 1943
Hannover

Die Einsamkeit verschlang sie, als sei sie in den Wartenberger Teich gefallen, wo er am tiefsten ist, und die trüben Wasser hätten sie verschluckt.

Maria trottete von der Arbeit nach Hause, todmüde nach der langen Schicht im Clementinenhaus. Eine verdunkelte Stadt war wie ein Höhlenlabyrinth. Den Kopf voll von medizinischen Fachausdrücken und die grelle Stimme der Stationsschwester immer noch im Ohr, versuchte sie, die Straßenschilder zu entziffern und der Wegbeschreibung zu ihrer Wohnung zu folgen. Der gestärkte blaue Rock ihrer Schwesterntracht schlackerte ihr um die Beine; ihre Füße schmerzten von den viel zu engen Schuhen, dass jeder Schritt eine Qual war.

Hannover – das war lange Zeit die Stadt an der Leine mit den alten Kirchen gewesen, überwölbt von einem blauen Himmel. Jetzt war es auch eine Stadt der Metall- und Gummiverarbeitung und anderer kriegswichtiger Industrien.

An diesem Abend nahmen Marias Augen wenig von der Stadt wahr – weder von der alten, vor dem Krieg, noch von der modernen. Alles, woran sie denken konnte, war die kleine Mietwohnung, in die sie zusammen mit ihrer Kollegin Ermengarde Dolff eingezogen war, und eine schöne warme Tasse Tee.

Sie vermisste Dietrich. Am 24. März hatte er geschrieben, dass ihre Großmutter in Stettin ins Krankenhaus gekommen war. Es ging ihr körperlich und seelisch schlechter. Maria hatte sich bereits vorgenommen, sie an ihrem ersten freien Wochenende zu besuchen. Dietrich schien zu glauben, dass Großmutter sich die Ereignisse des Winters zu sehr zu Herzen genommen hatte und gerne von ihr hören würde.

Sie freute sich auf den Urlaub von Hannover. Das Problem dort war nicht ihre Arbeit – die gefiel ihr. Sie genoss es, sich um kranke Menschen zu kümmern, trotz des Drachens von Stationsschwester und der schwatzhaften Jungschwestern, die nicht in der Lage waren, zwei und zwei zusammenzuzählen. Aber – dies war nicht ihr Platz. Die Arbeit hatte ihren Sinn, aber irgendwie reichte das nicht.

Angesichts des Krieges und der Gefahren, die die Familie Bonhoeffer umgaben, kam ihr das, was sie hier tat, geradezu bedeutungslos vor. Wie sie sich danach sehnte, zurück nach Berlin zu fahren, Dietrich zu sehen und mit ihm zusammen zu sein, wie sich das für zwei Verlobte gehörte! Aber ihre Mutter machte keine Anstalten, ihr Besuchsverbot zu lockern.

Da war das Mietshaus. Maria zog den Schlüssel aus ihrer Handtasche, schloss die Haustür auf und schlüpfte hinein. Eine einsame, trübe vor sich hin flackernde Glühbirne war die ganze Beleuchtung. Sie stieg die Steintreppe hoch. Die Luft roch nach Stockflecken und altem Käse. Oben angekommen, schloss sie die dritte Tür auf, die von dem düsteren Flur abging, trat in das dunkle Zimmer und stellte sich seelisch auf die Nacht ein, in der sie sich wieder Ermengardes Schnarchen würde anhören müssen.

Ermengarde war nicht da. Das war sie zu dieser Stunde nie. Mit welchem Offizier war sie heute Abend wohl zusammen? Maria konnte es nicht begreifen, woher das Mädchen die Energie nahm, nach einem vollen Arbeitstag den ganzen Abend mit Tanzen zu verbringen.

Maria knipste die Tischlampe an. Die Wohnung war kalt. Und still. Und leer.

Sie hängte ihren Mantel an den Haken, streifte ihre Schuhe ab und entledigte sich ihrer Schwesternkleidung mit der Schürze. Dann zog sie ihren abgetragenen Morgenmantel und die Pantoffeln an und ging in die Küche – falls man diesen schuhkartongroßen Raum überhaupt als solche bezeichnen konnte. In der Spüle stapelte sich schmutziges Geschirr; so viel zu Ermengardes Bereitschaft, ihren Teil zur Hausarbeit beizutragen.

Maria hatte plötzlich nicht mehr die Energie, sich einen Tee zu machen. Sie schlich ins Schlafzimmer, rollte sich auf ihrem Bett zusammen und versuchte, warm zu werden. Langsam ging sie daran, die Nadeln aus ihrem Haar zu ziehen, dass die Strähnen ihr ins Gesicht fielen.

Da hörte sie die Wohnungstür.

»Ich dachte, du schläfst schon«, war Ermengardes ganze Begrüßung.

Maria schüttelte den Kopf. »Ich bin erst vor einer halben Stunde gekommen.«

»Das war ja so langweilig heute Abend. Ein Haufen aufgeblasene Grünschnäbel, die vom Endsieg schwafelten. Ich bin todmüde. Bleibst du noch länger auf?« Ermengarde ließ sich auf ihr Bett fallen, zündete sich eine Zigarette an und fing an, sich Lockenwickler ins Haar zu schieben. Es war das perfekte Bild von alldem, was Maria nicht sein wollte.

Maria verkroch sich unter ihrer Bettdecke und schloss die Augen, während Ermengarde weiter mit ihrem Haar beschäftigt war. Mit Macht überkam sie von Neuem das Gefühl, hier fehl am Platz zu sein.

Dreiundzwanzig

31. März 1943
Berlin

»Also, bitte alle in die Kamera schauen. – Jawohl, so ist es richtig.« Der Kopf des Fotografen verschwand unter dem schwarzen Tuch.

Dietrich griff nach oben, um seinen Schlips gerade zu ziehen. Nur Sabine und ihr Mann fehlten – nicht freiwillig, sondern weil sie das Land hatten verlassen müssen. Die übrigen Bonhoeffers – alle Lieben von Vater – waren zur Feier dieses ganz besonderen Geburtstages zusammengekommen.

Bevor Dietrich die Hand wieder senken konnte, kam der Blitz, und sie waren auf die Platte gebannt, die ganze Runde, wie sie lächelnd in die Kamera schauten oder auch nicht, draußen vor dem Haus der Eltern, wo selbst der Himmel lachte und seine Sonnenstrahlen auf sie herabschickte.

Alle begannen, auf einmal zu reden. Enkelkinder kletterten vom Schoß ihrer Eltern herunter, fröhlich lächelnd, was an dem Kuchen liegen mochte, den sie kaum eine Stunde zuvor gegessen hatten. Er hatte ausgezeichnet geschmeckt – eine kleine Köstlichkeit.

»Gehen wir wieder rein, Leute, für den Geburtstagstoast!« Klaus hob seine Stimme, damit jeder ihn hören konnte. Der Fotograf packte seine Ausrüstung zusammen. Rüdiger und die beiden Dohnanyi-Jungen begannen, die Stühle fortzutragen, auf denen einige der älteren Erwachsenen bei dem Familienfoto gesessen hatten.

Während sie ins Haus gingen, schob Dietrich sich neben Hans. »Ist das Geld in Sicherheit?«, murmelte er.

Hans nickte. Die ganze Geburtstagsfeier hindurch hatte er eine fröhliche Fassade beibehalten und kräftig in der Kantate mitgesungen, obwohl er am meisten von ihnen allen unter Spannung stand.

Aber nun war sein Blick müde, das einstudierte Lächeln weg. Eine größere Summe Reichsmark, die der Bekennenden Kirche gehörte, war von Hans' Safe im Büro der Abwehr an einen sichereren Ort geschafft worden, rein zur Vorsicht. Nach dem gescheiterten Attentat im Zeughaus lagen ihre Nerven blank. Es war immer noch kaum zu glauben, dass Rudolf von Gersdorffs Einsatz vergebens gewesen war, und das alles nur, weil Hitler plötzlich beschlossen hatte, die Ausstellung vorzeitig zu verlassen. Ein paar Minuten länger, und alles wäre gut gewesen.

»Ich habe mein Zimmer gründlich unter die Lupe genommen. Du solltest das mit deinem Schreibtisch auch machen, falls etwas passiert, während du in der Schweiz und in Rom bist.«

Dietrich nickte. »Bleibt es bei Mitte April?«

»Ja. Bis dahin sollten alle Papiere fertig sein. Die Unterlagen sind in meinem Arbeitszimmer. Ich gebe sie dir nachher; erinnere mich noch mal dran, falls ich es vergessen sollte.«

Sie gingen weiter zur Haustür, durch das Gewimmel der übrigen Verwandtschaft. Die Dohnanyi-Jungen schauten sehnsüchtig zu der großen Eiche hoch, als stellten sie sich vor, wie sie oben im Geäst saßen. Der Tag würde kommen, an dem Hans endlich Zeit hätte, seinen Söhnen das Klettern auf Bäume beizubringen, anstatt bis zur Erschöpfung einen Putsch gegen die Regierung vorzubereiten. »Da oben würd' ich gern mal sitzen. Du nicht auch?«, rief Christoph aufgeregt.

Wenn nicht heute, wann dann?

»Du vergisst nie etwas.« Dietrich zeigte auf die Jungen. »Warum spielst du nicht eben ein bisschen mit ihnen? Klaus überlebt's, wenn du bei seiner Rede nicht dabei bist, und … sie brauchen dich mehr.«

Hans schaute zu seinen Söhnen hin, als sehe er sie seit Monaten zum ersten Mal bewusst. Er nickte, klopfte Dietrich kurz auf die Schulter, lief zu den Jungen hinüber und rief sie beim Namen.

Dietrich schaute ihnen lächelnd hinterher, dann folgte er den anderen ins Haus. Lotte, Ursula und Renate waren dabei, Gläser auszuteilen. Jeder hatte seinen Obolus beigetragen, um den Wein kaufen zu können – ein weiteres Beispiel für ihren Zusammenhalt in diesen schwierigen Zeiten.

Dietrich trat zu seinen Eltern, die auf den Ehrenplätzen auf dem Sofa saßen. Er lächelte seinen Vater an. »Na, ist das ein schöner Geburtstag?«

Ein Lächeln ging über die faltigen Wangen seines Vaters. Er legte seine Hand auf die seiner Frau. »Ich bin ein glücklicher Mann, Dietrich. Sehr glücklich.«

Renate kam eilig herbei, um Dietrich ein Glas zu reichen, dann, noch bevor er »Dankeschön« sagen konnte, sauste sie wieder zurück an Eberhards Seite.

Dietrich musste lächeln über das glückliche Paar. Er zwang den Schmerz, der in seiner Brust hochstieg, beiseite.

Vor zwei Tagen hatte er wieder einen Brief von Maria erhalten. Ohne Frau von Wedemeyers Besuchsverbot wären sie jetzt vielleicht das zweite verlobte Paar gewesen. Aber gut, wenigstens schreiben konnten sie sich. In diesem letzten Brief hatte Maria ihm ein Bild von sich geschickt. Im letzten Sommer aufgenommen, kurz bevor ihr Vater fiel, zeigte es sie halb im Profil, mit hochgestecktem Haar. In Berlin hatte sie älter ausgesehen mit ihren Locken und dem roten Kostüm. Aber ihr Lächeln hatte sich nicht verändert. Ein leises, gelassenes Lächeln, mit Spuren von dem spitzbübischen Mädchen, das ihn aufgefordert hatte, mit ihm durch den Regen zu rennen.

Wie er sie vermisste! Liebe. Was für eine Wonne! Und was für ein Schmerz!

Klaus stand in der Mitte des Zimmers, dicht umringt von den anderen. Er hielt sein Glas hoch. »Ich versuche, es kurz zu machen, Vater.«

Allgemeines Gekicher. Dietrich wusste gut, dass sein Vater nicht viel von solchem »Gedöns« hielt, aber trotzdem mitmachte. Und sich freuen würde.

»Ich glaube, wir alle hier, die deine Kinder sind, betrachten es als großes Vorrecht, dass wir mit dir als Haupt und Steuermann dieser Familie aufwachsen durften. Du hast uns nicht so sehr mit Worten geführt, sondern durch dein Beispiel und Vorbild, und Beispiele, wie das alte Sprichwort sagt, sprechen lauter als Worte. Du hast uns dazu erzogen, Wahrheit und Intelligenz zu lieben, und uns Mut gemacht, unsere Gaben und Talente zum Besten der Menschheit einzusetzen. Das Gleiche hast du für jedes deiner Enkelkinder getan. Und so sind unsere Herzen in dieser Stunde voll von Liebe und Dankbarkeit, und ich wünsche dir im Namen aller hier alles, alles Gute zum Geburtstag.« Klaus machte eine ausholende Geste mit beiden Händen. »Wir trinken auf Karl Bonhoeffer, Ehemann, Vater, Großvater, Arzt und Freund. Prost!«

Alle hoben ihre Gläser. »Auf Karl Bonhoeffer!«

»Auf Opa!«, rief Bärbel laut, einen halben Takt nach den anderen.

Gelächter. Gläser klirrten.

Hans kam in den Salon, die Jungen zwei Schritte vor ihm. Sein Gesicht war nicht entspannt, wie Dietrich gehofft hatte, sondern eine Maske starrer Selbstbeherrschung. Gleich hinter ihm kam ein zweiter Gast, in voller Uniform und mit einem ernsten Ausdruck auf dem glatten arischen Gesicht.

Dietrich spürte, wie seine Muskeln sich anspannten. *Nicht heute. Bitte nicht heute. Nicht an Vaters Geburtstag!*

Der Beamte bahnte sich seinen Weg durch die Menge. Die Kleinsten schob er einfach beiseite, als seien es lästige Ameisen. »Karl Bonhoeffer?«

Vater? Die wollten zu seinem Vater? Aber der hatte doch gar nicht …

»Das bin ich.« Der alte Bonhoeffer, das Weinglas in der Hand, versteifte sich auf seinem Sofa.

Hans legte seine Hände auf die Schultern der beiden Jungen. Christel stand an der Wand; das satte Rot ihres Kostüms ließ ihr Gesicht doppelt bleich erscheinen. Eberhard hatte schützend einen Arm um Renate gelegt.

»Ich komme, um Ihnen die Grüße unseres Führers zu überbringen.« Der Mann zog ein Dokument aus einer Ledermappe und hielt es zackig hoch. »Und um Ihnen die Goethe-Medaille zu überreichen, zum Zeichen der Dankbarkeit für Ihren lebenslangen Dienst für Deutschland.«

Dietrich atmete erleichtert aus; er hatte gar nicht gemerkt, wie er die Luft angehalten hatte. Dies hier war keine Verhaftung. Die Goethe-Medaille war eine hohe Ehre – eine, die sein Vater mehr als verdiente. Obwohl … Hätte der Verleiher der Medaille gewusst, wie oft ihr Empfänger ihn schon für wahnsinnig erklärt hatte, er hätte es sich bestimmt anders überlegt.

»Ich … ich fühle mich geehrt.« Karl Bonhoeffer schien noch mehr sagen zu wollen, aber der Uniformierte begann etwas abzulesen. »Im Namen des deutschen Volkes verleihe ich Professor Emeritus Dr. Karl Bonhoeffer die Goethe-Medaille für Kunst und Wissenschaft, die von dem verstorbenen Reichspräsidenten von Hindenburg gestiftet wurde. Gezeichnet: Der Führer, Adolf Hitler.« Der Mann zog eine kleine Schachtel unter seinem Arm hervor und holte die Medaille heraus. Mit knallenden Absätzen trat er zu Dietrichs Vater und heftete sie ihm an das Revers seiner Jacke.

»Danke.« Karl Bonhoeffer betrachtete die Medaille und strich mit den Fingern darüber.

»Aber jetzt möchte ich Ihre Gesellschaft nicht länger stören. Heil Hitler!« Der Beamte salutierte und marschierte zurück zur Tür.

Die Enkelkinder scharten sich schon um ihren Opa, um die Medaille zu bestaunen.

Dietrich bahnte sich einen Weg zu Hans, der an der Wand lehnte – oder sollte man sagen: klebte? »Alles in Ordnung?« Hätten sie sich nicht mitten in einer Verschwörung befunden, Dietrich hätte seinem Schwager einen starken Beruhigungstrunk und vierzehn Tage Bettruhe empfohlen.

»Ich weiß nicht, was da eben über mich gekommen ist«, flüsterte Hans. »Als ich sah, wie der Wagen vorfuhr, bin ich durchgedreht. Ich hab den Mann reingeführt, ohne mir auch nur anzusehen, wer er war, und die ganze Zeit hab ich gedacht: ›Warum holen die Vater? Der hat doch gar nichts gemacht.‹ Ich hätte nicht so die Nerven verlieren sollen.«

»Das hast du doch gar nicht. Ich war der Einzige, der überhaupt was gemerkt hat.« Dietrich machte Lotte Platz, die die leeren Gläser in die Küche trug. »Wir sind alle nervös, das ist ganz normal. Aber heute ist nichts passiert.« Er versuchte ein beruhigendes Lächeln.

»Nein.« Hans seufzte. »Heute nicht.«

* * *

5. April 1943
Berlin

Dietrich nahm den Telefonhörer. Sein Magen knurrte. War es schon Mittagessenszeit? Er hatte den Morgen in seinem Zimmer verbracht, wo er die nächsten Seiten seiner *Ethik* geschrieben hatte. So gut wie heute war er schon lange nicht mehr weitergekommen und war dankbar dafür, denn auf seiner Reise würde er kaum Zeit zum Schreiben haben.

Er würde Hans anrufen und ihn fragen, ob er sich morgen mit ihm treffen könne, um noch einmal alles zu besprechen. Danach würde er Lotte bitten, ihm ein belegtes Brot zu machen. Die Dohnanyis in der Mittagszeit anzurufen, war vielleicht nicht besonders höflich, aber jetzt war Hans wenigstens zu Hause. Er nannte der Vermittlung die Nummer und wartete.

Die Sekunden tickten dahin. Warum nahm niemand ab?

Endlich klickte es in der Leitung. »Hier bei Dohnanyi.« Eine fremde Stimme, barsch und abweisend. Definitiv nicht Hans.

Dietrich knallte den Hörer auf die Gabel. Das Blut brauste in seinen Ohren. Wie ein elektrischer Schlag durchzuckte ihn die grausame Erkenntnis: Worüber sie so viel gesprochen, was sie so lange gefürchtet hatten, war eingetreten. Die Gestapo war dabei, Hans' Haus zu durchsuchen. Ihn zu verhaften. Und als Nächstes würden sie zu Dietrich kommen.

Seine Augen schlossen sich. Seine Seele schickte ein stummes Gebet zum Himmel. Er holte tief Luft und öffnete die Augen wieder.

Ihm blieb nicht viel Zeit. Jeder Augenblick wollte genutzt sein. Vernünftig. Keine Emotionen, nur kühle Logik.

Im Obergeschoss hielten seine Eltern ihren gewohnten Mittagsschlaf. Nein, er würde sie nicht wecken. Wie ein Zuschauer in einem Albtraum stieg er die Treppe hoch. Er wunderte sich, dass seine Beine ihn trugen. In seinem Zimmer ließ er den Blick über die vier Wände schweifen, über sein ordentlich gemachtes Bett, die Bücher und den Schreibtisch. All das würde die Gestapo bald durchsuchen. Seine Schritte klangen lauter als sonst auf dem Holzfußboden.

Sein Schreibzeug hatte er auf dem Tisch liegen lassen. Er legte alles schön gerade hin, räumte die Füllhalter in ihr Fach, warf zwei Blätter Schmierpapier in den Papierkorb. Reine Routine, aber notwendig.

Er öffnete die Schreibtischschublade, wo alles genau für diesen Augenblick bereitlag. Zuoberst legte er das fiktive Tagebuch, das er letztes Jahr in der Schweiz geschrieben hatte. Hans hatte es gelesen und anerkennend erklärt, Dietrich gebe darin eine perfekte Mischung aus staubigem Theologen und scharfsinnigem Intellektuellen ab. Jener Tag schien eine Ewigkeit zurückzuliegen. Dann kam der Brief, den er mit der Maschine geschrieben hatte – auf Papier, das sie extra zu diesem Zweck besorgt hatten. Datiert auf das Jahr 1940, sollte er die Gestapo glauben machen, dass Dietrich gleich zu Anfang des Krieges der Abwehr beigetreten sei, und nicht erst später, um der Einberufung an die Front zu entgehen.

Gut. Es war alles da, was da sein sollte. Als Nächstes musste das weg, was nicht da sein durfte.

Systematisch überflog Dietrich jedes Blatt, egal, wie unwichtig es schien. Schreiben, die seinen Status als guter Lutheraner untermauerten, legte er zurück in den Schreibtisch, andere auf einen rasch anwachsenden Stapel. Er konnte es sich nicht leisten, auch nur eine winzige Kleinigkeit zu übersehen. Ein einziger Zettel, zwei Seiten, die zusammenklebten, und es wäre aus mit ihm und Hans.

Er schaute zu den Deckenbalken hoch, wo er sein »Nach zehn Jahren« versteckt hatte. War es sicher dort oben? Sollte er es nicht lieber zusammen mit dem Rest verbrennen? Wenn die Gestapo eines war, dann gründlich. Nein, er hatte das Manuskript gut versteckt.

Er ging zurück nach unten, dann hinaus in den Garten. Sonne. Vögel. Frühling. Sie hießen ihn alle willkommen, fast freudig, als er sich in einer Ecke neben die Sträucher kniete, ein Streichholz anzündete und jedes einzelne Blatt den Flammen übergab. Die Hitze brannte ihm im Gesicht. So musste sich in seiner Kindheit ihre Köchin gefühlt haben, wenn sie im Ferienhaus der Familie in Friedrichsbrunn am heißen Herd stand und Pfannkuchen machte, das Gesicht ganz rot. Dass er ausgerechnet jetzt an so etwas denken musste.

Als er alle Papiere verbrannt und die Asche unter einen Strauch gestreut hatte, wischte er sich die Hände ab und ging hinüber zum Haus seiner Schwester. Ursula würde auch heute ein warmes Mittagessen auf den Tisch bringen. Er brauchte jetzt mehr als nur ein Butterbrot. Sein Magen knurrte im Augenblick nicht mehr, aber der Appetit würde schon noch kommen. Wer wusste schon, wann er das nächste Mal etwas Anständiges zu essen bekommen würde?

Er öffnete das Gartentor und lief rasch zur Haustür. Davon abgesehen, dass er sonst immer etwas zur Mahlzeit beitrug, wenn er zum Mittagessen auftauchte, hätte dies jeder andere Mittag sein können. Er hätte sich zum Beispiel mit Eberhard, der oft bei den Schleichers war, über einen Artikel unterhalten, den er gelesen hatte. Vielleicht einen Teil seiner persönlichen Butterration für die Kinder mitgebracht, obwohl Ursula das Angebot meist dankend ablehnte.

Wie an irgendeinem anderen Mittag.

Aber heute war nicht irgendein Mittag.

Er klopfte an die Tür. Wie ruhig er war! Seine Hände zitterten noch nicht einmal.

Ursula öffnete und wischte sich die Finger an ihrer Schürze ab. Sie sah angenehm überrascht aus. »Ah, Dietrich! Wir sind gerade beim Mittagessen.«

Wenigstens seine innere Uhr stimmte. »Darf ich mich dann dazusetzen?«

Sie hob eine Augenbraue.

Er holte tief Luft, streckte die Hand aus und legte sie auf ihre. »Ursula.« Er bemühte sich, seine Stimme ruhig zu halten. »Die Gestapo ist bei Hans und Christel. Ich werde der Nächste sein. Kannst du mir was zu essen geben, bevor ich wieder gehe?«

Ursula riss die Augen auf. Die Farbe wich aus ihrem Gesicht. Sie nickte stumm. Wie sie alle hatte sie die ganze Zeit gewusst, dass dieser Moment kommen konnte. Sie waren alle informiert. Aber etwas als Möglichkeit zu wissen, war eines; es miterleben zu müssen, etwas ganz anderes.

»Ist Eberhard da?« Wie er hoffte, dass das Paar nicht ausgerechnet heute Wohnungen besichtigte!

Aber Ursula nickte. Große Erleichterung.

Er trat ein und sie gingen ins Esszimmer, das in bester Schleicher-Tradition so sauber und aufgeräumt war, als sei Sonntag. Eberhard und Renate saßen allein an dem großen, von einem weißen Tischtuch bedeckten Tisch. Von den Schüsseln und Servierplatten stieg der Duft von Kartoffelpuffern, Kohl und Brot auf. Ursula verschwand in der Küche.

Eberhard und Renate, deren Teller schon halb leer waren, unterbrachen ihre Unterhaltung und sahen ihn an.

»Guten Tag.« Dietrich setzte sich, nahm sich einen sauberen Teller und begann ihn zu füllen. Dabei spürte er die fragenden Blicke des Paares. Nur keine Zeit verlieren!

Ursula erschien in der Tür, ihr Gesicht eine Maske der Selbstbeherrschung, immer noch bleich. In den Händen hielt sie einen Teller mit Apfelstrudel.

Renate brach das Schweigen. »Onkel Dietrich! Was ist los?«

Dietrich legte den Servierlöffel ab und sah Eberhard an. »Die Gestapo durchsucht gerade das Haus der Dohnanyis. Als Nächstes werden sie zu mir kommen. Ich habe schon alles aufgeräumt bei mir oben.«

Gut, dass wenigstens Eberhard nicht blass wurde oder schockiert aussah, wie Ursula und Renate. Er nickte bloß. »Na, dann gehört der letzte Kartoffelpuffer dir.« Er schob ihn von der Platte auf Dietrichs Teller.

Dietrich senkte den Kopf und sprach ein stummes Gebet. *Danke für dieses Essen und für die, die es zubereitet haben …* Mehr konnte er nicht beten. Er hob den Kopf wieder und nahm die Gabel in die Hand. Das Magenknurren war seit Langem verschwunden, und jetzt spürte er … ja, was? Er wusste es selbst nicht, aber er musste etwas zu sich nehmen. Eine Lieblingsmethode der Verhörbeamten bestand darin, den Häftling auszuhungern. Hunger schwächte die Widerstandskraft. Und sie würden ihn verhören, da gab es keinen Zweifel.

Ursula sank neben Renate auf ihren Stuhl. »Und wie lange …?«

Er schluckte und wischte sich mit der Serviette über den Mund. »Keine Ahnung. Vielleicht eine Stunde, vielleicht auch weniger.« Er nahm den nächsten Bissen.

»Und Rüdigers Arbeitszimmer?«, flüsterte Ursula mit angstgeweiteten Augen.

»Das schauen wir uns gleich an, wenn ich fertig bin. Alles Verdächtige muss weg.« Das Kauen und Schlucken war auf einmal Schwerarbeit. Alles schmeckte wie Pappe.

»Warum haust du nicht einfach ab? Du hast doch diese Reisegenehmigung.« Eberhards Blick wanderte zum Fenster, dann wieder zurück zu Dietrich.

Dietrich schüttelte aufseufzend den Kopf. Spätestens an der Grenze würden sie ihn kriegen. Und wenn sie ins Haus der Bonhoeffers kamen und der Vogel ausgeflogen war, dann würden sie eben seine Eltern verhaften. Vielleicht auch Rüdiger und Ursula. Sogar Eberhard. Nein, das konnte er ihnen nicht antun. »Dafür ist es zu spät, mein Freund.«

Eberhard nickte. Er tat es sichtlich ungern, aber versuchte nicht weiter, seinen Freund umzustimmen.

»Es ist besser so.« Dietrich fuhr mit dem Finger über das Tischtuch. Wie weiß und sauber es war! Wie frisch gewaschene Kleider oder Betttücher. Dinge, die ein Häftling entbehren musste.

Nur wer für die Juden schreit, darf auch gregorianisch singen.[18]

Das hatte er oft gesagt. Und so gemeint. Und er meinte es immer noch so. Jetzt erst recht.

Er fuhr fort: »Hans und ich haben alles vorgeplant. Er übernimmt die ganze Verantwortung, ich spiele den einfältigen Pfarrer, und Canaris stärkt uns den Rücken. Wir werden es schaffen. Ich bin mir sicher, dass wir uns schon bald wiedersehen.« Er versuchte ein Lächeln.

Ursula und Renate sahen halb erleichtert aus. Eberhard nicht. Dietrich hatte es gelernt, die Gedanken seines Freundes zu lesen, und was er gerade dachte, war ungefähr dieses: *Und wenn sie dich foltern, Dietrich? Was machst du dann?*

Das weiß ich nicht, Eberhard.

Die haben Methoden, die direkt aus der Hölle kommen. Wie willst du denen standhalten?

Gott wird mir die Kraft geben.

Folter, Dietrich, Folter! Jeder denkt: ›Ich werde tapfer sein und nichts sagen‹, aber nur wenigen gelingt das. Und die, denen es gelingt, überleben es meist nicht.

Hör auf, Eberhard!

Als er fertig gegessen hatte, stellte Ursula den Teller mit dem Apfelstrudel vor ihn auf den Tisch. Der goldbraune Teig, die Apfelstücke, die durch die Ritzen lugten, der Duft der Tage, als man sich noch nicht den Kopf über Diktatoren oder Verhaftungen zerbrochen hatte. Ein Duft nach Freiheit. Was mochten die Äpfel gekostet haben? Oder der Zucker? »Wo hast du denn das her, Ursula? Das kann ich nicht essen, das sollen die Kinder bekommen.« Er legte die Hände vorne um den Teller, im Begriff, ihn wegzuschieben.

Seine ältere Schwester aber streckte ihre Hände über den Tisch und schob dagegen. Er spürte ihre Finger, die Finger einer starken, klugen Frau. Der Blick in ihren Augen war halb eisern, halb barmherzig. »Der Strudel kommt von Frau Linz gegenüber, und du wirst ihn jetzt essen, Dietrich Bonhoeffer. Dies ist ein Befehl!« Sie drückte seine Hände.

Besser nicht fragen, wie viel sie für den Kuchen bezahlt hatte.

Wortlos nahm er sein Messer, schnitt den Strudel in vier Teile, gab jedem ein Stück auf einer Serviette und sah ihnen dabei fest in die Augen.

Wann würden sie das nächste Mal um einen Tisch herumsitzen und gemeinsam eine Mahlzeit einnehmen? Sie aßen den Kuchen in andächtigem Schweigen.

Danach gingen sie alle vier in Rüdigers Arbeitszimmer. Sie wussten nicht, ob sie etwas finden würden, denn Rüdiger besaß nur wenige Schriftstücke, die als belastend gelten konnten. Dietrich begann, den Schreibtisch leerzuräumen, und Ursula, Eberhard und Renate schauten sich jedes Schriftstück und jeden Aktenhefter an. Das meiste hatte mit Rüdigers Anwaltstätigkeit zu tun, nur eine Handvoll Dokumente enthielt Informationen, die auf verschwörerische Tätigkeiten hindeuten könnten. Die trugen Eberhard und Renate in den Garten und verbrannten sie.

Die vier kehrten ins Esszimmer zurück und setzten sich wieder, schweigend. Das Codesystem war besprochen. Wie es Hans oder den anderen gerade erging, wer wollte das wissen? Sie konnten nur abwarten.

Dietrichs Finger zeichneten eine »8« auf das Tischtuch. Er räusperte sich. »Habt ihr euch schon Wohnungen angeschaut, du und Renate?«

Eberhard nickte. »Ein paar. Gestern haben wir eine besichtigt, die dir ganz gut gefallen hat, Renate, nicht wahr?«

»Ja, sie war hübsch. Klein, aber gemütlich.« Über Renates Kopf tickte die Wanduhr, die Dietrich Ursula und Rüdiger zur Hochzeit geschenkt hatte, langsam vor sich hin. Fast vier Uhr.

»Sorgt dafür, dass ihr euch mit dem Vermieter über alles Wichtige einigt, und zwar vorher. Lasst euch auf keine nachträglichen Änderungen ein.« Dietrich schaute zu dem Fenster hin, durch das man den Weg zum Haus der Eltern sah.

Und sah seinen Vater.

Sein Magen verkrampfte sich.

Sie waren da.

Er stand auf. Die Dringlichkeit blendete seine Angst aus. »Es ist Zeit. Ich muss rüber.«

Die drei anderen standen ebenfalls auf. Stühle schleiften über den Fußboden. Er schaute sie an, ließ das Bild auf sich wirken. Ursula, in ihrem grünen Schürzenkleid, das dunkle Haar glatt und glänzend in seinem Knoten, ihr Lächeln verhalten, aber stark. Eberhard, dessen Mimik und Gedanken er genauso gut kannte wie seine eigenen, die Stirn in Sorgenfalten gelegt. Die junge Renate, die Augen tapfer und ängstlich zugleich, die Arme um die Brust geschlungen, eine erwachsene Frau und doch ein kleines Mädchen.

Er umarmte Ursula. »Es wird ein paar Wochen dauern, nicht länger. Und wenn ich wiederkomme, entschädige ich dich für das Essen, in einem gemütlichen Restaurant.«

Ursula nickte. Die Falten in ihrem Gesicht verrieten, wie viel Kraft es sie kostete, sich zusammenzunehmen. »Abgemacht. Die Rechnung geht auf dich.« Sie lächelte.

Als Nächstes umarmte Dietrich Renate. Sie drückte ihn fest, ihr Körper zitterte leicht. »Wenn ich wiederkomme, will ich alles über eure Hochzeitspläne erfahren. Schreibt's euch auf. Ich überlege mir schon mal einen guten Predigttext.«

Renate trat zurück, die Augen feucht. »Wir warten auf dich.«

Er wollte sich gerade von Eberhard verabschieden, da klopfte es an die Tür. Sein Vater. Dietrich packte die Hand seines Freundes und sah ihm in die Augen. »Bete für mich«, flüsterte er.

Eberhard nickte. »Bin schon dabei.«

Dietrich wandte sich zum Gehen. Seine Beine zitterten nicht. Er atmete ruhig und öffnete die Tür.

Tief besorgt blickte ihn sein Vater unter zusammengezogenen Brauen an. »Sie sind da.« Unzählige quälende Fragen spiegelten sich in den Augen Karl Bonhoeffers. Sein Gesicht war bleich; er schien binnen weniger Minuten um Jahre gealtert zu sein.

Dietrich lächelte matt. »Ich weiß. Gehen wir.«

Zur Tür hinaus, die Stufen hinunter in die warme Sonne und die Frühlingsluft. Oben das sanfte Blau des Himmels und ein paar luftige

Wolken. Das richtige Wetter für ein Picknick … Wann war er das letzte Mal bei einem Picknick dabei gewesen? Unter seinen Schuhen knirschte der Kies; es klang wie tausend winzige Knochenstücke, die sich aneinanderrieben.

An der Haustür des Bonhoeffer'schen Hauses wartete seine Mutter und führte sie hinein. An ihrer Wange waren noch die Abdrücke des Kopfkissens vom Mittagsschlaf zu sehen; mehrere Haarsträhnen hingen ihr ins Gesicht. Sie hüllte sich eng in ihren Pullover. »Sie sind oben.« Angst stand in ihren Augen. »In deinem Zimmer.«

»Ist schon recht, es wird alles gut.« Er umarmte sie. Gegen seine kräftige Figur wirkte sie klein. Doch wie stark sie immer gewesen war! Stark, aber auch zerbrechlich. Voller Glauben und Willensstärke, aber auch nur ein Mensch, der seine Wunden hatte. Wie furchtbar, dass seine Eltern das hier erleben mussten! In ihrem Alter hatten sie ein sorgloses Leben verdient. Stattdessen mussten sie mitansehen, wie ihr eigener Sohn wie ein Verbrecher abgeführt wurde.

Er drückte sie fest an sich. Wenn er sich als Kind ein Knie aufgeschürft oder einen Ball in die Augen bekommen hatte, war sie immer für ihn stark gewesen. Während ihrer Umarmung saugte er wieder diese tröstende Kraft in sich auf, ließ sich von ihr neuen Mut schenken.

»Ich komme gleich wieder.« Er ging zur Treppe. Jeder Schritt hallte im Treppenhaus. Was erwartete ihn dort oben? Das obere Ende der Treppe lag im Halbdunkel und ihm war, als laufe er geradewegs in einen Nebel hinein.

Er holte kurz Luft und strich seine Krawatte gerade. In seinem Hinterkopf hörte er wieder Hans' Anweisungen: *Du bist Pastor und weißt von nichts. Du bist ruhig, vielleicht ein bisschen durcheinander und der typische Lutheraner.*

Ja, die ganze Welt war eine Bühne, wie Shakespeare einmal geschrieben hatte. Aber nur wenige mussten ihre Rolle in einer Situation spielen, in der es um Leben oder Tod ging. Und es reichte hier nicht, den Unschuldigen zu spielen, er musste unschuldig *sein*. Alles andere würde das Ende bedeuten.

Gott, hilf mir!

Gemessenen Schrittes trat er in sein Mansardenzimmer. Die beiden Männer drehten die Köpfe zu ihm. Der eine, in Gestapo-Uniform, stand neben dem Schreibtisch, dessen Inhalt über das halbe Zimmer verstreut war. Der andere saß auf dem Schreibtischstuhl, die langen Beine ausgestreckt, als sitze er in einem Strandkorb; zwischen seinen schlanken Fingern steckte eine Zigarette, deren Asche er einfach auf den Fußboden schnippte. »Sind Sie Dietrich Bonhoeffer?«

Dietrich nickte knapp. Der Blick aus den grauen Augen des Mannes erinnerte ihn an einen Fuchs – glatt und listig.

»Oberkriegsgerichtsrat Manfred Roeder.« Er zog langsam an seiner Zigarette. »Und mein Kollege dort ist Kriminalkommissar Franz-Xaver Sonderegger. Möchten Sie sich setzen, bis wir mit unserer Durchsuchung fertig sind?«

Dietrich stand reglos da. Sonderegger ging mit geübten Fingern den Stapel der Papiere vor sich durch; jede Bewegung saß. Hatte er das fiktive Tagebuch und den Brief schon gefunden?

»Gut, wie Sie wollen. Wenn Sie lieber stehen – gerne.« Roeders Ton war aalglatt.

Hans … Hatte er diesen Mann nicht erwähnt? *Er gefällt mir nicht, Dietrich.*

Roeder warf die Zigarette auf den Boden, wo er sie mit dem Absatz seines tadellos polierten schwarzen Schuhs austrat. In seinem schwarzen Anzug sah er aus wie ein sprungbereiter Panther. »Ich nehme an, Sie wissen, warum wir hier sind?«

Sonderegger trat vom Schreibtisch zum Bücherregal. Als er an Dietrich vorbeikam, warf er ihm einen angewiderten Blick zu. Er war älter, größer und muskulöser als Roeder, ein perfekter Offizier in der Kriegsmaschinerie der Nazis.

»Sie sind nicht sehr gesprächig, Pastor Bonhoeffer, nicht wahr?« Langsam, fast schon gemächlich erhob sich Roeder von seinem Stuhl. »Man fragt sich, wie Sie es fertigbringen, genügend Worte für eine Predigt zusammenzubekommen.«

Es war Zeit für das Verteidigungsplädoyer. Dietrich hob achselzuckend die Hände. »Ich weiß nicht recht, was ich sagen soll. Ehrlich gesagt, ich bin etwas schockiert. Ich war gerade im Haus meiner Schwester zum Mittagessen. Mein armer Vater war ganz fertig, als er rüberkam, um mir die Mitteilung zu machen. Und jetzt muss ich erleben, wie Sie in meinem Zimmer meine Sachen durchwühlen …« Er hoffte, dass er angemessen durcheinander aussah.

»Das hier ist reine Routine, das übliche Verfahren halt«, sagte Roeder. »Als Agent der Abwehr sollten Sie das eigentlich wissen.«

»Aber dies hier ist mein Privatzimmer.« Es fiel ihm nicht schwer, einen leicht gereizten Ton anzuschlagen. Er durfte sich nicht sang- und klanglos einfach abführen lassen, das wäre verdächtig gewesen. Sie wussten ja nicht, dass er über die Dohnanyis schon im Bilde war.

»Kennen Sie einen gewissen Wilhelm Schmidhuber?«, fragte Roeder wie beiläufig.

Sonderegger hielt inne und sah Dietrich aufmerksam an.

Der verzog keine Miene. Hoffentlich spürten die beiden nicht die Erleichterung, die ihn durchströmte. Sie hielten ihn also für einen Komplizen in Schmidhubers Devisenschmuggel. Von der Verschwörung gegen Hitler ahnten sie – nun ja, noch – nichts. »Schmidhuber? Das ist ein Kollege von mir.«

»*Ist*?« Sonderegger lachte schallend. »Sie meinen wohl *war!* Der Mann ist in Haft.«

»Das weiß ich schon.« Dietrich hielt seine Stimme genauso beiläufig wie Roeder.

»So, so. Und wissen Sie auch, dass er uns umfassend über Ihre *interessanteren* Aktivitäten aufgeklärt hat?« Roeder sagte es, als knalle er gerade eine Trumpfkarte auf den Tisch.

Ein Bild trat Dietrich vor sein inneres Auge. Sein Vater, wie er in seiner Praxis einen Disput mit einem Kollegen gehabt hatte. Der Kollege hatte auf ihn eingeredet, sein Vater aber hatte einfach dagestanden, mit gekreuzten Armen und einem halben Lächeln, und ihn reden lassen.

Dietrich wählte die gleiche Pose. »So? Das ist ja interessant! Was will der denn über meine Aktivitäten wissen? Ich arbeite für die Abwehr, meine Herren. Strikt vertrauliche Sachen, Sie verstehen.«

Roeder trat an den Schreibtisch und nahm eines der Papiere in die Hand. Er hielt es gegen das Licht des Fensters, das schwach hindurchschien, und musterte es. Dietrichs Schultern versteiften sich. Was schaute der Mann sich da an? Hatte er beim Verbrennen etwas vergessen? Der Schweiß tropfte ihm zwischen den Schulterblättern hinunter. Sonderegger öffnete Bücher, blätterte sie kurz durch und ließ sie auf den Boden fallen.

Roeder legte das Blatt wieder hin. »Sie dürfen gewiss sein, Herr Pastor: Wenn Sie uns etwas verheimlichen, werden wir es finden. Was wir suchen, das finden wir. Immer.« In seinen gelangweilt-höflichen Augen blitzte es heimtückisch auf, dass Dietrich ein kalter Schauer über den Rücken lief. Roeder war ein Mann, den man nicht unterschätzen durfte.

Und war sich dessen bewusst.

»Sie haben eines übersehen, Herr Kommissar.« Roeder nahm ein Buch vom Regal und blätterte es durch. »Warten Sie, ich helfe Ihnen.«

Sie ließen nichts aus. Jedes Kleidungsstück, jede Tasche in jeder Hose inspizierten sie. Sonderegger stellte sich auf einen Stuhl und beklopfte mit hochgerecktem Kopf die Deckenbalken, als suche er einen verborgenen Schatz. Selbst Dietrichs Socken rollten sie auseinander, inspizierten sie und warfen sie anschließend auf den Fußboden. Es war mehr als Hast und Unachtsamkeit, dieser Umgang mit Dingen, die einem anderen gehörten; es war Taktik, ein wohlkalkulierter Einbruch, der demonstrieren sollte, wer hier der Stärkere war.

Dietrich klopfte das Herz bis zum Hals. Er hatte den Artikel am anderen Ende der Zimmerdecke versteckt. Gleich hätten sie ihn.

Sein Mund wurde trocken. Es stand nichts Belastendes in dem Text, jedenfalls nicht auf den ersten Blick. Aber Roeder würde ihn gegen ihn zu verwenden wissen.

Die Augenblicke vergingen in Zeitlupe. Der Raum stank nach Roeders Zigarettenrauch und Sondereggers aufdringlichem Kölnisch Wasser. Wenn es noch einen anderen Geruch gab, der in dem Zimmer dominierte, dann war es die Angst. Dietrichs Angst, sosehr er auch versuchte, sie niederzuhalten. Er zwang sich mit aller Gewalt, einen desinteressierten Eindruck zu machen und statt auf die Männer auf den wachsenden Bücherhaufen auf dem Fußboden zu schauen, sich an die Titel zu erinnern und daran, wo er die Bücher herhatte.

Sonderegger stieg vom Stuhl herunter. Roeder warf ein Buch auf den Fußboden; es schlitterte ein Stück über die blanken Holzdielen.

»Fertig.«

Dietrich musste an sich halten, um nicht triumphierend zu grinsen. Sie hatten den Artikel nicht gefunden.

Ein populäres Marschlied pfeifend, zog Sonderegger die mitgebrachten Handschellen aus seiner Aktentasche und ließ sie demonstrativ von seiner Hand baumeln. Dietrichs Augen weiteten sich, als der Mann auf ihn zukam; instinktiv trat er einen Schritt zurück.

Von Handschellen hatte Hans nichts gesagt.

Die Fesseln der Verurteilten.

Nur ruhig! Nicht die Selbstbeherrschung verlieren! Selbstbeherrschung war alles.

»Wenn die Herren bitte entschuldigen.« Er trat an seinen Nachttisch, auf dem seine Bibel lag. Erst vor ein paar Tagen hatte er Marias Foto zwischen die Seiten geschoben. Er nahm die Bibel in die Hand und sah die Männer ruhigen Blickes an. Wenn er ging, dann ging seine Bibel mit.

»Hände!« Ein Eisklotz hatte mehr Wärme als Sondereggers Stimme.

Die Bibel unter dem Arm festgeklemmt, hielt Dietrich ihnen seine Hände hin. Das Eisen legte sich um seine Handgelenke und schnappte zu. Er zwang sich, die Wand anzusehen.

Ein Gefangener. Jetzt war er ein Gefangener.

Aber auch jetzt bist du bei mir, Gott.

»Los geht's.« Sonderegger stieß ihn in den Rücken, dass er kurz stolperte. Er fing sich und biss die Zähne zusammen. Was hätte er nicht alles dafür gegeben, um seinen Eltern diesen Anblick zu ersparen – wie ihr Sohn abgeführt wurde!

Sonderegger folgte ihm dicht auf den Fersen, als erwartete er, dass er einen Fluchtversuch machen würde. Roeder ging ganz hinten. Die Handschellen schnitten schmerzhaft in Dietrichs Handgelenke. Er versuchte, das Gleichgewicht zu halten, aber auf der dritten Stufe stolperte er. Die Bibel rutschte unter seinem Arm heraus und landete auf der übernächsten Stufe, halb aufgeblättert. Aus einer Ecke lugte Marias Bild.

»Nicht ganz in Form heute, wie?« Sonderegger schnalzte abschätzig und bückte sich, um das Buch aufzuheben. Er zog Marias Foto heraus und hielt es hoch. Marias Gesicht blickte ihn unschuldig an. Sonderegger musterte das Bild. Ein süffisantes Grinsen trat auf sein Gesicht.

»Könnte ich das bitte wiederhaben?« Dietrich sah den Mann kalten Blickes an. Innerlich hatte er Lust zu schreien.

»Hübsches kleines Ding, wie?« Sonderegger legte das Foto zurück in die Bibel und reichte sie Dietrich.

Der schob sie mit einer Hand zurück unter seinen Arm. Den Rest der Treppe hielt er seinen Kopf gesenkt, konzentriert auf jede Stufe.

Unten warteten seine Eltern. Das Gesicht seines Vaters verriet wenig Gefühle. Selbst in solch einem Augenblick verlor Karl Bonhoeffer nicht seine Selbstbeherrschung. Doch die Unterlippe von Dietrichs Mutter zitterte.

»Ich komme bald wieder. Passt gut auf euch auf.« Dietrich lächelte matt.

Seine Mutter umarmte ihn. Einmal, zweimal, Gestapo oder nicht. »Ich liebe dich, Dietrich.«

Roeder klopfte mit einem Fuß auf den Fußboden, Sonderegger schaute in die andere Richtung.

»Kommen Sie, Frau Bonhoeffer. Wir haben nicht den ganzen Tag Zeit.« Roeders Stimme klang gelangweilt.

Dietrichs Mutter ließ ihn los. Ihre Augen blieben trocken. Was für eine tapfere Frau!

Dietrich hielt seinen Kopf weiter gesenkt, als sie ihn aus dem Haus führten. Er hatte keine Lust, die schockierten Blicke etwaiger Nachbarn mitzubekommen, die Zeugen der Szene wurden.

In dem Baum, auf den Hans und seine beiden Söhne erst vor fünf Tagen geklettert waren, tirilierte ein Vogel. Dietrichs Augen folgten dem Vogel, dieser geflügelten Kreatur, die einfach wegfliegen konnte.

Bald würde er wieder zurück sein. *Vergiss das nicht, denk daran …*

Am Bordstein wartete ein schwarzer Mercedes. Sonderegger schob Dietrich auf die Rücksitzbank. Er landete unsanft, stieß mit dem Kopf gegen irgendetwas und zuckte vor Schmerz zusammen. Roeder grinste.

Die beiden Männer nahmen vorne Platz, Roeder am Lenkrad. Der Motor sprang an.

Dietrich fixierte das verdreckte Seitenfenster. Seine Eltern standen vor ihrem Haus. Sie sahen klein und verschwommen aus. Sein Vater hatte den Arm um seine Mutter gelegt. Reglos standen sie da und schauten zu ihm her.

Er lächelte. Konnten sie das überhaupt sehen? Er wusste es nicht. Dann sah er sie nicht mehr, und ein fast körperlicher Schmerz ergriff seine Seele.

Sie fuhren die Straße hinunter. Dietrich versuchte vergeblich, sich nur mit den Beinen in eine bequemere Position zu manövrieren. Er schaute hinaus, um auszumachen, in welche Richtung sie fuhren. Wo brachten sie ihn hin? Wo hatten sie Hans hingebracht?

Roeder bremste gerade noch rechtzeitig, um einer alten Frau auszuweichen, die einen Einkaufskorb trug. Eine halbe Sekunde war ihr erschrockenes Gesicht durch das Fenster zu sehen. Roeder fluchte. Sie fuhren weiter.

Der Sonnenschein machte grauen Wolken Platz. Irgendwie passend.

Bekannte Straßen, die Dietrich zu einem inneren Stadtplan zusammenfügte. Sie kamen am Schloss Charlottenburg vorbei und nahmen Kurs auf den Nordwesten der Stadt. Wenigstens fuhren sie nicht in Richtung Prinz-Albrecht-Straße, wo das höllische Gestapo-Gefängnis lag.

Aber vielleicht brachten sie ihn irgendwohin, wo es noch schlimmer war?

Roeder fuhr wie jemand, der es gewohnt war, dass andere ihm Platz machten. Dietrich wurde durchgeschüttelt, als sie wieder scharf bremsten, um nicht einen Jungen mit einem Handwagen zu überfahren.

Gerade zog draußen die große Eisenhütte Borsig vorbei. Jetzt wusste er, wo sie hinfuhren. Sollte er besorgt oder erleichtert sein? Für den Augenblick war er es leid, seine Gefühle zu analysieren und mit Namen zu versehen. Sie waren ein einziges Durcheinander, wie eines von Christophs Puzzles mit hundert Teilen.

Der Himmel war dämmrig geworden, als sie durch ein Tor fuhren, das wenige freiwillig passierten. Eine massive Mauer aus roten Ziegeln und drinnen zwei große Gebäude. Oben auf den Mauern Stacheldraht, wie eine perverse Dornenkrone, eine stumme Warnung an jeden, der es wagen sollte, einen Ausbruchversuch zu machen. In den Gebäuden in regelmäßigen Abständen Fenster; sie lagen hoch und waren vergittert.

Dietrich straffte die Schultern. Es hätte schlimmer sein können.

Er wurde erneut durchgeschüttelt, als der Wagen zum Stillstand kam. Uniformierte Wärter nahmen Haltung an, wie Zinnsoldaten; jeder kannte seinen Platz. Nur dass es keine Zinnsoldaten waren. Ihre Mienen waren finster, und sie trugen Pistolen.

Die hintere Tür des Wagens öffnete sich. Jemand packte Dietrich am Arm, dass ihm ein heftiger Schmerz in die Schulter schoss. Er sah zu den Fenstern hoch, die ihm wie ausdruckslose Augen vorkamen.

Sie waren im Wehrmachtsgefängnis Tegel.

Vierundzwanzig

5. April 1943
Hannover

Maria fuhr aus dem Schlaf hoch, einen Schrei auf den Lippen. Ihre Bluse klebte vor Schweiß. Es war halbdunkel in dem beengten Zimmer.

Nur ein Traum.

Sie ließ sich auf das Kissen fallen, fix und fertig. Ihr Herz hämmerte.

Schlaftrunkene Erinnerungsbruchstücke fügten sich zusammen und drückten ihr den Atem ab. Erst Dietrichs Gesicht, umgeben von tiefschwarzer Nacht. Dann rannte und rannte sie, wollte ihn einholen, aber als sie ankam, hatte die Finsternis ihn verschluckt. Egal wie weit sie ihre Hand ausstreckte, egal wie laut sie seinen Namen schrie, die Dunkelheit blieb, er kam nicht zurück.

Sie drückte ihr klammes Gesicht in das Kissen und versuchte, die Bilder abzuschütteln. Während ihrer ganzen Schicht im Krankenhaus hatte sie diese dunklen Vorahnungen gehabt. Sie hatte ein Tablett mit abgeräumtem Essgeschirr fallen lassen, dass der Fußboden mit Scherben und Essensresten übersät gewesen war. Die Stationsschwester hatte sie fürchterlich angeschrien, sie als Trampel beschimpft und erklärt, sie wolle sie für den Rest des Tages nicht mehr sehen. Worauf Maria in ihre Wohnung zurückgekehrt war, sich auf die dünne Matratze gelegt hatte und eingeschlafen war.

Sie streckte die Hand zur Nachttischlampe aus und knipste sie an. Das Licht erwärmte das Zimmer. Aber nicht ihr Herz.

Irgendetwas musste sie tun, um ruhiger zu werden. Sie öffnete ihr Tagebuch. Ganz vorne lagen die Briefe, die Dietrich ihr geschickt hatte, die Seiten zerknittert von den vielen Malen, die sie sie gelesen hatte. Sie faltete einen davon auseinander und fuhr mit zitternden Fingern die Zeilen entlang. Seine Handschrift. Wenn sie ihn nur sehen könnte! Bei ihm sein und wissen, dass es ihm gut ging.

War das so, wenn man verliebt war? Herzerwärmend und herzzerreißend zugleich? Liebte sie Dietrich Bonhoeffer? Wie war das möglich? Sie kannte ihn doch so wenig. Liebte sie das Bild von ihm, das sie vor ihr inneres Auge geholt hatte, oder ihn selbst?

Vorsichtig faltete sie den Brief wieder zusammen und blätterte zur nächsten leeren Seite im Tagebuch. Irgendwann, wenn sie endlich verheiratet waren, würde sie ihm die ganzen Briefe, die sie hineingeschrieben hatte, zum Lesen geben. Dann wären diese ganzen Sorgen und Ängste vergessen, und sie könnte darüber lachen, wie dumm sie gewesen war.

Sie nahm einen Bleistift und begann zu schreiben. Mit jedem neuen Strich kam das innere Flattern zurück.

Liebster Dietrich!

Ich habe Angst, dass etwas passiert ist. Etwas Schlimmes. Was ist los bei Dir?

* * *

5. April 1943
Wehrmachtsgefängnis Tegel

Die Zellentür knallte ins Schloss.

Dunkelheit. Der schmale Lichtstreifen, der durch das vergitterte Fenster unter der Decke fiel, konnte sie kaum vertreiben.

Dietrich stand in der Mitte der Zelle und rieb sich über seine Handgelenke. Nach der Leibesvisitation hatten sie ihm seine Kleider zurückgegeben. Sie hatten ihm auch die Handschellen abgenommen. Ein kleiner Trost. Seine Bibel hatten sie konfisziert, angeblich weil sie nach scharfen oder spitzen Gegenständen suchten. Und der Wärter hatte ihm, kurz bevor er ihn durch die Tür geschoben hatte, auch noch seine Krawatte abgenommen. Damit er sich nicht damit erhängen konnte.

Sie wollten ihn also am Leben halten. Aber warum? Was hatten sie vor?

Er holte Luft. Was stank da so? Hinten stand eine schmale, rostige Pritsche, darauf lag eine Decke. Je näher er trat, desto schlimmer wurde der Gestank. Als er die Decke anhob, musste er fast würgen.

Wo waren sie geblieben, die sauberen weißen Betttücher, die Lotte jede Woche wechselte?

Aber war das nicht Jammern auf hohem Niveau? Sie hatten ihn weder erschossen noch geschlagen. Doch diese Decke würde er nicht benutzen! Er knüllte sie zusammen und warf sie in die Ecke. Die Zelle erinnerte ihn an ein unterirdisches Loch. Sie mochte drei mal zwei Meter messen. Höchstens. In einer der anderen Ecken stand ein ebenfalls rostiger Eimer. Aha, der Gestank kam vor allem von dort.

Sein Blick landete auf der gegenüberliegenden Wand. Unbeholfene Buchstaben, die jemand auf den Zement gekritzelt hatte. Ein Verzweiflungsschrei der Verlassenen.

In hundert Jahren ist alles vorbei.

Ein Schauer lief ihm den Rücken hinunter. Was war mit dem Mann geschehen, der diese Worte geschrieben hatte? War er jetzt in Freiheit? Oder hatte man ihn nach Verhören und Folter hingerichtet – durch eine Schlinge um den Hals, eine Kugel in den Hinterkopf?

Dietrich keuchte auf. Es war, als ob eine schwere Hand seine Lunge zusammendrückte. Sie brachten nichts, solche Gedanken.

Er setzte sich auf die Pritsche, die Hände zwischen den Knien. Um ihn herum schwarze Einsamkeit. Viel später als acht Uhr konnte es nicht sein, und er hatte nichts zu tun, als sich schlafen zu legen. Aber wie sollte er Schlaf finden nach einem solchen Tag?

Seine Gedanken wanderten zu seinen Eltern. Sie machten jetzt bestimmt innerlich mehr durch als er. Er hatte sein Bestes getan, sich auf das hier vorzubereiten. Sie hatten nur vage Kenntnisse über seine verschwörerischen Aktivitäten und waren beide nicht mehr jung. Aber Ursula und Rüdiger würden sich um sie kümmern. Und Eberhard, der ihnen fast wie ein eigener Sohn war.

Was war mit Oster und Canaris? Waren sie jetzt auch hinter Gittern? Was würde aus dem Widerstand werden, wenn seine Köpfe ausgeschaltet waren? Vielleicht waren sie ja nach wie vor in Freiheit.

Aber Hans … wo war er? Auch in einer solchen Zelle? Hatten sie ihn schon verhört? Oder gar gefoltert?

Er konnte niemanden danach fragen; solche Fragen würden nur ihre Verbindung verraten.

Nicht zu wissen, wie es seinen Lieben und Freunden ging, das war noch viel schlimmer als die Dunkelheit, die stinkende Decke, die wund gescheuerten Handgelenke. Es war wie ein Eitergeschwür, das nach Salbe schrie. Nach Antworten.

Maria. In alldem Stress des Tages hatte er nicht an sie gedacht. Bis jetzt. Warum hatte er Eberhard nicht angewiesen, sie anzurufen? Oder seine Mutter? Seine Eltern, Ruth von Kleist-Retzow, Eberhard und Renate waren die Einzigen, denen er von seiner Verlobung erzählt hatte, aus Respekt vor Frau von Wedemeyers Bitte um Diskretion. Wie lange würde es dauern, bis sie von seiner Verhaftung erfuhr?

O, Maria. Was ist das für ein Mann, zu dem du Ja gesagt hast?

Er lehnte sich an die Wand und schloss die Augen; versuchte, an etwas Schönes zu denken. An den Abend, als er das alberne amerikanische Lied auf dem Klavier gespielt und sie ganz fasziniert gelauscht hatte. Wie er auf dem Krankenhausflur neben ihr gesessen hatte. Wie ihr seidiges Haar leicht ihre Wangen streifte. Ihre Hand in seiner, so warm; und ihr Duft, so weiblich und weich und paradiesisch.

Ein verzweifeltes Schluchzen riss ihn aus seinen Träumereien.

Er setzte sich abrupt auf. Das Weinen kam aus der Nachbarzelle.

Jetzt wieder. Bittend wie ein kleines Kind und voller Schmerz wie bei einem verwundeten Tier, aber aus der Kehle eines Mannes.

Was war seine Geschichte? Es gab viele Gründe, warum an einem Ort wie diesem jemand vor Verzweiflung weinte. Aber in welcher Ecke des Gefängnisses waren sie hier überhaupt? Unmöglich zu sagen. Alles, was Dietrich wahrgenommen hatte, waren lange, weiße Flure und graue, verschlossene Türen. Wie Pferche für Vieh.

Das Schluchzen ging weiter. Die Minuten verstrichen. Bald hatte Dietrich nur noch einen Gedanken: sich die Ohren zuzuhalten, damit er dieses furchtbare Geräusch nicht mehr hören musste. Wann sagte endlich jemand dem Kerl, dass er Ruhe geben sollte? »Hör endlich auf!«, murmelte er. Er bereute die Worte sofort. Was war er für ein Heuchler! War er nach gerade einmal einer Stunde an diesem Ort der Dunkelheit schon so tief gesunken? Das durfte nicht sein. Und wenn er für immer hier in diesem Haus bleiben musste, es durfte seine Seele nicht erobern. Er durfte nicht zulassen, dass es in ihm selbst finster wurde.

Gott, vergib mir.

Er stand auf, ging zur Wand, presste sein Ohr dagegen und rief: »Hallo! Können Sie mich hören?«

Gedämpftes Schluchzen.

»Bitte antworten Sie. Ich bin in der Nachbarzelle. Ich weiß, dass ich nicht viel tun kann, aber ich würde Ihnen gern etwas Trost bringen.«

»Das können Sie nicht. Das kann keiner«, kam leise die Antwort.

»Vielleicht kann ich nichts weiter tun, als mit Ihnen zu reden, aber es gibt Trost. Gott ist bei uns allen, auch wenn wir ganz allein sind. Darf ich Ihnen etwas sagen?«

Keine Antwort, aber er hatte den Eindruck, dass sein Nachbar ihm zuhörte.

Dies hier war keine Kirche. Aber dieser Mitgefangene brauchte Gott mehr als manch einer, der jeden Sonntag treu zur Kirche ging. Kein Gesangbuch. Kein Sonntagsanzug. Nur brennender Schmerz und nackte Ehrlichkeit.

Dietrich räusperte sich und begann, Bibelstellen aus dem Gedächtnis zu holen. Die eine Hand gegen die Wand gedrückt, der Zement kalt und klamm unter seinen Fingern, die Luft in der Zelle eine Mischung aus Muff und Verzweiflung, rezitierte er Psalmen für einen namen- und gesichtslosen Fremden.

Als er aufhörte, weinte der Mann nicht mehr.

Fünfundzwanzig

6. April 1943
Gefängnis Tegel

Das Hämmern an der Tür riss ihn aus dem Schlaf.

Dietrich setzte sich auf und rieb sich die Augen. Sein Nacken und sein Rücken schmerzten von der harten Pritsche und sein Mund fühlte sich wie Sand an. Warum lag er nicht in seinem Bett unter der warmen Zudecke? Warum kam kein Frühstücksduft die Treppe herauf? Wer machte da so einen Lärm?

Mehr Hämmern. »Bist du taub, du Dreckschwein? Bring deinen Eimer, dalli!«

Die Erinnerung traf ihn wie ein Faustschlag. Er war gar nicht im Haus seiner Eltern in der Marienburger Allee. Dies war das Wehrmachtsgefängnis Tegel. Nur ein paar Kilometer von zu Hause entfernt, aber eine Welt entfernt von seinem bisherigen Leben.

Er erhob sich steif und schlurfte zu seinem Toiletteneimer, unter den beständigen Flüchen des Wärters draußen auf dem Gang. »Hier!«, rief Dietrich und stellte den Eimer innen an der Tür ab.

»Na endlich, du Aas! Das nächste Mal machst du gefälligst schneller oder du kriegst nichts!« Die Tür öffnete sich einen Spalt weit und ein kräftiger Mann in grauer Uniform und Mütze wurde sichtbar. Er griff mit einer Hand durch den Spalt, packte den Eimer und setzte ihn draußen ab. Jetzt drückte er Dietrich eine Blechtasse in die Hände, halb voll mit irgendeinem undefinierbaren Gebräu, und warf etwas auf den Fußboden der Zelle, wo es wie ein aufgerolltes Paar Socken landete. Dann knallte die Tür wieder zu.

Dietrich inspizierte das Ding auf dem Boden. Ein Stück Brot – wenn man das bräunliche Viereck denn so nennen konnte. Er hob es vorsichtig auf. Und dann – er staunte selber – verschlang er es mit ein paar Bissen und spülte es mit dem lauwarmen Inhalt der Tasse hinunter. Die Flüssigkeit beruhigte seine kratzende Kehle.

Er lehnte sich auf seiner Pritsche zurück und starrte auf seine leeren Hände. Das Tischgebet hatte er glatt vergessen. Er rieb sich aufseufzend den Nacken. Seine Finger fanden etwas Kleines, Rundliches. Er hielt es ans Licht.

Eine Bettwanze.

Er zerdrückte sie augenblicklich. Wie viele ihrer Artgenossen mochte es noch in dieser Zelle geben? Besser nicht darüber nachdenken! Er schnippte die Überreste des Insekts von seinen Fingern.

Aber über was konnte er hier überhaupt nachdenken? Über seine Lage hier im Gefängnis? Das würde sein Elend nur noch vergrößern. Aber auch über seine Lieben nachzudenken, würde ihm nichts bringen.

Plötzlich kam ihm das Predigerseminar in Finkenwalde in den Sinn und wie er darauf bestanden hatte, dass sie dort jeden Tag mit einer Zeit der völligen Stille begannen. Die jungen Seminaristen hatten das anfangs gar nicht gemocht. Sie schliefen zu sechs oder acht in einem Zimmer, in Betten, aus denen jedes Mal, wenn man sich draufsetzte, eine Staubwolke aufstieg. Nach der Morgenandacht, die eine Dreiviertelstunde dauerte, mussten sie zurück auf ihre Zimmer, um eine halbe Stunde lang über einen Bibelabschnitt zu meditieren. Die ersten Gedanken und Worte des Tages sollten Gott gehören.

Hier in Tegel war das völlige Schweigen kein Problem; mit wem hätte er es brechen sollen?

Er schloss die Augen und ging innerlich den zweiten Psalm durch. *Was bedeutet dieser Bibelabschnitt für mich heute?* Er hörte sich wieder, wie er den Seminaristen diese Frage gestellt hatte, immer wieder. Jetzt stellte er sie sich selbst. Er käute die Worte des Psalms förmlich wieder, hörte sie in seinem Inneren und merkte, wie er ruhig wurde. Friede.

Die Minuten vergingen. Er wusste nicht, wie viele. Vielleicht fünfundvierzig?

Es klopfte wieder an seine Zellentür. Dann öffnete sie sich und ein anderer Wärter erschien. Jünger als der letzte, mit breitem Gesicht und hellbraunem Haar. »Kommen Sie mit nach draußen.« Der Ton war bestimmt, aber nicht unfreundlich.

Dietrich folgte dem Mann durch die Gänge. Er versuchte sich alles einzuprägen. Vom Treppenhaus im Erdgeschoss aus konnte man hinauf bis unter das Dach sehen, denn alle Stockwerke begannen mit einem offenen Gang. Auf jedem Stockwerk in regelmäßigen Abständen vergitterte Türen. Das Gebäude war definitiv nicht sauber, obwohl man die Atmosphäre als »steril« hätte bezeichnen können, und es war zu kalt, um es »warm« nennen zu können. Aber wie auch immer, schon nach nur einer Nacht in einer Zelle war es ein schönes Gefühl, einen ganzen Gang entlanggehen zu können, auch wenn ein Wärter dabei war.

»Was sind Sie überhaupt?« Der Wärter sah ihn von der Seite an. Die hässliche Militäruniform, grau und mit Abzeichen dekoriert, schlackerte, als habe er vor Kurzem abgenommen.

Dietrich musterte sein Gesicht. Er sah nicht berechnend aus, nur neugierig. Aber trotzdem: Er wählte seine Worte besser vorsichtig. »Ich bin Pastor.«

Der junge Mann quittierte die Auskunft mit einem Grinsen. War es ein ehrliches Grinsen oder ein spöttisches? »Pastor? Da sind Sie der erste hier.« Der Wärter schritt zügig aus, dass die Schlüssel an seinem Gürtel klimperten.

Dietrich überlegte kurz. Er hatte diesem Wärter gerade eine Frage über sich beantwortet. Wie wäre es, wenn er selbst eine stellte? »Wissen Sie, ob ich meine Bibel zurückbekommen kann?« *Und ob das Bild meiner Verlobten noch drin ist?*

»Vielleicht.« Der Wärter zuckte die Achseln. »Vielleicht auch nicht. Hängt davon ab, ob Sie was drin geschmuggelt haben. Wenn ja, hat das Konsequenzen.« Er sprach im Plauderton, fast schon normal.

In der Tür zum Gefängnishof blieben sie stehen. Das Licht der Sonne ergoss sich über eine Gruppe abgerissen aussehender Männer, die in unregelmäßiger Formation auf dem Kies standen. Die Wärter, die sie bewachten, wirkten gelangweilt.

»Ich habe nichts geschmuggelt«, sagte Dietrich leise. »Es ist nur eine Bibel. Könnten Sie etwas tun, dass ich sie zurückbekomme? Es ist das einzige Persönliche, das ich mitgenommen habe. Ich wäre Ihnen sehr dankbar, wenn ich sie wiederhaben könnte.«

Der junge Wärter musterte ihn. Dietrich hielt den Atem an, versuchte, die Miene des jungen Mannes zu deuten. Was käme jetzt? Wut? Strafe? Oder würde er ihm die Bibel extra nicht zurückgeben, weil er ja jetzt wusste, wie lieb sie ihm war? In diesem Haus waren Dinge normal, die man draußen noch nicht einmal einem Tier zumutete. Diese Wärter waren befugt, ihre Mitmenschen niederzutrampeln.

Endlich ein kurzes Nicken. »Mal sehen, was sich machen lässt.« Und wie um seine Autorität zu unterstreichen, schubste er Dietrich in den Hof hinein.

Sein »Danke« ging im Getrampel der Stiefel unter.

* * *

12. April 1943
Gefängnis Tegel

Dietrich hatte seine Bibel zurückbekommen.

Und die letzten sechs Tage in Einzelhaft in einer anderen Zelle verbracht. In der neuen Zelle gab es wenigstens eine anständige Decke und, soweit er wusste, keine Wanzen. Aber nach fast einer Woche – die endlosen Stunden nur unterbrochen durch die Wärter, die das Essen brachten und den Eimer holten – begann er sich zu fragen: *Ist das so, wenn man anfängt, verrückt zu werden?*

Allein.

In einer besonders höllisch langen Nacht hatte er dieses Wort auf das einzige Stück Papier geschrieben, das er besaß.

Das Gefängnis war ein Schattenland. Es gab weder Vergangenheit noch Zukunft. Er hatte keine Arbeit, mit der er die Zeit verbringen konnte, und wusste nicht, was aus seinen Lieben geworden war. Er wusste noch nicht einmal, ob seine Verlobte von seiner Verhaftung erfahren hatte. Und selbst Gott schien unendlich weit weg zu sein.

Jeder neue Punkt auf der Liste hallte durch seinen Kopf, lachte ihn aus, ihn, einen Mann in zerknittertem Anzug, der im Halbdunkel auf einer Pritsche saß.

Niemand hatte ihm ein Wort darüber gesagt, wann man ihn verhören würde. Oder warum man ihn überhaupt verhaftet hatte. Er hütete sich, den Wärtern, die ihm sein Essen brachten, Fragen zu stellen. Der freundlichste der Wärter war der Mann, der ihm seine Bibel zurückgegeben hatte, Unteroffizier Knobloch. Es schien, dass er Martin Niemöller gekannt hatte.

Dietrich starrte die graue Wand an, in seinem Schoß die Bibel, vor ihm der nächste Tag.

Er brauchte einen festen Tagesablauf, der über das Aufwachen, die spärlichen Mahlzeiten und das Waschen in dem bisschen Wasser, das man ihm zur Verfügung stellte, hinausging. Dann und wann brachte einer der Wärter ein Rasiermesser und schaute mit finsterer Miene zu, wie Dietrich sich rasierte. Dann die nächsten langen Stunden, die nächste Mahlzeit, mehr Stunden, das nächste Essen, dann Schlafengehen.

Der Schlaf wurde zu einem Engel der Barmherzigkeit. Wenn er schlief, sah er nicht mehr die hässlichen Zellenwände, hörte nicht mehr die unflätigen Flüche, mit denen die Wärter die anderen Insassen wegen irgendwelcher unbekannten Vergehen belegten. Bei diesen Tiraden schoss jedes Mal Zorn in ihm hoch – ein unbändiger Zorn darüber, wie man wehrlose Menschen so behandeln konnte.

Wenn er schlief, konnte er in seinen Träumen leben.

Es klopfte an die Zellentür. Dietrichs Herz schlug schneller. Das Brot und der Eimer waren schon vorbei. Und erst gestern hatte er sich rasieren dürfen.

Die Tür öffnete sich mit einem metallischen Kreischen. Draußen stand ein Wärter, dessen Namen er sich noch nicht gemerkt hatte.

»Schnell!« Der Mann wies mit der Hand auf die Tür.

»Wo gehen wir hin?« Die Frage war schon heraus, bevor Dietrich darüber nachdenken konnte. Wahrscheinlich würde er keine Antwort bekommen. Für die Wärter war ein Gefangener nichts weiter als ein Stück Vieh, das man hin und her schob.

»Verhör.«

Sein Blut wollte zu Eis werden. Es war so weit. Er schaute an sich herunter und zuckte innerlich zusammen. In diesem zerknitterten, verstaubten Anzug würde er das, was jetzt kam, über sich ergehen lassen müssen.

Der Wärter legte ihm Handschellen um die Handgelenke und ließ sie mit einem Klick zuschnappen.

Dietrich ignorierte das Gefühl, in der Falle zu sitzen. Tatsache war: Sein Leben, ja das Leben aller Verschwörer hing daran, wie geschickt er sich in dem Verhör, das ihm nun bevorstand, verhalten würde.

Man führte ihn nach draußen und verfrachtete ihn auf die Rücksitzbank eines wartenden Autos. Ein anderer Wärter nahm auf dem Beifahrersitz Platz. Sie fuhren auf die Straße hinaus.

Dietrich schaute aus dem Fenster und sog alles auf, was er sah. Bäume. Wie wunderbar, so nah an ihnen vorbeizufahren! Das Sonnenlicht wärmte sein Gesicht. Er legte die eine Hand samt den Handschellen auf den unteren Rand des Fensters, um die Wärme in seine Finger dringen zu lassen. Wärme. Er schloss genüsslich die Augen.

Endlich hielt der Wagen an, vor einem grauen Steingebäude. Das Reichskriegsgericht. Uniformierte Beamte liefen geschäftig über den Hof. Vor dem Eingang wehte die Hakenkreuzflagge in der Frühlingsbrise.

Farbe. Rot. Seit gefühlten Jahren, obwohl es nur ein paar Tage waren, hatte Dietrichs Welt aus Betonwänden und grauen Uniformen bestanden.

Fast musste er lachen. Soeben hatte er die Nazifahne glatt schön gefunden. Vielleicht wurde er wirklich langsam verrückt.

Die Tür des Wagens öffnete sich und die Wärter führten ihn über das Kopfsteinpflaster des Hofes. Er ging bewusst langsam, um ein paar Sekunden länger die frische Luft auf seinem Gesicht zu spüren. Einer der Wärter stieß ihn in Richtung der Tür und sie traten in eine Art Empfangsflur.

Durch hohe Fenster schien das Sonnenlicht. Aber das war auch das einzige Einladende an diesem Raum. Wärter und Herren in dunklen Anzügen marschierten vorbei. An einer Wand hing, von zwei Hakenkreuzfahnen flankiert, ein lebensgroßes Porträt des Führers. An der Empfangstheke wies ein Beamter mit kalter Miene den Wärtern den Weg. Sie gingen mit Dietrich einen Flur entlang.

Da befahl der König, Daniel herzubringen. Und sie warfen ihn zu den Löwen in die Grube.

Was war schlimmer – echte Löwen oder Menschen?

Der König aber sprach zu Daniel: Dein Gott, dem du ohne Unterlass dienst, der helfe dir![19]

Der Bibelvers gab ihm Kraft, als sie den Verhörraum betraten. Dietrich war noch nie in einem solchen Raum gewesen und hatte bewusst versucht, sich nicht in Horrorfantasien zu ergehen. Die Realität sah nicht wie eine Folterkammer aus, sondern eher wie ein Besprechungszimmer. Helle Lampen. Mit Eichenholz verkleidete Wände. Ein langer, blank polierter Tisch. Ein Mann mit schmalem Gesicht am Stenografentisch in der Ecke, vor ihm Füllhalter und Schreibblock und daneben eine Schreibmaschine. Er sah nicht auf, als sie eintraten.

Keine Schlagstöcke, Peitschen oder sonst etwas, das nach Folterwerkzeugen aussah. Der Raum roch nach Papier und Tinte, nicht nach Eisen und Blut. Dietrich atmete erleichtert auf.

Der Wärter nahm ihm die Handschellen ab. Dietrich rieb sich die Handgelenke.

Die Tür an der gegenüberliegenden Seite des Raumes flog auf und Roeder trat herein, dicht gefolgt von Sonderegger.

Beide von der Gestapo.

Hans hatte immer befürchtet, dass die Gestapo bei einer Verhaftung von Abwehrmitgliedern alles tun würde, um den Fall in ihre Hände zu bekommen und den Prestigekampf mit der Abwehr zu gewinnen.

Dietrich verschränkte die Hände auf dem Tisch.

»Ah, Herr Bonhoeffer. Schön, Sie wiederzusehen.« Roeder lächelte, als sei dies ein Landsitz und er der Graf, der seinen Gast willkommen hieß. Nur dass in seinen kühlen grauen Augen alles andere als ein Willkommen lag. Dies war eher der Blick eines Mannes, der das Gefühl der Macht genoss. Wie eine Katze, kurz bevor sie sich auf die Maus stürzt. »Nun, wie gefällt Ihnen Ihre Unterkunft? Ich weiß, Tegel ist nicht Charlottenburg, aber wir geben uns alle Mühe.« Das Lächeln wurde zum Grinsen.

»Herr Oberkriegsgerichtsrat, könnten Sie mir bitte erklären, warum ich hier bin?« Dietrich erwiderte Roeders Blick fest. »Um ehrlich zu sein, meine Unterkunft würde ich einem Hund nicht zumuten wollen, und je schneller wir zur Sache kommen, umso schneller können wir diesen Unfug klären.«

Roeder setzte sich Dietrich gegenüber an den Tisch, stützte die Hände auf die blank polierte Platte und legte die Fingerspitzen aneinander. Sonderegger nahm zu seiner Linken Platz und breitete diverse Akten und Papiere vor sich aus. Seine breiten Schultern steckten in einer Uniformjacke, während Roeder einen eleganten schwarzen Anzug mit Nadelstreifenkrawatte trug.

»Also gut«, sagte Roeder. »Kommen wir zur Sache. Als Erstes muss ich Sie davon in Kenntnis setzen, dass wir Herrn von Dohnanyi verhaftet haben … und seine Ehefrau. Denken Sie daran, dass alles, was Sie sagen werden, für die Behandlung der beiden von Belang sein wird.«

Christel im Gefängnis. Wenn die Art, wie sie mit Dietrich umsprangen, typisch dafür war, wie sie die Männer behandelten, was machten sie dann mit den Frauen? Ihre armen Kinder mussten halb verrückt vor Angst sein ohne ihren Vater und ihre Mutter. Christel allein … Christel …

Dietrich musste wohl blass geworden sein, denn Roeders Habichtsgesicht wurde noch selbstgefälliger. »Wussten Sie noch nicht, dass Ihre Schwester auch verhaftet worden ist? Nein, natürlich nicht. Machen Sie sich keine Sorgen, ihre … Behandlung ist erstklassig. Aber wo waren wir gerade stehen geblieben? Ach ja, Sie wollten zur Sache kommen.«

Dietrichs Herz schlug heftig. Er straffte die Schultern und versuchte, strammer zu stehen. Der Füllhalter des Stenografen kratzte über das Papier, ein Sonnenlichtfinger malte einen hellen Streifen auf den Tisch. Roeder begann mit Dietrichs Personalien: Name, Vorname, Geburtsdatum, Wohnort. Dietrich beantwortete jede der Fragen. Er wusste, dass sie ihn damit in falscher Sicherheit wiegen wollten. Aber das würde ihnen nicht gelingen.

Dann plötzlich: »Was wissen Sie über verräterische Aktivitäten innerhalb der Abwehr?«

»Nichts«, erwiderte Dietrich aus Reflex. »Es gibt keine verräterischen Aktivitäten in der Abwehr. Und selbst wenn es welche gäbe, wüsste ich nichts darüber. Ich bin Pastor.« Er lächelte so verlegen, wie es ging. »Verrat, das übersteigt bei Weitem meinen Horizont.«

Es ist besser, wenn ein Liebhaber der Wahrheit lügt …

»Aha!« Roeders Augen blitzten. »Sie geben also zu, dass verräterische Aktivitäten möglich sind?« Er sah zu dem Stenografen hin. »Schreiben Sie das ins Protokoll, Herr Sekretär! Das muss ins Protokoll!«

»Ich gebe gar nichts zu!« Dietrich hielt seine Stimme ruhig und seinen Blick fest. »Ich habe rein hypothetisch gesprochen. Wenn auch nur um drei Ecken herum etwas im Gang wäre, was unserem großen Führer Unehre machte, ich wüsste nichts davon.«

»Aber Sie wissen doch etwas darüber.« Roeders Stimme war geduldig, als erkläre er einem kleinen Kind, wie man bis drei zählt.

… als wenn ein Lügner die Wahrheit sagt.[20]

»Herr von Dohnanyi hat uns selbst gesagt, dass Sie in alles eingeweiht waren.«

Dietrich spürte, wie ihm der Schweiß den Rücken hinabfloss. Roeder log, es ging gar nicht anders. Nie im Leben hätte Hans so etwas gesagt. »Das ist unmöglich. So etwas würde mein Schwager nie behaupten.«

»Halten Sie mich für blöd?« Die Katze, die sah, dass die Maus sich nicht so schnell geschlagen gab, wurde wütend. Roeders Gesicht wurde puterrot, seine Augen traten hervor.

»Aber nicht doch, Herr Oberkriegsgerichtsrat. Ich stelle nur die Wahrheit fest.«

»Dann führen Sie sich einmal das hier zu Gemüte.« Roeder reichte Sonderegger ein Blatt, worauf dieser aufstand und es an Dietrich weiterreichte.

Dietrich überflog den maschinengeschriebenen Text. Er enthielt in verklausulierter Form das, was Dietrich in Rom hatte vortragen sollen: den ernsten Wunsch der protestantischen Kirche Deutschlands, zu einem bleibenden Frieden mit dem Vatikan zu kommen, und ihr Wissen darum, dass Schwesterkirchen den gleichen Wunsch hatten. Unter den Text hatte General Beck ein »O« gekritzelt; der Buchstabe bedeutete, dass er das Dokument befürwortete.

Dietrich legte das Blatt auf den Tisch. Er mochte es nicht in der Hand halten. »Ich verstehe nicht, was Ihr Problem ist.«

»Natürlich nicht«, versetzte Sonderegger trocken. »Ein einfacher Pastor hat von Verrat keine Ahnung. Aber diese Nummer zieht bei uns nicht. Herr von Dohnanyi hat bereits gestanden, diesen Text mit Ihrer Hilfe und mit der Billigung von General Oster geschrieben zu haben.«

Oster? Wie kamen die auf Oster?

Natürlich – das »O«. Sie hatten Becks Codeinitiale mit Osters Unterschrift verwechselt. Aber was hatte Hans ihnen wirklich gesagt? Dietrich taten vom Stehen allmählich die Füße weh, aber er setzte sich wohl besser nicht; Roeder würde das nur als Schwäche deuten. Was sollte er ihnen sagen? Was wäre, wenn das, was er sagte, nicht mit dem übereinstimmte, was Hans signalisiert hatte? Er wischte sich die feuchten Hände an seinen Hosenbeinen ab. »Meine geplante Reise nach Rom diente Zielen der Abwehr. Die Notiz wurde zu diesem Zweck verfasst. Unsere Hoffnung war, dass der Vatikan uns damit eher die Informationen geben würde, die wir brauchten. Informationen, die uns helfen würden, die Pläne der Alliierten zu durchkreuzen.« Dietrich musterte Roeders Gesicht. Stimmte das, was er da gerade gesagt hatte, mit Hans' Aussage überein? Und wenn nicht, wie würde Roeder reagieren?

»Interessant.« Roeder trommelte mit den Fingern auf die Tischplatte. »Sehr sogar, denn als meine Männer Dohnanyis Büro betraten, war General Oster persönlich dort und schien bestrebt, dieses Schriftstück zu vernichten. Ich frage mich, warum, wenn es doch so harmlos ist, wie Sie gerade behaupten?«

Dietrich schwieg. Sonderegger schien jede seiner Aussagen still zu analysieren. Er schrieb etwas auf ein Blatt, einen Finger an seinen Schnurrbart gepresst.

»Na?«, sagte Roeder spöttisch. »Kein Kommentar?« Wieder dieses süffisante Lächeln. »Ich hätte gedacht, dass Sie jede Menge zu diesem Thema zu sagen haben. Sie waren doch derjenige, der die Reise nach Rom machen sollte.«

»Ich habe nichts zu sagen. Ehrenwort! In all meiner Arbeit mit der Abwehr habe ich immer nur die Instruktionen derer befolgt, die mehr Ahnung haben als ich.« Wieder und wieder hatte Hans solche Sätze mit ihm eingeübt. Aber das hier war keine Übung, es war der Ernstfall, und diese Männer waren tödliche Gegner. Jedes Wort, das Dietrich ihnen sagte, würden sie auseinandernehmen und gegen ihn verwenden. Er hatte sich eingebildet, auf ein solches Verhör vorbereitet zu sein, aber war er das wirklich? Wenn er ganz ehrlich war, nicht.

»Dann können Sie mir gar keine Namen nennen?«, fuhr Roeder fort. »Als wir uns mit Herrn Schmidhuber unterhalten haben, erwähnte er eine ›Clique von Generälen‹. Ich würde gerne wissen, wer diese Generäle waren. Herr von Dohnanyi wollte es mir nicht verraten, aber vielleicht sind Sie etwas entgegenkommender.«

»Ich weiß nicht, was ich noch alles sagen muss, um Sie von meiner Unkenntnis zu überzeugen.« Wie lange würde das hier noch gehen? Das durch das Fenster hereinfallende Sonnenlicht, das vorhin so angenehm gewesen war, blendete ihn jetzt, dass er blinzeln musste und gelbe Flecken sah. »Ich bin nur deswegen in die Abwehr eingetreten, weil mein Schwager fand, dass ich so meinem Vaterland am besten dienen könne. Er kennt sich in diesen Dingen viel besser aus als ich. Neben meinen Pflichten dort bin ich auch in Bereichen aktiv gewesen, die besser zu meinem Studium passen. Seelsorgerliche Briefe an Freunde an der Front usw. Ich habe weder die Zeit noch das Interesse gehabt, mich in irgendwelchen Intrigen zu engagieren.« Er versuchte ein beschwichtigendes Lächeln.

»Möchten Sie nicht, dass Ihre Schwester wieder freigelassen wird?« Sonderegger legte den Kopf zur Seite, sein Ton war schleimig. »Sie ist krank, sie verträgt das Gefängnis nicht gut. Wenn Sie uns das sagen, was wir brauchen, können wir erreichen, dass sie morgen schon freikommt, nach Hause zu ihren armen Kindern, die jetzt keine Mutter haben. Jetzt kommen Sie schon, Herr Bonhoeffer.«

Dietrich biss die Zähne zusammen. Die beiden waren glatt imstande, Christel kränker zu machen, als sie war, um seinen Widerstand zu brechen. Aber was wäre, wenn es stimmte, was sie sagten, und es Christel wirklich so schlecht ging? O, Christel, Christel …

Roeder ließ mit einem Fluch die Faust auf den Tisch knallen. »Wissen Sie nicht, dass Sie es hier mit der höchsten Behörde unseres Landes zu tun haben? Wir können dafür sorgen, dass Ihnen Ihre gegenwärtige Unterkunft im Rückblick wie ein Zimmer im Hotel Adlon vorkommt, wenn Sie nicht bald ein besserer Gesprächspartner werden! Denken Sie mal *daran,* wenn Sie im Dunkeln in Ihrer Zelle sitzen!« Seine Stimme hallte von der hohen Decke wider.

Dietrich verzog keine Miene.

Roeder holte tief Luft und wischte sich mit der Hand über die Stirn. »Sie sind ein ganz Raffinierter, Herr Bonhoeffer. Aber mit Raffinierten kenne ich mich aus! Ich bin schon mit mehr als einem fertiggeworden. Genug!« Er schnippte mit den Fingern in Sonderggers Richtung, der prompt aufstand.

»Warten Sie.« Dietrich war innerlich so erschöpft, dass er sich nach seiner Pritsche sehnte, aber er hielt seine Stimme ruhig und fest. Wer wusste, ob er diese Chance noch einmal bekommen würde? »Ich möchte gerne um die Erlaubnis ersuchen, Briefe zu schreiben. Meine alten Eltern machen sich bestimmt Sorgen und wären beruhigt, wenn sie hörten, dass es mir gut geht. Sie werden das sicher verstehen.«

Roeder und Sonderegger steckten flüsternd die Köpfe zusammen. Die Sekunden schlichen dahin. Dann lachte Roeder höhnisch. »Sie weigern sich, mit mir zu kooperieren, aber erwarten Vergünstigungen von mir. Wie passt das denn zusammen?«

Dietrich schwieg.

Roeder seufzte auf. »Schön, Sie dürfen Ihren Eltern schreiben, alle zehn Tage. Ich werde die Briefe höchstpersönlich lesen und zensieren. Wenn Sie Antwortbriefe bekommen, werde ich sie ebenfalls lesen, bevor sie Ihnen ausgehändigt werden.«

Ein Brief alle zehn Tage. Und von Roeder zensiert. Briefe, die eine schöne Fassade vortäuschen würden, mit der die Gestapo zufrieden sein konnte. Aber wenigstens könnte er seine Mutter beruhigen.

Ob er noch um einen anderen Gefallen bitten konnte? »Ich möchte auch um die Erlaubnis zur Korrespondenz mit einer weiteren Person ersuchen. Meine junge Verlobte macht sich sicherlich ebenfalls Sorgen. Sie ist eine Offizierstochter. Ihr Vater und ihr Bruder haben dem Vaterland an der russischen Front treu gedient, bis zu ihrem Tod.«

»Ein Brief an Ihre Eltern ist Großzügigkeit genug.«

»Ich würde sagen, es ist Vorschrift und nicht Großzügigkeit«, schoss Dietrich zurück, ohne groß nachzudenken.

Roeder ballte die Hände zur Faust. »Führen Sie den Gefangenen ab!«, brüllte er den Wärtern zu, die in der Tür erschienen waren. Dann, wie um sich zu sammeln, strich er mit der einen Hand seine Anzugjacke glatt. »Dies ist nicht unsere letzte Begegnung gewesen, Herr Bonhoeffer. Und, das können Sie mir glauben, auch nicht die fruchtbarste.«

* * *

18. April 1943
Pätzig

Heute war ein Festtag. Ihr jüngerer Bruder Hans-Werner feierte seine Konfirmation. Maria aber fieberte diesem Tag noch aus einem anderen Grund entgegen. Sie hatte einen Entschluss gefasst. Doch dazu brauchte sie einen Verbündeten …

Auf der anderen Seite des Rasens saß ihr Schwager Klaus alleine unter einem Baum. Gut. Vor dem Konfirmationsgottesdienst hatte sie ihm einen Zettel zugesteckt und ihn darum gebeten.

Pätzig trug das Kleid des Frühlings wie ein Schulmädchen seine Bänder und Schleifen. Bunt und schön. Der Garten mit den spielenden Kindern und den zum Tee gedeckten Tischen war das reinste Paradies. Aber in der Welt draußen gab es kein Paradies.

Als Maria mit dem Servieren fertig war, verließ sie die Gäste, die in ihren ausgebesserten Festkleidern zusammenstanden, und ging raschen Schrittes zu Klaus hinüber. »Danke, dass du dir die Zeit nimmst.«

Sie lächelte. Als Ruth-Alice verkündet hatte, dass sie den Sohn der von Bismarcks heiraten würde, war Maria zuerst nicht begeistert gewesen über das Ende der »alten« Familie, doch dann hatte sie den Auserkorenen ihrer älteren Schwester immer mehr schätzen gelernt. Inzwischen tat er als Soldat wider Willen seinen Dienst in der Wehrmacht.

»Das Vergnügen ist ganz auf meiner Seite.« Er warf ihr sein gewinnendes Lächeln zu und machte ihr auf der Bank Platz. »Ich bin nur neugierig, was hinter deinen rätselhaften Worten steckt.«

Maria strich mit der Hand über das raue Holz der Bank. Oben spielte der Wind in dem breiten Geäst des alten Baumes. Sie wandte sich Klaus zu. »Ich brauche deine Hilfe.«

»Gegen diese Drachen im Krankenhaus? Soll ich dich vor ihnen retten?« Er grinste. Sein gebräuntes, von kleinen Falten durchzogenes Gesicht war wie geschaffen zum Grinsen.

»Es ist etwas Ernstes.« Ihre klammen Hände nestelten an dem blassgrünen Stoff ihres Frühlingskleides. »Du kennst doch sicher die ganzen Probleme, die es vor und seit meiner Verlobung gegeben hat.« Sie hatte mit ihrem Schwager nie direkt über das Thema gesprochen, aber Ruth-Alice hatte ihn bestimmt aufgeklärt.

Klaus nickte, sein Grinsen verflog. »Ich weiß, dass deine Mutter verlangt hat, dass ihr euch ein Jahr lang nicht seht. Meinst du das?«

Maria nickte. »Genau. Ich möchte, dass du mir hilfst, mit ihr zu reden und sie zu bitten, das rückgängig zu machen. Du bist ein Mann; auf dich wird sie hören.«

Klaus schüttelte den Kopf. »Nein … Maria, ich …«

»Ich weiß, dass du und Ruth-Alice Mutters Sorgen teilt.« Sie beugte sich ein wenig vor, machte ihren Ton dringlicher. Sie musste kämpfen, und sie würde kämpfen. »Ich bin mit einem Mann verlobt, der fast zwanzig Jahre älter ist als ich und wahrscheinlich von der Gestapo beschattet wird. Ich kenne ihn nicht so gut, wie es normal wäre, aber dies sind keine normalen Zeiten. Und ich spiele nicht Blindekuh. Ich weiß, dass es keinen anderen Mann gibt, mit dem ich den Rest meines Lebens teilen möchte. Denk doch mal nach, Klaus. Wenn du und Ruth-Alice so lange voneinander getrennt gewesen wärt, während eure Herzen sich danach sehnten, endlich zusammenzukommen, hättet ihr nicht auch Himmel und Erde in Bewegung gesetzt, um das zu ändern?« Sie lehnte sich zurück und wartete.

Klaus nickte langsam. »Doch, ich hätte es versucht. Du weißt ja, wie sehr ich deine Schwester liebe.«

»Hilfst du mir dann, mit Mutter zu reden?« Ihre Worte wollten sich überschlagen. »Heute, bevor ich zurück nach Hannover muss? Bitte, Klaus!« Sie setzte ihr überzeugendstes Lächeln auf.

Mehrere Sekunden schaute er auf seine Hände hinunter. Maria sah zu ihrer Mutter, die neben Ruth-Alice saß. Halb seufzte, halb lachte er. »Also gut. Wir reden mit ihr. Aber ich kann nichts versprechen.«

Sie hakte sich bei ihm ein und zog ihn auf die Füße. »Dann bist du auf meiner Seite?«

Er grinste, aber eine Spur irritiert. »Ich bin auf deiner Seite.«

Gemeinsam gingen sie über den Rasen hinüber zu Ruth-Alice und ihrer Mutter. Die beiden sahen von ihren Teetassen auf.

»Na, was habt ihr beiden ausgeheckt?« Ruth-Alice lächelte ihren Mann an.

»Wir haben miteinander gesprochen«, sagte Klaus mit einem Seitenblick auf Maria. Er zog zwei der schmiedeeisernen weißen Gartenstühle unter dem Tisch hervor und stellte einen für sich neben seine Frau, den anderen für Maria auf die andere Seite.

»Und worüber habt ihr gesprochen?« Den ganzen Tag schon schien ihre Mutter in guter Stimmung zu sein, besser als seit Monaten. Es war – hoffentlich! – der richtige Zeitpunkt, um das Thema zur Sprache zu bringen.

»Ich möchte mich mit Dietrich treffen.« Maria erwiderte den Blick ihrer Mutter. »Es geht mir nicht um eine offizielle Verlobung. Ich möchte einfach nach Berlin fahren, wenn er von seiner Reise zurück ist, und ihn und seine Familie besuchen. Klaus findet das auch richtig.«

Die Mutter und Ruth-Alice sahen beide Klaus fragend an.

Der hustete. »Ich sehe nicht, was das schaden könnte.« Er legte beide Arme auf die Stuhllehnen. »Ein Jahr ist wirklich eine lange Zeit der Trennung. Und der heutige Tag, ein Tag des Anfangs, zeigt doch, dass wir alle nach vorne gehen können, in die Zukunft.« Er beugte sich auf seinem Stuhl vor. »Ich glaube, Mutter, dein Mann würde das auch so sehen, wenn er noch lebte. In dieser Zeit des Kummers und der Trauer würde er wollen, dass deine Tochter eine feste Stütze hat. Und wenn Pastor Bonhoeffer ihr diese Stütze ist, warum lassen wir die beiden nicht zueinanderkommen?« Er endete mit seinem berühmten strahlenden Lächeln.

Maria beobachtete das Gesicht ihrer Mutter.

Gott, gib, dass die Hindernisse überwunden werden …

Ihre Mutter überlegte, dann nickte sie mit einem leisen Lächeln. Maria sprang auf und umarmte sie stürmisch. Sie hatte den Segen ihrer Mutter. Endlich. Wie würde Dietrich sich freuen, wie schön wäre ihr Wiedersehen!

Konnte es wahr sein, dass das Glück auf sie wartete? War es möglich, dass sie nach dem Tod von Vater und Max die Trauer hinter sich lassen und in das Leben und die Liebe hineingehen konnte?

»Danke, danke! Du musst natürlich mit nach Berlin. Wenn wir dort erst einmal mit Dietrich zusammen sind, wirst du sehen, wie goldrichtig alles ist.«

Die Mutter erwiderte die Umarmung und tätschelte Maria den Rücken. »Wir werden sehen. – Ah, Hans-Jürgen.«

Maria drehte sich um. Auf dem Rasen, Koffer in der Hand, der Anzug staubig, stand ihr Onkel und sah die kleine Gesellschaft an, sein Gesicht ein Fragezeichen.

»Onkel Hans.« Maria zwang sich, sich wieder zu setzen, obwohl sie lieber im Kreis getanzt, gelacht und sofort in Berlin angerufen hätte. »Warum warst du bei der Konfirmation nicht dabei?«

Er setzte sich auf den Stuhl, den Klaus rasch frei gemacht hatte, und seufzte. »Der Zug aus Berlin hatte Verspätung. Wo ist Hans-Werner?«

»Bei den anderen Kindern.« Ruth-Alice legte Sandwiches auf einen Teller und reichte ihn dem Onkel.

»Ich werde mich noch bei ihm entschuldigen«, sagte Hans-Jürgen. »Es ist mir richtig peinlich, dass ich die Konfirmation verpasst habe.

Aber was hattet ihr gerade, als ich kam? Ihr wart ja richtig aufgekratzt.« Er lächelte, sein abgespanntes Gesicht wurde weicher.

»Es ist auch was richtig Schönes.« Maria strahlte. »Mutter hat mir endlich erlaubt, Pastor Bonhoeffer zu besuchen, zum ersten Mal seit unserer Verlobung.«

Ihr Herz jubelte. Sobald die Feier vorbei war, würde sie die Bonhoeffers anrufen. Möglich, dass Dietrich noch außer Landes war; sie hatte ja so lange nichts mehr von ihm gehört. Aber egal. Seine Mutter wusste bestimmt, wann er zurückkam. Sie würde ihren Besuch für die Woche danach planen. Und dann würde er sie seinen Eltern als seine Zukünftige vorstellen …

Die Miene ihres Onkels veränderte sich, spannte sich an. Er stellte den Teller, den Ruth-Alice ihm gegeben hatte, auf den Tisch; das Porzellan klirrte leise auf der Glasplatte. Er beugte sich nach vorne. »Ich hätte euch das gerne schonend beigebracht, aber das geht nicht. Als ich in Berlin war, habe ich die Bonhoeffers besucht. Dietrich ist verhaftet worden.«

Auf einmal wollte sich alles drehen. Maria schloss die Augen und wünschte sich mit aller Kraft, diese Worte wären niemals ausgesprochen worden.

Verhaftet. Das Wort stand für hohe Gefängnismauern, Wärter, Eingesperrtsein. Das konnte, das durfte nicht wahr sein! Warum? Warum hatten sie Dietrich verhaftet?

Natürlich. Seine Arbeit für die Verschwörung. Das musste es sein.

Luft, sie brauchte Luft! Ein eisernes Band schien sich um ihre Brust zu legen, als sei sie einen ganzen Kilometer durch den schlimmsten Winterfrost gelaufen.

Stimmen. Von ihrer Mutter und Onkel Hans-Jürgen. Das Lachen der spielenden Kinder. Sie musste sich konzentrieren, einen Plan machen, sie musste …

Aber alles, was sie hörte, war dieses eine, grausame Wort.

Verhaftet.

»Wann? Warum?« Sie sah ihren Onkel an, ihre Stimme ein halb ersticktes Flüstern.

»Am 5. April. Er sitzt im Wehrmachtsgefängnis Tegel ein. Seine Eltern hoffen, dass er bald wieder freikommt, aber das weiß man nie so genau in diesen Fällen.« Ihr Onkel sprach leise, behutsam, als ob er ihr das Schlimmste ersparen wollte. Aber sie wollte nicht geschont werden. Dazu war sie zu sehr mit Dietrich Bonhoeffer verbunden.

Das Datum brannte sich in ihre Seele. Der 5. April. Der Tag ihres Albtraums. Sie sah die Sätze wieder vor sich, die sie in ihr Tagebuch geschrieben hatte. Es war tatsächlich etwas geschehen an jenem Tag. Etwas Schlimmeres, als sie sich je hätte vorstellen können.

Sechsundzwanzig

18. April 1943
Gefängnis Tegel

Dietrich schlug seine Bibel auf. Draußen auf dem Gang begann einer der Wärter, den er an seinem besonders unflätigen Vokabular erkannte, seine abendliche Tirade gegen zwei Häftlinge, die ein paar Türen weiter einsaßen. »Du stinkende Kakerlake! Was brauchst du diesmal? Wieder gekotzt? Du Dreckschwein!«

Als Dietrich den Kerl das erste Mal gehört hatte, hätte er sich am liebsten die Ohren zugehalten. Jetzt drängte es ihn, diesen Wärter aufzufordern, barmherziger mit den Gefangenen umzugehen.

Aber wer war er, dass er Forderungen stellte? Er war ja selbst ein Häftling.

Er fuhr mit den Fingern über das Foto, das er in der Hand hielt. Im trüben Licht der Zelle blickte Marias freies, unschuldiges Gesicht ihn an. Ganz sanft, als sei sie es selbst in Fleisch und Blut, strich er ihr über die Wange, dann übers Haar.

Aber was er da spürte, war nur Papier.

»Wie geht es dir heute Abend, Liebes?«, flüsterte er. »Inzwischen weißt du bestimmt, wo ich bin. Haben meine Eltern dir meinen Brief zu lesen gegeben?«

Vor vier Tagen hatte er den Eltern den ersten Brief schreiben dürfen. Er hatte ihn bewusst oberflächlich gehalten, nichts von dem Elend des Lebens als Häftling anklingen lassen und stattdessen betont, wie gut es ihm gehe, wohl wissend, dass Roeder den Brief lesen würde.

Aber er hatte Maria erwähnt und wie ernst diese Nachricht für sie sein musste, wie leid ihm das alles tat. Es war die beste Entschuldigung, die ihm einfiel, und er hoffte, dass sie sie erreichen würde.

Aber die Sätze hatten hohl geklungen, als er sie noch einmal durchlas.

»Glaub mir, Maria, ich möchte mehr als ein paar Worte mit dir wechseln. Ich möchte stundenlang mit dir zusammen sein, nur du und ich … du und ich …«

Die »Papier-Maria« sah ihn an, halb ernst, halb lächelnd.

Ein Klopfen an der Tür. Verhalten, fast schon höflich. Knobloch trat ein, mit einem kurzen Schulterblick zurück, als wollte er sichergehen, dass niemand ihm folgte. Dietrich schob die Fotografie zurück in die Bibel.

»Guten Abend.« Dietrich lächelte.

Knoblochs breites Gesicht wurde rot. Er trat von einem Fuß auf den anderen.

Dietrich blieb auf seiner Pritsche sitzen und musterte den jungen Mann. Die meisten Wärter schwangen ihre Autorität wie einen Knüppel. Dieser nicht. Knobloch war anders. Anständig.

»Wir haben etwas entdeckt.«

Entdeckt. Ein Wort, hinter dem sich vieles verbergen konnte. Zum Beispiel ein Häftling, der unter Folter alles gestanden hatte. Oder ein belastendes Schriftstück, das bei einer Durchsuchung gefunden worden war. Entdeckungen konnten das Ende der Verschwörung bedeuten.

Jeder Muskel in Dietrichs Körper war angespannt. »Reden Sie weiter.«

»Man raunt sich zu, wer Sie sind.« Die Andeutung eines Grinsens kroch über Knoblochs jungenhaftes Gesicht. »Es ist richtig komisch, wie die sich über Sie unterhalten.«

»Wie meinen Sie das – wer ich bin?«

»Na, der Neffe von General von Hase! Keiner von uns hatte gewusst, dass wir einen Verwandten des berühmten Stadtkommandanten von Berlin in unserer Mitte haben. Sonst hätten wir Sie … na ja, anders behandelt. Es werden gerade Vorkehrungen getroffen, Sie in eine andere Zelle zu verlegen. Und größere Rationen kriegen Sie in Zukunft auch. Der Gefängniskommandant, Maetz, wird persönlich kommen, um Ihnen das mitzuteilen.« Knobloch lachte. »Ich glaube, der will sich entschuldigen, damit Sie sich nicht bei dem ›großen General von Hase‹ beschweren und er dann degradiert wird.« Knobloch machte eine ausholende Geste, eine perfekte Imitation des pedantischen Maetz.

Es war also durchgesickert, dass Dietrich der Neffe von Onkel Paul war. Es gab wenige Gefangene, die die verwandtschaftlichen Verbindungen der Bonhoeffers vorweisen konnten. Würde ihm dies etwas Einfluss in diesem Haus verschaffen? Vielleicht so viel, dass er etwas tun konnte für die armen Leute, die hinter diesen Wänden malträtiert wurden?

»Ich möchte die größeren Rationen nicht«, sagte Dietrich ruhig.

Knoblochs Unterkiefer klappte herunter. »Sind Sie verrückt? So was lässt man sich doch nicht entgehen!«

»Ich will die größeren Rationen nicht. Wenn ich mehr kriege, kriegen andere weniger, und wir kriegen doch alle schon so wenig. Meine Verwandten werden mir so viele Essenspakete schicken, wie erlaubt sind. Vielleicht sind nach dieser neuen Information ja auch die Wärter geneigter, mir diese Pakete zu gönnen und den Inhalt nicht anzutasten.« Er hatte bereits ein Paket erhalten, mit einer extra Decke und etwas Brot; sie rochen so nach zu Hause, dass er einen Kloß in die Kehle bekommen hatte. In dem Begleitbrief hatten seine Eltern noch andere Lebensmittel erwähnt, die aber im Paket gefehlt hatten. Man konnte sich leicht vorstellen, wo sie gelandet waren.

Knobloch schluckte, dass sein Adamsapfel hüpfte. »Sie sind mir ein ganz Besonderer, Herr Pastor. Darf ich Sie Pastor nennen?« Seine Miene wurde fragend.

»Natürlich.« Dietrich lächelte. Es war lange her, dass man ihn in einem nicht abfälligen Ton »Pastor« genannt hatte. In den endlosen Stunden allein in seiner Zelle war es leicht, seinen geliebten Beruf zu vergessen. In diesem Haus war er nicht der Herr Pastor, sondern ein Staatsfeind, der ständig überlegte, wie er Roeders Fragen parieren und wie er überleben konnte in einer Welt der Wärter, der Betonwände und der ständig lauernden Verzweiflung.

»Und … das ist jetzt vielleicht eine Zumutung, aber könnten Sie vielleicht meine Eltern erwähnen? Ich meine, in Ihren Gebeten? Meine Mutter ist krank und mein Vater an der Front. Es geht ihnen beiden nicht sehr gut.«

Hier in Tegel war er als Pastor mattgesetzt, konnte keine Predigt mehr halten. Und jetzt stand Knobloch vor ihm, nannte ihn »Herr Pastor« und bat ihn, für seine Eltern zu beten! Es wurde ihm warm ums Herz, dass da einer daran dachte, wer er gewesen war. Nein, wer er nach wie vor war.

Pastor Bonhoeffer.

»Gerne«, antwortete Dietrich. Dieser junge Mann erinnerte ihn an einen seiner Finkenwalder Studenten. So viele von ihnen dienten jetzt an der Front, weil die Alternative die Hinrichtung als Kriegsdienstverweigerer gewesen wäre. Vielleicht übte auch Knobloch, wie sie, seinen Beruf wider Willen aus.

»Danke, Pastor Bonhoeffer.« Der junge Mann lächelte verlegen.

Dietrich räusperte sich. »Können Sie mir sagen, warum manche Wärter hier so gemein zu den Häftlingen sind?«

Knobloch zuckte die Achseln. »Weil sie sich das erlauben können. So ist das doch bei allen.«

Dietrich nickte.

Keine 24 Stunden später wurde er in eine andere Zelle verlegt. Wie Knobloch prophezeit hatte, entschuldigten sich diverse Wärter wortreich bei ihm; sie hätten ja gar nicht gewusst, wer sein Onkel sei … Dietrich musste an sich halten, um nicht zu erwidern, dass es ja wohl egal war, was für Verwandte man hatte, und dass eine Familie mit guten Beziehungen einem nicht das Recht gab, besser behandelt zu werden. Er nahm sich vor, bei passender Gelegenheit die Schikanen gegenüber den anderen Häftlingen bei Gefängniskommandant Maetz zur Sprache zu bringen.

Am folgenden Tag fuhren sie ihn wieder zum Reichskriegsgericht. Diesmal hatte man ihm eine Stunde vorher Bescheid gegeben, sodass er den zweiten Anzug anzog, den seine Eltern ihm geschickt hatten. Die frisch gebügelte schwarze Hose und das Jackett machten ihn gefühlt ein paar Zentimeter größer, auch wenn die Krawatte fehlte.

Roeder begrüßte ihn mit einem sarkastischen Lächeln. »Ich habe gehört, Sie sind mit dem Stadtkommandanten verwandt. Herzlichen Glückwunsch!«

Dietrich schwieg, während der Wärter ihm die Handschellen abnahm.

»Pech für uns. Ich schätze, Sie wären umgänglicher gewesen, wenn Ihre Lage sich nicht verändert hätte. Aber was soll's? Ich habe Mittel und Wege, das zu finden, was ich suche.« Roeder blickte ihn undurchdringlich an.

»Da machen Sie sich etwas vor.« Dietrich erwiderte Roeders Blick fest. Er hatte zum Frühstück etwas von dem Brot gegessen, das seine Eltern ihm geschickt hatten, und die zusätzliche Energie hatte seinen Gemütszustand gehoben. »Die Wahrheit wird ans Licht kommen, und dann werde ich freigelassen werden.«

Roeder setzte sich auf seinen Platz am Ende des Tisches, Sonderegger neben ihm. »Endlich einmal etwas, bei dem wir einer Meinung sind, Herr Bonhoeffer. Ja, die Wahrheit wird ans Licht kommen. Gut, fangen wir an.« Seine schlanken, fast schon femininen Finger blätterten ein paar Dokumente durch. »Eine Anklage wegen Hochverrats und Landesverrats ist keine Kleinigkeit, das kann ich Ihnen sagen.«

»Meines Wissens ist eine solche Anklage nicht gegen mich erhoben worden.«

»Noch nicht. Sobald sie da ist, werden wir kurzen Prozess mit Ihnen und Ihrem Schwager machen. Aber vielleicht möchten Sie mir erst einmal etwas über Ihre Arbeit für die Abwehr erzählen. Es ist komisch, aber wir sind die Akten durchgegangen, und auf keiner Gehaltsliste findet sich Ihr Name.« Roeder lehnte sich auf seinem ledergepolsterten Stuhl zurück.

Dietrich erwiderte prompt: »Ich bin nie auf der Gehaltsliste gewesen. Ich fand es nicht recht, Geld zu verlangen für eine Tätigkeit, die ich für meine vaterländische Pflicht hielt.«

Der Regen trommelte gegen die Fenster; die Tropfen verschmolzen zu Linien und Mustern.

Roeder lachte kurz. »Soso, Ihre Pflicht? Und war es auch Ihre Pflicht, sich vor dem vorgeschriebenen Verschwiegenheitseid zu drücken, als Sie der Abwehr beitraten?«

Dietrich hob achselzuckend die Hände. »Niemand hat mich informiert, dass er nötig war.«

»Das bezweifle ich. Aber genau wann sind Sie denn in die Abwehr eingetreten?«

Was sollte diese Frage? Der Brief, den er in seinem Schreibtisch gelassen hatte, war doch wohl Information genug. Oder wollten die ihm ein Bein stellen? Trotz des guten Frühstücks begann sein Kopf zu schmerzen, als ob lauter kleine Spitzhacken seinen Schädel bearbeiteten. »Im Herbst 1940. Es war mein Schwager, der mich auf die Idee brachte. Er fand, dass ich meine Kontakte in der …«

»Ja, ja. Das ist alles nichts Neues.« Roeder legte seine Fingerspitzen auf der Tischplatte aneinander. »Was ich wissen will – und ich schätze, die Gestapo auch: Warum ist dieser Brief« – er zeigte mit dem Finger auf ein Schriftstück, das vor ihm lag – »hier und nicht bei der Abwehr?«

Antworte schnell und ohne zu zögern. Hans' Stimme, als er ihn präpariert hatte. »Wie Sie selber sehen können, ist das ein Entwurf. Das Original haben die in ihren Akten.«

»Und warum können wir es dann nicht finden?«, schrie Roeder, dass die Worte von den Wänden widerhallten. Er atmete hörbar aus. »Ich bin vielleicht kein großer Theologe, Pastor Bonhoeffer, aber ich kenne mich ein bisschen in den Grundlagen der Religion aus, und soweit ich mich erinnern kann, lautet eines der Zehn Gebote: ›Du sollst nicht lügen.‹ Stimmen Sie mir wenigstens hierin zu?«

Dietrich schluckte. Seine Kehle war trocken. »Ja, natürlich.«

»Warum verstoßen Sie dann dauernd gegen dieses Gebot, wenn Sie mit mir reden?«

Dietrich antwortete nicht. Das Verhör ging eine ganze Stunde weiter, die Fragen kamen wie Maschinengewehrsalven. Mehrere

Male stellte Roeder dieselbe Frage noch einmal, als wollte er eine andere Antwort hören.

Endlich stand er auf; die Beine seines Stuhls kratzten über den Fußboden. Er schritt auf Dietrich zu und baute sich vor ihm auf. Dietrich rührte sich nicht. Roeders Blick war voller Bosheit. »Wenn Ihnen Dohnanyi und Ihre Schwester lieb sind, werden Sie meine Fragen beantworten.« Sein Atem roch säuerlich.

Dietrichs Kehle wollte sich zusammenziehen. Wenn er nur wüsste, wie es Christel ging! Wurde seine Schwester auch bevorzugt behandelt, weil ihr Onkel Paul von Hase hieß?

Nein, er durfte nichts verraten, sich nicht von ihren Drohungen einschüchtern lassen. Die ganze Verschwörung hing daran, dass jeder seinen Part spielte und auch im Verhör standhaft blieb. Noch waren sie nicht alle verhaftet. Etliche arbeiteten weiter an Hitlers Sturz. Wenn sie es schafften, würden alle freikommen.

Dietrich erwiderte weiter Roeders Blick, stumm und ungerührt, die Lippen zusammengepresst.

»Na schön.« Roeder stampfte zurück an seinen Platz. »Abführen!«

* * *

20. April 1943
Pätzig

Sie konnte ihre Tränen mit dem Kopfkissen ersticken, aber sie konnte sie nicht aufhalten. In der Dunkelheit ihres Zimmers liefen sie ihr über die Wangen und landeten auf ihrem Kissen. Ihre Kehle brannte.

Ihr Herz brannte noch viel mehr.

Sie war Dietrichs Verlobte, aber ihr Onkel – ihr *Onkel* – hatte vor ihr von Dietrichs Verhaftung erfahren. Wäre ihre Verlobung offiziell gewesen, Dietrichs Eltern oder Freunde hätten sie sofort benachrichtigt. Stattdessen hatte sie zwei Wochen lang im Ungewissen geschwebt, ohne zu ahnen, woher ihre Ängste kamen.

Sie starrte durch die Tränen hindurch zur Zimmerdecke hoch.

Irgendwo im fernen Berlin saß in einer winzigen Zelle im Wehrmachtsgefängnis Tegel der Mann, dem sie sich versprochen hatte. Wie ging es ihm jetzt? Hungerte er, fror er, war er ganz allein? Wahrscheinlich alles zusammen.

Warum hatten sie ihn verhaftet? Wie lautete die Anklage? Das Reich machte kurzen Prozess mit seinen Gegnern. Wie war es denn bei den Geschwistern Scholl gewesen? Sie hatten Flugschriften verteilt, ein paar mickrige Blätter Papier, und man hatte sie prompt verhaftet und binnen Tagen hingerichtet.

Auf dem Fest hatte Maria sich zusammengerissen, als sie die Hiobsbotschaft gehört hatte, um Hans-Werner nicht seinen Ehrentag zu verderben. Aber jetzt, allein mit ihrem Elend, ließ sie ihren Tränen freien Lauf.

Die Zimmertür knarrte. Sie drehte sich auf die Seite und schielte zu dem Lichtspalt hinüber. »Mutter?« Sie wischte sich über die Wangen.

Ihre Mutter, den Morgenrock nicht zusammengebunden, das Haar lang und lose auf dem Rücken, kam mit lautlosen Schritten an ihr Bett. Sie setzte sich auf die Kante; die Federn der Matratze quietschten leise. Das Licht, das durch die halb geöffnete Tür fiel, erhellte ihr Gesicht. »Mein Liebling.« Sie legte eine Hand auf Marias Schulter.

Maria ließ sich in ihre warmen Arme fallen, als habe sie nur darauf gewartet. Ihre Schultern bebten vom Schluchzen.

»Ja, ja, es ist ja gut, Schatz …« Mutter strich ihr kreisend über den Rücken, als sei sie ein dreijähriges Mädchen, das sich beim Spielen das Knie aufgeschlagen hatte, und nicht eine fast neunzehnjährige junge Frau, deren Herz in Fetzen hing.

»Ich … hab das … nicht … gewusst. Keiner … hat mir … was gesagt«, presste Maria hervor. »Ich bin seine Zukünftige und … keiner hat mir was gesagt.« Sie machte sich frei und sah ihre Mutter verzweifelt an.

»Es tut mir so leid«, flüsterte ihre Mutter. Der Schmerz in ihrem Gesicht war selbst im Halbdunkel deutlich erkennbar. »Das ist meine

Schuld. Ich wollte euch nicht zusammenkommen lassen. Ich habe mir eingebildet, das sei bei dir nur so ein Schwarm, der bald wieder vorbei wäre. Und ich hatte Angst, dass seine Aktivitäten auf unsere Familie zurückfallen könnten. Das war falsch von mir, und ich kann dich nur um Vergebung bitten. Und ihn.«

Maria schaute auf ihre Hände hinunter, die das Betttuch umklammert hielten. Es stimmte. Ihre Mutter hatte ihre Beziehung blockiert, und daran ließ sich jetzt nichts mehr ändern. Aber sie hatte dabei nur das Beste des jungen Paares im Auge gehabt.

Und Dietrich – nein, Dietrich würde ihr keine Vorwürfe machen.

»Nimm's nicht so schwer.« Maria legte ihre Hand auf die ihrer Mutter. »Wir können die Vergangenheit nicht ungeschehen machen. Du hast das getan, was du für das Richtige gehalten hast.«

Die Mutter nickte. Die Tränen an ihren Wangen leuchteten in der Dunkelheit. »Ich möchte, dass du deine Verlobung nicht länger geheim hältst. Du musst dich der Familie Bonhoeffer vorstellen; sie hat genauso ein Anrecht auf dich wie unsere Familie. Du musst als Dietrich Bonhoeffers Verlobte bekannt werden, sonst bekommst du keine Besuchserlaubnis und so weiter und so fort. Ich hoffe, dass er nicht lange im Gefängnis bleiben wird, aber egal wie lange, ihr beiden müsst so sehr ein Paar sein wie möglich.«

Plötzliche Dankbarkeit floss durch Marias Herz wie ein warmer Strom. »Ich werde Frau Bonhoeffer gleich schreiben. Dietrich hat seinen Eltern bestimmt von mir erzählt. Fährst du mit, wenn ich sie in Berlin besuche?«

»Natürlich.« Ihre Mutter nickte und lächelte versonnen. »Früher hat dein Vater oft die verrücktesten Dinge gesagt. Als wir uns verlobten, tobte der Erste Weltkrieg, und als er um meine Hand anhielt, sagte er: ›Ruth, wenn sie uns aufhängen, dann aber wenigstens am selben Baum.‹« Sie lachte, die Augen gedankenverloren in die Ferne gerichtet. »Was war er für ein Mann …«

Maria lächelte. »Ich möchte, dass Dietrich und ich so eine gute Ehe haben, wie ihr beide das hattet.«

Ihr lieber Vater. Wenn sie jetzt nur mehr von ihm hätten als die Erinnerungen. Aber selbst in der Erinnerung würde er für immer in ihrem Leben gegenwärtig bleiben, vor allem in Augenblicken wie diesem. Wie sie ihn vermisste – den Klang seiner Stimme, seine bärenhafte Umarmung! Sie durfte diese Dinge niemals vergessen.

Aber war das Vergessen nicht einfach der Lauf der Welt?

Ihre Mutter legte ihre weiche, warme Hand an ihre Wange. »Dann müsst ihr jetzt fest zusammenstehen, in guten wie in bösen Tagen.«

Maria nickte. »Das werden wir tun.« Sie schloss die Augen, stellte sich sein Gesicht vor und wünschte sich, mehr von ihm zu haben als die kurzen Stunden, die sie zusammen gewesen waren. »Was auch kommt, ich möchte dem allen an seiner Seite entgegentreten.«

* * *

15. Mai 1943
Gefängnis Tegel

Heute hätte er eigentlich Trauzeuge sein sollen.

Dietrich schaute durch das Fenster seiner Zelle. Nur ein paar Kilometer entfernt schickte sein bester Freund sich an, seine große Liebe zu heiraten.

Das Sonnenlicht kroch durch das Fenster, dass man den Staub in der Luft tanzen sah. Wenigstens hatten sie schönes Wetter.

Wie glücklich sie alle sein mussten! Eberhard und Renate an der Schwelle zu ihrer Zukunft als Ehepaar, auch der Rest der Familie voll gespannter Erwartung. In seinen Briefen hatte Dietrich ihnen Mut gemacht, den Tag zu genießen und nicht traurig zu sein, weil er nicht mit dabei war, denn selbst hier im Gefängnis würde er im Geist teilhaben an ihrem Glück.

Und doch war es so bitter! Diese Haft versagte es ihm nicht nur, das Fest mitzuerleben, es hatte ihm auch die Augenblicke der Vorfreude genommen. Jetzt konnte er Eberhard nicht helfen, seinen

Schlips zurechtzuziehen, ihm nicht versichern, dass er auch wirklich gerade saß. Seinen Freund brachte zwar normalerweise so schnell nichts aus der Ruhe, aber an seinem großen Tag musste auch er sehr aufgeregt sein. Und Dietrich saß in seiner Zelle.

Seine Eltern hatten ihm einen ganzen Stapel Briefpapier geschickt. Er hatte es dazu benutzt, für Eberhard und Renate eine Predigt zu schreiben, die im Traugottesdienst verlesen werden sollte. Es war schön gewesen, seine Hoffnungen und Wünsche für ihre gemeinsame Zukunft zu Papier zu bringen. Schön, aber auch schmerzlich, wusste er doch, dass er sie nicht selbst würde vorlesen können. Seine Eltern hatten die Hochzeitsvorbereitungen in ihren Briefen detailliert beschrieben und schickten ihm weiterhin Pakete. Lebensmittel, Kleider, Bücher. Wie harmlos die *Kirchengeschichte* und die Werke von Jeremias Gotthelf den Wärtern, die den Inhalt seiner Pakete prüften, erscheinen mussten …

Aber sie enthielten verschlüsselte Botschaften. Punkte alle zehn Seiten. Worte, die ihm helfen sollten in dem Katz-und-Maus-Spiel mit Roeder.

Bis jetzt hatte Dietrich es offenbar geschafft, seine Antworten in den Verhören so zu gestalten, dass sie mit den Angaben anderer Verhafteter übereinstimmten. Roeder wurde weniger penetrant, als akzeptiere er es endlich, dass Hans der brillante Jurist war und Dietrich der etwas beschränkte Geistliche. Aber er bestellte ihn weiter zu Verhören ein und bombardierte ihn mit immer neuen Fragen.

Immerhin war Ende des letzten Monats Christel freigekommen. Während eines Verhörs hatten die Wärter auf ein Signal Roeders Christel und Hans in den Verhörraum geholt. Ein gemeiner Trick, um sie dazu zu bringen, sich zu verplappern. Dietrich schauderte jetzt noch, wenn er an die Szene zurückdachte. Er sah wieder das aschfahle Gesicht seiner Schwester vor sich, die pure Erschöpfung in ihren Augen. Hans hatte ebenfalls wie am Ende seiner Kräfte ausgesehen, aber als Roeder ihm den Rücken zudrehte, hatte er gelächelt – eine stumme Botschaft: *Ich und die Verschwörung, wir schlagen uns gut.*

Bald würde Roeder einsehen, dass er keine belastbaren Beweise gegen Hans und Dietrich hatte. Hans hatte ihre Spuren gut verwischt, und ihre Aussagen hatten bisher allen Fragen standgehalten.

Ihre Freilassung würde kommen. Dietrich hoffte nur, dass es bald wäre. Um ihrer aller willen.

Auf dem wackligen Tisch, der ihm in seiner neuen Zelle als Schreibtisch diente, lag der Brief an seine Eltern, den er gerade schrieb. Er sparte die Strapazen und Sorgen der Haft weitgehend aus – teils, weil Roeder jeden Brief genau durchlas, und teils, um seine Lieben nicht unnötig zu ängstigen.

Mehr und mehr der Briefe, die er von Verwandten erhielt, erwähnten seine Verlobung. Seine Eltern schrieben, dass sie einen Brief von Maria erhalten hätten, die sie demnächst besuchen wolle. Wenn er sie nur selbst seinen Eltern hätte vorstellen können – Arm in Arm mit ihr ins Wohnzimmer in der Marienburger Allee treten und sie stolz als seine Verlobte präsentieren. Und selbst miterleben, wie seine Lieben sie mit offenen Armen aufnahmen, wie es doch gar nicht anders sein konnte. Sie hätten ein kleines Fest gefeiert, alle hätten gelächelt und er hätte seinen Arm um ihre Taille gelegt.

Aber das war nicht möglich. Weil er hier in Tegel einsaß.

Es klopfte an der Zellentür. Knobloch kam herein. Ein leichtes Lächeln lag auf dem Gesicht des jungen Mannes; er war einer der wenigen Wärter, die lächeln konnten.

»Ich habe gute Nachrichten für uns beide, Herr Pastor.«

»Wunderbar.« Dietrich erwiderte das Lächeln. »Und worum geht es?« Er hütete sich, sich plötzliche Hoffnungen wegen seines Prozesses zu machen. Ein einfacher Gefängniswärter konnte nichts über den Verlauf seines Verfahrens wissen. Aber der bloße Anblick eines lächelnden Gesichts war genug, um den Tag schöner zu machen.

»Gestern war mein freier Tag, und da hab ich meine Mutter besucht. Es geht ihr viel besser. Das müssen Ihre Gebete bewirkt haben, Herr Pastor.«

»Das ist ja wirklich eine gute Nachricht.« Dietrich erhob sich und rieb sich den Nacken. In einer Stunde wäre es Zeit für seinen Spaziergang im Gefängnishof. Dies und die Post waren die beiden Höhepunkte seines Tages. Die Mahlzeiten waren nicht der Rede wert; er wusste schon nicht mehr, wann er das letzte Mal Fleisch bekommen hatte.

»Und der hier ist für Sie.« Knobloch streckte seine Hand aus. »Ich hab ihn in der Poststelle mitgehen lassen. Hab mir gedacht, den wollten Sie sofort haben.« Sein jungenhafter Gesichtsausdruck wollte nicht recht zu seiner strengen Uniform passen.

Dietrich nahm den Brief entgegen und hielt ihn in beiden Händen, das Papier glatt und flach unter seinen Fingern.

Die Handschrift auf dem Umschlag – es war *ihre* Handschrift.

Der Anblick nahm ihm den Atem, als wäre sie selbst gerade in seine Zelle getreten.

»Der ist doch von ihr, nicht wahr? Von der jungen Dame, deren Bild Sie in Ihrer Bibel aufbewahren? Sie verbringen sicher mehr Zeit damit, das Bild zu studieren als die ganzen Verse.«

»Das tue ich nicht«, widersprach Dietrich, während er weiter den Brief betrachtete. Ihre Handschrift war so wie ihr Wesen – jeder Buchstabe voller Schwung, so übersprudelnd und frei wie die Drossel, die gerade draußen vor dem Fenster sang.

Er blickte Knobloch lächelnd an. »Danke.« Früher war er derjenige gewesen, der anderen kleine Gefälligkeiten tat. Jetzt erwiesen andere – wie dieser junge Gefängniswärter, der ihm noch vor Wochen ein völliger Fremder gewesen war – ihm Gefälligkeiten, und er entdeckte ganz neu, was Dankbarkeit war.

»Aber jetzt geh ich wieder, damit Sie ihn lesen können.« Knobloch grinste, als wüsste er genau, wie es war, einen Brief von seiner Geliebten zu bekommen. Dietrich achtete nicht darauf, wie der Riegel der Zellentür wieder einrastete. Er sank auf seine Pritsche und ließ es auf sich einwirken, das unglaubliche Gefühl, dass er Worte in seinen Händen hielt, die *sie* geschrieben hatte. Früher waren Briefe etwas Alltägliches gewesen. Jetzt waren sie seine einzige Verbindung zu den Menschen, die ihm am nächsten standen, das einzige Fenster heraus aus dieser unwirklichen und doch realen Welt der Finsternis und der Verzweiflung.

Fast ehrfürchtig öffnete er den Umschlag und holte die Blätter heraus.

Mein liebster Dietrich!

Er lächelte und versuchte, sich ihr Gesicht vorzustellen, als sie diese Worte schrieb, sah, wie ihr Haar ihr über die Wange fiel und sie es zurück hinters Ohr schob. Sah das Lächeln auf ihren vollen Lippen und lächelte unwillkürlich mit. Hörte, wie sie die Worte flüsterte, die sie da schrieb. Es war ein Bild, das gleichzeitig lebendig und merkwürdig blass war. Es existierte nur in seiner Vorstellung; er hatte sie noch nicht oft genug gesehen, um es richtig vor Augen haben zu können. Er kannte sie noch nicht auf die Art, wie Hans Christel kannte.

Aber dieser Brief war ein Anfang. Sie schrieb über einfache, alltägliche Dinge – ihren Besuch bei seinen Eltern, Fotografien von ihm, die seine Mutter ihr geschenkt hatte, und wie sie oft zu den Bildern sprach, als sei er selbst vor ihr. Und durch jedes dieser alltäglichen Worte schimmerte ihre Liebe und ihre Sehnsucht hindurch. Mochte die äußere Entfernung zwischen ihnen noch so groß sein, in ihren Herzen waren sie zusammen.

Wenn er ihr nur antworten und ihr sein ganzes Herz öffnen könnte, ohne Angst vor Zensoren und neugierigen Augen! Ihr ohne Wenn und Aber sagen, wie vollkommen sie seinem Herzen gehörte, selbst hier im Gefängnis. Und dass er, während er ihr Bild anschaute, lange Gespräche mit ihr führte, an deren Ende er sich immer innerlich leer fühlte und sie mehr vermisste als je zuvor.

Knobloch hätte ihm kein besseres Geschenk bringen können – es sei denn natürlich Maria selbst. Sie berichtete über ihre Arbeit als Krankenschwester; offenbar erzählte sie ihren jungen Patienten lange Geschichten über ihn. Er beneidete diese Kinder. Sie konnten bei ihr sein, ihr Gesicht sehen und ihre Hand spüren …

Er drückte den Brief an sein Herz. Mit diesem Brief war sie bei ihm. Jeder Satz war ein Band, das sie zusammenbrachte.

Wenn der Tag kam, an dem er die wirkliche Maria an sich drücken konnte und nicht nur ihr Bild, würde er sein Allerbestes geben, um sich ihrer und all dessen, was sie ihm gab, würdig zu erweisen.

Siebenundzwanzig

23. Mai 1943
Berlin

Das letzte Mal, als sie hier an der Straße stand, hätte sie sich nie träumen lassen, dass der Mann, den sie an jenem Abend an ihrer Seite hatte, ihr einmal so viel bedeuten würde.

Den Rosenstrauß aus dem Garten in Pätzig in der einen Hand, öffnete Maria mit der anderen das Gartentor und ging zur Haustür, ihre Mutter hinter ihr.

Damals hatte sie das Haus der Bonhoeffers vom Haus der Schleichers nebenan aus gesehen. Sie hatte es gutbürgerlich-gediegen gefunden mit seiner Fassade in verschiedenen Brauntönen und den heimelig anmutenden Fensterläden.

Jetzt war es vor allem *sein* Haus. Seine Heimat.

Sie hatte Paula Bonhoeffer geschrieben, aber bisher weder sie noch ihren Mann je persönlich getroffen.

An der Haustür zögerte Maria plötzlich. Sie strich mit der Hand ihr dunkelrotes Kostüm glatt und schob eine Strähne ihres mit Nadeln gebändigten Haars zur Seite. Hinten auf ihre Beine hatte sie mit Tinte eine Linie gemalt, die eine Strumpfnaht imitieren sollte. Ihr letztes Paar Strümpfe hatte sie in Hannover getragen, bis es ihr buchstäblich unter den Händen zerrissen war. Sie vermisste sie, aber was sollte sie machen?

Was wäre, wenn die Bonhoeffers sie nicht mochten und fänden, dass ihr Sohn eine schlechte Wahl getroffen hatte?

Die Tür öffnete sich.

Eine zierliche Frau in einem lavendelfarbenen Kleid, das ergrauende Haar zu einem Knoten zusammengebunden, strahlte sie an. »Liebe Maria, das ist aber schön! Und Frau von Wedemeyer. Kommt rein, ihr beiden!« Noch bevor sie die Begrüßung erwidern konnten, hatte Frau Bonhoeffer ihnen Platz gemacht, damit sie eintreten konnten. Sie schloss die Tür hinter ihnen. In dem geräumigen Flur roch es nach Leinöl und frisch gebackenem Brot. Die ganze Atmosphäre war die eines Heims im besten Sinne des Wortes. »Und jetzt lass dich mal anschauen.«

Maria wurde unwillkürlich rot.

»Ja, du siehst genauso aus, wie Dietrich dich beschrieben hat.« Die kleinen Fältchen auf den Wangen von Frau Bonhoeffer unterstrichen nur ihr strahlendes Lächeln.

Dietrich hatte sie seinen Eltern also beschrieben. Was hatte er wohl gesagt? Marias Herz stockte kurz.

»Die Blumen sind aus unserem Garten in Pätzig.« Maria hielt Frau Bonhoeffer den Strauß hin. »Ein kleines Dankeschön für Ihre Großzügigkeit.«

Frau Bonhoeffer nahm den Strauß entgegen und sog mit geschlossenen Augen den Duft ein. »Die riechen ja wunderbar. Das ist aber nett von dir. Von euch beiden.«

»Wir sind sehr dankbar für Ihre freundliche Einladung«, sagte Marias Mutter.

»Keine Ursache! Ihr gehört zur Familie und seid jederzeit willkommen. Aber jetzt kommt mit ins Wohnzimmer, damit ich euch Karl vorstellen kann.« Dietrichs Mutter führte sie durch den Flur in den Salon. Die Tapeten waren schön gemustert, die Bilder geschmackvoll. Eines von ihnen, auf dem Kaminsims, stach Maria in die Augen.

Sie trat mit ein paar raschen Schritten hin. Das Foto zeigte einen jüngeren Dietrich, der mit verschränkten Armen an ein Auto gelehnt dastand, mit einem Lächeln, das zu sagen schien: »Auf ins Abenteuer!« Sie spürte, wie sie das Lächeln erwiderte, als ob eine unsichtbare Hand ihren Mund führte.

»Ja, das Bild mag ich auch ganz besonders. Er sieht echt flott aus, nicht wahr?« Maria drehte sich um. Frau Bonhoeffer beobachtete sie, ihre Augen leuchteten.

Marias Wangen brannten. »Äh, entschuldigen Sie, Frau Bonhoeffer, dass ich Ihre Familienfotos so anstarre. Das wollte ich nicht.«

Frau Bonhoeffers Lachen war glockenhell. »Dafür brauchst du dich doch nicht zu entschuldigen.«

»Wer entschuldigt sich für was?« Die Stimme kam von der Tür her.

Der große ältere Herr mit dem sorgfältig gekämmten weißen Haar und dem gut gebügelten grauen Anzug konnte nur Dietrichs Vater sein. Vor allem, wenn man sein Lächeln sah. Es war geradeso wie Dietrichs.

»Da bist du ja, Karl. Maria und ihre Mutter sind gerade angekommen.«

»Ah, gut!« Dr. Bonhoeffer kam zu ihnen herüber. Zuerst begrüßte er Marias Mutter, dann trat er an die Seite seiner Frau; seine Bewegungen waren mehr als rüstig für einen Mann, der das 75. Lebensjahr überschritten hatte. Nun wandte er sich an Maria. »Du bist uns herzlich willkommen, Maria. Bitte fühle dich hier ganz wie zu Hause.« Er nahm ihre Hand, sein Blick offen und ohne Falsch.

»Danke, Dr. Bonhoeffer. Sie sind sehr freundlich«, murmelte Maria.

»Und wir haben gute Nachrichten, Paula, nicht wahr?« Er sah seine Frau an.

»Ja, das stimmt. Keine halbe Stunde, bevor ihr gekommen seid, haben wir einen Brief bekommen. Nach mehreren Anträgen hat das Reichskriegsgericht uns endlich eine Besuchserlaubnis erteilt. Am Dienstag können wir Dietrich das erste Mal besuchen.«

»Das ist ja wunderbar!« Maria lächelte. Sie spürte einen Anflug von Neid und bereute ihn sofort. Es war ja nur recht und billig, dass seine Eltern diejenigen waren, die Briefe von ihm bekamen und ihn besuchen konnten. Sie hatten ein viel größeres Anrecht auf ihn als sie. Es war in Ordnung, dass *sie* ihm gegenübersitzen, seine Stimme hören und sein Gesicht sehen konnten. Aber wie sie sich wünschte, dass auch sie …

»Wie schön!« Marias Mutter stellte sich zu ihnen. »Es wird Ihnen bestimmt das Herz leichter machen, Frau Bonhoeffer, wenn Sie Ihren Sohn wiedersehen können.«

Maria erinnerte sich an die Tasche, die sie am Arm trug. Sie griff hinein und zog eine kleine Dose mit echten Kaffeebohnen hervor, dazu eine Wochenration Butter. Die Bonhoeffers schauten interessiert zu. »Ich weiß, dass Sie ihm Essenspakete ins Gefängnis schicken dürfen. Das hier soll mein Beitrag sein.« Sie reichte Frau Bonhoeffer den Kaffee und die Butter.

»Danke, meine Liebe«, sagte Frau Bonhoeffer leise. »Wir werden dafür sorgen, dass er das kriegt.«

»Das war aber wirklich nicht nötig, Maria«, wandte Karl Bonhoeffer ein. »Diese Sachen braucht ihr doch selber.« Er ging zu einem der Sofas und setzte sich.

»Ich schenke ihm das gerne. Wenn er es bekommt, ist es viel schöner, als wenn ich es selber kriege. Ich wünschte nur, ich könnte noch mehr tun.«

Frau Bonhoeffer legte den Kaffee und die Butter auf einen Couchtisch. »Bis zum Mittagessen ist noch etwas Zeit. Die Schleichers kommen auch. Kann ich dich so lange nach oben mitnehmen, zu einer kleinen Schlossführung?«

Maria nickte, vielleicht eine Spur zu eifrig.

»Karl, Frau von Wedemeyer würde sich bestimmt gerne den Garten anschauen.«

»Natürlich.« Dietrichs Vater erhob sich und bot Marias Mutter seinen Arm. »Dann wollen wir mal, Frau von Wedemeyer.« Marias Mutter lächelte zustimmend, und die beiden gingen aus dem Salon hinaus.

Frau Bonhoeffer führte Maria zurück in den Flur und die schmale Treppe hinauf. Maria ließ ihre Hand über das Geländer gleiten. Diese Stelle hatten Dietrichs Finger berührt, jedes Mal wenn er die Treppe hinauf- oder hinuntergestiegen war. Sie musste lächeln.

Links und rechts gingen verschiedene Türen ab. Vor einer von ihnen blieb Frau Bonhoeffer stehen. Maria spürte, wie ihr Herz vor Vorfreude schneller schlug.

»Dies ist Dietrichs Zimmer.« Frau Bonhoeffer öffnete die Tür. Sie fuhr leise lachend fort: »Ich habe es ein bisschen aufgeräumt, aber nicht zu viel; du willst ja wissen, auf was du dich einlässt.«

Maria schaute und schaute. Sie konnte sich gar nicht sattsehen. Seine Gegenwart war überall. In dem Lehnstuhl neben den Bücherregalen. Am Schreibtisch, wo er seine Briefe an sie geschrieben hatte. Direkt neben dem ordentlich gemachten Bett lag ein Paar Pantoffeln; am liebsten hätte sie sie aufgehoben und an ihre Brust gedrückt.

War das möglich – dass jemand weg war und doch da?

Das ganze Zimmer schien sein Wesen zu verkörpern, seine Liebe zu Büchern und zur Kunst. Bedächtig und gleichzeitig außer Atem trat sie an den Schreibtisch. Frau Bonhoeffer war in der Tür stehengeblieben. Maria ließ ihre Fingerkuppen über die Schreibunterlage gleiten, auf der mehrere Tintenflecke zu sehen waren. Da lag ein Buch. Sie nahm es in die Hand; der Deckel klappte auf, dass man das Vorsatzblatt sah.

Eine Widmung. »Meinen lieben Eltern. Danke für alles.«

Sie drehte das Buch, um den Rücken zu inspizieren. Es war eines der Bücher, die ihre Großmutter so bewunderte: *Schöpfung und Fall.* Maria hatte es noch nicht gelesen. Was sie von ihm am liebsten las, das waren seine Briefe an sie.

»Ich geh schon mal nach unten und schaue nach dem Essen. Du kannst gerne so lange hierbleiben, wie du willst.« Mit einem Lächeln und einer Handbewegung verschwand Frau Bonhoeffer.

»Danke, Frau Bonhoeffer«, erwiderte Maria, aber die Schritte ihrer Gastgeberin hallten bereits draußen auf der Treppe.

Sie legte das Buch wieder hin und trat an das Bücherregal. Die schlichten Bretter waren in die Wand eingebaut. Die Bücher selbst, eine ordentliche Reihe nach der anderen, schienen wichtiger zu sein als das Regal. Sie ließ ihren Blick darüberschweifen. Wahrscheinlich hatte er sie alle gelesen. Wie jämmerlich wenig belesen war sie im Vergleich zu ihm.

Wenn sie erst einmal verheiratet wären, würden sie jede Menge zusammen lesen und studieren.

Sie trat zum Kleiderschrank. Ein wenig kam sie sich vor wie ein Kind, das herumschnüffelte, wo es nichts zu suchen hatte. Alles, was sie hier sah – die Bücher, die Bilder, sogar die Pantoffeln vor dem Bett –, es würde mit umziehen in das neue kleine Heim, das sie sich gemeinsam einrichten würden.

Die Schranktür knarrte, als sie sie öffnete. Mehrere Anzüge hingen auf Drahtbügeln. Maria ließ ihre Hand an einem Ärmel entlanggleiten. Sein Geruch war in dem Stoff. Sie merkte, wie ihr plötzlich die Tränen kamen.

Gibt es eine Grenze dafür, wie sehr ein Herz ein anderes vermissen kann? Wenn ja, Dietrich Bonhoeffer, dann habe ich sie noch nicht gefunden.

* * *

24. Mai 1943
Berlin

»Du bist eine richtige Bereicherung für das Haus.«

Maria sah auf, als Frau Bonhoeffer das sagte. Sie saßen beide im Wohnzimmer der Bonhoeffers, zu ihren Füßen ein Korb mit Socken. Sockenstopfen war eine Arbeit, die Schultern und Augen strapazierte, aber Maria hatte die Stunde, die sie schon mit Dietrichs Mutter zusammensaß, genossen. Sie hatten fleißig gestopft und geplaudert, dass der Korb rasch leerer wurde.

Sie lächelte, das Herz warm von dem Lob, und beugte sich wieder über ihre Arbeit. Aus dem Flur kamen Geräusche, als ob jemand gerade ins Haus trat. Die Zunge zwischen den Zähnen, schnitt Maria einen Faden ab und hielt die Socke prüfend ans Licht. Manche waren für die inhaftierten Männer – Hans von Dohnanyi und Dietrich. Bei dieser Tätigkeit fühlte sie sich richtig als Teil der Familie. Mehr als einmal wanderten ihre Gedanken zu dem Mann, dessen Strümpfe sie da ausbesserte. An ihrem ersten Tag bei den Bonhoeffers hatte sie in jeder Ecke etwas gefunden, das sie an ihn erinnerte und ihn ihr zum Greifen nahebrachte.

Wenn er nur nicht so schmerzlich weit weg wäre!

Die Tür öffnete sich und Christel von Dohnanyi trat herein. Maria erinnerte sich an sie von dem Abschiedsfest für Hans-Walter. Groß gewachsen, mit dunklem Haar und dunklen Augen, hatte sie die aristokratische Statur, die allen Bonhoeffers gemein war.

»Guten Tag, Mutter.« Christel kam her und umarmte Frau Bonhoeffer kurz. »Schön, dich zu sehen.« Sie drehte sich um und erwiderte Marias Blick.

»Fräulein von Wedemeyer. Wie lange sind Sie schon in Berlin?« Die Christel, die hier vor Maria stand, schien eine andere Frau zu sein als die an dem Abschiedsabend. Ihre feinen Wangenknochen standen stärker hervor, ihre Haut war blasser, das braune Kleid und der blaue Pullover schienen zu schlackern.

»Seit gestern. Meine Mutter ist bei meiner Tante, Spes Stahlberg.«

Christel nickte, den Blick eine Spur länger als nötig auf Maria geheftet, als wollte sie herausfinden, was für eine sie war. Maria straffte unwillkürlich die Schultern.

Christel sah wieder Frau Bonhoeffer an. »Vater möchte dich sprechen. Er ist in seinem Büro. Ich helfe Maria solange mit den Socken.«

Frau Bonhoeffer ging aus dem Zimmer und Christel nahm ihren Platz auf dem Sofa ein. Sie zog eine Socke aus dem Korb und begann zu stopfen. Maria machte ebenfalls weiter, während sie Christel verstohlen musterte. Die Frau war am selben Tag verhaftet worden wie Dietrich und ihr Ehemann. Sie wusste, was Maria nicht wusste: wie es war, in einer Gefängniszelle zu sitzen und der Gestapo ausgeliefert zu sein. Was sie erlebt hatte, hatte sie verändert; es hatte sie älter gemacht.

Mehrere lange Minuten arbeiteten sie schweigend. Maria konzentrierte sich mit gerunzelter Stirn und zusammengepressten Lippen auf die Ferse der nächsten schwarzen Wollsocke.

»Wissen Sie eigentlich, was auf Sie zukommt?«

Maria sah auf; ihre Nackenmuskeln verkrampften sich protestierend. »Wie bitte?«

Christels Augen waren wie aus Stahl. Sie ließ die Socke, die sie gerade stopfte, in ihren Schoß fallen und wiederholte: »Wissen Sie, was auf Sie zukommt?«

»Ich … das versteh ich nicht ganz.«

»Dann lassen Sie es mich erklären. Wie alt sind Sie? Neunzehn?«

Maria nickte. Christels Miene nagelte sie auf ihrem Platz fest. Sie hatte das unbestimmte Gefühl, sich dieser Frau beweisen zu müssen – aber warum?

»Sie sind nicht viel mehr als ein Mädchen und mit meinem Bruder verlobt. Ich mache Ihnen das nicht zum Vorwurf. Wenn dies normale Zeiten wären, hätten Sie meine herzlichsten Glückwünsche. Sie scheinen intelligent zu sein und Dietrich sehr am Herzen zu liegen. Aber dies sind keine normalen Zeiten.« Sie beugte sich vor, ihre Hände umklammerten das Stopfei. »Was wissen Sie über die Gründe für Dietrichs Verhaftung?«

Maria schluckte. Sollte dies ein Test sein? »Ich weiß, dass er in Dinge verwickelt ist, die gefährlich sind. Dass er in die Abwehr gegangen ist, um nicht in der Wehrmacht dienen zu müssen. Dass es bei seinen Tätigkeiten um den Sturz der Regierung geht. Und dass die Gestapo ihn verdächtigt.«

»Da wissen Sie mehr, als ich dachte«, murmelte Christel, wie zu sich selber.

»Henning von Tresckow ist mein Onkel und Fabian von Schlabrendorff mein Vetter.« Maria hob das Kinn. »Die machen dort auch mit. Ich weiß das, weil sie öfters nach Pätzig kamen, um meinen Vater anzuwerben. Er hätte sich ihnen angeschlossen, wenn er dies mit seinem Gewissen hätte vereinbaren können. Er hasste die Nazis und hat sich immer geweigert, die Hakenkreuzflagge auf seinem Grund und Boden zu hissen. Die Behörden haben daraufhin versucht, ihm das Recht zu entziehen, seinem eigenen Gut vorzustehen.«

Christel nickte, die Socke weiter in ihrem Schoß. »Dadurch, dass Sie sich offen als Verlobte meines Bruders zu erkennen geben, bekommen Sie ein Recht auf gewisse Privilegien. Besuchsrechte und so weiter. Sie können Besuchsscheine beantragen. Ob Sie sie bekommen, weiß ich nicht, aber Sie können es versuchen. Es ist ein Lotteriespiel, in diesem Wespennest Vergünstigungen zu ergattern.« Christel presste die Lippen aufeinander, die Bitterkeit in ihrem Blick sprach Bände über das, was sie selbst erlebt hatte. »Das Einzige, was wir tun können, ist, nicht lockerzulassen; steter Tropfen höhlt den Stein.«

»Das ist mir klar. Egal, wie schlimm es dort ist, ich möchte ihn sehen. Und ihm helfen, irgendwie.« Maria sprach die Worte, als ob sie ihr wichtiger seien als alles andere, was sie je gesagt hatte.

Christel lächelte dünn. »Wie unerfahren Sie noch sind! Bei so einem Besuch sagt man alles, was man nicht sagen wollte, und vergisst alles, was man sagen wollte. Man wird Sie dort beobachten. Manche der Wärter sind nett, andere …« Sie schaute auf ihre verschränkten Hände hinunter. An ihrem Ringfinger glitzerte ein schlichter Ehering. Sie drehte ihn mit zusammengepressten Lippen. Dann sah sie wieder auf. »Wir haben Methoden … um Informationen ins Gefängnis zu schmuggeln.«

»Wie kann ich da helfen?« Die Worte schossen aus Marias Mund, noch bevor sie darüber nachdenken konnte. »Sagen Sie mir, was ich machen soll.«

Christels Blick wurde schärfer. »Das ist kein Kinderspiel. Es ist gefährlich. Für die Männer und für uns.«

Christel hatte recht. Es wäre töricht, die Gefahren zu verkennen. Dies war kein Spiel, dies war ein Krieg. Deutschland kämpfte um die Weltherrschaft, und die Bonhoeffers kämpften um ihre Männer.

Da konnte Maria nicht weniger tun. Sie holte tief Luft. »Ich nehme die Gefahren in Kauf.«

»Also gut.« Es lag so etwas wie Anerkennung in Christels Blick. Noch nicht Respekt, aber Anerkennung, und Maria spürte, dass bei Christel selbst Anerkennung keine Selbstverständlichkeit war. »Sagen Sie es mir, wenn Sie einen Besuchsschein bekommen. Rufen Sie mich dann an und fragen Sie, ob ich Bücher für Dietrich habe. Wenn ich Ja sage, können Sie sie abholen.«

»Bücher? Das versteh ich nicht ganz. Wie kann man durch ein Buch Botschaften schmuggeln, ohne dass das entdeckt wird?«

»Stellen Sie keine Fragen!« Christel nahm die Socke wieder zur Hand und fuhr mit dem Stopfen fort, als ob sie sich gerade über etwas so Harmloses wie Kaffee-Ersatz unterhalten hätten. »Als Erstes müssen Sie es lernen, auch ohne Antworten zufrieden zu sein.«

* * *

10. Juni 1943
Gefängnis Tegel

»Sehr geehrter Herr Oberkriegsgerichtsrat Roeder!«

Beim erneuten Lesen des Briefes strich Dietrich die Worte »Operation 7« aus und ersetzte sie durch »Fräulein Friedenthal«, den Namen der Jüdin mittleren Alters, die sie in die Schweiz geschafft hatten und deren Teilnahme an dem Unternehmen Roeder infrage gestellt hatte.

Dietrich hatte die Idee gehabt, seine Gedanken in einem Brief an Roeder auszuführen, anstatt nur auf die Beantwortung der Fragen in den Verhören zu setzen. Er hatte sich schon immer besser schriftlich als mündlich ausdrücken können. Seine umständlichen Ausführungen würden Roeder hoffentlich einlullen.

Er nahm seine Brille ab und rieb sich die Augen. Das heutige Verhör durch Roeder war ganz besonders anstrengend gewesen. Wenn es jemanden gab, der die Kunst beherrschte, Worte so zu verdrehen, dass er davon profitierte, dann war es Roeder.

Wie lange sollte das noch weitergehen? Die Tage wurden zu Wochen, die Wochen zu Monaten. Roeder quetschte ihn förmlich aus über seine Befreiung vom Kriegsdienst an der Front, weil er Abwehragent war, über die Devisensachen im Zusammenhang mit »Operation 7«, über die Befreiungen vom Kriegsdienst, die er für Pastoren der Bekennenden Kirche zu erwirken versucht hatte.

Jeden Tag sagte er sich, dass er Roeders Raubtierblick bald nie mehr würde ertragen müssen. Und jeder Tag kam und ging, ohne dass sich etwas änderte.

Gott, dein *Wille geschehe, nicht meiner. Du weißt, dass ich dir vertraue.*

Er stand auf und begann das kleine Ritual, das er mehrmals täglich absolvierte: Er ging in seiner Zelle auf und ab, von einem Ende bis zum anderen. In diesen Monaten in Tegel hatte er mehr Bewegung gehabt als in all den Jahren des Kirchenkampfes und als Lehrer der Seminaristen in Finkenwalde. Damals hatten ihn tausend Dinge in Beschlag genommen; hier waren seine Aufgaben eng begrenzt.

Vor Kurzem aber war eine neue Aufgabe dazugekommen. Eine, für die er besonders dankbar war.

Wie auf ein geheimes Kommando klopfte Knobloch an seine Tür und öffnete sie. »Sind Sie bereit für das Lazarett?«

Dietrich griff nach seiner Jacke, die auf der Pritsche lag, und schlüpfte hinein.

»Wie war Ihr letzter Urlaub?«, fragte Dietrich, während sie durch die hallenden Gänge liefen, vorbei an endlosen Reihen verschlossener Türen.

»Meiner Mutter geht's nicht mehr so gut.« Knoblochs Miene wurde ernster. »Aber ich habe Fräulein Slagle wiedergetroffen.« Er senkte die Stimme, als sie an zwei anderen Wärtern vorbeikamen, straffte die Schultern und schaute geradeaus, als sei er ein mürrischer Kollege, der einen Häftling von der schwierigen Sorte begleitete.

Es gehörte sich nicht für einen Wärter, freundlich mit Häftlingen umzugehen. Dietrichs geheime Freundschaft mit Knobloch war definitiv eine Ausnahme von der Regel.

Als sie die Wärter hinter sich gelassen hatten, fuhr Knobloch fort. »Wussten Sie schon, dass sie eine Freundin von Frau Niemöller ist?«

»Hat sie etwas Neues über Martin gehört?« Verglichen mit Pastor Niemöllers Haftbedingungen in Dachau war Dietrichs Zelle Luxus pur.

Knobloch schüttelte den Kopf. »Alles unverändert, schätze ich.« Sie erreichten die Pendeltür zum Gefängnislazarett und traten ein.

»Guten Abend!«, sagte Dietrich.

Ein mehrstimmiges »Guten Abend, Herr Pastor!« kam von dem halben Dutzend Patienten zurück. Der Raum roch nach Krankheit und ungewaschenen Leibern. Dietrich hatte sich an diese Gerüche so gewöhnt, dass er sie fast nicht mehr wahrnahm. Stattdessen konzentrierte er sich auf die Gesichter. Ein paar lächelten, andere wirkten zögerlich, ein paar ausdruckslos. Knobloch hatte ihm erzählt, dass es jedes Mal einen kleinen Ansturm auf das Lazarett gebe, wenn es hieß, dass Dietrichs Besuch anstand.

»Ich setze mich mal.« Knobloch schlenderte zum Radio und suchte einen Sender mit leichter Musik. Der gute Knobloch führte Dietrich immer dann ins Lazarett, wenn möglichst wenige vom Personal da waren. Auf diese Weise konnte Dietrich ziemlich offen mit den Kranken reden, ohne argwöhnische Augen und Ohren.

»Wie geht es Ihnen heute?« Dietrich blieb an einem der ersten Betten stehen. Der junge Mann, der kaum älter als zwanzig sein mochte, lächelte matt. Er hatte im letzten Winter versucht, in Russland von seiner Einheit zu desertieren. In der Eiseskälte waren ihm alle Finger der linken Hand erfroren. Er lag wegen einer langwierigen Lungenentzündung im Lazarett.

»Ich glaube, besser.« Peter zog mit seiner gesunden Hand das dürftige Kissen zurecht. Dietrich half ihm dabei.

»Ich habe Ihnen was mitgebracht.« Dietrich zog ein in Papier eingeschlagenes halbes Stück Weißbrot aus seiner Hosentasche.

Der junge Mann nahm es mit leuchtenden Augen entgegen. »Sie haben es nicht vergessen!«

»Das haben mir gestern meine Eltern geschickt.« Dietrich setzte sich auf die Bettkante. Die Decken im Lazarett waren besser als in den Zellen, aber immer noch dünn.

»Danke.« Es klang gerührt. »Und was haben Sie noch für mich heute?«

»Das nächste Paul-Gerhardt-Lied.« Dietrich zog einen kleinen Zettel aus derselben Hosentasche. In unglaublich kleiner Schrift hatte er darauf die Strophen geschrieben. »Soll ich es vorlesen?«

Peter nickte. Er legte den Kopf zurück auf das Kissen. Sein Gesicht war bleich.

Dietrich las das Lied so laut vor, dass auch die Männer in den anderen Betten die tröstenden Worte hören konnten. Dann reichte er Peter den Zettel. »Das ist alles, was ich auf dieses Blatt gekriegt habe.« Er lächelte entschuldigend. »Meine Handschrift ist nie die beste gewesen.«

Peter kniff die Augen zusammen. »Da haben Sie recht. Wie schaffen Ihre Verwandten es nur, Ihre Briefe zu lesen?«

»Zeit und Übung, mein Freund.« Dietrich erhob sich. »Lassen Sie sich das Brot schmecken.« Er trat an das nächste Bett.

Als junger Theologiestudent hatte er es genossen, der Beste in seinem Seminar zu sein, der Liebling der Professoren. Er hatte etwas aus sich machen wollen. Doch die Jahre, die folgten, einschließlich dieser letzten Monate in Tegel, hatten ihm gezeigt, wie falsch dieser Ehrgeiz gewesen war.

Selbst hier im Gefängnis war ein Leben in Freiheit möglich. Wenn man wusste, in wessen Hand die Zukunft lag.

Achtundzwanzig

24. Juni 1943
Reichskriegsgericht, Berlin

Als Kind hatte Dietrich einmal in einem Kinderbuch die Geschichte eines kleinen Jungen gelesen, der im Urwald lebte und eines Tages, dem Verbot seiner Eltern zum Trotz, alleine loszog, um die Gegend zu erkunden. Nach einer Weile begegnete er einer Pythonschlange, die den leichtsinnigen Knaben kurzerhand erdrückte.

In den Augen des Dritten Reiches war dieser kleine Junge Dietrich, die Eltern waren der Führer, und Roeder gab eine gute Python ab.

Der Unterschied war, dass Dietrich nicht vorhatte, sich von der Python umschlingen zu lassen. Bis jetzt war er diesem Schicksal entgangen, egal, wie tückisch Roeder sich drehte und wand.

»Sie sind heute nicht sehr gesprächig, Herr Bonhoeffer.« Roeder trommelte mit den Fingern auf die Tischplatte, die so blank poliert war, dass sie wie ein Spiegel wirkte. »Vielleicht brauchen Sie etwas, das Sie ein bisschen aufmuntert.«

Dietrich ging in Alarmstellung. In der Sprache der Gestapo bedeutete das Wort »aufmuntern« solche Dinge wie das Ausreißen der Fingernägel oder auch einfach das Ziehen der Dienstwaffe.

Roeder fuhr fort: »Ja, wenn ich Sie mir so anschaue, brauchen Sie wirklich was. Und zum Glück habe ich genau das Richtige für Sie.« Roeder lächelte. Der Mann lächelte oft, aber es sah nie echt aus, sondern eher wie das professionelle Lächeln eines Clowns, wie aufgemalt.

Unter der Decke kreiste ein Ventilator vergeblich gegen die Hitze an. Dietrich schaute zu den Flügeln hoch, die sich unaufhörlich drehten. Bald würde Roeder ihn wieder zurück in seine Zelle schicken, wo er den angefangenen Brief an seine Eltern fertig schreiben könnte. In der Zelle war es noch wärmer als hier, aber wenigstens gab es dort keine Pythonschlangen.

Roeder stand auf und schritt zur Tür. Wo wollte er hin? Wollte er sich ein kühles Glas Limonade holen? Die Temperatur war entsprechend. Dietrich musste daran denken, wie er mit Sabine und ihren Kindern im Garten gesessen und aus kühl beschlagenen Gläsern getrunken hatte, bis zum Rand gefüllt mit süßsäuerlicher Limonade …

Nun kam Roeder zurück. Dietrich blieb die Luft weg. Der Raum drehte sich einen Augenblick, dann blieb er wieder stehen.

Maria. Neben Roeder, der eine Hand auf ihren Arm gelegt hatte.

»Überraschung!« Roeder lachte höhnisch. »Das ist was, nicht wahr, Herr Pastor? Die Dame Ihres Herzens in diesem Raum! Bitte sehr, Sie dürfen sich beide auf das Sofa dort setzen.«

Dietrich wollten die Augen aus dem Kopf fallen. Warum war sie hier? Hatte Roeder sie vorgeladen? Hier gehörte Maria nicht hin! Sie gehörte in den Salon des Gutshauses ihrer Familie in Pätzig und nicht in den Verhörraum von Manfred Roeder, dieser Verkörperung der Heimtücke, die schon so viele Opfer gefordert hatte. Dies war bestimmt der nächste seiner Tricks. Was sonst sollte es sein? Roeder wollte den Überrumpelungseffekt nutzen, um Dietrich irgendein wichtiges Detail zu entlocken. Sein Nacken versteifte sich. Nein, Roeder würde ihn nicht hereinlegen!

Maria ging zu dem Sofa und setzte sich an das eine Ende, die Augen auf Dietrich gerichtet.

»Bitte, Sie auch.« Roeder nahm wieder auf seinen Stuhl Platz, den er so drehte, dass er das Sofa im Blick hatte.

Dietrich zwang sich, zum Sofa zu gehen und sich an das andere Ende zu setzen, den Blick auf Maria geheftet. Die eine Hälfte seines Gehirns konnte immer noch nicht begreifen, dass sie es wirklich war, die andere schrie: »Pass auf! Roeder hat sie für *sich* kommen lassen, und nicht für euch beide!«

Aber er konnte es nicht leugnen: Ihr Anblick wühlte ihn auf, brachte alle Gefühle, die er unter Verschluss gehalten hatte, an die Oberfläche, Roeder hin, Roeder her.

»Guten Tag, Dietrich.« Sie lächelte – ein weiches, schönes Lächeln, das sein Herz schon beim bloßen Anblick so anrührte, dass es fast wehtat. Wie oft hatte er, ob wachend oder schlafend, von genau diesem Augenblick geträumt? Stundenlang hatte er die Decke seiner Zelle angestarrt und sich ihr Gesicht vorgestellt – und jetzt war es vor ihm. Ihr sanft geschwungener Hals, die gelockte Haarsträhne, die ihr übers Ohr fiel. Ihre Augen, dieses unergründlich tiefe Blau und darüber die dunklen Wimpern. Ihre vollen, halb geöffneten Lippen.

Sie fesselte ihn und lenkte ihn ab, was ohne Zweifel das war, was Roeder wollte. Dietrich zwang sich, äußerlich gelassen zu bleiben, schwieg und schaute vorsichtig zu Roeder hinüber, der mit übereinandergeschlagenen Beinen und zur Seite geneigtem Kopf dasaß, als sei er im Kino und schaue sich den neuesten Film an.

Dietrich blickte zurück zu Maria. Er musste irgendetwas tun. »Wie geht es dir?« Wie hohl seine Stimme klang!

»Mir geht es gut«, sagte sie leise. »Und dir?«

»Sehr gut.«

Sie lächelte wieder. Nichts an ihrem Verhalten ließ darauf schließen, dass dieser Raum ihr Angst machte. Oder dass es ihr peinlich war, dass Roeder dabei war. Sie hatte nur Augen für Dietrich. »Ja, das haben mir deine Eltern schon gesagt, aber ich freue mich, es jetzt selber sehen zu können. Ich bin zurzeit in Berlin. In meinem letzten Brief hab ich es erwähnt, aber vielleicht hast du den noch nicht bekommen?«

Er schüttelte den Kopf.

»Ich konnte mehrere Male deine Eltern besuchen. Sie sind sehr freundlich zu mir, vor allem deine Mutter. Sie zeigt mir immer wieder neue Sachen, die dir gehören, und ich kann mich so oft in dein Zimmer setzen, wie ich will, was ich auch tue.« Ihr Lächeln wurde tiefer. »Ich hoffe, das macht dir nichts aus. Aber es ist so wunderbar, einfach deine Sachen um mich herum zu haben. Ich hab mir sogar ein paar von deinen Büchern angesehen, obwohl ich, ehrlich gesagt, die meisten noch nicht kannte. Du musst mich mal in sie einführen. Ich möchte doch so gerne wissen, was deine Lieblingsbücher sind.«

Der Klang ihrer Stimme besänftigte den Aufruhr in seiner Seele. Er streckte einen Arm über das Sofa aus und nahm ihre Hand. Sofort schlossen ihre Finger sich um seine. Er drückte sie fester und genoss dieses körperliche Band zu ihr. Seine große Hand in ihrer kleinen, das Gefühl ihrer weichen Haut. Eine Lebensader, die sie verband, halb Schmerz, halb Freude. »Ich weiß nicht, ob du die alle interessant finden würdest.« Seine Stimme war merkwürdig ruhig, so ganz anders als der Strudel der Gefühle in ihm. »Aber einige schon.«

»Gestern Nachmittag war ich bei den Schleichers. Ursula war bei Renate, und da haben sie mich zur Hausmutter erklärt. Es sind so nette Leute.«

»Geht es … Renate gut?« Nach Eberhard fragte er vorsichtshalber nicht; bei Roeder würde der Name seines Freundes nur unnötig Verdacht erregen. Es wäre genau die Art Information, die Roeder sich von diesem Besuch erhoffte.

»Sehr gut sogar.« Maria nickte knapp, als rate sie, warum er den Ehemann seiner Nichte nicht erwähnte. »Sie vermisst dich halt, wie wir alle. Aber sie hat immer was zu tun; so ist das ja bei Leuten, die frisch verheiratet sind. Aber sie sind beide glücklich und lassen dir ausrichten, dass du dir keine Sorgen um sie machen sollst.«

Dietrich nickte.

»Wir haben auch schon angefangen, meine Hochzeit mit dir zu planen. Mutter ist ganz aufgeregt, dass ja alles klappt, aber mir sind die ganzen Einzelheiten nicht so furchtbar wichtig. Ich bin nur gerade am Überlegen, wo ich den Stoff für mein Brautkleid herkriegen soll.« Sie beugte sich näher zu ihm, dass der Duft ihres Haars ihn einhüllte. »Ich möchte einfach mit dir zusammen sein.«

Roeder hustete diskret.

Und ich mit dir, Maria. Wie diese Augenblicke mit dir wären, wenn wir sie für uns allein hätten …

Er drückte ihre Finger. Mehr konnte er ihr nicht bieten. Nicht hier, wo Roeder zuschaute.

Sie lächelte weiter, aber in ihren Augen lag nun so etwas wie Traurigkeit. Wie schmerzlich musste das hier für sie sein! Und er durfte ihr nur mit kühler Höflichkeit begegnen. Als seine Eltern ihn besucht hatten, war das anders gewesen. Da war irgendein Untergebener mit im Raum gewesen, nicht Roeder. Sie hatten mehr Freiheit gehabt. Zum Reden, zum Sie-selber-Sein.

»Großmutter lässt dich auch grüßen. Es geht ihr gesundheitlich jetzt besser als im Winter. Sie sieht auch besser.«

»Das ist gut. Ich bin ihr immer wieder dankbar für die Stunden im Franziskus-Krankenhaus. Oft denke ich daran zurück.« Dietrich rutschte ein Stück näher zu ihr hin. Er hatte Angst, von ihr wegzuschauen, Angst, dass sie dann verschwinden würde. Was für Gedanken für einen studierten, vernünftigen Mann! Aber was war an der Liebe schon vernünftig? Und was war normal an dieser Szene hier?

»Ja, ich auch.« Sie schien noch mehr sagen zu wollen, aber Roeders Stimme unterbrach sie.

»Die Zeit ist um. Ich bringe Sie wieder hinaus.« Er kam zum Sofa herüber und baute sich vor ihnen auf.

Maria erhob sich. Der andere Wärter kam und bedeutete Dietrich, ihm zu folgen. In die umgekehrte Richtung. Zu einer anderen Tür. In eine andere Welt als die Marias.

Alles, was er eigentlich hatte sagen wollen, aber nicht gesagt hatte, schoss ihm durch den Kopf, wollte hinaus, staute sich in ihm auf, während sein Wärter ihn zur Tür führte. Er drehte sich um. Maria und Roeder näherten sich dem anderen Ausgang. Er versuchte fieberhaft, die Sekunden zu verlängern, sich ihr Profil einzuprägen, jeden Gesichtszug, bevor sie weg war. Nur Sekunden. Was waren Sekunden für einen Mann, der nach Luft rang? Sie würden nicht reichen.

Plötzlich machte sich Maria von Roeders Hand frei. Mit hämmerndem Herzen schaute Dietrich zu, wie sie durch den Raum auf ihn zulief. Einen kurzen Augenblick sah er, wie Roeder der Mund offen stand, bis alles verschwamm und er nur noch die Arme spürte, die sie um ihn schlang.

Er drückte sie an sich, fest, halb Seligkeit, halb Qual, und befahl jeder Faser in seinen Händen, die Liebe weiterzugeben, die ihn mit jedem Schlag seines Herzens durchströmte. Maria. Sie war zart und stark zugleich. Zart, wie sie sich an seine Brust fallen ließ, stark, wie sie ihn mit aller Kraft umfasst hielt.

Er löste sich von ihr, gerade lange genug, um ihr in die Augen zu sehen, und er las in ihnen alles, was ein Mann sich wünschen konnte von dem Blick seiner Geliebten – alles und noch mehr. Wäre dies ein anderer Ort, ein anderer Zeitpunkt gewesen, er hätte sich Zeit genommen. Aber den Luxus des zögernden Verweilens konnten sie sich nicht leisten. Entweder jetzt oder nie.

Und so küsste er sie, und als ihre Lippen sich begegneten, war er nicht mehr Dietrich Bonhoeffer, Verschwörer und Theologe, sondern ein normal sterblicher Mann, den ihre Berührung fesselte. Plötzlich war es egal, wo oder wer sie waren. Jetzt zählte nur, dass er sie liebte und dass keine Gefängnisgitter es verhindern konnten, dass sie einander gehörten.

Als er sich zwang, sie loszulassen, waren sie beide außer Atem. Erschüttert. Und doch heilere Menschen, als sie es gewesen waren, als sie diesen Verhörraum betraten. Ihm fehlten die Worte, auszudrücken, was da geschehen war, und so sah er ihr stumm hinterher, wie sie zurück zu Roeder ging. In dem Augenblick, der hinter ihnen lag, hatte er ihr alles gesagt, was er konnte und was er in einem Brief an seine Eltern, der von den scharfen Augen eines Zensors gelesen wurde, nicht hätte sagen können.

Sie ging, den Kopf hoch erhoben. Nur einmal schaute sie kurz zurück. Der Blick in ihren Augen, so voll Freude und Staunen, ließ ihn versonnen lächeln, als sein Wärter ihn nach draußen führte.

Ihr erster Kuss. Ein Augenblick der Schönheit in einem Haus der Todesschatten.

* * *

Maria presste ihre Finger ans Fenster, während der Wagen davonfuhr. Ihr eigenes Gesicht starrte sie an, ein schwaches Spiegelbild in der Scheibe. Ihre Augen leuchteten.

Sie legte ihren Kopf an die Rückenlehne und erlebte die ganze Szene noch einmal, wie in Zeitlupe. Die sichtliche Erschütterung in Dietrichs Gesicht, als Roeder sie in den Raum führte. Es war offensichtlich, dass der Kriegsgerichtsrat sie als Waffe hatte benutzen wollen, als menschlichen Blutegel, der Informationen aus ihrem Verlobten heraussaugen sollte, die man bisher nicht hatte ermitteln können. Sie hatte gelächelt, innerlich halb euphorisch, dass sie bei Dietrich war, halb verunsichert, weil er sich so distanziert verhielt.

Endlich hatte er ihre Hand gefasst, als sei sie die Brücke zwischen ihm und einem bodenlosen Abgrund. Ganz langsam war er wieder er selbst geworden. Aber was konnten sie einander sagen, was wirklich wichtig war, solange Roeder, dieses Ekel von einem Menschen, dabei war und zuhörte? So furchtbar wenig. Sie hatte tapfer versucht, sich nicht durch Roeders Gegenwart abschrecken zu lassen und sich stattdessen darauf zu konzentrieren, dass sie endlich, endlich mit Dietrich zusammen sein konnte. Doch der Augenblick war nur zu schnell wieder zu Ende gewesen, und als Roeders Finger sich um ihren Arm klemmten und er sie zur Tür zu führen begann, hatte der Wahnsinn sie gepackt.

Aber wenn dieser Kuss Wahnsinn gewesen war, dann wurde der gesunde Menschenverstand eindeutig überbewertet.

Sie hatte davon geträumt, wie es wäre, geküsst zu werden, hatte sogar Ruth-Alice nach deren Verlobung mit Klaus belagert, es ihr zu verraten. Aber die Fantasie war keine Vorbereitung auf die Wirklichkeit. Auch nicht auf den Strudel der Gefühle, der danach kam. Sie drückte die Hand auf ihre Lippen, berührte die Stelle, die *er* berührt hatte.

Mochte der Wunsch noch so egoistisch sein, aber sie wollte, dass dies endlich vorbei wäre. Bestimmt würden sie ihn bald freilassen. Entlassen in die Freiheit und in neue Küsse, bei denen sie allein wären.

Ja, doch, sie war egoistisch. In der Welt tobte der Krieg, und ihr Land würde ihn verlieren. Immer deutlicher zeichnete sich dies ab. Ihr Verlobter im Gefängnis – was war das schon gegen das Los der Frauen, die ihre Männer auf dem Schlachtfeld opferten. Oder gegen das Los der Menschen, die buchstäblich das Dach über dem Kopf verloren in den Bombenhageln, die über Berlin niedergingen. Oder gegen das Furchtbare, das in Polen geschah und über das man nur hinter vorgehaltener Hand sprach – ganze Zugladungen von Menschen, die fortgeschafft wurden, um nie wieder zurückzukommen. Es war ein Inferno.

Ein Inferno, aus dem es kein Entrinnen, in dem es nur Ertragen gab.

Neunundzwanzig

6. Juli 1943
Gefängnis Tegel

Die drückende Hitze verwandelte die Zelle in einen Backofen. *So ungefähr muss sich eine Weihnachtsgans in der Bratröhre fühlen.* Dietrich musste grinsen. Der Schweiß ließ seine Brille immer wieder die Nase herunterrutschen.

Er saß an seinem Tisch und musterte mit zusammengekniffenen Augen jede Seite in dem Buch, das seine Eltern mitgebracht hatten. Auf der Titelseite war sein Name unterstrichen. Das bedeutete, dass dieses Buch eine Botschaft enthielt, und er war fest entschlossen, diese Botschaft zu entschlüsseln, bevor er sich schlafen legte. Er zog an seinem Hemdkragen und löste ein paar Knöpfe. Heute Morgen hatte er noch einen Anzug angehabt; inzwischen trug er nur noch die Hose und das kurzärmelige Hemd. Wieder schob er seine Brille hoch und prüfte jede Zeile auf der Seite.

Da klopfte es an die Tür der Zelle.

Dietrich wandte sich um. Wer mochte das sein? Das Abendessen hatte er schon bekommen. »Herein!« Er hielt seine Stimme gemessen. Vielleicht war das Knobloch, der ihm Neuigkeiten brachte oder sich einfach mit ihm unterhalten wollte. Der junge Wärter hielt ihn über vieles von dem, was sich im Gefängnis abspielte, auf dem Laufenden. *Der Häftling in Zelle 41 wird morgen zur Hinrichtung abgeführt. Ein paar Worte von Ihnen würden ihm guttun. In Zelle 89 ist ein Neuer; scheint ein schwerer Fall zu sein …*

Die Tür öffnete sich. Es war Knobloch, aber er kam nicht herein. Stattdessen trat er zur Seite und ließ einen anderen Mann eintreten. Er war mittleren Alters, hatte braunes Haar, eine hohe Stirn und trug einen schlichten schwarzen Anzug. Knobloch verriegelte die Tür hinter ihm.

»Guten Tag.« Dietrich griff nach seiner Anzugjacke, die auf der Pritsche lag, und schlüpfte hinein.

Der Fremde nickte, sein Körper entspannte sich etwas. »Ich bin Harald Poelchau. Unteroffizier Knobloch sagte mir, Sie würden sich über einen Besuch von mir freuen.«

»Ja, doch, sicher.« Dietrich erhob sich und schüttelte die Hand des Gefängnispfarrers. Er hatte von Pfarrer Poelchau gehört, war ihm aber bisher nicht begegnet. »Es freut mich sehr, Sie kennenzulernen. Bitte setzen Sie sich doch. Und entschuldigen Sie die Unordnung; ich hatte keinen Besuch erwartet.« Er hob seine Krawatte, die er wieder tragen durfte, und mehrere Bücher von der Pritsche auf und strich die graue Wolldecke mit der Hand glatt.

Poelchau setzte sich auf die Kante der Pritsche. Dietrich nahm wieder auf seinem Stuhl Platz, mit Blick auf seinen Gast. Der Gefängnispfarrer sah zu Boden und zupfte mit den Händen an der Decke. Ordnete er seine Gedanken? Oder kämpfte er mit sich?

Dietrich beobachtete ihn geduldig. Er verzichtete darauf, das Schweigen mit belanglosen Höflichkeiten zu überbrücken. Poelchau hatte einen Grund für seinen Besuch, und er würde ihn nennen, sobald er innerlich dazu bereit war. Und so wartete Dietrich und schickte ein stummes Gebet für diesen Bruder in Christus zum Himmel.

Endlich hob Poelchau die Augen. Der Blick, der darin lag, ließ Dietrich unwillkürlich den Atem anhalten. Es war ein Blick der bitteren, ins Herz eingefressenen inneren Qual. »Knobloch sagt, dass Sie sogar hier, in diesem Haus, eine Quelle der Kraft sind. Und dass Sie gut zuhören können.«

Dietrich nickte. Poelchau schaute durch das schmale, vergitterte Fenster in den mit dunklen Wolken verhangenen Himmel.

»Es kommt bald ein Gewitter«, flüsterte er. Er sah wieder Dietrich an. »Ich kämpfe.« Seine Stimme klang belegt. »Wenn ich bis zum letzten Stündlein bei ihnen bin, bin ich stark. Auch danach, wenn ich ihren Verwandten die Nachricht beibringen muss. Aber diese Last … Ich muss … ich muss mit jemandem darüber reden.« Er zupfte wieder an der Decke, als ob die Bewegung ihm Erleichterung brachte.

»Sagen Sie's mir«, sagte Dietrich. »Ich höre Ihnen gerne zu.«

»Wissen Sie, was ich mache, seit der Krieg angefangen hat? Sogar davor schon?«

Dietrich schüttelte den Kopf.

»Ich bin der Letzte, den sie sehen.« Er legte die Stirn in seine Hand und schüttelte den Kopf. »Nicht ihre Eltern oder die Freundin. Ich. Manche wollen reden, andere sagen gar nichts. Ich bete mit ihnen, halte ihre Hand, spreche über Gott und darüber, dass mit dem Tod nicht alles aus ist, dass es eine Zukunft danach gibt. Weil …« Seine Stimme wollte brechen. »Wenn ich sie sehe, gibt es in der gegenwärtigen Welt keine Hoffnung mehr für sie. Sie haben nur noch ein paar Minuten. Ich bin das letzte freundliche Gesicht, das sie sehen. Ich begleite sie bis zur Tür. Wissen Sie, was für ein Gang das ist? Von der Zelle zu dem Raum, wo alles zu Ende ist? Er dauert nur eine Minute, na ja, vielleicht zwei, und in diesen Minuten zieht ihr ganzes Leben an ihnen vorbei.« Er stand abrupt auf und begann, in der Zelle auf und ab zu gehen. »Ich weiß das, weil ich es sehe. Manche weinen, bei anderen ist der Blick wie versteinert. Sie alle wissen, wo es hingeht.« Er sah Dietrich an, die Gesichtszüge vom Leiden gezeichnet.

Dietrich sagte nichts. Poelchau hätte seine Worte wohl nicht einmal gehört.

»Ich habe das jetzt 786-mal gemacht. 786-mal. Man sollte meinen, dass es mit der Zeit einfacher wird, nicht wahr? Aber heute …« Sein Kinn begann zu zittern, Schweißperlen liefen ihm über die Stirn. »Es war ein Mädchen. Die Nummer 786. Ganze sechzehn Jahre alt. Sie hätte meine Tochter sein können.« Sein Blick wanderte in die Ferne. »Sie hatte … so wunderschöne blaue Augen. Wie Saphire. Noch nicht einmal das Gefängnis, ja der Tod konnte dieses Leuchten auslöschen. Sie war zum Tode verurteilt worden, weil sie einer jüdischen Mutter und ihrem Kleinkind ein Stück Brot gegeben hatte. Das war alles. Das war ihr ganzes Verbrechen.«

Dietrich war es, als legte sich eine eiserne Klammer um seine Brust.

»Ich saß ihr gegenüber, an dem Tisch in der Zelle. Sie trug ein gelbes Kleid. Es leuchtete wie die Sonne in dem kalten Raum. Wir haben zusammen gebetet, ein paar Liedstrophen aufgesagt. Dann hat sie mich angeschaut, und wissen Sie, was? Sie hat gelächelt. Sie sagte: ›Gleich holen sie mich, nicht wahr?‹, und dabei lächelte sie. Ich nickte, und dann fuhr sie fort: ›Das ist schon recht, Herr Pastor. Alles wird gut. Das Leben ist schön, aber sein Ende kann auch schön sein. Ich bereue das, was ich getan habe, keine Minute lang. Ich gehe gleich nach draußen, und dann werde ich denen so gegenübertreten, dass sie merken, wie feige sie sind.‹ Und das hat sie gemacht. Sie ging wie eine Königin zu ihrer Hinrichtung.« Ein Lächeln glitt über sein Gesicht und für einen Augenblick sah Dietrich den starken Geistlichen, den die Gefangenen brauchten. »Im Tod hat sie mehr über sie triumphiert, als es ihr im Leben möglich war. Es war eine Ehre, sie bei diesen letzten Schritten zu begleiten.« Er holte tief Luft. »Und ihretwegen und wegen all der anderen werde ich das weitermachen. Ein anderer wäre vielleicht nicht so gütig zu ihnen in ihrer letzten Stunde, und diese Güte brauchen sie doch so dringend.«

Poelchau schien sich wieder zu fassen, seine Hände entspannten sich. Aber seine Worte hatten Dietrich in grellen Farben das grausame Los derer vorgemalt, die es wagten, dem Unrecht zu widerstehen.

»Wie hieß das Mädchen?« Es schien eine logische Frage zu sein und in diesem Augenblick vielleicht die beste, die es gab. Der Krieg würde Harald Poelchau ohne Zweifel noch viele solcher Stunden abverlangen. Das Reich würde noch mehr Menschen das Leben nehmen; wer wusste, wann sie beide den letzten Gang würden antreten müssen? Aber im Geist würden sie weiterleben, und eines Tages würden ihre Geschichten weitererzählt werden.

»Ina.« Poelchau flüsterte es geradezu ehrerbietig. »Sie hieß Ina.«

* * *

30. Juli 1943
Reichskriegsgericht

Maria hielt das begehrte Formular mit beiden Händen fest, den Blick auf den grauen Steinkoloss vor ihr geheftet. Die Machthaber im Land hatten ein beeindruckendes Gebäude für das Reichskriegsgericht gewählt. Die prächtige Fassade war in regelmäßigen Abständen von Hakenkreuzen verunstaltet. Passanten eilten weiter, Taschen oder Kinder an der Hand, die Blicke nervös, als ob der Bau einen Pesthauch ausdünstete, der allen entgegenrief: *Geh schnell weiter, oder du kommst auch hier rein!*

Maria holte tief Luft – es war die Luft einer Stadt in der Hitze der Hundstage –, ging rasch über die Straße und stieg die Steintreppe hinauf. Ihre abgetragenen Absätze klapperten im Takt über das Pflaster. Ein stämmiger Wachtposten in grünlich-grauer Uniform öffnete ihr die Tür. Sie nickte ihm ein Dankeschön zu, bevor sie in die geflieste Vorhalle trat, in der ihre Schritte laut widerhallten. Ein paar uniformierte Wärter musterten sie im Vorübergehen. Oder fragten sie sich einfach, was sie hier machte? Ein neunzehnjähriges Mädchen in grauem Rock und lila Sommerbluse in einem Haus, wo lauter Männer waren, die entweder eine Uniform oder Handschellen trugen.

Sie lächelte den gestrengen Herrn hinter der Empfangstheke an. Er begann, das Lächeln fast schüchtern zu erwidern, dann besann er sich, als ob das Konterfei des Führers hinter ihm richtige Augen besaß und ihn gleich rügen würde, weil er sich wie ein Mensch und nicht wie eine Maschine verhielt.

»Ja, bitte?« Er blickte sie durch seine Brille an, die auf einer ungewöhnlich langen Nase saß.

Maria reichte ihm den Besuchsschein. Er studierte ihn übertrieben lange, während sie wartete und sich eine widerspenstige Haarsträhne hinters Ohr strich. Von oben drang das Geräusch marschierender Schritte durch die Decke. Der Empfangsbeamte drückte einen Stempel auf den Schein und reichte ihn ihr mit einer halb feierlichen, halb eckigen Bewegung zurück.

Jetzt erschien ein Mann in schwarzem Anzug auf der Treppe. Er kam herunter, die eine Hand glitt über das elegante Geländer. Maria flößte eigentlich wenig an diesem Gebäude Angst ein. Bis auf Manfred Roeder. »Ah, Fräulein von Wedemeyer!« Er grüßte sie in dem deklamierenden Ton eines erfahrenen Schauspielers, als ob er es genoss, den sonoren Klang seiner eigenen Stimme zu vernehmen.

»Guten Tag.« Sie nickte knapp. »Danke, dass Sie mir diesen Besuch ermöglichen.«

»Gern geschehen.« Wie jemand, der es gewohnt war, Menschen wie fügsame Haustiere zu behandeln, nahm er kurzerhand ihren Arm und führte sie den Gang hinunter.

Als sie seine knochigen Finger um ihren Ellbogen spürte, lief ihr ein kalter Schauer über den Rücken.

»Sie haben bei Ihrem letzten Besuch solch einen reizenden Eindruck hinterlassen, dass ich es nicht über mich gebracht habe, Ihnen einen erneuten Besuch zu verweigern.« Sein Lächeln war gönnerhaft. Er verstand es nicht sehr gut, seine Gefühle zu verbergen; sie konnte an seinem Blick genau ablesen, wie er sie sah – als dumme Gans vom Lande, die ihm ewig dafür dankbar zu sein hatte, dass er ihr in seiner Großherzigkeit ein Rendezvous mit ihrem Verlobten gestattete. Durch diese Beobachtung ermutigt, erwiderte sie fest seinen Blick. Gefahr erkannt, Gefahr gebannt!

»Na, belästigen wir gerne junge Damen, Herr Roeder?«

Roeder drehte sich abrupt in die Richtung, aus der die Stimme kam, und zog dabei seine Hand weg. Auch Maria wandte sich um. Ihr war, als hätte sie den kräftigen Mann in Uniform mit Aktenmappe unter dem Arm bei ihrem letzten Besuch schon einmal gesehen. Hatte Roeder, der der Kleinere von beiden war, etwa Angst vor ihm? Oder wollte er nur einfach keine Szene riskieren? Wie auch immer, Roeder nickte kurz und verschwand im Verhörraum.

»Danke«, flüsterte Maria, als er weg war.

»Keine Ursache.« Der Mann lächelte sie väterlich an. »Ich hoffe, er war nicht zu lästig.«

Sie hob ihre behandschuhte Hand und rückte ihren kleinen runden Hut zurecht. »Ist schon gut.«

»Kriminalkommissar Sonderegger.« Er deutete ein Kopfnicken an, öffnete die Tür und ließ ihr den Vortritt. Ein Hausbesitzer in seinem eigenen Wohnzimmer hätte nicht ungezwungener auftreten können. Roeder saß bereits am Tisch und blätterte in den Unterlagen. Er sah kurz auf, während er eine Zigarette an seine Lippen führte.

»Warten Sie hier.« Sonderegger zeigte auf das dunkelrote Plüschsofa, das an der einen Wand stand. »Er ist noch nicht da.«

Maria setzte sich auf den Rand des Sofas, den Blick auf die Tür gerichtet. Sonderegger nahm neben Roeder an dem langen Tisch Platz. Beide schwiegen und Maria schaute sie nicht an. Die Stille hing wie eine klebrige Decke über dem Raum.

Die Minuten vergingen. Maria zog ihre Handschuhe aus, verschränkte die Hände, löste sie wieder. Den ganzen Monat hatte sie wie eine Verhungernde verbracht, die von einer einzigen Mahlzeit leben musste: von ihrem letzten Besuch. Jeden Tag hatte sie auf den Kalender geschaut, um zu sehen, wann sie den nächsten Besuchsschein beantragen konnte.

Und jetzt war sie wieder im Reichskriegsgericht. Für eine Stunde. Für die nächste Mahlzeit, von der sie einen Monat zehren müsste.

Die Tür ging auf. Marias Herz machte einen Satz. Sie fuhr sich durchs Haar, ihre Finger zitterten.

Ein Wärter mit steinerner Miene führte Dietrich herein.

Das letzte Mal hatte er ungepflegt und erschöpft ausgesehen. Heute wirkte er fast wie ein Fremder in dem gut sitzenden dunklen Anzug. Er begrüßte Roeder mit einem höflichen Nicken.

Roeder bedeutete ihm, sich zu setzen.

Dietrich kam auf Maria zu, als sähe er sie zum ersten Mal. Sie lächelte. Er lächelte zurück. Aus dem Augenwinkel heraus sah sie, wie Sonderegger mit gefalteten Händen am Tisch saß und sie beide keinen Moment aus den Augen ließ.

Maria schluckte. Sie musste sich ungezwungen verhalten, die beiden anderen Herren vergessen und sich ganz auf Dietrich konzentrieren. Für ihn war sie gekommen, nur für ihn. »Du siehst gut aus«, sagte sie. Wie konnte man auch nur anfangen, die Gedanken und Träume eines ganzen Monats in einer Stunde wiederzugeben? Vor allem, wenn diese beiden Kerle dabei waren. Frisch verlobte Paare sollten eigentlich viel Zeit miteinander verbringen; sie hingegen mussten sich mit einer einzigen Stunde begnügen, und die erste Minute hatte sie schon damit verschwendet, dass sie mit Dietrich geredet hatte wie mit einem flüchtigen Bekannten.

»Du auch«, erwiderte er und setzte sich an das andere Ende des Sofas.

Maria verfluchte innerlich die Abstandsregeln. Christel hatte recht. Alles, was sie eigentlich sagen wollte, musste sie zurückhalten. *Wie behandeln sie dich? Hast du die Geheimbotschaften erhalten? Wann werden wir in Freiheit zusammen sein können?*

»Oberkriegsgerichtsrat Roeder hat mich informiert, dass meine Briefschreiberlaubnis erweitert worden ist. Ich darf jetzt alle vier Tage einen Brief schreiben. Ich werde abwechselnd an dich und an meine Eltern schreiben.«

»Du wirst mir schreiben?« Sie traute ihren Ohren nicht. Seit April hatte sie ihm so oft geschrieben, wie sie konnte, aber seine Antworten waren nur indirekt möglich gewesen, über die Briefe an seine Eltern. Dass er in Zukunft Briefe schreiben würde, die nur für sie gedacht waren, war mehr, als sie zu hoffen gewagt hatte. Und gleichzeitig zu wenig. Sie brauchte mehr als Briefe und hin und wieder eine Stunde Besuch, um die quälende Einsamkeit in ihrem Inneren zu stillen. Aber es war alles, was sie hatten.

Er lächelte. »Jawohl, ich werde dir schreiben.«

Sie lachten beide und die Spannung löste sich etwas. Maria linste über ihre Schulter. Roeder war in seine Papiere vertieft, aber Sonderegger beobachtete sie unverwandt. Ihr Magen zog sich zusammen.

Sie wandte sich wieder Dietrich zu. Das hier war eine Schmierenkomödie, aber sie musste weiterspielen. Vor allem für Dietrich. Sie lächelte und hielt ihren Ton so locker wie möglich. »Heute Abend werde ich zu Besuch bei deinen Eltern sein. Sobald ich ins Zimmer komme, werden sie sich auf mich stürzen und alles wissen wollen, was es Neues bei dir gibt.«

Ein trauriger Schatten zog über seine Augen. »Sag ihnen, dass es mir gut geht. Und dass ich sehr dankbar bin für alles, was sie mir schicken. Sie machen sich solche Mühe, mir die Bücher zukommen zu lassen, um die ich gebeten habe, und ich weiß, was sie das an Zeit kostet, vor allem unter den jetzigen Verhältnissen.«

Es war ein Risiko, aber Christel hatte sie gebeten, die Frage zu stellen. Maria senkte ihre Stimme. »Und … helfen sie dir, die Bücher?«

Die leiseste Andeutung eines Nickens signalisierte, dass er sie verstanden hatte. Ein paar Sekunden Stille. Maria traute sich nicht, in Roeders Richtung zu schauen.

»Aber jetzt erzähl mal, wie es deinen Lieben geht und was du so machst.« Dietrichs Augen forderten sie auf, weiter über alltägliche Dinge zu reden.

Ihr Alltag war ein unverfängliches Thema. »Da gibt's nicht viel zu erzählen. Solange ich noch krankgeschrieben bin, bin ich bei meiner Tante in Seefeld untergebracht. Sie hat einen ziemlich großen Musterbauernhof unter sich. Ich spiele ein bisschen Sekretärin und lege dabei die Füße hoch. Eine Atemschule hat sie auch aufgemacht.«

»Eine *was*?« Er hob eine Augenbraue.

Sie lachte; Roeder und Sonderegger waren für den Augenblick vergessen. »Eine Atemschule. Das ist für Leute mit Atemwegserkrankungen.« Es war so ziemlich das verrückteste Gespräch, das sie führen konnten. Sie unterhielten sich über Themen, die gänzlich uninteressant waren – und gleichzeitig voller Leben, einfach weil sie zusammen waren. »Ich weiß, das klingt erst einmal komisch. Aber man kann alles Mögliche lernen – wie man richtig läuft und sitzt, und, ja atmet.«

»Und machst du diese Atemschule auch?«, fragte er mit Unschuldsmiene.

Sie schüttelte den Kopf. »Ich hab's ein-, zweimal versucht und musste wieder gehen; ich bin wohl ein hoffnungsloser Fall. Aber lassen wir das jetzt; erzähl mir lieber was über dich.«

Es gab ja so viel, was sie gerade nicht erwähnt hatte. Dass wieder ein Vetter von ihr an der Front gefallen war. Dass es mit Großmutters Gesundheit abwärtsging. Und wie einsam und sinnlos sich ihr Leben anfühlte.

Er hob achselzuckend die Hände. »Ich habe meinen Tagesablauf. Schreiben, Lesen, solche Dinge. Ich habe ein paar von den anderen Gefangenen kennengelernt. Und ich denke an meine Lieben.« Er nahm ihre Hand. »An dich.« Ganz leise fügte er hinzu: »Von morgens bis abends und noch nachts, wenn ich wach liege.«

Seine Worte wirbelten ihr durch den Kopf, sie wusste gar nicht, wie sie reagieren sollte. Wären sie allein gewesen, sie hätte sich an seine Brust geworfen und ihm zugeflüstert, wie oft und wie sehnsüchtig sie an ihn dachte.

Sie schielte wieder zu Sonderegger hinüber. Wie unverschämt er sie anstarrte!

Roeders Blick schien sie durchbohren zu wollen. Und doch bedeutete ihr dieser Besuch bei Dietrich so unendlich viel.

Sonderegger hüstelte.

Sie musste etwas sagen … »Ich hab dir einen Kuchen gebacken. Er ist bei deinen Eltern, sie werden ihn dir mit dem nächsten Paket schicken. Ich hoffe, du magst ihn; besonders gut bin ich nicht in diesen Dingen. Kannst du kochen und backen?«

»Na ja, früher.« Er malte mit dem Finger Kreise auf ihren Handteller. Die Berührung beruhigte sie; es war, als ob er sagte: *Es ist gut. Was wir haben, können die uns nicht wegnehmen.* »Ich kann es dir gerne beibringen, wenn es sich ergibt.«

Ein Lächeln hob ihre Mundwinkel. »Nur, wenn *ich dir* auch was beibringen kann. Sonst komme ich mir richtig dumm vor.«

»Und was willst du mir beibringen?«

Sie legte den Kopf zur Seite, um nachzudenken. »Kannst du tanzen?«

Er schüttelte den Kopf. Das Gefühl seiner Hand auf ihrer hob ihr Herz auf Wolke sieben.

»Was?«, sagte sie. »Haben sie dir das nicht beigebracht im Seminar?« Es tat so gut, einfach bei ihm zu sein. Sein Lächeln zu sehen, es sich einzuprägen. »Das müssen wir unbedingt nachholen.«

»Gut, Koch- und Tanzunterricht also. Nach unserer Hochzeit.«

Die Hochzeit. Der Tag, der sie zu jemandem machen würde, der nach wie vor sie selbst und doch jemand anderes war.

Frau Maria Bonhoeffer.

Die Tanzunterricht gab und sich von ihrem Mann das Kochen beibringen ließ.

»Ihre Zeit ist um.« Roeder erhob sich. Unmöglich, dass die Stunde schon vorbei war. Aber sie würde keine Umstände machen deswegen, sie wollte Dietrich ja wieder besuchen.

Sie sah ihn an. Nur noch ein paar Sekunden. Wie kostbar die Zeit war! »Ich werde die Tage zählen, bis ich dich wiedersehen kann. Hoffentlich nicht hier, sondern draußen. Als Erstes werden wir dann nach Pätzig fahren. Deine Eltern können gleich mitkommen.«

»Es wird nicht mehr lange dauern hier, da bin ich mir sicher.« Diesmal zog er selbst sie in seine Arme. Sie schloss die Augen, während seine Lippen ihre in einem zarten Kuss berührten, und brannte diesen Moment in ihr Gedächtnis ein.

Wie wenig sie diesen Mann kannte und wie sehr sie sich danach sehnte, ihn besser kennenzulernen! Da war ja so viel, was sie trennte, nicht nur die Gefängnismauern.

* * *

26. August 1943
Gefängnis Tegel

Ich schaffe das.

Die Worte liefen wie eine Schallplatte in ihrem Kopf ab, als Maria auf das Haupttor des Wehrmachtsgefängnisses Tegel zuging. Die ersten beiden Male hatte sie Dietrich im Reichskriegsgericht besucht. Heute würde sie ihn zum ersten Mal in seiner Zelle treffen.

Sie trat zu dem Wachtposten vor dem Tor.

»Sie wünschen?« Der Wärter war jung, aber er sprach wie ein Automat. Hier hatte sie keine Hochachtung zu erwarten. Diesen Leuten war sie ausgeliefert; sie konnten ihr alles verweigern.

Sie rang sich ein Lächeln ab. »Ich muss einem der Häftlinge etwas abliefern. Ich habe einen Besuchsschein.« Sie hielt dem Mann den Schein hin. Er nahm ihn und studierte ihn. Sie sah ihm mit angehaltenem Atem zu.

Er knurrte etwas, reichte ihr den Schein zusammen mit einem anderen zurück und winkte sie durch. Das massive schwarze Eisentor öffnete sich laut knarrend. Maria schob das kostbare Paket fester unter den Arm und betrat den gekiesten Hof.

Vor ihr ragte das Gefängnis empor. Ein roter Ziegelkoloss mit vergitterten Fenstern. Trostlose Ausgangshöfe, von hohen Zäunen eingeschlossen. Ein Bau, der sich zu seiner Hässlichkeit bekannte. Selbst die warme Augustsonne konnte seine düstere Atmosphäre nicht vertreiben. Maria kam sich plötzlich richtig klein vor, ein Mädchen in blauem Kostüm und schwarzer Baskenmütze, das Gesicht erhitzt vom Fußweg, die Augen sandig von zu wenig Schlaf. Die ganze Nacht war sie von Pätzig nach Berlin unterwegs gewesen, hatte nur kurz im Haus von Christel von Dohnanyi Station gemacht, um die Bücher abzuholen. Die Füße taten ihr weh und die Augen wollten ihr zufallen, aber sie ging tapfer weiter.

Alles, was zählte, war, dass sie die Sachen ablieferte und Dietrich sah.

Vor der Eingangstür in das eigentliche Gebäude standen die nächsten beiden Wärter. Der eine drehte sich in ihre Richtung. Junge Männer, die aber durch ihre strengen Uniformen und die kaum verhüllte Verachtung in ihren Augen viel älter aussahen. Und grimmig.

Wieder die Papiere, dann ein brüskes Nicken. Hinter der Tür ein langer, düsterer Flur. Maria folgte dem Schild, auf dem »Paketannahme« stand. Ihre flachen Absätze klackerten bei jedem Schritt. Ihr Magen rumorte. Die Luft stank nach Muff und Schweiß.

Sie trat in das Wartezimmer. Es hatte keine Fenster und roch noch muffiger und nach kaltem Zigarettenrauch. An der einen Wand saßen auf einer Bank ohne Rückenlehne zwei Frauen und ein Mann, jeder ein kleines Paket oder eine Schachtel auf dem Schoß. Die Behutsamkeit, mit der sie diese festhielten, war ihre einzige Lebensäußerung. Sie starrten geradeaus in die Luft. Das Gesicht der jüngeren Frau war bleich, ihr schwarzes Haar fiel ihr in dünnen Strähnen über die Augen, die Wölbung ihres Bauches war unter ihrem abgetragenen braunen Mantel deutlich erkennbar. Marias Blick fiel auf den uniformierten Beamten, der mehrere auf der Theke liegende Gegenstände musterte; auf der anderen Seite der Theke warteten ein Mann und eine Frau. Wie verängstigt die Schwangere aussah und wie sie sich bemühte, es nicht zu zeigen!

Maria setzte sich auf eine freie Bank. Sie schluckte; ihre Kehle war trocken. Sie schaute auf die Bücher in ihrem Schoß und wischte sich ihre schwitzenden Hände am Rock ab. Sah sie genauso nervös aus wie die Schwangere? Das durfte sie nicht. Wenn sie sich auch nur eine Spur verdächtig machte, würde der Beamte an der Theke genauer hinschauen, und dann würde er sie vielleicht sehen, die winzigen Bleistiftpunkte auf manchen der Seiten, über die Christel sie aufgeklärt hatte, in einem Flüsterton, der keine Zweifel aufkommen ließ, mit welch einem Feuer sie da spielten.

Jetzt ging das Paar davon, mit einer Tasche, in der Schmutzwäsche zu sein schien.

Maria wartete weiter, die Augen auf die abblätternde Farbe an der Wand gegenüber geheftet. Die schwüle Luft wollte sie ersticken. Sie traute sich nicht, die Augen zu schließen und auch nur einen Moment auszuruhen, während die Leute, die vor ihr an der Reihe waren, abgefertigt wurden.

Christel und die Bonhoeffers mussten dieses Szenario jede Woche über sich ergehen lassen. Kein Wunder, dass Christel dunkle Ringe unter den Augen hatte. Sie hatte Maria die Bücher geradezu zögerlich übergeben, als habe sie Bedenken, ob sie auch alles richtig machen würde. Maria musste Christel beweisen, dass sie etwas taugte. Bestimmt und gelassen würde sie an die Theke treten, dass keiner merken würde, welche Gedanken sie …

»Der Nächste!«

Nun war sie an der Reihe. Sie stand auf und schritt zur Theke, Schultern gerade, ganz die Tochter eines preußischen Offiziers.

»Name des Häftlings?« Nur das leichte Zucken am Unterlid seines knolligen rechten Auges verriet, dass der Beamte aus Fleisch und Blut war und nicht eine gut geölte Maschine.

»Dietrich Bonhoeffer«, antwortete sie mit klarer Stimme.

»Legen Sie alles hier nebeneinander auf die Theke.«

Meine Hände werden nicht zittern. Meine Hände werden nicht zittern.

Sie tat, wie ihr geheißen. Drei Bücher. Christel hatte ihr gesagt, dass sich nur in einem eine verschlüsselte Nachricht verbarg; die beiden anderen waren theologische Werke, um die Dietrich gebeten hatte. Sie sahen alle vollkommen harmlos aus. Außerdem ein kleines Stück Seife. Ein Paar Socken. Ein Stück Brot und Käse, in Papier eingewickelt. »Das ist alles.« Sie faltete die Hände.

Der Mann rollte die Socken auseinander und schob in jeden seine Hand hinein, bis hinunter in die Spitze. Dann wickelte er die Seife aus dem Papier aus und hielt sie an die flackernde Glühbirne. Mit dem Brot und dem Käse machte er es genauso. Nun das erste Buch. Marias Atem wollte stocken. Er blätterte es durch, dann inspizierte er den Rücken des Einbands, ob dort etwas versteckt war.

Ein plötzlicher Schmerz schoss Maria in die Fußknöchel, aber sie traute sich nicht, ihre Haltung zu verändern.

Jetzt war er auch mit dem zweiten Buch fertig und nahm das dritte in die Hand. Die gleiche Prozedur. Maria merkte, wie sie sich langsam entspannte.

Plötzlich hielt er inne. Mit hämmerndem Herzen sah sie, wie er eine der Seiten zu studieren begann; sein Daumen fuhr eine Zeile entlang. Hörte er ihr Herzklopfen? Hatte er die Punkte gefunden?

Die Zeit schien stillzustehen.

Dann ein dröhnendes Lachen, dass sie zusammenfuhr. Er blätterte den Rest des Buches durch und warf es zurück auf die Theke. Dann sah er Maria an, zum ersten Mal seit Beginn der Prozedur. Sie schluckte heftig.

»Die Sachen werden dem Häftling ausgehändigt. Sie können gehen.«

»Danke.« Maria drehte sich um und verließ den Raum. Sie musste sich buchstäblich zwingen, zu gehen und nicht zu rennen. Erst als sie alleine auf dem Flur stand, merkte sie, wie ihre Beine zitterten. Aber sie hatte es geschafft. Dietrich würde die Bücher bekommen – einschließlich der verborgenen Botschaften.

»Danke, Gott«, flüsterte sie. Das nächste Mal würde sie sich besser schlagen. Es war unrealistisch, zu hoffen, dass es kein nächstes Mal geben würde.

* * *

27. November 1943
Gefängnis Tegel

Die Wände zitterten. Dietrich lag auf dem Fußboden seiner Zelle. Nie mehr würde er sich ein Feuerwerk ansehen, wenn dieser Krieg endlich zu Ende war. Die Bomben der Alliierten, die Berlin in Schutt und Asche verwandelten, reichten ihm für den Rest seines Lebens.

Von irgendwoher in dem Gebäude ein Schrei, wie von einem verwundeten Tier. Dann die nächste Explosion. Dietrich kniff die Augen zusammen.

Herr, mein Fels, meine Burg, mein Erretter; mein Gott, mein Hort, auf den ich traue, mein Schild und Horn meines Heils und mein Schutz![21]

Viel länger konnte es nicht mehr gehen; bald würde das Entwarnungssignal ertönen.

Waren seine Eltern in Sicherheit? Sie hatten einen Luftschutzraum im Keller, aber Dietrich war nie drinnen gewesen und wusste nicht, wie solide er gebaut war.

Dann ein vielstimmiger Aufschrei, als die nächste Bombe, näher als die anderen, das Gebäude wackeln ließ wie eine Handvoll Würfel in einem Becher.

Die Erde bebte und wankte, und die Grundfesten der Berge bewegten sich und bebten, da er zornig war.[22]

Gott, du allein hältst unsere Zukunft in deinen allmächtigen Händen. Sei meinen Mitgefangenen jetzt nahe und tröste sie.

Sirenengeheul. Flugzeugmotoren. Farben. Grellweißes, tödliches Licht. Das Orange der Flammen, die aus Gebäuden in der Nähe schlugen. Die roten und grünen »Lichterbäume«, die den Angreifern den Weg wiesen und die das erste Flugzeug fast direkt über dem Dach des Gefängnisses abwarf …

Es war ein Spektakel, ebenso brillant wie tödlich, und er saß sozusagen in der ersten Zuschauerreihe.

Der Mann in der Nachbarzelle fluchte ausgiebig. Das Gebäude zitterte wieder.

Dietrich packte mit der einen Hand die Matratze seiner Pritsche und zog sie sich, so gut es ging, über den Leib. Er merkte, wie er ruhiger wurde. Angst hatte er keine. Gott kannte seine Zukunft bereits, was brauchte er da mehr?

»Wir sind getroffen!« Der Schrei hallte durch die Gänge. Irgendwo das Geräusch von zersplitterndem Glas.

Du allein bist der Herr unserer Tage, Gott. Du allein.

Die letzte Nacht war noch schlimmer gewesen. Die Bomber hatten die Munitionsfabrik Borsig anvisiert, und Hans' Zelle im Wehrmachtsgefängnis war von einer Brandbombe getroffen worden. Man hatte ihn mit schweren Verletzungen ins nächste Krankenhaus gebracht.

Herr, danke für Unteroffizier Knobloch und für alles, was er tut, um mich auf dem Laufenden zu halten.

Und nicht nur das. Knobloch hatte begonnen, einen heimlichen Briefwechsel zwischen Dietrich und Eberhard zu organisieren. Dietrich hatte ihn darum gebeten, nachdem er erfahren hatte, dass Eberhard noch in Berlin war. Demnächst musste er sich zu seiner Einheit nach Italien begeben; eine Tätigkeit in der Abwehr war kein Schutz mehr vor der Einberufung ins Militär. Knobloch hatte sich ohne Zögern bereit erklärt.

Dietrichs Haut war schweißverklebt, trotz der Kälte. Er dachte zurück an gestern. Wie schön es gewesen war! Wegen der heftigen Luftangriffe waren Besuchsscheine leichter zu bekommen, und gestern waren seine Eltern, Maria und Eberhard dagewesen. Sie hatten eine wunderbare Stunde miteinander verbracht. Worüber hatte er sich nicht alles mit Eberhard unterhalten: Bücher, Theologie, Renates Kind, das unterwegs war … Wie selbstverständlich war es ihm früher erschienen, mit seinen Verwandten und Freunden zusammen zu sein. Aber es war nicht selbstverständlich.

Draußen ließ das Krachen langsam nach. Er sah sie wieder vor sich, die vier Gesichter. Seine Eltern – wie sie sich freuten, ihn wiederzusehen; doch die Ringe unter ihren Augen zeigten, wie erschöpft sie waren von vielen schlaflosen Bombennächten. Maria – sie hatte ihm einen Adventskranz mitgebracht und ihr Abschiedskuss war süßer als hundert Kuchen. Eberhard – anfangs war er der Nervöseste von allen, wurde aber rasch gesprächig, als er sah, dass Dietrich sich nur wenig verändert hatte; wie in alten Tagen sprudelte er nur so vor Neuigkeiten und Ideen; er hatte mehrere hart gekochte Eier und eine Tafel Schokolade dabei.

Jetzt kam das Entwarnungssignal. Dietrich stand auf und tastete sich durch die Dunkelheit. Er öffnete die Tür seiner Zelle, die Knobloch während der Luftangriffe unverschlossen ließ, seitdem Dietrich den Posten eines Hilfssanitäters innehatte. Die Luft roch verbrannt, nach Rauch. Von überall in dem großen Bau hörte man Schreie. Waren es Schmerzensschreie, waren es hysterische Schreie?

Im Halbdunkel erkannte er draußen auf dem Flur einen der anderen Sanitäter. »Bonhoeffer? Sind Sie das?«

»Ja, Reetz! Was gibt's?«

»Gehen Sie ins Krankenrevier und schauen Sie nach, ob Sie gebraucht werden. Es ist getroffen worden.« Reetz reichte ihm einen Verbandskasten.

Dietrich lief, so schnell er konnte, den Gang hinunter, bemüht, nicht in Glassplitter zu treten. Einige Fenster waren entweder während dieses Angriffs oder in der vorigen Nacht zu Bruch gegangen, und die kalte Luft zog durch sein dünnes Hemd. Mehrere Zellentüren waren von den anderen Sanitätern bereits geöffnet worden. Er schaute kurz hinein. »Ist jemand verletzt? Antworten Sie, wenn Sie mich hören können!« Nur eine Handvoll Häftlinge genossen den Luxus unverschlossener Türen. Die Verhörkandidaten waren selbst während der schlimmsten Luftangriffe in ihren Zellen gefangen. Es war eine unmenschliche Praxis. Er würde etwas dagegen tun müssen – seine Position nutzen, um eine Eingabe zu machen.

In einer der Zellen fast am Ende des Gangs erkannte er in der Dunkelheit eine Gestalt, die an einer der Wände lag. Dietrich hockte sich hin – vorsichtig, wegen der vielen Glasscherben auf dem Fußboden – und drehte den Körper des Mannes behutsam zu sich.

Peters blutverschmiertes Gesicht sah ihn an. Er blinzelte, wie jemand, der einen Bekannten erkennt. »Hallo, Herr Pastor.« Seine Stimme klang verwaschen; mit jedem Atemzug gluckerte es in seiner Lunge.

»Hallo, Peter.« Dietrich öffnete den Verbandskasten. Die Schnittwunden in Peters Gesicht sahen hässlich, aber nicht wirklich gefährlich aus. Gab es weitere Verletzungen?

Als er Peters Brust betastete, wurden seine Finger warm und feucht. Blut. Er riss Peters Hemd auf. Zwei große Glasscherben waren wie Pfeile in seine Brust eingedrungen.

Dietrich schluckte. Plötzliche Angst. Sein Puls beschleunigte sich. Er hatte in dem Erste-Hilfe-Handbuch gelesen, wie man einfache Wunden verband, Blutungen stillte und hysterische Verletzte beruhigte. Mit inneren Verletzungen kannte er sich nicht aus.

Reetz. Wo war Reetz? Reetz würde wissen, was zu tun war.

Er wollte gerade wieder aufstehen, da packte Peter mit erstaunlicher Kraft seine Hand. »Gehen Sie nicht weg, Pastor«, keuchte er, seine knochigen Finger wie eine stumme Bitte. »Bleiben Sie hier, bitte.«

Nein, Reetz konnte ihn nicht mehr retten. Dietrich nickte. Er legte seine Hand auf Peters Stirn und begann, stumm zu beten. Stimmen. Hilferufe. Eilige Schritte in den Gängen. Oben in der Zellenwand fiel ein Lichtstrahl durch das zerbrochene Fenster und landete auf Peters Gesicht.

Die Abstände zwischen Peters keuchenden Atemstößen wurden größer. »Ich hab keine Angst. Warum sollte ich? Da oben ist Freiheit, hier unten nicht. Sie sind der Einzige in diesem ganzen Bau, der freundlich zu mir gewesen ist. Wenn das hier nicht gekommen wäre, ich wäre irgendwann an Einsamkeit verreckt. Reden Sie, Herr Pastor. Erzählen Sie mir … vom Tod …«

Dietrich fing an, langsam. Peter hatte nur noch ein paar Augenblicke, und das Gewicht dieser Augenblicke lastete auf der Zelle, schwer wie der Rauch, der metallische Geruch eines Lebens, das seinem Ende entgegeneilte. »Der Tod ist nicht das Ende. Nie. Er ist Freiheit, Licht und Verheißung. Er ist Gnade, Peter. Gnade für uns; wir brauchen sie nur zu ergreifen. Ohne Christus ist er kalt und finster und leer, aber mit ihm …« Dietrich lächelte, ein Kloß stieg ihm in den Hals. »Mit ihm ist er etwas Schönes. Christus verwandelt den Tod.«

Peter begann zu lächeln, den Blick wie in die Ferne gerichtet, als sehe er nicht mehr Dietrich, sondern schon das Land, in das er gleich gehen würde. »Beten Sie für mich«, flüsterte er. »Er kommt. Ich sehe ihn kommen.«

Dietrich neigte den Kopf und fing an, Gott zu bitten, Peter jetzt Frieden zu geben und seine Schmerzen zu lindern. Er betete auch für die Eltern des jungen Mannes, die vielleicht nie erfahren würden, dass ihr Sohn in den Augenblicken vor seinem letzten Atemzug nicht allein gewesen war.

Und während er so betete, glitt Peter, dessen Nachnamen Dietrich immer noch nicht kannte, hinüber in die Freiheit.

Dreißig

22. Dezember 1943
Gefängnis Tegel

Sanft rieselte der Schnee auf die von Bomben verwundeten Straßenzüge Berlins. Die Flocken puderten Marias Haar, ihren Mantel und die Zweige des Weihnachtsbaums auf der Schubkarre, die der Junge, den sie engagiert hatte, hinter ihr herschob.

»Bringen wir den Baum wohl ins Gefängnis?« Das sommersprossige Gesicht des Jungen war ein einziges Fragezeichen. Sein Mantel hing wie ein Sack an seinem schmächtigen Körper.

Maria nickte. »Ja. Aber das braucht dich nicht zu kümmern, du kriegst ja deinen Würfelzucker dafür.« Sie stapfte über den Hof.

Auch dem Wehrmachtsgefängnis waren in den letzten Monaten die Kriegsschäden nicht erspart geblieben, wie die teils fehlenden Fenster und die allgegenwärtigen Schutthaufen zeigten. Der Krieg musste bald vorbei sein. Eine Nacht nach der anderen füllten Hunderte britischer Bomber den Himmel und entluden ihre tödliche Fracht. Berlin war eine Geisterstadt geworden. Aus altehrwürdigen Gebäuden wurden über Nacht Ruinen, und wenn nach der nächsten Bombennacht der Morgen graute, sah der Himmel wie die gelbliche Haut eines Kranken aus.

Und trotzdem ging das Leben weiter. Hausfrauen, die mit ihren Einkaufskörben zum Markt und in die Geschäfte eilten; Jungen, die neugierig in den Trümmern herumstocherten. Wenn abends die Sirenen heulten, trugen viele ihre Decken und Kopfkissen wie selbstverständlich in den nächsten Luftschutzkeller, wo sie sich auf dem Fußboden schlafen legten. Maria hatte das Berlin der Bomben nur sporadisch erlebt, wenn sie wieder bei Dietrichs Eltern zu Besuch war. Dietrichs Vater sagte immer lächelnd »Tapferes Mädchen!«, wenn er sah, wie sie kommentarlos mit ihrer Decke in den Keller hinunterging.

Schaut euch an, was aus dem ruhmvollen Deutschen Reich geworden ist!, musste sie jedes Mal denken, wenn sie dort neben einem Stapel Kisten lag und zur Decke des Luftschutzraumes hochsah. *Wir haben den Krieg schon so gut wie verloren; die Kapitulation ist nur noch eine Frage der Zeit.*

Dietrich hatte ihr geschrieben, dass es trotz allem ein gutes Weihnachten werden würde. Sie fragte sich, woher er die Kraft nahm für solche Worte. Jeder Tag brachte neue Hiobsbotschaften: der nächste Verwandte, der gefallen war, Freunde, die bei einem Fliegerangriff ihren ganzen Besitz verloren hatten. Zu denen gehörten auch Eberhard und Renate, deren Wohnung letzten Monat durch eine Bombe zerstört worden war. Die arme Renate wohnte nun, hochschwanger, wieder bei ihren Eltern und wartete – auf das Kind und auf Eberhards Rückkehr von der Front in Italien.

Angesichts der äußeren Umstände erschienen die Vorbereitungen auf die Weihnachtstage zwanghaft und leer. Und doch regte sich der Wunsch nach der stillen, heiligen Nacht und nach Frieden auf Erden ganz neu in den Herzen.

Wenn Dietrich die Kraft besaß, dies ein gutes Weihnachten zu nennen, dann würde sie ihm dieses Fest so schön wie nur irgend möglich machen.

Ein Glück – am Haupteingang stand der freundliche Wärter und unterhielt sich mit dem diensthabenden Wachtposten. Unteroffizier Knobloch, die Gesichtshaut ganz runzlig von der Kälte. Er machte große Augen. »Ein Weihnachtsbaum?«

Maria nickte. Sie drehte sich zu dem Jungen um und reichte ihm die Tüte mit dem Würfelzucker. Der Junge grinste, lud den Baum ab und machte sich mit seiner Schubkarre durch den Schnee davon.

Knobloch schüttelte schmunzelnd den Kopf. Es war ein respektvolles Schmunzeln. »Sie sind der Erste, der je versucht hat, so was bei uns reinzuschmuggeln. Weiß Pastor Bonhoeffer, was er an Ihnen hat?«

»Das hoffe ich doch.« Maria lächelte. »Aber jetzt helfen Sie mir, ihn reinzutragen, in Dietrichs Zelle.«

Knobloch lachte. »Ich glaube nicht, dass er da reinpasst, aber versuchen können wir's. Der Mann wird die Überraschung seines Lebens kriegen.« Er holte einen zweiten Wärter, und gemeinsam und ohne Murren trugen sie den Baum ins Gebäude. Es musste wirklich Weihnachten sein, dass die Wärter eines Militärgefängnisses in Berlin bei so etwas mitspielten. Drei Treppen nach oben, dann den hallenden Gang entlang. Hier war es nur wenig wärmer als draußen; die Schäden durch die Bombardierungen waren noch längst nicht alle repariert.

Den Geruch des Gebäudes und die harten Gesichter der Wärter nahm Maria fast nicht mehr wahr. Schon gar nicht heute. Sie marschierten vorbei an der Parade der nummerierten Zellentüren. Vor der Nr. 92 hielten sie an.

Knobloch drehte sich zu Maria um und zwinkerte ihr zu, bevor er sein Ende des Baumes losließ und an die Tür klopfte. Maria musste an sich halten, nicht zu hüpfen vor Vorfreude.

»Ihre Ware ist da!« Knobloch schloss die Tür auf und öffnete sie. Dietrich saß an seinem provisorischen Schreibtisch, ein Buch in der Hand. Eine grinsende Maria sah zu, wie ihm erst der Mund vor Staunen offen stand und er dann geradeso zu grinsen begann wie sie.

»Was ist …?« Er stand auf. Der Raum war eher ein Schuhkarton als eine Zelle. Mit der schmalen Pritsche, dem Tisch und dem Stuhl war er praktisch voll.

»Die junge Dame hat uns angewiesen, den hier bei Ihnen reinzustellen.« Die Zweige streiften geräuschvoll am Türrahmen, als Knobloch und der andere Wärter versuchten, den Baum irgendwie in die Zelle zu bugsieren. Maria sah von der Tür aus zu, wie sie den Baum hin und her manövrierten, während Dietrich an die Wand gedrückt dastand und amüsiert in sich hineinlachte.

»Sieht nicht so aus, als ob er reinpasst.« Knoblochs brauner Haarschopf war mit grünen Tannennadeln verziert.

Dietrich versuchte, mit Hand anzulegen. »Wenn wir die Pritsche raustragen und ich mich dort an die Wand stelle, könnte es vielleicht gehen.«

Knobloch hob lachend die Hände und zuckte die Achseln. »Nichts zu machen. Wir tragen ihn am besten in den Kaffeeraum. Da können Sie ihn dann angucken.« Sie trugen den Baum wieder aus der Zelle heraus; das untere Ende schleifte über den Fußboden. »Es kommt bald wieder jemand und holt Sie, für Ihren Besuch.« Knobloch verschloss die Zellentür wieder.

Als der Riegel ins Schloss glitt, hörte Maria, wie Dietrich von drinnen rief: »Maria, du hast mich enttäuscht! Zu Ostern hast du mir gar keinen Osterhasen gebracht!«

Maria und die beiden Wärter lachten. »Ich hab's versucht!«, rief sie zurück. »Aber er wollte nicht stillsitzen und hat viel zu viele Möhren gebraucht!«

Wie hatte ihr Leben sich verändert! Als überbehütete höhere Tochter war sie aufgewachsen, und jetzt stand sie im zweiten Stock eines Militärgefängnisses und lachte zusammen mit den Wärtern. Alles war anders geworden. Härter. Aber heute sollte nur das Gute zählen.

Sie schaute zu, wie sie den Christbaum aufstellten, dann brachte Knobloch sie in die Besuchszelle. Die Besuche im Gefängnis Tegel verliefen wesentlich entspannter als im Reichskriegsgericht. Meistens standen die Wärter wie Wachsfiguren an der Wand und sahen und hörten nichts; es war doch gut, dass Dietrich ein Neffe des Stadtkommandanten von Berlin war.

Ein paar Minuten, und Dietrich kam, mit Anzugjacke und gerade gezogenem Schlips. Er hatte abgenommen in den Monaten im Gefängnis, aber die Lebensmittelknappheit hatte an ihnen allen ihre Spuren hinterlassen. Wenn Maria Dietrich nach über vier Wochen wiedersah, war sie jedes Mal erleichtert, wie gut es ihm trotz allem zu gehen schien.

Ohne zu zögern, warf sie sich in seine Arme. Hier gehörte sie hin. Es mochte Paare geben, für die eine Umarmung etwas Selbstverständliches war. Nicht für sie und Dietrich; für sie war es etwas sehnsüchtig Erwartetes, etwas lange Erträumtes.

»Fröhliche Weinachten, mein Schatz«, flüsterte er und hielt sie ganz fest. Sie drückte ihre Wange an seine Brust, genoss seine Wärme und Kraft, in dem Bewusstsein, dass sie einen ganzen Monat von diesem Augenblick würde zehren müssen. Wie sie dieses Warten hasste! Aber wie himmlisch es war, von ihm umarmt zu werden.

»Fröhliche Weihnachten.« Sie sah zu ihm hoch. Er wischte ihr eine Haarsträhne von der Wange und legte seine Hand um ihr Kinn. Und dann berührten sich ihre Lippen. Dieser Kuss – jeder Kuss – war aber so viel mehr als eine körperliche Berührung, er war eine Begegnung der Herzen, eine Verheißung für die Gegenwart und die Zukunft.

»Das mit dem Osterhasen hab ich vorhin nicht so ernst gemeint. Dieser Weihnachtsbaum, das ist echt toll von dir.« Er lächelte, als sie zu der Bank traten, um sich zu setzen. Die Besuchszelle war spartanisch eingerichtet: nackte Wände, ein Fenster unter der Decke und die Bank. An der gegenüberliegenden Wand zündete der diensthabende Wärter sich gerade eine Zigarette an.

In Stunden wie dieser verwandelte sich das winzige Zimmer in die Wohnung, die sie als endlich verheiratetes Paar beziehen würden. Aus der Bank wurde das blaue Sofa, das Großmutter ihnen versprochen hatte. Nach dem Abendessen, wenn Dietrich sein Arbeitspensum für den Tag erledigt hätte, würden sie so wie jetzt zusammensitzen, sich unterhalten und miteinander lachen.

Obwohl zurzeit, selbst wenn sie lachten, alles ein bisschen traurig war.

»Du solltest doch auch so einen Christbaum bekommen, wie wir ihn in Pätzig haben. Gestern mit der wöchentlichen Post hab ich dir noch die anderen Sachen geschickt, die ich für dich mitgebracht habe: ein Buch mit Bildern über die Geburt Christi und ein paar Kerzen. Ein Paar Handschuhe hab ich dir auch gestrickt, aber du musst mir versprechen, nicht zu lachen, wenn du sie siehst.«

Der Wärter war so mit seiner Zigarette beschäftigt, dass er gar nicht darauf achtete, ob sie die Abstandsregeln einhielten. Maria rutschte näher zu Dietrich und legte ihren Kopf an seine Schulter. »Und ich habe mich fotografieren und das Bild einrahmen lassen.«

»Das wird mir am allerbesten gefallen.« Er wickelte eine Strähne ihres Haars um seinen Finger.

»Nachdem du mir noch nicht beigebracht hast, wie man Lebkuchen backt, hab ich von unserer Köchin welche backen lassen. Die sind richtig lecker, ich habe gestern einen gegessen.« Sie sah zu ihm auf. »Und – dann hab ich noch was mitgebracht, was ich dir persönlich geben wollte. Das heißt, wenn Sie nichts dagegen haben.« Die letzten Worte waren an den Wärter gerichtet, der rauchend zum Fenster hinaussah. »Es ist nichts Verbotenes.«

Der Wärter zuckte die Achseln. »Von mir aus.«

Maria belohnte ihn mit einem Lächeln. Bevor sie ging, würde sie ihm eine der guten Zigarren zustecken, die sie für Knobloch mitgebracht hatte, als Dankeschön dafür, dass er so freundlich zu Dietrich war.

Sie holte das Päckchen aus ihrer Tasche und legte es Dietrich in die Hände. Das Papier raschelte, als er es aufwickelte. Sie schaute voll gespannter Erwartung zu, wie ein kleines Mädchen, das sein eigenes Geschenk auspackt.

Endlich gab das Papier den Blick auf den Inhalt frei: die silberne Armbanduhr. Maria hatte sich nach Kräften bemüht, das Silber und das Glas blitzblank zu polieren.

Sie besaß nur wenige Wertsachen. Diese Uhr war das Beste, was sie hatte, und Dietrich gab sie sie mehr als gern. »Das war die Uhr meines Vaters. Er trug sie, als er fiel, und seit sie uns seine Sachen zurückgeschickt haben, hab ich sie behalten. Aber jetzt möchte ich, dass du sie bekommst.«

Seine Augen wurden groß. »Maria, das kann ich doch nicht …«

»Doch, das kannst du!« Sie nahm die Uhr und legte sie um sein Handgelenk. »Da.« Sie lächelte, mit einer Spur von Wehmut. »Da gehört sie hin. Bevor ich dich kennenlernte, gehörte sie dem Mann, den ich damals am meisten liebte. Es ist nur recht, dass du sie jetzt bekommst.«

»Dann ist es mir eine Ehre, sie zu tragen.« Er ließ seine Hand über das Zifferblatt gleiten, dann sah er Maria an, küsste sie noch einmal und strich ihr dabei durchs Haar.

Bald würde sie nach Pätzig zurückkehren, um mit ihren Lieben Weihnachten zu feiern. Aber ihr eigentliches Weihnachten, das war diese Stunde hier mit Dietrich.

Kopfschüttelnd ließ er sie wieder los. »Ich fühle mich ganz schrecklich.«

»Warum?« Sie lachte. »War der Kuss gerade so furchtbar?«

»Nein, nein. Es ist nur so … Du hast mir so viel mitgebracht, und ich – kann dir gar nichts schenken.« Er sah auf seine leeren Hände hinunter. »Ich wollte dir eigentlich einen Ring schenken, aber das ließ sich nicht machen, so wie die Dinge gerade stehen. Für andere hab ich die Geschenke von meinen Eltern kaufen lassen, aber dass jemand anders den Ring für dich auswählt, das geht einfach nicht. Trotzdem fühle ich mich furchtbar.«

»Das brauchst du doch nicht.« Sie nahm seine Hände und erwiderte fest seinen Blick. »Mein Geschenk bist du selber – du, Dietrich Bonhoeffer. Ein anderes brauche ich nicht.«

* * *

25. Dezember 1943
Gefängnis Tegel

Weihnachten war schon immer etwas Besonderes gewesen. Es ging eine Kraft von diesen Festtagen aus, die von ihrem Anlass und Ursprung – Jesus Christus – kam. Diese Kraft erreichte sogar das Gefängnis in Tegel, dass selbst die hartgesottensten Wärter ein freundlicheres Gesicht bekamen. Dietrich hatte die Erlaubnis beantragt und bekommen, die Häftlinge im Gefängnislazarett zu besuchen. Dort verteilte er einiges aus dem Essenspaket, das seine Eltern ihm geschickt hatten – für die meisten dieser Männer die einzigen Weihnachtsgeschenke.

Danach hatten die Wärter ihn eingeladen, sich zu ihnen in den Personalraum zu setzen. In der einen Ecke stand Marias Christbaum, der mit etwas selbst gebasteltem Christbaumschmuck verziert war. Die Wärter ließen Bierflaschen kreisen, die sie für diesen Tag aufgehoben hatten; irgendjemand hatte das Radio auf einen Sender eingestellt, der Weihnachtsmelodien brachte. In die Musik mischte sich das vom Bier beflügelte Männerlachen. Die Szene erinnerte Dietrich ein wenig an die Weihnachtsfeste, die er zusammen mit Eberhard und so vielen anderen Freunden in seinen illegalen Seminaren verbracht hatte. Nicht wenige von ihnen waren inzwischen gefallen.

Dietrich hatte einen seiner Lebkuchen Knobloch geschenkt, der jetzt neben ihm an einem der runden Tische saß und jeden Bissen genoss. »Sie werden die junge Dame, die den gebacken hat, doch hoffentlich heiraten.« Knobloch schluckte den letzten Bissen hinunter, die Augen genießerisch geschlossen.

Dietrich grinste. »Die Köchin der Familie meiner Verlobten? Das glaube ich eher nicht. Aber schön, dass er Ihnen geschmeckt hat.«

»Das war der beste Lebkuchen, den ich seit Beginn des Krieges gegessen habe. Meine Mutter hat ganze Teller davon gebacken, als ich ein kleiner Junge war. Wir waren nie reich, aber sie hat immer Geld auf die Seite gelegt, damit wir uns zu Weihnachten was leisten konnten.« Knoblochs Augen nahmen den versonnenen Ausdruck an, den man zurzeit bei vielen sah. Wer dieses harte Jahr hinter sich gebracht hatte, der musste einfach an die unbeschwerten Festtage in besseren Zeiten zurückdenken. Es war so ähnlich, wie wenn man in klirrender Winterkälte an den letzten Sommer dachte. Irgendwann würde es wieder Sommer werden, auch wenn dies für manche erst nach dem Tod wäre, im ewigen Leben.

»Was macht Ihre Mutter heute?«

Knobloch zuckte mit den Achseln. Seine Uniformjacke war halb aufgeknöpft, an seiner Oberlippe hingen noch ein paar Lebkuchenkrümel. »Mit Freunden feiern, schätze ich mal.«

»Schade, dass Sie nicht dabei sein können.« Am anderen Ende des Raumes erzählte ein Wärter lautstark eine Geschichte. Allgemeines Gelächter.

Knobloch zuckte wieder die Achseln und malte mit einem Finger Kreise auf den Tisch. »Wer ist heute schon dort, wo er am liebsten sein möchte? Sie jedenfalls nicht. Aber ich kriege über Neujahr Urlaub.« Er beschrieb weiter mit dem Finger ein Muster. »Was meinen Sie: Wie wird das Leben werden? Ich meine, nach dem Krieg. So weitermachen wie früher geht ja wohl nicht.«

Knobloch hatte Dietrich schon verraten, dass ihn das Naziregime anwiderte, sodass Dietrich es wagte, ehrlich zu antworten. »Mit Sicherheit nicht.« Seine Gedanken wanderten zurück zum letzten Weihnachtsfest und zu dem Artikel, den er geschrieben hatte. Nach wie vor war er in der Holzdecke seines Mansardenzimmers versteckt. »Wir sind durch zu viele Stürme gegangen, haben zu viel erlebt, was man nicht einfach vergessen kann. Die einzige Hoffnung für uns, für Deutschland, ist, dass wir ehrlich mit der Sünde brechen und von ganzem Herzen zu Christus umkehren. Ohne Menschen, die bereit sind, dies offen zu predigen, ja selber im Alltag vorzuleben, wird nichts in dieser Welt wirklich anders werden. Ich schätze, das ist der Grund, warum ich vor gut vier Jahren nicht in Amerika geblieben, sondern nach Deutschland zurückgekehrt bin.«

Einer der Wärter begann einen Solo-Volkstanz. Pfiffe, Händeklatschen. Der allgemeine Lärm war eine gute Tarnkulisse für ihr leises Gespräch.

Knoblochs Augen wurden groß. »Sie sind *zurückgekehrt*? Warum denn das?«

Dietrich nahm einen Schluck von dem schon halb kalten Kaffee. »Weil mir klar war, dass ich mich unmöglich am Wiederaufbau dieses Landes beteiligen könnte, wenn ich nicht vorher in dieser harten Prüfung an der Seite seiner Bürger gestanden hätte.«

»Jetzt tut Ihnen das sicher leid, oder?« Knobloch legte seine Ellbogen auf den Tisch.

Dietrich schüttelte den Kopf. »Eigentlich nicht. Ich habe das getan, was Gottes Wille für mich war, und ich vertraue darauf, dass sein Wille auch in Zukunft geschieht.«

»Auch hier?« Knoblochs Gesicht wurde noch nachdenklicher.

Dietrich lächelte. »Ja, auch hier. Selbstverständlich hoffe ich darauf, bald freizukommen. Aber ich weiß: Was auch kommt, ich kann voller Gottvertrauen darauf warten.« Er schaute auf die Armbanduhr, die Maria ihm geschenkt hatte, spürte wieder ihre zarten Finger, die sie ihm angelegt hatten. »Aber ich glaube, jetzt gehe ich wieder in meine Zelle. Ich will heute Abend noch ein paar Briefe schreiben.«

Knobloch brachte ihn zurück. Während draußen im Gang seine Schritte verhallten, setzte Dietrich sich auf den kleinen Hocker vor seinem improvisierten Schreibtisch.

Sein Blick fiel auf die Bücher, die Maria ihm mitgebracht hatte; daneben lag das Losungsbuch von Eberhard, der ihn am 23. Dezember besucht hatte; es war eine Stunde der Freundschaft und des Austausches gewesen. Über dem Tisch hing das Foto von Maria und daneben eines, das Eberhard und Renate zeigte. Da waren die Kerzen, die Maria geschickt hatte und die darauf warteten, angezündet zu werden, und daneben die warmen Handschuhe, die sie für ihn gestrickt hatte. Die Maschen waren etwas ungleichmäßig, aber die Liebe, die Maria in dieses Projekt gesteckt hatte, war förmlich greifbar.

Ja, seine Lieben, sie waren alle hier – nicht körperlich, aber umso mehr im Geist. Seine Eltern und seine Geschwister, Eberhard und Renate. Und am allermeisten Maria. In jeder Ecke seiner Zelle, wo er auch hinsah, war sie da.

Wie er sie vermisste! Er versuchte immer, seine Gefühle zu beherrschen, der Sehnsucht nicht zu viel Raum zu geben, aber jetzt überfiel sie ihn förmlich. Er, der so vielen Menschen Kraft gab, der tapfer versuchte, niemandem zur Last zu fallen, der so viele tröstete – er brauchte Maria.

Er unterdrückte einen Seufzer. Es war kein Seufzer der Dankbarkeit – die er ohne Zweifel spürte –, sondern Ausdruck einer tiefen Schwermut.

In der Nacht träumte er von Maria. Die Trauung in der Kirche war gerade vorbei, und sie schritt den mit Rosenblütenblättern bestreuten Mittelgang entlang, eine strahlende Erscheinung in ihrem weißen Brautkleid. Und er – wartete am Ende des Ganges auf sie, lächelnd. Alle strahlten – seine Eltern, die Bethges, Sabine und Gerhard, die endlich aus England wieder nach Hause zurückgekehrt waren.

Freude über Freude. Ein wunderbarer Tag.

Dann standen sie auf der Treppe draußen vor der Kirche, sein Arm um ihre Taille, links und rechts die Gratulanten, und er flüsterte: »Frau Maria Bonhoeffer.«

Sie lachte. Es klang wie Musik. Die Sonnenstrahlen ließen ihr Haar glitzern und tauchten alles in ein glänzendes Licht. »Das klingt richtig gut, ich mag das.«

»Aber ich mag dich noch viel mehr.« Er hatte Lust, sie zu küssen, aber er würde noch etwas warten, bis sie allein waren und ein Kuss so viel mehr werden konnte.

Dann sprangen sie die Stufen hinunter und in die wartende Kutsche, und alle klatschten. Eberhard hielt einen kleinen blonden Jungen in den Armen. Dietrichs Eltern standen neben ihren Enkeln, die Augen klar und sorgenfrei. Hans und Christel, Arm in Arm. Christel hatte Blumen in ihr Haar geflochten, und sie und Hans lächelten um die Wette.

Dann saßen sie in der Kutsche. Er umfasste Marias Taille, und endlich, endlich küsste er sie und wusste ohne jeden Zweifel, dass dies der Himmel auf Erden war.

Als er aufwachte, traf ihn die Wahrheit mit voller Wucht.

Die harte, kalte, einsame Wirklichkeit.

Einunddreißig

25. März 1944
Bundorf

Wenn Maria sich in den vergangenen Monaten an eines gewöhnt hatte, dann war es das Leben als halbe Nomadin. Mal war sie in Berlin, mal in Pätzig, mal gastierte sie als Mathematiklehrerin an dem Internat ihrer jüngeren Schwester. Ihr ganzer Besitz schien in einen Koffer zu passen. Doch jetzt war sie endlich in ein ruhigeres Fahrwasser gekommen, als Hauslehrerin der beiden ältesten Kinder ihrer Cousine Hesi. Der Jüngste, Hanns Martin, purzelte brabbelnd durch die Gegend, während sie mit Hans-Christoph und der vierjährigen Cordula arbeitete.

Bundorf und das Haus selbst sahen aus, als seien sie aus den Tagen der Ritter und Burgfräulein entsprungen. Hohe Steinmauern mit Türmchen, enge Wendeltreppen, die in Geheimgängen endeten. Die Burg, in einem bewaldeten Tal gelegen und von alten, getünchten Häuschen umgeben, war in jeder Hinsicht das Gegenteil von Berlin. In Bundorf fielen keine Bomben. Die großen Luftangriffe – jetzt selbst am helllichten Tag –, die Berlin allmählich in einen Trümmerhaufen verwandelten, kannte man hier nur vom Hörensagen.

In Bundorf konnte man sich in Sicherheit wiegen.

Aber was nützte Maria diese Sicherheit, wenn sie allein war? Sie vermisste Dietrich, und Dietrich war in Berlin. Deshalb vermisste sie auch Berlin. Aber für den Augenblick würde sie weiter ihrer Cousine helfen; die Kinder machten Lärm genug, um die quälende Leere in ihrem Herzen zu verdrängen. Nun ja, fast.

Für heute war sie fertig mit dem Unterricht. Sie ging nach oben, in Hesis Wohnzimmer. Ihre rührige Cousine hatte alle Hände voll zu tun, den Haushalt zu führen, ihre Kinder im Zaum zu halten und sich um die ausgebombten Stadtleute zu kümmern, die hier Unterschlupf gefunden hatten.

Maria machte sich gerne auf allen drei Gebieten nützlich; je mehr es zu tun gab, umso besser. Ihren abgetragenen Rock zierten etliche Farbflecken vom Malunterricht und ihr brauner Pullover hatte an einem Ellbogen ein Loch.

Die Holzdielen knarrten unter ihren Füßen. Diese Fußböden und dieses Haus hatten viele Generationen von Vorfahren erlebt. Selbst die Luft schien diesen Geist der Vergangenheit zu atmen, allerdings nicht behutsam und geheimnisvoll. Alles an dem Haus war ebenso spartanisch wie solide gebaut – ein großer Vorteil für eine Familie, die bereits zwei Kinder von der lebhaften Sorte hatte und ein drittes, das sicher bald genauso werden würde.

Maria klopfte an die Wohnzimmertür.

»Herein.« Hesis mädchenhafte Stimme.

Maria öffnete die Tür. Ihre Cousine saß am Fenster, zu ihren Füßen ein riesiger Korb mit Flickwäsche. Wie gewohnt nahm Maria sich eines der Stücke und ließ sich damit in einem Sessel nieder – heute war es einer von Cordulas Kitteln, der an der Seite einen langen Riss hatte.

»Wie war der Unterricht heute?«, fragte Hesi, ohne von ihrer Arbeit aufzusehen.

»Cordula fängt an, einfache Rechenoperationen zu kapieren.« Maria leckte sich den Daumen und fädelte einen Faden in ihre Nadel ein. »Und Christoph hat ein Kapitel in seinem Grammatikbuch geschafft. Wir machen Fortschritte.«

»Du weißt ja gar nicht, wie dankbar ich bin, dass du gekommen bist und uns hilfst.« Hesi schaute von ihrer Flickarbeit auf, ihr volles Gesicht umrahmt von ihrem sorgfältig geflochtenen, zu einem Knoten hochgebundenen Haar. »Du hast Wunder vollbracht mit den Kindern.«

»Es ist schön, wenn ich jemandem nützlich sein kann.« Maria heftete den Riss in dem Kittel mit Stecknadeln zusammen.

»Du sagst das, als ob du dich nicht nützlich fühlst.« Hesis braune

Augen schienen forschend auf den Grund ihrer Seele zu schauen. Die meisten ihrer Gedanken hätte Maria lieber für sich behalten.

Aber ging das? Sie seufzte auf. Ihre Seele war wie ein überhitzter Kessel, der Druck ablassen musste. »Hier bei dir fühle ich mich schon nützlich. Es ist halt so …«

»Dietrich?« Hesi schaute sie vielsagend an.

Maria nickte, und dann schossen die Worte heraus, die sie so lange zurückgehalten hatte. »Das ist so furchtbar schwer. Wir sehen uns eine Stunde im Monat, mehr nicht, und die ganze Zeit müssen wir uns über Dinge unterhalten, die uns eigentlich nicht wichtig sind, denn es ist ja immer jemand dabei. Manchmal fühle ich mich ihm nah und es ist eigentlich ganz gut, aber dann … ist auf einmal diese Kluft zwischen uns. Und wie könnte es auch anders sein?« Unvermittelt stach sie sich mit der Nadelspitze in den Finger, dass das Blut herausquoll. Aber der Schmerz in ihrer Seele war hundertmal stärker als der in ihrem Finger. »Wir kennen uns so gut, aber eigentlich kennen wir uns überhaupt nicht. Am Anfang hab ich noch gedacht: ›Das geht nicht lange, das wird bald vorbei sein‹, aber es geht immer weiter – dieses elende Warten, und kein Ende in Sicht.«

Sie wischte ihren Finger an ihrem dunkelroten Rock ab. Das Blut vermischte sich mit dem Stoff, rot in rot. War es nicht auf den Schlachtfeldern ähnlich? Jeden Tag starben dort so viele Menschen. Es war gar kein Raum da, den Verlust des Einzelnen zu betrauern. Er ging in der Menge unter.

Blut in Blut.

Hesi seufzte. »Wahrscheinlich bin ich die Falsche, um dir zu raten. Aber ich kann mir nicht helfen: Dass du, mit deinen ganzen neunzehn Jahren, mit einem Achtunddreißigjährigen verlobt bist, der bald seit einem Jahr im Gefängnis sitzt – wenn auch unschuldig –, das ist irgendwie nicht richtig, auch nicht in diesen besonderen Zeiten. Du hast schon so viel mitgemacht, du bräuchtest jemanden, der für dich da ist, jeden Tag – jemand, der dir helfen kann und nicht alles nur noch schwerer macht.« Sie legte den Kopf zur Seite, ihre Augen schienen Maria durchbohren zu wollen. »Hast du dir schon mal überlegt, ob es nicht besser wäre, die Verlobung zu lösen? Ich meine das nicht böse.«

Maria schob die Nadel so heftig in den Stoff, als könne sie mit dieser Bewegung Hesis Worte abwehren und ungültig machen. War Liebe nicht wie ein Seil? Oder wie der Faden, den sie gerade in den Händen hielt? Erst wenn man fest an dem Seil zog, zeigte sich, wie stark es war. Sie hatte sich mit Dietrich verlobt, ohne die Festigkeit des Seils, das sie zusammenband, geprüft zu haben. Jetzt musste sich zeigen, wie fest es war. »Das kann ich ihm nicht antun.« Sie schaute hinab auf ihre Stiche, die Stimme leer. »Wie könnte ich das je machen?«

»Diese Frage kannst nur du beantworten«, sagte Hesi leise. »Das kann dir keiner abnehmen. Dein Herz kennst nur du selber.« Sie zog einen Umschlag aus ihrer Schürzentasche heraus. »Der ist übrigens für dich gekommen, während du die Kinder unterrichtet hast.«

Die Handschrift. Maria erkannte sie sofort wieder.

Ein Brief von Dietrich. Sie stand auf und nahm ihn mit hölzernen Bewegungen entgegen. Früher war sie außer sich vor Freude gewesen, wenn der nächste Brief kam. Aber was gab es zwischen ihnen zu sagen, das nicht längst gesagt war? Die nächsten Bemerkungen über Bücher, über die Familie? Liebe Worte, die nur so weit reichten wie das Papier, auf das sie geschrieben waren, und die eine Stunde im Monat, die sie zusammen waren?

Papierne Worte. Mehr nicht. Papierne Worte, die den Schmerz, der sie beide quälte, kaum lindern konnten.

»Ich komm nachher noch mal zurück.« Maria ging aus dem Zimmer, die Schritte müde und langsam. Sie wollte so gerne mehr spüren – einen frischen Energiestoß. Stattdessen spürte sie nur diese tiefe, tote Leere.

In ihrem Zimmer angekommen, schloss sie die Tür hinter sich und setzte sich neben den Kachelofen, der wohl ein Viertel des Raumes einnahm. Sie starrte den Umschlag an. Wie leicht er war! Sie biss sich auf die Lippe. Etwas an dem Brief schien anders zu sein. Er fühlte sich fast – ja zivil an, als käme er nicht aus Tegel.

Sie riss den Umschlag auf, zog die Blätter heraus und faltete sie auseinander.

Meine liebe, liebe Maria!
Es geht nun nicht mehr länger, ich muss endlich einmal an Dich schreiben und zu Dir sprechen, ohne dass ein Dritter daran teilnimmt. Ich muss Dich in mein Herz sehen lassen, ohne dass ein anderer, den es nichts angeht, mit hineinguckt. Ich muss zu Dir von dem reden, was uns beiden ganz allein auf der Welt gehört und was entheiligt wird, wenn es fremden Ohren preisgegeben wird. Was Dir allein gehört, daran lasse ich keinen Dritten teilnehmen; ich empfände es als unerlaubt, als unrein, als hemmungslos und als würdelos Dir gegenüber.

Was in verschwiegenen Gedanken und Träumen mich zu Dir zieht und an Dich bindet, liebste Maria, das kann erst in der Stunde offenbar werden, in der ich Dich in meine Arme schließen darf. Diese Stunde wird kommen und sie wird umso beseligender und echter sein, je weniger wir versucht haben, diese Stunde voreilig vorwegzunehmen, und je treuer wir wirklich aufeinander gewartet haben. Als Du das vorletzte Mal mit Mutter hier warst und ich Dich nur eine Minute lang sah und Dich schon wieder verlor, da dachte ich, ich könne es nicht mehr aushalten, aber es waren fremde Menschen da und die Stunde unserer Erfüllung war noch nicht gekommen; ich musste wieder warten und den kostbaren Schatz weiter verborgen halten und hüten.

Meinst Du, das wäre leicht? Denn wenn ich diesen Schatz mit etwas vergleichen soll, dann wäre das nicht Gold oder Perlen, sondern viel eher Dynamit oder Radium – verstehst Du, dass man damit sehr vorsichtig umgehen muss, wenn man kein Unheil anrichten will? Wie völlig unmöglich ist es, Dir mit vorgeschrieben lauter Stimme und in ebenso vorgeschriebener gehöriger Entfernung voneinander – damit ja alles unter den Augen des Dritten bleibt! –, Dir das zu sagen, was ich Dir nur zuflüstern könnte in ganz einsamen, wunderbar-seltenen, vom Himmel geschenkten Augenblicken – dass ich Dich liebe, wie du bist, und weil Du so bist, jung, froh, stark, gut, stolz, dass ich Dich liebe als mein eigen, ganz und gar –, höre nicht diese Worte, Maria, höre nur, was sich dahinter nach Dir und nach unserer Zukunft sehnt, sieh nicht die erstarrten Buchstaben, sondern sieh hinter ihnen – ich bitte Dich – ein in vielen Stücken verkehrtes, selbstsüchtiges, ungeschicktes, schwaches Herz, das aber auf Erden nur noch Ruhe finden zu können glaubt, wenn sich Dein Herz ihm auftut. – – –

Lass uns ganz frei miteinander reden, liebste Maria. Es fällt uns manchmal schwer, es zu glauben, dass wir einander wirklich von Herzen lieb haben. Wir kennen uns noch so wenig. Und doch, so oft der Zweifel mich anzufressen beginnen wollte, habe ich ihn vertrieben und verjagt. Wie könntest Du mich lieb haben nach allem Vergangenen? Und doch – es ist irgendwie wahr und wird in Zukunft immer wahrer werden! Es ist ein Keim, der wächst. Er liegt länger in der Erde und liegt tiefer und braucht mehr Zeit, ehe er sich entfaltet zu sichtbarer Schönheit, aber er wird umso stärker, umso dauerhafter sein …[23]

Maria ließ den Brief sinken, plötzliche Tränen in den Augen. Sie verdiente diesen Mann nicht. Offenbar hatte er diesen Brief an dem Zensor vorbeigeschmuggelt und sein ganzes Herz in ihn hineingelegt. Wie konnten ihre eigenen Gefühle so schwach und unbeständig sein, von einem Extrem ins andere fallen? Es war eine Schande, wie schwach sie war.

Sie las den Brief erneut, sog jedes Wort in sich auf. Hier gab es keine banalen Themen; hier in diesen Zeilen und auf diesen Seiten war der Mann, in den sie sich unsterblich verliebt hatte.

Wenn sie nur bei ihm sein könnte in seiner trostlosen Zelle. Maria ließ ihre Augen über die Wände ihres Zimmers schweifen. Verglichen mit ihrem eigenen zu Hause in Pätzig war es klein und beengt und gleichzeitig leer.

Sie holte ein Stück Kreide aus der Aktentasche, in der sie ihre Lehrerutensilien aufbewahrte, stand auf und betrachtete das Zimmer mit dem Blick eines Architekten. Dann stellte sie sich im Gegensatz dazu die Zelle 92 im Gefängnis Tegel vor. Ein undefinierbares Gefühl ließ ihre Hand zittern, während sie sorgfältig ein Rechteck auf den Boden malte, das genau den Abmessungen von Dietrichs Zelle entsprach. Nur ihr Bett, ihr Schreibtisch und ein Stuhl fanden darin Platz.

Gleich viel Platz. Und gleich viel Einsamkeit.

Sie setzte sich in die Mitte des Rechtecks, die Arme um die Knie geschlungen, und schaute zum Fenster hinaus, hinter dem das graue Licht des Abends lag.

* * *

11. April 1944
Gefängnis Tegel

Dietrichs Freilassung ließ auf sich warten. Er hatte gerade eine verschlüsselte Mitteilung von seinen Eltern erhalten, dass mit einem Prozess in der nächsten Zeit noch nicht zu rechnen sei. Dr. Roeder hatte den Fall vor einigen Monaten entzogen bekommen, und man hoffte, dass sein Nachfolger ein weniger scharfer Hund wäre. Dietrich war dem »Neuen« noch nicht begegnet. Offenbar wirkten Canaris und die anderen, die noch Positionen in der Abwehr innehatten, darauf hin, dass die Prozesse von Dietrich und Hans parallel liefen. Und Hans – nach den Verletzungen in der Bombennacht nur noch ein Schatten seiner selbst – war bis auf Weiteres nicht in der Lage, einem Prozess beizuwohnen.

Ihre größte Hoffnung lag in der Verschwörung gegen Hitler. Oder dem Ende des Krieges, je nachdem, was zuerst kam. Beides war längst überfällig.

Dietrich nahm seine Brille ab und rieb sich über die Augen. Er legte die Brille auf den Bücherstapel auf seinem Tisch. Die Tage des Wartens – die vergangenen und die noch kommenden – zogen sich unendlich hin, wie ein langer, dunkler Tunnel, und mittendrin er, und nirgends ein Licht zu sehen.

Nur mit deiner Hilfe kann ich das durchstehen, Herr.

Unten im Gefängnishof sang eine Drossel ihr Frühlingslied. War es womöglich dieselbe wie die, die ihm letztes Jahr vorgesungen hatte, als er frisch in Tegel war? Oder ein Vetter von ihr? Wenn die Drosselfamilie so verzweigt war wie die der Bonhoeffers, musste es jede Menge Vettern geben.

Genug der Drosseln. Es galt, die Zeit zu nutzen, die er bekommen hatte. Denn nach seiner Freilassung, wenn das Doppelprojekt des Wiederaufbaus der Kirche in Deutschland und des neuen Lebens mit Maria Vorfahrt hätte, würde er sie nicht mehr haben. Vielleicht wollte Gott ihm mit dieser Verzögerung den nötigen Raum geben, um an einem neuen Projekt zu arbeiten.

Er holte ein frisches Blatt hervor und legte es auf den Tisch. Ein unbeschriebenes Blatt, das auf seine Ideen wartete. Als Erstes würde er einen Brief an Eberhard schreiben. Er schickte ein Dankgebet zum Himmel, dass Knobloch nach wie vor Briefe von ihm aus dem Gefängnis hinausschmuggelte. Manchmal hatte er den Eindruck, dass der Gedankenaustausch mit seinem Freund ihn davor bewahrte, verrückt zu werden.

Aber nein, das stimmte nicht. Selbst wenn er Eberhard nicht mehr schreiben könnte – oder Maria oder wem auch immer –, er wäre auch dann nicht allein.

Er schaute auf die Bilder, die über seinem Schreibtisch hingen. Da war der kleine Dietrich – sein Patensohn und Namensvetter – mit seinen dicken Backen und dem zahnlosen Lächeln. Dietrich musste grinsen. Es war ganz Eberhards Lächeln. Wie stolz mussten Eberhard und Renate sein, dass sie die Eltern eines solchen Prachtjungen geworden waren.

Neben dem Foto seiner Eltern hing sein Lieblingsfoto, das ihn immer wieder magisch anzog. Marias Weihnachtsbild, mit diesem Licht in den Augen, das nur für ihn allein gedacht war.

Sie hatte auf seinen geschmuggelten Brief geantwortet und ihm versichert, dass sie seine Gedanken und Zukunftshoffnungen teilte und ihn voll und ganz verstand. Es war eine Erleichterung gewesen, ihr jenen Brief zu schreiben. So viele der anderen Briefe, die er ihr schickte, waren – nun ja, nicht gerade Lügen, aber irgendwie nicht echt. Vollkommene Offenheit, das war es, was sie beide brauchten.

Er hatte vor, das öfters zu machen – ihr heimlich zu schreiben. Aber jetzt würde er anfangen zu arbeiten, Gedanken zu Papier zu bringen und zu ordnen, die er bis jetzt nur im Kopf gehabt hatte. Bei einer dieser Ideen ging es um eine neue Art von Christentum. Nicht ein »religiöses« Christentum im üblichen Sinn des Wortes, sondern etwas, das tiefer ging und bei dem das Evangelium sich nicht auf den Kirchgang am Sonntag beschränkte, sondern alle Bereiche des Lebens durchdrang. Es ging darum, Christus nicht auf eine fromme Schublade zu beschränken, wie die Reichskirche das wollte. Gott hatte nicht der Besitzer einer Schublade zu sein, inklusive unserer sündigen Gedanken, sondern der Herr über alles. Unser ganzes Leben, der ganz normale Alltag, war nicht etwas Profanes, sondern hatte zutiefst mit Gott zu tun. Es galt, alles im Leben – Beruf, Familie und Ehe – Gott zu weihen.

Während draußen der Nachmittag in den Abend überging, nahm Dietrich seinen Federhalter und begann zu schreiben.

Zweiunddreißig

30. Juni 1944
Gefängnis Tegel

»Auf Wiedersehen, Dietrich.«

Sechzehn Besuche. Sechzehnmal Auf Wiedersehen. Sechzehn Stunden Versuche, den Gesprächsstoff eines ganzen Monats in sechzig kurze Minuten zu pressen. Zum Schluss eine Umarmung und ein Kuss, und dann war sie wieder weg. Jedes Mal.

Allein im Halbdunkel seiner Zelle presste Dietrich eine Hand an die Stirn; er spürte in den Fingerspitzen, wie das Blut durch seine Schläfen pulsierte. Er sah Marias Gesicht noch vor sich, die Tränen in ihren Augen, als sie ihre Lippen auf seine drückte, bevor sie, begleitet vom Wärter, wieder zur Tür hinausging – hastig, als könne sie es nicht ertragen, dass er sie weinen sah.

Er wollte nicht, dass sie ihre Tränen verbarg. Er wollte sie an sich drücken, während sie sie vergoss. Er wollte sie heiraten, in der kleinen Dorfkirche von Pätzig, wollte zuschauen, wie ihr Kind mit dem von Eberhard und Renate spielte, und schließlich an ihrer Seite alt werden.

Er holte Luft und schaute auf das leere Blatt, das vor ihm auf dem Tisch lag. Eigentlich wollte er am nächsten Kapitel seines Buches arbeiten. Doch stattdessen ließ er seine Gefühle auf das Blatt fließen, in den Ohren das leise Kratzen des Federhalters auf dem Papier und die Stimmen von Tegel – die Schritte der Wärter, die Geräusche der Häftlinge in den Nachbarzellen und die leere Stille in seiner eigenen.

Du gingst, geliebtes Glück und schwer geliebter Schmerz,
wie nenn' ich dich? Not, Leben, Seligkeit.
Teil meiner selbst, mein Herz, – Vergangenheit?

Es fiel die Tür ins Schloss,
ich höre langsam Schritte sich entfernen und verhallen.
Was bleibt mir? Freude? Qual? Verlangen?
Ich weiß nur dies: du gingst – und alles ist vergangen …

Wie der Hauch des warmen Atems
sich in kühler Morgenluft auflöst,
so zerrinnt dein Bild,
dass ich dein Angesicht, deine Hände, deine Gestalt nicht
mehr weiß,
ein Lächeln, ein Blick, ein Gruß erscheint mir,
doch es zerfällt,
löst sich auf,
ist ohne Trost, ohne Nähe,
ist zerstört,
ist nur noch vergangen …[24]

Er hielt inne; die Feder verweilte bei dem letzten Wort; Vergangenheit, Gegenwart und Zukunft wurden eins. Das Gefängnis, es war mehr als die Mauern um ihn herum, es war ein Ort in einem selbst, unsichtbare Fesseln um das Herz. Dietrich konnte Maria nicht böse sein, wenn sie ihn für eine Art Säulenheiligen hielt. Er hatte es nicht darauf angelegt, den Distanzierten zu spielen, aber manchmal war es einfach leichter, Briefe über Bücher und Musik und Familienneuigkeiten zu schreiben, als über die Dinge, die wirklich zählten. Da war diese Schere in seinem Kopf, die die Worte schon zensierte, bevor er sie niederschrieb.

Nun, diesmal würde es keine Zensur geben.

Er beugte sich noch tiefer über das Papier, die Finger um den Füllhalter gepresst, und schrieb weiter.

Über deiner Nähe erwach' ich mitten in tiefer Nacht
und erschrecke –
bist du mir wieder verloren? Such' ich dich ewig

vergeblich,
dich, meine Vergangenheit, meine?
Ich strecke die Hände aus
und bete – –
und ich erfahre das Neue:
Vergangenes kehrt dir zurück
als deines Lebens lebendigstes Stück
durch Dank und durch Reue.
Faß' im Vergangenen Gottes Vergebung und Güte
bete, dass Gott dich heute und morgen behüte.[25]

Als Student am *Union Theological Seminary* hätte er jeden ausgelacht, der ihm prophezeit hätte, dass er einmal in einer Gefängniszelle sitzen und ein Gedicht voller Sehnsucht schreiben würde. Aber als er jetzt sein Herz auf das Papier fließen ließ, durchströmte ihn die Erleichterung darüber, dass er seinen Gefühlen Ausdruck verleihen konnte und einfach der war, der er war – ein Christ, aber auch ein Mann. Ein Mensch, schwach und fehlerhaft, ganz – und doch in tausend Stücke zerbrochen.

Er legte den Federhalter hin und schüttelte seine Finger aus, die verkrampft waren von dem festen Griff. Hier auf diesen Seiten lagen seine Gefühle für die Frau, die er liebte. Gefühle, die er ihr zeigen musste. Aber wie sollte er sie ihr schicken? Würde die Leidenschaft, die daraus sprach, sie beunruhigen? Sein Instinkt sagte ihm, dass sie ihn verstehen würde. Aber sie trug schon so schwer an ihren Lasten. Würde er ihr nicht eine weitere Last aufbürden, wenn er ihr seine innere Wundheit zeigte, die er in ihrem Beisein so edel verbarg?

Er würde den Brief zunächst an Eberhard schicken und ihn um seinen Rat bitten.

Die Zellentür öffnete sich, ohne das übliche Anklopfen. Was war das? In der Türöffnung stand Knobloch, der keuchte, als habe er einen Tausendmeterlauf hinter sich.

»Ja?« Dietrich ließ das Gedicht, das er gerade geschrieben hatte, rasch unter einem Stapel Bücher verschwinden und erhob sich. Die hölzernen Beine seines Schemels kratzten über den Zementfußboden.

»Sie werden das nicht glauben.« Knobloch zog einen Mundwinkel hoch. Die Spannung in Dietrich wich einer plötzlichen Vorfreude. Dies musste eine gute Nachricht sein. »Sagen Sie's mir.« Er griff instinktiv nach der Anzugjacke, die auf seiner Pritsche lag. In diesem Gebäude wurde man von einem Moment auf den anderen zu den wichtigsten Terminen beordert. Mochten andere das eitel nennen – gut angezogen zu sein, gab ihm immer ein gewisses Extra an Selbstbewusstsein.

»General von Hase ist hier, und raten Sie mal, wen er sprechen will! Sie! Und zwar alleine und so lange, wie er es wünscht. Maetz scharwenzelt um ihn herum wie ein gut gezogener Hund. Er hat mich geschickt, um Sie zu holen.«

»Onkel Paul ist hier?« Dietrich legte seine Krawatte an. Dass er im Gefängnis relativ gut behandelt wurde, lag ein gutes Stück weit daran, dass sein Onkel der Stadtkommandant von Berlin war. Aber dass er ihn jetzt sogar besuchte – da musste etwas im Busch sein.

Knobloch lachte. »Ja, Onkel Paul ist hier! Und Sie werden im Leben nicht drauf kommen, was er mitgebracht hat. Vier Flaschen Sekt! So viele auf einmal hab ich zuletzt auf der Hochzeit meines Vetters 1938 gesehen.«

»Na, dann sollten wir ihn nicht zu lange warten lassen.« Dietrich folgte Knobloch hinaus auf den Gang. Was führte sein Onkel da im Schilde? Er war jetzt seit fünfzehn Monaten hier in Tegel, und jeder Monat war mehr oder weniger gleich grau und ereignislos gewesen. Dieser Besuch musste etwas zu bedeuten haben!

Auf dem Gang vor der Besuchszelle trug gerade ein älterer Bediensteter einen Besen und einen Schrubber fort; an seiner anderen Hand hing ein Eimer mit Schmutzwasser, ein paar Tropfen schwappten auf den Fußboden. Hatten sie die Besuchszelle in aller Eile gereinigt? Dietrich lächelte dem Mann im Vorbeigehen zu.

Drinnen saß Onkel Paul, seine gut 1,80 Meter eingehüllt in eine perfekt gebügelte Uniform; an der Jacke prangten seine diversen Orden und Rangabzeichen. Die Lippen unter seinem buschigen Schnurrbart formten sich zu einem Lächeln. »Mein lieber Neffe!« Er erhob sich und seine Gestalt, wenn auch schlaksig, füllte die Zelle mit einer Aura der Macht. »Wie schön, dich zu sehen!« Er schüttelte Dietrich kräftig die Hand.

»Gleichfalls, Onkel.« Erst als er kurz nach hinten schaute, merkte Dietrich zu seinem Erstaunen, dass gar kein Wärter mit im Raum war. Ein Außenstehender könnte wohl gar nicht verstehen, was das Besondere daran sein sollte, mit einem Verwandten allein zu sein.

»Setz dich doch.« Sein Onkel deutete auf den zweiten Stuhl. Die Sektflaschen, die Knobloch so gerühmt hatte, standen auf dem Tisch, dazu zwei Gläser. Dietrich fühlte sich in eine andere Zeit versetzt, ohne Krieg und Verdunkelungsgardinen.

Die beiden Männer musterten einander, der Onkel mit kritischem Blick, als wolle er sich vergewissern, dass sein Neffe auch wirklich gut behandelt wurde. Dietrich versuchte, seinen Gesichtsausdruck zu entschlüsseln. »Du hast meinen jungen Freund, den Wärter, ja richtig schockiert.« Dietrich fuhr sich lächelnd mit der Hand über den Nacken. »Er war ganz platt, dass jemand so viele Sektflaschen besitzt. Er behandelt mich sehr gut und ich möchte ihm gerne ein Glas mitbringen, wenn du nichts dagegen hast.«

Sein Onkel rutschte mit seinem Stuhl ein Stück vom Tisch weg, um seine Beine besser ausstrecken zu können. »Nimm so viel mit, wie du willst. Möchtest du jetzt gleich ein Glas mit mir trinken? Eine der Flaschen ist für Maetz, der die Unterwürfigkeit in Person ist, wenn ich das mal so nennen darf.«

Onkel Paul entkorkte die Flasche mit einem gekonnt-dezenten Knall. »Unter uns gesagt, ich mag das Zeug nicht besonders, aber ich hab gedacht, damit kann man Eindruck machen. Eigentlich hatte ich diese Flaschen für das Begießen des Kriegsendes vorgesehen, aber dann hab ich gedacht: Warum so lange warten?« Er goss das schäumende Getränk in eines der Gläser und reichte es Dietrich, dann füllte er sein eigenes Glas und hielt es hoch.

»Und auf was trinken wir?«, fragte Dietrich. Er spürte die Kühle des Sektes durch die dünne Wand des Glases. Wann hatte er das letzte Mal ein Glas Sekt in der Hand gehalten? Ach ja, beim 75. Geburtstag seines Vaters; es schien eine Ewigkeit her zu sein.

»Auf Freunde in hohen Positionen?« Die ergrauenden Augenbrauen seines Onkels hoben sich. »Obwohl, du bist ja Pastor, da geht es dir vor allem um *den* Freund *ganz* oben.«

Sie stießen an. »Ich bin ehrlich dankbar für alles, was du für mich getan hast«, sagte Dietrich leise. Sein Onkel nahm den ersten Schluck, seine Nase verzog sich etwas. Dietrich genoss den Geschmack; dies war in der Tat ein erstklassiger Sekt.

Onkel Paul stellte sein Glas zurück auf den Tisch. »Aber ich bin nicht bloß hierhergekommen, um dir einen Sekt zu bringen.«

Dietrich schaute sich verstohlen um. Niemand war zu sehen, aber das musste nicht unbedingt bedeuten, dass niemand zuhörte. »Warum bist du dann gekommen?« Dietrich sprach gedämpft, aber hielt seine Stimme locker, als ob sie sich über Familienbande und glücklichere Tage unterhielten.

Onkel Paul beugte sich näher zu ihm herüber. »Fang an zu reden, und zwar laut genug, dann erzähl ich's dir.«

Dietrich rasselte die neuesten Nachrichten aus der Familie herunter. Seinen Eltern ging es gut, danke der Nachfrage, sie hatten gerade ihre sämtlichen Gemälde in den Luftschutzkeller getragen.

»Der Staatsstreich steht kurz bevor«, flüsterte Onkel Paul. »Die Pläne laufen. Noch maximal zwei Wochen, dann ist es so weit.«

Dietrich holte tief Luft. Weiter, weiter! Er versuchte, keine Miene zu verziehen, während er wortreich seiner Sorge um die wertvollen Gemälde Ausdruck verlieh. Sein Herz raste. Nur noch zwei Wochen. Diesmal würde es ihnen gelingen! Er würde freikommen und der Krieg würde enden. Endlich, endlich könnten er und Maria zusammen sein. Das Gefängnis Tegel wäre bald nur noch eine ferne Erinnerung, und Adolf Hitler … ausgelöscht.

Hoffnung. Kaum wagte er es, sie in sich hineinzulassen.

»Es steht jemand Neues an der Spitze.« Onkel Paul beugte sich vor, die Arme auf dem Tisch gefaltet. In seinen Augen brannte die

Ungeduld. »Claus Schenk von Stauffenberg. Der Mann hat was drauf. Und er ist entschlossen, wild entschlossen, es erfolgreich durchzuziehen.«

* * *

5. Juli 1944
Bundorf

Die süße Stille der Natur breitete sich um Maria. Ihr Rock lag wie ein Fächer auf der steinernen Bank, der sachte Sommerwind wärmte ihre Wangen.

Die Natur hatte es gut, sie konnte sich entspannen. Marias Herz war ein einziges Chaos, als sie das Gedicht und den Brief erneut las.

Mit diesen Worten hier hatte Dietrich ihr sein Herz weiter geöffnet als jemals zuvor. Die Zeilen waren halb Bitte, halb feierliche Erklärung. Und eine Antwort auf den Brief, den sie geschrieben und in dem sie unverblümter als bisher ihre innere Schwäche geschildert hatte. Wie oft es für sie eine Qual war, an ihn zu denken, und wie sie sich manchmal fragte, wie lange sie diese Trennung noch würde ertragen können, ja sich sogar fragte, wie tief das, was sie verband, wirklich ging. Sie hätte diesen Brief nicht abschicken sollen. Diese Last konnte er nicht auch noch gebrauchen, und es war egoistisch von ihr gewesen, sie ihm aufzubürden. Heute hatte sie gleich zwei Briefe von ihm erhalten. In dem einen war das Gedicht, in dem anderen beantwortete er ihre Fragen und Sorgen.

... Sieh mal, nichts von dem, was Du schreibst, hat mich überrascht oder erschreckt. Ich hatte es mir alles ungefähr so gedacht. Wie sollte ich denn auch meinen, dass Du mich, nachdem wir uns kaum gesehen haben, überhaupt lieben kannst und wie musste ich nicht über den kleinsten Funken glücklich und froh sein? ... Unsere Liebe sollte ja gerade erst anfangen, als wir getrennt wurden ... Du glaubtest am Pfingstmontag, »nicht mehr weiter zu können«. Ja, sag mir, kannst Du denn ohne mich weiter? Und wenn Du

meinst, es zu können, kannst Du es immer noch, wenn Du weißt, dass ich ohne Dich nicht weiter kann?[26]

Die Sonne malte ihre Flecken auf den grünen Teppich zu ihren Füßen, doch Maria achtete kaum auf ihre Umgebung. Ihr ganzer Besuch bei Hesi war ein Fluchtversuch, es ließ sich nicht länger leugnen. Hier in Bundorf, bei ihrer Cousine und deren Kindern, konnte sie sich nützlich machen und so tun, als sei sie nach wie vor das hoffnungsfrohe junge Mädchen, das, als es dem Mann im Gefängnis seinen ersten Brief schrieb, voll mit seiner baldigen Freilassung gerechnet hatte.

Die Monate hatten gezehrt an diesem hoffnungsvollen Mädchen, ihm eine Schutzhülle nach der anderen weggenommen, bis nur noch ein Häufchen Elend übrig blieb. Sie schämte sich ihrer Verzweiflung, ihrer Sehnsucht nach Ruhe und Frieden, nach dem Ende des Krieges und des Kummers. Jedes Mal wenn sie nach Berlin und Tegel fuhr, überfiel sie dieses Gefühl von Neuem und mit aller Macht. Sie hasste es, Dietrich in diesem grauen Knast sehen zu müssen, eingesperrt in einer Zelle, egal wie tapfer er alles ertrug. Sie war nicht so stark wie er.

Und so hatte sie ihm geschrieben, dass sie mit den Besuchen pausieren wollte. Nicht lange natürlich, nur vorübergehend, wie sie sich vornahm.

Was soll ich machen, Gott? Ich bin noch nie so durcheinander gewesen. Warum ist das hier passiert? Was für einen Sinn soll es haben? Ist dies wirklich das Beste für unsere Liebe?

Sie hob einen Zweig vom Boden auf, zerbrach ihn in kleine Stücke und warf diese so weit weg, wie es ging. Sie musste eine Entscheidung treffen. Entweder an ihrem Versprechen festhalten und so lange zusammen mit ihm warten, wie es nötig war, oder sich zurückziehen und nur noch der Form nach seine Verlobte sein.

Dass ich ohne Dich nicht weiter kann …

Wie konnte sie die Frage, die sie sich da stellte, überhaupt denken? Was für eine Antwort konnte es denn geben als nur die eine?

Oder doch nicht? Eineinhalb Jahre hatte sie jetzt schon mit ihm und auf ihn gewartet. Als sie ihm damals ihr Ja gegeben hatte, war es jenseits ihrer Vorstellung gewesen, dass es ein Ja zu dem sein könnte, was sie jetzt erlebte.

Sie schlug die Hände vors Gesicht, die Tränen sickerten ihr durch die Finger. Ein Windstoß packte die Blätter, auf die er all das geschrieben hatte, was er ihr zu geben hatte, und verstreute sie über den Grasteppich. Maria sah auf und beobachtete, wie sie fielen, die Hände schlaff im Schoß. Sie wusste nicht, wie lange sie so dasaß. Die Zeit zählte nicht, wenn es um die Tiefen des Herzens ging. Hatte Dietrich ihr nicht einmal gesagt, dass es Dinge gebe, über die man sich nur ganz allein klar werden konnte?

Welchen Preis war sie bereit, für diesen Mann zu zahlen? Ihre Liebe sei nicht einfach, hatte Dietrich ihr einmal geschrieben. Sie sei nie so gedacht gewesen. Es sei ihnen bestimmt gewesen, sich zu finden, nur um gleich darauf wieder getrennt zu werden.

Nein, ihre Liebe war nicht einfach. Aber es war *ihre* Liebe.

Maria stand auf. Langsam, aber entschlossen bückte sie sich, hob die über das Gras verstreuten Seiten wieder auf, eine nach der anderen, und drückte sie an ihr Herz.

Dreiunddreißig

6. Juli 1944
Gefängnis Tegel

Es hagelte Bomben.

Dietrichs Schritte hallten von den Wänden wider, als er den Gang entlangrannte und eine Zelle nach der anderen öffnete. Knobloch nahm die eine Seite, Dietrich die andere. Die Regeln waren lockerer geworden und Knobloch war kein Paragrafenreiter. Sollte das Gefängnis getroffen werden, sollte niemand in seiner Zelle eingesperrt sein und nicht hinauskönnen; so viel Freiheit musste sein.

Eine Explosion ließ das ganze Gebäude erzittern. Von der Decke regnete es Staub und Putz.

»Runter!«, rief Dietrich Knobloch zu. Er selbst warf sich in der Mitte des Ganges auf den Boden und schlug die Arme über den Kopf. Sein Mund schmeckte nach Dreck und Staub. Er merkte, wie sich neben ihm etwas Warmes, Zitterndes bewegte. Ein anderer Häftling, ein Mann mittleren Alters. Dietrich sah das nackte Entsetzen in seinen Augen. Der Mann schluchzte wie ein Kind. »Lieber Gott, rette uns!«

»Keine Bange, in zehn Minuten ist alles vorbei«, flüsterte Dietrich. Jetzt war nicht die Zeit für eine Predigt.

»Sie sind … so … ruhig.« Die Zähne des Mithäftlings klapperten buchstäblich. »Wer sind Sie, dass Sie vor nichts Angst haben?«

Die Bomber, die über sie flogen, übertönten mit ihren dröhnenden Motoren jede Antwort, die Dietrich hätte geben können. Er stand wieder auf und rannte halb geduckt weiter durch den Gang, um die nächsten Türen aufzuschließen.

»Danke!«, riefen die Häftlinge, während sie Deckung suchend aus ihren Zellen stürzten. »Danke, Herr Pastor!«

Der Schweiß von der drückenden Juli-Hitze tränkte sein Hemd und lief ihm übers Gesicht. Die Worte des Mannes auf dem Gang klangen ihm noch im Ohr, als er den Kranken im Lazarett Mut zusprach, Beruhigungsmittel verabreichte, den Sanitätern zur Seite stand.

Wer sind Sie?

Ja, wer war er? Es war nicht das erste Mal, dass er diese Frage von einem verängstigten Mitgefangenen oder einem ungläubigen Wärter gehört hatte, der sich fragte, warum dieser nicht mehr ganz junge Mann in dem gepflegten Anzug seine Gefühle so unter Kontrolle hatte. Wie schaffte er das nur?

Während er durch das Krankenrevier ging, tröstend, helfend, Mut machend, begannen sich in seinem Kopf Worte zusammenzufügen.

Wer bin ich? Sie sagen mir oft,
ich träte aus meiner Zelle
gelassen und heiter und fest
wie ein Gutsherr aus seinem Schloss.

»Es ist vorbei«, sagte Dietrich zu dem Sanitätsoffizier. »Können wir den Leuten irgendwas austeilen? Ein kaltes Getränk zum Beispiel?«

Der Offizier nickte. Seine Augen waren blutunterlaufen, seine Uniform verdreckt, aber er lächelte dünn. »Ich sehe, was ich auftreiben kann.«

Wer bin ich? Sie sagen mir oft,
ich spräche mit meinen Bewachern
frei und freundlich und klar,
als hätte ich zu gebieten.

»Geht's jetzt besser?« Dietrich blieb neben dem Bett eines jungen Mannes stehen, der während des Luftangriffs fast Krämpfe bekommen hatte. Gewöhnlich einer der Tapferen, hatte er erst kürzlich erfahren, dass bei dem letzten Tagesluftangriff seine ganze Familie ausgelöscht worden war.

Der junge Mann legte sich zurück auf sein abgewetztes Kissen und nickte langsam mit dem Kopf. Dietrich legte kurz die Hand auf seine Schulter, als Geste des Trostes. »Viel besser, Herr Pastor. Danke.«

Wer bin ich? Sie sagen mir auch,
ich trüge Tage des Unglücks
gleichmütig, lächelnd und stolz,
wie einer, der Siegen gewohnt ist.

Dietrich trat zum Fenster, zog die Verdunkelungsgardine ein Stückchen zur Seite und schaute hinaus in die pechschwarze Nacht über Berlin. Irgendwo da draußen waren seine Lieben. Seine Eltern in ihrem Haus, ohne jeden Schutz. Hans, der krank im Gefängnis lag. Eberhard, der weit weg, in Italien, als Soldat kämpfte. Maria in dem fernen Bundorf.

Bin ich das wirklich, was andere von mir sagen?
Oder bin ich nur das, was ich selbst von mir weiß?
Unruhig, sehnsüchtig, krank, wie ein Vogel im Käfig,
ringend nach Lebensatem, als würgte mir einer die Kehle,
hungernd nach Farben, nach Blumen, nach Vogelstimmen,
dürstend nach guten Worten, nach menschlicher Nähe,
zitternd vor Zorn über Willkür und kleinlichste Kränkung,
umgetrieben vom Warten auf große Dinge,
ohnmächtig bangend um Freunde in endloser Ferne,
müde und leer zum Beten, zum Denken, zum Schaffen,
matt und bereit, von allem Abschied zu nehmen?

Dietrich drehte sich um. Irgendjemand hatte ein paar Kerzen angezündet. Sie warfen jetzt ihre Schatten auf die Gesichter der Sanitäter, die schweigend einen Eimer und einen Schöpflöffel herumgehen ließen. Dann sah er etwas, das er bisher noch nicht bemerkt hatte. Über dem Bett in der hintersten Ecke hatte jemand ein grobes Kreuz an die Wand genagelt, zwei Holzstücke, die mit Bindfaden zusammengefügt waren. Dietrich konnte seinen Blick nicht davon abwenden. Er musste an die vielen Kirchen denken, in denen er in Europa und Amerika gesessen hatte. An die Dome, an die einfache Kapelle in Finkenwalde. An die Briefe von mittlerweile gefallenen Männern, die ihm geschrieben hatten, dass sie selbst an der Front weitermachten mit der täglichen Andacht und dem Gebet.

Er blinzelte; eine letzte Strophe füllte sein Herz.

Wer bin ich? Der oder jener?
Bin ich denn heute dieser und morgen ein andrer?
Bin ich beides zugleich? Vor Menschen ein Heuchler
und vor mir selbst ein verächtlich wehleidiger Schwächling?
Oder gleicht, was in mir noch ist, dem geschlagenen Heer,
das in Unordnung weicht vor schon gewonnenem Sieg?

Er seufzte auf und rieb sich mit der Hand über sein unrasiertes Gesicht. Als er auf seine Finger schaute, waren sie voll Schweiß und Schmutz. Sein Blick fiel wieder auf das Kreuz.

Wer bin ich? Einsames Fragen treibt mit mir Spott.
Wer ich auch bin, Du kennst mich, Dein bin ich, o Gott![27]

⋆ ⋆ ⋆

21. Juli 1944
Gefängnis Tegel

Die Verdunkelungsvorhänge kümmerten sich nicht um den Sonnenstand. Obwohl es noch früh am Morgen war, waren die Häftlinge im Lazarett schon alle wach. Dietrich trat in den lang gestreckten Raum mit den Bettenreihen, in der Hand ein Buch aus der Gefängnisbibliothek für den Mann, der besonders große Angst vor den Luftangriffen hatte. Adalbert Stifters *Witiko* war ein dicker Wälzer, aber Dietrichs Mithäftling hatte ja viel freie Zeit.

Das über 800 Seiten starke Buch war ein Schwergewicht unter seinem Arm, als er die Betten entlangging und die Männer begrüßte. Der einzige Sanitäter im Raum stand über ein Tablett mit Medikamenten und Verbandsmaterial gebeugt und nahm Dietrichs Gegenwart kaum zur Kenntnis. Die monatelangen Luftangriffe hatten zu einer Lockerung der Regeln geführt. Dietrich fand sich in der Zwitterrolle von Häftling und Assistent für alles wieder und konnte sich erstaunlich frei bewegen.

»Könnten Sie mal das Radio einschalten?«, rief einer der Kranken. »Vielleicht gibt's ja gerade ein Konzert oder so was.«

Dietrich legte das Buch auf einen Tisch und ging zu dem kleinen Volksempfänger, der trotz der Luftangriffe immer noch funktionierte. Er hockte sich davor und begann, einen Sender zu suchen. Ja, ein Konzert wäre nicht schlecht, obwohl die Uhrzeit dafür noch etwas früh war. Hin und wieder war es ihnen gelungen, etwas Klassisches zu finden, aber …

Er drehte an dem Knopf, ging die Sender durch, einen nach dem anderen. Es knisterte im Lautsprecher. Er hielt inne.

»Dies ist eine persönliche Ansprache des Führers, die erstmals gestern Abend gesendet wurde. Wir wiederholen sie jetzt für unsere Hörer.« Die Stimme des Ansagers klang zackig.

Wieder Knistern. Dann die Stimme Adolf Hitlers.

Wenn ich heute zu Ihnen spreche, dann geschieht es aus zwei Gründen: Erstens, damit Sie meine Stimme hören und wissen, dass ich selbst unverletzt und gesund bin. Zweitens, damit Sie aber auch das Nähere erfahren über ein Verbrechen, das in der deutschen Geschichte seinesgleichen sucht.

Dietrich starrte das Radio an. Jeder Tropfen Wärme schien aus seinem Körper zu weichen. In dem Krankenrevier war es totenstill, bis auf die Stimme von Deutschlands Diktator.

Eine ganz kleine Clique ehrgeiziger, gewissenloser und zugleich verbrecherischer, dummer Offiziere hat ein Komplott geschmiedet, um mich zu beseitigen und zugleich mit mir den Stab praktisch der deutschen Wehrmachtführung auszurotten. Die Bombe, die von dem Oberst Graf v. Stauffenberg gelegt wurde, krepierte zwei Meter an meiner rechten Seite. Sie hat eine Reihe mir teurer Mitarbeiter sehr schwer verletzt, einer ist gestorben. Ich selbst bin völlig unverletzt bis auf ganz kleine Hautabschürfungen, Prellungen oder Verbrennungen ... Der Kreis, den diese Usurpatoren darstellen, ist ein denkbar kleiner ... Diesmal wird nun so abgerechnet, wie wir das als Nationalsozialisten gewohnt sind.[28]

Dietrich schaltete das Radio aus. Die Männer in den Betten sahen ihn mit einstudiert ausdruckslosen Mienen an. Niemand sagte etwas. Und was hätte man auch sagen sollen? Worte konnten das, was da geschehen war, nicht ausradieren.

Er stand auf und ging aus dem Krankenrevier. Den Weg zurück zu seiner Zelle kannte er auch ohne Wärter. Seine Schritte hallten auf dem harten Fußboden. Er ging die gekalkten Gänge entlang und nickte hier und da einem Wärter zu, so wie er damals, als Student, seinen Mitseminaristen an der Universität Berlin zugenickt hatte.

In seiner Zelle angekommen, schloss er die Tür hinter sich, sank auf seine Pritsche und starrte die Ziegel in der Wand an, die er schon so oft betrachtet hatte.

Stauffenberg ... wild entschlossen, es erfolgreich durchzuziehen.

Er hörte wieder die Worte seines Onkels. Und dann die harte Stimme des Führers: *Eine ganz kleine Clique ... Diesmal wird nun so abgerechnet ...*

Abgerechnet. Keines der bisherigen Komplotte der Verschwörer war gelungen, aber es war auch keines aufgedeckt worden. Der Führer hatte sich unbekümmert bewegt, ahnungslos wie ein Kind. Nach dem Stauffenberg-Attentat war er nicht mehr ahnungslos. Jetzt würde das Kind zur Bestie werden. Hitler würde sie zur Strecke bringen, einen nach dem anderen. Es war nur eine Frage der Zeit.

Dietrich lachte leise. Wie ruhig er sich fühlte! Nein, nicht beim

Gedanken an die anderen – um Stauffenberg und seine Mitverschwörer war es ihm bange. Aber mit Blick auf sich selbst empfand er eine ungewöhnliche Ruhe.

Erst gestern hatte er Psalm 20,8 gelesen: *Jene verlassen sich auf Wagen und Rosse; wir aber denken an den Namen des HERRN, unsres Gottes.*

Darauf lief es doch letztlich hinaus. Er wollte leben, wollte seine Eltern wiedersehen und Maria heiraten, aber eigentlich ging es doch gar nicht um ihn, sondern um die Unterordnung unter den Willen dessen, der viel größer war als er – darum, diesen Willen mehr zu suchen und ihn höher zu schätzen als alles andere.

Sogar als sein eigenes Leben.

Er schaute zu dem hohen Fenster hinaus. Durch die schmutzigen Scheiben strömte das Sonnenlicht. Licht, das sich seinen Weg durch das Grau bahnte.

Die Ungewissheit war schon so lange sein Begleiter, dass er es gar nicht mehr merkte. Sie war einfach da, so real wie diese vier Wände, die ihn einschlossen, die Gitterstäbe, die es ihm verwehrten, dieses Haus einfach zu verlassen und sich zu seinen Lieben zu begeben.

Eine Zeit lang war er sich sicher gewesen, dass Hitler verschwinden würde. Wie Stauffenberg und all die anderen auch war er davon ausgegangen, dass es ihnen irgendwann gelingen würde, wenn nicht dieses Mal, dann eben das nächste Mal. Sie hatten doch alles so sorgfältig geplant, dass ein Scheitern schier unmöglich schien.

Aber sie waren gescheitert.

Doch letztlich lagen die Dinge doch gar nicht in *ihrer* Macht. Dietrich stand auf, dann kniete er sich auf seiner Pritsche hin und hob sein Gesicht zur Sonne, getrieben von einem unerklärlichen Impuls, dem Licht nahe zu sein. Er ging nicht so weit, zu behaupten, dass Gott die Verschwörer gestoppt hatte, aber Gott hielt die Zukunft von jedem von ihnen, so er denn ihm gehörte, in der Hand.

Dietrich neigte den Kopf und schluckte schwer.

Ihrer aller Leben, sein eigenes Leben, war in Gottes Händen. Und niemand, noch nicht einmal Adolf Hitler, hatte die Macht, sie aus diesen Händen herauszureißen.

Vierunddreißig

9. August 1944
Berlin

Einer war nicht getötet worden. Und so hatten zahllose andere ihr Leben lassen müssen.

Die Nachrichten erreichten Maria über Hesis Ehemann. Onkel Henning war der Verhaftung und dem anschließenden Folterverhör durch Selbstmord zuvorgekommen. Claus Schenk von Stauffenberg war schon an dem Abend, an dem eigentlich der Sieg über den Tyrannen gefeiert werden sollte, erschossen worden, zusammen mit seinem Ordonnanzoffizier Werner von Haeften, einem Freund der Bonhoeffers. Vetter Fabian war verhaftet worden; auf ihn wartete die Folter, wenn nicht gar der Tod. Und gestern hatten sie Dietrichs Onkel Paul von Hase im Gefängnis Plötzensee erhängt; das Urteil war von demselben Richter gefällt worden, der die Geschwister Scholl zum Tode verurteilt hatte.

Maria schauderte es.

Vor einem Monat war Dietrich noch der Star im Gefängnis Tegel gewesen, der Verwandte eines Generals. Jetzt war dieser General in den Augen des Reiches zu einem Hochverräter geworden.

Auch Dietrich hatte zum Kreis der Verschwörer gehört. Vielleicht nicht so aktiv wie Marias Onkel und ihr Vetter, aber die Gestapo war entschlossen, jeden zu liquidieren, der auch nur ganz am Rande beteiligt gewesen war.

Noch wussten Dietrichs Ankläger nicht, wie tief er in die Verschwörung verwickelt gewesen war, doch wenn sie die Wahrheit entdeckten, würden sie ihn ohne Umschweife hinrichten. Bis jetzt hatte ihn der Strudel noch nicht erfasst. Aber wie lange würde das so bleiben?

Und Dietrich? Dietrich war sich all dessen bewusst. Wie hatte er ihr noch geschrieben?

> *Wir wissen nicht, wie oft wir uns in unserem Leben überhaupt noch sehen; so sind nun einmal die Zeiten. Es ist mir ein sehr belastender Gedanke, dass wir uns später einmal Selbstvorwürfe machen müssten über etwas, was nicht mehr gutzumachen ist.*[29]

Was immer kommen mochte, sie wollte sich keine Selbstvorwürfe machen müssen. Dietrich war der Mann, den sie liebte, auch wenn sie seiner nicht wert war. Er brauchte sie. Sie würde nicht mehr von seiner Seite weichen.

* * *

8. September 1944
Gefängnis Tegel

Es war Knobloch, der das Thema »Flucht« ansprach. »Es ist vorbei, Herr Pastor.«

Dunkle Schatten kauerten in den Ecken von Dietrichs Zelle, als Knobloch sich neben ihn auf die Pritsche setzte. Es war gegen die Regeln, nachts bei einem Gefangenen zu sein. Aber Dietrich hatte keine Angst um Knobloch. In der letzten Zeit hatten so viele Gefangene seine seelsorgerliche Hilfe gesucht, dass Knoblochs Gegenwart in seiner Zelle sich leicht erklären ließ.

Die beiden Männer steckten die Köpfe zusammen und unterhielten sich im Flüsterton. Das trübe Licht der nackten Glühbirne, die von der Decke hing, flackerte.

»Ich weiß.« Als Dietrichs Briefschmuggler hatte Knobloch die Familie Bonhoeffer kennengelernt. Ende August hatte er sie wieder besucht und nach seiner Rückkehr Dietrich die traurigen Nachrichten überbracht. Onkel Paul war nach dem Anschlag vom 20. Juli erhängt, Hans ins KZ Sachsenhausen verlegt worden. Ihre Verwicklung in den Anschlag war noch gar nicht erwiesen gewesen, aber das focht die Gestapo nicht an.

Ja, es war vorbei. Es war so, als ob ein alter Mantel Fäden zog, die einer nach dem anderen abgeschnitten wurden. Weg damit! Es war nur eine Frage der Zeit, bis die Anweisung käme, auch Dietrich in ein KZ zu verlegen, wo er, wie so viele andere vor ihm ... verschwinden würde.

Seine einzige Chance war die Flucht aus Tegel. Fand Knobloch jedenfalls. »Es ist ein Kinderspiel, Sie hier rauszukriegen. Wir besorgen Ihnen Monteurkleider und einen Werkzeugkoffer, den Sie an der Hand tragen. Abends, wenn meine Schicht zu Ende ist, spazieren wir beide durch das Tor hinaus. Nichts könnte einfacher sein.«

Dietrich fuhr sich mit der Hand über die Stirn. »So einfach ist das nicht. Erstens muss ich über die Grenze in die Schweiz, und zweitens: Wenn die merken, dass der Vogel ausgeflogen ist, nehmen sie sich meine Eltern vor und verhören sie.«

»Wir verstecken Sie am Rande der Stadt in einer Gartenlaube. Dort können Sie wochenlang bleiben, während wir uns überlegen, wie wir Sie aus dem Land rauskriegen. Wir können Ihnen Lebensmittel und Decken zukommen lassen. Und was Ihre Eltern betrifft« – Knobloch schluckte heftig –, »die wollen, dass Sie's riskieren. Ihr Schwager ist so gut wie verloren. Noch mehr packt er gesundheitlich nicht, selbst wenn sie ihn nicht erhängen. Und überlegen Sie doch mal: Werden Ihre Eltern Sie nicht mehr brauchen als je zuvor, wenn erst alles vorbei ist?«

Dietrich nickte nachdenklich. Was Knobloch sagte, war hart, aber wahr. Hans war nicht mehr zu retten, aber er selbst sehr wohl; also mussten sie es versuchen. Eigentlich. Es war ein nüchternes Kalkül, kalt und hart und notwendig.

Irgendwo in der Nähe begann eine Luftschutzsirene ihr Klagelied.

»Und was wird aus Maria? Die ist ja jetzt bei meinen Eltern, als Sekretärin meines Vaters. Was ist, wenn sie sie vernehmen?«

»Sie ist eine intelligente junge Dame. Und ich glaube nicht, dass sie sie verhören werden. Das machen sie eher mit Ihrem Bruder

Klaus und Ihrem Schwager Rüdiger. Rüdiger ist Rechtsanwalt; den werden sie als Ersten verdächtigen.« In dem Halbdunkel leuchteten Knoblochs Augen mit einer Eindringlichkeit, die Dietrich noch nie an ihm gesehen hatte. »Sie müssen es versuchen, Herr Pastor. Wenn Sie es nicht für sich selber machen wollen, dann tun Sie's für Maria.« Seine Stimme wurde schneller, fast beschwörend. »Ich habe Sie beide jetzt monatelang beobachtet. Wie Sie sich begrüßen und sich verabschieden. Wie Ihre Verlobte Sie einen Monat nach dem anderen besucht und Ihnen den nächsten Brief schon geschickt hat, bevor Sie auf den ersten antworten konnten. Das ist keine gewöhnliche Liebe. Sie müssen es versuchen – für Maria und für Ihre Zukunft. Wählen Sie das Leben.«

Mehrere lange Minuten starrte Dietrich gedankenverloren auf seine Hände. Es wäre ein großes Risiko. Aber das Risiko, weiter hier in Tegel zu bleiben, wäre noch größer. Sie hatten Onkel Paul erhängt und Hans ins KZ gebracht. Er selbst wäre der Nächste. Sollte er sich einfach in sein Schicksal ergeben? War es falsch, am Leben bleiben zu wollen? Weiterzumachen, wenn andere das nicht mehr konnten?

Knobloch hatte recht. Seine Eltern würden ihn brauchen nach dem Krieg. Er musste diese Chance nutzen. Für sie.

Und für Maria. Es wäre die große Offensive für eine Zukunft, die weiter reichte als bis zum nächsten Brief aus Zelle 92.

Er sah auf und blickte Knobloch an.

»Also: Flucht?« Knobloch hob die Hand, als wolle er mit Dietrich anstoßen.

Dietrich nickte, äußerlich entschlossen, aber innerlich alles andere als überzeugt. »Flucht.«

Fünfunddreißig

23. September 1944
Berlin

Ordnung machen. Jedenfalls auf Karl Bonhoeffers Schreibtisch. Maria führte das Staubtuch mit gleichmäßigen Bewegungen.

An dem Chaos in ihrem eigenen Leben konnte sie wenig ändern. Das konnte man nicht eben schnell mit dem Staubtuch wegwischen oder ein paar Blätter zu einem ordentlichen Stapel zusammenlegen. Ihr Leben bestand darin, Dietrichs Eltern zur Hand zu gehen, Schreibarbeiten für seinen Vater zu erledigen … und die Flucht ihres Verlobten aus dem Gefängnis in Tegel zu planen.

Es war das Letztere, das für die dunklen Ringe um ihre Augen verantwortlich war, die sie jedes Mal begrüßten, wenn sie (was nicht sehr oft geschah) in einen Spiegel schaute.

Maria nahm mit einer Hand den Papierkorb und hob ihn hoch. Sie blickte aus dem Fenster, das zur Straße hinausging. Auf dem Weg, der durch den Garten zur Haustür führte, war eine Frau zu sehen. Sie hatte es offenbar eilig. War es Christel?

Maria stellte den Papierkorb wieder hin und ging aus Karl Bonhoeffers Sprechzimmer hinaus in den Flur. In dem Monat, den sie bei den Bonhoeffers verbracht hatte, war ihr dieses Haus geradeso vertraut geworden wie ihr Elternhaus in Pätzig. Ohne die Bilder und sonstigen Familienerbstücke, die man aufs Land oder in den Luftschutzkeller gebracht hatte, glich es einer adligen Frau, die all ihren Schmuck abgelegt hatte, aber auch ohne ihn noch Würde ausstrahlte.

Noch bevor Christel anklopfen konnte, öffnete Maria die Haustür. Christels Haar war vom Wind zerzaust, an ihren abgemagerten Schultern hing ein ausgebleichter grauer Pullover, der mehrere Größen zu weit war. Ihre Augen, ja ihre ganze Körperhaltung sprachen von Kummer und Sorgen.

Maria ließ sie ein und schloss hinter ihr die Tür. Sie schwiegen beide, bis sie im Wohnzimmer waren, die Vorhänge zugezogen und sich aufs Sofa gesetzt hatten.

Christels Hände zitterten. Es war ein deutliches Alarmsignal, denn Christel hatte, auch wenn ihr Mann im KZ saß und sie jetzt alleine für ihre drei Kinder sorgen musste, ihre Gefühle normalerweise eisern im Griff.

»Sag mir's.« Maria legte ihre Hand auf Christels, deren Adern blau an ihrer ansonsten blassen, klammen, von Hausarbeit strapazierten Haut hervortraten.

Christel sah auf. »Sie haben das Dossier gefunden.«

Maria holte tief Luft. Sie hatte von der »Chronik der Schande« gehört – Hans von Dohnanyis gewissenhafte Aufzeichnungen über die Schrecken der Naziherrschaft, die man zur Sicherheit ins Archiv der Abwehr nach Zossen gebracht hatte. Das Dossier war dafür gedacht, den Alliierten die Motive der Verschwörer zu erklären und die Hölle zu dokumentieren, die Hitler über Deutschland gebracht hatte. Aber die Informationen in diesen unscheinbar aussehenden schwarzen Ordnern würden jeden der Verschwörer, den die Gestapo nicht schon gefasst hatte, ans Messer liefern. Die Listen. Die Namen.

Dietrichs Name.

»Wann? Wie?«

»Das weiß ich nicht.« Christel seufzte auf. »Auf dem Weg zum Markt trat ein Mann zu mir. Ich hatte ihn noch nie gesehen. Es ist ja besser, wir kennen die Namen von denen, die noch im Widerstand aktiv sind, nicht. Von denen, die noch leben. Der Mann drückte mir einen Zettel in die Hand, auf dem stand, dass die Akten entdeckt worden sind. Mehr weiß ich nicht.«

Aber das reichte. Die bloße Nachricht, dass das Dossier der Schande in die Klauen der Aasgeier geraten war, die entschlossen waren, ihre Beute bis zum letzten Fetzen aufzuhacken, sie war genug.

»Wir müssen den Fluchtplan ausführen. Sofort, bevor es zu spät ist.« Marias Worte überschlugen sich. Sie mussten handeln. Jetzt, sofort, in dieser Sekunde noch.

Christel nickte.

Maria fuhr fort: »Die Uniform hab ich schon besorgt, und Mutter Bonhoeffer und ich haben versucht, so viele Lebensmittelkarten und so viel Geld zusammenzukriegen wie möglich.« Viel Erfolg hatten sie nicht gehabt. Lebensmittelkarten waren fast so kostbar wie Gold. Obwohl sie einen Teil ihrer eigenen Bestände geopfert hatten, hatten sie nur Karten für vier Tage beschaffen können; bis dahin mussten Dietrich und Knobloch über alle Berge sein.

Christel wollte ihre Handtasche öffnen, aber Maria hob abwehrend die Hand. »Nein, nein, bitte nicht! Du hungerst ja ohnehin, damit du Hans Extrarationen schicken kannst. Wir schaffen das schon.«

Christel schloss die Handtasche wieder. Ihre Augen waren ein Bild der Erschöpfung. »Und wann will er …«

»Bald. Morgen bringen die Schleichers die Sachen in die Wohnung von Unteroffizier Knobloch.«

Christel nickte. »Gut. Je schneller er aus den Klauen der Gestapo raus ist, desto besser. Wenigstens er hat noch eine Chance.« Unausgesprochen in der Luft hing das, was sie dachte, aber nicht sagte: *Hans hat nichts mehr.*

»Soll ich das den Bonhoeffers sagen?« Maria stand auf und ging auf dem abgewetzten Teppich auf und ab, die Hände zu Fäusten geballt. Sie war nicht so stark wie Christel, aber sie versuchte es. Mit allem, was sie hatte, kämpfte sie darum, den Mann zu retten, den sie liebte; die Flamme am Brennen zu halten, die jeden Moment zu erlöschen drohte.

Die Flamme der Hoffnung.

»Ja«, antwortete Christel. »Aber pass auf, dass kein anderer zuhört. Sag's auch den Schleichers. Und Klaus. Ihre Namen … vielleicht waren sie auch auf den Listen.« Christel erhob sich. »Ich muss zurück zu den Kindern. Es ist nicht gut, wenn sie allein sind; wer weiß, was alles passieren kann.«

Maria begleitete sie zur Haustür. Bevor sie sie öffnete, sah Christel sie noch einmal an, der Blick durchdringend. Hinter der Erschöpfung in ihren Augen flammte plötzliche Kraft auf. »Pass auf, Maria! Du gehörst jetzt zu uns. Du bist eine Frau des Widerstands, und du gehörst zu Dietrich, wie ich zu Hans gehöre. Sei vorsichtig!« Sie drückte Maria kurz und fest die Hand.

Maria nickte. »Das werde ich sein. Mach's gut.«

Christel lief den Gartenweg zurück, den Pullover eng um die Schultern gezogen gegen den Herbstwind. Maria sah ihr nach, bis die schmale, aber unbeugsame Gestalt aus ihrem Blickfeld verschwunden war.

Die Lippen entschlossen aufeinandergepresst, ging Maria ins Haus zurück. Sie hatte jetzt keine Zeit zum Grübeln. Jetzt konnte ihnen nur noch Handeln helfen.

* * *

30. September 1944
Berlin

Das kleine, in ein Handtuch gewickelte Roggenbrot in der Hand, lief Maria zu den Schleichers nebenan. Die Abenddämmerung färbte den Himmel allmählich dunkler. Ihre Schuhe knirschten im Kies des Gartenwegs, auf dem abgefallene Blätter lagen. Sie öffnete das kleine Tor. In der Einfahrt der Schleichers stand ein Auto. Wem mochte es gehören? Der Herbstwind zupfte an ihrem Rock.

Maria klopfte an die Haustür. Die Minuten vergingen. Sie schaute kurz hinaus auf die verlassen daliegende Straße. Es war ganz offensichtlich jemand daheim. Warum kam keiner an die Tür?

Endlich öffnete sich die Tür einen Spalt weit. Ursulas Gesicht erschien, ihre Hände umfassten den Türfalz. Maria hielt ihr das Brot hin – die verabredete Tarnung, für den Fall, dass jemand ihr Gespräch mithörte. »Wir hatten was übrig und dachten, ihr könnt das vielleicht gebrauchen.«

Ursula ließ sie eintreten. Die Tür fiel leise ins Schloss. Ursulas Gesicht zeigte deutlich, wie angespannt sie war. »Heute Nachmittag ist die Frau von Paul von Hase angekommen. Ihre Verwandten wollen sie nicht aufnehmen, weil ihr Mann als Verräter hingerichtet worden ist. Ich konnte ihr das nicht abschlagen. Sie ist jetzt oben und ruht sich aus. Das Brot können wir gebrauchen, danke.« Sie nahm den Laib an sich.

Maria zog ihren Pullover fester um sich, die Arme über der Brust verschränkt. »Ist das da draußen ihr Auto?«

»Nein, Klaus ist auch hier. Rüdiger und Renate sind nicht da. Kannst du etwas bleiben?«

»Ja, natürlich. Ist was passiert? Warum ist Klaus hier und nicht zu Hause?« Maria nahm ihr verschossenes blaues Kopftuch ab. Ihr Haar fiel in glanzlosen Strähnen um ihr Gesicht, das sein einstiges Strahlen fast völlig verloren hatte.

Dämmerlicht erfüllte den engen Flur und zeichnete Schatten auf die Sorgenfalten in Ursulas Gesicht. »Er kam gerade mit dem Auto von der Arbeit. Als er in seine Straße einbog, sah er, dass vor seinem Haus ein anderer Wagen geparkt stand. Er glaubt, dass das die Gestapo war. Natürlich kann er sich nicht ewig verstecken, aber für die Nacht kann er erst mal hierbleiben.«

Die Gestapo war also hinter Klaus her. Wer würde der Nächste sein? Maria schluckte. Jahrelang hatten die Verschwörer das Heft fest in der Hand gehabt; jetzt begann es ihnen zu entgleiten. Schnell, zu schnell …

Es ging alles viel zu schnell.

Ursula legte das Brot auf den Flurtisch. An der Wand hing Ursulas und Rüdigers Hochzeitsbild, etwas schief in seinem silbernen Rahmen. »Heute war es absolut hektisch. Kaum war Klaus da, kam Unteroffizier Knobloch.«

»Den wollte ich eigentlich hier treffen«, sagte Maria. »Ist er schon wieder weg? Wir bereiten gerade Dietrichs Flucht aus Deutschland vor, mit einem gefälschten Pass.« Die Heimlichkeit, mit der alles geschehen musste, schlug ihr auf den Magen.

Ursula nickte knapp. »Klaus fand, dass Dietrich das mit der Gestapo sofort erfahren muss.« Ihre Hände klammerten sich an das verschlissene Tuch, das um ihre Schultern lag. »Knobloch ist zurück nach Tegel, um Dietrich die Sache zu melden.«

Maria fühlte sich, als ob jemand ihr die Kehle zudrücken wollte. »Warum hat er das gemacht? Wir müssen handeln, jetzt erst recht. Wir können uns kein Abwarten mehr leisten.« Der Sand in ihrer Sanduhr rieselte unerbittlich nach unten. Wenn sie Dietrich nicht noch heute aus Tegel herausholten, konnte es zu spät sein.

Ursula presste die Lippen zusammen. »Jetzt müssen wir uns erst mal um Klaus kümmern.« Sie führte Maria ins Esszimmer. »Komm mit. Du musst mir helfen, dass er Vernunft annimmt.«

»Vernunft?«

Ursulas Augen bohrten sich in Marias, halb panisch, halb entschlossen. »Er will sich umbringen.«

Maria keuchte auf. »Umbringen? Warum?«

Eine dumme Frage, hingeworfen, ohne zu überlegen. Warum hatte Onkel Henning diesen Weg gewählt und andere auch? In die Hände der Gestapo zu fallen, das bedeutete Folter – Dinge, die sich ein normaler Mensch nicht vorstellen konnte. Dinge, die kein normaler Mensch aushielt. Die Gestapo wollte Namen hören, Informationen bekommen. Sie war nicht so gnädig, dem Häftling einfach eine Kugel in den Kopf zu jagen. Erst fügte sie ihm unsägliche Schmerzen zu, damit er zusammenbrach und gestand. Um nicht das Risiko einzugehen, in der Folter andere zu verraten, hatten schon etliche den Freitod gewählt. Aber Dietrichs Bruder – das durfte nicht sein …

Ursula drückte mit ihrer knochigen Hand Marias Schulter. »Du musst mir helfen, Maria«, flüsterte sie verzweifelt.

Maria nickte. »Gut.«

Ihre Schritte hallten durch das zu stille Haus.

Klaus saß am Esszimmertisch, die Ellbogen aufgestützt, daneben eine leere Tasse. Das graue Licht ließ müde Schatten auf sein Gesicht fallen. »Hallo, Maria.« Sein Lächeln wirkte beinahe galant.

»Klaus.« Maria lächelte zurück.

»Ich habe Maria alles gesagt.« Ursula ließ sich auf einen Stuhl sinken.

»Klaus, lass das sein!« Maria stützte sich mit den Händen auf den Tisch und schaute sich kurz um. Hatten die Gestapo-Leute Klaus gesehen und waren ihm gefolgt? Stiegen sie womöglich gerade aus ihren schwarzen Wagen, Dienstwaffen schussbereit, und marschierten in ihren Stiefeln auf das Haus zu, wie finstere Dämonen, die die Erde durchstreiften auf der Suche nach der nächsten Beute? »Du weißt doch gar nicht, was die überhaupt machen werden.«

Klaus schnaubte verächtlich. »Und ob ich das weiß. Die haben das Dossier garantiert dem Führer selber gezeigt, und der wird nicht ruhen, bis er auch den Letzten von uns erledigt hat. Der einzige Grund, warum die uns nicht kurzerhand alle erschossen und in ein Massengrab geschmissen haben, ist doch, dass sie zuerst so viele Informationen wie möglich aus uns rausholen wollen, mit allen Mitteln.«

»Aber was ist, wenn es noch eine Chance gibt?« Ursulas Stimme war leise, aber der Ausdruck ihrer Augen schrie lauter, als Worte es vermocht hätten. »Vielleicht verhaften die dich gar nicht. Vielleicht war das Auto gar nicht von der Gestapo und …«

»Mach dir nichts vor. Das *war* ein Gestapo-Wagen.«

»Können wir ihm nicht zur Flucht verhelfen?«, schaltete Maria sich ein.

»Heute Abend noch?« Klaus schüttelte den Kopf. »Wir können von Glück sagen, wenn ihr Dietrich rauskriegt. Ich weiß, was Sache ist. Ich komme aus diesem Land nicht raus. Entweder ich lass mich von denen verhaften oder … oder ich schlucke Zyankali.« Sein Gesicht wurde blass, dass seine dunklen Augen noch markanter erschienen. Die Ähnlichkeit zwischen ihm und Dietrich war nicht sehr groß, aber sie hatten das gleiche Kinn, die gleiche breite Stirn und die gleichen blauen Augen. Dietrich war nicht da, um seinen Bruder zur Vernunft zu bringen.

Aber Maria war da. »Denk doch mal an Emmi und die Kinder! Was würden die sagen, wenn sie dich hier hören könnten?« Sie versuchte, ihre Stimme energisch zu halten. Er war drauf und dran, aufzugeben, seine Drohung wahrzumachen und sich in einem der Zimmer im Obergeschoss das Leben zu nehmen. Das durfte, das würde sie nicht zulassen.

»Emmi und die Kinder sind als Bombenevakuierte auf dem Land, die kann ich nicht erreichen.« Klaus' Schultern sackten zusammen, er drückte die Finger auf seine Augen. Mit seinen hängenden Schultern und dem fahlen Gesicht sah er plötzlich älter aus als sein Vater.

Dieser Krieg brachte es fertig, den Stärksten in einen Greis zu verwandeln.

Maria ging um den Tisch herum, kniete sich vor ihn und legte beide Hände auf seine breiten Schultern. Er hielt den Kopf gesenkt.

»Klaus, hör mich an. Denk an deine Kinder! Was würden sie sagen, wenn sie hören könnten, wie du gerade redest?«

»Findest du nicht, dass du es ihnen schuldig bist, wenigstens einen Versuch zu machen, weiterzuleben?« Ursulas Ton war jetzt flehend.

Die Uhr am anderen Ende des Raumes tickte vor sich hin – das nächste Zeichen, dass die Zeit ihnen davonlief.

Klaus sah auf. In seinen Augen stand die nackte Verzweiflung, aber auch Unschlüssigkeit. Er schluckte heftig, dass sein Adamsapfel hüpfte, dann atmete er tief und lang aus. »Weißt du, Maria, ich habe nie Dietrichs Glauben gehabt. Als ich damals hörte, dass er Theologie studieren wollte, hab ich mich darüber lustig gemacht. Er hat all die Jahre nie versucht, mir seinen Glauben aufzuzwingen, aber er hat ihn auch nicht verheimlicht. Vielleicht sollte ich jetzt mal neu über all das nachdenken, was er mir gesagt hat. Ich meine, wenn nicht jetzt, wann dann?« Er lachte kurz. »Also gut, Ursula, ich tu's nicht. Ich mach mir so oder so keine Illusionen, dass ich am Leben bleibe, aber wenn ich mich verhaften lasse – na ja, vielleicht sehe ich dann, wie weit meine Kräfte reichen.«

»Du weißt nicht, wie sie dich behandeln werden«, flüsterte Maria. »Die foltern nicht jeden.«

»Vielleicht.« Klaus starrte auf seine gefalteten Hände.

»Ich mach dir jetzt was zu essen.« Ursula erhob sich. »Und ausruhen solltest du dich heute Abend.«

Klaus nickte stumm. Maria folgte Ursula in die Küche, die sauber und aufgeräumt war. Sie öffnete den Schrank. Als sie sich wieder umdrehte, sah Maria, dass Ursulas Augen feucht waren.

»Hab ich das gerade richtig gemacht?« Ursula stellte die kleine Tüte mit dem Mehl auf den Tisch. »Sag mir, Maria, hab ich das richtig gemacht?« Die Worte waren ein Flehen um Bestätigung. Aber Maria konnte ihr nur die Wahrheit bieten. Falsche Sicherheit war eine Lüge, an die sie beide nicht mehr glaubten. Eine Lüge für die Welt der Märchen, aber nicht für die der Albträume.

Sie presste ihre Lippen zusammen. Es war die Frage, die sie alle sich stellten. Machten sie es richtig? Wie konnte ein Mensch sich sicher sein in einer Welt der Entscheidungen, bei denen man eigentlich keine Wahl hatte? Was blieb ihnen anderes übrig, als sich mit ihren Entscheidungen auf die Gnade Gottes zu werfen? Allein das konnte sie vor dem Fallen bewahren.

»Du hast das getan, was du für das Richtige gehalten hast.« Maria legte ihre Hand fest auf Ursulas Schulter. »Und das ist das Wichtigste.«

Sechsunddreißig

1. Oktober 1944
Gefängnis Tegel

Ein Flüstern konnte lauter sein als ein Schrei.

»Sie haben Klaus verhaftet.« Wegen des Dossiers in den Abwehr-Archiven in Zossen. Hans hatte darauf gedrängt, diese Akten zu vernichten, aber Oster war dagegen gewesen. Und jetzt waren sie in die Hände derer gefallen, die entschlossen waren, die Verschwörung bis zum Allerletzten auszuradieren.

Knobloch nickte und verlagerte seine Sitzposition auf Dietrichs Pritsche. In seinen Augen stand eine schlaflose Nacht geschrieben. Und Sorgen. Viele Sorgen. »Und Frau Schleicher sagt, sie haben wenig Hoffnung, dass Rüdiger noch lange auf freiem Fuß bleibt. Wir müssen Sie hier rauskriegen, Herr Pastor. Heute noch.«

Dietrich holte tief Luft. »Nein«, sagte er leise und schüttelte den Kopf.

»Was soll das heißen – nein? Sind Sie verrückt? Ist Ihnen nicht klar, was das bedeutet? Wo die Sie hinbringen, dagegen ist Tegel die reinste Sommerfrische. Die …«

Dietrich stoppte Knoblochs Redefluss mit einer Handbewegung. »Das weiß ich alles. Aber ich kann nicht hier weg. Sie würden Klaus bedrängen, ihnen zu sagen, wo ich bin.« Er nahm seine Brille ab und fuhr sich mit der anderen Hand über die Augen. »Und sie würden meine Mutter, meinen Vater und Maria einkassieren. Wenn die den Eindruck haben, jemand hat sie ausgetrickst, sind sie zu allem fähig. Das kann ich nicht riskieren.«

Knobloch seufzte auf wie jemand, der etwas erkennt, aber nicht wahrhaben will.

Dietrich fuhr fort: »Bitte entschuldigen Sie, mein Freund. Sie haben sich solche Mühe gegeben … Sie waren sogar bereit, mit mir zu gehen.« Knobloch hatte eine Treue und Loyalität bewiesen, die Dietrich hinter Gefängnismauern nie erwartet hätte. Buchstäblich unter Einsatz seines eigenen Lebens hatte er Briefe geschmuggelt, ja sogar Dietrichs Flucht geplant.

»Um mich geht es hier überhaupt nicht«, erwiderte Knobloch scharf. »Ich will Sie zur Vernunft bringen, das ist alles.«

Dietrich schüttelte den Kopf. »Tut mir leid, es geht nicht anders.« Er trat an seinen kleinen Schreibtisch, nahm das Losungsbuch zur Hand, das ganz oben auf dem Bücherstapel lag, und reichte es Knobloch. Es war vielleicht die letzte Freundschaftsgeste, die ihm möglich war gegenüber dem Mann, der in den letzten achtzehn Monaten im Gefängnis Tegel so viel für ihn getan hatte. »Es ist nicht viel. Aber die Losungen sind mir immer ein Trost gewesen. Ich würde mich freuen, wenn ich wüsste, dass Sie sie lesen … wenn ich dann weg bin.«

»Danke. Das werde ich tun.« Knobloch nahm das Buch entgegen und stand auf. An der Tür blieb er noch einmal stehen, die eine Hand auf der Klinke, die Mütze etwas schief auf seinem kurz geschnittenen Haar. Einen langen Augenblick musterte er Dietrich, auf den Lippen ein resigniertes Lächeln. Er schüttelte den Kopf, seine Augen plötzlich feucht, obwohl er das nie zugegeben hätte. »Verdammt, Herr Pastor! Sie sind … So jemand wie Sie ist mir noch nie im Leben begegnet.«

»Auf Wiedersehen, mein Freund.« Dietrich lächelte noch immer, als Knobloch die Zellentür von außen zuschloss und sich seine hallenden Schritte auf dem Gang entfernten.

Dann sank er auf seine Pritsche und starrte auf seine leeren Hände.

Was jetzt? Noch hatte die Entdeckung in Zossen nichts an seiner Lage geändert. Noch ließ man ihn in Frieden, noch schien niemand sich wirklich für seinen Fall zu interessieren. Aber das würde nicht mehr lange so bleiben.

War er bereit für das, was jetzt auf ihn wartete?

Er hatte dies alles nicht gewollt, als er sich der Verschwörung anschloss, und hatte es bestimmt nicht darauf angelegt, ins Gefängnis zu kommen. Aber er hatte die Risiken gekannt. Er war vorbereitet gewesen. – Wirklich?

»Ich bin nur ein Mensch, Gott«, flüsterte er in die Stille hinein. »Alle halten mich für eine Art Heiligen, aber ich bin nur ein Mensch, wie jeder andere. Ich will leben. Und Maria heiraten und unsere Kinder in den Armen halten. Ich will das Leben. Aber es soll nicht sein. Ich bin nicht dumm. Ich weiß, was die Nazis mit mir machen werden.« Er sah zum Fenster hinauf. Dahinter lag die Freiheit, die er ausgeschlagen hatte. Das Sonnenlicht strömte verlockend durch das verdreckte Glas. Zum ersten Mal im Leben machte es ihm das Herz schwer.

Was blieb ihm jetzt noch übrig, als auf das Ende zu warten, wann und wie es auch kommen mochte?

»Sag es mir, Herr.« Seine Worte hallten von den vier Wänden seiner einsamen Zelle wider. »Was bleibt mir jetzt?«

Doch er kannte die Antwort schon. Sie stand ihm wieder klar vor Augen, und wenn sie seinen Schmerz auch nicht besiegte, durchdrang sie ihn wenigstens. Hatte er sie nicht selbst gepredigt und darüber geschrieben?

Was er schon immer gehabt hatte, das hatte er nach wie vor – Hoffnung. Nicht Hoffnung auf die zerbrechliche Welt, sondern auf die unwandelbare Treue Gottes. Und bis das Ende kam – ob Gott es ihm für morgen bestimmt hatte oder erst in vierzig Jahren –, würde er weiterleben, ohne Wenn und Aber. Würde er nicht sein eigenes Leiden ernst nehmen, sondern das Leiden Gottes in der Welt. Würde er alle Versuche aufgeben, etwas aus sich und seinem Leben zu machen, in dem festen Wissen, dass Christus sein Leben war und Sterben sein Gewinn. Würde er sich Gott zu Füßen werfen und damit all die Pflichten, Probleme, Niederlagen, Freuden und Wirrnisse des Lebens ergreifen.

Das war Glaube. *Das* hatte Bestand, wenn alles andere wankte und fiel.

Der Weg, den er eingeschlagen hatte, war nicht leicht gewesen, aber es war der richtige. Hätte er den Auftrag Gottes, die Stimme gegen das Böse zu erheben, ignoriert und es sich im Lehnstuhl gutbürgerlicher Frömmigkeit bequem gemacht, er wäre nie zum Kreuz gekommen. Nur über den Weg, den er gegangen war, hatte er dieses Geschenk bekommen. Und es war wahrlich ein Geschenk, auch wenn er jetzt in einem Militärgefängnis in seiner Zelle saß und auf sein Los wartete.

Aber dieses Los war ja längst entschieden. Seine letzten Stunden waren längst von Gott festgelegt.

Das war die Antwort auf seine Frage. »Alles.« Ein Lächeln glitt über seine Lippen. »Mir bleibt alles.«

* * *

4. Oktober 1944
Berlin

Es regnete, eine Sinfonie der Tränen, als sie Rüdiger holten.

Maria stand auf dem Bürgersteig, ihre Hand auf Ursulas Arm, und sah zu, wie der schwarze Gestapo-Mercedes fortfuhr. In Ursulas Gesicht stand die bittere Verzweiflung geschrieben.

Schweigend stiegen die beiden Frauen die wenigen Stufen zum Schleicher'schen Haus hoch; nur das leise Rauschen des Regens war zu hören.

Auf der obersten Stufe blieb Maria stehen und schaute hinaus auf die Straße, während Ursula die Tür hinter sich schloss. Ihre müden Schritte entfernten sich durch den Flur. Hans. Klaus. Rüdiger. Dietrich.

Was würde aus ihnen werden?

Eigentlich hätte Maria mit ins Haus gehen und sich um ihre Schwägerin kümmern sollen, aber Renate war schon da, und Marias eigene Gedanken verlangten nach Stille und Alleinsein. Sie zog den Pullover fester um ihre Brust und begann, die Straße hinunterzugehen, vorbei an einem ausgebombten Haus, dessen schwarz verkohlte Balken und bröckelnde Wände stumme Zeugen einer Verwüstung waren, der nur wenige entgingen. Der Wind zauste an den Haarsträhnen, die nicht unter ihrem Kopftuch lagen, und ließ sie um ihr Gesicht wehen. Der Regen durchnässte sie, aber es war ihr egal.

Bilder tanzten ihr durch den Kopf. Der Gartenspaziergang mit Dietrich an jenem lauen Sommerabend. Das Lachen in seinen blauen Augen, während seine Finger dem Klavier ihrer Großmutter amerikanische Melodien entlockten. Seine gütigen Augen im Krankenhaus, Balsam für ihr vom Tod ihres Vaters wundes Herz. Güte war schon immer das Markenzeichen dieses Mannes gewesen. In jedem seiner Briefe, wenn er seine eigenen Probleme klein machte und versuchte, ihr in ihren zu helfen. Oder wenn sie vor den Augen des Wärters Hand in Hand auf der Bank in der Besuchszelle saßen. Er hatte ihre Hände wie ein Verhungernder gehalten, als wollte er dieses Gefühl, sie zu spüren, tief in sein Herz einprägen. Güte in jedem der Küsse, die sie ausgetauscht hatten und die sie wie einen Schatz für immer in ihrer Erinnerung bewahren würde.

Die Tränen flossen ihr die Wangen hinunter und gaben ihrem stummen Schmerz eine Stimme.

Sie brauchte ihn. Heil und unversehrt an ihrer Seite.

Und jetzt erhob eine bedrohliche Vorstellung ihr hässliches Haupt – es würde vielleicht nie dazu kommen. Knobloch hatte ihr mitgeteilt, dass Dietrich sich gegen die Flucht entschieden hatte. Das Risiko für seine Lieben war ihm zu groß gewesen, hatte der Wärter gesagt. Maria hätte am liebsten laut geschrien: *Geh dieses Risiko ein! Tu es für mich!* Aber Knobloch hatte keinen Zweifel gelassen: Dietrich hatte beschlossen, in Tegel zu bleiben, egal, was kommen würde. Nein, niemand konnte ihn umstimmen, nicht einmal sie.

Warum, Gott? Habe ich nicht schon genug verloren? Wirst du ihn mir nicht zurückgeben?

Sie schaute durch ihre Tränen in den schiefergrauen Himmel hinauf. Wie sehr sie ihn liebte, mit jeder Faser ihrer brennenden Seele. Aber sie würde ihn nur dann weiterlieben können, wenn sie bereit war, ihn loszulassen.

Dietrich gehörte nicht ihr. Er hatte ihr nie gehört, so wenig sie ihn loslassen wollte nach jedem schmerzenden Auf Wiedersehen. Er gehörte Gott. Gott hatte es ihr eine Zeit lang vergönnt, an seinem Leben teilzuhaben. Seine Zukunft lag nicht bei ihr, sondern bei Gott.

Sie wehrte sich dagegen. Einmal hatte Dietrich ihr geschrieben, es sei leicht, *Herr* zu sagen, aber furchtbar schwer, von ganzem Herzen *lieber Herr* zu sagen. Nie hatte sie dies stärker gespürt als jetzt.

Ein junger Mann kam auf seinem Fahrrad vorbei, dass das Wasser aus den Pfützen aufspritzte. Sie ging weiter durch die Straßen, ziellos wie das Durcheinander in ihrer Seele.

Konnte sie Gott vertrauen, dass er es recht machte mit Dietrichs Leben? Und mit ihrem eigenen? Konnte sie glauben, dass er einen Plan hatte, der viel größer war, als das menschliche Herz es sich vorstellen konnte?

»Aus meiner eigenen Kraft schaffe ich das nicht. Aber wenn du mir hilfst, dann … kann ich es versuchen«, flüsterte sie und spürte, wie sich eine winzige Flamme in ihrem Herzen entzündete. War es Vertrauen? Vielleicht.

Gott hatte einen Plan für Dietrich Bonhoeffer. Ob sie nun zu Dietrichs Zukunft gehörte oder nicht, sie hatte das Vorrecht gehabt, ein Stück seiner Gegenwart mit ihm zu teilen. Ein bemerkenswerter Mann, wie man ihn nur einmal im Leben kennenlernte. Ein Mensch, der anderen so viel gegeben hatte.

Und auch ihr.

Was immer die Zukunft bringen würde, sie würde diese von ihrer Liebe zu ihm erfüllte Zeit gegen nichts eintauschen.

Aber halt! Es gab noch etwas zu tun! Sie musste ihn noch einmal in Tegel besuchen. Während sie seine Flucht vorbereiteten, hatte sie sich nicht um eine Besuchserlaubnis bemüht. Jetzt war das anders.

Sie war vielleicht nicht immer die Verlobte gewesen, die sie hatte sein wollen, aber sie konnte ihm eine Erinnerung schenken, die er als bleibenden Schatz in seinem Herzen bewahren konnte.

Maria machte kehrt und nahm wieder Kurs auf das Haus der Schleichers, mit jedem Schritt entschlossener. Sie war kalt durchnässt vom Regen, der mittlerweile aufgehört hatte. Doch ihre Entschlossenheit wärmte sie mehr, als die Strahlen der Sonne es vermocht hätten.

Hatte sie ihm nicht einmal versprochen, ihm das Tanzen beizubringen? Und sich vorgestellt, wie sie als Paar in ihrer kleinen Wohnung zu den Klängen des Grammofons durchs Wohnzimmer glitten? Er würde aus dem Takt kommen und über seine Ungeschicklichkeit lachen, und sie würde mit ihm lachen. Und dann würden sie sich küssen, lange und leidenschaftlich und endlich vereint.

Es war ein Traum, der ihr in so manchem Augenblick der Sehnsucht und des Trennungsschmerzes Kraft gegeben hatte.

Aber die Zukunft war nicht garantiert, die Freiheit nicht gewiss.

Und es gab keinen besseren Augenblick als die Gegenwart, um Dietrich zu zeigen, wie völlig ihr Herz ihm gehörte.

Siebenunddreißig

6. Oktober 1944
Gefängnis Tegel

Harre des Herrn! Sei getrost und unverzagt und harre des Herrn![30]

»Amen, so soll es mit mir sein, Herr.« Mit einem friedlichen Seufzer blätterte Dietrich die nächste Seite in seiner Bibel auf. Dabei fiel der vordere Buchdeckel nach unten und ein schon halb verblichenes Foto, die Ränder zerknittert von den vielen Malen, die er es schon in Händen gehalten hatte, segelte auf die Pritsche. Als er es aufhob, trat ein versonnenes Lächeln auf seine Lippen.

»Meine geliebte Maria.« Er fuhr mit dem Finger über das Haar der Foto-Maria. Seine Brust zog sich zusammen. »Was würde ich nicht dafür geben, dein Gesicht wiedersehen zu können! Und dein wunderbares Lachen zu hören. Hab ich dir eigentlich in letzter Zeit gesagt, wie sehr ich dich liebe, mein Schatz? Hab ich das, Maria?«

Das Schweigen der Zelle war die einzige Antwort. Er schob das Bild zurück an seinen Platz ganz vorne in der Bibel und klappte sie zu. Wenn er es noch länger betrachtete, würde er den Verstand verlieren.

Sehnsucht. Man konnte sie nur in Maßen ertragen.

Er stand auf und begann sein tägliches Fitnessprogramm: in der Zelle auf und ab gehen. Ob er gerade Lust hatte oder nicht, er zwang sich dazu, pro Tag umgerechnet zwei Kilometer zu schaffen. Auf und ab. Ein Schritt, zwei, drei … Den Blick nach vorne gerichtet, auf die grauen Wände der Zelle.

Er stellte sich etwas Schöneres vor. Eine Wiese in Pommern. Das würzige Aroma von Kiefern. Bunte Blumen. Einen leichten Sommerwind. Und an seinem Arm ein Mädchen mit einem Lächeln, das noch schöner war als all das andere, und mit Rosen in seinem windzerzausten Haar. Auf und ab. In gleichmäßigem Takt.

Wie hatte er sich gewöhnt an die Gesellschaft seiner Gedanken. Wie leicht konnten sie ihn in die Irre führen, wenn er nicht aufpasste. Heute ließ er sie wandern, wohin sie wollten, stellte sich vor, was Eberhard wohl gerade machte, fragte sich, wie es Renate und dem kleinen Dietrich ging; er musste schon wieder größer geworden sein, sein Patenkind. Er dachte an seine Eltern und an Hans und Christel und betete für sie. Auch wenn er ihre Gesichter nicht sehen konnte, sie waren an seiner Seite in seinem Gefängnisalltag. Er war wunderbar geborgen von guten Mächten.

Ein plötzliches Quietschen. Der Riegel an seiner Zellentür bewegte sich.

Dietrich blieb stehen, die Augen auf die Tür gerichtet, und wartete.

In der Türöffnung erschien ein neuer Wärter; sein Gesicht war streng für einen so jungen Mann. »Gefangener Bonhoeffer …«

»Ja?« War dies das Ende? Er schickte ein stummes Dankgebet zum Himmel, dass keine Angst ihm in die Kehle schoss.

»Sie haben Besuch.«

Besuch? Wer mochte das sein? Aber ein Häftling stellte keine Fragen, jedenfalls nicht bei diesem Wärter. Dietrich nahm seine Jacke, schlüpfte hinein und folgte dem jungen Mann nach draußen. Lieber nicht zu viel hoffen!

Ihre Schritte hallten durch den Gang, vorbei an den Zellentüren. Manche Zellen waren leer, andere besetzt. Hier waren Menschen, hier spielten sich Geschichten ab. Geschichten des Mutes, Geschichten der Feigheit. Wer würde sie erzählen? Geschichten des Lebens … und des Todes.

Der Wärter lief mit raschen Schritten. Jetzt ging es die Treppe hinunter.

Mach dich nicht lächerlich. Hoffe lieber nicht! Selbst bei ihm hatte die Belastbarkeit, was Enttäuschungen anging, ihre Grenzen.

Die Tür zur Besuchszelle stand halb offen. Dietrich versuchte, über die Schulter des Wärters zu schielen.

»Gehen Sie rein.« Der Wärter deutete mit dem Kopf auf die Tür, aber machte keine Anstalten, in den Raum zu gehen.

»Gehen Sie nicht mit rein?«

Der junge Mann schüttelte den Kopf. »Order vom Hauptmann. Sie werden mit dieser Person allein sein.«

Dietrich trat zur Tür. Halb war er neugierig, halb verwirrt. Seit der Hinrichtung seines Onkels war seine Bewachung strenger geworden. Was war das für ein Mensch, der mit ihm in der Besuchszelle allein sein durfte?

Eine schmächtige Gestalt stand vor dem Fenster und sah hinaus. Ihr Haar fiel ihr in losen Wellen über die Schultern, ihr Gesicht war zum Himmel erhoben.

Maria. Meine Maria. Sein Herz begann zu pochen.

Jetzt drehte sie sich um. Sie trug einen roten Mantel. Neben ihr, auf dem Tisch, war ein größerer Gegenstand, der von einem Tuch verhüllt war. Sie lächelte, ihre weichen Augen leuchteten.

Der Wärter schloss die Tür hinter ihnen.

Was für ein Augenblick! Allein, zum ersten Mal seit ihrer Verlobung. Wirklich und wahrhaftig allein. Er betrachtete sie. Ihr schönes Gesicht, die tiefblauen Augen. »Das versteh ich nicht. Wie hast du das hingekriegt?« Er wusste nicht, wie er einen sinnvollen Satz formulieren, einen klaren Gedanken fassen sollte.

»Es hat halt geklappt.« Sie trat zu ihm, fasste ihn an beiden Händen und schaute auf in sein Gesicht. »Ich hab gedacht, es ist höchste Zeit, dass mein Verlobter und ich mal ohne Anstandswauwau zusammen sind. Findest du nicht auch?« Sie lächelte ihn an und er sah in ihren funkelnden Augen wieder eine Spur von dem munteren Mädchen, das ihn im Haus ihrer Großmutter so in seinen Bann gezogen hatte. »Sie haben uns eine Stunde versprochen«, flüsterte sie.

»Wie geht es unseren Lieben?«

Ihre Lippen wurden zu einem Strich. »Vorgestern ist Rüdiger verhaftet worden. Er und Klaus sind im selben Gefängnis.«

Dietrich seufzte auf. Das Herz tat ihm weh für Emmi und Ursula. Was würden sie wegen ihrer Männer durchmachen müssen! Und sein Bruder und sein Schwager. Sie saßen jetzt in Gefängnissen, die viel schlimmer waren als Tegel. »Und meinen Eltern?«

»Denen geht's gut. Sie machen sich natürlich Sorgen, aber sie lassen sich nicht unterkriegen.«

»Neuigkeiten von Hans?«

Maria schüttelte den Kopf. »Christel setzt alle Hebel in Bewegung, ihn zu besuchen, bis jetzt leider ohne Erfolg. Aber uns geht es gut.«

»Auch Eberhard und Renate?«

Sie nickte. »Du solltest den kleinen Dietrich mal sehen. Er ist ein richtiger Sonnenschein, wächst und wächst und macht uns viel Freude.« Sie legte ihre Finger um seine Hand. »Wie sein großer Namensvetter.«

Er küsste sie, genoss das Wunder ihrer Berührung, die Weichheit ihrer Haut, die Süße ihres Duftes. Ihre Lippen auf seinen – so war es richtig. »Ich wollte, ich könnte dich hier und jetzt heiraten.« Seine Hand lag auf ihrer Wange. Sie waren zusammengewachsen in den letzten achtzehn Monaten. Vielleicht nicht so, wie sie es sich damals gewünscht hatten, aber sie waren beide stärker geworden, reifer. Sie war nicht mehr das Mädchen vom Lande, das sein Herz hatte schneller schlagen lassen, sondern eine tapfere, fähige junge Frau. Er liebte sie beide, die Frau und das Mädchen.

»Ja, das wollte ich auch.« Sie lachte unsicher. Doch diese Stunde war zu kostbar, um sie mit unerfüllbaren Wünschen zu verbringen. Alles, was sie hatten, war die Wirklichkeit. »Aber ich hab was anderes vor für unsere Stunde zusammen.« Sie trat an den Tisch und zog schwungvoll die Decke von dem Gegenstand weg.

»Mein Grammofon?«

Sie nickte. »Weißt du noch, wie ich dir versprochen hab, dir Tanzunterricht zu geben?«

»Wenn wir verheiratet sind.« Er schaute zu, wie sie eine Platte auf den Teller legte.

»Wenn nicht jetzt, wann dann?« Sie legte den Kopf zur Seite.

Was war der Glaube, wenn nicht ein Ergreifen des Lebens in seiner ganzen Fülle – seiner Freuden und Leiden, seiner Lasten und Segnungen? Mutig das in die Hand nehmen, was da war, anstatt Angst vor dem zu haben, was kommen konnte. Die Hoffnung auf die Zukunft war zu schwach, um festen Grund unter die Füße zu geben. Sicher war nur das, was sie in diesem Augenblick waren und hatten. Dass sie zusammen waren.

»Also gut.« Er streckte die Hand aus, während sie die Nadel auf die Platte setzte. »Maria von Wedemeyer, darf ich Sie um den nächsten Tanz bitten?«

Sie nickte und legte ihre Hand in seine. Aus dem Grammofon kam eine leise, sanfte Melodie.

»Ich habe noch nie im Leben getanzt.« Er legte die eine Hand um ihre Taille und nahm mit der anderen ihre Hand. »Wahrscheinlich habe ich zwei linke Füße.«

»Unsinn«, sagte sie leise. »Das ist ganz einfach. Eins, zwei, drei, und dann wieder von vorne. Eins, zwei, drei – das war's schon.« Sie sah zu ihm auf und lächelte.

Er hatte keinerlei Ahnung vom Tanzen, aber wie oft hatte er nicht schon geträumt von einem Augenblick wie diesem – dass er sie in den Armen halten konnte. Er kam aus dem Takt.

Sie lachte. »Du machst das gut.«

Er grinste. »Wie lieb du das sagst.«

Sie bewegten sich näher zueinander. Maria legte den Kopf an seine Brust. Langsam drehten sie sich in der kleinen Zelle im Kreis, vergaßen alles um sich herum, lauschten auf die Musik, die weich und knisternd aus dem Lautsprecher kam.

Er musste ihr etwas sagen – etwas, das sie unbedingt hören musste. Er fing an; die Worte kamen zögerlich. »Wenn wir beide zusammen waren, ist es mir immer … schwergefallen, dir alles zu sagen, was ich auf dem Herzen hatte. Ich bin ein schüchterner Mann, Maria, und wenn jemand anders dabei war, habe ich es nicht geschafft, dir zu sagen, dass …«

Sie sah zu ihm hoch. »Was hast du mir nicht gesagt?«

Er schluckte heftig. »Ich habe jedes Wort in diesem Gedicht, das ich geschrieben habe, wirklich so gemeint. Ich liebe dich so, wie ich noch nie jemanden in dieser Welt geliebt habe, und ich werde dich weiterlieben, bis zu meinem letzten Atemzug. Du bist mir in dieser finsteren Höhle ein Licht gewesen, und dafür … dafür bin ich dir ewig dankbar. Ich konnte dir so wenig geben, aber wenn meine ewige Liebe irgendetwas wert ist, dann nimm sie, sie gehört dir. Du sollst wissen: Was auch kommt, meine Liebe wird immer … dir gehören.«

Sie stand still, schien seine Worte aufzusaugen. »Was für eine Verlobungszeit haben wir gehabt!« Sie lächelte ihn durch Tränen hindurch an.

Auch seine eigenen Augen brannten. Er blinzelte die Tränen weg.

»Du bist auch nie ein gewöhnlicher Mann gewesen.«

»Aber jemand Besonderes bin ich auch nicht, Maria.« Er seufzte. »Überhaupt nicht.«

»O, das stimmt aber nicht.« Sie packte seine Hände. »Für mich bist du immer jemand ganz Besonderes gewesen.«

Er küsste sie wieder. Sie hätten sich noch hunderttausend Dinge zu sagen gehabt, aber sie verblassten und traten in den Hintergrund. Das Herz brauchte nicht immer Worte, um sich auszudrücken. Mit diesem Kuss sagte er ihr alles.

Ein Klopfen an der Tür ließ sie zusammenfahren und sich aus der Umarmung lösen. Die Tür öffnete sich.

»Entschuldigen Sie, Fräulein, aber die Zeit ist um.«

Maria nickte. Dann drehte sie sich zurück zu Dietrich und nahm sein Gesicht in beide Hände. Sie schloss die Augen, als wolle sie sich ihn für immer in ihr Gedächtnis einprägen.

Er zog sie in seine Arme, hielt sie fest, ganz fest, als könne dieses Festhalten sie eins machen, weit über diesen Augenblick hinaus. Den Wärter nahm er kaum wahr; er sah nur sie und küsste sie noch einmal, zart und innig. Schuf Erinnerungen, die ausreichten, um die Leere der Trennung zu füllen.

»Ich liebe dich.« Er brachte es nicht fertig, »Auf Wiedersehen« zu sagen.

Der Wärter hob das Grammofon vom Tisch. Die Hände bewegungslos herabhängend, schaute Dietrich zu, wie Maria sich umdrehte und zur Tür ging. Das Gesicht seiner Mutter trat vor sein inneres Auge, wie sie den Bahnsteig entlanggerannt war, neben dem anfahrenden Zug, der seinen Bruder Walter in einen Krieg brachte, von dem er nicht mehr zurückkommen sollte. Er hörte wieder die Worte, die sie damals gerufen hatte, während Maria sich mit jedem Schritt weiter von ihm entfernte.

Sie schaute kurz über die Schulter zurück, ihre Blicke trafen sich ein letztes Mal. Er lächelte. Sie ging, aber innerlich hielt er sie weiter in den Armen. Sie würde immer bei ihm sein, tief in seinem Herzen, egal welches Schicksal die Zukunft ihrer irdischen Liebe bescherte.

Dann sah er sie nicht mehr; die Tür der Zelle schloss sich. Er flüsterte in die plötzliche Stille hinein: »Vergiss es nie: Es ist nur der Raum, der uns voneinander trennt.«

Nachwort der Autorin

Vielen ist der Name Dietrich Bonhoeffer ein Begriff, aber nicht alle haben auch von Maria von Wedemeyer gehört – der großen Liebe seines Lebens, der Verlobten, deren Briefe und Besuche ihm in den langen Monaten der Haft eine Quelle der Hoffnung waren. Es ist mein ernstes Gebet, dass ich in diesem Buch ihrer Geschichte die Anerkennung gezollt habe, die sie verdient.

Fast alles in diesem Roman hat sich tatsächlich ereignet – von Dietrichs und Marias erster Begegnung im Juni 1942 im Haus ihrer Großmutter in Pommern über Dietrichs und Hans von Dohnanyis Reisen nach Schweden und Rom, um die britische Regierung von der Verschwörung zu unterrichten, den Tod von Marias Vater und Bruder, die Versuche ihrer Großmutter, sich als Ehevermittlerin zu betätigen, und die Bedenken ihrer Mutter gegen eine Verlobung bis hin zu den Attentatsversuchen gegen Hitler im März 1943, der Verhaftung von Dietrich und Hans am 5. April 1943 und der darauf folgenden Haft mit den Verhören.

Fakten und erzählerische Freiheit miteinander zu verbinden, war eine echte Herausforderung. Ich habe mein Bestes getan, dem treu zu bleiben, was wir im zeitlichen Rahmen dieses Romans über Dietrich und Maria wissen, doch an einigen Stellen habe ich mir gewisse Freiheiten erlaubt. So habe ich zwei von Dietrichs Geschwistern ausgelassen – seinen ältesten Bruder Karl-Friedrich und seine jüngste Schwester Susanne –, da ich schon mehr als genug Personen in der Geschichte unterbringen musste. Auch die Familie Vogel, bei der Maria ihr nationales Pflichtjahr absolvierte, ist erfunden.

Maria hat Dietrich während seiner Haft insgesamt 17-mal besucht. Laut den *Brautbriefen Zelle 92* fand ihr letzter Besuch am 23. August 1944 statt. Ich habe ihr und Dietrich einen zusätzlichen letzten Besuch am 6. Oktober 1944 gegönnt, zwei Tage vor Dietrichs Verlegung in das Gestapo-Gefängnis an der Prinz-Albrecht-Straße, wo er vier Monate einsaß. Während dieser Zeit durfte er Pakete und Briefe in begrenzter Zahl erhalten, jedoch trotz größter Bemühungen seiner Verwandten und Freunde keine Besuche empfangen.

Gestapo-Kommissar Sonderegger war es, der im September 1944 die »Chronik der Schande« in den Archiven der Abwehr in Zossen entdeckte. Sie führte letztlich zur Hinrichtung von Dietrich Bonhoeffer, Hans von Dohnanyi, Admiral Wilhelm Canaris, General Hans Oster, Klaus Bonhoeffer, Rüdiger Schleicher und anderen.

Meiner Darstellung der Gedanken, Dialoge und Handlungen der Protagonisten liegt ein intensives Studium der Briefe von Dietrich Bonhoeffer, Maria von Wedemeyer und anderen Verwandten und Freunden zugrunde; dazu kamen Biografien, Dokumentarfilme und andere Materialien über das Leben in Deutschland während des Zweiten Weltkriegs. Bei den Briefen Bonhoeffers sowie zwei Gedichten in diesem Roman handelt es sich um Originalzitate, die mit freundlicher Genehmigung wiedergegeben werden. In Kapitel 32 habe ich das Gedicht »Vergangenheit« (aus *Widerstand und Ergebung*) in abgekürzter Form aufgenommen; ich empfehle dem Leser, es ganz zu lesen; es ist ein ebenso schönes wie herzbewegendes Zeugnis der Liebe und der Sehnsucht.

Es könnte sein, dass der Leser sich am Ende dieses Romans fragt, was letztlich aus den einzelnen Personen geworden ist. Hier ist ein kurzer Überblick; für weitere Informationen vgl. die Literaturhinweise.

Hans von Dohnanyi: Hans von Dohnanyi erduldete die seelisch wie körperlich sehr strapaziösen Verhöre im KZ Sachsenhausen sowie im Gestapo-Gefängnis in der Prinz-Albrecht-Straße in Berlin, ohne der Gestapo irgendwelche Informationen über die Verschwörung zu verraten. Trotz rigoroser Sicherheitsmaßnahmen gelang es Dietrich, sich in dem berüchtigten Keller in der Prinz-Albrecht-Straße um seinen teilweise gelähmten Schwager zu kümmern. Am 5. April 1945 bekam Hitler die Chronik der Schande zu Gesicht, worauf er in einem Wutausbruch die umgehende Hinrichtung aller in dem Dossier aufgelisteten Widerstandspersonen anordnete. Vor dem »Prozess«, der diesen Namen nicht verdiente, sedierte ein barmherziger Arzt Hans so stark mit Schmerzmitteln, dass er von dem Verfahren kaum etwas mitbekam. Am 9. April wurde er halb bewusstlos auf einer Bahre zur Exekution durch Erhängen getragen. Seine liebe Frau Christel war in den Jahren nach dem Krieg eine Quelle der Kraft für ihre Kinder und alten Eltern. Sie ging keine neue Ehe ein und starb 1965.

Klaus Bonhoeffer und Rüdiger Schleicher: Sie waren von Oktober 1944 bis April 1945 in Gestapo-Haft. Es gibt keine Hinweise, dass Dietrich je gefoltert wurde; Klaus und Rüdiger wurden während der Verhöre brutal geschlagen. Ursula Schleicher machte sich für den Rest ihres Lebens Vorwürfe, dass sie ihren Bruder daran gehindert hatte, rechtzeitig vor seiner Verhaftung den Freitod zu wählen. Am 23. April 1945 wurden Klaus und Rüdiger in einem verlassenen Hof mit Maschinenpistolen erschossen.

Karl und Paula Bonhoeffer: Aufgrund des allgemeinen Chaos nach dem Kriegsende erfuhren die Bonhoeffers erst im Juni 1945 von Klaus' und Rüdigers Tod. Danach hatten sie noch wochenlang die Hoffnung, dass Dietrich noch am Leben wäre und vielleicht zu ihnen zurückkehren würde. Am 26. Juli 1945 hörten sie über einen Freund von einem Gedächtnisgottesdienst für Dietrich, den die BBC am folgenden Tag ausstrahlen werde. Als Karl Bonhoeffer später gefragt wurde, wie er mit dem Tod seiner Söhne und Schwiegersöhne umgehe, antwortete er: »Wir sind traurig, aber auch sehr stolz.« Karl starb 1948, Paula 1951.

Eberhard Bethge: Nach dem Stauffenberg-Attentat von 1944 verhaftet, wurde Bethge mehrere Monate in Berlin gefangen gehalten, bis er Ende April 1945 freikam und zu seiner jungen Familie zurückkehren konnte. Nach dem Krieg zogen die Bethges nach London, wo Eberhard viele Jahre als Pastor einer deutschsprachigen Gemeinde diente. Dem Paar wurden zwei weitere Kinder geboren. Viel von unserem Wissen über Bonhoeffers Leben und Theologie verdanken wir Eberhard und Renate. In den schweren Tagen nach dem gescheiterten Attentat auf Hitler vom 20. Juli 1944 versteckte Renate den Großteil der Korrespondenz ihres Ehemannes mit Dietrich in Gasmaskenbehältern im Garten der Bonhoeffers. Sie wurden später zum Grundstock der »Briefe und Aufzeichnungen aus der Haft« (*Widerstand und Ergebung*). Und was einst ein Scherz gewesen war, wurde Wirklichkeit: Eberhard wurde tatsächlich Dietrichs Biograf. Sein über tausendseitiges Werk gilt nach wie vor als *die* Bonhoeffer-Biografie. Sein ganzes Leben lang arbeitete Eberhard unermüdlich; so gab er Dietrichs unvollendet gebliebene *Ethik* sowie den Briefwechsel zwischen ihm und Dietrich heraus. Er erhielt im Laufe seines Lebens unzählige Briefe, in denen es um Bonhoeffer ging, und beantwortete sie alle. Eberhard Bethge starb am 18. März 2000 im Alter von 90 Jahren, seine Frau Renate am 8. Juli 2019.

Maria von Wedemeyer: Vor ihrem Tod informierte Maria ihre Familie von ihrer Entscheidung, ihre Schwester, Ruth-Alice von Bismarck, mit der Veröffentlichung ihrer Korrespondenz mit Dietrich zu betrauen. *Brautbriefe Zelle 92* wurde in Deutschland 1992 veröffentlicht. Bis auf ein Interview für einen Dokumentarfilm im Fernsehen sowie einen Artikel für den *Quarterly Review* des *Union Theological Seminary* sprach Maria zu ihren Lebzeiten wenig über Dietrich und ihre Beziehung zu ihm. Sie starb am 16. November 1977 nach viermonatigem Kampf gegen ein Krebsleiden im Alter von 53 Jahren.

Dietrich Bonhoeffers irdisches Leben endete am Morgen des 9. April 1945, doch er hat der Welt ein reiches geistiges Erbe hinterlassen. Sein Leben in ganzer Hingabe an Christus und sein Widerstand gegen ein gottloses Regime aus christlicher Verantwortung heraus haben Millionen von Menschen – zu denen auch ich mich zähle – zutiefst bewegt und inspiriert. Er hinterließ Verwandte und eine Verlobte, die tief um ihn trauerten, aber ich frage mich, ob er heute genauso bekannt und berühmt wäre, wenn er den Krieg überlebt hätte.

Das Studium des Lebens von Dietrich Bonhoeffer hat mich mit

ganz wesentlichen Fragen konfrontiert. »Wie sollte ein Christ sich verhalten, wenn die irdische Obrigkeit gegen alles vorgeht, wofür das Evangelium steht?« Oder: »Was soll ich nach Gottes Willen aufgeben und abgeben, damit er verherrlicht wird?« Ein bekanntes Zitat Bonhoeffers besagt, es reiche nicht, die Wunden der Opfer unter dem Rad zu verbinden; man müsse dem Rad selbst in die Speichen fallen.[31] Das Lesen der Worte eines Mannes, der in Nazideutschland lebte, und das betende Nachdenken darüber, was sie für mein Leben im 21. Jahrhundert bedeuten, hat mich auf einen Weg des Wachstums gebracht, der meinen Glauben jeden Tag neu herausfordert und bereichert. Es ist mein Gebet, dass Sie das Gleiche erleben.

Gott segne Sie!

Amanda Barratt

Literaturempfehlungen

Ruth-Alice von Bismarck und Ulrich Kabitz (Hg.), *Brautbriefe Zelle 92. Dietrich Bonhoeffer, Maria von Wedemeyer, 1943–1945* (München: C.H. Beck, 1992)

Dietrich Bonhoeffer, *Widerstand und Ergebung. Briefe und Aufzeichnungen aus der Haft,* hg. von Eberhard Bethge (München: Siebenstern, 1951 und öfter)

Dietrich Bonhoeffer, *Nachfolge,* hg. von Martin Kuske und Ilse Tödt (Gütersloh: Gütersloher Verlagshaus, 2. Auflage der Tb.-Ausgabe, 2005)

Eric Metaxas, *Bonhoeffer. Pastor, Agent, Märtyrer und Prophet* (Holzgerlingen: SCM Hänssler, 2011)

Ferdinand Schlingensiepen, *Dietrich Bonhoeffer. 1906–1945. Eine Biografie* (München: C.H. Beck, 2005)

Renate Wind, *Wer leistet sich heute noch eine wirkliche Sehnsucht? Maria von Wedemeyer und Dietrich Bonhoeffer* (Gütersloh: Gütersloher Verlagshaus, 2006)

Renate Wind, *Maria von Wedemeyer (1924–1977). »Wer leistet sich heute noch eine wirkliche Sehnsucht?«*, in: ibd. Bonhoeffer-Rundbrief, Teil 1, Nr. 75 (Düsseldorf, November 2004), S. 13-27; Teil 2, Nr. 76 (Düsseldorf, Februar 2005), S. 44-59

Anmerkungen

1 *Brautbriefe Zelle 92. Dietrich Bonhoeffer, Maria von Wedemeyer 1943–1945,* hg. von Ruth-Alice von Bismarck und Ulrich Kabitz (München: C.H. Beck, 1992), S. 153

2 Dietrich Bonhoeffer, *Ethik*, Taschenbuch, hg. von Ilse Tödt, Heinz Eduard Tödt et al. (Gütersloh: Gütersloher Verlagshaus, 2006), S. 62

3 *Brautbriefe Zelle 92*, S. 272

4 Eva Sternheim-Peters, *Habe ich denn allein gejubelt? Eine Jugend im Nationalsozialismus*, eBook-Ausgabe (Berlin, München: Europa Verlag GmbH & Co. KG, 2016)

5 Martin Luther, 1528

6 *Dietrich Bonhoeffer Jahrbuch 2,* hg. von Victoria Barnett, Sabine Bobert et al. (Gütersloh: Kaiser, Gütersloher Verlagshaus, 2005/2006), S. 15f.

7 *Dietrich Bonhoeffer Jahrbuch 2,* S. 18

8 Fritz von Rabenau, *Weihnachten im 3. Reich*, Berlin 1934

9 https://codenames.info/operation/funke/ (zuletzt aufgerufen am 19.01.2021)

10 Dietrich Bonhoeffer, *Widerstand und Ergebung: Briefe und Aufzeichnungen aus der Haft*, Dietrich Bonhoeffer Werke, Band 8, hg. von Christian Gremmels, Eberhard Bethge et al. (Gütersloh: Gütersloher Verlagshaus, 1998), S. 38

11 *Brautbriefe Zelle 92*, S. 279

12 *Brautbriefe Zelle 92*, S. 279f.

13 Joseph Goebbels, *Rede im Berliner Sportpalast (»Wollt Ihr den totalen Krieg«)*, 18. Februar 1943
Text aus: *100(0) Schlüsseldokumente zur deutschen Geschichte im 20. Jahrhundert*
https://www.1000dokumente.de/index.html?c=dokument_de&dokument=0200_goe&object=translation&l=de (zuletzt aufgerufen am 19.01.2021)

14 Artikel »*Geschwister Scholl · Erzogen zum Widerstand*« von Karoline Kuhla, SPIEGEL Geschichte, 21. März 2013
https://www.spiegel.de/geschichte/hinrichtung-von-hans-und-sophie-scholl-erzogen-zum-widerstand-a-951049.html (zuletzt aufgerufen am 19.01.2021)

15 https://www.1000dokumente.de/index.html?c=dokument_de&dokument=0200_goe&object=translation&l=de (zuletzt aufgerufen am 19.01.2021)

16 Matth. 26,52

17 Text: Joachim Neander, 1680

18 Eberhard Bethge, *Dietrich Bonhoeffer. Theologe – Christ – Zeitgenosse.* (München, Chr. Kaiser, 1967) S. 506 + 685

19 Daniel 6,17

[20] Vgl. *Ethik*, S. 62

[21] Psalm 18,3

[22] Psalm 18,8

[23] *Brautbriefe Zelle 92*, S. 150f.

[24] *Brautbriefe Zelle 92*, S. 192f.

[25] *Brautbriefe Zelle 92*, S. 194

[26] *Brautbriefe Zelle 92*, S. 196f.

[27] *Widerstand und Ergebung*, S. 513f.

[28] Adolf Hitler, *Rundfunkansprache zum Attentat vom 20. Juli 1944*, 21. Juli 1944, 1.00 Uhr
Text aus: *100(0) Schlüsseldokumente zur deutschen Geschichte im 20. Jahrhundert* https://www.1000dokumente.de/index.html?c=dokument_de&dokument=0083_ahr&object=translation&l=de (zuletzt aufgerufen am 19.01.2021)

[29] *Brautbriefe Zelle 92*, S. 198

[30] Psalm 27,14

[31] Vgl. Dietrich Bonhoeffer, *Berlin 1932–1933*, Dietrich Bonhoeffer Werke, Band 12, hg. von Carsten Nicolaisen und Ernst-Albert Scharffenorth (Gütersloh: Gütersloher Verlagshaus, 1. Auflage 1997), S. 353

Textnachweis

Originalzitate Dietrich Bonhoeffers wurden entnommen aus:
Brautbriefe Zelle 92. Dietrich Bonhoeffer, Maria von Wedemeyer 1943–1945, hg. von Ruth-Alice von Bismarck und Ulrich Kabitz (München: C.H. Beck, 1992),
Dietrich Bonhoeffer, *Ethik*, Taschenbuchausgabe, hg. von Ilse Tödt, Heinz Eduard Tödt et al. (Gütersloh: Gütersloher Verlagshaus, 2006),
Widerstand und Ergebung: Briefe und Aufzeichnungen aus der Haft, Dietrich Bonhoeffer Werke, Band 8, hg. von Christian Gremmels, Eberhard Bethge und Renate Bethge in Zusammenarbeit mit Ilse Tödt (Gütersloh: Gütersloher Verlagshaus, 1998).

Die Briefe auf den Seiten 128 und 158–159 sind entnommen aus: *Dietrich Bonhoeffer Jahrbuch 2*, hg. von Victoria Barnett, Sabine Bobert et al. (Gütersloh: Kaiser, Gütersloher Verlagshaus, 2005/2006), abgedruckt mit freundlicher Genehmigung des Gütersloher Verlagshauses.

Zitate wurden an die neue deutsche Rechtschreibung angepasst.

Kate Breslin, Susanne Naumann

Der Leutnant und das Mädchen

Leutenant Colin Mabry ist Soldat in der britischen Armee. Als er verwundet war, rettete ihm die Französin Jewel das Leben. Als ihn eine mysteriöse Nachricht von ihr erreicht, will er zu ihr reisen - braucht sie seine Hilfe?

Gebunden, 13,5 x 21,5 cm, 400 S.
Nr. 395.976, ISBN 978-3-7751-5976-0
Auch als E-Book e

SCM
Hänssler